을유세계문학전집 · 103

천로 역정

일러두기

※ 주석에 쓰인 성경 약자는 다음과 같다.

구약 성경 약자

창세기: 창 | 출애굽기: 출 | 레위기: 레 | 민수기: 민 | 신명기: 신 | 여호수아: 수 | 사사기: 삿 | 룻기: 룻 | 사무엘 상: 삼상 | 사무엘 하: 삼하 | 열왕기 상: 왕상 | 열왕기 하: 왕하 | 역대상: 대상 | 역대하: 대하 | 에스라: 스 | 느헤미야: 느 | 에스더: 에 | 욥기: 욥 | 시편: 시 | 잠언: 잠 | 전도서: 전 | 아가: 아 | 이사야: 사 | 예레미야: 렘 | 예레미야 애가: 애 | 에스겔: 겔 | 다니엘: 단 | 호세아: 호 | 요엘: 욜 | 아모스: 암 | 오바댜: 옵 | 요나: 욘 | 미가: 미 | 나훔: 나 | 하박국: 합 | 스바냐: 습 | 학개: 학 | 스가랴: 슥 | 말라기: 말

신약 성경 약자

마태복음: 마 | 마가복음: 막 | 누가복음: 눅 | 요한복음: 요 | 사도행전: 행 | 로마서: 롬 | 고린도 전서: 고전 | 고린도 후서: 고후 | 갈라디아서: 갈 | 에베소서: 엡 | 빌립보서: 빌 | 골로새서: 골 | 데살로니가전서: 살전 | 데살로니가후서: 살후 | 디모데전서: 딤전 | 디모데후서: 딤후 | 디도서: 딛 | 빌레몬서: 몬 | 히브리서: 히 | 야고보서: 약 | 베드로전서: 벧전 | 베드로후서: 벧후 | 요한일서: 요일 | 요한이서: 요이 | 요한삼서: 요삼 | 유다서: 유 | 요한계시록: 계

을유세계문학전집 · 103

천로 역정

THE PILGRIM'S PROGRESS

존 번연 지음 · 정덕애 옮김

을유문화사

옮긴이 정덕애

이화여자대학교에서 학사 및 석사 학위를, 미국 뉴욕주립대학교(올바니)에서 박사 학위를 받았다. 현재 이화여자대학교 영어영문학과 명예교수다. 16~17세기 영국 시인들에 대한 논문을 다수 발표했으며, 역서로는 제시 웨스턴의 『제식으로부터 로망스로』, 버지니아 울프의 『끔찍하게 민감한 마음』, 도리스 레싱의 『다섯째 아이』 등이 있다.

을유세계문학전집 103

천로 역정

발행일 · 2020년 5월 30일 초판 1쇄 | 2023년 10월 15일 초판 2쇄
지은이 · 존 번연 | 옮긴이 · 정덕애
펴낸이 · 정무영, 정상준 | 펴낸곳 · (주)을유문화사
창립일 · 1945년 12월 1일 | 주소 · 서울시 마포구 서교동 469-48
전화 · 02-733-8153 | FAX · 02-732-9154 | 홈페이지 · www.eulyoo.co.kr
ISBN 978-89-324-0491-2 04840 978-89-324-0330-4(세트)

차례

작품에 대한 작가의 변론

내가 펜을 처음 잡고
글을 쓰려 할 때 이런 형식으로
작은 책 하나를 쓸 것이라고는
알지 못했습니다. 아니, 다른 형식으로
만들려 했는데 거의 완성하고 보니
나도 모르는 사이에 이렇게 되었습니다.
사정은 이랬습니다. 나는 복음절에 성인들의 방식과
달음질에 대해 쓰고 있었는데* 그들의 여정과
영광으로 가는 길이 갑자기 우화 양식이 되어
스무 가지 이상의 일화가 떠올라 기록했습니다.
이 일을 마치자 내 머리에 스무 가지가 더 떠올랐고
그것들은 타는 석탄에서 불꽃이 튀듯
다시 불어나기 시작했습니다. 난 생각했죠.
그래, 너희들이 그렇게 빨리 자라난다면

너희들을 따로 모아야겠다.
마지막에 너희들이 무한대로 자라
내가 시작한 책을 먹어 치우지 않게 하려면.

나는 그렇게 했지요. 하지만 이 세상 사람들에게
내 펜과 잉크가 그런 양식으로 보여 주리라고는
생각하지 못했습니다. 다만 내가 모르는 그 무엇을
만들 생각만 했습니다. 또한 그것으로 내 이웃을
기쁘게 할 계획은 없었습니다. 정말입니다.
나는 나 자신을 만족시키려 했을 뿐입니다.

할 일 없는 시간을 메꾸기 위해
이 글을 끄적인 것도 아닙니다. 또한
잘못으로 이끄는 나쁜 생각에서
내 주의를 돌리기 위해 한 것도 아닙니다.

나는 그저 종이에 즐겁게 펜을 댔고
내 생각이 분명하게 거침없이 나왔습니다.
이제 끝까지 쓸 방법을 정했지만
여전히 실톳 대를 당기니 글이 술술 나왔습니다.*
그래서 계속 썼더니 마침내
여러분이 보는 길이와 양과 두께가 되었지요.

그렇게 나는 여러 부분들을 한데 모아
사람들에게 보여 주었습니다. 그들이 그것을 보고
비난할지 아니면 옳다고 할지 알고 싶었습니다.
어떤 이는 그것을 살리라, 어떤 이는 죽이라 했어요.
어떤 이는 "존, 출판해" 하고, 다른 이는 안 된다고 했죠.
어떤 이는 유익할 것이라, 다른 이는 아니라고 했어요.

이제 나는 난감해져서 내가 할 수 있는
최상의 일이 무엇인지 알 수 없었습니다.
마침내 나는 생각했죠. 당신들의 의견이 그렇게 갈리니
이 책을 출판하여 결론을 봐야겠습니다.

왜냐하면 어떤 이는 출판하길 원했고
다른 사람은 그것을 원하지 않았어요.
누가 더 나은 조언을 하는지 알기 위해선
이 책을 시험해 보아야 한다고 나는 생각했습니다.

또 이런 생각도 들었습니다.
만약 이 책을 원하는 사람이 있음에도
그 희망을 거부한다면 그들에게
엄청난 기쁨이 될 일을 내가 방해하는 것일지도 모르지요.

책이 나오는 것을 찬성하지 않는 사람들에게

나는 말했어요. 당신들 기분을 상하게 하기 싫소.
하지만 형제들이 이것으로 기쁨을 얻으니
당신들이 더 살펴볼 때까지 판단을 미루어 두시오.

만약 읽지 않을 생각이면 그냥 내버려 두시오.
어떤 이는 고기를 좋아하고 어떤 이는 뼈 뜯는 걸 좋아하죠.
그래요, 나는 그들을 좀 더 달래기 위해
다음과 같은 논지로 그들에게 항변했습니다.

내가 이런 문체로 쓰면 안 되나요?
이런 방법을 사용해도 당신에게 유익함을 주려는
내 목표를 벗어나진 않겠죠? 왜 그렇게 하면 안 되나요?
흰 구름이 비를 내리지 않을 때 검은 구름이 물을 가져오죠.
그래요, 검든 희든 그것이 은빛 방울들을
내려보내면 대지는 곡식을 수확해서
어느 한쪽에 치우침 없이 모두에게 칭찬을 보내고
그 둘이 함께 수확한 과일들을 쌓아 놓죠.
그래요, 그 둘이 섞여 만든 대지의 과일에서
누구도 이것이 어떤 쪽의 작품인지 구별할 수 없어요.
대지가 배고플 때 그것들은 그녀를 만족시키지만 배부를 때
대지는 둘 다 뱉어 내며 그들의 축복을 무로 돌리죠.

어부는 고기를 낚기 위해 여러 방법을 쓰지요.

그가 어떤 장치를 쓰나요?
보세요! 올가미와 낚싯줄과 낚싯대와 바늘과 그물 외에도
그가 어떻게 온갖 지혜를 다 쓰는지.
하지만 고기가 거기 있어도 줄이나 바늘로도,
올가미나 그물이나 어떤 장치로도 잡을 수 없죠.
고기들을 더듬어 찾아내야 하고 간질거려 잡지 않으면
당신이 무엇을 하든 고기는 잡히지 않아요.

사냥꾼이 새를 잡기 위해 얼마나 다양한 방법을
동원하는지 그 모두를 열거할 수 없지요.
총과 그물과, 끈끈이 가지와 등불과 종.*
그는 기기도 하고 걷기도 서기도 해요. 그래요, 누가
그의 모든 자세를 다 말할 수 있겠어요. 하지만 어떤 자세로도
사냥꾼이 원하는 새를 다 잡는 장인이 될 수는 없어요.
그래요, 새를 잡으려면 피리도 불고 휘파람도 불어야 해요.
하지만 그렇게 해도 그는 새를 놓칠 수 있죠.

만약 진주가 두꺼비의 머릿속에 있다면
또는 굴 껍데기 안에서 발견된다면
만약 아무것도 기대하지 않는 곳에서 황금보다
더 나은 것이 있다면, 어렴풋한 암시를 받아
혹시라도 발견할까 그곳을 들여다보는 것을
누가 경멸할 수 있겠어요? 나의 작은 책은

이런저런 사람들을 사로잡을
그 멋진 그림들이 없지만
화려하나 공허한 생각만 있는 책을
능가하는 것들이 없지는 않습니다.

"글쎄, 당신의 책을 철저히 살펴보았을 때
그것이 오래갈지 나는 완전히 확신할 수 없네요."

아니, 무엇이 문제입니까?
"그게 모호하더군요." 그게 어떻습니까?
"그건 꾸며 낸 거죠." 그래서요?
어떤 이들은 나처럼 모호하게 말을 꾸며 내도
진리를 반짝이게 하고 진리의 빛을 환히 비추지요.
"하지만 그것들은 확실함이 부족해요." 이봐요, 당신 본심을 말해 봐요.
"그것들은 약한 자를 질식시키고, 비유는 우리 눈을 멀게 만듭니다."

확실함이야말로 거룩한 일에 대해 쓰는
작가의 펜이 되어야지요.
하지만 내게 확실함이 부족하더라도
나는 은유로 말합니다. 하나님의 율법과
그의 복음 율법이 옛날에는

상징과 그림자와 은유로 나타나지 않았습니까?
하지만 분별 있는 사람은 누구도 그것이
잘못되었다고 하지 않아요. 가장 지고한 진리를
공격하길 원하는 사람이 아니고선 말이죠. 아니죠,
그는 오히려 몸을 낮추어 하나님이 말뚝과 고리로,*
송아지와 양, 암소와 숫양, 새와 약초 그리고 양의 피로
그에게 말씀하시는지를 찾지요. 그것들에서
빛을 찾고 은총을 찾는 그는 행복하도다.

그러니 너무 성급하게 내가 확실함이 부족하다고,
내가 거칠다고 결론짓지 맙시다.
모든 사물은 겉으로는 확실해도 본질은 확실치 않습니다.
그러니 비유로 된 모든 사물을 경멸하지 맙시다.
가장 해로운 것을 우리가 가볍게 받아들이지 않기 위해
그리고 선한 것을 우리 영혼이 잃지 않기 위해.

어둡고 희미한 내 글은 장롱 안에
황금이 숨겨 있듯 진리를 담고 있습니다.
선지자들이 진리를 설파하기 위해
많은 은유를 사용했죠. 그래요, 예수님과 사도들에 대해
숙고해 본 사람들은 분명히 알 것입니다.
오늘날까지 진리는 그런 망토 속에 가려져 있음을.

감히 성서에 대해 내가 이야기해 본다면
그 문체와 구절로 모든 지혜를 적어 놓은 이 책은
어디에나 어두운 비유들과 우화들,
이런 것들이 가득하지요. 하지만 그 책에서
우리의 가장 어두운 밤을 낮으로 바꾸는
빛의 광채가 찬란히 나옵니다.

자, 이제 나를 트집 잡는 사람은 자기 생애를 들여다보라.
거기에 내 책보다 더 어두운 줄을 발견할지
찾아보라. 그렇다, 그가 한 최상의 일에도
못한 줄들이 있음을 그는 알 것입니다.

그럼 우리 두 사람이 공정한 사람 앞에서 내기합시다.
그의 불쌍한 한 닢에 난 열 닢을 걸겠소.
이 줄에서 내가 의미한 것을 사람들은 은빛 신전*에 놓인
그의 거짓말보다 훨씬 더 잘 이해할 겁니다.
오라, 진리여. 비록 강보에 싸여 있다 해도
판단력을 돕고, 생각을 고쳐 주고
기쁘게 알아듣게 하고, 의지를 복종시키네.
또한 우리의 상상력으로 즐거워하는 것을
기억력으로 하여금 채우게 하네.
마찬가지로 그것은 우리의 고난을 덜어 준다네.

내가 알기로, 디모데는 견고한 단어만 쓰려 했지요.
망령되고 허탄한 신화를 그는 거부했습니다.*
하지만 엄숙한 바울이 그에게 우화를 금지한 적은
어디서도 찾을 수 없어요. 우화 속에는
캐낼 가치가 있는 황금과 진주들과 값진 보석들이
숨어 있지요. 최대한 조심해서 캐야 합니다.

오, 하나님의 사람이여*, 내가 한마디만 덧붙이죠,
당신은 기분이 상했나요? 당신은 내가
나의 주제에 다른 옷을 입혀 보냈으면 했나요?
아니면 더 구체적 사물로 표현했으면 했나요?
세 가지만 제안하겠습니다. 그러고 나서
나보다 더 훌륭한 분들의 판단에 맡기겠습니다.

1. 이런 방법을 사용하지 말아야 한다고
내가 금지당한 적은 없습니다. 나는
단어와 사물과 독자들을 오용하지도 않고
비유나 유사성을 거칠게 적용하지도 않아요.
내가 할 수 있는 한 이런저런 방법을 써서
진리를 향상시키는 방법을 찾습니다.
금지당했다고 내가 말했나요? 아니요, 나는
허가받았어요. 오늘날까지 살아 있는 어떤 사람보다
그들의 말과 방식으로 하나님을 더 기쁘게 했던

사람들의 예가 있지요. 그런 식으로 내 생각을 표현하고
그런 식으로 가장 지고한 일들을 여러분께 선언할 것입니다.

2. 내가 보니 나무만큼 높은 사람들도
대화체로 씁디다.* 하지만 그런 식으로 쓴다고
어느 누구도 그들을 무시하지 않죠. 사실 그들이
진리를 오용하면 그들은 저주받아야겠죠.
그들이 사용한 기교도 말이죠. 하지만
하나님을 기쁘게 하는 길이면 어떤 길이든 진리가 당신과 나에게
자유로이 진격하게 합시다. 우리로 하여금 처음으로 경작하게 가르치시고 그의 목적에 맞게 우리의 마음과 펜을
인도하신 그분보다 방법을 더 잘 아는 사람이 어디 있겠습니까?*
그분은 비천한 것에서 거룩한 것을 이끄십니다.

3. 나는 성서 안의 많은 구절에서
이 방법과 유사한 것을 발견했어요. 한 가지로 여겨지는
사건들이 또 다른 의미로 해석되는 것을.
나도 그런 방법을 사용할 것입니다. 그렇다고
진리의 황금빛을 그 무엇도 가리지 못하죠. 아니,
이 방법이 그 빛을 대낮처럼 밝게 비치게 할 수 있어요.

이제 내 펜을 놓기 전에

이 책의 장점을 보여 주겠습니다. 그러고 나서
강한 자는 내리고 약한 자는 세워 주시는
그분의 손과 당신에게 책을 맡기겠습니다.

이 책은 영원불멸한 상을 받기 위해 노력하는
한 사람을 당신 눈앞에 그려 놓았습니다.*
이 책은 그가 어디서 왔으며 어디로 가는지, 또한
무엇을 마치지 못했고 무엇을 행했는지 보여 줍니다.
이 책은 그가 어떻게 영광의 문에 도달할 때까지
달리고 달렸는지 당신에게 보여 줍니다.

또한 이 책은 마치 영원한 면류관을 얻을 것처럼
목숨을 걸고 온 힘을 다하는 사람을 보여 주지요.
이 책에서 당신은 왜 그들의 노고가 헛수고가 되어
바보처럼 죽어 버리는지 그 이유를 볼 수 있을 겁니다.

만약 이 책의 조언대로 당신이 따르기만 한다면
이 책은 당신을 고생하는 여행자로 만들 것이오.*
이 책의 안내문을 당신이 이해한다면
이것은 당신을 거룩한 땅으로 인도할 것이오.
그렇소, 이 책은 게으른 자를 움직이게 하고
눈먼 자로 하여금 즐거운 것들을 보게 할 것입니다.

당신은 뭔가 진귀하고 유익한 것을 구하지 않나요?
당신은 우화에서 진리를 보기를 원하지 않나요?
잘 잊어버리나요? 당신은 새해 첫날부터
12월 마지막 날까지 기억하고 싶지 않나요?
그럼 내 얘기를 읽으세요. 그것들은 도깨비풀 바늘처럼
달라붙어 무기력한 자에게 위안을 줄 것입니다.

이 책은 무관심한 사람의 마음을
감동시킬 수 있는 방언체로 쓰여 있어요.
신기해 보일 수 있어요, 그래도 건전하고 정직한
복음 문체만을 담고 있어요.

당신은 우울함에서 벗어나길 원합니까?
당신은 어리석음과 거리를 두고 즐겁기를 원합니까?
당신은 수수께끼와 그 해설을 읽기 원합니까?
아니면 심사숙고하느라 익사하길 원합니까?
당신은 맛있는 부위만 먹는 걸 좋아하나요? 아니면 구름 속의
그분을 보고 그분이 당신에게 말하는 것을 듣겠습니까?
당신은 잠은 자지 않지만 꿈속에 있기를 원합니까?
당신은 웃거나 울기를 동시에 원합니까?
당신은 어떤 해도 입지 않고 자신을 잃기 원합니까?
그리하여 마법 없이도 자신으로 되돌아오기를 원합니까?
당신 스스로 읽었는데, 뭔지 모르는 글을 읽었는데,

그래도 당신이 축복을 받았는지 아닌지 그 글을 읽고
알 수 있기를 원합니까? 오, 그럼 이곳으로 오시오.
내 책과 당신의 머리와 가슴을 함께 두시오.

존 번연

꿈의 비유로 보여 주는, 이 세상에서 앞으로 올 세상으로 가는 순례자의 여정 제1부

나는 이 세상이란 광야를 걸어가다 작은 굴이 있는 어떤 장소에 이르렀다.* 그곳에 누워 잠을 청했고 자는 동안 꿈을 꾸었다. 꿈속에서 나는 더러운 옷을 입은 한 남자가 손에 성서를 들고 등에 무거운 짐을 짊어진 채 자기 집을 등지고 서 있는 모습을 보았다.* 내가 보고 있는 동안 그는 성서를 펼쳐 읽기 시작했고 읽으면서 통곡하고 몸을 떨었다. 자신을 더 이상 제어할 수 없는 지경이 되자 그는 "나는 어찌해야 한단 말인가?"라고 하면서 비통한 탄식을 쏟아 냈다.

고통 속에 집으로 돌아간 그는 아내와 자식들이 자기 고민을 알아채지 못하도록 할 수 있는 한 감정을 억제했다. 그러나 괴로움은 더 커졌고, 더 이상 침묵하고 있을 수가 없었다. 마침내 그는 자신의 생각을 아내와 아이들에게 털어놓고 이렇게 말했다. "오, 사랑하는 당신, 그리고 내 분신인 아이들아. 나를 무겁게 누르는 짐 때문에 나는 스스로를 망치고 있구나. 하늘이 내린 불로 우리 도시가 타 버릴 것이고 그 무서운 불바다 속에서 나와 당신과 사랑스러운 우리 아이들 모두 처참하게 멸망할 것이란 말을 내가 확실히 들었다. 다만 피할 길이 있어 우리가 구원될 수 있다는데 아직 그 길을 알 수가 없구나." 이 말에 가족들은 깜짝 놀랐다. 그가 한 말이 옳다고 믿어서가 아니라 어떤 광기가 그의 머릿속에 들어왔다고 생각했기 때문이다. 마침 날도 저물어 한잠 푹 자고 나면 그의 머리가 안정되지 않을까 희망하며 서둘러 그를 잠자리에 들게 했다. 그러나 그는 낮에만큼 밤에도 고통스러워했고 잠드는 대신 한숨과 눈물로 지새웠다. 아침에 가족들이 그에게 어떤지 물었을 때 그가 하는 말은 점점 더 나빠졌다. 그가 다시 말하려 하자 그들은 냉담해지기 시작했다. 또한 그의 불안을 몰아내려는 듯 일부러 거칠고 퉁명스럽게 대했다. 때론 그를 비웃고 때론 꾸짖고 때론 온전히 무시하기도 했다. 그래서 그는 그들을 불쌍히 여기고 그들을 위해 기도하러 자기 방에 틀어박혀 있었다. 또 성서를 읽거나 기도하면서 들판을 홀로 산책했다. 여러 날 동안 그는 그런 식으로 시간을 보냈다.

한번은 그가 들판을 거닐고 있는 모습을 내가 보았는데 그는 늘 하듯이 성서를 읽고 있었고 마음속에 엄청난 고뇌를 느끼고 있었다. 그는 성서를 보면서 이전에 했듯이 "내가 구원을 받으려면 어찌해야 하는가?"라고 울부짖었다.

내가 보니 그는 또한 마치 도망가듯이 이쪽을 보았다 저쪽을 보았다 하다가 마침내 가만히 서는 것이었다. 어떤 길로 가야 할지 알지 못하는 것 같았다. 내가 보고 있던 그때 복음 전도사라는 이름의 사람이 그에게 다가와 물었다. "자네는 왜 울고 있는가?" 그가 대답했다. "선생님, 제 손에 들려 있는 성서에선 제가 사망의 저주를 받았다고 합니다. 그 후에 심판이 오는데* 제가 기꺼이 죽을 수도 없고* 심판을 견뎌 낼 수도 없어서입니다."*

그러자 복음 전도사가 말했다. "이 세상에는 너무 많은 사악함이 있는데 왜 기꺼이 죽지 못한단 말인가?" 그 남자가 대답했다. "제 등에 있는 이 짐이 저를 무덤보다 더 밑으로 가라앉게 하여 '불타는 곳'으로 떨어지게 할까 두렵기 때문입니다.* 그러니 선생님, 만약 제가 감옥에 갈 준비가 안 되었다면 심판받을 준비는 물론 거기서 처형받을 준비가 전혀 되어 있지 않습니다. 이런 생각들이 저로 하여금 울부짖게 만듭니다."

복음 전도사가 말했다. "만약 자네 상황이 이렇다면 왜 가만히 서 있기만 하는가?" 그가 대답했다. "왜냐면 어디로 가야 할지 제가 모르기 때문입니다." 그러자 복음 전도사는 두루마리 하나를 그에게 주었는데 거기에는 '임박한 진노를 피하라'라고 쓰여 있었다.*

남자가 그걸 읽더니 복음 전도사를 매우 조심스레 쳐다보며 말했다. "어디로 도망가야 합니까?" 복음 전도사가 넓은 들판을 손가락으로 가리키면서 말했다. "저기 좁은 문*이 보이는가?" "아니요." 남자가 답했다. 그러자 그가 물었다. "저기 반짝이는 빛이 보이는가?"* 남자가 대답했다. "보이는 것 같습니다." 그러자 복음 전도사가 말했다. "저 빛을 쳐다보면서 그쪽으로 바로 가면 그 문을 볼 것이고, 당신이 노크를 하면 무엇을 해야 할지 일러 줄 것이오."*

꿈속에서 내가 보니 그 남자는 달려가기 시작했다. 자기 집 문에서 얼마 뛰지 않았는데 부인과 아이들이 알아채고 그에게 돌아오라며 고함치기 시작했다. 그러나 그 남자는 손가락으로 귀를 막고 "생명이여, 생명이여, 영원한 생명이여!" 하고 부르짖으며 뛰어갔다.* 그렇게 그는 뒤도 돌아보지 않고 들판 한가운데를 향해 달려갔다.*

이웃들도 나와서 그가 뛰어가는 모습을 보며 어떤 이는 비웃고 어떤 이는 겁을 주었고 어떤 이는 돌아오라고 소리쳤다.* 그 중 두 사람이 힘으로 그를 잡아오리라 결심했다. 한 사람의 이름은 완고였고, 또 다른 사람의 이름은 우유부단이었다. 이때쯤 그 남자는 그들로부터 상당히 떨어져 있었지만 그들은 그를 잡기로 결심한 터라 얼마 있지 않아 그를 따라잡았다. 그러자 그 남자가 말했다. "이웃 여러분, 무엇 하러 여기까지 오셨소?" 그들이 말했다. "당신을 설득해서 데려가려고요." 그러나 그가 말했다. "절대로 그럴 수 없어요. 당신들은 멸망의 도시에 살고 있지요. 나 역시 그곳에서 태어났지만 그곳은 멸망의 도시가 분명합니다. 그곳에서 죽으면 당신들은 무덤보다 더 낮은 곳에 있는 불과 유황이 타는 장소로 떨어집니다. 그러니 선한 이웃들이여, 나와 함께 갑시다."

"뭐라고요! 우리 친구들과 안락함을 모두 버리라고요!" 완고가 말했다.

크리스천(그것이 그의 이름이었다)이 말했다. "그래요, 당신이 버릴 것 모두 합쳐도 내가 찾아 누릴 것의 한 조각 가치에도 못 미치지요.* 같이 가서 그것을 가진다면 당신도 나처럼 누리게 될 것이오. 왜냐하면 내가 가는 그곳에는 모든 것이 풍족하게 예비되어 있어요.* 떠나요, 그리고 내 말이 사실임을 증명해 봅시다."

완고: 당신이 구하는 게 무엇이기에 온 세상을 버리고 찾는단 말이오?

크리스천: 나는 '썩지 않고 더럽지 않고 쇠하지 아니하는 유업을' 찾고 있소.* 그것은 하늘에 있는 것이라, 때가 되면 열심히 구하던 사람에게 주려고 그곳에 안전하게 놓여 있소.* 원하신다면 내 성서에서 그 부분을 읽어 보시오.

완고: 이런 제길, 그 책을 치우시오. 우리와 함께 돌아가겠소, 말겠소?

크리스천: 아니요, 나는 가지 않습니다. 난 이미 이 손으로 쟁기를 잡았어요.*

완고: 갑시다, 우유부단 씨. 저 사람 없이 우리끼리 돌아갑시다. 저렇게 머리가 돈 무리들은 한번 미치면 이치에 맞게 일러 주는 일곱 사람보다 자신이 더 지혜롭다고 착각하지요.*

우유부단: 욕하지 마세요. 선한 크리스천의 말이 사실이라면 그가 찾는 것이 우리들 것보다 더 낫겠네요. 나도 저 사람을 따라가고 싶은데요.

완고: 뭐요! 바보가 또 있다니? 내 말 듣고 돌아갑시다. 머리가 병든 저 친구가 당신을 어디로 데려갈지 누가 알겠소? 돌아

가요, 돌아가. 정신 차려요.

크리스천: 내 이웃 우유부단이여, 나와 같이 갑시다. 앞으로 내가 말한 그런 것은 물론 더 많은 영광을 누릴 것이오. 내 말이 못 미덥다면 이 책에서 여기를 읽어 봐요. 보시오, 거기에 쓰인 것이 진실임은 그것을 만든 분의 언약의 피에 의해 모두 진실로 확인되었소.*

우유부단: 저, 완고 씨. 난 결정했어요, 이 선한 사람과 함께 갈 작정입니다. 그에게 내 운을 맡길까 해요. 그런데 선한 친구여, 당신은 그 좋은 곳으로 가는 길을 알고 있나요?

크리스천: 복음 전도사라는 분이 제게 지시하셨어요. 우리 앞에 있는 좁은 문으로 빨리 가면 거기서 가는 길을 안내해 줄 것이라고 했습니다.

우유부단: 그럼 우리 가 봅시다.

그래서 두 사람은 함께 길을 떠났다.

완고: 난 집으로 돌아갈 거야. 저런 정신 나간 작자들과 어울릴 수는 없지.

이제 나는 꿈속에서 완고가 떠나고 크리스천과 우유부단이 들판에서 이야기를 주고받으며 가는 모습을 보았다. 그들은 이렇게 대화를 시작했다.

크리스천: 우유부단 씨, 견딜 만합니까? 당신이 함께 가기로 해서 기쁩니다. 만약 완고 씨도 나처럼 앞으로 볼 것에 대한 두려움과 그 권능을 느낄 수 있었다면 우리를 그렇게 가볍게 버리지는 않았을 겁니다.

우유부단: 이봐요, 크리스천. 여기엔 우리 두 사람밖에 없으니 더 말해 봐요. 우리가 찾는 게 무엇이고 어떻게 즐길 것이며 우리가 어디로 가는지를 말예요.

크리스천: 머리로는 생각할 수 있지만 말로 표현하기는 어렵네요. 하지만 당신이 알기를 원하니 내 성서에서 그 부분을 읽어 드리지요.

우유부단: 당신은 책에 나온 내용이 확실한 진실이라고 생각하세요?

크리스천: 진실로 그렇지요. 왜냐면 거짓을 말할 수 없는 그분이 만들었기 때문이지요.*

우유부단: 잘 말씀하시네요. 거기에 뭐라고 쓰여 있습니까?

크리스천: 그곳에는 영원한 왕국이 있고, 우리는 영원한 생명을 얻어 그 왕국에서 영원히 살 것이라고 적혀 있어요.*

우유부단: 훌륭한 말씀이네요. 또 무엇이 있죠?

크리스천: 우리에게는 영광의 면류관이 주어질 것이요, 의복은 우리를 천궁의 태양처럼 빛나게 할 것이라.*

우유부단: 멋지네요. 또 무엇이 있죠?

크리스천: 거기엔 더 이상 슬픔도 통곡도 없을 것이니 그곳의 주인인 그분이 우리 눈에서 모든 눈물을 씻어 주기 때문이죠.*

우유부단: 거기서 우리는 어떤 분들과 함께하나요?

크리스천: 그곳에서 우리는 쳐다만 봐도 눈이 부실 스랍들과 천사장들과 함께할 것입니다.* 또한 우리보다 먼저 그곳에 간 수천, 수만 명의 사람을 만날 것입니다. 해로운 사람은 아무도

없고 오직 남을 사랑하는 경건한 사람들이죠. 모두 하나님과 함께 거닐고 그 앞에서 영원히 있도록 허락받았죠.* 한마디로 거기서 우리는 금관을 쓴 장로들을 볼 것이요,* 황금 거문고를 연주하는 거룩한 처녀들을 볼 것입니다.* 거기서 우리는 그곳의 주인인 주님을 공경하느라 세상에 의해 조각으로 잘리고 불에 타고 짐승에 먹히고 바다에 빠져 죽은 사람들을 볼 것입니다. 모두 다 온전해져서 영생을 의복처럼 입고 있을 것입니다.*

우유부단: 그 이야기를 들으니 마음이 황홀할 지경이네요. 그런데 우리도 이런 일들을 누릴 수 있습니까? 어떻게 해야 우리도 공유할 수 있나요?

크리스천: 그 나라의 지배자이신 주님께서 그 점에 관해 이 책에 기록해 놓았어요.* 만약 우리가 진실로 그것을 갖고자 한다면 그분이 우리에게 아낌없이 내려 줄 것이라는 내용입니다.

우유부단: 아, 정말 좋은 소식이군요, 친구여. 자, 우리 어서 서두릅시다.

크리스천: 빨리 가고 싶어도 내 등에 짐이 있어 빨리 갈 수가 없군요.

이제 내가 꿈속에서 보니, 그들은 이 대화를 끝내자마자 들판 한가운데 있는 진흙 수렁 가까이 다가갔다. 조심하지 않고 가던 그들은 갑자기 수렁으로 떨어졌다. 그 수렁의 이름은 낙담이었다. 여기서 그들은 한동안 뒹굴었고 괴로울 만큼 진흙투성이가 되었다. 그리고 크리스천은 등의 짐 때문에 수렁에 가라앉기 시작했다.

우유부단: 아! 크리스천, 지금 어디 있소?

크리스천: 나도 모르겠소.

그 말에 우유부단은 기분이 상해 화를 내며 친구에게 말했다. "이게 당신이 내내 말하던 행복이오? 첫출발부터 이런 꼴을 당하는데 목적지까지 가는 동안 무슨 일을 더 당할지 어찌 알겠소? 여길 빠져나가면 나대로 살 테니 당신은 나 대신 그 멋진 나라를 혼자 가지시오." 그 말을 하면서 그는 필사적으로 한두 번 몸부림치더니 자기 집 가까운 쪽으로 진흙 수렁을 빠져나왔다. 그렇게 그는 떠나고 크리스천은 더 이상 그를 보지 못했다.

그래서 크리스천은 혼자 남아 낙담의 수렁에서 허우적대고 있었다. 그래도 여전히 자기 집에서 먼 쪽으로, 그리고 좁은 문 가까이로 나오려고 애를 썼다. 그러나 가장자리 근처는 갔지만 짐 때문에 밖으로 나오지는 못했다. 나는 꿈속에서 도움이란 이름의 남자가 그에게 다가와 "거기서 뭘 하고 있소?"라고 묻는 것을 보았다.

크리스천: 선생님. 저는 복음 전도사라는 분에게 앞으로 올 분노를 피하려면 저 너머 문으로 가라는 말씀을 들었죠. 그쪽으로 가다가 이곳에 빠졌어요.

도움: 왜 계단을 찾지 않았소?*

크리스천: 두려움이 너무 바짝 저를 따라와서 제가 다른 길로 도망가다 그냥 빠졌어요.

"손을 이리 주시오"라고 도움이 말했다. 그가 손을 내밀자 도움은 그를 끌어 올려 단단한 땅 위에 올려놓고 가던 길을 계속 가라고 말했다.*

나는 그를 끌어낸 사람에게 다가가 물었다. "선생님, 여기는 멸망의 도시에서 저 너머 좁은 문으로 가는 길목에 있는데 불쌍한 여행자들이 더 안전하게 갈 수 있도록 왜 고치지 않습니까?" 그가 내게 말했다. "이 진흙 수렁은 고칠 수 있는 장소가 아니오. 이곳은 죄에 대한 확신에서 나온 온갖 더러운 오물이 끊이지 않고 내려오는 곳이오. 그래서 이곳을 낙담의 수렁이라고 한다오. 왜냐하면 죄인이 자신의 가망 없는 상황에 대해 자각할 때 그의 영혼에는 두렵고 의심하고 용기를 잃게 하는 수많은 생각들이 솟아나는데 그 모든 것들이 합쳐져 이 장소에 가라앉죠. 이곳의 나쁜 상태는 바로 그 때문이죠.

왕께서도 이곳이 이렇게 나쁜 상태로 있는 것을 좋아하시지 않았죠.* 왕의 일꾼들이 측량 기사들의 지도 아래 1천6백 년 동안 이 땅 조각을 고쳐 보려 노력했지요. 그래요, 내가 알기에 이곳은 적어도 마차 2만 대 분량을 쏟아부었죠. 왕의 영토 구석구석에서 수백만 가지 유익한 교훈들이 왔지요. 모두 이곳을 좋은 땅으로 만드는 최상의 재료라고 했습니다. 정말 그랬다면 고쳐졌겠죠. 하지만 이곳은 여전히 낙담의 수렁입니다. 그리고 그들이 할 수 있는 일을 다 하더라도 앞으로도 그럴 것입니다.

왕의 지시로 좋고 든든한 계단들이 이 수렁 가운데에 놓인 게 사실입니다.* 그러나 날씨가 변할 때처럼 이곳이 자체의 오물을 뿜어내면 계단들이 거의 보이지 않습니다. 설령 보인다 해도 사람들은 머리가 어지러워 발을 헛디디지요. 그러면 계단이 있어도 그들은 장소의 목적에 맞게 진흙투성이가 되지요. 일단 그들이 좁은 문 안으로 들어가야 땅이 좋아집니다."*

이즈음 해서 우유부단이 자기 집으로 다시 돌아간 것을 나는 꿈속에서 보았다. 이웃들이 그를 보러 왔다. 어떤 이들은 그가 돌아왔으니 현명하다 했고, 어떤 이들은 위험하게 크리스천과 어울렸으니 어리석다고 했다. 또 다른 이들은 "너처럼 모험을 나섰다면 몇 가지 어려움이 있다고 포기하는 비열한 짓을 나는 하지 않을 걸세"라며 그의 비겁함을 비웃었다. 그래서 우유부단은 그들 사이에서 기가 죽어 앉아 있었다. 하지만 그는 점차 자신감을 찾았고 사람들은 모두 이번에는 불쌍한 크리스천에 대해 그가 없는 데서 험담하기 시작했다. 우유부단에 대한 이야기는 이쯤에서 끝내자.

이제 크리스천은 혼자 걸어가고 있는데 멀리서 들판을 가로질러 자기 쪽으로 오는 사람을 발견했다. 그들은 교차로에서 우연히 마주치게 되었다. 그 신사의 이름은 속세의 현자였고 그는 크리스천이 떠나온 곳 바로 가까이 있는 매우 거대한 도시인 세속의 도시에 살고 있었다. 크리스천이 멸망의 도시를 떠난 사실이 그가 살던 마을뿐 아니라 다른 지방에서도 이야깃거리가 되어 전국에 퍼졌으므로 이 사람은 크리스천에 대해 어렴풋이 알고 있었다. 크리스천이 힘들게 가면서 한숨과 탄식을 내뱉는 모습 등을 보면서 속세의 현자는 그 사람이라 짐작하고 말을 건넸다.

속세의 현자: 이보게, 어찌 된 일인가, 짐을 진 상태로 어디를 가는가?

크리스천: 불쌍한 존재가 그러하듯 짐 진 상태가 맞습니다. 선생님, 어디로 가는지 물으셔서 말씀드리는데요, 저는 저 너머 좁은 문으로 가고 있어요. 거기서 이 무거운 제 짐을 벗어 버리는 길로 인도된다고 들었거든요.

속세의 현자: 처자가 있소?

크리스천: 네, 그러나 이 짐에 눌려서 이전처럼 가족이 즐겁지가 않아요. 저는 아무도 없는 것과 같아요.*

속세의 현자: 만약 내가 조언해 주면 내 말을 듣겠소?

크리스천: 훌륭한 말씀이면 그러지요. 저는 좋은 조언이 필요합니다.

속세의 현자: 그럼 자네에게 충고하겠네. 빨리 짐을 버리게. 그렇지 않으면 자네 마음이 결코 안정되지 못하고, 그때까지는 하나님께서 자네에게 준 축복의 이익도 즐길 수 없을 걸세.

크리스천: 제가 찾는 것이 바로 이 무거운 짐을 벗어 버리는 일입니다. 그러나 저 스스로 그것을 벗어 버릴 수가 없어요. 또 제 어깨에서 이것을 떼어 줄 사람이 우리 나라에는 없습니다. 그래서 말씀드린 대로 이 짐을 벗어 버릴 수 있을까 싶어 이쪽으로 가는 거예요.

속세의 현자: 그 짐을 버리기 위해 이 길로 가라고 누가 그랬는가?

크리스천: 아주 위대하고 존경스러운 분이지요. 그분 이름은 복음 전도사라고 기억합니다.

속세의 현자: 그런 충고를 하다니 몹쓸 사람이군. 그가 자네에

게 알려 준 그 길보다 더 위험하고 힘든 길은 이 세상에 없을 걸세. 만약 그 사람의 조언을 따르면 자네도 알게 될 텐데, 보아하니 자넨 이미 뭔가 당한 일이 있는 것 같군. 낙담의 수렁에서 나온 흙이 자네한테 묻어 있네. 그 수렁은 그 길로 가는 사람이 만나는 슬픔의 시작일 뿐이야. 난 자네보다 나이가 많으니 내 말을 듣게. 자네가 가는 길에서 피곤과 고통과 허기와 위험과 헐벗음과 칼과 사자와 용과 어둠 같은 것을 만날 게야. 한마디로 죽음이지. 그 외 무엇인들 만나지 않겠는가? 그건 수많은 사람들이 증언한 확인된 사실이지. 왜 모르는 사람의 말을 듣고 자신을 이렇게 함부로 내던진단 말인가?

크리스천: 선생님, 지금 말씀하신 그 모든 것보다 저는 제 등의 짐이 더 끔찍합니다. 아니, 저는 가는 길에 만나게 될 것이 무엇이든 개의치 않습니다. 만약 이 짐에서 제가 해방될 수만 있다면요.

속세의 현자: 자넨 어떻게 해서 처음 짐을 지게 되었나?

크리스천: 제 손에 있는 이 책을 읽고요.

속세의 현자: 내 그러리라 짐작했지. 자네도 다른 허약한 사람들처럼 자신한테 너무 고상한 것들을 상대하다가 갑자기 마음이 혼란해진 상태가 된 거야. 자네가 지금 겪는 이런 혼란은 사람을 사람답지 못하게 만들 뿐만 아니라 무언지 알지도 못하는 것을 얻기 위해 절망적인 모험을 떠나게 만들어.

크리스천: 전 제가 얻고자 하는 것이 무엇인지 압니다. 저의 무거운 짐을 더는 것이지요.

속세의 현자: 왜 자네는 온갖 위험이 따르는 이 길을 통해서만 짐을 덜기를 원하는가? 만약 내 말을 끝까지 들을 인내심만 있다면 자네가 반드시 만날 위험을 피하면서 원하는 것을 구할 수 있는 길을 내가 가르쳐 줄 수 있는데. 그래, 답은 가까이 있지. 게다가 그런 위험 대신 자넨 안전함, 우정, 만족 같은 것을 만날 거야.

크리스천: 선생님, 제발 그 비밀을 제게 알려 주세요.

속세의 현자: 저 너머 마을에, 그 마을 이름은 도덕이야, 율법준수란 신사가 살고 있어. 훌륭한 명성을 지닌 매우 신중한 분인데, 자네같이 어깨에 지고 있는 짐을 벗겨 주는 재주가 있는 분일세. 내가 알기에 이런 식으로 많은 훌륭한 일을 하셨어. 그렇지, 게다가 짐에 눌려 정신이 약간 나간 사람들을 고치는 재주를 갖고 계셔. 내가 말했듯이 자넨 그분한테 가서 즉시 도움을 받게나. 그분의 집이 여기서 1마일도 채 안 돼. 만약 그분이 집에 안 계시면 젊은 아들이 있는데 그 이름이 예의 바름이야. 노신사만큼 그 사람도 잘해. 거기서 자네의 짐을 덜 수 있을 걸세. 자네가 이전에 살던 곳으로 돌아갈 마음이 없다면 이 마을로 자네 부인과 아이들을 오라고 해. 나도 자네가 돌아가는 걸 원하지 않아. 이 마을에는 적당한 가격에 세 들 수 있는 빈집들이 많아. 거기서는 먹을 것도 싸고 좋아. 자네 인생을 더 행복하게 해 주는 것이 거기 있으니 자네는 정직한 이웃을 신용하며 괜찮은 방식으로 잘 살 수 있을 거야.

크리스천은 약간 망설이다 이 신사가 말한 것이 사실이라면

"그의 조언을 따른 것이 내가 취할 가장 현명한 길이지"라며 결론을 내리고 그에게 더 물었다.

크리스천: 선생님, 어떤 길이 이 정직한 분의 집으로 가는 길입니까?

속세의 현자: 저기 높은 산이 보이지?

크리스천: 네, 잘 보입니다.

속세의 현자: 그 산으로 가야 해. 첫 번째 집이 그분 집일세.

그래서 크리스천은 가던 길을 벗어나 도움을 구하러 율법 준수의 집으로 갔다. 그러나 산 근처에 다가갔을 때 그는 그 산이 엄청 높은 것을 알게 되었다. 더구나 길 쪽으로 난 한쪽이 너무 위태롭게 매달려 있어 크리스천은 그 산이 자기 머리 위에 떨어질까 겁이 나 더 나아갈 수가 없었다. 그래서 그는 무엇을 해야 할지 모른 채 그 자리에 서 있었다. 또한 그의 짐은 그가 길을 갈 때보다 더 무겁게 눌렀다. 더구나 산 위에서 불길이 솟아 나와 크리스천은 불에 탈까 두려웠다.* 여기서 그는 진땀을 흘리며 두려움에 떨었다.* 이제 그는 괜히 속세의 현자의 말을 들었다고 후회하기 시작했다. 그때 저만치서 복음 전도사가 자기를 만나러 오는 것을 보았다. 그 모습에 그는 수치심으로 몸이 뜨거워 오기 시작했다. 복음 전도사가 가까이, 더 가까이 다가왔고 그는 근엄하고 무서운 표정으로 그를 쳐다보며 크리스천에게 따졌다.

복음 전도사: 자네 여기서 뭣 하고 있나?

그 말에 크리스천은 어떻게 답해야 할지 몰랐다. 그래서 아무

말 없이 서 있었다. 그러자 복음 전도사는 계속 말했다. "자네는 멸망의 도시 성벽 밖에서 울고 있던 사람이 아닌가?"

크리스천: 예, 선생님. 제가 그 사람입니다.

복음 전도사: 내가 자네에게 좁은 문으로 가는 길을 가르쳐 주지 않았나?

크리스천: 예, 선생님.

복음 전도사: 그런데 자네는 어떻게 그리도 빨리 길에서 벗어난단 말인가? 이 길은 옳은 길이 아닌데.

크리스천: 제가 낙담의 수렁을 빠져나오자마자 어떤 신사분을 만났는데 저 앞에 있는 마을에서 짐을 벗겨 줄 남자를 만날 수 있다고 제게 일러 주었어요.

복음 전도사: 그는 어떤 사람인가?

크리스천: 신사처럼 보였어요. 제게 말씀을 많이 해 주셔서 결국 저는 그의 말을 따라 이곳으로 왔어요. 그런데 이 산을 보니 길 위로 떨어질 듯이 솟아 있어 머리 위로 떨어질까 봐 저는 꼼짝 못하고 있었죠.

복음 전도사: 그 사람이 무슨 말을 했나?

크리스천: 저더러 어디로 가느냐고 물어서 그분께 말씀드렸죠.

복음 전도사: 그랬더니 그가 뭐라 말했나?

크리스천: 제게 가족이 있냐고 물어서 그렇다고 말씀드렸죠. 하지만 제 등을 짓누르고 있는 짐 때문에 저는 이전처럼 가족들과 즐겁지 않다고도 말씀드렸죠.

복음 전도사: 그랬더니 그 사람이 뭐라 하던가?

크리스천: 그는 최대한 빨리 제 짐을 벗어 버리라 했고, 저는 그것이 바로 제가 찾는 위안이라고 말씀드렸죠. 그러고는 저 너머 좁은 문으로 가서 해방의 장소로 가는 안내를 더 받을 예정이라고 말씀드렸죠. 그러자 그분은 더 좋고 가까운 길을 보여 주겠다고 했어요. 선생님께서 제게 가르쳐 주신 길보다 위험하지도 않다고 하시면서 그 길로 가면 이 짐을 벗길 재주가 있는 신사의 집에 갈 수 있다고 말씀하셨어요. 그래서 그분을 믿고 혹시라도 이 짐을 곧 벗을 수 있을까 싶어 가던 길을 벗어나 여기로 왔지요. 그러나 이곳 상황을 보니 앞서 말씀드린 위험 때문에 무서워서 발이 떨어지지 않으니 이제 무엇을 해야 할지 모르겠습니다.

복음 전도사: 그럼 일단 잠시 서 있게나. 내 자네에게 하나님의 말씀을 보여 주리라.

그래서 그는 떨면서 기다렸다. 복음 전도사가 말했다. "너희는 삼가 말씀하신 이를 거역하지 말라. 땅에서 경고하신 이를 거역한 그들이 피하지 못하였거든 하물며 하늘로부터 경고하신 이를 배반하는 우리일까 보냐."* 복음 전도사는 계속 말했다. "의인은 믿음으로 말미암아 살리라. 또한 뒤로 물러가면 내 마음이 그를 기뻐하지 아니하리라."* 그는 또 이렇게 말씀을 설명했다. "너는 스스로 이 불행으로 달려간 자라. 너는 가장 높은 분의 권고를 거부하고 네 발길을 평강의 길에서 돌려 파멸의 위험에 자신을 던지는구나."*

그러자 크리스천은 그의 발 앞에 시체처럼 쓰러져 울부짖었다. "아이고, 이제 나는 끝장이군요." 그 모습을 보고 복음 전도사가 그의 오른팔을 잡으며 말했다. "사람의 모든 죄와 모든 모독하는 일은 사하심을 얻도다. 믿음을 잃지 말고 믿으라."* 그러자 크리스천은 다시 기운을 차려 복음 전도사 앞에 처음처럼 떨면서 섰다.

그러자 복음 전도사는 계속해서 말했다. "내가 해 주는 말을 좀 더 열심히 들으라. 이제 너를 속인 자가 누구인지, 누가 그를 네게 보냈는지 알려 줄 것이다. 네가 만난 사람은 속세의 현자라는 자인데 그 이름이 정확하지. 왜냐하면 그는 이 속세의 교리만 좋아해서 항상 교회 대신 도덕의 도시에 가지.* 또한 이 속세의 교리가 십자가를 면하게 해 주니 그 교리를 가장 사랑하지.* 그는 이런 세속적 기질 때문에 나의 길이 옳아도 방해하려 한 거지. 이 사람의 권고에서 네가 절대적으로 혐오해야 할 세 가지가 있다.

1. 네 갈 길에서 벗어나게 한 점
2. 네가 십자가를 싫어하게 만들려고 애쓴 점
3. 그리고 네 발길을 사망의 율법으로 가는 길로 인도한 점.*

첫째, 네 갈 길을 벗어나게 만든 것을 너는 혐오해야 한다. 그래, 또한 네가 그러기로 동의한 것에 대해서도 말이다. 왜냐면 이것은 속세의 현자 말을 듣기 위해 하나님의 말씀을 거부하는 것이기 때문이지. '좁은 문으로 들어가기를 힘쓰라'*고 주님께서 말씀하셨다. 바로 내가 너를 보낸 그 문이야. '생명으로 인도하는 문은 좁고 길이 협착하여 찾는 자가 적음이라.'* 이 좁은 문에서, 그리고 그곳으로 바로 가는 길에서 이 사악한 사람이 너를 벗어나게 하여 거의 멸망으로 인도했다. 그러므로 갈 길에서 벗어나게 한 그를 증오하고, 그의 말을 들은 너 자신을 혐오하라.

둘째, 네가 십자가를 혐오하게 만들려고 그가 애쓴 점을 너는 증오해야 한다. 너는 '애굽의 모든 보화보다 십자가를 더 귀하게 여겨야 해'.* 또한 영광의 왕께서 네게 말씀하셨다. '누구든지 자기 목숨을 구원하고자 하면 잃을 것이요',* '무릇 내게 오는 자가 자기 부모와 처자와 형제와 자매와 더욱이 자기 목숨까지 미워하지 아니하면 능히 내 제자가 되지 못'한다고 하셨지.* 죽음 없이는 영원한 생명을 가질 수 없다고 진리가 말씀하신 것을 그 사람은 네게 죽음뿐이라고 설득했으니 그런 교리를 너는 혐오해야 한다.

셋째, 그가 사망의 율법이 지배하는 곳으로 네 발길을 인도한 점을 증오해야 된다. 그가 너를 누구에게 보냈으며 그 사람이 어째서 너의 짐을 벗길 수 없었는지 너는 잘 생각해야 한다.

네 고통을 덜어 준다면서 찾아가라고 한 그 사람의 이름은 율법 준수인데, 여종의 아들이지. 그 여자는 지금도 그 자식들과 함께 종 노릇을 하고 있는데 바로 네 머리 위로 떨어질까 겁내던 이곳이 성서에 나오는 시내산이야.* 그 여자가 자식들과 종 노릇을 하는데 너는 어떻게 그들에 의해 자유로워질 수 있기를 기대하는가? 율법 준수는 너를 짐에서 해방시킬 수 없어. 그의 힘으로 짐을 벗어 던진 사람은 아무도 없다. 아니, 앞으로도 그럴 것이다. 율법의 작용으로 너희는 의인화될 수 없다. 율법의 행위는 살아 있는 어떤 인간의 짐도 덜어 주지 못하기 때문이지. 그러므로 속세의 현자는 이방인이고 율법 준수는 사기꾼이야. 그의 아들 예의 바름은 살살 웃고 다니지만 위선자에 지나지 않아 너를 도와줄 수 없어. 내 말을 믿어라. 그 주정뱅이 같은 남자가 한 말은 모두 헛소리일 뿐이다. 내가 알려 준 길에서 너를 벗어나게 하여 구원받지 못하게 속일 계획이었지." 이 말을 하고 복음 전도사는 하늘을 향해 자신이 말한 바를 확인해 달라고 크게 소리쳤다. 그러자 솟아 있던 산에서 말씀과 불이 나왔고 산 밑에 서 있던 불쌍한 크리스천은 온몸의 털이 곤두섰다. 말씀은 이랬다. "무릇 율법 행위에 속한 자들은 저주 아래에 있나니 기록된바 누구든지 율법책에 기록된 대로 모든 일을 항상 행하지 아니하는 자는 저주 아래에 있는 자라 하였음이라."*

이제 크리스천은 죽음만 기다리고 있구나 생각하고 슬피 울기 시작했다. 그는 속세의 현자를 만났던 때를 저주하면서 그의 권고에 귀 기울인 자신을 바보 중 바보라고 탄식했다. 또한 육신에서만 나온 그 신사의 주장에 자신이 올바른 길을 저버리고 끌려간 것이 매우 부끄러웠다. 그는 복음 전도사에게 다음과 같은 말과 생각을 전했다.

크리스천: 선생님, 어떻게 생각하십니까? 희망이 있을까요?

제가 지금이라도 발길을 돌려 좁은 문으로 갈까요? 이번 일로 제가 버림받지 않을까요? 거기서 수치를 당한 채 되돌아오지 않을까요? 그 남자의 권고를 들은 것이 너무 죄송하지만 제 죄를 용서받았으면 합니다.

복음 전도사: 두 가지 사악함을 저질렀으므로 네 죄는 매우 엄중하다. 너는 금지된 길을 가느라 선한 길을 저버렸다. 그러나 문을 지키는 그 사람이 너를 받아 줄 것이다. 왜냐하면 그는 인간에게 선의를 갖고 있기 때문이다. 다만 그가 약간만 진노해도 길에서 자네는 망할 것이니* 다시는 옆으로 새지 않도록 조심하라.

크리스천은 바른길로 돌아가겠노라 말했고 복음 전도사는 그에게 입 맞춘 뒤 미소를 지으며 성공을 빌었다. 크리스천은 어느 누구와도 말을 나누지 않고 서둘러 길을 갔다. 누가 물어도 그는 대답하지 않았다. 그는 속세의 현자의 권고로 들어선 그 길을 다시 나올 때까지 마치 안전하지 않은 금단의 땅을 가는 사람처럼 조심해서 갔다. 그렇게 시간이 흘러 그는 문에 도달했다. 문 위에는 "두드리라 그러면 열릴 것이오"라고 쓰여 있었다.* 그는 서너 번 문을 두드리며 이렇게 말했다.

내가 여기 들어갈 수 있을까요?
비록 내가 자격이 없는 반항아지만
안에 계신 분이 불쌍히 여겨 열어 주실까요?
그러면 지극히 높은 분을 영원히 찬양하리.

마침내 문을 열고 근엄한 사람이 나왔다. 그 이름은 선의였다. "거기 누구시오? 어디서 왔습니까? 무얼 원하죠?"라고 그가 물었다.

크리스천: 무거운 짐을 진 불쌍한 죄인입니다. 저는 멸망의 도시에서 왔고, 시온산으로 가는데 앞으로 올 분노로부터 해방되기를 원합니다. 선생님, 이 문이 그곳으로 가는 길이라고 들었는데 당신이 저를 들여보내 주실지 알고 싶습니다.

선의: 온 마음으로 기꺼이 그러고 싶소.

그렇게 말하면서 그는 문을 열었다.

크리스천이 안으로 발을 내딛자 선의가 그를 잡아당겼다. 그러자 크리스천은 "왜 그러시죠?"라고 물었다. 그 사람은 이렇게 일러 주었다. "이 문에서 멀지 않은 곳에 견고한 성이 서 있는데 그곳의 우두머리가 바알세불이오. 거기서 그와 무리들이 이곳에 온 사람들이 문으로 들어오기 전에 운 좋게 죽일 수 있을까 하고 화살을 쏘지요." 그러자 크리스천이 "저는 들어와서 기쁘고 또 떨립니다"라고 말했다. 그가 문 안으로 들어오자 문에 있는 사람이 물었다. "누가 당신을 여기로 인도했소?"

크리스천: 여기로 와서 두드리라고 복음 전도사님이 제게 말씀하셔서 그렇게 했지요. 그리고 선생님께서 제게 무엇을 해야 하는지 말씀해 주실 거라고 하셨어요.

선의: 열린 문이 당신 앞에 있으니 능히 닫을 사람이 없으리라.*

크리스천: 이제야 제가 위험을 무릅쓴 보람을 느낍니다.

선의: 어째서 당신은 혼자 왔나요?

크리스천: 이웃들 중에는 아무도 저처럼 자신들에게 닥칠 위험을 보지 못했기 때문입니다.

선의: 그들 중에서 당신이 떠나는 걸 아는 사람이 있었나요?

크리스천: 네, 제 집사람과 아이들이 먼저 저를 보았고 돌아오라 불렀지요. 그리고 이웃 몇몇은 절더러 돌아오라고 서서 울부짖었어요. 저는 손가락으로 귀를 막고 이 길로 왔지요.

선의: 그들 중 아무도 당신을 따라와 돌아가자고 설득하지 않았나요?

크리스천: 그랬죠, 완고와 우유부단이 자기들 말대로 하지 않자 완고는 욕을 하고 돌아갔고, 우유부단은 얼마간 저와 같이 갔었죠.

선의: 그런데 왜 그 사람은 끝까지 오지 않았나요?

크리스천: 우리는 함께 가다 낙담의 수렁에 도달했는데 거기서 갑자기 떨어졌지요. 우유부단은 낙담하여 더 이상 모험하려 하지 않았어요. 그래서 자기 집 가까운 쪽으로 나갔죠. 그 멋진 나라는 자기 대신 나 혼자 소유하라고 하면서요. 그래서 그는 자기 길로 갔고, 저는 제 길로 왔죠. 그는 완고를 따라갔고, 저는 이 문으로 왔어요.

선의: 오호, 불쌍한 인간일세. 천상의 영광이 그토록 하찮아 보였는가? 그것을 얻기 위해 몇 가지 어려움을 무릅쓸 가치도 없다고 여기다니.

크리스천: 제가 우유부단에 대해 한 말은 진실입니다. 그리고 저 자신에 대해 진실을 말씀드린다면 사실 그와 저는 별 차이가

없지요. 그가 자기 집으로 돌아간 것이 사실입니다. 그러나 저 역시 속세의 현자 씨의 세속적인 주장에 설득당해 사망의 길로 빠진 것도 사실입니다.

선의: 오, 그 사람을 만났군요! 그 사람이 당신더러 율법 준수 씨의 손에서 짐을 덜라고 그랬죠? 그 둘은 모두 사기꾼입니다. 당신은 그의 권고를 받아들였습니까?

크리스천: 네, 제가 갈 수 있는 한 율법 준수 씨를 찾아갔는데 그의 집 옆에 서 있는 산이 제 머리 위로 떨어질 것 같았어요. 그래서 멈출 수밖에 없었습니다.

선의: 그 산에서 많은 이가 죽었고, 앞으로 더 많은 사람이 죽을 겁니다. 당신은 산산조각 나는 것을 피했으니 다행이지요.

크리스천: 암울한 구렁텅이에서 멍하니 있을 때 복음 전도사님을 다시 만나지 않았다면 정말로 거기서 제게 무슨 일이 일어날지 알 수 없어요. 그가 제게 다시 온 것은 하나님의 자비지요. 그렇지 않다면 저는 결코 이곳으로 오지 못했어요. 우리 주님과 서서 이야기를 나누기보다는 그 산에서 죽어 마땅한 제가 이제 여기 왔습니다. 오, 제가 여기에 들어오도록 허락된 것은 정말이지 엄청난 은혜입니다.

선의: 우리는 무조건 거절하지는 않아요. 여기 오기 전 사람들이 무슨 일을 했든 간에 무조건 내쫓지 않아요.* 그러니 선한 크리스천이여, 나를 따라오시오. 내가 당신이 가야 할 길을 가르쳐 주겠소. 앞을 쳐다보시오. 저기 좁은 길이 보이나요? 당신은 그 길로 가야만 합니다. 그 길은 구약의 조상들과 선지자들과

그리스도와 그 제자들이 닦은 길인데, 자로 잰 듯 바른 길입니다. 이것이 당신이 가야만 할 길입니다.

크리스천: 그럼 초행자가 길을 잃을 수 있는 갈림길이나 구부러진 곳이 없단 말입니까?

선의: 물론 있지요. 많은 길이 갈라지는데 그 길은 넓고 구부러져 있어요. 그러나 당신은 옳은 길과 그릇된 길을 구별할 수 있으니 곧고 좁은 길만이 바른길이지요.*

그리고 나는 꿈속에서 크리스천이 선의에게 자기 등짐을 벗게 도와줄 수 있는지 묻는 것을 보았다. 아직까지 그는 그 짐을 벗지 못했고, 또한 다른 사람의 도움 없이 결코 벗을 수 없기 때문이었다.

그가 크리스천에게 말했다. "해방이라는 장소에 도달할 때까지 그 짐을 감내해야 합니다. 그곳에 가면 당신의 짐은 저절로 떨어질 것입니다."

그러자 크리스천은 여행을 시작하기 위해 허리띠를 단단히 조였다. 선의는 크리스천에게 문에서 얼마쯤 가면 해석자의 집이 나오는데 문을 두드리면 그가 훌륭한 것들을 보여 줄 것이라 말해 주었다. 크리스천은 친구에게 작별 인사를 했고, 친구는 그에게 성공을 빌었다.

크리스천은 계속 나아가 해석자의 집에 도착했다. 문을 여러 번 두드리자 마침내 어떤 이가 문으로 와서 "거기 누구요?"라고 물었다.

크리스천: 저는 고행객으로 이 집 주인님을 잘 아는 분이 이곳

에 가면 제가 도움을 받을 수 있다고 해서 왔습니다. 이 집 주인님을 만나고 싶습니다.

그러자 그는 주인을 불렀고 조금 뒤 주인이 크리스천에게 와서 그가 무엇을 원하는지 물었다.

크리스천: 선생님, 저는 멸망의 도시에서 온 사람으로 시온산으로 가는데요. 이쪽으로 오는 어귀에 좁은 문을 지키던 분이 여기를 방문하면 당신이 제 여행에 도움이 되는 훌륭한 것들을 보여 주실 거라고 말씀하셨어요.

해석자: 그럼 들어오게. 자네에게 유익한 것들을 내 보여 줌세.

그는 하인에게 촛불을 켜라고 지시한 후 크리스천에게 따라오라고 했다. 그는 크리스천을 작은 방으로 데리고 가서 하인에게 문을 열라고 했다. 문이 열리자 크리스천은 벽에 걸려 있는 매우 엄숙한 사람의 모습을 보았는데 그 그림의 방식은 다음과 같았다. 그는 눈을 들어 하늘을 바라보고 손에는 성서를 들고 있었으며 진리의 율법이 그 입술에 쓰여 있었다. 세상은 그 등 뒤에 있었다. 그는 마치 인간들에게 애원하듯 서 있었는데 금면류관이 그 머리를 덮었다.

크리스천: 이것이 무슨 의미입니까?

해석자: 그림 속의 이분은 흔치 않은 인물로 "그리스도 안에서 일만 스승이 있으되 아버지는 많지 아니하니"* 그는 복음으로 아이들을 낳고, 아이들과 같이 해산하는 수고를 겪고, 그들이 태어났을 때 그 자신이 양육하는 분이지.* 네가 보듯이 그는 눈을 들어 하늘을 보고 있고* 손에 성서를 들고 있으며 그의 입

술에는 진리의 법이 쓰여 있다. 이는 그의 역할이 죄인들이 알기 어려운 것들을 깨우치고 알려 주는 것임을 보여 주기 위함이다. 그가 마치 사람들에게 애원하듯 서 있는 모습도 마찬가지야. 또한 그가 세상을 등지고 있고 왕관이 그의 머리에 드리워 있는 것이 보이지. 이는 주님께서 베푸신 것을 사랑하여 이 세상에 존재하는 것들을 무시하고 멸시하면 앞으로 올 세상에서 영광을 상으로 확실히 받을 것임을 네게 보여 주기 위함이라. 내가 이 그림을 먼저 보여 주는 이유는 이 그림 속의 사람이야말로 네가 가는 길에 만날 모든 어려운 장소에서 안내자가 되도록 네가 가는 곳의 왕께서 권능을 주신 유일한 사람이기 때문이야. 내가 알려 준 것을 주의 깊게 새기면서 네가 본 것을 마음속에 단단히 간직하라. 혹시라도 가는 길에 너를 올바른 쪽으로 인도하는 척하지만 죽음으로 가는 길로 이끄는 사람들을 만날 수 있으니까.

그러면서 그는 크리스천의 손을 잡고 넓은 응접실로 인도했는데 한 번도 비질을 하지 않아 먼지가 가득한 곳이었다. 그곳을 잠시 둘러본 해석자는 비질을 하라고 하인을 불렀다. 그가 비질을 시작하자 먼지가 엄청나게 날아 크리스천은 숨이 막힐 지경이었다. 해석자가 옆에 서 있는 아가씨에게 물을 가져와 방에 뿌리라고 말했다. 그렇게 하자 방은 쉽게 비질되어 깨끗해졌다.

크리스천: 이것은 무슨 의미인지요?

해석자: 이 응접실은 복음의 감미로운 은총으로 한 번도 정화된 적이 없는 인간의 마음이다. 먼지는 그의 원죄요, 모든 인간

을 더럽히고 있는 내적 부패지. 처음 비질을 시작한 이는 율법이야. 그러나 물을 뿌린 여인은 복음이라. 너도 보았듯이 처음 사람이 비질을 시작하자 먼지가 날아다녀 방은 깨끗해지지 못하고 오히려 네가 숨이 막힐 지경이었지. 이는 율법이 죄로부터 마음을 정화하는 대신 죄를 발견하고 금하면서도 오히려 영혼 속에서 죄를 되살리고 힘을 불어넣고 더하게 함을 네게 보여 주기 위함이다.* 율법은 죄를 정복하는 능력을 주지 못하기 때문이다.

또한 아가씨가 방에 물을 뿌리자 마음먹은 대로 청소되는 것을 너는 보았다. 이는 복음이 마음에 감미롭고 귀중한 영향력을 행사할 때 아가씨가 마룻바닥에 물을 뿌려 먼지를 가라앉히듯 죄를 극복하고 정복하여 영혼은 믿음으로 맑아지고 결국 영광의 왕께서 거하기에 합당한 곳이 됨을 네게 보여 주기 위함이다.*

나는 꿈속에서 해석자가 그의 손을 잡고 작은 방으로 데려가는 것을 보았다. 그곳에는 어린아이 둘이 각자의 의자에 앉아 있었다. 큰 애의 이름은 열정이고, 다른 애의 이름은 인내였다. 열정은 불만에 가득 차 보였고, 인내는 매우 조용했다. 크리스천은 열정이 불만에 차 있는 이유를 물었다. 해석자가 대답했다. "이 아이들의 아버지가 아이들이 좋아하는 것을 가지려면 내년 초까지 기다리라고 했지. 저 애는 지금 모두를 갖기 원하지만 인내는 자진해서 기다리지."

그때 나는 어떤 이가 열정 쪽으로 가서 보물이 든 자루를 그의 발아래 붓는 것을 보았다. 열정은 그것을 잡고 좋아하면서 인내를 비웃었다. 그러나 얼마 되지 않아 그가 모든 것을 탕진하고 누더기 외에는 아무것도 남지 않은 것을 나는 보았다.

크리스천: 이 일을 좀 더 자세히 설명해 주세요.

해석자: 이 두 아이는 비유이다. 열정은 이 세상의 사람이고, 인내는 앞으로 올 세상의 사람이다. 네가 보듯이 열정은 지금 모든 것을 가져야만 해. 올해 안에, 다시 말하면, 이 세상에서 말이지. 세상 사람들도 그런 식이지. 그들은 좋은 것들을 모두 지금 가져야만 하고 내년, 즉 다음 세계에서 그들이 받을 행복의 몫을 기다리지 못해. 앞으로 올 세상의 선함에 대한 신성한 증언보다 '손안의 새 한 마리가 숲속의 두 마리 새보다 낫다'는 속담이 그들에게 더 권위를 지닌다네. 그러나 너도 보았다시피 그는 모든 것을 재빨리 낭비해 버리고 바로 누더기만 남은 빈털터리가 되지. 그런 사람들은 이 세상의 종말에서도 모두 그렇게 되겠지.

크리스천: 이제 저는 인내가 여러 면에서 최고의 지혜를 가진 것을 알겠습니다. 첫째, 그는 최상의 것을 받기 위해 기다리고, 둘째, 열정이 누더기밖에 남은 것이 없을 때 그는 자신의 영광을 가질 것이기 때문입니다.

해석자: 아니, 너는 또 하나를 덧붙여야 해. 내세의 영광은 결코 소진되지 않지만 이 세상의 것은 갑자기 사라진다는 것을 알아야 해. 그러므로 열정은 좋은 물건을 먼저 가졌다고 인내를 비웃을 이유가 없지. 오히려 인내가 마지막에 최상의 것을 가졌

으므로 열정을 비웃을 수 있지. 먼저 온 것은 나중에 자리를 내주어야 해. 마지막은 자신의 시간이 올 때까지 기다리지만 어떤 것에도 자리를 내주지 않아. 그 뒤를 이을 다른 것이 없기 때문이지. 자기 몫을 맨 처음에 가진 사람은 그것을 쓸 시간이 필요하지만 맨 마지막에 자기 몫을 가진 자는 그것을 영원히 가질 수 있지. 부자에 대한 이런 말씀이 있다. "너는 살았을 때에 좋은 것을 받았고 나사로는 고난을 받았으니 이것을 기억하라. 이제 그는 여기서 위로를 받고 너는 괴로움을 받느니라."*

크리스천: 앞으로 올 것을 기다리면서 지금 있는 것을 탐하지 않음이 최상인 것을 알겠습니다.

해석자: 네가 진실을 말했도다. "보이는 것은 잠깐이요 보이지 않는 것은 영원함이라."* 그렇다 하더라도 속세의 일들과 우리의 육체적 욕망은 서로 가깝고 내세의 일과 육체적 욕망은 서로 모르는 사이지. 따라서 앞의 둘은 갑자기 친해질 수 있지만 뒤의 둘 사이에는 항상 거리가 있단다.

나는 꿈속에서 해석자가 크리스천의 손을 잡고 어떤 곳으로 데려가는 것을 보았다. 그곳 벽에는 불이 타고 있었고 어떤 이가 그 옆에서 불을 끄기 위해 계속 물을 끼얹고 있었다. 그러나 불은 더 높이 더 뜨겁게 타올랐다.

크리스천: 이것은 무슨 의미입니까?

해석자: 이 불은 마음속에서 역사하시는 은총을 의미하지. 불을 끄려고 거기에 물을 끼얹는 자는 악마다. 그러나 오히려 불은 더 높이 더 뜨겁게 타오르는데, 너는 그 이유도 볼 수 있어야 해.

해석자가 크리스천을 벽 뒤로 데려갔고, 거기서 그는 손에 기름병을 든 사람이 끊임없이 그러나 몰래 불에다 기름을 붓고 있는 것을 보았다. 크리스천은 "이것이 무슨 의미입니까?"라고 물었다. 해석자가 대답했다. "마음에서 이미 시작된 은사를 은총의 기름으로 끊임없이 유지하고 있는 이분은 그리스도이다. 이분 덕분에 악마가 하는 짓에도 불구하고 그분의 백성은 여전히 영혼에 은혜가 족하다.* 너는 그분이 벽 뒤에 숨어서 불을 유지하는 것을 보았다. 이는 유혹받은 자는 영혼 속에서 은총이 어떻게 유지되는지 보기가 어렵다는 말이지."

나는 해석자가 그의 손을 잡고 보기에도 아름다운 궁전이 서 있는 멋진 장소로 데려가는 것을 보았다. 그 광경에 크리스천은 매우 기뻤다. 그는 꼭대기에서 모두 황금 옷을 입은 사람들이 거니는 것을 보았다. 크리스천은 "우리도 저기로 들어갈 수 있나요?"라고 말했다. 해석자가 그를 이끌고 궁전의 문으로 갔다. 문가에는 많은 무리의 사람들이 들어가고 싶어 했지만 감히 그러지 못하고 있었다. 문에서 약간 떨어진 곳에 한 남자가 앉아 있었는데 탁자 위에는 그곳으로 들어갈 사람들의 이름을 적는 책자와 뿔로 만든 잉크병이 있었다. 또한 갑옷을 입은 많은 남자들이 통로를 지키면서 들어오는 사람에게 할 수 있는 한 해코지를 하거나 상처를 주는 모습도 보였다. 크리스천은 생각에 잠겼다. 무장한 남자들이 두려워 모두들 뒷걸음칠 때 마침내 건장한 얼굴의 한 남자가 앉아 있는 남자에게 다가가 "선생, 내 이름을 쓰시오"라고 말하는 것을 크리스천은 보았다. 이름을 쓰자 그 남자는 머리에 투구를 쓰고 자기 칼을 빼더니 문 쪽으로 돌진했는데 무장한 남자들이 무서운 힘으로 그에게 달려들었다. 그러나 찌르고 때려도 그 남자는 낙담하지 않았다. 자신을 몰아내려는 자들과 서로 수많은 상처를 주고받은 후에 그는 그들을 뚫고 궁전 안으로 밀고 들어갔다.* 그러자 안에 있는 사람들과 특히 궁전 꼭대기를 거닐던 세 사람이* 기뻐하며 이렇게 말하는 소리가 들렸다.

들어오라, 들어오라
영원한 영광을 너는 얻을 것이라.

그 남자는 안으로 들어간 뒤 그들처럼 빛나는 옷을 둘렀다.

그러자 크리스천이 미소 지으며 "진정으로 이것의 의미를 저는 알 것 같아요"라고 말했다.

"저는 이제 저곳으로 가겠어요"라고 그가 말했다. "아니, 기다려"라고 해석자가 말했다. "내가 몇 가지 더 보여 줄 때까지 기다려라. 그 후 네 길을 가거라." 그는 다시 그의 손을 잡고 아주 어두운 방으로 데려갔는데 거기엔 한 남자가 쇠창살 안에 갇혀 있었다.

그 남자는 매우 슬퍼 보였다. 두 눈으로 땅바닥만 내려다보면서 두 손을 꼭 쥐고 억장이 무너지듯 한숨을 쉬며 앉아 있었다. 크리스천은 "이것이 무슨 의미입니까?" 하고 물었다. 그러자 해석자가 그 남자와 말해 보라고 했다.

크리스천: 당신은 누구요?

남자: 나는 이전의 내가 아닌 사람이오.

크리스천: 이전에 당신은 어떤 사람이었소?

남자: 나는 한때 스스로의 눈에나 다른 이들의 눈에도 유망하고 잘나가는 신자였소. 난 천상의 도시에 들어갈 자격이 있다고 한때 생각했고 내가 거기로 갈 것이란 생각에 기뻐하기까지 했지요.*

크리스천: 그런데 지금은 누구란 말입니까?

남자: 지금의 나는 절망에 빠진 사람이오. 이 쇠창살 안에 갇히듯 절망에 갇혀 있소. 도저히 나갈 수가 없어요. 오, 지금의 나는 할 수가 없어요.

크리스천: 어쩌다 이 지경이 되었소?

남자: 항상 깨어서 정신을 차려야 했는데 그러질 못했어요. 내 육욕의 고삐를 제어하지 못했어요. 나는 말씀의 빛과 하나님의 선함에 반하는 죄를 지었죠. 나는 성령에 몹쓸 짓을 했고 성령은 떠났어요. 난 악마를 유혹했고 그는 내게 왔어요. 나는 하나님이 노하시게 자극했고 하나님은 날 떠나셨어요. 내 마음은 이제 너무 굳어서 나는 회개할 수도 없어요.

크리스천이 해석자에게 물었다. "이 남자와 같은 사람에게는 희망이 전혀 없습니까?" 해석자가 그에게 직접 물어보라고 말했다.

크리스천: 이 절망의 쇠창살 안에 갇혀 있는 것 말고는 희망이 없습니까?

남자: 없어요, 전혀 없어요.

크리스천: 왜요? 하나님의 아들은 매우 자비로우신 분이죠.

남자: 내 스스로 그를 십자가에 다시 못 박았어요.* 난 그분을 멸시했고* 그의 공의(公義)로움을 경멸했으며 그의 보혈을 부정한 것으로 여기고 은혜의 성령을 욕되게 했지요.* 나는 모든 언약으로부터 나 자신을 단절시켰죠. 이제 내게 남은 것은 저주뿐이에요. 확실한 심판과 무서운 분노가 나 같은 적을 삼켜 버릴 거라는 무시무시하고 두려운 저주 외에는 아무것도 없어요.

크리스천: 당신은 어쩌다 이런 상태까지 되었소?

남자: 육욕과 쾌락과 속세의 이익 때문이죠. 그것을 즐기면서 나 자신에게 많은 기쁨이 오리라 생각했었죠. 그러나 이제는 그것들 하나하나가 나를 물어뜯고 불타는 벌레처럼 나를 갉아 먹네요.

크리스천: 지금이라도 회개하고 자신을 바꾸면 안 됩니까?

남자: 하나님께서 거부하시니 내가 회개할 수 없어요. 그의 말씀은 내가 믿고자 하는 마음을 전혀 주지 않아요. 네. 그분 자신이 나를 이 쇠창살에 가두었어요. 이 세상 어느 누구도 나를 밖으로 빼낼 수 없습니다. 오, 영원이여, 영원이여. 영원 속에서 내가 만날 불행을 어떻게 견뎌야 한단 말인가.

해석자: 너는 이 남자의 불행을 늘 기억하며 영원히 조심해야 한다.

크리스천: 그래요, 정말 무섭군요. 하나님, 제가 정신 차리고 깨어 기도하며 이 사람에게 불행을 가져온 원인들을 멀리하도

록 도와주소서. 선생님, 이제 길을 떠나야 할 시간이 아닌가요?

해석자: 내가 한 가지 더 보여 줄 테니 기다려라. 그 뒤에 너의 길을 가라.

그는 크리스천의 손을 잡고 방으로 인도했는데 거기에 어떤 남자가 침대에서 일어나고 있었다. 그는 옷을 입으면서 온몸을 덜덜 떨었다. 크리스천은 "왜 이 남자가 저렇게 떨고 있나요?"라고 물었다. 해석자가 그 남자에게 그런 행동을 하는 이유를 크리스천에게 말해 주라고 했다. 그는 이렇게 말했다. "밤에 자다가 꿈을 꾸었는데요, 꿈속에서 하늘이 점점 깜깜해지더니 너무나 무섭게 천둥과 번개가 쳐서 무척 괴로웠어요. 꿈속에서 위를 쳐다보니 구름이 빠른 속도로 날아갔고 웅장한 나팔 소리가 들렸죠. 나는 한 남자가 수많은 천사들의 호위를 받으며 구름에 앉은 것을 보았죠. 그들은 모두 타오르는 불길이었고 하늘나라도 불길 위에 있었죠. 그때 나는 '죽은 자들아, 일어나 심판을 받으라'라는 목소리를 들었어요. 그 소리와 함께 바위가 깨지면서 무덤이 열리고 죽은 자들이 거기서 나왔어요. 어떤 이들은 너무나 기뻐하면서 하늘을 쳐다보았어요. 어떤 이는 산 아래에 자신을 숨기려 했지요.* 그때 구름 위에 앉은 남자가 책을 열고 세상 사람들에게 가까이 오라고 했죠. 하지만 그에게서 나오는 맹렬한 불길 때문에 그들은 마치 법정의 재판장과 죄인처럼 거리를 두고 섰죠.* 나는 구름 위에 앉은 분을 수행하는 그들에게 다음과 같은 말씀이 선포되는 것을 들었어요. '가라지와 쭉정이와 덤불을 거두어 불타는 못에 던져라.'* 그 말씀과 함께 내가 서 있는 그 자리에서 끝이 보이지 않는 구덩이가 열렸어요. 그 입구에서 끔찍한 소리와 함께 석탄불과 연기가 엄청나게 나왔어요. 또한 천사들에게 '내 알곡을 모아 곳간에 들이라'라는 말씀도 하셨죠.* 그 말씀과 함께 수많은 사람들이 구름 위로 들려 올라가는 것을 보았어요.* 하지만 나는 남겨졌어요. 나는 숨으려고 해 보았지만 구름 위에 앉아 계신 그분이 나를 계속 지켜보기 때문에 숨을 수도 없었어요. 또 내가 지은 죄가 마음속에 떠오르면서 내 양심이 사방에서 나의 잘못을 비난했지요.* 그러다가 잠에서 깨어났어요."

크리스천: 이 광경에서 무엇이 당신을 그토록 두렵게 했나요?

남자: 그야 당연히 심판의 날이 왔는데 나는 준비가 안 된 점이죠. 무엇보다도 내가 두려웠던 점은 천사들이 여러 사람을 위로 데려갔는데 나는 남겨졌다는 사실이죠. 또한 바로 내가 서 있는 곳에서 지옥 구덩이가 입을 벌린 점도요. 내 마음속 양심도 괴롭혔고, 내 생각에 심판자는 얼굴에 분노를 띠며 내게서 눈을 떼지 않았어요.

그때 해석자가 크리스천에게 "이 모든 일에 대해 생각해 보았느냐?"라고 물었다.

크리스천: 네, 이 모든 일을 보니 희망과 동시에 두려움이 생기네요.

해석자: 그래, 이 모든 것을 마음에 새겨 앞으로 네가 바른길로 나가도록 옆구리를 찌르는 창이 되게 하라.

이제 크리스천은 허리띠를 졸라매고 길 떠날 준비를 했다. 해석자가 "선한 크리스천이여, 천상의 도시로 가는 길을 네게 안내할 보혜사 성령이 항상 함께하기를 바라네"라고 말했다.

크리스천은 이렇게 말하면서 그의 길을 갔다.

여기서 진귀하고 유익한 일들을 보았네.
내가 하고자 시작한 것을 하도록
지탱해 주는 즐거운 것과 두려운 일들.
그것들을 생각하자, 왜 그것을 보여 주었는지
깊이 이해하자. 오, 선한 해석자여,
나 그대에게 감사를 드리네.

이제 꿈속에서 나는 크리스천이 양쪽에 높은 벽이 쳐진 큰길로 가는 것을 보았다. 그 벽의 이름은 구원이었다.* 길을 따라 크리스천은 뛰어갔지만 등 위의 짐 때문에 여간 힘들지 않았다.

그렇게 뛰어서 그는 언덕으로 올라가는 지점에 이르렀는데 그곳에는 십자가가 서 있었고 조금 떨어진 아래에는 무덤이 있었다. 크리스천이 십자가에 도달하는 순간, 어깨의 짐이 느슨해지더니 등에서 떨어지는 것을 나는 꿈에서 보았다. 떨어진 짐은 계속 굴러 무덤 입구까지 가더니 그 속으로 떨어졌고 더 이상 보이지 않았다.

그러자 크리스천은 기쁘고 가벼운 마음으로 "그는 자신의 슬픔으로 내게 안식을, 그의 죽음으로 내게 생명을 주셨도다"라고 말했다. 그리고 잠시 멈추어 놀라면서 바라보았다. 십자가를 보는 것만으로 그의 짐이 덜어진다는 사실이 그에게는 너무나 놀라웠다. 그래서 눈물이 흘러 두 뺨을 적실 때까지 그는 보고 또 쳐다보았다.* 그가 울면서 바라보고 있을 때 세 명의 빛나는 이가 그에게 와서 "평화가 그대와 함께 있으라"라고 인사했다. 첫 번째 이가 그에게 "네 죄 사함을 받았느니라"*라고 말했다. 두 번째 이는 그의 더러운 옷을 벗기고 새 옷으로 갈아입혔다.* 세 번째 이는 그의 이마에 표시를 하고* 봉인된 두루마리를 주면서 가는 길에 그것을 읽고 하늘나라 문에 도달하면 건네라고 일러 주었다. 크리스천은 기쁨에 세 번 껑충 뛰었고 이렇게 노래하며 길을 갔다.

여기까지 나는 내 죄를 짊어지고 왔네.
여기 오기 전까지 내가 겪던 슬픔을
씻을 수 없었지. 이곳은 얼마나 훌륭한 곳인가!
여기가 내 지복의 시작인가?
여기가 내 등의 짐이 떨어지는 곳인가?
여기가 날 묶었던 밧줄이 끊어지는 곳인가?
십자가에 축복을! 무덤에 축복을! 아니,
나 대신 치욕을 당한 그분께 축복이 있기를.

내가 꿈속에서 보니, 그는 이렇게 길을 가다가 산기슭에 도달했다. 거기서 그는 길에서 약간 벗어난 곳에 세 명의 남자가 발목에 족쇄를 찬 채 잠들어 있는 것을 보았다. 첫 번째 남자의 이름은 단순이고, 두 번째는 나태 그리고 세 번째는 뻔뻔이었다. 그들이 누워 있는 것을 보고 크리스천은 깨우기 위해 다가갔다. 그리고 소리쳤다. "당신들은 끝없는 심연인 죽음의 바다가 발아래 있는데 돛대 위에 누워 잠자는 자들과 같구려.* 어서 일어나시오, 떠납시다. 원하시면 내가 족쇄 벗는 것을 도와 드리겠소." 그는 또한 그들에게 말했다. "만약 울부짖는 사자같이 배회하는 그를 만난다면 당신들은 그 이빨에 먹이가 될 것이오."* 그 말을 듣고 그들은 그를 쳐다보며 이런 식으로 대답하기 시작했다. 단순은 "난 아무 위험도 보이지 않소"라고 말했다. 나태는 "좀 더 자야겠소"라고 말했고, 뻔뻔은 "각자 알아서 하는 거지, 그 밖에 무슨 말이 필요하겠어"라고 말했다. 그들은 다시 누워 잠을 잤고 크리스천은 갈 길을 갔다.

하지만 그들을 깨우고 조언해 주고 족쇄 푸는 일을 도와주겠다고 제의하는 등 아낌없이 도움을 주겠다고 한 자신의 친절함을 위험에 처한 저 사람들이 이렇듯 하찮게 여긴다고 생각하니 그는 마음이 불편했다. 거기서 심란한 상태로 있는데 좁은 길 왼쪽 담 위를 넘어 자기 쪽으로 오는 두 사람을 보았다. 한 사람의 이름은 격식이고, 또 한 사람의 이름은 위선이었다. 그들이 다가오자 그는 말을 걸었다.

크리스천: 신사 양반들, 당신들은 어디서 오는 길이며 어디로 가십니까?

격식과 위선: 우리는 허례허식이란 지역 출생이오. 이제 칭송을 받으러 시온산으로 가고 있소.

크리스천: 왜 당신들은 이 길 입구에 있는 문으로 들어오지 않으시오? 거기에 이렇게 쓰여 있는 것을 모르시오? 문으로 들어오지 않고 다른 데로 넘어가는 자는 도둑이며 강도요.*

격식과 위선은 자기네 지역에서 문으로 들어가려면 너무 멀리 돌아가야 하기 때문에 그곳 사람들은 담을 넘어 지름길로 가는 것이 늘 하는 일이라고 말했다.

크리스천: 하지만 그건 무단 침입으로 여겨지지 않겠소? 우리가 가려는 천상 도시의 주인께서 알려 주신 뜻과 어긋나지요.

격식과 위선은 그 일에 대해 그가 고민할 필요가 없다고 말했다. 그들이 한 일은 그들 지역의 관습으로 만약 필요하면 수천 년 이상 목격한 증거를 불러올 수도 있다고 말했다.

크리스천: 하지만 당신의 행위가 법의 심판 앞에서 괜찮겠소?

격식과 위선은 그 풍습이 천 년 이상 오래되었으므로 공정한 심판관이라면 모두 그것이 당연히 합법적이라 인정할 것이라고 말했다. "또 우리가 그런 길로 들어왔다고 합시다. 우리가 어떤 길로 들어온들 무슨 상관이오? 우리가 들어왔으면 들어온 거요. 우리가 보기에 당신은 문으로 들어와서 가는 길인 모양인데, 우리 역시 담 위로 타고 넘어와 가는 길이오. 당신이 어떤 점에서 우리보다 처지가 더 낫단 말이오?"

크리스천: 나는 내 주님의 법칙에 따라 걷고 당신들은 당신네 무례한 생각대로 걷고 있소. 이 길의 주인은 이미 당신들을 도둑으로 여기고 있으니 길이 끝날 때 당신들은 진실한 사람이 아니라고 판정 날 것 같구려. 그분의 지시 없이 스스로 들어왔으

니 당신들은 그분의 자비 없이 스스로 나가게 될 것이오.

이 말에 그들은 별 대답 하지 않고 다만 그에게 자기 일이나 잘 보라고 말했다. 나는 그들이 서로 의논도 하지 않고 각자 자기 길을 가는 것을 보았다. 다만 그 둘은 크리스천에게 율법과 법칙에 관한 한 자신들도 그처럼 의식적으로 지켰음을 확신한다고 말했다. "당신이 등에 걸치고 있는 웃옷만 제외하면 어떤 점에서 우리와 다른지 모르겠소. 벌거벗은 당신의 창피함을 가리라고 당신 이웃 중 누가 준 것 같은데."

크리스천: 율법의 행위로 당신들은 구원받을 수 없소.* 왜냐면 당신들은 문으로 들어오지 않아서요. 내 등에 걸친 웃옷으로 말하자면 그것은 내가 가는 그곳의 주인께서 주신 거요. 당신이 말하는 것처럼 나의 벌거벗음을 감추기 위해서죠. 이전에 나는 누더기밖에는 아무것도 없었기에 그것은 나에 대한 그의 친절함의 표상으로 받아들이고 있소. 그래서 나는 길을 가면서 위안을 받는다오. 내가 천상 도시의 문에 도달했을 때 그곳의 주인은 나를 영원히 알아보리라 확신하오. 왜냐면 그의 웃옷을 걸쳤기 때문이죠. 내 누더기를 벗긴 날, 그분이 대가 없이 내게 준 옷이오. 그리고 당신들은 아마 보지 못한 것 같은데 내 이마에는 표시가 있소. 그건 내 주님과 가장 가까운 지인 중 한 분이 내 등에서 짐이 떨어지던 날 거기에 찍어 주었소. 게다가 나는 가는 길에 읽고 위로받을 봉인된 두루마리도 받았죠. 천상의 문에 이르면 내가 확실히 그 안에 들어간다는 표시로 그것을 내주라고 명을 받았소. 당신들에게는 이 모든 것이 없는 것 같은데 문으

로 들어오지 않아서지요.

이 모든 말에 그들은 아무 대답도 하지 않고 서로 쳐다보기만 하더니 웃음을 터뜨렸다. 나는 그들이 모두 계속 가는 것을 보았는데 크리스천은 더 이상 이야기하지 않고 때론 한숨을 쉬면서 때론 위안 조로 혼잣말하면서 앞장서 갔다. 또한 그는 빛나는 한 분이 준 두루마리를 틈틈이 읽으며 그것으로 기운을 차렸다.

내가 보니 그들은 모두 가다가 역경이란 산 아래 기슭에 도달했는데 그 밑에는 샘물이 있었다. 거기에는 문에서 곧바로 뻗은 길 외에도 다른 두 갈래 길이 있었다. 하나는 왼쪽으로 꼬부라지고 다른 하나는 오른쪽으로 굽어 산 밑으로 갔다. 그러나 좁은 길은 산 위로 곧게 뻗어 있었으며 그래서 산으로 올라가는 길 이름도 역경이었다. 크리스천은 샘으로 가서 기운을 차리기 위해 물을 마시고* 이렇게 말하며 산 위를 오르기 시작했다.

이 산이 높다지만 나는 기어이 오르리.
역경은 나를 막지 못하리.
생명으로 가는 길이 여기 있음을 나는 알겠네.
마음이여, 용기백배하자. 두려워 말고 약해지지 말자.
어렵지만 바른길을 가는 것이 더 낫지,
그릇된 길은 쉽지만 그 끝은 불행이다.

다른 두 사람도 산 아래에 도달했다. 그러나 산이 높고 가파른 데다 또 다른 두 갈래 길이 있는 것을 보고 그들은 이 두 길이 크리스천이 올라가는 길과 산 너머에서 다시 합칠 거라고 가정했다. 그래서 그들은 다른 길로 가기로 결심했다. 한 길의 이름은 위험이고, 다른 길의 이름은 파멸이었다. 한 사람은 위험이라 불리는 길을 택했다가 거대한 숲에 당도했다. 또 다른 사람은 파멸로 가는 길로 곧장 갔는데 결국 어두운 산맥이 들어찬 넓은 광야로 가서 헤매다 쓰러져 다시는 일어나지 못했다.

나는 크리스천이 산 위로 올라가는지 보려고 그를 찾았다. 산이 너무 가팔라 그는 뛰어가다 걸어가고 다시 양손과 양발로 기어오르고 있었다. 산 정상을 향해 반쯤 올라간 곳에 지친 여행자의 원기를 회복하라고 산의 주인이 만든 예쁜 정자가 있었다. 크리스천은 그곳에 앉아 휴식을 취했다. 그러고서 위안을 받기 위해 가슴에서 두루마리를 꺼내 읽었다. 또한 그가 십자가 옆에서 있을 때 받았던 겉옷을 다시 한번 살펴보았다. 잠시 동안 즐거워한 뒤 그는 깜빡 잠이 들었는데 너무 깊이 곯아떨어졌다. 잠 때문에 그는 거의 밤이 될 때까지 지체하게 되었고 자는 동안 그의 손에서 두루마리가 떨어졌다. 그가 자고 있을 때 누군가 와서 깨우면서 말했다. "게으른 자여, 개미에게 가서 그가 하는 것을 보고 지혜를 얻으라."* 그 말에 크리스천은 벌떡 일어나 산 정상에 도달할 때까지 계속 속도를 냈다.

그가 산 정상에 거의 도달했을 때 그를 향해 두 남자가 전속력으로 달려 내려왔다. 한 사람의 이름은 소심이고, 다른 사람의 이름은 불신이었다. 그들을 향해 크리스천은 "여러분, 대체 왜 잘못된 길로 달려갑니까?"라고 물었다. 소심은 그들이 시온으로 가려고 저 역경이란 곳까지 올라갔다고 말했다. "그러나 가면 갈수록 더 많은 위험을 만나서 결국 우리는 되돌아가고 있소"라고 그가 말했다.

"그렇소"라고 불신도 거들었다. "가는 길에 우리 앞에 사자 두 마리가 누워 있었는데 자는지 깨었는지 알 수도 없지만 가까이 가면 즉시 우리를 갈가리 찢을 게 분명했소."

크리스천은 말했다. "당신 말 때문에 겁이 나는군요. 하지만 어디로 도망가야 안전하겠소? 내 나라로 돌아가면 불과 유황을 맞을 각오를 해야죠. 거기서 나는 죽을 것이 확실합니다. 천상의 도시는 안전하리라 확신합니다. 그러니 모험을 해야 해요. 되돌아가면 죽음뿐이지만 앞으로 나아가는 것은 죽음에 대한 두려움이 있겠지만 그 너머에는 영원한 생명이 있지요. 나는 앞으로 더 나아가겠소."

그리하여 불신과 소심은 산을 달려 내려갔고 크리스천은 자기 길을 갔다. 그러나 그 남자들이 한 말을 다시 떠올리면서 그는 가슴을 더듬어 두루마리를 찾았다. 그것을 읽고 위안을 받을까 해서 더듬었지만 그는 찾을 수 없었다. 크리스천은 엄청나게 괴로워하며 어떻게 해야 할지 몰랐다. 왜냐면 두루마리는 그에게 위안을 줄 뿐 아니라 천상의 도시로 가는 통행권이었기 때문이었다. 여기서 그는 매우 당황하기 시작했고 무엇을 해야 할지 몰랐다. 그러다 마침내 자신이 언덕 옆 정자에서 잤던 생각이 났다. 그는 무릎을 꿇고 자신의 어리석음에 대해 하나님의 용서를 구했고 두루마리를 찾으러 되돌아갔다. 가는 내내 그가 느낀 슬픔을 어떤 사람이 충분히 보여 줄 수 있단 말인가? 그는 때론 한숨 쉬고 때론 울었고, 피로를 잠시 풀라고 세워 놓은 정자에서 어리석게 잠에 곯아떨어진 자신을 꾸짖었다. 그의 여행길에서 너무나 많은 위안을 주었던 그 두루마리를 혹시라도 발견할 수 있을까 싶어 그는 내내 이쪽저쪽 조심스레 살피면서 되돌아갔다. 어느덧 자기가 앉아 잠들었던 정자가 보이는 곳까지 왔다. 그곳을 바라보자 잠을 잤다는 자신의 사악함이 다시 마음속에 살아나면서 그는 더욱 슬펐다.* 그는 걸으면서 자신의 사악한 잠에 대해 한탄했다. "오, 낮 동안 잠을 자다니, 역경 가운데서 잠을 자다니 얼마나 한심한 인간인가!* 언덕의 주인께서 순례자의 영혼을 위로하기 위해 세우신 정자에서 내 한 몸 편하자고 육체만 쉬었네! 이 때문에 얼마나 많은 헛걸음을 했는가! 마치 이스라엘 백성이 죄의 대가로 홍해를 거쳐 돌아가는 것과 같구나. 사악한 잠만 자지 않았으면 기쁨 속에 내디딜 발걸음을 나는 슬픔 속에 걷고 있구나. 지금쯤이면 더 멀리 갈 수 있었는데! 한 번만 걸어도 되는 길을 나는 세 번 이상 걷고 있네. 게다가 이제 날이 저물었으니 깜깜한 밤이 오겠지. 오, 잠을 자지 말았어야 했어!"

정자에 다시 도착한 그는 잠시 울며 앉아 있었다. 그리고 슬픔에 젖어 등의자 밑을 내려다보다가 두루마리를 발견했다. 그는 몸을 떨면서 그것을 얼른 주워 가슴에 넣었다. 두루마리를 다시 찾았을 때 이 사람이 얼마나 기뻐했는지를 어찌 다 말할 수 있을까? 이 두루마리는 그의 생명의 확인서요, 그가 원하는 하늘나라의 입장권이었다. 그는 두루마리를 가슴에 품고 그것이 놓였던 곳으로 자신의 눈을 돌리게 한 하나님께 감사를 드리면서 기쁨과 눈물 속에 다시 여정을 떠났다. 이제 남은 산길을 그가 얼마나 재빨리 올라가는지! 그러나 정상에 도달하기 전에 크리스천의 머리 위로 해가 넘어갔고 그는 어리석게 잠을 잔 사실을 다시 떠올리며 스스로를 동정했다. "아, 사악한 잠이여! 너 때문에 길에서 밤을 맞는구나! 태양 없이 가야 하니 어둠이 내 발길을 덮고 두려운 짐승들의 소리도 들리겠지. 이 모두 사악한 잠 때문이야!" 또 그는 불신과 소심이 사자를 보고 얼마나 무서웠는지 말해 준 기억이 났다. 크리스천은 다시 스스로에게 말했다. "이 짐승들이 먹이를 찾아 밤에 서성댈 텐데 만약 어둠 속에서 그것들을 만나면 어떻게 따돌려야 하나? 갈가리 찢기지 않은 채 어떻게 도망갈 수 있을까?" 자신이 의도하지 않은 불행을 한탄하며 길을 가다가 문득 눈을 들어 보니 앞에 멋진 궁전이 서 있었다. 바로 큰길가에 서 있는 그 궁전의 이름은 아름다움이었다.

내가 꿈속에서 보니, 크리스천은 그곳에서 하룻밤 쉬어 갈 수 있을까 하고 서둘러 나아갔다. 얼마 가지 않아 좁은 통로가 나왔고 그곳은 문지기의 집에서 약 2백 미터 떨어져 있었다. 그는 조심스레 앞을 살피며 가다가 길목에서 두 마리의 사자를 발견했다. 이제 불신과 소심을 도망치게 했던 위험과 마주치는구나, 라고 그는 생각했다. 사자들은 사슬에 매여 있었지만 그는 쇠사슬을 보지 못했다. 그는 자기 앞에 죽음만 있다는 생각에 두려워하면서 그들처럼 돌아갈까 생각했다. 그러나 깨어 있음이라는 이름의 문지기가 크리스천이 돌아갈 듯 멈추자 소리 지르며 말했다.* "당신은 의지가 그렇게 나약하오? 사자들을 두려워 마시오. 그놈들은 묶여 있소. 사자들을 거기에 둔 것은 믿음을 시험해 보고 믿음이 없는 자를 찾아내기 위해서요. 길 가운데로 오면 아무런 해도 없을 것이오."

사자가 무서워 떨면서도 문지기의 지시에 따라 그가 앞으로 나아가는 것을 나는 보았다. 사자들이 으르렁댔지만 그에게 해를 가하지는 않았다. 그는 손뼉을 치며 계속 나아가 문지기가 있는 문 앞에 섰다. 크리스천이 문지기에게 물었다. "여보시오, 여기는 어떤 집입니까? 오늘 밤 내가 여기 머물 수 있나요?" 문지기가 대답했다. "이 집은 이 산의 주인이 지은 것이오. 순례자의 안전과 안식을 위해 이 집을 지었소." 문지기는 또한 그가 어디서 왔고 어디로 가는지 물었다.

크리스천: 나는 멸망의 도시에서 왔고 시온산으로 가고 있습니다. 지금 해가 저물어서 가능하다면 오늘 밤 여기서 묵기를 원합니다.

문지기: 당신 이름이 무엇입니까?

크리스천: 내 이름은 이제 크리스천입니다. 맨 처음 이름은 은혜받지 못한 자입니다. 나는 하나님이 셈의 장막에 거하게 하신 야벳의 종족이지요.*

문지기: 그런데 어찌해서 해가 지고 이렇게 늦게 도착했단 말이오?

크리스천: 더 일찍 도착할 수 있었는데 어리석은 인간 같으니! 산 중턱에 있는 정자에서 깜빡 잠이 들고 말았어요. 아니, 그것만 해도 여기 훨씬 빨리 도착할 수 있었는데 자면서 내 증좌를 잃어버리고 그것도 모른 채 산꼭대기까지 왔지요. 더듬어 두루마리를 찾았지만 찾지 못해 무거운 마음으로 내가 잠자던 곳으로 되돌아갈 수밖에 없었어요. 거기서 그걸 찾느라 이제야 여기 도착했어요.

문지기: 내가 이 집 주인 처녀들 중 한 사람을 부르겠으니 그녀가 당신의 말을 듣고 좋아하면 집의 원칙에 따라 나머지 가족들에게 당신을 데려갈 것이오.

깨어 있음이라는 문지기가 종을 쳤고 그 소리에 사려 분별이라는 엄숙하고 아름다운 아가씨가 집에서 나와 왜 자기를 불렀냐고 물었다.

문지기가 대답했다. "이 사람이 멸망의 도시에서 시온산으로 가는 중인데 지치고 밤이 되어 오늘 밤 여기 머물 수 있을까 물어봅니다. 당신이 대화한 뒤 정할 것이라고 내가 말해 주었죠. 물론 이 집의 원칙에 따라서 말이죠."

그녀는 그가 어디서 왔고 어디로 가는지 물었고, 그는 대답해 주었다. 그녀는 어떻게 이 길로 왔는지 물었고 그는 대답했다. 그녀는 또한 그가 오는 길에 무엇을 보았고 무엇을 만났는지 물었고 그는 대답했다. 마지막으로 그녀는 그의 이름을 물었다. "크리스천입니다. 오늘 밤 여기에 머물기를 갈망합니다. 이곳은 이 산의 주인께서 순례자의 휴식과 안전을 위해 지으신 것으로 알고 있습니다." 그러자 그녀는 미소를 지었으나 눈에는 눈물이 고였다. 잠시 쉬고 나서 그녀는 "우리 가족을 몇 명 더 부르겠어요"라고 말했다. 그녀는 문으로 달려가 신중과 경건과 자선을 불러냈고, 그들은 좀 더 그와 대화를 나눈 뒤 그를 가족들에게 데려갔다. 많은 이들이 문가에서 그를 만났고 "어서 오세요, 주님의 축복받은 이여, 이 집은 이 산의 주인께서 당신 같은 순례자를 대접하기 위해 지으셨지요"라고 말했다. 그는 머리 숙여 인사했고 그들을 따라 집 안으로 들어갔다. 들어가서 자리를 잡자 그들은 마실 것을 주었고 시간을 잘 보내기 위해 저녁 식사가 준비될 때까지 한두 사람이 크리스천과 특별히 대화를 나눌 것에 동의했다. 그들은 경건과 신중과 자선을 지명했고 그들은 대화를 나누기 시작했다.

경건: 선한 크리스천 씨, 우리가 당신께 호의를 베풀어 오늘 밤 우리 집에 묵게 했으니, 당신의 순례 길에서 일어난 모든 일에 대해 이야기해 주면 우리도 더 배우게 될 것입니다.

크리스천: 좋은 뜻으로 당연히 그러지요. 모두들 그렇게 좋게 생각하신다니 나도 기쁩니다.

경건: 처음 당신이 순례자의 삶을 택하기로 한 이유는 무엇인가요?

크리스천: 내 귀에 들려온 무서운 소리 때문에 고향을 떠났지요. 만약 내가 그곳에서 계속 산다면 피할 수 없는 멸망이 기다린다는 소리가 들렸어요.

경건: 당신이 이런 식으로 고향을 떠나게 된 일이 어떻게 일어

났습니까?

크리스천: 그건 하나님께서 원하신 대로입니다. 멸망의 공포에 사로잡혀 있을 때 나는 어디로 가야 할지 몰랐습니다. 그런데 울면서 떨고 있던 나에게 우연히 복음 전도사란 분이 다가왔고, 그가 나에게 좁은 문으로 가라고 지시하셨죠. 그분이 아니었다면 결코 그 문을 발견할 수 없었을 겁니다. 그렇게 해서 바로 이 집으로 인도되는 길로 접어들었죠.

경건: 당신은 해석자의 집을 거쳐 오지 않았나요?

크리스천: 네. 거기서 내가 살아 있는 동안 기억할 놀라운 것들을 보았지요. 특히 세 가지 것을요. 그리스도께서 사탄의 방해에도 불구하고 어떻게 우리 가슴속에 그의 은사를 유지하시는지, 인간이 어떻게 죄를 지어 하나님의 자비라는 희망을 버리게 되는지, 또한 잠 속에서 심판의 날이 왔다고 생각한 사람의 꿈에 대해서요.

경건: 왜요? 그 사람이 꿈 이야기 하는 것을 들었나요?

크리스천: 네, 무서운 꿈이었죠. 그가 이야기하는 동안 내 가슴이 아팠지만 그 이야기를 듣기 잘했다고 생각했지요.

경건: 그것이 해석자의 집에서 당신이 본 전부입니까?

크리스천: 아니요. 그분은 나에게 훌륭한 궁전을 보여 주셨는데, 그곳에는 황금 옷을 입은 사람들이 있었습니다. 어떤 용감한 남자가 오더니 문가에서 막고 서 있던 무장한 사람들을 헤치며 나아갔고 안으로 들어가 영원한 영광을 얻는 것도 보여 주셨죠. 그 일들은 내 가슴을 황홀하게 사로잡았어요. 나는 그 선한

사람의 집에 열두 달이고 머무르고 싶었지만 더 갈 길이 남았다는 것을 알았지요.

경건: 오는 길에 당신은 또 무엇을 보았나요?

크리스천: 보다마다요. 좀 더 가다가 나무에 매달려 피 흘리는 사람을 보았어요. 마음속에서 내가 생각하듯이오. 그분의 모습이 등에서 제 짐을 벗겨 주었어요. 내가 짐에 지쳐 신음하고 있는데 짐이 떨어져 나갔죠. 정말 이상한 일이었어요. 이전에 그런 일을 결코 보지 못했거든요. 맞아요, 나는 쳐다보는 것을 그만둘 수 없어 서서 위를 쳐다보고 있었는데 세 명의 빛나는 분들이 제게 왔어요. 그중 한 분이 내 죄가 사함을 받았다고 증언하셨죠. 또 다른 분이 내 더러운 옷을 벗기고 당신이 보는 이 수놓은 웃옷을 주었어요. 세 번째 분은 당신이 보는 이 표시를 내 이마에 해 주고 봉인된 두루마리를 주셨죠.

그 말을 하면서 그는 가슴에서 그것을 꺼냈다.

경건: 그런데 당신은 이보다 더 많은 것을 보지 않았습니까?

크리스천: 그중 가장 좋은 것만 말씀드렸어요. 다른 일들도 보았는데 단순, 나태, 뻔뻔이란 세 남자가 발에 족쇄를 차고 내가 오던 길에서 약간 떨어져 자고 있는 것을 보았어요. 하지만 그들을 깨울 수 없었지요. 나는 또한 격식과 위선이 담을 뛰어넘어 시온으로 가려 하는 것을 보았어요. 하지만 그들은 곧 길을 잃었죠. 내가 말해 주어도 그들은 믿지 않았어요. 그러나 무엇보다 힘들었던 일은 이 산을 오르는 일과 사자 앞을 지나는 일이었어요. 정말이지, 문가에 서 있던 선한 문지기가 아니었다면

나는 돌아갔을 겁니다. 이제는 내가 여기 있음을 하나님께 감사드리고 당신들이 나를 맞아 주셔서 감사드려요.

그러자 신중이 몇 가지 더 물어보고 싶다면서 그에게 대답해 달라고 했다.

신중: 떠나온 고향이 가끔 생각나지 않습니까?

크리스천: 그래요, 하지만 그곳 생각은 수치스럽고 혐오스러워요. 진실로 말하건대 떠나온 고향에 미련이 남아 있었다면 돌아갈 기회가 있었겠지요. 하지만 이제는 더 나은 본향을 사모하니 곧 하늘에 있는 것이지요.*

신중: 당신에게 친밀한 것들 중에 아직도 버리지 못한 것이 있지 않나요?

크리스천: 네. 내 의지로 아무리 노력해도 안 되는 것이 있어요. 특히 은밀한 육체적 생각 말입니다. 그런 생각들은 고향의 모든 사람들처럼 나도 즐기던 것이었는데 지금은 이 모두가 나의 슬픔입니다. 만약 내 마음먹은 대로 선택할 수만 있다면 이런 것을 결코 생각하지 않는 쪽을 선택하겠어요. 하지만 내가 선을 행하기 원할 때조차 악한 것이 내 안에 거하고 있음을 알지요.*

신중: 한때 당신을 괴롭히던 것들을 모두 극복했다고 가끔 느끼지 않습니까?

크리스천: 맞아요. 아주 드물긴 하지만 그런 일이 일어나는 때는 나에게는 황금 같은 시간입니다.

신중: 당신을 괴롭히던 생각들을 어떤 방법으로 극복했는지 기억하십니까?

크리스천: 네. 내가 십자가에서 본 것을 생각하면 되지요. 수놓은 웃옷을 바라보면 되지요. 또한 품속에 갖고 다니는 두루마리를 보면 되지요. 내가 가려는 곳에 대한 생각이 몸에 따스하게 퍼지면 되지요.

신중: 당신은 왜 그렇게 시온산으로 가기를 열망합니까?

크리스천: 아, 십자가에 매달려 죽으신 그분이 살아 계신 모습을 그곳에서 보고 싶습니다. 거기서 내 안에 지금까지 있는 이 모든 괴로움을 제거하고 싶습니다. 사람들이 말하기를, 거기는 사망도 없고 내가 제일 좋아하는 일행과 함께 살 수 있다고 합니다.* 당신께 진실을 말씀드리자면, 내 짐을 그분이 덜어 주셔서 그분을 사랑합니다. 나는 마음의 병 때문에 지쳐 있어요. 내가 더 이상 죽지 않는 그곳에서 끊임없이 "거룩, 거룩, 거룩"이라 외치는 분들과 함께하고 싶습니다.

그때 자선이 크리스천에게 "당신은 가족이 있습니까? 결혼한 분이세요?"라고 물었다.

크리스천: 아내와 네 명의 아이들이 있습니다.

자선: 왜 그들을 함께 데려오지 않았나요?

크리스천은 울면서 말했다.

크리스천: 할 수만 있었다면 얼마나 그렇게 하고 싶었겠습니까. 그런데 모두들 내가 순례 길을 떠나는 것을 한사코 싫어했어요.

자선: 하지만 가족을 설득해서 뒤에 남는 것이 얼마나 위험한지 그들에게 보여 주려고 노력하셨어야죠.

크리스천: 그렇게 했죠. 우리 도시의 멸망을 하나님께서 보여 주신 것도 말해 주었어요. 하지만 그들은 농담으로 듣고 나를 믿지 않았어요.*

자선: 당신의 충고를 가족이 들어 달라고 하나님께 기도했습니까?

크리스천: 네, 간절한 마음으로 기도했죠. 아내와 불쌍한 아이들은 내게 매우 소중한 존재라는 걸 당신은 아셔야 합니다.

자선: 그들에게 당신의 슬픔에 대해, 그리고 멸망의 두려움에 대해 이야기했습니까? 멸망이 당신 눈에는 보일 정도로 확실했다고 짐작되는데요.

크리스천: 물론이죠. 하고, 또 하고, 또 했어요. 그들도 내 얼굴에서 공포심을, 내 눈물을, 또한 우리 머리 위에 드리운 심판에 대한 두려움으로 내가 떨고 있는 것을 보았을 겁니다. 하지만 나와 함께 가자고 그들을 설득하는 데 이 모든 것이 충분치 못했어요.

자선: 그들이 오지 않는 이유를 뭐라고 말했습니까?

크리스천: 글쎄요, 아내는 이 세상을 잃는 것이 두려웠고 아이들은 젊음의 어리석은 쾌락에 빠져 있었죠. 그래서 이런저런 이유를 대며 그들은 나 혼자 이런 식으로 떠나오게 내버려 두었죠.

자선: 혹시 당신이 과거에 헛된 삶을 살아서 가족에게 함께 떠나자고 한 당신의 말이 설득력을 잃은 것은 아닐까요?

크리스천: 사실 나도 내 삶을 칭찬할 순 없습니다. 많은 결점이 있는 줄 나도 잘 알고 있어요. 또한 다른 사람을 선하게 하기

위해 노력한 나의 주장과 설득이 나의 행실 때문에 뒤집힐 수 있다는 것도 나는 압니다. 그러나 이 점만은 말할 수 있는데요, 순례 길을 떠나는 것에 대해 그들이 반대할 기회를 줄까 봐 나는 부적절한 행동을 하지 않으려고 매우 조심했어요. 그래요, 바로 그 점 때문에 그들은 내가 너무 엄격하다고 말했죠. 전혀 악해 보이지 않는 일도 내가 그들을 대신해 거부한다면서요. 아니, 만약 그들의 결심을 방해하는 무언가를 나에게서 보았다면 그건 하나님에 대적하는 죄를 지을까 봐, 또는 이웃에 어떤 잘못을 할까 봐 노심초사하는 내 마음이라고 말하고 싶네요.

자선: 사실 가인이 동생을 미워한 것은 자기의 행위는 악하고 아우의 행위는 의롭기 때문입니다.* 만약 당신의 부인과 아이들이 이 일로 당신과 틀어졌다면 그건 자신들이 선과 화해할 수 없음을 보여 주는 것이니 당신은 그들의 피로부터 자신의 영혼을 해방시킨 것이에요.*

저녁 식사가 준비될 때까지 그런 식으로 그들이 대화를 나누는 것을 나는 꿈속에서 보았다. 식사가 준비되자 그들은 앉아 식사를 했다. 식탁은 잘 빚은 포도주와 기름진 음식으로 가득했다. 식탁에서의 대화는 모두 이 산의 주인에 관한 것이었다. 특히 그가 행한 일에 대해, 왜 그가 그렇게 행했는지, 왜 그가 이 집을 지었는지에 관해서였다. 그들의 말에 따르면, 그는 위대한 무사였고 사망의 권력을 갖고 있는 자와 싸워 무찔렀으나 그 자신도 엄청난 위험을 겪었다는 사실을 나는 알게 되었다. 그 말을 듣고 나는 그를 더 사랑하게 되었다.*

왜냐면 그가 많은 보혈을 잃으면서 그 일을 행하셨다고 그들도 말했고, 크리스천도 그 말을 믿는다고 말했기 때문이다. 특히 그가 행한 모든 일에 은총의 영광이 넘치는 이유는 그분이 자기 백성들에 대한 순수한 사랑으로 했기 때문이라고 했다. 게다가 그 집 안의 몇 사람은 그가 십자가에서 죽고 난 다음에 그를 보았고 그와 이야기했다고 말했다. 그가 불쌍한 순례자를 진정으로 사랑한다고 말하는 것을 그들은 직접 들었다면서 이 세상 어디에도 그런 사람은 없을 것이라 증언했다.

게다가 그들은 자신들의 증언에 대한 예를 들었으니, 즉 그가 불쌍한 인간을 위해 자신의 영광을 스스로 벗어 버렸다는 것과 그가 시온산에서 홀로 살지 않겠다고 말씀하신 것을 그들은 들었다고 증언했다. 많은 순례자들이 거지로 태어났고 원래가 거름 더미였다 할지라도 그분이 순례자들을 왕으로 만드셨다고 그들은 말했다.*

그런 식으로 밤늦게까지 대화를 나누다가 주님께 자신을 보호해 달라고 기도한 뒤 그들은 쉬러 갔다. 그들은 크리스천을 2층 큰 방에 묵게 했는데, 해 뜨는 쪽으로 커다란 창문이 나 있었다. 그 방의 이름은 평화였고 그곳에서 동틀 때까지 그는 잠을 잤다. 그리고 일어나서 그는 노래를 불렀다.

지금 내가 있는 곳은 어디인가? 이것이
인간 순례자를 위한 예수님의 사랑과 보살핌인가?
이렇게 숙식을 주시다니! 내가 용서를 받다니!

이미 천국 가까이 거주하는 것과 같도다.

아침이 오자 모두 일어나 이런저런 이야기를 나눈 후 그들은 크리스천에게 그곳의 진귀한 보물을 본 다음 출발하라고 했다. 먼저 그들은 그를 서재로 데려가서 가장 오래된 족보를 보여 주었다. 내가 꿈속에서 기억하기로, 그들은 이 산 주인의 족보를 보여 주었는데 거기에는 그분이 옛적부터 항상 계신 이의 자손이며 영원무궁한 세대를 내려오셨다고 기록되어 있었다. 또한 그분이 행한 행적들과 그분을 섬긴 수백 명의 이름이 적혀 있었고, 어떻게 그분이 시간의 흐름이나 자연의 변화도 허물지 못하는 집에 그들을 살게 했는지 기록되어 있었다.

그다음 그들은 그의 종들이 행한 훌륭한 행적들을 읽어 주었다. 어떻게 그들이 믿음으로 나라들을 이기기도 하며, 의를 행하기도 하며, 언약을 받기도 하며, 사자들의 입을 막기도 하며, 불의 세력을 멸하기도 하며, 칼날을 피하기도 하며, 연약한 가운데서 강하게 되기도 하며, 전쟁에 용감하게 되어 이방 사람들의 군대를 물리치기도 했는지를 읽어 주었다.*

그러고 나선 집 안 기록의 다른 부분을 읽었는데 주님께서 얼마나 많은 사람을 받아들이시는지, 과거에 인자에게 그 재판 과정에서 엄청난 모욕을 가했던 사람조차도 얼마나 흔쾌히 받아들이셨는지 보여 주었다. 여기에는 또한 널리 알려진 여러 역사 이야기가 있었고, 크리스천은 그것을 모두 볼 수 있었다. 고대와 현대의 일에 관한 것도 있었고 예측대로 달성되었기에 적들은 놀라 두려워하며 순례자들은 위로와 용기를 받는 예언서도 있었다.

다음 날 그들은 무기고로 그를 데리고 가서 그들의 주인이 순례자를 위해 준비한 온갖 기구들, 즉 칼, 방패, 투구, 가슴판, 기도문과 닳지 않는 신발을 보여 주었다.* 거기에는 우리 주를 섬기는 사람들이 하늘의 별만큼 많아도 모두 무장할 수 있을 만한 무기가 있었다.

그들은 또한 주의 종들이 놀라운 일을 행한 도구들을 보여 주었다. 모세의 지팡이, 야엘이 시스라를 죽인 말뚝과 방망이, 기드온이 미디안의 군대를 물리친 나팔과 횃불과 항아리, 그리고 삼갈이 블레셋 사람 6백 명을 죽인 소몰이 막대기를 그들은 보여 주었다. 또한 삼손이 강한 위업을 달성한 나귀 턱뼈와 다윗이 블레셋 사람 골리앗을 죽일 때 사용한 물매와 돌, 그리고 그들의 주님이 강림하사 불법한 자를 죽일 때 사용할 칼도 보여 주었다.* 그들은 이외에도 많은 멋진 물건들을 보여 주었고 크리스천은 매우 기뻤다. 그 후 그들은 다시 휴식을 취했다.

아침에 그가 일어나 떠날 차비를 하는 것을 나는 꿈속에서 보았다. 그들은 다음 날까지 머물라고 요청하며 만약 날씨가 좋으면 그에게 기쁨의 산을 보여 주겠다고 말했다. 그곳은 지금 있는 곳보다 더 천국에 가까운 곳에 위치해 있기에 그에게 더 큰 위안이 될 것이라고 그들은 말했다. 그는 하루 더 묵기로 했다. 아침이 오자 그들은 그를 집 옥상으로 데려가서 남쪽을 바라보라고 했다. 그가 바라보니 멀리 푸른 숲과 포도밭, 온갖 종류의 과일과 꽃이 샘물과 분수와 어우러진 너무나 아름다운 산지가 있었고 보기만 해도 기분 좋은 곳이었다.* 그가 그곳의 이름을 묻자 그들은 임마누엘의 땅이라고 대답했다. "그곳은 이 언덕처럼 모든 순례자들에게 허락된 곳이죠. 당신이 가면 그곳에 사는 목자들이 천상 도시의 문을 드러나게 할 것이니 당신은 눈으로 문을 볼 수 있을 거예요."

이제 그는 출발해야겠다고 말했고 그들도 좋다고 대답했다. 하지만 그들은 "먼저 우리 다시 무기고로 갑시다"라고 말했다. 거기로 간 그들은 그가 가는 길에 공격을 당할까 봐 머리부터 발끝까지 단단하게 무장을 시켰다. 그렇게 장비를 착용한 뒤 그는 친구들과 문을 향해 걸어갔다. 문에서 그는 문지기에게 순례자들이 지나가는 것을 보았냐고 물었고, 문지기는 보았다고 대답했다.

크리스천: 혹시 아는 사람이었소?

문지기: 내가 이름을 물었더니 믿는 자라고 하더군요.

크리스천: 오, 나도 그 사람을 알아요. 내 고향 사람이고 가까운 이웃인데 내가 태어난 동네에서 왔죠. 그 사람이 얼마나 멀리 갔는지 아시겠소?

문지기: 지금쯤 산 아래 도착했을 거요.

크리스천: 그래요, 선한 문지기여, 주님이 함께하시어, 당신이 내게 보여 준 친절함의 보상으로 당신에게 더 많은 축복이 내려지기를 바라오.

그리고 그는 앞으로 나아가기 시작했다. 사려 분별과 경건과 자선과 신중이 산기슭으로 내려갈 때까지 그와 동행하겠다고 했다. 그들은 산 아래로 내려갈 때까지 이전에 했던 대화를 이어 갔다. 크리스천이 말했다. "올라가는 것이 어려웠듯이 지금 보니 내려가는 것도 위험하군요." "그래요, 지금 당신이 하는 것처럼 인간이 한 번도 미끄러지지 않고 겸손의 골짜기로 내려가는 것은 어려운 일이기 때문이지요"라고 신중이 말했다. "그래서 우리들이 언덕 아래까지 당신을 바래다주러 나온 것이에요" 라고 그들은 말했다. 그는 매우 조심스럽게 내려가기 시작했고 한두 번 미끄러질 뻔했다.

꿈속에서 내가 보니, 크리스천이 언덕 맨 아래까지 내려오자 선한 친구들이 그에게 빵 한 덩이와 포도주 한 병과 건포도 뭉치를 주었다. 그리고 크리스천은 자기 길을 갔다.

그러나 겸손의 골짜기에 들어선 불쌍한 크리스천은 어려움을 겪게 된다. 얼마 가지 않아 들판을 가로질러 무서운 마귀가 자기를 향해 오고 있는 것을 보았기 때문이다. 그 마귀의 이름은 아볼루온이었다.* 겁이 난 크리스천은 되돌아갈 것인지 아님 그냥 버틸 것인지 마음속으로 생각했다. 그러나 자신의 등을 덮은 갑옷이 없으니 마귀에게 등을 돌리면 오히려 그가 쉽게 창으로 자신을 찌를 수 있도록 도와주는 꼴이란 생각이 들었다. 따라서 그는 위험을 무릅쓰기로 작정하고 그 자리에서 버텼다. '내 목숨을 구하는 일이 가장 중요한 일이니 버티는 것이 최상의 길이야'라고 그는 생각했다.

그는 나아갔고 아볼루온이 다가왔다. 그 괴물은 보기에 끔찍했다. 몸은 물고기 같은 비늘로 덮여 있었는데, 그것이 그의 자랑거리였다. 또한 용처럼 날개가 있었으며 발은 곰 같았고 배에서 불과 연기가 나왔으며 입은 사자의 입이었다. 그는 크리스천에게 다가오더니 멸시하는 얼굴로 쳐다보며 질문을 던지기 시작했다.

아볼루온: 너는 어디서 와서 어디로 가느냐?

크리스천: 나는 모든 악행의 장소인 멸망의 도시에서 왔고, 시온으로 가고 있소.

아볼루온: 그럼 넌 내 밑에 종속된 놈 중 하나이구나. 그 온 땅이 다 내 것이니까. 난 그곳의 왕이자 신이다. 어찌해서 너는 네 왕으로부터 도망을 간단 말이냐? 내가 너를 더 부려 먹을 생각만 아니었다면 벌써 너를 한 방에 날려 버렸을 거야.

크리스천: 내가 당신의 땅에서 태어난 것은 사실이오. 그러나 당신을 섬기는 일은 힘들었죠. 당신이 주는 삯으로는 사람이 살 수 없었소. 죄의 삯은 사망이기 때문이죠.* 그래서 나는 어른이 되었을 때 다른 분별 있는 분들이 한 것처럼 자신을 개선할 방법이 있는지 찾아보았소.

아볼루온: 자기 백성을 그렇게 쉽게 잃을 왕은 없다. 나 역시 너를 잃지 않을 것이다. 하지만 네가 일과 삯에 대해 불평을 하니 일단 안심하고 돌아가라. 우리 나라에서 줄 수 있는 것이라면 너에게 주겠다고 내 여기서 약속하마.

크리스천: 하지만 나는 왕중왕이신 분에게 이미 나를 맡겼소. 공정하게 따져 볼 때 어찌 당신에게 돌아갈 수 있겠소?

아볼루온: 네가 하는 짓은 속담에도 나오듯이 여우 굴 피하려다 호랑이 굴로 가는 격이지. 그의 종이라고 고백한 자들이 얼마 지나지 않아 몰래 그를 떠나 내게 다시 오는 것은 흔한 일이지. 너도 그렇게 하면 모든 것이 다 잘될 거야.

크리스천: 나는 그분께 내 믿음을 드렸고 충성을 맹세했소. 배신자로 교수형을 당하지 않고서야 내가 여기서 어떻게 되돌아갈 수 있단 말이오?

아볼루온: 너는 나에게도 같은 짓을 했잖은가. 그래도 네가 지금 다시 마음을 고쳐먹고 돌아간다면 내 기꺼이 눈감아 주지.

크리스천: 내가 당신에게 약속한 것은 철부지 시절이오. 게다가 지금 내가 섬기는 왕께서는 나를 사면해 주실 거요. 그래요, 내가 당신에게 추종하며 행한 모든 일을 용서하시죠. 오, 당신, 파괴자 아볼루온, 진실을 말하자면 나는 그를 섬기고 그의 삯을 받고 그를 섬기는 사람들과 그의 지배를 받으며 그와 동행하고 그의 나라에 사는 것이 당신 것보다 더 좋소. 그러니 더 이상 나를 설득하지 마시오. 나는 그의 종이고, 그를 따르겠소.

아볼루온: 네가 가는 길에 무엇을 만날지 냉정하게 다시 생각해 봐. 너도 알다시피 그의 종들 대부분이 나와 내 방식에 대적하다가 끝이 안 좋았지. 얼마나 많은 이들이 치욕스러운 죽음을 맞이했는지 알 거야. 게다가 너는 그를 섬기는 것이 나를 섬기는 것보다 낫다고 여기는데, 그는 자신을 섬긴 자들을 내 소유로부터 해방시키기 위해 자기가 있는 곳에서 나온 적이 결코 없어. 하지만 나로 말하자면 나에게 충성을 다한 자들이 그에게

사로잡혀 있을 때 내가 힘이나 간교로 그와 그의 무리로부터 얼마나 많이 해방시켰는지는 온 천하가 다 알고 있지. 그러니 내가 너를 해방시키겠다.

크리스천: 그분이 당장 그들을 구하지 않는 것은 그들이 마지막까지 그와 함께하는지 보고 그들의 사랑을 단련시키기 위해서죠. 그리고 당신이 말하는 그들의 안 좋은 종말은 그들의 입장에서는 가장 영광스러운 죽음이오. 왜냐면 그들은 당장 이 세상에서의 구원은 별로 기대하지 않아요. 그들이 기다리는 영광은 그들의 왕과 천사들이 영광 속에 오실 때 비로소 이룰 수 있기 때문이오.

아볼루온: 넌 이미 그를 섬기다가 불충을 저질렀다. 어떻게 그에게서 삯을 받을 수 있다고 생각하는가?

크리스천: 오 아볼루온, 내가 어떤 점에서 그에게 불충했다고 하는가?

아볼루온: 너는 처음 출발했을 때 낙담의 수렁에서 거의 숨이 막혀 정신을 잃었다. 그리고 너의 왕이 짐을 벗길 때까지 기다려야 하는데도 짐을 벗어 버리려고 잘못된 방법을 시도했었지. 또 너는 잠드는 죄를 저질러 가장 소중한 물건을 잃어버렸어. 어디 그것뿐인가. 넌 사자를 보고 거의 돌아갈 뻔했어. 너는 여행에 대해 이야기할 때, 그리고 자신이 보고 들은 바를 이야기할 때 은근히 말이나 행동에서 헛되이 뽐내고 있어.

크리스천: 그 말이 모두 사실이고, 당신이 말하지 않은 부분도 많소. 하지만 내가 섬기고 존경하는 왕께서는 끝없이 자비로우셔

서 용서할 준비가 되어 있소. 게다가 이 잘못들은 내가 당신 나라에 있을 때 행한 것들이오. 거기서 나는 그 잘못들을 빨아들였다가 그 때문에 신음하고 후회했고 우리 왕의 용서를 받은 거요.

그러자 아볼루온이 격분하며 소리쳤다.

아볼루온: 그 왕은 나의 원수이다. 그 인간이 싫고 율법과 그의 백성 모두 저주한다. 나는 너를 막으려고 일부러 온 것이다.

크리스천: 아볼루온, 무슨 짓을 하는지 알고나 하시오. 나는 왕의 대로인 거룩한 길에 서 있소.* 그러니 당신, 조심해야 할 것이오.

그러자 아볼루온은 길 전체를 가로막고 서서 말했다.

아볼루온: 이 문제에 있어 난 두려움이 전혀 없으니 너는 죽을 준비나 하거라. 내 지옥의 동굴을 걸고 맹세하건대 너는 더 이상 나아가지 못한다. 내가 여기서 네 영혼을 없앨 테니까.

그 말과 함께 그는 불타는 창을 크리스천의 가슴에 던졌다. 그러나 크리스천은 손에 든 방패로 창을 막아 위험을 피했다. 크리스천은 지금이야말로 분기(奮起)할 때라고 생각하며 칼을 뽑았다. 아볼루온은 우박같이 많은 창을 그에게 던지면서 재빨리 공격했다. 크리스천이 피하려 노력했음에도 불구하고 아볼루온은 그의 머리, 손, 발에 상처를 입혔다. 그래서 크리스천은 살짝 물러섰다. 아볼루온은 전속력으로 상대를 쫓았고 크리스천은 다시 용기를 내어 있는 힘껏 용맹하게 대항했다. 이 무서운 전투는 반나절 넘게 이어져 크리스천은 기운이 거의 다 빠져 버렸다. 그가 입은 상처 때문에 점점 더 약해질 수밖에 없는 것은 당연한 일이다.

기회를 엿보던 아볼루온이 크리스천에게 달려들어 그를 냅다 내동댕이쳤다. 그 바람에 크리스천의 칼도 손에서 떨어지고 말았다. 그러자 아볼루온은 "넌 이제 내 거야"라고 말하면서 그를 짓눌러 죽음으로 몰고 갔다. 크리스천은 죽는다는 생각에 절망했다. 그러나 아볼루온이 이 선한 인간을 완전히 끝내려고 마지막 일격을 가하는 순간 크리스천은 하나님의 인도하심으로 재빨리 손을 뻗어 칼을 잡고 말했다. "오 나의 대적이여 나로 말미암아 기뻐하지 말지어다. 나는 엎드러질지라도 일어날 것이요."* 그러면서 그를 무섭게 찌르자 그는 치명상을 입은 것처럼 뒤로 물러났다. 이 모습을 본 크리스천은 다시 공격하면서 "아니, 이 모든 일에 우리를 사랑하시는 이로 말미암아 우리가 넉넉히 이기느니라"*라고 말했다. 그 말에 아볼루온은 자신의 용 날개를 펼친 채 줄행랑을 쳤고 크리스천은 더 이상 그를 볼 수 없었다.*

이 전투를 나처럼 직접 보거나 들은 사람이 아니면 아볼루온이 싸움 내내 얼마나 소리치고 무섭게 포효했는지 상상할 수 없을 것이다. 그는 용이 울부짖듯 말했다. 그리고 한쪽에서는 크리스천의 가슴에서 어떤 한숨과 신음 소리가 터져 나왔는지 아무도 짐작할 수 없을 것이다. 양날 검으로 아볼루온에게 상처를 입히기 전까지 그는 싸우는 내내 한 번도 기쁜 표정을 짓지 않았다. 적이 상처 입은 것을 알자 비로소 그는 미소를 지으며 하늘을 우러러보았다. 그러나 이 싸움은 내가 본 가장 무서운 광경이었다.

전투가 끝나자 크리스천은 “사자의 입에서 나를 구원하시고 아볼루온에 대적할 때 나를 도우신 그분께 감사를 드려야지”라고 말했다. 그리고 이렇게 감사를 드렸다.

마귀의 수장인 막강한 바알세불이
나의 몰락을 계획했지. 그 목적으로
아볼루온을 무장시켜 보냈고, 그는 나에게
지옥 같은 분노로 싸움을 걸었네.
하지만 거룩한 미카엘이 나를 도왔고
내가 칼로 찌르자 그는 급히 도망갔네.
그러므로 그분께 영원한 칭송을 바치세.
그의 거룩한 이름에 항상 감사와 경배 드리세.

그러자 그에게 생명나무 잎을 쥔 손이 다가왔고, 크리스천이 그 잎을 전투에서 입은 상처에 바르자 즉시 상처가 아물었다. 그는 그곳에 앉아서 앞서 받았던 빵과 포도주를 먹었다. 그렇게 기운을 차린 뒤 그는 손에 칼을 쥔 채 다시 여정을 떠났다. “아마 다른 적들이 앞에 있을지 몰라”라고 그는 말했다. 그러나 이 계곡을 거의 다 통과할 때까지 아볼루온과 대적할 만한 다른 적을 그는 만나지 않았다.

계곡이 끝나자 사망의 음침한 골짜기라 불리는 또 다른 계곡이 있었고, 그곳은 천상의 도시로 가는 길 한가운데 있어 크리스천은 반드시 그곳을 통과해야 했다. 그 골짜기는 매우 외진 장소였다. 예언자 예레미야도 이렇게 묘사했다. "광야 곧 사막과 구덩이 땅, 건조하고 사망의 그늘진 땅, (그리스도 교인만 제외하곤) 사람이 그곳으로 다니지 아니하고 그곳에 사람이 거주하지 아니하는 땅."*

이제 여기서 크리스천은 아볼루온과의 싸움보다 더한 위험에 처하는데 여러분은 다음 이야기에서 보게 될 것이다.

나는 꿈속에서 크리스천이 사망의 음침한 골짜기 경계에 도달하여 두 명의 남자를 만나는 것을 보았다. 그들은 선한 땅에 대해 나쁜 이야기를 퍼뜨리는 사람들의 자손으로,* 황급히 되돌아가고 있었다. 그들에게 크리스천은 다음과 같이 물었다.

크리스천: 어디로 가는 길이오?

남자들: 그들이 "돌아가라, 돌아가라" 하네요. 당신도 목숨을 부지하고 편안하게 살기를 원한다면 돌아가고 싶을 겁니다.

크리스천: 왜요? 무슨 일입니까?

남자들: 일이라니! 당신이 가고 있는 그 길을 우리도 최대한 멀리까지 갔었죠. 사실 거의 되돌아올 수 없는 곳까지 갔었죠. 만약 한 발짝만 더 멀리 갔어도 우린 여기서 이 소식을 당신한테 전하지 못했을 거요.

크리스천: 대체 무슨 일을 당했는데요?

남자들: 글쎄, 우리가 사망의 음침한 골짜기에 들어가기 일보 직전에 운 좋게도 앞에 놓인 위험을 보게 되었죠.* 그래서 우리는 가지 않았죠.

크리스천: 무엇을 보았는데요?

남자들: 보았다니! 아니, 그 골짜기 자체를 말하는 거요. 칠흑같이 검은 곳이오. 거기서 도깨비들과 괴물과 지옥의 용을 보았어요. 또한 말로 표현할 수 없는 고통 속에 있는 사람들이 끊임없이 울부짖고 고함치는 소리도 들었지요. 그들은 쇠사슬에 묶인 채 고통 속에 그 골짜기에 앉아 있었죠. 골짜기 위에는 암담한 혼돈의 구름이 드리워져 있고 죽음이 항상 그 위에 날개를 펴고 있어요.* 한마디로 모든 것이 흑암과 혼돈뿐인 무시무시한 곳이었소.

크리스천: 당신들이 무슨 말을 하는지 아직 잘 모르겠지만, 이곳은 원하는 천국으로 가기 위해 내가 통과할 길이오.*

남자들: 그럼 당신은 그 길로 가시오, 우린 그 길을 선택하지 않겠소.

그러고선 그들은 떠났고 크리스천은 공격을 당할까 두려워 내내 칼을 빼어 손에 쥔 채 자신의 길을 갔다.

내가 꿈속에서 보니, 이 골짜기 끝까지 오른쪽에 매우 깊은 구덩이가 있었다.* 그 구덩이는 시대를 막론하고 맹인이 맹인을 인도하여 그 안에서 둘 다 비참하게 멸망한 곳이었다.* 또 왼쪽을 보니 위험한 수렁이 있어 선한 사람도 떨어지면 발을 디디고 설 밑바닥이 없는 곳이었다. 그 수렁 안으로 다윗왕이 예전에 떨어졌는데, 만약 전능하신 그분이 끌어내 주지 않았다면 틀림없이 그 안에서 질식했을 것이었다.*

이곳에 난 길 또한 너무나 좁아 선한 크리스천은 더욱 힘든 지경이 되었다. 어둠 속에서 오른쪽의 구덩이를 피하려다 다른 쪽

수렁으로 떨어질 지경이었기 때문이다. 또한 수렁을 피하려다 자칫하면 구덩이 쪽으로 떨어질 터였다. 그렇게 나아가던 그는 괴로워 한숨을 내쉬었다. 앞에서 언급한 위험 말고도 이곳 길은 너무나 어두워서 그가 앞으로 가려고 발을 들면 어디로 다음 발을 놓아야 할지 몰랐다.

이 골짜기 한가운데서 나는 지옥의 입구라 생각되는 곳을 보았는데 그곳은 길가 바로 옆에 서 있었다. 크리스천은 '이제 나는 어떻게 해야 하나'라고 생각했다. 엄청난 불길과 연기가 항상 뿜어져 나왔고 불꽃이 튀면서 끔찍한 소리도 났다. 그것들은 아볼루온이 그랬듯이 크리스천의 칼을 전혀 무서워하지 않았다. 그는 칼을 집어넣고 기도문이라는 또 다른 무기를 꺼낼 수밖에 없었다.* 내가 들으니 그는 "여호와여 주께 구하오니 내 영혼을 건지소서"*라고 울부짖었다. 그런 식으로 그는 한참 나아갔지만 여전히 불길이 그를 향해 다가왔다. 또한 그는 구슬픈 목소리들과 이리저리 덤비는 소리를 듣고 자신이 갈기갈기 찢어지거나 거리의 흙처럼 짓밟힐 것이라 생각했다. 수 마일을 가는 동안 그는 이런 무서운 광경을 보고 끔찍한 소리를 들었다. 그러다 어떤 곳에서 마귀의 무리가 다가오는 소리를 들은 것 같아 그는 걸음을 멈추었고 무엇을 해야 최상일지 생각하기 시작했다. 때론 돌아가고 싶은 생각이 반쯤이었다. 그러나 또한 골짜기를 반쯤 왔을 거란 생각도 들었다. 그는 수많은 위험을 어떻게 이겨 냈는지를 기억하면서 앞으로 갈 때보다 되돌아갈 때 위험이 더 클 수 있으므로 계속 나아가기로 결심했다. 하지만 마귀들이 점차 더 가까이 다가와 거의 그를 잡을 지경에 이르렀을 때 그는 격렬한 목소리로 외쳤다. "나는 주 여호와의 능력으로 걸어가리라."* 그러자 그들은 물러섰고 더 이상 다가오지 않았다.

한 가지 내가 빠뜨리지 말아야 할 것은 이제 불쌍한 크리스천이 너무나 얼이 빠진 나머지 자신의 목소리도 구분하지 못한다는 점이다. 그가 불타는 구덩이 옆을 막 지나고 있을 때 악귀 하나가 그의 뒤로 가만히 다가가 듣기 괴로운 불경스러운 말을 속살거렸는데 그는 그것이 자기 마음에서 오는 것으로 생각했다. 이는 지금까지 만난 그 무엇보다 크리스천을 괴롭혀 그는 자신이 이제까지 그토록 사랑했던 분을 욕한다고 스스로 믿을 지경이었다. 할 수만 있다면 그는 멈추고 싶었다. 그러나 그는 자신의 귀를 틀어막지도 못하고 이런 불경스러운 말들이 어디서 오는지 알 수 있는 분별력도 없었다.

이런 괴로운 상태로 얼마 동안 길을 걷던 크리스천은 앞에서 누군가 이렇게 말하는 것을 들은 듯했다. "내가 사망의 음침한 골짜기로 다닐지라도 해를 두려워하지 않을 것은 주께서 나와 함께하심이라."*

그는 매우 기뻤는데, 이유는 다음과 같았다.

첫째, 그 말로 미루어 그는 하나님을 경외하는 사람들이 그와 같이 이 골짜기에 있다는 사실을 짐작했다.

둘째, 그 어둡고 음침한 상황에서조차 하나님이 그들과 함께하신다는 사실을 깨달았다. 그는 '이곳에 있는 장애물 때문에 내가 볼 수 없을지라도 당연히 하나님이 나와 함께 계시지 않겠는가’”[*]라고 생각했다.

셋째, 그는 그들을 따라잡을 수 있다면 동행이 생기리라 희망했다. 그는 계속 나아가며 앞에 있는 사람을 불렀으나 그 사람 역시 자신이 혼자 있다고 생각해 아무 대답도 하지 않았다. 결국 날이 밝자 크리스천은 “그분이 사망의 그늘을 아침으로 바꾸셨다”라고 말했다.[*] 이제 아침이 밝아 왔고 그는 뒤를 돌아보았다. 되돌아가기를 원해서가 아니라 어둠 속에서 그가 어떤 위험을 겪었는지 아침 햇빛에 보기 위해서였다. 그는 한쪽에 있는 구덩이와 또 다른 쪽의 수렁을, 그리고 그 사이에 난 길이 얼마나 좁은지 선명하게 볼 수 있었다. 또한 마귀들과 괴물들, 지옥의 용을 보았는데 지금은 저 멀리 보였다. 왜냐하면 동이 트면 그것들은 가까이 오지 못하기 때문이다. 하지만 “어두운 가운데에서 은밀한 것을 드러내시며 죽음의 그늘을 광명한 데로 나오게 하신다”라고 기록된 대로 그것들은 그에게 모습을 드러냈다.[*] 크리스천은 홀로 겪은 그 모든 위험에서 해방된 것에 크게 감격했다. 이전에는 그 위험들을 막연히 무서워했지만 날이 밝아 그것들이 형체를 드러내자 더 분명히 볼 수 있었다. 그때 태양이 떠올랐고 그것은 크리스천에게 또 다른 은혜였다. 여러분도 보셨다시피 사망의 음침한 골짜기는 첫 부분이 위험했지만 그가 앞으로 갈 두 번째 부분이 훨씬 더 위험했기 때문이다. 그가 서 있는 곳에서부터 골짜기 끝까지 길에는 올무와 덫과 그물이 가득했고 또 다른 쪽에는 구덩이와 함정, 깊은 낭떠러지 등이 있어서 만약 지금이 그가 첫 부분을 지나올 때처럼 어두웠다면 그가 천 개의 영혼을 가졌다 하더라도 모두 다 잃었을 것이었다. 그러나 내가 말했듯이, 바로 지금 해가 떠오르고 있었다. 그래서 그는 "그의 등불이 내 머리에 비치었고 내가 그의 빛을 힘입어 암흑에서도 걸어 다녔느니라"*라고 말했다.

이 빛 속에서 그는 골짜기 끝에 도달했다. 이제 내가 꿈속에서 보니, 골짜기 끝에는 핏자국과 뼈와 재와 난도질당한 사체들이 있었는데 이전에 여기까지 왔던 순례자들의 것도 있었다. 무슨 연유인가 숙고하고 있는데 내 조금 앞에서 동굴이 눈에 띄었다. 그곳에는 교황과 이교도라는 두 거인이 옛날에 살았는데 그들의 권세와 폭정으로 거기 놓인 뼈와 피와 재가 된 사람들이 잔혹하게 죽임을 당한 것이었다. 하지만 이곳을 크리스천은 큰 위험 없이 지났고, 그 점이 나는 약간 놀라웠다. 그러나 이교도라는 거인은 오래전에 죽었다는 사실을 나는 알게 되었다. 또 다른 거인은 아직 살아 있을지라도 연로한 데다 젊은 시절 겪은 온갖 간교한 싸움 덕에 이제 정신이 나가고 관절이 뻣뻣해져서 그가 할 수 있는 일이라곤 그저 동굴 입구에 앉아서 순례자가 지나갈 때 그들에게 다가갈 수 없기에 이빨을 드러내며 그의 손톱을 뜯는 일밖에 없다는 사실도 나는 알게 되었다.

크리스천이 길을 가다가 동굴 입구에 앉은 이 노인을 보고 어떻게 받아들여야 할지 몰라 하는 것을 나는 보았다. 특히 노인은 그를 좇아갈 수 없지만 그에게 "너희 놈들은 더 많이 화형을 당하기 전에는 결코 고칠 수 없어"라고 욕을 했기 때문이다. 하지만 크리스천은 평온을 유지하면서 좋은 얼굴을 하고 지나가 어떤 해도 입지 않았다. 크리스천은 이렇게 노래했다.

오, 경이로운 세상이여! (그 말밖에는 할 수 없네.)
여기서 내가 겪은 고난 속에서도
내가 온전할 수 있다니. 오, 나를
고난에서 해방시킨 그 손을 경배하라!
어둠 속의 위험들, 마귀와 지옥과 죄가
내가 이 골짜기에 있을 때 나를 에워쌌네.
그렇다, 함정과 덫과 구덩이와 그물이
내 가는 길에 놓여 있어 나처럼 쓸모없고 어리석은
자는 걸리고, 잡히고, 쓰러질 수 있었는데
하지만 나 살아 있으니 예수님 왕관을 쓰옵소서.

크리스천은 이제 약간 오르막에 도달했는데 그곳은 순례자들이 앞을 볼 수 있도록 낮은 둔덕으로 만들어져 있었다. 그 위로 올라간 크리스천은 저만치 앞에서 믿는 자가 길을 가고 있는 것을 보았다. 크리스천은 큰 소리로 "이보게, 어이, 잠깐만 멈춰, 나랑 같이 갑시다"라고 불렀다. 그 말에 믿는 자가 뒤를 돌아보았고 크리스천은 다시 소리쳤다. "내가 거기로 갈 때까지 잠시만 서 있게나." 그러나 믿는 자는 "안 돼. 내 목숨이 달려 있다네. 피의 보복자가 내 뒤를 쫓고 있어"라고 말했다.* 이 말에 크리스천은 약간 자극을 받아 온 힘을 다해 믿는 자를 따라잡았고 심지어 그보다 앞서게 되었다. "먼저 된 자가 나중 된 셈이다."* 크리스천은 형제를 따라잡았다며 자만심에 웃음을 지었다. 그러나 걸음을 조심하지 않아 그는 갑자기 걸려 넘어졌고 믿는 자가 도와주러 올 때까지 일어설 수 없었다.

나는 그 후 꿈속에서 그들이 매우 사이좋게 함께 가는 것을 보았다. 또한 그들은 순례 길에서 일어난 모든 일들에 대해 다정하게 대화를 나누었다. 크리스천이 말을 시작했다.

크리스천: 존경하고 사랑하는 형제, 믿는 자여. 자네와 합류하게 되어 기쁘네. 하나님께서 이 즐거운 길에 동료로 같이 걷도록 우리 영혼들을 잘 조정하신 덕분이지.

믿는 자: 친구여, 우리 도시를 떠날 때부터 자네와 동행했으면 하고 생각했지. 그러나 자네가 먼저 떠나는 바람에 나는 여기까지 혼자 올 수밖에 없었네.

크리스천: 내 뒤를 따라 순례 길로 나서기 전까지 멸망의 도시에 얼마나 오래 있었나?

믿는 자: 자네가 떠난 뒤 우리 도시가 곧 하늘에서 내려온 불로 다 타 버린다는 이야기가 엄청나게 돌았지. 그래서 나는 더 이상 그곳에 머물 수가 없었네.

크리스천: 뭐라고? 자네 이웃들이 그렇게 이야기했어?

믿는 자: 그럼. 한동안 모든 사람 입에서 그 말만 했지.

크리스천: 아니, 그런데도 자네 말고는 아무도 그 위험에서 도망쳐 나오지 않았단 말인가?

믿는 자: 사람들이 엄청나게 말을 많이 하면서도 그 사실을 굳

게 믿지는 않았어. 열을 내며 이야기하던 사람들이 자네에 대해 조롱하는 것을 들었지. 그들은 자네의 순례 길을 절망적 여정이라고 불렀어. 하지만 우리 도시가 하늘로부터 내려온 유황불로 종말을 맞을 거라는 사실을 나는 믿었고, 아직도 믿고 있어. 그래서 도시를 탈출했지.

크리스천: 혹시 이웃인 우유부단에 관해 들은 것 없나?

믿는 자: 있어, 크리스천. 그가 낙담의 수렁까지 자네를 따라갔다고 들었어. 그곳에서 그가 수렁에 떨어졌다고 사람들이 말하더군. 하지만 그런 일이 알려지는 걸 그는 원치 않았지. 그래도 그가 진흙을 뒤집어쓰고 더러워진 것을 나는 알지.

크리스천: 이웃들은 그에게 뭐라고 했나?

믿는 자: 돌아오고 나서 그는 온갖 부류의 사람들에게 엄청 조롱을 당했다네. 그를 멸시하고 조롱하고 아무도 그에게 일을 주려 하지 않았지. 도시를 떠나지 않고 가만있는 것보다 지금은 일곱 배는 더 나쁜 상황일세.

크리스천: 사람들이 왜 그렇게 그를 욕하는 거지? 그들이 싫어하던 길을 그가 포기하고 돌아왔는데.

믿는 자: 사람들은 "오, 저놈 목매달아. 그는 변절자야. 자기 신념을 지키지 못했어"라고 말하더군. 내 생각에는 그가 길을 저버렸기 때문에 하나님도 그의 적까지 움직여 그를 저주하고 본보기로 삼으신 것 같아.*

크리스천: 도시를 떠나기 전에 그 사람과 이야기해 보았나?

믿는 자: 한 번 길에서 만난 적이 있지. 하지만 그는 잘못한 사

람이 수치스러워하듯 다른 쪽에서 곁눈질만 하기에 말을 걸지 않았네.

크리스천: 처음 출발할 때 나는 그 사람에 대해 희망을 가졌어. 그러나 이제 도시가 멸망하면 그도 함께 멸망할 것 같네. "개가 그 토하였던 것에 돌아가고 돼지가 씻었다가 더러운 구덩이에 도로 누웠다"는 참된 말씀이 그에게 일어나는구먼.*

믿는 자: 나 역시 그게 걱정이야. 하지만 누가 일어날 일을 막을 수 있겠나?

크리스천: 믿는 자, 이 친구야. 이제 그 사람 얘기는 그만하고 우리와 직접 관련된 일들을 이야기하세. 자네가 오는 길에 무엇을 만났는지 이야기해 보게. 자네 뭔가를 만났지? 안 그랬다면 그건 이상한 일이지.

믿는 자: 자네가 떨어진 수렁을 보고 나는 피해 무사히 문까지 갔지. 다만 음탕이란 이름의 여자를 만나 화를 당할 뻔했네.

크리스천: 그 여자의 그물에서 빠져나온 건 다행일세. 요셉도 그 여자에게 단단히 걸렸다가 자네처럼 빠져나왔지만 거의 목숨을 잃을 뻔했지.* 그 여자가 자네한테 무슨 짓을 했나?

믿는 자: 자네도 짐작하겠지만 그 여자가 얼마나 아첨하는 혀를 가졌는지 상상을 초월할 지경이야. 온갖 종류의 만족을 약속하면서 자기와 같이 가자고 끈질기게 달라붙더군.

크리스천: 아니지, 선한 양심을 만족시키는 것은 그 여자가 약속하지 않았겠지.

믿는 자: 자네 내 말뜻을 알잖나. 모두 육체적, 성적 만족이지.

크리스천: 자네가 그 음란한 여자에게서 도망친 것을 주께 감사해야 돼. "여호와의 노를 당한 자는 거기 빠지리라."*

믿는 자: 아니, 내가 완전히 도망친 건지 아닌지 잘 모르겠어.

크리스천: 아니, 왜? 그 여자의 음욕에 자네를 허락하진 않았겠지?

믿는 자: 아니, 나 자신을 더럽히지는 않았어. 왜냐하면 예전에 본 오랜 글귀가 기억났거든. "그의 걸음은 스올로 나아가나니."* 그래서 난 그녀의 모습에 사로잡히지 않으려 두 눈을 감았지.* 그러자 그녀는 욕을 퍼부었고 난 내 길을 갔어.

크리스천: 오는 길에 다른 공격은 받지 않았나?

믿는 자: 역경이란 산 아래에 이르렀을 때 아주 늙은 노인이 내가 누구이고 어디로 가는지를 물었어. 나는 순례자이고 천상의 도시로 가는 중이라고 대답했지. 그러자 노인은 이렇게 말했어. "자넨 정직한 친구처럼 보이는군. 내가 자네에게 봉급을 잘 쳐줄 테니 나와 함께 살지 않겠나?" 나는 그의 이름과 어디서 사는지를 물었지. 그는 "내 이름은 아담 1세이고* 기만의 도시에 살고 있다"고 말했어.* 나는 다시 그의 직업이 무엇이며, 그가 주겠다는 봉급이 무엇인지 물었지. 그는 자기 직업은 수많은 쾌락이며 그의 봉급은 내가 그의 후계자가 되는 것이라고 말하더군. 어떤 집을 갖고 있으며 어떤 하인들이 있는지 내가 물었지. 그의 집은 이 세상의 모든 산해진미로 가득하고 그의 하인들은 자기가 낳았다고 그는 대답했어. 자식이 모두 몇이냐고 물었더니 그는 "육신의 정욕, 안목의 정욕, 이생의 자랑"*이라는 세 딸

밖에 없다면서 내가 원하면 그 셋과 모두 결혼하라더군. 그래서 나는 얼마 동안 내가 그와 함께 살기를 원하냐고 물었지. 그는 자기가 살아 있는 동안이라고 답했어.

크리스천: 그래, 노인은 어떤 결론을 내렸나? 그리고 자네는?

믿는 자: 맨 처음에는 나도 그 노인과 함께 가고 싶은 마음이 조금 있었어. 그 사람이 매우 공정하게 말한다는 생각이 들더군. 하지만 대화하면서 그의 이마를 보니 거기에 "옛사람과 그 행위를 벗어 버리라"고 쓰여 있지 않겠나.*

크리스천: 그래서?

믿는 자: 그가 무슨 말을 하고 어떤 아첨을 해도 일단 자기 집으로 날 데려가면 노예로 팔 것이란 생각이 확 들더군. 그래서 나는 그의 집 근처에도 가지 않을 것이니 그만 이야기하자고 했지. 그러자 그는 내 가는 길을 괴롭게 만들어 줄 사람을 보내겠다며 욕을 퍼붓더군. 나는 그를 떠나려고 돌아섰는데 그가 내 몸을 움켜잡더니 무섭게 잡아당기는데 내 몸이 찢어지는 것 같았어. 그래서 나는 "오호라 나는 곤고한 사람이로다"*라고 울부짖었지. 그리고 나는 산 위를 계속 올라갔어.

내가 반쯤 올라갔을 때 뒤를 돌아보니 바람처럼 빨리 누군가 내 쪽으로 왔어. 그는 정자 있는 곳 근처에서 나를 따라잡더군.

크리스천: 바로 그곳에서 내가 쉬려고 앉았지. 그런데 잠이 드는 바람에 내 가슴에서 이 두루마리를 잃어버렸어.

믿는 자: 형제여, 내 말을 끝까지 들어 보시게. 그 남자는 나를 따라잡자마자 말보다 주먹부터 날렸어. 바로 나를 때려눕혀 정

신을 잃게 만들었지. 내가 정신이 들었을 때 도대체 왜 그러냐고 물었지. 그는 내가 아담 1세에게 은근히 끌리기 때문이라고 했어. 그 말과 함께 또다시 내 가슴에 치명타를 날려 나는 뒤로 넘어져 그의 발치에 기절해서 누워 있었지. 다시 정신이 들었을 때 나를 불쌍히 여겨 달라고 그에게 애원했지. 그러나 그는 "난 어떻게 자비를 베푸는지 모른다"고 말하면서 다시 나를 때려눕혔어. 어떤 사람이 와서 그에게 그만두라고 하지 않았다면 그는 분명 나를 죽였을 거야.

크리스천: 그에게 그만두라고 한 사람이 누구였나?

믿는 자: 처음에는 누군지 몰랐어. 하지만 그가 지나가는데 두 손과 옆구리에 구멍이 있는 것을 보고 그가 우리 주님인 걸 깨달았지. 덕분에 나는 비로소 산을 오를 수 있었어.

크리스천: 자네를 따라잡은 사람은 모세였네. 그는 율법을 어긴 사람은 용서하지도 않고 그들에게 자비를 베풀 줄도 모르지.

믿는 자: 나도 알고 있어. 그를 만난 것이 처음은 아니니까. 내가 집에서 편안하게 살고 있을 때 만약 내가 그곳에 계속 있으면 집을 통째로 불살라 버리겠다고 말한 것도 그 사람이었어.

크리스천: 모세가 자네를 만난 그쪽 산 위에 있던 집을 보지 못했나?

믿는 자: 보았지. 그리고 그 집에 조금 못 미친 곳에서 사자들도 보았지. 그러나 정오 무렵이라 사자들은 자고 있는 것 같았어. 그리고 해가 많이 남아 있어서 나는 문지기한테 들르지 않고 산 아래로 내려왔지.

크리스천: 자네가 지나가는 것을 보았다고 문지기가 말해 주더군. 자네가 그 집을 방문했으면 좋았을 것을. 그랬다면 자네가 죽는 날까지 잊지 못할 너무 많은 진귀한 것들을 그들이 보여 주었을 거야. 그런데 겸손의 골짜기에서는 아무도 만나지 못했나?

믿는 자: 불만이라는 사람을 만났는데 자기랑 같이 돌아가자면서 나를 열심히 설득하더군. 그 골짜기는 명예로울 것이 없다는 게 그의 이유였지. 게다가 그곳으로 가는 것은 모든 친구들을 배신하는 길이라면서, 만약 내가 이 골짜기를 건너가는 바보 같은 짓을 한다면 자만심, 건방짐, 자기도취, 세속적 영광 같은 친구와 그 외 다른 이들이 무척 불쾌해할 거라고 말했어.

크리스천: 그래, 어떻게 대답했어?

믿는 자: 그가 이름을 댄 이들이 실제로 육체적으로는 내 친척인 것은 맞지만, 내가 순례자가 되고 나서 그들은 나를 버렸고 나 역시 그들을 거부했지. 그러므로 지금은 그들이 내 혈통과 아무 상관 없는 것과 마찬가지인 관계라고 대답해 주었어. 게다가 이 골짜기에 관해 그가 설명한 것이 틀렸음을 지적했지. 왜냐하면 겸손이 명예보다 먼저요, 거만한 마음은 넘어짐의 앞잡이라고 했지.* 그러고는 우리들에게 가장 좋다고 그가 여기는 것을 선택하기보다 이 겸손의 골짜기를 건너 현인에 의해 명예롭게 여겨지는 것에 도달하고 싶다고 말했어.

크리스천: 그 골짜기에서 다른 것은 만나지 않았나?

믿는 자: 나는 수치도 만났어. 내 순례 길에서 만난 모든 사람

중에서 그 사람이야말로 걸맞지 않은 이름을 갖고 있다는 생각이 들더군. 다른 이들은 토론이나 무엇을 하는 중에 아니라는 말을 들으면 수긍도 하는데 이 뻔뻔한 얼굴의 수치는 결코 그러지 않아.

크리스천: 아니, 그 사람이 뭐라고 말했는데?

믿는 자: 자기가 왜 종교 자체에 반대하는지 말하더군. 그는 인간이 종교에 마음을 쓰는 것은 불쌍하고, 하찮고, 비열한 짓이라고 했어. 고운 양심은 남자답지 못한 것이라면서 어느 시대든 용맹한 영혼들이 뽐내면서 익숙하게 누리던 자유로부터 스스로를 속박하고 자신의 행동과 말을 조심하는 것은 그 시대의 웃음거리가 되는 것이라고 했지. 그는 또 권력자, 부자, 현자 중 내 말에 동의할 사람은 거의 없다면서 내게 반대했어.* 또한 그들이 스스로 어리석거나 바보라고 설득당하지 않고야 아무도 뭔지 모르는 것을 위해 모든 것을 잃고자 하는 사람은 없다고 했지.* 게다가 그는 순례자들이 비천하고 낮은 지위의 사람들이라면서 그들은 자연 과학에 대한 이해가 부족하고 시대에 대해 무식하다면서 반대했지. 그 사람은 내가 여기서 이야기한 것보다 훨씬 많은 것에 대해 그런 식으로 나를 붙잡고 꾸짖었어. 예를 들어 설교를 들으면서 우는 소리를 내거나 슬퍼하는 것은 수치스럽다든가, 집으로 오면서 한숨을 쉬거나 신음하는 것도 수치스럽다더군. 사소한 잘못에 대해 이웃에게 용서를 구하는 것도 수치스럽고 누군가에게서 가져온 것을 되돌려 주어도 수치스럽다네. 종교는 위대한 사람이 조금만 잘못해도 (이걸 멋진 이름

으로 포장하더군) 그 사람을 멀리하게 만들고 같은 종파를 믿는다는 이유로 비열한 사람을 인정하고 존경하게 만든다고 했어. 그는 "이것이 수치스럽지 않습니까?"라고 하더군.

크리스천: 그래서 자네는 그에게 뭐라고 말했나?

믿는 자: 처음에는 뭐라 해야 될지 몰랐지. 그래, 그가 나를 너무 수치심으로 몰아서 피가 얼굴로 솟았지. 이 수치란 놈이 힘을 써서 난 거의 할 말을 잃을 지경이었어. 그러나 마침내 이런 생각이 들기 시작했어. '사람 중에 높임을 받는 그것은 하나님 앞에 미움을 받는 것이니라.'* 그리고 다시 생각하니 이 수치란 놈은 인간이 어떤지에 대해 말하지만 하나님이나 하나님의 말씀이 어떤지에 대해서는 아무 말도 못한다는 생각이 들었어. 종말의 날에 우리는 허풍 떠는 시대정신에 의해서가 아니라 지극히 높은 분의 지혜와 율법에 따라 삶과 죽음의 심판을 받는 것이라는 생각이 들었지. 따라서 나는 이렇게 생각했어. '비록 이 세상 모든 사람들이 반대해도 하나님이 말씀하신 것이 최선이다. 하나님이 그의 종교를 선호하시는 것을 보자. 하나님이 연약한 양심을 선호하시는 것을 보자. 하늘나라를 위해 자신을 바보로 만드는 자가 가장 현명한 자라는 사실을 보자. 수치여, 물러가라. 너는 내 구원의 적이다. 내가 주군 대신 너를 접대할 것 같은가? 그렇다면 그분이 오실 때 내가 어떻게 그의 얼굴을 쳐다보겠는가? 내가 그의 방식과 그의 종들에 대해 부끄러워한다면 어떻게 축복을 기대하겠는가?'* 하지만 이 수치란 놈은 정말 뻔뻔한 악당이었어. 아무리 그를 내쳐도 떼어 내기가 힘들었어.

그랬어. 그는 나를 따라다니면서 지속적으로 내 귀에다 종교의 약점을 이것저것 속삭였지. 그러나 마침내 나는 그에게 이 일에 대해 더 이상 시도하는 것은 쓸모없는 짓이라고 말했어. 그가 경멸하는 그 모든 것에서 나는 가장 고귀한 영광을 본다고 말했지. 그리고 마침내 이 끈질긴 놈의 손아귀에서 벗어날 수 있었다네.

그를 떼어 놓고 나는 노래를 불렀어.

천국의 부름에 복종하는 이들이
만나게 되는 시험은 다양하며
나약한 육신을 겨냥한다.
오고, 또 오고, 다시 새롭게 온다.
지금 또는 다른 때에 우리가 그 시험에
들 수 있고, 굴복당하고, 내쳐질 수도 있다.
오, 그러므로 순례자여, 순례자여,
깨어 있어라, 그리고 사나이답게 그것을 뿌리쳐라.

크리스천: 형제여, 자네가 이 악당을 너무나 용감하게 이겨 내서 난 기쁘네. 자네도 말했듯이 모든 것 중에서 가장 잘못된 이름을 가진 자야. 대담하게 길에서까지 우리를 따라와 사람들 앞에서 수치심을 주려고 시도할 만큼 뻔뻔한 놈이지. 즉 선한 것에 대해 우리가 부끄럽게 여기도록 만들지. 그가 그토록 대담한 놈이 아니었다면 자신이 행하는 일을 하려고 결코 시도하지 않

았을 거야. 하지만 우리는 그에게 여전히 대항할 수 있어. 왜냐하면 그의 허장성세에도 불구하고 그는 다름 아닌 바보가 되려고 노력하니까. 솔로몬도 말씀하셨지. "지혜로운 자는 영광을 기업으로 받거니와 미련한 자의 영달함은 수치가 되느니라."*

믿는 자: 수치와 싸우기 위해서는 이 땅에서 진리를 위해 우리를 강성하게 만드시는 그분께 도움을 청해야만 하네.

크리스천: 자네 말이 맞네. 그런데 그 골짜기에서 다른 사람은 만나지 않았나?

믿는 자: 아무도 만나지 않았어. 남은 길을 가는 동안, 그리고 사망의 음침한 골짜기를 지나는 동안에도 햇빛이 내내 비쳤거든.

크리스천: 그건 자네에게 잘된 일이군. 나의 경우는 사정이 달랐지. 나는 골짜기로 들어서자마자 무서운 마귀 아볼루온과 끔찍한 전투를 벌였지. 정말이지, 그놈 손에 죽는구나 생각했어. 특히 그가 날 때려눕혀 짓누르면서 갈기갈기 찢으려 했을 때는 말이야. 그가 날 내던졌을 때 내 손에서 칼이 날아가 버렸고 이제 넌 죽었다, 라고 그가 말하더군. 하지만 나는 하나님께 울부짖었고, 그분이 들으시고 나를 모든 환난에서 구해 내셨네.* 그러고 나서 사망의 음침한 골짜기로 들어서서 거의 반쯤 갈 때까지 빛이라곤 없었어. 난 거기서 몇 번이나 죽는구나, 라고 생각했어. 하지만 마침내 동이 트고 해가 솟아 남은 길을 훨씬 쉽게 편안히 갈 수 있었지.

이제 나는 꿈속에서 두 사람이 같이 가는 것을 보았다. 믿는 자는 자기 옆에 조금 떨어져서 떠버리라는 이름의 남자가 가는 것을 우연히 보게 되었다. 이곳은 셋이 모두 걷기에 충분한 공간이었다. 그 남자는 키가 컸고 옆에 있을 때보다 떨어져 있으면 더 잘생겨 보였다. 믿는 자가 이 남자에게 말을 걸었다.

믿는 자: 친구여, 어디로 가시나? 당신도 천상의 나라로 가고 있소?

떠버리: 나도 같은 곳으로 가고 있소.

믿는 자: 그것참, 잘됐군요. 그럼 우리 길동무나 합시다.

떠버리: 나도 당신과 같이 가는 것이 좋습니다.

믿는 자: 그럼 이리 와서 유익한 일들에 대해 이야기하면서 같이 갑시다.

떠버리: 당신은 물론이고 누구하고도 유익한 일에 대해 이야기를 나누는 것은 좋은 일이죠. 당신들처럼 좋은 일을 하려는 분들을 만나서 나도 기쁩니다. 사실 말씀드리자면, 여행하면서 시간을 보내는 일에 조심하는 사람이 별로 없어요. 그저 아무 소득도 없는 일에 대해 떠들어 대는 자들은 많지요. 이런 것이 나에게는 괴롭더라고요.

믿는 자: 그거야말로 정말 애석한 일이죠. 지상의 인간이 입과 혀를 사용할 가치가 있는 일이 천국의 하나님에 관한 것 말고 뭐가 있겠습니까?

떠버리: 말씀에 확신이 가득 차니 당신이 아주 마음에 드네요. 한마디 덧붙이자면, 하나님에 관한 것만큼 더 즐겁고 더 유익한

것이 어디 있겠습니까?

만약 사람이 경이로운 일에 즐거움을 느낀다면 이보다 더 즐거운 이야기가 어디 있겠습니까? 예를 들어 만약 역사나 사물의 신비에 관해 이야기하는 것을 좋아하는 사람이라면 또는 기적이나 불가사의나 계시 같은 것에 대해 말하기를 좋아한다면 성스러운 성서에 기록된 것보다 더 기쁘고 더 감미롭게 새겨진 기록을 그가 어디서 찾겠어요?

믿는 자: 맞습니다. 그런 일을 이야기하면서 유익함을 얻는 것이 우리가 목적하는 바이지요.

떠버리: 제 말이 바로 그겁니다. 그런 일에 대해 이야기하는 것이 가장 유익하지요. 말을 함으로써 인간은 많은 지식을 얻을 수 있어요. 이 세상 일의 허황됨이라든지, 저세상 일의 이로움에 대해서요. 좀 더 구체적으로 말하자면 이를 통해 인간은 거듭남의 필요성, 인간 선행의 불충분함, 그리스도의 공의의 필요성 등을 배울 수 있어요. 게다가 말을 통해서 인간은 회개하는 것이 무엇인지, 믿는 것과 기도하는 것과 고통받는 것 등이 무엇인지를 배울 수 있지요. 말을 통해서 인간은 복음서의 위대한 약속과 위로가 무엇인지 배우고 위안을 얻지요. 더 나아가 인간은 거짓 의견을 반박하고 진리를 옹호하고 무지한 자를 가르치는 법을 배울 수 있지요.

믿는 자: 모든 말씀이 사실입니다. 당신에게서 이런 말씀을 들을 수 있어 정말 기쁘네요.

떠버리: 쯧쯧, 이런 말씀이 부족하기 때문에 영생에 도달하려

면 신앙이 필요하고 영혼에 은사가 절대 필요하다는 것을 이해하는 사람이 거의 없어요. 율법에 따라 살아가는 무지한 인간은 절대로 하늘나라를 얻지 못하지요.

믿는 자: 하지만 이런 말씀을 드리고 싶네요. 하늘나라에 대한 이런 지식은 하나님의 선물이지요, 어떤 사람도 인간적 근면함이나 그것에 대해 말한다고 해서 그 지식을 얻을 수는 없지요.

떠버리: 나도 매우 잘 알고 있소. 인간은 하늘로부터 주어진 것 외에는 아무것도 얻지 못하지요. 모든 것이 은총이지, 인간의 성과가 아니오. 이 말을 증명하기 위해 나는 수백 개의 성서 구절을 당신에게 인용할 수 있소.

믿는 자: 좋아요. 그렇다면 지금 우리가 집중적으로 대화를 나눌 주제가 있다면 그것이 무엇일까요?

떠버리: 당신이 원하는 대로요. 나는 천국의 일이나 지상의 일에 대해 다 말할 수 있어요. 도덕적인 일이나 복음적인 일, 신성한 일이나 세속적인 일, 과거 일이나 미래의 일, 외국 일이나 우리 나라의 일, 더 필수적인 일이나 부수적인 일. 이 모든 것이 우리에게 유익하다면 다 말할 수 있죠.

믿는 자는 내심 경탄했다. 그래서 그는 내내 혼자 걷고 있던 크리스천에게 다가가 나지막이 말했다.

믿는 자: 정말 멋진 친구와 동행하게 되었네. 이 사람은 훌륭한 순례자가 될 거야.

그 말에 크리스천이 조용히 웃으면서 말했다.

크리스천: 자네가 그렇게 반한 이 남자는 자기 혀로 그를 모르

는 사람 스무 명을 속이는 재주가 있지.

믿는 자: 그를 알고 있었소?

크리스천: 알다마다! 그가 자기 자신에 대해 아는 것보다 더 잘 알지.

믿는 자: 그는 어떤 사람이지?

크리스천: 이름은 떠버리이고, 우리 마을에 살고 있어. 자네가 그를 왜 모르는지 의아했는데 생각해 보니 우리 마을이 크긴 하지.

믿는 자: 누구네 아들이지? 어디 살고 있나?

크리스천: 그는 달변의 아들이고 재잘재잘로(路)에 살고 있어. 사람들은 그를 재잘재잘로의 떠버리란 이름으로 알고 있지. 말은 잘하지만 안된 친구야.

믿는 자: 글쎄, 아주 잘생긴 남자처럼 보이는데.

크리스천: 그를 잘 알지 못하는 사람에게만 그렇게 보일 뿐이지. 밖에 나가면 훌륭하지만 주위 사람에겐 추한 사람이야. 자네가 그를 잘생긴 남자라고 한 말을 들으니 어떤 화가의 그림이 생각나네. 그 그림은 거리를 두고 보면 최고인데 아주 가까이 보면 매우 불쾌했어.

믿는 자: 웃으며 이야기하는 걸 보니 자네 농담하는 거 같은데.

크리스천: 내가 웃었지만 이런 일을 농담으로 말할 리 없지. 또한 어떤 사람을 잘못 헐뜯지도 않아. 그에 대해 더 많은 것을 알려 주지. 이 사람은 누구에게든 어떤 말이라도 하는 사람이야. 자네와 지금 대화를 나누듯이 그는 술집 의자에 앉아서도

떠들 사람이야. 술이 머릿속에 더 들어갈수록 그의 입에서 이런 일들이 더 나오지. 그의 마음이나, 집안이나, 대화에서 종교는 어디에도 없어. 그가 가진 것은 그저 세 치 혀에 달려 있고, 그의 종교는 혀끝에서만 소리를 내는 거야.

믿는 자: 그게 정말이야! 그렇다면 나는 이 사람한테 완전히 속았군.

크리스천: 속았다고? 그 점은 확실하지. "그들은 말만 하고 행하지 아니하며* 하나님의 나라는 말에 있지 아니하고 오직 능력에 있음이라"*라는 말씀을 기억하게. 그는 기도에 대해, 회개에 대해, 신앙에 대해, 거듭남에 대해 말은 하지만 그 주제들에 대해 그저 떠들 줄만 알지. 나는 그 집 식구들을 알기 때문에 그 집 안팎에서 그를 볼 기회가 많았지. 그 사람에 대한 내 말이 모두 진실이란 걸 난 알아. 그의 집엔 종교가 없어서 달걀 노른자위가 없는 흰자위 맛처럼 공허해. 그곳에는 기도도 없고 죄에 대한 회개의 징조도 없어. 아마 짐승이 나름대로 그보다 하나님을 더 잘 섬길 거야. 그를 알고 있는 모든 사람에게 그는 종교에 대한 모독이고, 불명예요, 수치야.* 그 때문에 그가 사는 마을 안에선 종교에 대해 좋은 말을 한마디도 듣지 못해. 그를 알고 있는 사람들은 '밖에 나가면 성인군자이지만 집 안에서는 악마'라고 말하지. 그가 하인들을 막 대하고 욕쟁이에다 무지막지하니 불쌍한 그의 가족도 어찌해야 좋을지, 무슨 말을 해야 할지 모른다네. 그와 거래해 본 사람은 차라리 터키인과 거래하는 것이 더 공평한 거래라고 말해. 이 떠버리는 할 수 있는 한 사람들을

속이고 사기 치고 뒤통수를 쳐서 그들보다 더 챙기지. 게다가 그는 자기 아들들도 자기 방식을 따르도록 키웠어. 만약 그 아이들이 바보 같은 소심(그는 고운 양심을 이렇게 불렀지)을 보이면 그는 바보, 멍청이라고 부르면서 아이들에게 절대로 일도 주지 않고 다른 사람 앞에서 아이들을 칭찬하지도 않아. 그의 사악한 삶은 많은 이를 잘못으로 이끌고 타락시켰다고 나는 생각해. 만약 하나님이 막지 않으신다면 더 많은 사람을 파멸시킬 거야.

믿는 자: 형제여, 자네는 그를 잘 알 뿐 아니라 사람들에 대해 기독교인답게 평을 해 주니 자네를 믿을 수밖에 없군. 나는 자네가 악의를 가지고 이런 얘기를 했다고 생각하지 않아. 오히려 자네가 말한 그대로라고 생각해.

크리스천: 그에 대해 자네처럼 몰랐다면 나 역시 자네가 처음 했던 식으로 생각했을 거야. 종교에 적대적인 사람들이 이런 비난을 했다면 나도 중상모략이라고 생각했겠지. 중상모략이란 선한 사람의 이름과 그의 행위가 악한 인간의 입에 오르내리는 것이지. 하지만 이 모든 것뿐 아니라 내가 알고 있는 더 많은 잘못으로 저자가 사악한 죄인임을 증명할 수 있어. 선한 이들은 그를 부끄러워해서 형제나 친구라고 부르지도 않아. 그를 아는 사람 사이에서는 그의 이름을 언급하는 것 자체가 그들 얼굴을 붉히게 만들지.

믿는 자: 그래, 말하는 것과 행하는 것이 별개인 줄 이제 알았으니 앞으로 좀 더 잘 구분하겠네.

크리스천: 말과 실천은 영혼과 육신이 다르듯, 정말로 별개야. 영혼이 없는 육신은 시체일 뿐이지. 그러므로 말만 따로 있으면 죽은 시체와 다름없지. 종교의 정수는 실천하는 데 있어. "하나님 아버지 앞에서 정결하고 더러움이 없는 경건은 곧 고아와 과부를 그 환난 중에 돌보고 또 자기를 지켜 세속에 물들지 아니하는 그것이니라."* 떠버리는 이 점을 알지 못하고 그저 듣고 말하는 것이 좋은 교인을 만든다고 생각해. 그래서 자신의 영혼을 속이는 거야. 듣는 것은 씨를 심는 것일 뿐이지. 말하는 것만으로 마음과 삶 속에 정말로 열매를 맺었다는 것을 증명하기에는 충분치 않아. 심판의 날에 사람들은 자신이 맺은 열매로 심판받는다는 사실을 우리 스스로 확신해야 해. 그때 "너는 믿었느냐?"라고 묻지 않아. 대신 "너는 실천하는 자인가 아니면 말만 하는 자인가?" 이것으로 그들은 심판받을 거야.* 이 세상의 종말은 추수에 비교되지. 추수 때 사람들이 열매에만 관심을 두는 것을 자네도 알지. 믿음이 없는 무엇도 받아들여진다는 말이 아니라 떠버리가 공언하고 다닌 일이 그날 얼마나 하찮게 여겨질지 자네에게 보여 주기 위해 이 말을 하는 거야.

믿는 자: 그 말을 들으니 모세가 깨끗한 짐승을 설명한 말이 떠오르네.* 굽이 갈라지고 새김질을 하는 짐승은 깨끗하나 단지 굽만 갈라지거나 단지 새김질만 하는 짐승은 아니지. 토끼는 새김질을 하지만 굽이 갈라져 있지 않아 깨끗지 않지. 이 점은 정말 떠버리와 닮았네. 그는 새김질을 하지. 지식을 구하고 말씀을 씹지만, 그는 굽이 갈라져 있지 않으니 죄인의 길에서 떠나

지 못해. 오히려 토끼처럼, 개나 곰처럼, 통발굽을 가졌으니 깨끗지 못한 거야.

크리스천: 자네는 그 성서 구절에서 진정한 복음의 의미를 말했다고 나는 생각하네. 내가 한마디 덧붙일게. 사도 바울은 어떤 자들을, 그래, 엄청난 떠버리들을 "소리 나는 구리와 울리는 꽹과리"*라고 부르셨지. 즉 그는 다른 구절에서 그들을 "생명 없는 것이 소리를 낼 때"*라고 설명했어. 생명이 없는 것은 다시 말하면 복음의 은총과 진정한 믿음이 없다는 말이지. 그들이 말하는 소리가 천사의 말이나 목소리 같다고 할지라도 그것들은 천국에서 생명의 자녀들과 결코 함께 있지 못할 걸세.

믿는 자: 나도 그와 동행하는 것이 처음부터 썩 좋지는 않았는데, 이젠 정말 지겹군. 어떻게 해야 그를 떼어 놓을까?

크리스천: 내 충고대로 해 봐. 그러면 그자도 자네와 동행하는 것에 금세 싫증을 느낄 거야. 하나님께서 그의 마음을 움직여 바뀌게 하지 않는 한.

믿는 자: 내가 무얼 하기를 원하나?

크리스천: 그에게 가서 종교의 힘에 관해 심오한 대화를 시작해. 그가 그러자고 할 것이 분명한데 그러면 종교의 힘이 그의 마음에, 집 안에, 또는 대화에 어떻게 자리 잡아야 할지를 분명하게 물어 봐.

믿는 자는 다시 떠버리에게 다가가 "잠시 실례했어요. 기분이 어떠세요?"라고 물었다.

떠버리: 괜찮아요. 우리가 지금쯤이면 엄청나게 많은 말을 했

을 텐데 아쉽군요.

믿는 자: 당신이 원하신다면 지금부터 그러지요. 당신이 내게 질문을 제시해 보란 데서 그쳤으니 이렇게 질문하죠. 하나님의 구원하시는 은혜가 인간의 마음속에 들어가면 어떤 형태로 발견될 수 있나요?

떠버리: 우리 대화가 사물의 능력에 관한 것이란 말이군요. 좋아요, 훌륭한 질문이오, 기꺼이 대답해 드리리라. 내 대답을 요약하면 다음과 같소. 첫째, 하나님의 은혜가 마음에 있으면 죄에 대해 큰 소리로 비난하게 됩니다. 둘째로…….

믿는 자: 아니, 잠깐만요. 한 번에 하나씩 생각해 봅시다. 영혼이 죄에 대해 혐오하도록 이끌 때 은혜가 드러난다고 하는 게 더 맞지 않나요?

떠버리: 아니, 죄에 대해 큰 소리로 비난하는 것과 죄를 혐오하는 것이 무슨 차이가 있단 말이오?

믿는 자: 오! 매우 큰 차이죠. 인간은 정책적으로 죄에 반대한다고 소리칠 수는 있어도 경건한 믿음에서 나온 죄에 대한 적의가 없으면 그것을 혐오할 수 없지요. 많은 사람들이 강단에서 죄에 대해 외치면서도 마음이나 집 안이나 대화에서 죄 가운데 잘 지내는 것을 보았어요. 요셉의 주인마누라도 자기가 신성한 사람인 양 큰 소리로 외쳐 댔지만 그럼에도 불구하고 요셉과 기꺼이 불결한 관계를 맺고 싶어 했죠.* 어떤 이들은 마치 어머니가 무릎 위에 애를 앉혀 놓고 꾸짖는 것처럼 죄를 꾸짖지요. 못된 계집애라며 혼을 내다가 결국 껴안고 입 맞추는 것같이 그런

식으로 죄에 대해 꾸짖는 사람들이 있어요.

떠버리: 당신은 지금 말꼬리 잡을 기회를 엿보는군요.

믿는 자: 아닙니다. 나는 단지 모든 일을 바로잡고자 함입니다. 그런데 마음속에서 은혜의 역사를 발견한다는 당신의 두 번째 증좌가 무엇이지요?

떠버리: 복음의 숨은 뜻에 대한 위대한 지식이지요.

믿는 자: 이 징표가 첫째가 되었어야 해요. 그러나 첫째든 마지막이든 그것은 또한 그릇된 징표지요. 지식이란 복음의 숨은 뜻에서 위대한 지식을 얻을 수 있겠지만 여전히 은혜가 우리 영혼 속에서 행하는 은사는 아니지요. 그래요, 만약 어떤 이가 모든 지식을 갖고 있다 하더라도 그는 아무것도 아니며 그러므로 하나님의 자식이 아닙니다.* "너희들은 이 모든 것을 아느냐?"라고 예수께서 물으시자 제자들은 "그렇습니다"라고 답했지요. 예수께서 "만약 너희들이 그것을 행한다면 너희들에게 축복이 있으라"고 다시 말씀하셨어요. 예수님은 지식을 아는 것이 아니라 그것을 행하는 것을 축복하셨죠. 왜냐하면 행동이 따르지 않는 지식도 있기 때문이에요. 자기 주인의 뜻을 알고도 행하지 않는 자가 있지요. 사람은 천사와 같은 지식을 가질 수는 있지만 그래도 그리스도인이 아닐 수 있어요. 그러므로 당신의 징표는 진실하지 않아요. 사실 안다는 것은 수다쟁이와 허풍쟁이를 기쁘게 할 뿐이죠. 그러나 행한다는 것은 하나님을 기쁘게 하는 것입니다. 지식이 없어도 마음이 선할 수 있다는 말은 아닙니다. 지식이 없으면 마음은 아무것도 아니니까요. 그러므로 이

런 지식도 있고 저런 지식도 있어요. 사물에 대한 단순한 사색에 머무르는 지식이 있고 신앙과 사랑의 은총이 함께하는 지식이 있어 인간으로 하여금 마음으로부터 하나님의 의지대로 행동하고자 만듭니다. 전자는 수다쟁이들에게 소용이 되지만 후자 없이는 진정한 기독교인은 만족하지 못하지요. "나로 하여금 깨닫게 하여 주소서. 내가 주의 법을 준행하며 전심으로 지키리이다."*

떠버리: 이건 교화용이 아니라 또 한 번 말꼬리 잡기군.

믿는 자: 글쎄요, 원하시면 은혜의 역사가 나타나는 또 다른 징표에 대해 설명해 주시죠.

떠버리: 안 하겠소, 우리 둘의 의견이 맞지도 않을 것 같으니.

믿는 자: 당신이 하고 싶지 않으면 대신 내가 해도 되겠소?

떠버리: 그건 당신 자유요.

믿는 자: 영혼 속에서 은혜가 역사하시면 당사자에게나 옆에 있는 사람에게 그 모습을 드러냅니다. 은혜의 역사는 그것을 받은 사람에겐 이렇게 나타나죠. 그것은 죄에 대한 확신을, 특히 자신의 오염된 본성과 불신앙이란 죄에 대한 확신을 줍니다. 예수님을 믿어 하나님의 자비를 받아야 하지만 그렇지 못하면 그는 저주받을 수밖에 없지요.* 이런 일들에 대한 인식은 그에게 죄에 대한 슬픔과 수치심으로 작용하지요. 더 나아가 그는 자기 안에 이 세상의 구세주가 있음을 발견하고 생명을 위해 그와 하나가 되려는 절대적 필요성을 느껴요. 그때 비로소 그분을 향한 갈증과 허기를 발견하고, 그 허기와 갈증에 대해 약속이 이루어

지죠.* 이제 구주에 대한 그의 믿음의 강약에 그의 기쁨과 평화가, 신성에 대한 그의 사랑이, 이 세상에서 그분을 더 알고 섬기려는 그의 욕구가 달려 있지요. 그러나 은혜의 역사가 자기 안에서 스스로 발견된다고 내가 말을 했지만 이것이 은사인지 그는 결론지을 수 없지요. 왜냐면 자신의 타락과 오용된 이성이 이런 일에 대해 잘못 판단하도록 만들기 때문이죠. 그러므로 은사가 있는 사람은 이것이 은혜의 역사라고 인정하는 결론을 내리려면 매우 건전한 판단력이 요구되지요.

다른 사람들에게 은사는 다음과 같이 발견됩니다.

1. 그리스도에 대한 믿음을 경험으로 고백함으로써.* 2. 그 고백에 부응하는 삶, 즉 거룩한 삶에 의해서죠. 마음의 거룩함, 가족이 있다면 가족의 거룩함, 이 세상 행실에서의 거룩함에 의해서죠. 이런 것이 일반적으로 그에게 자기 내면의 죄와 이를 감춘 자신을 혐오하라고 가르치죠. 그의 가족 안에서 죄를 억제하고 이 세상에서 거룩함을 전파하라고 가르치죠. 위선자나 떠버리처럼 말로만이 아니라 신앙과 사랑 그리고 말씀의 힘에 실질적으로 복종함을 통해서죠.* 그러니 은혜의 역사와 그 발견에 대한 짧은 설명을 들은 당신은 반대할 것이 있으면 해 보시죠. 만약 없다면 당신에게 두 번째 질문에 대한 설명을 해도 되겠지요.

떠버리: 반대는 없소, 내 역할은 이제 반대가 아니라 듣는 것이오. 이제 두 번째 문제를 들어 봅시다.

믿는 자: 그건 이겁니다. 이 설명의 첫 부분을 당신은 경험하셨소? 당신의 삶과 대화가 그것을 입증해 줍니까? 아니면 당신

의 종교가 행동과 진실에 서 있지 않고 말과 혀에 서 있습니까? 만약 당신이 이 점에 대해 내게 답할 생각이면 원컨대 제발 하나님께서 그렇다고 말씀하실 줄 아는 것만 대답하세요. 또 당신의 양심이 옳다고 생각하는 것만 대답해요. "옳다 인정함을 받는 자는 자기를 칭찬하는 자가 아니요, 오직 주께서 칭찬하시는 자니라."* 게다가 모든 이웃들이 내가 거짓말을 한다고 하는데 그래도 자기가 이러저러하다고 말하는 것은 매우 사악한 일이죠.

떠버리는 처음엔 얼굴을 붉히다가 이내 자신감을 회복하고 다음과 같이 대답했다.

떠버리: 이제 당신은 경험과 양심과 하나님에 관한 이야기를 하네요. 또 말한 것이 정당하다는 것을 하나님께 호소하는 문제까지요. 이런 종류의 담화를 나는 기대하지 않았소. 또 그런 질문에 대해 답을 줄 생각도 없소. 당신이 교리 문답자가 아니므로 내가 답해야 할 의무가 있다고 생각지 않소. 설령 당신이 그렇다고 해도 나는 당신이 내 심판자가 되는 것을 거부할 수 있죠. 근데 당신은 왜 그런 질문을 내게 묻는지 말해 줄 수 있겠소?

믿는 자: 당신이 말을 앞세우는 사람 같더군요. 또한 당신이 관념 외에는 무엇이 있는지 나는 알지 못하기 때문이죠. 게다가 사실을 말하자면, 나는 당신에 대해 들었어요. 당신은 말로만 종교를 믿는 사람이고 당신의 입으로 고백한 것을 당신의 행동이 거짓으로 만든다는 소리를 들었소. 사람들은 당신이 그리스도인의 오점이요, 당신의 비신앙적 대화로 종교가 더 나빠졌으며 당신의 사악한 방식에 이미 걸려 넘어진 자들도 있고 더 많은

사람들이 파멸의 위험에 처해 있다고 말합디다. 당신의 종교는 술집과 탐욕과 부정함과 욕설과 거짓말과 쓸데없는 친구들과 함께 가니 창녀에 관한 속담이 당신에게도 들어맞는구려. 즉 그녀가 모든 여성에 대한 수치이듯 당신은 모든 신앙 고백자의 수치요.

떠버리: 당신이 소문을 듣고 나에 대해 그처럼 성급하게 판단하는 걸 보니, 당신이 대화를 나누기에 부적합한 성마른 인간이거나 우울한 자라고 결론 내릴 수밖에 없소. 잘 가시오.

이때 크리스천이 다가와 그의 형제에게 말했다.

크리스천: 내가 이럴 것이라 말했지. 자네 말과 저 사람의 욕망이 합치할 수 없어. 그는 자기 생활을 고치기보다 자네를 떠나는 게 낫다고 본 거야. 내가 말한 대로 그는 갔고, 떠날 사람은 떠나라고 하세. 손해는 그 사람 몫이야. 우리가 그 사람을 피하는 수고를 덜어 주었네. 그가 지금 행동하듯 앞으로도 계속할 것이 분명하니 같이 가면 그는 우리 일행의 오점이 될 것이야. 게다가 사도께서 "이 같은 자들에게서 네가 돌아서라"*고 말씀하셨지.

믿는 자: 하지만 그와 조금이라도 대화를 나눈 것이 다행이야. 그가 이 점에 대해 다시 생각할 수도 있으니까. 어쨌든 나는 분명하게 그를 깨우쳤으니, 그가 죽는다 해도 그의 피 값을 내 손에서 찾을 수 없겠지.*

크리스천: 자네가 그처럼 분명하게 그 사람에게 이야기한 것은 잘한 일이야. 요즘 이렇듯 신실하게 사람을 대하는 일이 별

로 없어. 그래서 많은 사람이 종교가 썩었다고 생각하지. 왜냐면 이 떠버리 바보들에게 종교란 다만 말로만 떠드는 것이고, 그들의 언행도 헛되고 타락했지. 그런 이들이 너무나 경건한 교우로 받아들여지니 이 세상은 어지럽고 그리스도 신앙은 더럽혀지고 성실한 자들은 슬퍼하지. 나는 모든 사람들이 자네가 한 것처럼 이런 사람을 그렇게 대했으면 좋겠어. 그러면 그들은 종교에 좀 더 순종하게 되든가 아니면 성도와의 교제가 너무 격렬해서 못 견디겠지.

그러자 믿는 자가 이렇게 말했다.

> 떠버리가 처음에 공작새처럼 얼마나 깃털을 세웠나.
> 얼마나 멋있게 그가 말했나. 그 앞에 있는 것을
> 모두 쓸어버릴 것처럼. 하지만 곧
> 믿는 자가 마음속 은사에 대해 말하자
> 보름 지난 달처럼 그는 스러져 버렸네
> 모두 다 그러리, 마음속 은사를 아는 사람 외에는.

그리고 그들은 가는 길에 본 것을 이야기하며 계속 갔다. 그렇지 않았다면 두 사람 다 지루했을 터인데 덕분에 좀 더 편안하게 갈 수 있었다. 이제 그들은 광야를 거의 다 지나왔다.

두 사람이 광야를 거의 나올 무렵 믿는 자는 우연히 뒤를 보았다가 그들을 따라오는 사람을 발견했다. 믿는 자는 누군지 알아보고 "오! 저기 누가 오는지 보게"라고 그의 형제에게 말했다.

그러자 크리스천도 쳐다보고 말했다. "내 선한 친구 복음 전도사군." 믿는 자 역시 "맞아, 나의 선한 친구이기도 하지. 저분이 나를 문으로 가도록 인도했거든"이라고 말했다. 복음 전도사가 그들에게 다가와 인사했다.

복음 전도사: 소중한 이여, 당신들에게 평안이 있기를, 그리고 당신을 돕는 자에게도 평안이 있기를.*

크리스천: 선한 복음 전도사님, 환영, 또 환영합니다. 당신의 얼굴을 보니 나의 영원한 복을 위해 당신이 오랫동안 친절하게 끝없이 노력한 것이 다시 기억나는군요.

믿는 자: 수천 번 환영합니다. 소중한 복음 전도사여, 우리 같은 불쌍한 순례자는 당신과 동행하기를 정말 원하는 바이지요.

복음 전도사: 그래, 친구들이여, 지난번 헤어진 이후 어떻게 지냈소? 무엇을 만났으며, 자네들은 어떻게 행동했소?

크리스천과 믿는 자는 오는 길에 그들에게 일어난 모든 일을, 그리고 어떤 어려움을 겪고 그들이 어떻게 그곳에 도착했는지를 이야기했다.

복음 전도사: 나는 정말 기쁘네. 자네들이 시련을 겪어서가 아니라 자네들이 승리자가 되었기 때문이야. 그렇기에 이날까지 숱한 약점에도 불구하고 자네들은 이 길을 계속 갈 수 있었지.

이 일을 기뻐하는 것은 나 자신을 위해서 그렇고 자네들을 위해서도 그렇다네. 내가 씨를 뿌리고 자네들은 추수하였고 씨 뿌린 자와 추수한 자 함께 기뻐할 날이 다가오고 있으니 말일세.* 물론 자네들이 끝까지 견뎌 내야지. 자네들이 쓰러지지 않는다면 얼마 있지 않아 추수할 것이야. 면류관이 자네들 앞에 있고 그것은 절대 썩지 않는 것이네.* 달려가 그것을 얻도록 하게. 어떤 이는 이 면류관을 구하려고 출발하지만 그것을 찾아 멀리 가는 동안 다른 사람이 와서 그것을 가져가지. 그러므로 자네들 면류관을 누구도 뺏지 못하도록 꽉 잡아야 하네.* 자네들은 아직 악마의 사정거리에서 벗어나지 않았어. 아직 피 흘릴 때까지 죄에 대항해 싸우지는 않았어.* 자네들 앞에 항상 천국이 있도록 하고 눈에 보이지 않는 것에 관해 굳건히 믿어야 하네. 이 세상의 어떤 일도 자네 안에 또 다른 세상을 만들지 못하도록 하게. 그리고 무엇보다 자신의 가슴을 들여다보고 그 안의 정욕을 잘 살피게. 왜냐하면 그것들은 무엇보다도 부정직하며 희망이 없을 만큼 사악하니까. 자네들 얼굴을 부싯돌같이 굳게 하면 천국과 지상의 모든 힘이 자네 편이 될 것이야.*

크리스천은 그의 권고에 감사드리며 남은 길을 가는 동안 도움이 될 말씀을 그가 더 해 주기를 원했다. 그들은 그가 선지자임을 알고 있었다. 그래서 그들에게 일어날 일과 그런 일에 어떻게 맞서고 극복할 수 있는지 그가 말해 줄 수 있음을 알았다. 믿는 자 역시 같은 요청을 했다. 그래서 복음 전도사는 이렇게 시작했다.

복음 전도사: 내 아들들아, 자네들은 복음서의 말씀에서 하나님의 왕국에 들어가기 위해 많은 환난을 겪어야 한다고 들었을 것이다. 또한 모든 도시마다 결박과 환난이 자네들을 기다리고 있으니 어떤 형태이든 그런 경험 없이 순례 길을 오랫동안 가기

는 어렵다네.* 자네들은 내 말이 맞는다는 것을 이미 어느 정도 경험했지. 앞으로 더 많은 환난이 닥칠 걸세. 왜냐하면 보다시피 자네들은 이 광야를 거의 벗어났는데 곧 앞에 한 도시가 보일 거야. 그 도시에서 적들이 자네들을 포박하자마자 죽이려고 덤벼들 것이다. 너희 중 한 사람이나 또는 둘 다 반드시 갖고 있는 증거에 피로써 봉인해야 한다.* 하지만 자네들은 죽더라도 믿음을 지켜야 하네. 그러면 왕께서 자네에게 생명의 면류관을 주실 것이다.* 그곳에서 죽은 사람은 비록 그 죽음이 수명을 다하는 것이 아닐지라도, 그리고 아마 엄청난 고통을 당할지라도 그는 동료보다 더 나을 것이다. 왜냐하면 그는 천상의 도시에 가장 먼저 도착할 뿐만 아니라 다른 동료가 여행을 마칠 때까지 만날 온갖 고난을 미리 피할 수 있기 때문이다. 자네들이 그 도시에 도착하여 내가 여기서 말한 것이 그대로 이행되는 것을 발견할 때 네 친구를 기억하며 남자처럼 행동해라. 그리고 자네 영혼을 신실한 창조주이신 하나님께 맡겨라.

그리고 내가 꿈속에서 보니, 그들은 광야에서 나오자 허영이란 이름의 도시가 앞에 있는 것을 보게 되었다. 그곳에는 허영의 시장이라 불리는 장이 서 있었다. 그 장은 1년 내내 섰는데 그 이름이 허영의 시장인 이유는 그 도시가 허영보다 가볍기 때문이었다.* 또한 거기서 팔리고 거기로 오는 모든 것이 허영이기 때문이다. "다가올 일은 다 헛되도다"*라고 현자가 말씀하셨다.

이 시장은 새롭게 만든 사업이 아니라 고대부터 있어 왔던 것이다. 이 시장의 기원은 다음과 같다.

거의 5천 년 전에 이 두 정직한 사람처럼 천국의 도시로 가는 순례자들이 있었다. 바알세불, 아볼루온과 군대*와 그들의 무리들은 순례자들이 천상의 도시로 가기 위해 만든 길이 허영의 도시를 통과한다는 사실을 알고 그들은 꾀를 내어 여기에 장을 세웠다. 모든 종류의 허영이 팔리고 1년 내내 지속되는 이 시장에는 이런 물건들이 팔렸다. 집, 땅, 상점, 지위, 명예, 승진, 직위, 나라, 왕국, 육욕, 향락과 모든 종류의 쾌락, 예를 들어 창녀, 뚜쟁이, 아내, 남편, 아이, 주인, 하인, 목숨, 피, 육체, 영혼, 은, 금, 진주, 보석 등 없는 게 없었다.

또한 이 시장에서는 요술쟁이, 사기꾼, 내기꾼, 연극쟁이, 어릿광대, 흉내꾼, 건달과 불한당 같은 부류를 항상 볼 수 있었다.

여기서는 돈 내지 않고도 도둑, 살인, 간음, 거짓 증언과 피비린내 나는 사건들을 구경할 수 있었다.

규모가 작은 다른 시장이 그러하듯 이곳에도 이러저러한 상품이 팔리는 고유한 이름의 거리와 골목들이 있었다. 이 시장의 상품을 가장 빨리 발견하려면 마찬가지로 그에 알맞은 장소와 골목과 거리(나라와 왕국)를 찾아가면 되었다. 예를 들어 영국 거리, 프랑스 거리, 이탈리아 거리, 스페인 거리, 독일 거리가 있어서 다양한 종류의 허영이 팔리고 있었다. 그러나 다른 시장에서도 으뜸 상품이 있듯이 그 시장의 으뜸가는 상품은 로마제였고 로마의 상품들이 그 시장에서 엄청나게 선전되고 있었다. 다만 우리 영국만 몇몇 나라와 함께 그것에 혐오를 느끼고 있었다.

내가 말했듯이, 이제 천상의 도시로 가는 길이 이 음탕한 장이 서는 도시를 관통했다. 천상의 도시로 가고자 하는 사람이 이 도시를 통과하지 않으려면 그는 "세상 밖으로 나가야 할" 판이었다.* 왕중왕이신 그분도 여기 계실 때 본향으로 가기 위해 이 도시를 그것도 장날에 통과하셨다. 그렇다, 내가 생각하니 이 시장의 두목인 바알세불이 그분에게 자기 허영을 사도록 초대했었다. 그렇다, 그 도시를 지나가며 자기에게 경의를 표하기만 하면 그분을 시장의 주인으로 만들겠다고 유혹했다.* 그분은 매우 존귀한 분인 까닭에 바알세불은 여기저기 안내하면서 짧은 시간에 이 세상의 모든 왕국을 보여 주었다. 가능하면 그 축복받은 분을 유혹하여 자신의 허영을 싼값에 사게 하려고 말이다. 하지만 그분은 물건에는 아무 관심이 없어 이 허영에 동전 한 닢 내지 않고 이 도시를 떠났다. 이것만 보아도 그 시장이 고대부터 오랫동안 서 있던 매우 거대한 시장임을 알 수 있다.

내가 말했듯이, 이제 순례자들은 시장을 지나가야 한다. 그래서 그들은 장으로 들어섰다. 그들이 들어감과 동시에 시장의 모든 사람들이 동요하며 그들 때문에 도시 전체에 큰 소동이 벌어졌다. 몇 가지 이유가 있었다.

첫째, 순례자들은 그 시장에서 거래되는 어떤 옷과도 다른 종류의 의복을 입고 있었다. 그래서 많은 시장 사람들이 그들을 쳐다보았다. 그들을 보며 어떤 이는 바보라 하고 어떤 이는 정신병자라 하고 또 어떤 이는 이상한 외국인이라고 했다.

둘째, 그들은 순례자의 복장을 보고 놀란 것처럼 말투에 대해서도 놀라워했다. 순례자들의 말을 이해하는 사람이 거의 없었다.* 순례자들은 당연히 가나안의 언어로 말했는데 시장을 연 사람들은 이 세상 사람들이었다. 그래서 시장 한쪽 끝에서 다른 쪽까지 그들은 서로에게 이방인처럼 보였다.*

셋째, 장사꾼들의 기분이 상한 이유는 순례자들이 그들의 물건을 매우 하찮게 여겨 쳐다보려고도 하지 않았기 때문이었다. 장사꾼들이 사라고 불러도 그들은 손가락으로 귀를 막고 "내 눈을 돌이켜 허탄한 것을 보지 말게 하시고"라고 소리쳤다. 그리고 하늘을 쳐다보았으니 그들의 교역과 거래는 하늘나라에 있음을 의미했다.*

순례자들의 차림새를 보고 한 사람이 비웃듯이 그들에게 "당신들은 무엇을 사겠소?"라고 물었다. 그러나 그들은 이 사람을 엄숙하게 쳐다보고선 "우리는 진리를 삽니다"라고 대답했다.* 그 말은 그들을 더욱 멸시하는 계기가 되었다. 어떤 이는 비웃고, 어떤 이는 욕설을 퍼붓고, 어떤 이는 비난하고, 어떤 이는 사람들을 불러 그들을 치라고 했다. 마침내 소동이 벌어지고 시장 안에 엄청난 소요가 일어 모든 질서가 무너졌다. 곧바로 시장의 우두머리에게 이 소식이 전해졌고, 그는 재빨리 내려와 믿을 만한 친구들에게 위임하여 시장을 뒤집어 놓은 이 사람들을 심문하라고 했다. 그래서 이들은 심문장으로 끌려갔다. 그들을 취조하는 자들은 그들이 어디서 와서 어디로 가며 그런 이상한 복장을 하고 거기서 무엇을 하는지 물었다. 그들은 자신들이 순례자이자 이 세상에서는 이방인이며 자기네 본향인 천상의 예루살렘을 향해 가고 있다고 대답했다.* 또한 그들은 어떤 이가 무엇을 사겠냐고 물어 와서 진리를 사겠다고 말한 것 외에는 자신들이 이 도시의 사람들에게 더구나 상인들에게 학대받을 어떤 원인도 제공하지 않았다고 말했다. 심문자로 지명된 자들은 그들이 미치광이 또는 정신병자이거나 시장을 모조리 혼란시키러 온 사람으로 믿었다. 그래서 그들을 잡아 때리고 흙칠을 하고 철장 속에 넣어서 시장 사람 모두에게 구경거리가 되게 했다. 그들은 얼마 동안 거기 갇혀 사람들의 놀잇감 내지는 악의나 복수의 대상이 되었고 시장의 우두머리는 그들에게 일어난 모든 일에 여전히 웃으며 조롱했다. 하지만 이 사람들은 참을성이 많아서 욕을 욕으로 갚지 않고 대신 축복하고, 악한 말에는 선한 말로, 받은 상해에는 친절로 되돌려 주었다. 시장 사람들 가운데 좀 더 주의 깊게 지켜보면서 편견이 덜한 사람들은 끊임없이 그 둘에게 상해를 가하는 저속한 인간들을 제지하고 비난하기 시작했다. 그러자 그들은 화를 내며 그 사람들에게 철장 속 두 사람만큼 나쁜 놈들이라고 펄쩍 뛰면서 그 둘과 공모자 같으니 함께 벌을 받으라고 말했다. 그러자 상대방은 응수하기를, 그들이 볼 때 이 두 사람은 조용하고 온화하며 누구에게 해를 끼칠 것 같지 않다고 했다. 또한 자기들 시장에서 장사하는 많은 사람 중엔 그들이 학대하는 이 사람들보다 철장 속에 갇히고 형틀을 씌울 만한 사람이 더 많다고 말했다. 이런 식으로 양쪽에서 많은 말이 오갔고, 이 두 사람은 내내 그들 앞에서 매우 현명하고 진지하게 행동했다. 그들은 자기들끼리 주먹질을 하며 서로에게 상해를 입혔다. 그 바람에 이 두 불쌍한 사람은 심판관 앞에 다시 끌려 나와 시장에서 조금 전에 일어난 소동의 원인으로 문책당했다. 사람들은 그들을 무섭게 때리고 쇠사슬로 채운 뒤 시장 거리 아래위로 끌고 다녔다. 혹시라도 누군가 그들을 옹호하거나 그들 편에 설까 봐 겁을 주고 본때를 보여 주기 위해서였다. 그러나 크리스천과 믿는 자는 더욱 현명하게 처신하면서 그들에게 떨어진 불명예와 치욕을 너무나 온유하게 인내하며 받아들였다. 그 결과, 시장에서 몇몇 사람이 그들 편으로 넘어왔다. 나머지 사람에 비하면 아주 적은 수였다. 그래도 이 사실이 다른 쪽에 더 큰 분노를 일으켜 이 두 사람을 죽여야 한다고 그들은 결론지었다. 그러고는 이 두 사람이 행한 잘못과 시장 사람을 현혹시킨 죄는 철창이나 쇠사슬로는 충분치 않으니 사형에 처해야 한다고 위협했다.

그들은 새로운 명령이 떨어질 때까지 다시 철장 속에 갇혔다. 그들은 두 사람을 집어넣고 족쇄를 그들 발에 단단히 채웠다.

여기서 두 사람은 신실한 친구인 복음 전도사에게서 들은 말을 다시 한번 떠올리면서 그들에게 일어날 일이라고 그가 알려 준 것과 그들이 고통을 당하는 방식이 일치함을 더욱 확신하게 되었다. 그들은 고통을 당하는 사람이 누구든 그것이 최상의 운이라고 서로 위로하며 각자 마음속으로 자신에게 우선권이 있기를 바랐다. 하지만 만물을 다스리시는 전능하신 그분의 처분에 맡기면서 다른 처분이 있을 때까지 자신들이 처한 상황에 만족하며 지냈다.

이 두 사람에게 유죄 판결을 내리기 위해 재판정으로 끌고 올 시간이 정해졌다. 시간이 되자 그들은 원수들 앞에 서서 심문을 당했다. 재판장의 이름은 선-혐오 경(卿)이었다. 그들에 대한 죄목은 형태는 약간 달랐지만 결국 본질은 같은 한가지였다. 내용은 이랬다.

"이들은 우리의 상업에 대한 원수요, 방해자다. 이들은 시내에서 소요와 분열을 일으키고 이들이 가진 가장 위험한 의견들에 동조자를 만들어 우리 왕의 법률을 멸시했다."*

그러자 믿는 자가 자신은 지극히 높은 자보다 더 높으신 분에 대항하는 자에게만 저항했을 뿐이라고 대답했다. "나 자신은 화평한 사람이므로 절대 소요를 일으킨 적이 없습니다. 우리를 지지한 사람들은 우리의 진실과 결백을 보고 지지한 것이니 그들은 안 좋은 쪽에서 더 좋은 쪽으로 바뀐 것이지요. 당신이 말하는 왕에 관해 얘기하자면 그는 우리 주님의 적인 바알세불이니 나는 그와 그의 천사 무리들을 거부합니다."

그러자 자신들의 왕을 위해 법정에 선 죄수들을 고발할 사람들은 앞으로 나와서 증거를 대라는 선언이 있었다. 그리고 세 명의 증인이 나왔는데, 시샘과 미신과 아첨이었다. 그들은 법정의 죄인을 아는지, 그리고 그들의 왕에 대해 하고 싶은 말이 있는지 질문을 받았다.

시샘이 먼저 나와 이런 식으로 말했다. "재판장님, 저는 이 남자를 오랫동안 알고 지냈지요. 존경스러운 재판장님 앞에서 맹세하건대 그가……."

재판장: 잠깐. 서약을 먼저 해라.

재판장은 그에게 서약을 시켰다. 그는 말을 계속했다.

시샘: 재판장님, 이 남자는 그럴듯한 이름에도 불구하고 우리 나라에서 가장 사악한 인간 중 하나입니다. 그는 왕이나 백성이나 법률 또는 풍습도 개의치 않아요. 대신 신앙과 신성함의 원칙이라 부르는 어떤 불충한 개념을 모든 사람에게 불어넣으려 최선을 다합니다. 특히 그리스도교와 우리 허영시의 풍습은 정반대여서 일치할 수 없는 것이라고 그가 단언하는 것을 저는 들었습니다. 그 말은, 재판장님, 칭송받을 우리의 행동을 그가 비난할 뿐 아니라 그런 행동을 하는 우리도 동시에 비난하는 것입니다.

재판장: 더 할 말이 있나?

시샘: 재판장님, 제가 더 많이 말할 수 있지만 법정을 지루하게 만들고 싶지 않습니다. 그러나 필요하다면, 다른 신사분들이 증거를 다 댄 후에도 혹시 그를 처형하는 데 모자라다면 그때 제 증언을 더 보충하겠습니다.

그래서 그는 대기하라는 명을 받았다. 그러고 나서 그들은 미신을 불러 죄수를 쳐다보라고 했다. 또한 그의 왕을 위해 죄수를 고발할 말이 있는지 물었다. 미신에게도 서약을 시켰고, 그는 이렇게 시작했다.

미신: 재판장님, 저는 이 남자를 그리 잘 알지 못하며, 또 그를 더 알고 싶은 마음도 없습니다. 하지만 얼마 전 그와 이 도시에서 나눈 대화로 미루어 그가 전염병 같은 위험한 친구라는 것을 압

니다. 대화 중에 그가 우리 종교는 아무것도 아니며 그런 것으로 인간은 하나님을 절대 기쁘게 할 수 없다고 말하는 것을 들었습니다. 그의 말은 재판장님도 잘 아시다시피 우리가 헛된 공양을 하며 여전히 죄를 짓고 있고 마지막에는 저주받을 것을 안다는 결론이 당연히 뒤따르겠지요. 제가 말하려는 건 이것입니다.

그다음엔 아첨이 서약을 하고 그의 왕을 위해 법정에 선 죄인을 그가 아는 대로 고발하도록 명령받았다.

아첨: 재판장님 그리고 신사 여러분, 저는 이 남자를 오랫동안 알았는데 그가 하지 말아야 할 말을 하는 것을 들었습니다. 그는 우리의 고귀한 군주인 바알세불을 욕하고 그의 고귀한 친구들인 노인 경, 육욕 경, 사치 경, 허영 경, 호색 경, 탐욕 경과 나머지 귀족들을 멸시하는 말을 했습니다. 게다가 모든 사람이 그의 생각과 같다면 이 귀족 중 어느 한 사람도 이 도시에 존재할 수 없다고 말했습니다. 더구나 그는 재판장이 되신 당신을 욕하는 것도 두려워하지 않았지요. 당신을 신앙심 없는 악당이라고 불렀으며, 그런 천한 용어로 우리 도시의 신사들 대부분을 욕했습니다.

아첨이 말을 마치자 재판장이 법정의 죄수를 향해 말했다. "네 이놈 부랑자, 이단자, 반역자 놈아, 이 정직한 신사들이 너에 대해 증언하는 것을 들었느냐?"

믿는 자: 저를 옹호하기 위해 몇 마디 해도 되겠습니까?

재판장: 이봐, 이봐. 너는 여기서 당장 죽여도 될 만큼 살려 둘 가치가 없다. 하지만 너에 대한 우리의 관용을 만인이 볼 수 있

도록 네가 하고픈 말이 있으면 하라.

믿는 자: 1. 시샘 씨가 말한 것에 대한 대답으로 제가 드릴 말씀은 저는 이 말밖엔 하지 않았습니다. 즉 하나님의 말씀에 전적으로 반대되는 원칙이나 법이나 풍습이나 사람은 그리스도교에 정반대입니다. 만약 이 말에 잘못이 있다면 저에게 잘못을 확신시켜 주십시오. 그러면 당신 앞에서 제 말을 철회하겠습니다.

2. 둘째로 미신 씨가 저를 고발한 건에 대해, 저는 이 말만 했습니다. 하나님을 경배할 때는 거룩한 믿음이 필요하다. 그러나 하나님의 뜻이 거룩한 계시로 보이지 않으면 거룩한 믿음이 있을 수 없다. 그러므로 거룩한 계시에 맞지 않는 것이 하나님을 경배할 때 끼어들면 그것은 단지 인간적 믿음에 의해서 된 것이니 그 믿음으로는 영원한 생명을 얻지 못할 것이다.

3. 아첨 씨의 고발에 대해서는, 제가 욕했다는 그런 용어들은 사용하지 않고 저는 이렇게 말했지요. 이 도시의 왕과 그가 거느리는 모든 무리들은 이 도시와 나라보다는 지옥에 있는 것이 더 적당할 것이다. 그러므로 주님, 저희를 불쌍히 여기소서.

마침내 재판장이 내내 옆에 서서 듣고 관찰했던 배심원들을 불렀다.

재판장: 배심원 여러분, 이 도시에서 엄청난 소요를 일으킨 이 남자를 보셨습니다. 또한 그에 대적하는 훌륭한 신사분들의 증언도 들었고, 그의 대답과 자백도 들었습니다. 그를 교수형에 처할지 아니면 살려 줄지는 여러분의 마음에 달려 있습니다. 하지만 우리 법을 여러분께 알려드리는 것이 좋을 듯하군요.

우리 왕을 섬기는 신하인 바로왕 시절에 만든 법이 있으니, 이방 종교가 융성하여 너무 강하게 되지 못하도록 그들의 아들들을 강에 던지라고 했습니다.* 또 다른 신하인 느부갓네살 대왕 시절에 만든 법이 있으니 그의 황금 상에 엎드려 절하지 않는 자는 모두 맹렬히 타는 풀무 불에 던진다는 것입니다.* 또한 다리오왕 시절에 만든 법은 왕 외의 어떤 신에게나 무엇을 구하면 사자 굴에 던져 넣기로 했습니다.* 이런 법의 본질을 어길 생각조차 말아야 하는데 이 반역자는 생각으로뿐만 아니라 말과 행동으로 어겼습니다. 그러므로 그 죄를 용서할 수 없습니다.

바로왕의 법은 죄가 나타나기 전에 미리 불행을 예방하기 위해 죄를 가정하고 만들어졌습니다. 그러나 지금은 죄가 분명히 존재합니다. 두 번째와 세 번째의 경우 그가 우리 종교를 비난하는 것을 여러분은 보았습니다. 그가 반역을 자백했으니 사형을 당해 마땅합니다.

그러자 배심원들이 밖으로 나갔는데 그 이름은 장님, 쓸모없음, 악의, 색욕, 허랑, 무모, 의기양양, 적의, 거짓, 잔인, 빛-혐오, 냉혹이었다. 그들 모두 믿는 자에 대해 유죄 의견을 냈고 후에 재판장 앞에서 그를 유죄라고 만장일치로 결론지었다. 배심원장인 장님은 "제가 분명히 보니 이 남자는 이단입니다"라고 말했다. 쓸모없음은 "저런 인간은 지상에서 없어져야 합니다"라고 말했다. "그럼요"라고 악의가 거들었다. "저는 저자의 생김새 자체가 싫습니다"라고 색욕이 말했다. "저도 싫습니다. 저 사람은 항상 제 방식을 비난하니까요"라고 허랑이 말했다. 무모는

"교수형에 처합시다, 교수형이오"라고 말했다. 의기양양은 "불쌍한 놈"이라고 말했다. 적의는 "저놈 때문에 내 가슴이 열을 받는구먼요"라고 말했다. 거짓은 "저놈은 악당이오"라고 했다. 잔인은 "저놈에겐 교수형도 과분하지"라고 말했다. 빛-혐오는 "저놈을 빨리 처분해 버립시다"라고 했다. 그리고 냉혹이 말했다. "내게 이 세상을 다 준다 해도 저 사람과는 화목할 수 없으니 당장 사형을 선고합시다." 결국 그들은 그대로 시행했다. 믿는 자는 즉시 유죄 판결을 받고, 그가 법정에 오기 전에 있던 곳으로 끌려가 그곳에서 인간이 만들어 낸 가장 끔찍한 죽음으로 처형될 것이었다.

그들은 그를 끌어내어 자기들 법에 따라 그를 처형했다. 먼저 그를 채찍질하고 그의 살을 칼로 찔렀다. 그다음 돌을 던져 그를 치고 검으로 찌르고 마지막으로 화형대에서 재가 될 때까지 태웠다. 이렇게 믿는 자는 그의 최후를 맞았다. 그때 나는 군중 뒤에서 두 마리 말이 끄는 마차가 믿는 자를 기다리는 것을 보았다. 적들이 그를 처형하자마자 믿는 자는 마차로 옮겨져 나팔 소리와 함께 하늘 문으로 가는 가장 가까운 길을 통해 구름 속으로 올라갔다. 크리스천은 집행 유예를 받아 감옥으로 다시 옮겨졌다. 거기서 그는 잠시 머물렀다. 하지만 만물을 다스리는 그분이 그들의 분노도 조정하시므로 크리스천은 얼마 후 그들로부터 풀려나 갈 길을 가도록 주관하셨다.

그는 가면서 이렇게 노래했다.

믿는 자여, 너는 믿음으로 주님께 신앙
고백하였네. 주님과 함께 너도 축복을 받으리.
허황된 쾌락을 즐기던 믿음 없는 자들은
모두 지옥의 곤경 속에서 부르짖고 있네.
노래하라 믿는 자여, 노래하라. 너의 이름은 영원하리라.
그들이 너를 죽였지만 너는 여전히 살아 있음이라.

이제 나는 꿈속에서 크리스천이 떠나는데 혼자가 아님을 보았다. 왜냐하면 희망찬이란 이름의 남자가 시장에서 크리스천과 믿는 자가 고통받을 때 그들의 말과 행동을 보고 희망을 갖게 되어 형제애를 맹세하고 그와 합류하겠다고 말했기 때문이다. 그렇게 한 사람은 진리를 증거하기 위해 죽었고, 또 한 사람은 그의 잿더미에서 솟아나 크리스천의 동행이 되었다. 이 희망찬은 크리스천에게 시간이 지나면 그들 뒤를 따를 사람들이 시장에 더 많이 있다고 말했다.

그들이 시장을 재빨리 빠져나온 이후, 앞에 가던 사람을 따라잡는 것을 나는 보았는데 그 사람의 이름은 기회주의였다. 그들은 그에게 "어느 나라 분이시오? 어디까지 가시는지요?"라고 물었다. 그는 감언이설이란 마을에서 왔으며, 천상의 도시로 가는 길이라고 대답했다. 하지만 자기 이름은 말하지 않았다.

크리스천: 감언이설에서 오셨다고요.* 그곳에 사는 사람 중 선한 사람이 있습니까?

기회주의: 그럼요, 그럴 겁니다.

크리스천: 실례지만 이름을 무어라 불러야 할까요?

기회주의: 나는 당신들에게 남이고, 당신들도 내겐 남이죠. 당신들이 이 길을 간다면 기꺼이 동행하겠소만 거절해도 나는 괜찮아요.

크리스천: 감언이설이란 마을 이름을 들어 보았습니다. 내 기억에 그곳은 부유한 마을이라던데요.

기회주의: 그럼요, 그렇고말고요. 내 부자 친척들이 거기 많이 살지요.

크리스천: 그곳에 있는 당신 친척이 누구신지 감히 물어봐도 되겠습니까?

기회주의: 거의 모든 마을 사람이 다 친척이죠. 특히 되돌이 경, 시류-영합 경, 감언이설 경(그 집 조상에서 이 마을 이름이 처음 나왔죠), 또한 매끈 씨, 양다리 씨, 아무거나 씨 그리고 우리 교구의 목사님인 한입-두말 씨는 우리 어머니의 이복동생이죠. 당신한테 사실을 말하자면 지금은 내가 훌륭한 신사가 되었지만, 우리 증조부는 원래 뱃사공으로 한쪽을 쳐다보면서 반대쪽으로 배를 몰았죠. 나도 같은 직업으로 내 재산을 모았습니다.

크리스천: 당신은 결혼했습니까?

기회주의: 예, 내 처는 덕망 높은 집 딸로 매우 정숙하죠. 귀한 척 부인의 딸로 태어나 매우 고귀한 집안 출신이고, 그 수준의 양육을 받았으니 군주나 농부까지 모두 어떻게 대해야 하는지 잘 알고 있어요. 우리는 종교에 있어 좀 더 엄격한 부류의 사람

들과 두 가지 사소한 부분에서만 약간 차이가 있지요. 첫째 우리는 결코 시류를 거스르지 않아요. 둘째, 우리는 종교가 찬란하게 은구두를 신고 갈 때만 가장 열렬히 믿지요. 우리는 햇볕이 빛날 때처럼 사람들이 종교에 환호할 때 함께 가는 걸 좋아하죠.

그러자 크리스천은 약간 옆으로 가서 희망찬에게 말했다. "내 생각에 이 사람은 감언이설 마을에서 온 기회주의 같네요. 만약 그 사람이라면 우리는 이 근처에 살고 있는 고약한 악당과 동행하게 되었어요." 희망찬이 말했다. "그에게 물어보시죠. 자기 이름에 대해 부끄러워할 것 같지 않아요." 그래서 크리스천은 다시 그에게 돌아와 말했다. "당신은 모든 세상 사람보다 더 많은 무엇을 아는 것처럼 말씀하시니 내가 틀리지 않는다면 당신이 누군지 반쯤 짐작이 갑니다. 당신 이름은 감언이설 마을의 기회주의가 아니시오?"

기회주의: 그게 내 이름은 아니오. 사실 그것은 나를 싫어하는 자들이 붙인 별명이지요. 이전에도 많은 착한 사람들이 그런 일을 견뎌 냈듯이 나도 그런 비방을 참아 내야겠지요.

크리스천: 하지만 당신은 이런 이름으로 불릴 만한 계기를 그들에게 결코 준 적이 없습니까?

기회주의: 절대로 없죠. 그들이 나를 이렇게 부를 잘못이 내게 있었는지 아무리 생각해도 나의 판단이 현시대의 방식과 운 좋게 일치했다는 것 말고는 없어요. 무슨 일이든 간에 나는 거기에 우연히 일치한 거죠. 그렇게 모든 일이 일어난다면 그건 축복이 아니겠어요? 악의에 찬 이들이 나에게 비난을 퍼부을 일

은 아니지요.

크리스천: 당신은 내가 소문으로 듣던 그 사람이 맞군요. 솔직히 말씀드리면, 이 이름은 당신이 주장한 것보다 오히려 당신에게 더 잘 맞네요.

기회주의: 흠, 당신이 그렇게 생각하신다면 어쩔 수 없지요. 그래도 당신이 나를 친구로 받아 주시면 좋은 동행임을 아시게 될 겁니다.

크리스천: 만약 당신이 저희와 함께 가려면 시류를 거슬러 가야 하는데, 내가 보기에 그건 당신 생각과 반대입니다. 또 당신은 종교가 은구두를 신고 있을 때와 마찬가지로 누더기를 입을 때도 인정해야 하고, 갈채를 받으며 거리를 걸을 때처럼 쇠사슬에 묶여 있을 때도 지지해야 합니다.

기회주의: 내 신앙을 강요하거나 지배해서는 안 되오. 내게 자유를 주고 당신과 같이 가게 해 주시오.

크리스천: 내가 제의한 대로 우리처럼 하지 않으면 당신은 한 발짝도 더 못 갑니다.

기회주의: 나는 내 오랜 원칙을 결코 저버리지 않겠소. 그것들은 해가 없을뿐더러 유익하니까요. 만약 당신이 같이 가지 않겠다면 당신이 나를 따라잡기 전에 했던 대로 혼자 가는 수밖에요. 그러다 보면 나와 기꺼이 동행하려는 이를 만나겠죠.

이제 내 꿈속에서 크리스천과 희망찬이 그를 포기하고 거리를 유지하는 것을 보았다. 그중 한 사람이 뒤를 돌아보자 세 명의 남자가 기회주의를 따라오는 것이 보였다. 그들이 다가오자 그는 허리 숙여 공손히 절했고, 그들 역시 그에게 인사했다. 그 사람들 이름은 세상 지배, 돈 좋아, 그리고 모두 갖기였는데 기회주의가 이전부터 잘 알던 사람들이었다. 어렸을 때 그들은 한 반 친구들이었고 북쪽 탐욕도에 있는 장터 마을인 이익-사랑시에서 구두쇠란 선생에게 배웠다. 이 선생은 그들에게 폭력이나 간계, 아첨, 거짓말을 해서 또는 종교인인 척 가장하여 이익을 얻는 기술을 가르쳤다. 이 네 사람은 자기 선생님의 기술을 잘 습득하여 그들 각자 그런 학교를 세울 정도가 되었다.

앞서 말한 대로 그들은 서로에게 인사한 다음 돈 좋아가 기회주의에게 물었다. "우리 앞서 길 가는 저 사람들은 누구지요?" 크리스천과 희망찬이 시야에서 보였기 때문이다.

기회주의: 그들 방식대로 순례 길을 가는 먼 지방 사람들이오.

돈 좋아: 안됐네요, 왜 우리와 같이 가려고 기다리지 않았을까요? 그들이나 우리나 당신도 모두 순례 길을 가잖아요.

기회주의: 그렇죠. 하지만 저 앞의 사람들은 완고하고 자기 생각에 너무 집착해요. 게다가 다른 사람의 의견을 가볍게 판단하죠. 그래서 아무리 경건한 사람일지라도 그들 생각에 모두 맞추어 주지 않으면 일행에서 그를 밀어냅니다.

모두 갖기: 그것참, 안됐군요. 하긴 너무 지나치게 의인이 되는 사람들에 대해 읽은 적이 있지요. 그런 사람들은 완고해서 자신들 외에는 모두를 심판하고 비난하지요. 그런데 당신은 무슨 일로 얼마나 많이 그들과 의견이 달랐기에 그러시오?

기회주의: 어휴, 그들은 자기네 완고한 방식대로 날씨가 어떻

든 여행을 서두르는 것이 임무라고 우기지만 나는 바람과 조류가 맞을 때를 기다리죠. 그들은 하나님을 위해 단숨에 생명을 버릴 수 있다지만 나는 내 생명과 재산을 보존하기 위해 모든 기회를 잡지요. 모든 사람들이 그들에게 반대해도 그들은 자신들의 생각을 고수하지만 나는 시대가 원하는 것과 내 안전이 지속되는 한도 내에서 종교를 위합니다. 그들은 종교가 누더기를 입고 멸시당할 때도 지지하지만 나는 종교가 햇볕 아래 박수 받으며 황금 신을 신고 걸을 때만 그의 편입니다.

세상 지배: 맞아요, 기회주의 씨, 그 신념을 고수하세요. 나 역시 그가 바보라는 생각이 드네요. 자기가 가진 것을 지킬 수 있는 자유가 있는데도 그것을 잃는 자는 현명치 못하지요. 우리는 뱀처럼 현명합시다. 해가 비치는 동안 건초를 말리는 것이 제일이지요. 벌은 한겨울 내내 조용히 누웠다가 즐기면서 꿀을 딸 수 있을 때만 날아다니죠. 하나님은 때론 비도 주시고 때론 햇볕도 주세요. 그들이 어리석게 빗속을 가겠다면 우리는 좋은 날을 택하고 거기에 만족합시다. 나로 말하자면 우리가 하나님의 선한 축복을 보장받을 때의 종교를 좋아하지요. 제정신을 가진 사람이라면 하나님이 우리에게 이생에서 좋은 물건들을 내려주신 이유는 오로지 우리가 그를 위해 그것을 누리기를 원했기 때문이라고 생각할 수밖에 없지요. 아브라함과 솔로몬도 종교 덕분에 부자가 되었죠. 욥도 선한 사람은 '보화를 티끌처럼 쌓으리라'라고 말했죠.* 그분은 우리 앞에 가는 저런 사람 같지는 않죠. 만약 저들이 당신이 일러 준 대로라면요.

모두 갖기: 우리 모두 이 문제에는 일치하는 것 같으니 더 이상 말할 필요가 없겠군요.

돈 좋아: 그래요, 이 문제는 더 말할 필요가 없어요. 성서도 이성도 믿지 않는 자는 그의 자유도 모를뿐더러 자신의 안전도 구하지 못하죠. 보시다시피 우리는 두 가지 다 갖고 있지요.

기회주의: 형제들, 우리 모두 순례를 가는 길이니 안 좋은 일에서 기분을 전환하기 위해 허락하신다면 당신들에게 이 질문을 드리겠소.

만약 목사든 상인이든 간에 인간이 이생에서 좋은 축복을 얻을 기회가 자기 앞에 있다고 합시다. 하지만 그가 이전에 관심두지 않던 종교의 어떤 부분에서 적어도 외관상으로라도 엄청나게 열성적이지 않으면 축복을 얻을 수 없다고 한다면 자신의 목적을 위해 이 방법을 사용하는 것이 진정으로 정직한 사람이지 않을까요?

돈 좋아: 당신 질문의 기본 뜻은 알겠어요. 이 신사분들이 허락한다면 내가 대답해 보겠소. 먼저 목사에 관한 당신의 질문에 관해서요. 가령 아주 적은 봉급을 받고 있는 훌륭한 인품의 목사가 더 크고 기름지고 훨씬 많은 봉급을 고대하고 있는데 이제 그것을 얻을 기회가 생겼다고 합시다. 하지만 더 열심히 공부하고 더 자주 더 열성적으로 설교하고, 또한 사람들의 기질이 요구하는 대로 자신의 원칙을 바꾸어야 된다고 합시다. 내 생각에는 이 사람이 소명을 받았다면 당연히 그렇게 해야 합니다. 그래요, 수없이 타협을 하더라도 정직한 사람이 아닐 이유가 없다

고 봅니다. 왜냐하면

1. 그가 더 많은 봉급을 바라는 것은 합법적이죠. 왜냐하면 하나님의 섭리에 의해 그 앞에 놓인 것이니까요. 이 점을 반대할 수는 없어요. 그러니 만약 그가 할 수 있으면 양심에 아무 문제 없이 가질 수 있는 거죠.

2. 게다가 봉급에 대한 욕망은 그로 하여금 더 공부하고 더 열렬한 설교자가 되고 그래서 더 나은 사람이 되게 만들죠. 그럼요, 자신의 모든 부분을 하나님의 생각에 맞게 개선하려고 노력하죠.

3. 그가 사람들에게 봉사하기 위해 자신의 원칙을 바꿔 그들의 기질에 맞추는 것은 이렇게 볼 수 있습니다. 첫째, 그가 자기 부정을 하는 특성이 있고, 둘째, 부드럽게 남의 호감을 사는 태도를 가졌다는 것. 셋째, 그러므로 성직자로서의 역할에 더 적합하지요.

4. 따라서 적은 것을 더 많은 것으로 바꾸는 목사를 탐욕스럽다고 판단해서는 안 된다고 나는 생각해요. 오히려 자신의 역할과 모든 부분이 더 개선되니 자신의 소명을 따르고 선을 행할 수 있도록 주어진 기회를 추구하는 사람으로 생각해야 합니다.

이제 당신이 질문에서 두 번째로 언급한 상인에 관해서인데요. 이 세상에서 가난한 어떤 이가 종교적이 되면서 장사도 나아지고 부유한 부인도 얻고 자기 가게에 훨씬 나은 손님들이 온다고 합시다. 이 일이 정당하지 못할 이유가 없다고 나는 생각해요. 왜냐하면

1. 종교적이 되는 것은 미덕이지요. 사람이라면 무슨 수를 써서라도 그렇게 되어야죠.

2. 부유한 부인을 맞는 것이나, 내 가게에 손님을 많이 끄는 것이 불법은 아니죠.

3. 게다가 종교적이 되어 이런 결과를 얻는 사람은 스스로 선해짐으로써 선한 사람들로부터 선한 것을 얻는 것입니다. 선한 부인, 선한 고객들, 선한 이득이 있고 이 모든 것이 종교적이 됨으로써 얻는 것이니 그 역시 선합니다. 그러므로 이 모든 것을 얻기 위해 종교적이 되는 것은 선하고 유익한 계획이지요.

기회주의의 물음에 대한 돈 좋아의 대답은 모두에게 갈채를 받았다. 그들은 전체적으로 매우 유익하고 도움이 된다고 결론지었다. 그리고 어느 누구도 이 말에 이의를 제기할 수 없을 것이라고 생각했기에, 또 크리스천과 희망찬이 부르면 닿을 거리에 있었기에, 그들은 두 사람을 따라잡자마자 그 질문으로 공격하자고 즐겁게 동의했다. 그 둘이 기회주의에게 반대했기 때문이었다. 그들은 두 사람을 불렀고 두 사람은 멈추어 그들이 다가올 때까지 서 있었다. 그러나 가는 동안 그들은 기회주의가 아니라 나이 지긋한 세상 지배가 두 사람에게 이 질문을 하기로 결정했다. 그렇게 하면 조금 전에 헤어질 때 그 둘과 기회주의 사이의 논쟁에서 남아 있던 열기가 되살아나지 않으리라 생각했기 때문이다.

그들은 서로에게 다가가 짧게 인사를 나눈 뒤 세상 지배가 크리스천과 그의 동행에게 할 수 있으면 대답해 보라면서 질문을 던졌다.

크리스천: 그런 종류의 질문이라면 신앙에 있어 어린아이라도 얼마든지 대답할 수 있을 겁니다. 「요한복음」 6장에 나오듯이 떡을 먹고 배부르려 그리스도를 따르는 것이 옳지 않다고 했는데 이 세상을 얻고 즐기려 그리스도와 종교를 위장 말로 이용하다니 훨씬 더 끔찍한 일이지요. 이교도와 위선자와 악마와 마술사를 제외하고 이런 견해를 가진 사람을 우리는 찾지 못했어요.

1. 이교도인 하몰과 세겜이 야곱의 딸과 가축을 마음에 두었을 때 할례를 받지 않고서는 그것을 얻을 길이 없자 그들은 자기 족속에게 말하여 이르되 "우리 중의 모든 남자가 그들처럼 할례를 받으면 그들의 가축과 재산과 그들의 모든 짐승이 우리의 소유가 되지 않겠느냐?" 야곱의 딸과 가축이 이들이 얻고자 하는 것이었으니 이들의 종교는 그것을 얻기 위해 사용한 위장마였죠. 전체 이야기를 「창세기」 34장 20~23절에서 읽어 보시죠.

2. 위선적인 바리새인 역시 이렇게 종교를 믿었죠. 「누가복음」 20장 46~47절에 보면 겉으로만 길게 기도하는 척하고 과부의 가산을 삼키는 것이 그들의 의도였으니 심판 날에 하나님으로부터 더 엄중한 심판을 받으리라 하셨죠.

3. 악마 유다도 이 종교의 신봉자였소. 돈주머니 안에 있는 은을 소유하고 싶어 신도가 되었지만 그는 내쳐지고 파멸당해 영원히 지옥의 아들이 되었어요.*

4. 마술사 시몬도 이 종교의 신봉자였소. 그는 성령을 받아 돈

을 벌 생각이었지만, 베드로는 「사도행전」 8장 19~22절에서 그에게 합당한 선고를 내렸죠.

5. 이 세상사를 위해 종교를 받드는 자는 이 세상을 위해 종교를 헌신짝처럼 버릴 것이란 생각이 내 마음을 떠나지 않습니다. 유다가 신도가 되면서 세상을 계획했듯이 그는 확실히 세상을 위해 종교도 팔고 자기 선생님도 팔았습니다. 그러므로 당신의 물음에 당신들이 했듯이 옳다고 대답하는 것은, 그리고 그런 대답을 진짜라고 받아들이는 것은 이교도적이요, 위선적이고 악마적입니다. 당신들은 행한 대로 받을 것입니다.*

그들은 서서 서로를 쳐다볼 뿐 크리스천의 말에 어떻게 대답해야 할지 몰랐다. 희망찬도 크리스천의 대답이 합리적이라고 인정했기에 그들 사이에는 깊은 침묵이 흘렀다. 기회주의와 그 일행은 비틀거리면서 뒤로 처져 크리스천과 희망찬을 앞서가게 했다. 크리스천이 친구에게 말했다. "만약 이 사람들이 인간의 선고를 견디지 못한다면 하나님의 선고 앞에서는 어떻게 될까요? 진흙으로 빚은 인간의 심문 앞에서 대답조차 못한다면 맹렬히 삼키는 불길에 의해 책망받을 때 그들은 무엇을 할 수 있겠는가?"*

크리스천과 희망찬은 다시 그들을 앞질러 가다가 안락함이라 불리는 아름다운 평원에 도달했다. 그들은 매우 만족하며 지나갔는데 평원의 폭이 좁아 금방 그곳을 건너갔다. 그 평원의 바깥쪽에 돈더미산이라 불리는 작은 언덕이 있었다. 그 언덕에는 은광이 있어 그 진귀함 때문에 그 길로 가던 몇몇 사람이 그것을 보려고 샛길로 빠진 적이 있었다. 그러나 그들은 발아래가 단단한 줄 알고 갱 가장자리에 너무 가까이 가는 바람에 땅이 무너져 내려 죽기도 했다. 또 어떤 이들은 그곳에서 불구가 되어 죽는 날까지 몸이 온전하지 못했다.

이제 내가 꿈속에서 보니, 길에서 약간 떨어져 은광을 등지고 신사처럼 보이는 데마가 서서 지나가는 사람들에게 와서 보라고 불렀다. 그는 크리스천과 동료에게 "이봐요, 이쪽으로 오시오, 보여 드릴 게 있소"라고 말했다.

크리스천: 우리더러 곁길로 빠지라고 할 만큼 소중한 것이 무엇이오?

데마: 여기 은광이 있는데 사람들이 보화를 캐고 있소. 당신도 힘들이지 않고 많은 보화를 얻을 수 있소.

희망찬: 그럼 우리 가서 봅시다.

크리스천: 나는 안 가요. 예전에 이 장소에 대해 들은 적이 있소. 얼마나 많은 사람들이 그곳에서 죽었는지를. 게다가 보화란 그것을 구하는 이들에게는 함정이지요. 왜냐하면 그들의 순례 길을 방해하기 때문이오.

크리스천은 데마를 불러 이렇게 말했다. "이 장소가 위험하지 않소? 많은 사람들의 순례 길을 방해하지 않았소?"

데마가 "그리 위험하지는 않소. 조심하지 않는 이들을 제외하면 대체로"라고 말하면서 얼굴을 붉혔다.

크리스천은 희망찬에게 "우리는 한 발짝도 돌리지 말고 우리 갈 길을 갑시다"라고 말했다.

희망찬: 내 장담하건대 기회주의가 여기 와서 같은 초대를 받으면 그는 그쪽으로 갈 것입니다.

크리스천: 의심할 여지가 없죠. 그의 원칙은 그쪽 길로 인도할 것이고 99퍼센트는 거기서 죽을 겁니다.

그때 데마가 다시 물었다. "당신들은 와서 보지 않겠습니까?"

크리스천은 단호하게 대답했다. "데마여, 너는 이 길을 인도하신 주님의 올바른 방식에 대한 원수로다. 너 자신이 곁길로 가서 이미 그분의 재판장 중 한 사람에게 저주를 받았다.* 왜 우리를 같은 저주로 인도하려 애쓰는가? 게다가 만약 우리가 곁길로 빠지면 우리 주인 왕께서 틀림없이 알게 될 것이다. 그리하여 그분 앞에 담대하게 서 있어야 할 자리에서 우리는 부끄러움을 당하게 될 것이다."

데마는 자기도 그들과 같은 형제이니 그들이 약간 지체해 주면 자기 역시 그들과 같이 길을 가겠다고 소리쳤다.

그러자 크리스천이 말했다. "당신 이름이 뭐요? 아까 내가 당신을 불렀던 그 이름과 같지 않소?"

데마: 그래요, 내 이름은 데마요. 나는 아브라함의 자손이오.

크리스천: 나는 당신을 알고 있소. 게하시가 당신 증조부이고 유다가 당신 아버지이니 당신은 그들이 밟던 길을 가고 있소.* 당신이 사용한 것은 악마의 장난이오. 당신 아버지는 배신자가 되어 스스로 목매어 죽었고 당신도 그와 흡사한 대가를 받을 거요.* 우리가 왕에게 나아갈 때 당신의 행동에 대해 반드시 말씀드리겠소.

그러면서 그들은 갈 길을 갔다. 이즈음 기회주의와 그 일행이 다시 시야에 보이기 시작했다. 그들은 데마가 손짓하자마자 그에게 다가갔다. 그들이 구덩이 가에 가서 내려다보다 그곳에 떨어졌는지 또는 채굴하려고 아래로 내려갔는지 그러다 밑바닥에서 올라오는 증기에 질식해서 숨졌는지 이런 것에 대해 나는 잘 모른다. 하지만 내가 그들을 순례 길에서 볼 수 없었다는 점은 확실하다.

크리스천은 이렇게 노래했다.

은광-데마가 부르자 기회주의가 달려가
그의 돈을 나눠 가질 생각이었네.
이 두 사람은 세상 이익에 사로잡혀
가던 길을 더 이상 갈 수 없네.

이제 내가 보니 이 평원 반대편 끝에서 순례자들은 큰길가에 단단하게 굳은 오래된 기념비가 있는 곳에 도달했다. 그 기념비의 이상한 형상을 보고 두 사람은 신경이 쓰였는데 한 여인이 기둥 형태로 변형된 듯 보였기 때문이다. 그들은 서서 그것을 쳐다보고 또 쳐다보았지만 잠시 동안 그것이 무엇인지 알 수 없었다. 마침내 희망찬이 그 머리 위에 독특한 필체로 쓰인 글자를 발견했다. 그는 배운 자가 아니어서 글을 배운 크리스천을 불러 그 의미를 알 수 있냐고 물었다. 크리스천은 글자들을 잠시 맞추어 본 후에 그것이 이 말임을 발견했다. "롯의 아내를 기억하라." 그래서 이 말을 친구에게 읽어 주었고 두 사람은 이것이 롯의 아내가 소돔에서 도망쳐 나올 때 호기심 어린 마음에 뒤돌아보았다가 변한 소금 기둥이라는 결론을 내렸다.* 그 갑작스럽고 놀라운 광경은 두 사람에게 다음과 같은 대화의 계기가 되었다.

크리스천: 아, 형제여. 이것은 시기적절한 광경이네요. 데마가 우리에게 돈 언덕을 보라고 유혹한 직후에 우리 앞에 나타났으니 말이오. 만약 그가 원하는 대로 우리가 건너가 당신이 하자는 대로 했다면 우리는 앞으로 올 사람들이 지켜볼 하나의 구경거리가 되었을 게 확실해요.

희망찬: 내가 너무 어리석어 미안해요. 내가 롯의 부인처럼 되지 않은 것이 이상하네요. 그 여자의 죄와 내 죄의 차이가 뭐 있나요? 그녀는 다만 돌아보았을 뿐인데, 나는 가서 보고 싶어 했어요. 하나님의 은총에 감사드리며 내 마음에 그런 것이 있었다는 게 스스로 부끄럽습니다.

크리스천: 여기서 우리가 본 것을 명심합시다. 앞으로 우리에게 큰 도움이 될 거요. 이 여인은 소돔의 멸망 때문에 파괴된 것이 아니니 한 번의 심판은 피했소. 그러나 또 다른 심판으로 파멸당해 우리가 보듯이 소금 기둥으로 변한 거죠.

희망찬: 맞습니다. 그녀는 우리에게 경고를 주는 동시에 본보기가 될 수 있네요. 그녀의 죄를 우리가 멀리하라는 경고이면서 동시에 이런 경고에도 죄짓기를 멈추지 않는 자에게 심판이 어떻게 덮칠지 보여 주는 표시네요. 그래서 고라와 다단과 아비람은 죄 때문에 멸망한 250명과 함께 다른 사람들에게 조심하라

는 표시 내지는 본보기가 되었죠.* 무엇보다 한 가지가 궁금한데요, 이 여인은 다만 뒤를 돌아보았다고 해서 후에 소금 기둥으로 변했죠. 그녀가 한 발짝이라도 길 밖으로 갔다는 말을 읽지 못했는데 어떻게 데마와 그 동료들은 그토록 자신 있게 그 너머에 서서 보물을 찾고 있는지 알고 싶네요. 특히 그녀에게 닥친 심판의 결과가 본보기가 되어 그들이 있는 곳에서 볼 수 있는데도 말이죠. 그들이 고개만 들면 그녀를 볼 수밖에 없잖아요.

크리스천: 그 점은 이상한 일이오. 그들의 마음이 그 경우 절망적이 된 것 같군요. 그들을 누구와 비교해야 적당할지 모르겠지만 재판장 앞에서 소매치기하는 사람이나 교수대 아래서 지갑을 따는 사람에 비교할 수 있겠지요. 소돔 사람들에 대한 말씀이 있지요. "소돔 사람은 여호와 앞에 악하며 큰 죄인이었더라."* 그 말은 그전까지 소돔 땅은 에덴동산같이 풍요로웠는데* 여호와가 소돔 사람에게 베푼 친절에도 불구하고 그분의 눈앞에서 그들이 죄를 저질렀다는 말씀이죠. 이 점이 그분의 분노를 더욱 자극하여 하늘에서 만들 수 있는 가장 뜨거운 주님의 불을 만드셨어요. 그러므로 하나님 보시는 곳에서 죄짓는 자와 그들 앞에 본보기가 있어 반대로 행동하라고 끊임없이 경고함에도 불구하고 죄짓는 자는 가장 엄중한 심판을 받게 될 것이라고 우리는 이성적으로 결론을 내릴 수 있겠지요.

희망찬: 당신의 말씀이 진리라는 것은 의심할 나위가 없습니다. 당신이나 특히 나 자신의 경우 이런 본보기가 되지 않은 점이 얼마나 큰 은총인지요. 이는 우리로 하여금 하나님께 감사하고 그 앞

에서 두려워하며 항상 롯의 부인을 기억할 수 있는 기회를 주네요.

나는 그들이 쾌적한 강가 쪽으로 길을 잡는 것을 보았다. 다윗왕이 하나님의 강이라 불렀던, 그리고 요한이 생명수의 강이라 부른 곳이었다.* 크리스천과 그의 동행은 강둑 위로 난 길을 너무나 즐거워하며 걸었다. 또한 그들의 지친 영혼을 소생시켜 주는 맛있는 강물을 마셨다. 게다가 이 강둑에는 양쪽으로 온갖 종류의 과일이 달린 나무들이 있었다. 나뭇잎들은 약으로 유용했고 과일도 만족스러웠다. 그들은 과식이라든가 여독으로 피의 열기에 의해 따라오는 병들을 낫게 하는 잎을 먹었다. 강 양쪽으로 백합꽃이 아름답게 핀 초원이 펼쳐 있었다. 그곳은 1년 내내 푸르렀다. 이 초원에서 그들은 누워 잠을 잤는데, 그들이 안전하게 쉴 수 있는 곳이었기 때문이다. 잠이 깨자 그들은 다시 나무의 열매를 먹고 강물을 마셨다.* 그러고는 다시 누워 잠을 잤다. 그런 식으로 며칠 밤낮을 보냈다. 그리고 그들은 노래했다.

이 수정 같은 냇물이 순례자를 위로하러
길가로 미끄러져 내리는 모습을 보라.
그 달콤한 향기 옆에서 푸른 초원은
그들에게 맛있는 것을 내주네. 얼마나 맛있는
과일과 잎이 이 나무에 달려 있는지 아는 사람은
이 들판을 살 수만 있다면 가진 것 다 팔겠네.

그들은 먹고 마신 뒤 떠날 준비가 되었을 때 출발했다. 왜냐하면 그들 여정의 목적지에 아직 도달하지 않았기 때문이다.

이제 내가 꿈속에서 보니, 그들이 멀리 가지 않아 강과 길이 잠시 갈라졌다. 그들은 매우 유감스러웠지만 길에서 벗어나지는 않았다. 강에서 떨어진 길은 험했고 그들의 발은 여행으로 짓물렀다. 그리하여 순례자들의 마음은 길로 말미암아 상했다.* 하지만 그들은 계속 나아가면서 더 좋은 길이 나왔으면 좋겠다고 생각했다. 이제 조금 앞에 길 왼쪽 편으로 평원이 있었고 그 너머로 올라가는 나무 계단이 있었다. 평원의 이름은 지름길-평원이었다. 크리스천이 동료에게 말했다. "만약 이 평원이 우리 가는 길과 나란히 있다면 이곳을 건너가 보세." 그러고선 계단 위로 올라가 살피더니 울타리 너머로 큰길과 나란히 가는 작은 길을 발견했다. "이것은 내가 바라던 바요. 아주 쉽게 가는 길이 여기 있소, 희망찬, 우리 같이 건너갑시다"라고 크리스천이 말했다.

희망찬: 만약 이 길이 우리 가던 길을 벗어나게 하면 어쩌죠?

크리스천: 그렇지는 않을 거요. 봐요, 이것이 길 옆쪽으로 나란히 가지 않소?

결국 희망찬은 친구에게 설득당해 계단 위로 그를 따라갔다. 그들이 계단을 넘어 길로 들어서자 발이 매우 편해졌다. 이때 그들은 앞에서 자기들처럼 걸어가는 한 남자를 보았다. 그의 이름은 허황된-자신감이었다. 그들은 소리쳐 불러 이 길이 어디로 가는지 물었다. 그가 "천상의 문으로 가오"라고 대답했다. "거봐요, 내가 그렇다고 했죠? 우리가 제대로 가고 있는지 당신도 알겠죠"라고 크리스천은 말했다. 그리고 그들은 앞서가는 그를 뒤따라갔다. 하지만 밤이 되었고 매우 어두워졌다. 그 바람에 그들 시야에서 앞서가던 사람의 모습이 사라졌다.

앞서가던 허황된-자신감은 자기 앞의 길을 보지 못하고 깊은 수렁으로 떨어졌는데,* 그 수렁은 그 땅의 왕이 허황된 많은 바보들을 잡으려고 일부러 만들어 놓은 것이었다. 떨어지면서 그는 온몸이 산산조각 났다.

크리스천과 동료는 그가 떨어지는 소리를 들었다. 무슨 일인가 싶어 그들은 소리쳤지만 대답하는 사람은 없고 신음 소리만 들렸다. 그러자 희망찬이 "우린 지금 어디 있나요?"라고 물었다. 자신이 친구를 길 밖으로 인도했다는 것을 믿을 수 없어 크리스천은 아무 말도 할 수 없었다. 이제 비가 오고 무서운 기세로 천둥과 번개가 치고 물이 빠르게 차오르기 시작했다.

그러자 희망찬이 신음하면서 "오, 내가 가던 길을 그대로 갔더라면 좋았을 텐데"라고 말했다.

크리스천: 이 길이 우리를 잘못된 길로 인도할지 누가 생각이라고 했겠소?

희망찬: 난 처음부터 그런 걱정이 들어 당신에게 은근히 경고했지요. 내가 좀 더 분명하게 말했어야 하는데 당신이 나보다 나이도 많고 해서요.

크리스천: 선한 형제여, 노하지 마시오. 자네를 길 밖으로 인도해서 이런 커다란 위험에 처하게 하다니 미안하오. 내 형제여, 사악한 의도로 일부러 한 것이 아니니 나를 용서해 주시오.

희망찬: 걱정 마세요, 형제여. 당신을 용서해요. 그리고 이 일이 우리를 위해 좋을 거라고 믿어요.

크리스천: 자비로운 형제와 함께해서 기쁘네요. 우리, 이렇게서 있을 게 아니라 다시 돌아가 봅시다.

희망찬: 선한 형제여, 내가 앞장서게 해 주세요.

크리스천: 아니요, 괜찮다면 내가 먼저 가겠소. 만약 어떤 위험이 있다면 내가 먼저 당하겠소. 내 방법 때문에 우리 둘 다 길을 벗어났으니까.

희망찬: 아닙니다. 당신이 먼저 가지 마세요. 혼란스러운 당신 마음이 또다시 길을 잘못 인도할 수 있어요.

그때 그들에게 힘을 주기 위해 이렇게 말하는 사람의 목소리가 들렸다. "큰길 곧 네가 전에 가던 길을 마음에 두라. 돌아오라."* 순간, 물이 엄청나게 차올라 되돌아가는 길은 매우 위험했다. 그때 나는 제 길로 가다가 길 밖으로 벗어나는 것이 길을 벗어났다가 제 길을 찾는 것보다 더 쉽구나, 라고 생각했다. 그래도 그들은 위험을 무릅쓰고 돌아가려 했다. 하지만 날이 너무 어두웠고 물은 높이 차올라 십중팔구 돌아가다 익사할 지경이었다.

그들이 온갖 애를 썼음에도 불구하고 그날 밤 그 나무 계단으로 다시 올라갈 수 없었다. 마침내 작은 움막을 발견한 그들은 동이 틀 때까지 그 밑에 앉아 있었다. 그러나 두 사람 다 지쳐 잠이 들었다. 그들이 누운 움막에서 멀지 않은 곳에 의심의 성이라 불리는 성이 있었는데 성주는 절망이란 거인이었고 그들이 지금 자는 땅도 그의 소유였다. 그는 아침 일찍 일어나 자기 땅을 두루 거닐다가 크리스천과 희망찬이 자기 땅에서 자는 것을 발견했다. 그는 험상궂고 언짢은 목소리로 그들을 깨운 뒤 어디서 왔으며 자기 땅에서 무엇을 하는지 물었다. 그들은 길을 잃은 순례자라고 답했다. 그러자 거인은 "너희들은 어젯밤 내 땅을 무단 침입한 데다 내 땅에서 잠까지 잤으니 나와 같이 가야 한다"고 말했다. 그가 그들보다 훨씬 강하므로 그들은 갈 수밖에 없었다. 또한 자신들이 잘못한 것을 알기에 변명할 말이 없었다. 거인은 그들을 앞장세워 성안으로 몰고 가 냄새 나고 고약한 어두운 지하 감옥에 집어넣었다. 그곳에서 수요일 아침부터 일요일 밤까지 두 사람은 빵 한 조각 물 한 모금 없이, 빛도 없고 물어볼 사람도 없이 누워 있었다. 그들은 친구나 지인으로부터 멀리 떨어진 불행한 상황이었다.* 이곳에서 크리스천은 이중으로 슬펐으니 자신의 독단적인 서두름이 그들을 이런 고통으로 몰았기 때문이었다.

거인 절망에겐 아내가 있었는데 그 이름이 자신 없음이었다. 그는 잠자리에서 자기 땅을 무단으로 침입한 두 명의 죄수를 잡아 지하 감옥에 가두었다고 아내에게 말했다. 그는 그들을 어떻게 하는 것이 좋겠냐고 물었다. 그녀는 그들이 누구며 어디서 왔으며 어디로 가는지 물었다. 그가 대답하자 그녀는 내일 아침 일어나 그들을 사정없이 때리라고 조언했다. 그래서 아침에 그는 옹이 진 사과나무로 만든 무시무시한 방망이를 들고 지하 감옥에 있는 그들에게 내려갔다. 그들이 싫은 소리 한마디 안 했는데도 그는 마치 개한테 하듯 욕을 퍼부었다. 그다음 그들이 바닥에서 돌아누울 수도, 몸을 움직일 수도 없을 만큼 무섭게 내려쳤다. 일을 끝내자 그는 그들이 고통에 신음하면서 자신들의 불행을 애통해하도록 내버려 두고 떠났다. 그날 온종일 그들은 한숨과 격한 통곡을 터뜨리는 일밖에는 아무것도 할 수 없었다. 그날 밤 그녀는 남편과 그들에 관해 다시 이야기를 나누었다. 그들이 아직 살아 있음을 안 그녀는 그들 스스로 목숨을 끊게 하라고 남편에게 조언했다. 아침이 오자 그는 퉁명스러운 태도로 그들에게 갔고, 어제 자신이 가한 몽둥이질 때문에 그들이 몹시 아파하는 것을 보았다. 그는 그들이 지하 감옥을 결코 벗어날 수 없을 것이므로 남은 유일한 방법은 칼이나 올가미 또는 독약으로 스스로 끝장내는 길밖에는 없다고 그들에게 말했다.* "삶에 너무 많은 고통이 따르는 것을 알면서도 너희들은 왜 삶을 선택하는가"라고 그가 말했다. 하지만 그들은 자신들을 풀어 달라고 애원했다. 하지만 그는 무섭게 그들을 노려보며 달려들었고 틀림없이 그 자리에서 그들을 끝장냈을 터인데 발작을 일으켜 잠시 동안 손을 사용할 수 없었다. 왜냐하면 그는 간혹 햇볕이 좋은 날, 발작을 일으키곤 했다. 그러자 그는 이전처럼 그들을 어떻게 할지 숙고하기 위해 돌아갔다. 그들은 그의 조언을 받아들이는 것이 좋은지 아닌지 의논하며 다음과 같이 대화를 시작했다.

크리스천: 형제여, 우린 어떻게 하면 좋겠소? 우리가 지금 사는 삶은 비참하오. 이렇게 살아야 할지 당장 죽어야 할지 나도

모르겠소. 내 영혼이 생명보다 "차라리 숨이 막히는 것을 택하리이다."* 무덤이 이 지하 감옥보다 낫겠소. 우리, 거인의 말대로 할까요?

희망찬: 정말로 우리 현재 상황이 끔찍하지요. 이렇게 영원히 사느니 차라리 죽는 것이 나에게도 훨씬 낫겠어요. 하지만 우리가 가려는 나라의 주께서 "살인하지 말라"고 말씀하신 것을 생각합시다. 다른 사람을 죽여도 안 되지만 우리 스스로를 죽이는 것을 그분은 금지하셨죠. 게다가 다른 사람을 죽이는 자는 그의 육체를 살해한 것인데 자신을 죽이는 자는 한 번에 육체와 영혼을 죽이는 것이지요. 형제여, 당신은 무덤이 편하다고 말하지만 살인자들이 반드시 가는 지옥을 잊어버렸습니까? 어떤 살인자도 영생을 얻지 못하지요. 다시 생각해 보니 거인 절망의 손에 모든 법이 달려 있지는 않아요. 우리처럼 다른 사람들도 그에게 잡혔다가 도망친 것으로 나는 알고 있어요. 누가 알겠어요? 이 세상을 만드신 하나님께서 거인 절망을 죽게 할 수도 있겠지요. 아니면 거인이 감옥 문을 잠그는 것을 잊어버릴 수도 있고요. 또는 우리 앞에서 또 한 번 발작을 일으켜 사지가 마비될 수도 있겠지요. 만약 그런 상황이 다시 온다면 나는 남자로서 용기를 끌어올려 그의 손아귀에서 풀려나기 위해 온 힘을 다할 것입니다. 이전에 그것을 시도해 보지 못한 내가 바보지요. 형제여, 우리 인내심을 갖고 잠시 견뎌 냅시다. 우리가 행복하게 풀려날 때가 올 것입니다. 그러나 우리 스스로를 살인하지는 맙시다.

희망찬은 이런 말로 형제의 마음을 편하게 해 주었다. 그래서 그들은 함께 어둠 속에서 슬프고 애달픈 상태로 그날을 보냈다.

저녁 무렵에 거인은 죄수들이 자신의 권고를 받아들였는지 보려고 지하 감옥에 내려갔다. 하지만 그곳에 갔을 때 그들이 살아 있는 것을, 정말로 모두 살아 있는 것을 발견했다. 빵과 물도 못 먹고 또한 그가 때린 상처 때문에 그들은 숨 쉬는 일 외에는 아무것도 할 수 없었다. 하지만 거인은 그들이 살아 있는 것을 발견하자 무서운 분노에 차서 그들이 자신의 권고를 따르지 않았으니 차라리 태어나지 않는 것보다 더 나쁜 상태가 될 것이라고 말했다.

거인의 말에 그들은 온몸을 떨었고 크리스천은 기절까지 했다. 그리고 그가 다시 정신을 차렸을 때 그들은 거인의 권고에 대해 그것을 택할지 거절하는 것이 나을지 대화를 이어 나갔다. 크리스천은 다시금 그렇게 하자는 쪽이었으나 희망찬은 다음과 같이 두 번째 답을 했다.

희망찬: 형제여, 여기까지 오는 동안 당신이 얼마나 용맹했었는지 기억하지 못하나요? 아볼루온도, 사망의 음침한 골짜기에서 당신이 보고 듣고 느낀 모든 것도 당신을 없애지 못했어요. 얼마나 많은 어려움과 공포와 놀라움을 이때까지 이겨 냈는데 이제 당신에겐 두려움만 남았단 말입니까? 당신도 아시다시피 나는 원래 당신보다 훨씬 약한 사람이지만 당신과 함께 감옥에 갇혀 있어요. 거인은 당신뿐만 아니라 나에게도 상처를 입히고 내 입에서 빵과 물을 끊어 버렸죠. 당신과 함께 빛도 없는 어둠 속에서 나도 신음하고 있어요. 그러니 이제 조금만 더 참읍시

다. 허영의 시장에서 당신이 어떻게 남자답게 행동했는지 기억하세요. 쇠사슬도 창살도 두려워하지 않았고 유혈이 낭자한 죽음도 두려워하지 않았죠. 그러므로 적어도 그리스도인에게 어울리지 않는 창피한 상태로 발견되지 않도록 우리가 할 수 있는 한 인내심을 갖고 견뎌 냅시다.

이제 다시 밤이 왔고 거인의 부인은 잠자리에서 죄수들이 그의 권고를 받아들였는지 물었다. 그는 "그놈들은 무지막지한 불한당들이야, 스스로 죽느니 모든 어려움을 다 견디기로 작정했어"라고 대답했다. 그녀는 "내일 성의 마당으로 그들을 끌고 나와 당신이 이미 끝장낸 자들의 뼈와 해골을 보여 주세요. 당신이 예전에 그들 동료에게 했듯이 한 주가 가기 전에 그들을 갈기갈기 찢을 것을 그들로 하여금 믿게 하세요"라고 말했다.

아침이 오자 거인은 다시 지하 감옥으로 가서 부인이 시킨 대로 그들을 마당으로 끌고 와 보여 주었다. "이것들이 너희 같은 순례자들이다. 그들도 너희처럼 내 땅을 무단 침입했지. 적당할 때 내가 갈기갈기 찢었지. 열흘 안에 너희도 그렇게 해 주겠어. 다시 감옥으로 돌아가라." 그러면서 그는 가는 내내 그들을 때렸다. 토요일 하루 종일 그들은 이전처럼 비참한 상태로 누워 있었다. 밤이 오자 자신 없음과 그녀의 남편 거인은 다시 잠자리에 들어 죄수들에 대한 대화를 나누었다. 무엇보다 거인은 자신의 주먹으로도 조언으로도 그들을 끝장내지 못하는 점을 의아해했다. 그 말에 부인이 "그들은 누군가 와서 풀어 주거나 아니면 자물쇠를 훔쳐서 도망갈 수 있다는 희망을 품고 사는 것이 아닌지 의심되네요"라고 답했다. "여보, 당신이 그렇게 말하니 내일 아침에 그들을 수색해 봐야겠소"라고 거인이 말했다.

토요일 자정 무렵 기도를 시작한 크리스천과 희망찬은 동이 틀 때까지 계속했다.

낮이 밝기 조금 전에 선한 크리스천은 반쯤 정신 나간 사람처럼 열렬하게 말을 쏟아 냈다. "아이고, 내가 자유의 몸으로 걸어갈 수 있는데도 악취 나는 지하에 누워 있다니 얼마나 멍청한가. 내 가슴에는 약속이라 불리는 열쇠가 있어 의심의 성에 있는 아무 자물쇠나 열 수 있다고 들었소." 그러자 희망찬이 말했다. "그것 정말 좋은 소식이군요. 선한 형제여, 가슴에서 그 열쇠를 꺼내 시도해 봅시다." 크리스천은 그의 가슴에서 열쇠를 꺼내 감옥 문을 열어 보았다. 그가 열쇠를 돌리자 빗장이 돌아가면서 문이 쉽게 활짝 열렸고 크리스천과 희망찬은 밖으로 나왔다. 크리스천은 성 마당으로 가는 바깥문으로 가서 역시 그 열쇠로 열었다. 그런 다음 철문으로 갔는데 그것 역시 열려야 하지만 자물쇠가 지독하게 뻑뻑했다. 하지만 열쇠가 그 문을 열었고 그들은 문을 활짝 열고 재빨리 탈출했다. 그러나 문이 열릴 때 삐걱거리는 소리가 크게 나서 거인 절망을 깨웠다. 그는 죄수들을 쫓으러 황급히 일어났지만 다시 발작을 일으켜 사지가 말을 듣지 않아 그들 뒤를 쫓아갈 수가 없었다. 그들은 달려가 다시 왕의 길을 만났고 이제 거인의 관할 구역에서 벗어나 안전하게 되었다.

그들이 나무 계단으로 올라갔을 때 그들은 거기서 어떻게 해야 이후에 오는 사람들이 거인 절망의 손아귀에 떨어지는 것을 막을 수 있는지 곰곰이 생각했다. 그들은 그곳에 기둥을 세워 다음과 같이 옆에 새기기로 동의했다. "이 계단 너머에 의심의 성으로 가는 길이 있다. 그곳은 천국의 왕을 멸시하고 거룩한 순례자들을 파멸시키려는 거인 절망이 지키고 있다." 이후에 오는 수많은 이들이 그 글을 보고 위험을 피했다. 일을 마친 뒤 그들은 다음과 같이 노래했다.

우리가 길에서 벗어나자 비로소 알게 되었네
금지된 땅을 밟는 것이 어떤 일인지.
우리 뒤에 오는 이들도 조심하시오
생각 없이 가다 우리처럼 되지 않도록.
그들도 무단 침입으로 그의 죄수가 되지 않도록.
그의 성은 의심이요, 그의 이름은 절망이라.

그들은 계속 가다가 기쁨의 산에 이르렀다. 그 산은 우리가 이전에 말한 언덕의 주인에게 속한 곳이었다. 그들은 산으로 가서 정원과 과수원과 포도밭과 샘들을 보았고, 거기서 마시고 몸을 씻고 포도밭에서 자유롭게 먹었다. 이 산 꼭대기에는 목자들이 양을 치면서 큰길가에 서 있었다. 순례자들은 그들에게 가서 지친 순례자들이 가다가 멈추어 누군가와 대화할 때 흔히 그러듯이 지팡이에 기댄 채 물었다. "이 기쁨의 산은 누구의 것입니까? 거기서 풀을 뜯는 양은 누구의 것입니까?"

목자: 이 산은 임마누엘의 땅이고, 그의 도성이 보이는 곳에 있지요. 양 떼도 그의 소유요, 그는 양 떼를 위해 그의 생명을 버렸습니다.*

크리스천: 이 길이 천상의 도시로 가는 길입니까?

목자: 당신은 바로 그 길에 있습니다.

크리스천: 얼마나 더 가야 하나요?

목자: 보통 사람에게는 너무 멀지만 가고자 하는 사람은 결국 그곳에 도달하지요.

크리스천: 가는 길은 안전한가요, 아니면 위험한가요?

목자: 안전하고자 하는 사람에게는 안전하지만 죄인은 그 길에 걸려 넘어지리라.*

크리스천: 가는 길에 지치고 힘 빠진 순례자를 위한 쉼터가 있습니까?

목자: 이 산의 주인이 우리에게 그 임무를 맡기셔서, 손님 대접하기를 잊지 말라고 하셨죠.* 그러므로 이곳의 좋은 열매는 모두 당신들 것입니다.

내가 꿈속에서 보니, 이들이 나그네임을 보고 목자들 역시 물었다. "당신들은 어디서 오십니까? 어떻게 이 길로 왔지요? 어떤 방법으로 여기까지 무사히 왔습니까?" 왜냐하면 여기로 오려고 시작한 사람 중에 이 산에서 얼굴을 보여 주는 사람은 거의 없었기 때문이다. 다른 장소에서 했듯이 순례자들도 대답했다. 목자들은 그들의 대답을 듣고 만족해하며 그들을 온유하게 쳐다보면서 말했다. "기쁨의 산에 온 것을 환영하오."

목자들의 이름은 지식, 경험, 주의 깊음 그리고 성실이었다. 그들은 순례자들의 손을 잡고 자신들의 천막으로 이끈 뒤 이미 준비되어 있던 것을 대접했다. 게다가 그들은 "우리랑 친교를 나누고 기쁨의 산에 있는 좋은 것들로 위안을 받으려면 이곳에 좀 더 머무르시죠"라고 말했다. 그들은 그곳에 머물고 싶다고 말했고, 늦은 시간이라 그날 밤 쉬러 갔다.

내가 꿈에서 보니, 아침이 되어 목자들이 함께 산을 거닐자며 크리스천과 희망찬을 불렀다. 그들은 사방으로 펼쳐진 아름다운 전망을 보면서 함께 걸었다. 그때 목자들이 "우리 이 순례자들에게 몇 가지 진귀한 것을 보여 줄까?"라고 서로에게 물었다. 그러기로 결론을 내린 목자들은 실수라고 불리는 산꼭대기로 그들을 데리고 갔다. 그곳은 가장 먼 쪽의 매우 가파른 봉우리였는데 그들에게 아래를 내려다보라고 했다. 크리스천과 희망찬은 바닥에 몇 사람이 꼭대기에서 떨어져 산산조각 나 있는 것을 보았다. "이것이 무슨 뜻입니까?"라고 크리스천이 물었다. 목동이 대답했다. "육신의 부활을 믿지 않은 후메내오와 빌레도의 말을 듣고 실수한 사람들에 대해 당신들은 듣지 못했습니까?"* 그들은 들어 보았다고 대답했다. "산 밑바닥에 조각이 나서 누워 있는 이들이 바로 그들입니다. 너무 높이 올라가거나 산 가장자리에 너무 가까이 간 저들을 다른 사람들도 조심하라는 본보기로 보여 주기 위해 오늘날까지 매장하지 않고 있습니다."

그리고 나는 목자들이 또 다른 산꼭대기로 그들을 데리고 가는 것을 보았는데 그곳의 이름은 조심이었다. 저 너머 멀리 쳐다보라는 말을 듣고 그들이 멀리 보자 거기 있는 무덤 사이에서 왔다 갔다 하는 사람들이 보였다. 그들이 때론 무덤에 걸려 넘어지고 자기들끼리 엉켜 벗어나지 못하기 때문에 그들이 장님인 것을 깨달았다. 크리스천은 "이것은 무슨 의미입니까?"라고 물었다.

목자들이 대답했다. "이 산 아래에서 왼쪽 길에 있는 초원으로 가는 작은 계단을 보지 못했나요?" 그들은 보았다고 대답했다. 그러자 목자들이 말했다. "그 계단에서 의심의 성으로 바로 가는 오솔길이 나 있죠. 그 성은 거인 절망의 소유죠. (무덤 사이의 사람들을 가리키면서) 저 사람들은 그 계단에 이를 때까지 지금의 당신들처럼 한때 순례 길에 올랐던 사람들이죠. 그쪽 올바른 길이 험하자 그들은 길을 벗어나 초원으로 들어가는 길을 택했고 거인 절망에게 잡혀서 의심의 성에 갇혔죠. 지하 감옥에서 한동안 잡혀 있다가 거인이 마침내 그들의 눈을 뽑고 이 무덤 사이로 데려와서 오늘날까지 방황하도록 내버려 두었어요. '명철의 길을 떠난 사람은 사망의 회중에 거하리라'*라는 현자의 말씀이 실현된 셈이죠." 그러자 크리스천과 희망찬은 서로를 쳐다보며 눈물을 쏟았다. 하지만 목자에게는 아무 말도 하지 않았다.

나는 꿈속에서 목자들이 그들을 기슭에 있는 또 다른 장소로 데려가는 것을 보았다. 그곳에는 언덕 쪽으로 문이 있었는데 목자들이 문을 열고 그들에게 들여다보라고 했다. 그들이 들여다

본 그 안은 매우 어두웠고 연기가 가득했다. 또한 그들 생각에 불타는 소리와 고통받는 사람의 비명이 들렸고 유황 냄새가 났다. 크리스천은 "이것이 무슨 의미인지요?"라고 물었다. 목자가 그들에게 말했다. "지옥으로 가는 샛길이에요. 위선자들이 택하는 길이지요. 다시 말하면, 에서처럼 자신의 장자 명분을 팔거나 유다처럼 예수를 팔거나 알렉산더처럼 복음을 대적하거나 아나니아와 그의 아내 삽비라처럼 거짓말하고 속이는 사람들이 가는 길이죠."*

희망찬이 목자에게 말했다. "이들 모두의 행색이 지금 우리처럼 순례자 모습을 하고 있습니다. 그렇지 않습니까?"

목자: 그렇지요, 오랜 시간 동안 그랬습니다.

희망찬: 비록 저렇게 불쌍하게 버려졌지만 그들이 생전에 순례 길을 얼마나 멀리 갔습니까?

목자: 어떤 이는 멀리 갔고, 또 어떤 이는 이 산까지도 못 왔죠.

그러자 순례자들은 서로에게 말했다. "우리도 전능하신 분께 힘을 달라고 애원해야겠어요."

목자: 그렇지요. 당신들이 힘을 가지면 그걸 사용할 때가 올 것입니다.

이제 순례자들은 갈 길을 가고자 희망했고 목자들도 그러기를 원했다. 그들은 산 경계까지 같이 걸었다. 목자들은 서로에게 "순례자들이 우리의 망원경을 볼 수 있는 기술이 있으면 천상 도시의 문을 여기서 보여 줍시다"라고 말했다. 순례자들은 그 제안을 기꺼이 받아들였다. 그들은 순례자들을 맑음이라 불리는 높은 산꼭대기로 데려가 자신들의 망원경을 건네며 보라고 했다. 그들은 들여다보려고 애썼지만 목자들이 마지막에 보여 준 장면이 기억나 두 손이 벌벌 떨렸다. 그 때문에 그들은 망원경을 똑바로 쳐다볼 수가 없었다. 그래도 뭔가 대문 같은 것과 그 장소의 영광을 보았다고 생각했다. 그래서 그들은 길을 가면서 이렇게 노래했다.

그렇게 다른 사람들에게는 감추어졌던
비밀을 목자들은 보여 주었네.
만약 당신이 감추어진 심오한 신비를
보기 원한다면 목자들에게 오라.

그들이 떠나려 할 때 목자 중 하나가 그들에게 길에 관한 기록을 주었다. 또 다른 목자는 아첨꾼을 조심하라고 했다. 셋째 목자는 매혹의 땅에서 잠들지 않도록 조심하라 했다. 넷째 목자는 복을 빌었다. 그리고 나는 꿈에서 깨었다.*

나는 다시 잠들어 꿈을 꾸었고, 순례자 둘이 산을 내려가 천상의 도시 쪽으로 난 큰길을 가는 것을 보았다. 이 산 아래 조금 떨어진 왼쪽에 자만심이란 나라가 있었다. 그쪽으로부터 약간 구부러진 길이 나와 순례자들이 걷는 길과 만났다. 여기서 그들은 그 나라에서 온 매우 활발한 청년을 만났다. 그의 이름은 무지였다. 크리스천은 그에게 어느 지역에서 왔고, 어디로 가는 길이냐고 물었다.

무지: 어르신, 저는 저기 왼쪽에 있는 나라에서 태어났어요. 저는 천상의 도시로 가는 길입니다.

크리스천: 어떻게 문으로 들어갈 생각이오? 거기서 약간의 어려움이 있을 텐데.

무지: 다른 선한 사람들이 하는 것처럼 하죠.

크리스천: 그래도 당신이 무언가를 보여 줘야 문을 열어 줄 것 아니겠소?

무지: 저는 우리 주님의 뜻을 알고 있어요. 저는 선한 사람으로 살아왔고, 어느 누구에게 빚진 것도 없어요. 저는 기도하고 단식하고 십일조도 냈고 가난한 사람을 구호도 하고서 저곳으로 가기 위해 제 나라를 떠났습니다.

크리스천: 하지만 당신은 이 길 맨 처음에 있는 좁은 문으로 들어오지 않고 저기 구부러진 길로 들어왔는데, 그래서 나는 걱정되오. 당신이 자신을 어떻게 생각하든 심판의 날이 올 때 도시로 들어가는 대신 당신은 절도며 강도라는 죄목으로 문책받을 것이오.*

무지: 어르신들, 저는 당신들을 전혀 모릅니다. 그러니 당신들은 당신 나라의 종교를 따르시고, 저는 제 나라의 종교를 따르겠습니다. 모두 잘되기 바랍니다. 당신이 말씀하신 문으로 말하자면 세상 모두가 우리 나라에서 아주 멀리 있는 것을 다 알고 있어요. 우리 지역에서 그곳으로 가는 길을 알 만한 사람도 없어요. 또 아는 사람이 있건 없건 상관없지요. 보시다시피 우리 나라의 훌륭하고 쾌적한 푸른 길이 이 길로 이어지니까요.

크리스천은 이 남자가 스스로의 자만심 속에 잘난 척하는 것을 보고 희망찬에게 속삭였다. "그보다 미련한 자에게 오히려 희망이 있느니라."* 그리고 이렇게 덧붙였다. "'우매한 자는 길을 갈 때에도 지혜가 부족하여 각 사람에게 자기가 우매함을 말하느니라.'* 우리, 저 사람과 이야기를 더 할까요? 아님 그냥 빨리 지나쳐서 그가 이미 들은 말을 생각하도록 시간을 줄까요? 그런 다음 나중에 다시 그를 세워 우리가 한 말이 그에게 소용이 되었는지 볼까요?" 그러자 희망찬이 말했다.

무지는 들은 말을 잠시 숙고하라.
선한 조언 받기를 거부하지 말지니
그리하면 그가 얻은 가장 큰 이득에
영원히 무지하게 될 것이라.
깨달음이 없는 자들은 (내가 그들을 만들었어도)
그들을 구원하지 않을 것이라 하나님께서 말씀하셨다.

희망찬은 계속 이어 갔다. "그에게 한꺼번에 말해 주는 것은 아무 소용이 없어요. 당신이 원하시면 우리 그냥 지나갔다가 그가 감당할 수 있을 때 이야기하시죠."*

그래서 두 사람은 나아갔고 무지가 뒤에 따라왔다. 그들이 그를 지나 조금 더 갔을 때 아주 어두운 길로 접어들었다. 그곳에서 한 남자를 만났는데, 일곱 마귀가 일곱 개의 강한 줄로 그를 묶고 언덕 옆에서 그들이 본 문 쪽으로 끌고 가는 중이었다.* 선한 크리스천은 몸을 떨기 시작했고 희망찬 역시 마찬가지였다. 마귀가 남자를 끌고 가는 동안 크리스천은 아는 사람인지 보려고 쳐다보았는데 배교시에 살고 있는 변절이란 사람 같았다. 하지만 그는 그 얼굴을 온전히 보지는 못했다. 그가 들킨 도둑처럼 머리를 숙이고 있었기 때문이다. 그들이 지나간 뒤 희망찬이 그의 등에 '변덕쟁이 신앙 고백자, 저주받을 배교자'라고 쓰인 종이를 보았다. 크리스천이 동료에게 말했다. "이 근처에 사는 선한 사람에게 일어난 일을 들은 기억이 이제 나는군요. 그 사람 이름은 작은 믿음이고 성실이란 마을에 살던 선한 사람이었어요. 그에게 이런 일이 일어났다더군요. 이 길로 들어오자 큰길 문에서 나오는 오솔길이 있었는데 그곳에서 살인이 공공연히 행해졌기 때문에 죽은 자의 길이라 불렸죠. 작은 믿음은 우리처럼 순례 길을 가다가 그곳에 앉아 잠이 들었고, 그때 큰길 문으로부터 그 오솔길로 세 명의 건장한 악당이 내려왔소. 그들 이름은 겁쟁이, 믿지 않음, 죄였고 셋은 형제였소. 그들은 작은 믿음을 발견하자 속도를 내서 달려왔소. 그 선한 사람은 잠에서 방금 깨어 길을 가려는 참이었는데 그들이 모두 그에게 달려들어 멈추라고 협박했소. 작은 믿음은 백지장처럼 하얘져서 싸울 힘도, 도망갈 힘도 없었소. 그러자 겁쟁이가 '네 지갑을 내놓아'라고 말했죠. 하지만 그는 자기 돈을 잃는 것이 싫어서 빨리 내놓지 않았고 믿지 않음이 그에게 달려가 그의 주머니에 손을 밀어 넣어 은화 꾸러미를 가져갔어요. 그러자 그는 '도둑이야, 도둑이야' 하고 소리쳤죠. 그 말에 죄가 손에 커다란 곤봉을 들고 작은 믿음의 머리를 내려쳤고 그는 땅바닥에 쓰러져 죽을 듯이 피를 흘리며 누워 있었어요. 이 동안 내내 도둑들은 옆에 서 있었고요. 마침내 누군가 길에서 오는 소리를 듣고 이들은 신뢰란 도시에 사는 큰 은혜라는 사람이 올까 봐 두려워 이 선한 사람을 내버려 두고 줄행랑을 쳤어요. 얼마 후 작은 믿음은 정신을 차리고 일어나 간신히 갈 길을 비틀거리고 갔다는 이야기죠."

희망찬: 그들이 그가 가진 모든 것을 빼앗았나요?

크리스천: 아니, 그의 보물이 있던 곳까지 뒤지지는 못했소. 그래서 그는 아직 그것을 갖고 있어요. 하지만 내가 듣기에, 그 선한 사람은 자신이 잃어버린 것 때문에 크게 낙심했다더군요. 도둑들이 그의 여비를 거의 다 가져갔기 때문이죠. 그들이 빼앗지 못한 것은, 내가 말했듯이 보물과 약간의 푼돈인데 그의 여정을 끝까지 가기에는 어림없는 돈이었죠. 내가 잘못 듣지 않았다면 그는 가면서 목숨을 부지하려고 구걸까지 해야 했다더군요. 왜냐하면 그는 보석을 팔지 않으려 했기에 구걸도 하고 할 수 있는 온갖 짓을 다 하면서 남은 길을 수없이 굶주린 배를 잡고 가야 했소.

희망찬: 하지만 그들이 하늘 문에서 그가 들어갈 수 있는 증명서를 빼앗지 않은 것이 놀랍지 않습니까?

크리스천: 놀라운 일이죠. 하지만 그들이 빼앗지 않은 것은 그가 좋은 꾀를 내어 그것을 찾지 못하게 한 것이 아니라, 그들이 오는 것에 너무 놀라 그는 어떤 것을 감출 힘도 기술도 없었기 때문이오. 그의 노력보다는 선한 하나님의 섭리에 의해 그들이

그 좋은 것을 놓친 거죠.*

희망찬: 이 보물을 그들에게 뺏기지 않은 것이 그에겐 분명히 위안이 되겠지요.

크리스천: 만약 그가 그것을 당연히 써야 할 때 썼다면 그에게 큰 위안이 되었겠죠. 그러나 내게 이 이야기를 해 준 사람들 말로는 그가 남은 여정 내내 그것을 사용하지 않았다고 하오.* 자기 돈을 빼앗긴 사실에 너무 낙담해서 남은 여정 내내 보물에 관해선 잊어버렸다더군요. 게다가 간혹 그것을 생각하면 위안을 받다가도 잃어버린 돈 생각이 새롭게 나면 그 생각이 다른 생각을 모두 삼켜 버렸다오.

희망찬: 아이고, 불쌍한 사람. 이것은 그에게 정말로 큰 슬픔이었을 겁니다.

크리스천: 슬픔이죠! 슬픔이고말고요! 그 사람처럼 낯선 장소에서 강도를 만나 상처까지 입었다면 우리도 당연히 그렇겠죠. 그의 마음이 슬픔에 못 이겨 죽지 않은 것이 이상하죠. 가는 길 내내 그는 쓰디쓴 탄식과 불평만 쏟아 냈다고 들었어요. 또한 앞서가는 사람이나 뒤에 오던 사람이나 그가 만나는 모든 사람들에게 자신이 어디서 어떻게 강도를 만났고 그 짓을 한 자들이 누구며 자신이 무엇을 잃었고 어떻게 상처 입고 간신히 목숨만 부지했는지를 말해 주었다오.

희망찬: 그렇게 곤궁한 처지라면 보물을 약간 팔거나 저당 잡혀 좀 더 쉽게 길을 갈 수 있었을 텐데 이상하군요.

크리스천: 당신은 아직 껍질도 채 깨지 못한 병아리처럼 말하

는군요. 무엇을 위해 그가 보물을 저당 잡히며 누구에게 보물을 팔 수 있단 말이죠? 그가 강도당한 지역 전체에서 그 보물은 값도 쳐주지 않을뿐더러 그 역시 그런 식으로 구호받기를 원하지 않았소. 더구나 하늘 문 앞에서 그의 보물이 없어졌다고 한다면 그도 잘 알다시피 하늘나라 유업에서 배제되었을 거요. 그것은 수만 명 도둑을 만나 털리는 것보다 그에게는 더 나쁜 일이죠.

희망찬: 형제여, 당신은 어찌 그리 신랄한 말을 하오? 에서는 장자의 명분을 팔았죠. 그것도 한 그릇 죽을 위해.* 장자의 명분이 그의 가장 위대한 보물이었소. 만약 에서가 그랬다면 왜 작은 믿음은 그렇게 하면 안 되죠?

크리스천: 에서가 장자의 명분을 판 것은 사실이고 수많은 사람들이 그렇게 하지요. 그렇게 함으로써 비겁한 자들처럼 중요한 축복에서 스스로를 배제시키는 것이오. 하지만 당신은 에서와 작은 믿음 사이에, 그리고 그들의 재산 사이에 분명한 차이가 있음을 알아야 해요. 에서의 장자 권리는 전형적인 것이지만 작은 믿음의 보물은 그렇지 않아요. 에서의 배는 자기 하나님이었지만 작은 믿음의 배는 그렇지 않아요. 에서가 필요했던 것은 육신의 허기를 달래는 것이지만 작은 믿음은 그렇지 않았어요. 게다가 에서는 자신의 욕심을 채우는 것 외에는 더 이상 볼 수 없었죠. "내가 죽게 되었으니 이 장자의 명분이 내게 무엇이 유익하리요"*라고 그는 말했어요. 하지만 작은 믿음은 비록 그의 몫이 적은 양의 믿음이지만 그 믿음으로 인해 그런 터무니없는 일을 피했지요. 에서가 장자의 권리를 판 것처럼 그 보물을 팔

기보다는 자신의 보물을 알아보고 더 소중히 여겼죠. 에서가 아무리 작더라도 믿음을 가졌다는 글을 어디에서도 읽지 못했소. (믿음이 없는 사람은 육체를 거부할 수 없지.) 그러므로 육체만이 중요한 곳에서 그가 자신의 장자 권리와 영혼과 그 모두를 지옥의 마귀에게 판다고 해도 놀랄 게 없소. 믿음이 없는 사람은 육체를 거부할 수 없죠. 그것은 마치 들암나귀들의 '발정기에 누가 그것을 막으리요'*와 같아요. 마음이 욕정에 사로잡히면 어떤 값을 치르고도 그것을 갖고자 해요. 하지만 작은 믿음은 다른 종류의 성품이고 자신의 마음을 거룩한 일에 두었어요. 그는 영적이거나 하늘에서 온 일로 살아가고 있었어요. 따라서 그런 성품의 사람이 설령 사려는 사람이 있다 해도 도대체 무슨 목적으로 자신의 보물을 팔아 헛된 일로 마음을 채우려 하겠소? 사람이 자기 배를 건초로 채우려 동전 한 닢이라도 내겠소? 아니면 산비둘기에게 까마귀처럼 사체를 먹고 살라고 설득할 수 있겠소? 믿음이 없는 자들은 그들이 가진 것을 저당 잡히고 팔고 하여 육체적 욕망을 채우겠죠. 그러고선 자신이 이익을 봤다고 좋아하겠죠. 그러나 믿음을 가진 자는, 구원의 믿음을 가진 자는 비록 작은 믿음이라 해도 그렇게 할 수 없죠. 형제여, 그게 당신이 실수한 부분이오.

희망찬: 인정하겠어요. 하지만 당신의 엄중한 비난에 거의 화를 낼 뻔했어요.

크리스천: 글쎄, 나는 단지 당신을 갓 깬 껍질을 머리에 얹은 채 이리저리 안 가 본 길을 뛰어다니는 새에 비교했을 뿐이오.

어쨌든 그 점은 잊고 논의하던 문제만 잘 생각하면 우리 둘 사이에 문제가 없을 거요.

희망찬: 하지만 크리스천, 그 세 놈은 겁쟁이들이라고 확신해요. 당신은 길에서 누가 오는 소리를 듣고 그들처럼 잽싸게 다른 쪽으로 도망칠 수 있겠어요? 왜 작은 믿음은 좀 더 마음에 용기를 북돋지 못했을까요? 내 생각엔 그가 한번 맞서 보고 해결책이 없을 때 항복해도 되었을 텐데요.

크리스천: 그들이 겁쟁이라고 많은 사람들이 말하지만 시련의 순간에 그걸 아는 사람은 거의 없어요. 용기로 말하자면 작은 믿음은 용기가 없었죠. 형제여, 당신을 보니 만약 당사자였다면 한번 맞서 본 다음 항복할 것 같군요. 사실 지금 우리가 강도들로부터 떨어져 있으니 당신 용기가 최고조에 있지만, 그들이 그에게 한 것처럼 당신 앞에 나타난다면 아마 생각이 달라질 거요.

다시 생각해 봅시다, 그들은 노상 도둑들이고 바닥 없는 지옥의 왕을 섬기죠. 그 왕은 필요하면 그들을 도우러 직접 나타나고 그의 목소리는 우는 사자와 같소.* 나도 작은 믿음처럼 한 번 걸린 적이 있는데 정말 끔찍했소. 이 세 악당이 나를 습격했고 나는 그리스도인처럼 처음에는 싸웠지만 그들이 한 번 소리치자 그들의 주인이 왔지요. 나는 정말 속담처럼 동전 한 닢보다 하찮게 내 목숨을 잃었을 거요. 하지만 하나님께서 뚫지 못하는 갑옷을 내게 씌워 주셨어요. 그래요, 하지만 그렇게 무장하고 있었지만 남자답게 싸우는 일은 어려웠소.* 직접 싸워 보지 않고는 전투에서 우리에게 어떤 일이 일어날지 아무도 모르는 법이오.

희망찬: 하지만 그들은 당신도 알다시피 큰 은혜가 온다는 짐작만으로도 도망가지 않았나요?

크리스천: 맞아요. 큰 은혜가 보이기만 해도 그들과 그 주인은 자주 도망가죠. 큰 은혜는 왕의 전사니까 당연한 일이에요. 하지만 작은 믿음과 왕의 전사 사이에 약간의 차이를 두어야 해요. 왕의 모든 신하가 다 그의 전사는 아니니까요. 또한 시험을 당할 때 모두 다 그처럼 전공을 세울 수 없죠. 어린아이가 다윗이 한 것처럼 골리앗을 다룰 수 있다고 생각하는 것이 타당할까요? 굴뚝새에게 황소의 힘이 있겠어요? 어떤 이는 힘이 센가 하면 어떤 이는 약하고, 어떤 이는 위대한 믿음이 있고 어떤 이는 작은 믿음이 있죠. 이 사람은 약한 사람 중 하나이니 노약석으로 갈 수밖에요.

희망찬: 큰 은혜가 나타났더라면 좋았을 텐데요.

크리스천: 만약 그분이 왔다 해도 애를 먹었을 거요. 큰 은혜가 무기를 아주 잘 쓰니까 칼끝으로 그들을 겨냥하고 있는 동안은 충분히 이길 수 있겠죠. 하지만 그들이 그에게 달라붙으면 겁쟁이나 믿지 않음이나 죄 같은 놈도 그를 넘어뜨릴 수 있어요. 사람이 쓰러지면 어찌할 수 있겠소?

큰 은혜의 얼굴에 난 상처와 벤 자국을 자세히 본 사람은 내 말이 무슨 말인지 잘 알 거요. 그래, 한번은 그가 싸우면서 이렇게 말하는 것을 들었소. "우리는 살 소망까지 끊어졌다."* 다윗도 억센 악당들과 그 패거리들 때문에 얼마나 슬퍼하며 신음하고 부르짖었는가! 맞소, 헤만과 히스기야 역시 당대에는 전사였으나 악당들의 공격을 받아 갑옷이 찢어지고 상처를 입었죠. 베드로도 한때 자신이 할 수 있는 한 싸워 보려 했지만 악당들은 사도의 왕이라 불리는 그조차 보잘것없는 한 여종을 겁내게 만들었죠.*

게다가 그들의 왕은 그들이 도움을 청하는 소리를 놓치는 일이 결코 없어요. 그들이 최악의 상황에 놓이면 그는 도우러 와요. 그에 대해 이런 말이 있소. "칼이 그에게 꽂혀도 소용이 없고 창이나 투창이나 화살촉도 꽂히지 못하는구나. 그것이 쇠를 지푸라기같이, 놋을 썩은 나무같이 여기니 화살이라도 그것을 물리치지 못하겠고 물맷돌도 그것에게는 겨같이 되는구나. 그것은 몽둥이도 지푸라기같이 여기고 창이 날아오는 소리를 우습게 여기도다."* 그러니 인간이 이런 경우 무슨 일을 할 수 있겠소? 만약 사람이 모든 경우마다 욥이 타던 말이 있고 그 말을 탈 용기와 기술이 있다면 놀라운 일을 하겠지요. "그 말은 목에는 천둥 갈기를 입고 메뚜기처럼 겁에 질릴 일이 없도다. 그 콧소리의 영광은 무시무시하며 골짜기에서 발굽질하고 힘 있음을 기뻐하며 앞으로 나아가 군사들을 맞되 두려움을 모르고 겁내지 아니하며 칼을 대할지라도 물러나지 아니하니 그의 머리 위에서는 화살통과 빛나는 창과 투창이 번쩍이며 땅을 삼킬 듯이 맹렬히 성내며 나팔 소리에 머물러 서지 아니하고 나팔 소리가 날 때마다 힝힝 울며 멀리서 싸움 냄새를 맡고 지휘관들의 호령과 외치는 소리를 듣느니라."*

하지만 당신이나 나 같은 병졸은 그런 적을 만나지 않기만을 바랄 뿐이죠. 다른 사람들이 패했다는 소리를 듣고 우리가 마치 더 잘할 수도 있다는 듯 뽐내지도 말고 우리 스스로 남자답다고 까불지도 맙시다. 그런 사람은 시험 당하면 가장 나쁜 결과를 맞는 것이 보통이죠. 아까 언급한 베드로의 경우를 보세요. 그는 큰소리치길 좋아하고, 그래, 큰소리를 쳤죠. 허황된 자만심에 차서 자신은 다른 누구보다도 더 잘할 수 있고 그의 선생님을 더 잘 지킬 수 있다고 공언했지만 이 악당들에 의해 그보다 더 짓밟히고 참패한 사람이 어디 있겠소?

그러므로 그런 강도 짓이 왕의 큰길에서 행해졌다는 말을 우리가 들을 때 우리는 두 가지 일을 해야 합니다. 첫째 무장하고 나가며 반드시 방패를 갖고 가야 합니다. 리워야단에 그렇게 사납게 맞선 사람이 그를 항복시킬 수 없던 이유는 방패가 없어서죠.* 실제로 방패가 없다면 그는 우리를 전혀 무서워하지 않습니다. 그러므로 능력을 가진 분께서 이렇게 말씀하셨죠. "모든 것 위에 믿음의 방패를 가지고 이로써 능히 악한 자의 모든 불화살을 소멸하라."*

또한 우리는 왕에게 우리와 함께 가 달라고 호위를 청하는 것이 좋습니다. 그가 함께 있어 다윗은 사망의 음침한 골짜기를 지날 때 기뻐했고, 모세는 그의 하나님 없이 한 발자국을 더 나가기보다 서 있는 곳에서 죽겠다고 했죠.* 오, 형제여, 만약 그분이 우리와 같이 가시기만 하면 공격하는 자가 수만 명이라도 우리가 두려워할 필요가 무엇이겠어요.* 그러나 그분 없이는 당당하던 조력자들도 "죽임을 당한 자 아래에 엎드러질 따름이니라".*

나로 말하자면 이제까지 여러 싸움을 치렀고 당신도 보다시피 지고하신 그분의 선함에 의해서 아직 살아 있소. 하지만 내가 용감했다고 자랑할 수 없소. 그런 공격을 더 이상 당하지 않는다면 정말 기쁘겠죠. 하지만 우리가 모든 위험에서 다 벗어나지 않았다는 걱정이 앞서네요. 그러나 아직 곰과 사자가 나를 삼키지 않았으니 다음번에 만날 할례 받지 않은 바리새인으로부터 하나님께서 우리를 구원해 주실 거라 믿소.

그러고서 크리스천은 노래했다.

불쌍한 작은 믿음! 도둑 떼를 만났네!
강도당했네! 기억하라. 믿는 자는
더 많은 믿음을 얻고 만인을 이기나
그렇지 않은 자는 세 명도 이길 수 없네.

그렇게 그들은 계속 나아갔고 무지가 뒤따랐다. 그들은 자신들이 가는 길에서 또 하나의 길이 뻗어 있는 장소에 도달했다. 그 길은 자기네 길처럼 똑바로 놓여 있어 그들은 곧게 뻗은 두 길 앞에서 어느 쪽을 택해야 할지 몰라 가만히 서 있었다. 갈 길을 생각하는 동안 그들은 다가오는 한 남자를 보았다. 검은 살갗의 그 남자는 하얀 옷을 입었는데 그들에게 왜 그렇게 서 있냐고 물었다. 그들은 천상의 도시로 가려면 어떤 길을 택해야 할지 몰라서라고 대답했다. 남자는 "나를 따라오시오. 내가 그리로 가는 길이오"라고 말했다. 그래서 두 사람은 그를 따라갔는데 그들이 가려는 도시에서 점차 구부러진 길로 접어들어 잠시 후 그 도시는 그들이 가는 반대 방향에 놓이게 되었다. 그래도 두 사람은 그를 따라갔다. 하지만 그들이 알아채기도 전에 그는 두 사람을 그물이 쳐진 곳으로 인도했고 두 사람은 그물에 얽매여 어찌할 바를 몰랐다. 그러자 검은 남자의 등에서 흰옷이 떨어졌다. 비로소 두 사람은 자신들이 어디 있는지를 보았다. 그곳에서 그들은 스스로 벗어날 수 없어 한동안 울면서 갇혀 있었다.

크리스천: 이제야 내가 실수했음을 알겠소. 목자들이 우리에게 아첨꾼을 조심하라고 일러 주지 않았소? "이웃에게 아첨하는 것은 그의 발 앞에 그물을 치는 것이니라"*는 현자의 말씀을 오늘에야 알게 되다니.

희망찬: 가는 길을 더 확실히 찾으라고 목자들은 우리에게 길 안내문까지 주었지요. 그럼에도 우리는 그것을 읽는 것조차 잊어버려 파멸자의 길로부터 스스로를 지키지 못했어요. 이 점에선 다윗이 우리보다 현명하군요. 그는 "사람의 행사로 논하면 나는 주의 입술의 말씀을 따라 스스로 삼가서 포악한 자의 길을 가지 아니하였사오며"*라고 말했지요.

이제 그들은 그물에 걸려 울부짖으며 누워 있었다. 마침내 그들은 손에 짧은 채찍을 든 빛나는 사람이 다가오는 것을 보았다. 그는 그들이 어디서 왔으며, 거기서 무엇을 하는지 물었다.

그들이 자신들은 불쌍한 순례자들로 시온으로 가는데 흰옷을 입은 검은 남자 때문에 길을 벗어나게 되었다고 말했다. "그는 자기도 그곳으로 가는 길이니 따라오라더군요"라고 그들은 말했다. 채찍을 든 사람이 "그 사람은 아첨꾼으로 스스로를 광명의 천사로 가장한 거짓 사도요"라고 말했다.* 그는 그물을 찢고 그들을 꺼내 주었다. 그런 다음 "나를 따라오면 너희들이 가던 길에 다시 돌려놓겠다"라고 말했다. 그는 아첨꾼을 따라가느라 벗어났던 길에 그들을 다시 데려다 놓은 뒤 이렇게 물었다. "어젯밤에 너희들은 어디서 묵었느냐?" 그들은 기쁨의 산에서 목자들과 있었다고 대답했다. 그는 그들에게 목자들이 준 길 안내문을 갖고 있지 않냐 물었다. 그들은 갖고 있다고 대답했다. "그럼 너희들이 갈림길에서 멈추었을 때 그것을 꺼내 읽어 보았느냐?"라고 그가 물었다. 그들은 아니라고 대답했다. 그가 이유를 묻자 그들은 잊어버렸다고 대답했다. 그는 또한 목자들이 그들에게 아첨꾼을 조심하라고 일러 주지 않았냐고 물었다. 그들은 그렇다고 대답했다. "하지만 이렇게 훌륭하게 말하는 사람이 아첨꾼인 줄 상상도 못했어요."*

그때 나는 꿈속에서 그가 그들에게 땅에 엎드리라고 명령하는 것을 보았다. 그러고 나선 그들이 반드시 걸어야 할 좋은 길을 가르쳐 주기 위해 그들을 세차게 매질했다.* 그는 매질을 하면서 "무릇 내가 사랑하는 자를 책망하여 징계하노니 그러므로 네가 열심을 내라. 회개하라"*라고 말했다. 매질이 끝나자 그는 그들에게 갈 길을 가라면서 목자들의 다른 지시 사항에도 깊이 주의하라고 일렀다. 그들은 그의 친절에 감사하고 올바른 길로 천천히 나아가며 이렇게 노래했다.

길 가는 나그네여, 이리로 오시오.
딴 길로 빠진 순례자들이 어떻게 되었는지 보시오.
그들은 옭아매는 그물 속에 걸려들었죠.
그들이 유익한 조언을 쉽게 잊었기 때문이죠.
물론 그들은 구출되었지만 보다시피
잘되라고 매를 맞았죠. 여러분도 이를 교훈 삼으세요.

얼마 후 그들은 저 멀리서 그들 쪽으로 한 사람이 조용히 큰길을 따라 오는 것을 보았다. 크리스천이 동료에게 말했다. "저기 시온을 등진 사람이 우리를 만나러 오는군요."

희망찬: 나도 보여요, 저 사람이 또 다른 아첨꾼이 아닌지 이번에는 조심합시다.

그 사람은 점점 가까이 다가와 마침내 그들과 마주쳤다. 그의 이름은 무신론자였고, 그들에게 어디로 가는지 물었다.

크리스천: 우리는 시온산으로 가고 있습니다.

그러자 무신론자는 커다란 웃음을 터뜨렸다.

크리스천: 왜 그렇게 웃습니까?

무신론자: 당신들이 얼마나 무지한지 알게 되어 웃었소. 고통 외에는 아무것도 얻는 것이 없는데 그런 지루한 여행을 하다니 말요.

크리스천: 그게 무슨 말이오? 우리가 영접받지 못하리라 생각하시오?

무신론자: 영접이라! 이 세상엔 당신이 꿈꾸는 그런 장소는 없어요.

크리스천: 하지만 앞으로 올 세상에는 있어요.

무신론자: 내가 고향 집에서 살 때 당신이 지금 주장하는 소리를 들은 적이 있어요. 그 말을 듣고 그 도시를 찾으러 떠나서 이제까지 20년간 찾았지요. 하지만 내가 떠난 첫날 그랬듯이 아무 곳도 찾지 못했어요.*

크리스천: 우리는 그런 장소가 있다고 들었고, 그렇게 믿고 있어요.

무신론자: 나도 고향에 있을 때 믿지 않았다면 이렇게 멀리까지 찾으러 오지 않았겠죠. 만약 그런 장소가 있었다면 벌써 찾았을 것이오. 왜냐하면 당신들보다 내가 더 멀리 다녔으니까요. 하지만 아무 곳도 찾지 못하고 다시 돌아가는 중이오. 이제는 있지도 않은 것을 쓸데없이 희망하느라 이전에 내가 버린 것들을 찾아 나를 새롭게 할 생각이오.

그러자 크리스천이 동료 희망찬에게 말했다.

크리스천: 이 사람이 말한 게 사실일까?

희망찬: 조심하세요. 저 사람도 아첨꾼 중 한 사람이오. 저런 부류의 사람에게 우리가 솔깃하는 바람에 어떤 대가를 치렀는지 기억해 봐요. 뭐라고요? 시온산이 없다고요? 기쁨의 산 위에서 우리는 하늘나라 문을 보지 않았나요? 이제 우리는 믿음으

로 나아가고 있지 않나요?* 그러니 계속 나아갑시다. 채찍 든 사람이 다시 우리를 잡으러 오지 않도록요.

"내 아들아, 지식의 말씀에서 떠나게 하는 교훈을 듣지 말지니라."* 이 말씀을 당신이 나에게 가르쳐야 할 터인데 내가 당신에게 말하다니요. 형제여, 그의 말은 이제 그만 듣고 영혼의 구원을 믿읍시다.*

크리스천: 형제여, 우리 믿음의 진실을 스스로 의심해서 그 질문을 한 것이 아니오. 다만 당신의 마음에 있는 정직의 열매를 꺼내 증명해 보고 싶어서였소. 저 남자로 말하자면 이 세상의 신 때문에 눈이 먼 것을 나는 알고 있소. 당신과 나는 진리를 믿으며 진리에서는 어떤 거짓도 나오지 않는다는 사실을 계속 알고 갑시다.*

희망찬: 이제 나는 하나님의 영광을 볼 희망으로 즐겁습니다.

그렇게 두 사람은 그 남자를 떠났고, 그 남자는 그들을 비웃으며 자기 길로 갔다.

이제 꿈속에서 나는 그들이 어떤 나라에 도착하는 것을 보았다. 그곳의 공기는 처음 들어오는 사람을 자연스레 졸리게 만들었다. 이곳에서 희망찬은 몸이 나른해지면서 잠이 왔고 그래서 크리스천에게 말했다. "너무 졸려서 눈을 뜰 수도 없으니 여기 누워서 잠깐만 잡시다."

크리스천: 절대 안 되오. 잠들었다 깨어나지 못하면 안 되죠.

희망찬: 왜요? 수고한 사람에게 잠은 달콤하지요. 한숨 자고 나면 피로가 가실 겁니다.

크리스천: 목자 중 한 사람이 우리에게 매혹의 땅을 조심하라고 일러 준 것을 당신은 잊었소? 그가 말한 의미는 우리가 잠을 조심해야 한다는 거죠. 그러니 다른 사람들처럼 우리는 잠들지 말고 깨어서 정신을 차리고 있어야 합니다.*

희망찬: 내가 잘못 생각했음을 인정해요. 만약 홀로 여기 왔더라면 나는 잠들어 죽을 수 있었겠어요. 현자가 "두 사람이 한 사람보다 나음이라"*고 한 말이 참말인지를 이제 알겠어요. 이제까지 당신과 동행한 것이 내게는 은혜였어요. 당신은 수고함으로 좋은 상을 얻을 거예요.

크리스천: 그럼 여기서 졸음을 쫓기 위해 우리 유익한 문답을 나누기로 합시다.

희망찬: 대찬성입니다.

크리스천: 어디서부터 시작할까요?

희망찬: 하나님께서 우리를 회심(悔心)하게 하신 일부터요. 원하시면 먼저 시작하시죠.

성도들아, 졸음이 오면 이곳으로 와서
두 순례자가 나누는 대화를 들으라.
그렇다. 어떻게든 그들에 대해 배워서
졸음으로 잠기는 눈을 뜨도록 하라.
성도들 간의 좋은 교제는
지옥이 있다 해도 그들을 깨어 있게 할 것이오.*

크리스천: 내가 당신에게 먼저 물어보겠소. 지금 당신이 하고 있는 일을 처음 해야겠다고 생각한 계기가 무엇입니까?[*]

희망찬: 내가 처음에 어떻게 영혼의 행복을 추구하게 되었는지 말입니까?

크리스천: 그래요, 내 말이 그 뜻이오.

희망찬: 나는 오랫동안 눈에 보이는 것들과 시장에서 팔리는 것들에 빠져 있었어요. 만약 계속해서 그렇게 살아왔다면 분명 곤경과 파멸에 빠졌을 것이라고 이제는 확신합니다.

크리스천: 그것들이 무엇입니까?

희망찬: 이 세상의 모든 부와 보물입니다. 또한 나는 싸움, 방탕, 음주, 욕설, 거짓말, 불결, 안식일 어기기 등등 영혼을 파괴하는 모든 것을 좋아했죠. 그러나 거룩한 일에 대해 듣고 생각하면서, 특히 자신의 믿음과 선한 삶 때문에 허영시에서 죽임을 당한 믿는 자의 이야기와 당신 이야기를 듣고서, 마침내 이 모든 것의 "마지막이 사망임이라"[*]를 깨달았죠. 이런 것들 때문에 "하나님의 진노가 불순종의 아들들에게 임하지요".[*]

크리스천: 당신은 이런 확신의 힘 앞에 즉시 굴복했나요?

희망찬: 아니요. 나는 죄의 사악함이나 죄를 범한 뒤에 따르는 파멸은 당장 알고 싶지 않았어요. 대신 처음 말씀을 듣고 내 마음이 흔들릴 때 말씀에서 오는 빛을 보지 않기 위해 눈을 감으려 했죠.

크리스천: 하나님의 은사가 당신에게 처음 작용했을 때 무슨 이유로 그렇게 행동했습니까?

희망찬: 그 이유는 이렇습니다. 첫째, 그것이 하나님의 역사하심인 줄 몰랐습니다. 하나님이 먼저 죄에 대한 인식을 일깨워 죄인을 변화시키기 시작한다는 사실을 나는 전혀 몰랐어요. 둘째, 죄는 육신에게 너무나 달콤해서 나는 그것을 떠나기가 싫었어요. 셋째, 오랜 친구들과 어떻게 헤어져야 하는지 나는 알 수 없었어요. 그들의 존재와 행동이 내겐 너무 멋있어 보였죠. 넷째, 내 죄에 대해 확신한 시간들이 너무나 고통스럽고 가슴 아파 견딜 수 없었고 나는 그것을 기억하고 싶지도 않았어요.

크리스천: 그럼 당신은 때로 그 고통을 없애려 한 것 같군요.

희망찬: 그렇죠. 하지만 다시 마음속에 고통이 일었고 나는 이전만큼, 아니 이전보다 더 고통스러웠어요.

크리스천: 대체 무엇이 당신의 죄를 다시 상기시켰어요?

희망찬: 여러 가지입니다. 예를 들면

1. 길에서 선한 사람을 만날 때,
2. 누군가 성서 구절 읽는 것을 들을 때,
3. 내 머리가 아프기 시작하면,
4. 내 이웃 중 누군가 아프다는 소리를 들으면,
5. 누군가의 죽음을 알리는 종소리를 들으면,
6. 나 자신의 죽음을 상상할 때,
7. 누가 갑자기 죽었다는 말을 들을 때,
8. 특히 내가 곧 심판을 받으리라고 스스로 생각할 때입니다.

크리스천: 이런 방식으로 죄의식을 느낄 때 당신은 언제든 쉽게 떨쳐 버릴 수 있지 않았습니까?

희망찬: 아니요, 최근에는 더 어려웠어요. 내 양심이 더 빨리 죄의식에 사로잡혔거든요. 게다가 비록 마음은 죄에서 돌아섰지만 내가 죄로 되돌아간다는 생각만 해도 나의 고통은 갑절이 되었지요.

크리스천: 그래서 어떻게 했나요?

희망찬: 내 생활을 바꿔야 한다고 생각했죠. 그렇지 않으면 반드시 지옥으로 떨어지리라 생각했죠.

크리스천: 그래서 고치려고 노력했나요?

희망찬: 네, 내 죄뿐만 아니라 죄 많은 무리들로부터 도망쳤지요. 그리고 나는 기도와 성서 읽기, 죄에 대해 통회하고 이웃들에게 진리를 말하는 것 같은 종교적 의무에 열심히 전념했죠. 이런 일들 말고도 여기서 언급하기엔 너무 많은 다른 일을 했습니다.

크리스천: 그래서 당신 스스로 만족스럽게 생각했나요?

희망찬: 네, 잠시 동안은요. 하지만 고통이 다시 나를 엄습하여 개심한 모든 부분을 흔들어 놓았죠.

크리스천: 당신이 완전히 개심했는데 어떻게 그런 일이 일어났나요?

희망찬: 그런 일이 생기게 된 여러 가지 이유가 있죠. 특히 "무릇 우리는 다 부정한 자 같아서 우리의 의는 다 더러운 옷 같으며, 사람이 의롭게 되는 것은 율법의 행위로 말미암음이 아니요, 이와 같이 너희도 명령받은 것을 다 행한 후에 이르기를 우리는 무익한 종이라" 같은 말씀들 때문에요.* 그 외에도 비슷한

말씀이 많죠. 그 후 나는 이렇게 자신을 설득했죠. 만약 나의 모든 의로움이 더러운 옷이라면, 또한 율법의 행위에 의해 누구도 의로워지지 못한다면, 그리고 만약 이 모든 것을 행했음에도 우리가 여전히 무익하다면, 율법에 의지해 하늘나라를 생각하는 것은 어리석다. 더 나아가 나는 또한 이렇게 생각했죠. 만약 어떤 사람이 상점 주인에게 1백 파운드의 빚을 졌다가 후에 가진 돈을 털어 갚았어요. 하지만 옛날 빚이 장부에서는 여전히 지워지지 않아 주인이 그를 고소할 수도 있고 그가 빚을 갚을 때까지 감옥에 가둘 수도 있어요.

크리스천: 그래서 이 말씀을 어떻게 자신에게 적용시켰나요?

희망찬: 나는 이렇게 생각했지요. 내 죄로 인해 하나님의 장부에 엄청난 빚이 기록되어 있을 것이고, 내가 아무리 회개해 봤자 그 빚을 다 갚을 수 없다. 그러니 지금 회개한 상태에서도 여전히 생각해야 한다. 이전의 탈선 때문에 내가 자초한 저주로부터 어떻게 해야 자유로워질 수 있을까를.

크리스천: 매우 훌륭한 적용이오. 계속해 보시오.

희망찬: 최근의 회개에도 불구하고 나를 괴롭힌 또 다른 일이 있어요. 지금 내가 하는 가장 선한 일도 자세히 살펴보면 여전히 죄가 있어요. 내가 행한 선한 일에 새로운 죄가 섞이는 거지요. 그래서 나는 이렇게 결론을 내릴 수밖에 없어요. 내가 행한 일과 나 자신에 대해 이전에 좋게 생각했다 하더라도, 또한 이전의 삶이 흠 없다 해도, 나는 한 가지 일에서 지옥으로 가기에 충분한 죄를 저질렀다는 결론이죠.

크리스천: 그래서 당신은 어떻게 했습니까?

희망찬: 하다니요. 나는 무엇을 해야 할지 몰랐어요. 믿는 자에게 내 마음을 털어놓기 전까지는요. 그와 나는 잘 아는 사이였죠. 그는 이제까지 결코 죄를 짓지 않은 사람의 의로움을 구하지 못한다면 나 자신의 의로움은 물론 이 세상의 의로움도 나를 구원하지 못할 것이라고 말해 주었죠.

크리스천: 당신은 그가 진실을 말한다고 생각했나요?

희망찬: 만약 내가 스스로의 갱생에 기뻐하며 만족하고 있을 때 그가 그렇게 말했다면 그를 바보라고 불렀을 겁니다. 그런데 지금은 나 자신의 약점과 내가 최선을 다한 일에도 죄가 들러붙는 것을 보니 그의 의견에 동조할 수밖에 없습니다.

크리스천: 하지만 그가 처음 당신에게 그런 말을 했을 때 결코 죄를 짓지 않은 사람이라 불릴 만한 사람을 발견할 수 있다고 생각했나요?

희망찬: 고백하건대 처음엔 그 말이 이상하게 들렸지요. 하지만 그와 함께 이야기를 더 나눈 뒤에는 완전히 확신이 섰습니다.

크리스천: 그런 사람이 누구인지, 그리고 어떻게 그 사람에 의해 의로워지는지 당신은 물어보았나요?

희망찬: 네, 그 사람은 지극히 높은 분의 오른편에 앉으신 예수님이라고 그가 말해 주었어요. 그가 이렇게 말했죠. "당신은 그분에 의해서 의롭게 되어야 합니다. 특히 그가 육신으로 있을 때 행한 일과 십자가에 매달렸을 때 고통받은 것을 믿음으로써 말이죠." 나는 그에게 더 물었어요. "어찌 그 사람의 의로움이

하나님 앞에서 다른 사람을 의롭게 하는 효력을 가질 수 있단 말이오?" 그는 이렇게 대답했습니다. 그분은 위대한 하나님이시고 자신을 위해서가 아니라 나를 위해서 그가 행한 일을 행하고 또한 육체의 죽음을 맞았으니 만약 내가 그를 믿으면 그의 행한 일과 그 공로가 내게 귀속된다고 말입니다.*

크리스천: 그래서 당신은 무슨 일을 했습니까?

희망찬: 나는 그분이 기꺼이 나를 구원해 줄 것 같지 않아서 내 믿음에 대해 이의를 제기했지요.

크리스천: 그랬더니 믿는 자가 당신에게 뭐라고 하던가요?

희망찬: 그는 나에게 그분에게 가서 보라고 했어요. 나는 그건 뻔뻔한 짓이라고 말했죠. 하지만 그는 "아니요, 나도 오라고 초대받았소"*라고 말했어요. 그러고서 내가 좀 더 편하게 가도록 권유하기 위해 예수의 말씀을 기록한 책을 주었어요. 그는 책 안의 한 자나 한 점이 하늘과 땅보다 더 굳건히 서 있다고 말했어요.* 나는 "가서 무엇을 해야 하나요?"라고 그에게 물었어요. 그는 내가 무릎을 꿇고 온 마음과 영혼을 다해 내게 모습을 보여 달라고 아버지께 간구해야 한다고 말했어요.* 나는 "아버지께 어떻게 간구해야 하나요?"라고 다시 물었죠. 그가 말했어요. "가 보면 당신은 그분이 자비의 의자에 앉아 있는 것을 볼 것이요, 거기서 그분은 1년 내내 앉아서 오는 자들에게 용서와 죄 사함을 해 줍니다."* 내가 가서 무슨 말을 할지 모르겠다고 그에게 말하자 그는 나에게 이렇게 기도하라고 했어요. "하나님, 저 같은 죄인에게 자비를 베푸소서. 제가 예수님을 알고 믿게 하소

서. 저는 이제야 압니다. 그분의 의로움이 없었다면, 그 의로움을 제가 믿지 않았다면 저는 완전히 버림받았을 것입니다. 주여, 저는 당신이 자비로운 하나님이어서 당신의 아들 예수로 하여금 이 세상을 구원하도록 임명하셨다고 들었습니다. 더 나아가 당신은 그 아들을 저 같은 불쌍한 죄인을 위해 희생하셨다고 들었습니다. 저는 정말로 죄인입니다. 주님, 이 기회에 당신의 아들 예수 그리스도를 통해 제 영혼을 구원하는 데 당신의 은총을 내려 주소서. 아멘."

크리스천: 당신은 시키는 대로 했나요?

희망찬: 네, 하고, 또 하고, 또 했지요.

크리스천: 아버지께서 그의 아들을 당신에게 보여 주셨나요?

희망찬: 처음에도, 두 번째도, 세 번째도, 네 번째도, 다섯 번째도 안 보이셨어요. 아니, 여섯 번째도 아니었죠.

크리스천: 당신은 어떻게 했습니까?

희망찬: 아! 내가 무엇을 해야 할지 알 수 없었어요.

크리스천: 기도를 그만두려는 생각은 하지 않았습니까?

희망찬: 네, 수백 번이오.

크리스천: 당신이 그만두지 않은 이유는 무엇입니까?

희망찬: 내가 들은 말, 그러니까 그리스도의 의로움 없이는 온 세상이 나를 구원할 수 없다는 말이 진실이라고 믿었어요. 그래서 스스로 생각했죠. 만약 여기서 내가 그만두면 나는 죽는다. 죽더라도 은총의 보좌에서 죽어야겠다. 그러자 이 구절이 떠올랐어요. "비록 더딜지라도 기다리라. 지체되지 않고 반드시 응

하리라."* 나는 아버지께서 그의 아들을 보여 주실 때까지 계속 기도했지요.

크리스천: 그분은 어떻게 당신에게 나타났나요?

희망찬: 나는 내 육신의 눈이 아니라 마음의 눈을 통해 그를 보았습니다.* 사실은 이랬습니다. 어느 날 나는 일생 어느 때보다 더 큰 슬픔에 잠겨 있었습니다. 내 죄의 거대함과 사악함을 새롭게 보게 되어 생긴 슬픔이었습니다. 내 눈에 보이는 것이라곤 지옥 그리고 내 영혼에 대한 영원한 저주뿐이었습니다. 그런 생각 중에 갑자기 예수님이 천국에서 나를 내려다보시며 "주 예수를 믿으라. 그리하면 네가 구원을 받으리라"*라고 말씀하시는 것을 보았습니다.

나는 "주님, 저는 매우 큰 죄인입니다"라고 대답했어요. 그분은 "내 은혜가 네게 족하도다"*라고 말씀하셨어요. 나는 "하지만 주님, 믿는다는 것이 무엇입니까?"라고 물었죠. 그러자 "내게 오는 자는 결코 주리지 아니할 터이요 나를 믿는 자는 영원히 목마르지 아니하리라"*라는 그분 말씀에서 나는 알게 되었어요. 즉 믿는 것과 오는 것은 하나이며, 자기 가슴과 열정을 다해 그리스도의 구원을 구하러 온 자는 진실로 그리스도를 믿는 자라는 사실을 깨달았지요. 그러자 내 눈에 눈물이 고였고 나는 더 물었어요. "하지만 주님, 저처럼 커다란 죄인을 정말로 당신이 받아들이고 구원해 주시겠습니까?" 나는 그분이 "내게 오는 자는 내가 결코 내쫓지 아니하리라"*고 말씀하시는 것을 들었죠. 나는 "하지만 주님, 제가 당신께 갈 때 어떻게 당신을 섬겨야 제

신앙이 바로 설 수 있겠습니까?"라고 물었어요. 그분은 이렇게 말씀하셨어요. "그리스도 예수께서 죄인을 구원하시려고 세상에 임하셨다. 그리스도는 모든 믿는 자에게 의를 이루기 위하여 율법의 마침이 되시니라. 예수는 우리가 범죄한 것 때문에 내줌이 되고 또한 우리를 의롭다 하시기 위하여 살아나셨느니라. 우리를 사랑하사 그의 피로 우리 죄에서 우리를 해방하셨다. 그는 하나님과 사람 사이의 중보자시니라. 그가 항상 살아 계셔서 그들을 위하여 간구하심이라."* 그 모든 말씀에서 나는 예수님에게서 의를 구해야만 하고 그분의 피로 내 죄를 사해야 한다는 것을 알게 되었어요. 아버지의 율법에 복종하기 위해 그가 한 일과 그 뒤에 따르는 형벌을 받으신 것은 자신을 위해서가 아니라 구원을 위해 그 희생을 받아들이고 감사하는 사람을 위한 것이란 사실을 깨달았죠. 그때 비로소 기쁨이 내 가슴에 넘치고 눈물이 내 눈에 가득 찼으며 내 감정은 예수 그리스도의 이름과 그 백성과 그 방식에 대한 사랑으로 흘러넘쳤습니다.

크리스천: 그것이야말로 당신 영혼에 그리스도가 나타나신 것입니다. 그런데 이 일이 당신의 정신에 어떤 영향을 미쳤는지 구체적으로 말해 주세요.

희망찬: 이 세상에 있는 모든 의로움에도 불구하고 세상은 저주의 상태에 있음을 내가 보게 되었어요. 또한 이 일을 통해 나는 아버지 하나님이 공의로운 분이지만 그분에게 돌아온 죄인을 의롭게 해 주심을 알게 되었어요. 또한 사악했던 내 이전의 삶이 부끄러웠고 나 자신의 무지에 좌절했습니다. 왜냐하면 이

전에는 예수 그리스도의 아름다움을 보여 주는 생각들이 내 마음에 전혀 떠오르지 않았기 때문입니다. 이제 나는 거룩한 삶을 사랑하고 예수님의 이름에 명예와 영광으로 돌릴 무슨 일이든 하고 싶어집니다. 네, 만약 내 몸에 1천 갤런의 피가 있다면 예수님을 위해 나는 다 흘릴 수 있다고 생각했어요.

그때 내가 꿈속에서 보니, 희망찬이 뒤를 돌아보다 뒤처졌던 무지가 오는 것을 보고 크리스천에게 말했다. "보세요, 저 친구가 저만치서 어정어정 오고 있군요."

크리스천: 그래, 그래요. 내게도 보이네요. 저 사람은 우리랑 동행하고 싶지 않을 거요.

희망찬: 하지만 그가 우리랑 보조를 맞추어 왔더라면 손해나는 일은 없었을 텐데요.

크리스천: 그 말이 맞지만 장담하건대 저 사람은 그렇게 생각지 않을 거요.

희망찬: 나도 그렇게 생각해요. 하지만 저 사람을 위해 기다려줘요.

크리스천이 무지에게 말했다. "어서 오슈, 젊은이, 왜 그렇게 뒤에 처져 있소?"

무지: 나는 혼자 걷는 것이 동행이 있는 것보다 훨씬 더 좋아요. 좋은 사람과의 동행이 아니라면 말이죠.

그러자 크리스천이 희망찬에게 조용히 말했다. "우리랑 동행을 원하지 않는다고 내가 말하지 않았소. 하지만 여기는 쓸쓸한 곳이니 함께 이야기나 하며 시간을 보냅시다." 그는 무지를 향해 이렇게 말했다. "이봐, 괜찮소? 당신의 영혼과 하나님 사이는 요즘 어떻소?"

무지: 괜찮아요. 나는 항상 좋은 생각이 가득 떠올라 걸으면서 위안을 받죠.

크리스천: 어떤 생각인지 우리에게 말해 줄 수 있겠소?

무지: 글쎄요, 나는 하나님과 하늘나라에 대해 생각해요.

크리스천: 마귀들과 저주받은 영혼들도 그렇게 하지요.

무지: 하지만 나는 그걸 생각할 뿐 아니라 간구하기도 하지요.

크리스천: 하늘나라에 결코 갈 수 없을 것 같은 많은 사람도 그렇게 하지요. "게으른 자는 마음으로 원하여도 얻지 못한다"* 는 말씀이 있잖소.

무지: 하지만 저는 그것을 사모하고, 그것을 위해 모든 것을 버렸습니다.

크리스천: 그 점이 의심스럽군요. 모든 것을 버리기란 어려운 일이죠. 많은 사람들이 알고 있는 것보다 더 어려운 일이오. 그런데 왜, 무슨 근거로 당신은 하나님과 하늘나라를 위해 모든 것을 버렸다고 확신하나요?

무지: 내 마음이 그렇다고 하네요.

크리스천: 현자가 말씀하셨죠. "자기의 마음을 믿는 자는 미련한 자요."*

무지: 그 말씀은 사악한 마음에 대한 것이지만 내 마음은 선하지요.

크리스천: 당신은 그걸 어떻게 증명하겠소?

무지: 하늘나라에 대한 희망으로 내 마음이 나를 위로해 주니까요.

크리스천: 마음의 속임수로 그럴 수도 있지요. 사람의 마음은 희망할 근거가 전혀 없는데도 희망하게 하여 그에게 위로를 주기도 하니까요.

무지: 하지만 내 마음과 삶은 서로 일치하니 내 희망은 근거가 있지요.

크리스천: 당신의 마음과 삶이 일치한다는 이야기를 누가 했나요?

무지: 내 마음이 일러 주었죠.

크리스천: 내가 도둑인지 아닌지를 친구에게 물어보는 격이군. 당신 마음이 당신에게 그렇다고 말했다니! 이런 일은 하나님의 말씀만이 증거할 뿐 다른 증언은 아무 가치가 없소.

무지: 하지만 선한 생각을 하는 마음은 선하지 않나요? 하나님의 계명을 따르면 그것은 선한 삶이 아닙니까?

크리스천: 그렇지요. 선한 생각을 하는 마음은 선한 마음이고, 하나님의 계명을 따르면 선한 삶이지요. 하지만 이런 것을 실천에 옮기는 것과 생각만 하는 것은 다르지요.

무지: 대체 당신은 뭐가 선한 생각이고, 뭐가 하나님의 계명을 따르는 삶이라고 생각하세요?

크리스천: 선한 생각에는 여러 종류가 있지요. 우리 자신에 관한 것, 하나님이나 그리스도에 관한 것, 그 외 여러 가지에 관한 것이 있겠죠.

무지: 우리 자신에 관한 선한 생각은 무엇이 있을까요?

크리스천: 하나님의 말씀과 일치하는 것이겠죠.

무지: 언제 우리 자신에 대한 생각이 하나님의 말씀과 일치합니까?

크리스천: 말씀이 내리는 것과 같은 심판을 우리가 스스로에게 내릴 때죠. 내 말을 좀 더 설명하자면, 하나님의 말씀은 자연 상태의 사람들에 대해 이렇게 말씀하시죠. "의인도 없고 선한 일을 하는 사람도 없다."* 또한 이렇게 말씀하십니다. "그의 마음으로 생각하는 모든 계획이 항상 악할 뿐이다."* 또 "사람의 마음이 계획하는 바가 어려서부터 악함이라"*고 하십니다. 그러므로 우리가 자신에 대해 그렇게 알고 그렇게 생각할 때 비로소 우리의 생각은 하나님의 말씀을 따르기에 선한 것이지요.

무지: 내 마음이 그렇게 사악하다고 나는 믿지 못하겠어요.

크리스천: 그래서 당신은 한평생 자신에 관해 하나라도 선한 생각을 할 수 없는 거요. 좀 더 설명하자면, 말씀이 우리 마음에 심판을 내리듯 우리 사는 방식에도 심판을 내리지요. 우리 마음과 방식에 대해 스스로 생각한 것이 하나님의 말씀이 내리는 심판과 일치한다면 그 둘은 선한 것이지요. 왜냐하면 말씀과 일치하기 때문이지요.

무지: 당신 말뜻을 설명해 주시죠.

크리스천: 그야, 하나님의 말씀은 "인간의 길이 구부러지고 선하지 아니하며 패역하다"*고 하셨죠. 또한 그 길은 선한 길에서 자연히 벗어나 있지만 그들은 그 사실을 모른다고 하셨어요.

어떤 사람이 자신의 길을 생각할 때 현명하게 그리고 겸손한 마음으로 생각한다면 그는 자신의 방식에 대해 선한 생각을 갖게 된 것이지요. 왜냐하면 그의 생각은 이제 하나님의 말씀이 심판하는 것과 일치하기 때문이오.

무지: 하나님에 관한 선한 생각은 무엇입니까?

크리스천: 우리 자신에 대해 내가 말한 것과 같이 하나님에 대한 우리의 생각과 말씀이 하나님의 말씀과 일치할 때지요. 그 말은 우리가 그분의 존재와 속성에 대해 말씀이 가르친 대로 생각할 때란 말이오. 그 점을 여기서 자세히 논할 수는 없군요. 하지만 우리와의 관계에서 그분에 대해 말하자면, 하나님이 우리가 스스로에 대해 아는 것보다 우리를 더 잘 안다고 생각할 때 우리는 하나님에 대해 올바른 생각을 하는 것이죠. 또한 우리가 언제 어디서든 자신의 죄를 보지 못할 때 그분은 우리 안에서 죄를 보실 수 있다고 생각할 때, 또한 그분이 우리의 가장 은밀한 생각을 아시고 우리 마음의 모든 깊숙한 곳까지 보실 수 있다고 생각할 때 우리는 하나님에 대해 올바른 생각을 하는 것이죠. 또한 우리의 모든 의로움이 그의 코에는 악취와 같다고 생각할 때, 우리가 최고의 공적을 냈을 때조차 그분 앞에서는 당당히 설 수 없다고 생각할 때 우리는 하나님에 대해 올바른 생각을 하는 것이죠.

무지: 하나님이 나보다 더 멀리 보지 못한다고 생각할 정도로 내가 바보로 보이시오? 내가 이룬 최고의 공적으로 당당하게 하나님한테 나아간다고 생각할 정도로 바보는 아니죠.

크리스천: 그럼 이 일에 대해 당신은 어떻게 생각하시오?

무지: 간략히 말하자면 나는 의로워지기 위해 그리스도를 믿어야 한다고 생각해요.

크리스천: 뭐요! 당신은 그리스도가 필요한 존재인지도 모르면서 그분을 믿어야 한다고 생각한다고요! 당신은 선천적인 약점이나 지금 갖고 있는 약점들을 인정하지도 않지요. 자신이나 자신이 하는 일에 대해 갖고 있는 견해를 보면 하나님 앞에서 당신이 의로워지기 위해 필요한 그리스도의 의로움에 대해 전혀 필요를 느끼지 못하는 사람처럼 보이네요. 그러고도 어찌 '나는 그리스도를 믿소'라고 말할 수 있나요?

무지: 그래도 나는 잘 믿고 있어요.

크리스천: 어떻게 믿고 있소?

무지: 나는 그리스도가 죄인을 위해 돌아가심을 믿고, 내가 그의 율법에 순종하는 것을 자비롭게 받아들여 하나님 앞에서 나를 저주로부터 의롭게 해 주심을 믿어요. 다시 말하면 이렇게요. 그리스도는 그의 공로로 나의 종교적 의무를 그의 아버지에게 인정받을 수 있게 만들지요. 그래서 나는 의로워지는 겁니다.

크리스천: 당신의 신앙 고백에 대해 내가 답변하리다.

1. 당신은 망상적 신앙을 갖고 있소. 이런 신앙은 말씀 어디에도 쓰여 있지 않아요.

2. 당신은 잘못된 신앙을 갖고 있소. 왜냐면 이 신앙은 그리스도의 개인적 의로움을 가져다 자기 자신에게 적용하고 있

기 때문이오.

3. 이 신앙은 그리스도를 당신의 인격을 의롭게 하는 분이 아니라 당신의 행위를 의롭게 하는 분으로 만들고 있소. 행위 때문에 인격이 의롭다 하는 분으로 그리스도를 보니 이는 그릇된 신앙이오.

4. 따라서 이 신앙은 거짓된 신앙으로 심판의 날에 당신에게 하나님의 분노가 떨어질 것이오. 왜냐하면 진정으로 의로운 믿음은 율법에 의해 상실된 상태를 잘 인식하고 있는 영혼을 날아오르게 하여 그리스도의 의로움 아래 피난하게 하지요. 그분의 의로움이란 당신의 복종을 하나님이 받아들임으로써 의로움을 얻게 하는 은총의 행위가 아니라 율법이 우리에게 요구하는 행위와 고통을 우리 대신 그분이 친히 떠안음으로써 이룬 것입니다. 이 의로움이야말로 진정한 신앙이 받아들여야 합니다. 영혼이 이 의로움의 옷자락으로 가리고 더러움 없이 하나님 앞에 나아갈 때 참 신앙은 받아들여지고 천벌을 면하게 됩니다.

무지: 뭐라고요! 당신은 그리스도가 우리 없이 그 혼자 행한 일을 우리더러 믿으라고요? 이런 생각은 우리 육욕을 묶은 끈을 느슨하게 하고 우리 멋대로 살아가도록 허용할 것입니다. 우리가 믿기만 하면, 그리스도의 개인적 의로움으로 의롭게 될 수 있다면, 우리가 어찌 살든 무슨 상관이 있겠어요?

크리스천: 무지가 네 이름이지, 그 이름대로 너는 무지하도다. 네가 말한 답들이 이를 증명하고도 남는구나. 하나님의 의로움이 무엇인지 너는 무지하도다. 하나님의 진노로부터 믿음

을 통해 영혼을 안전하게 구하는 법도 너는 무지하도다. 또한 그리스도의 의로움이 구원해 주신다는 믿음이 갖고 있는 진정한 효과에 대해서도 너는 무지하도다. 그것은 그리스도를 통해 하나님께 복종하며 마음을 바치고 그 이름, 그의 말씀, 그의 방식과 사람들을 사랑하는 것이지 네가 무지하게 생각하는 것이 아니란 말이다.

희망찬: 그리스도가 하늘로부터 그에게 계시한 적이 있는지 물어보세요.

무지: 뭐라고요! 당신은 계시 같은 걸 믿는 사람이군요! 나는 그 문제에 관해 당신이나 다른 사람들이 말하는 것이 결국 정신 나간 머리의 산물이라고 믿어요.

희망찬: 이 사람아! 그리스도는 육안을 통해 쉽게 알아볼 수 없는 하나님 안에 감추어져 있어요. 그래서 하나님 아버지께서 사람들에게 그를 계시해 주시기 전까지는 어떤 사람도 알 수 없어요.

무지: 그건 당신네 믿음이지 내 믿음은 아니오. 하지만 내 것도 당신네 것만큼 좋다는 것을 난 의심치 않아요. 내 머리에는 당신네처럼 이상한 공상은 없으니까요.

크리스천: 내가 한마디 더 하겠네. 이 문제에 관해 당신은 그렇게 가벼이 말해서는 안 되네. 어떤 인간도 하나님의 계시를 통하지 않고는 예수 그리스도를 알 수 없다는 점을 내 선한 동료가 말했지만, 나 또한 단호하게 주장하겠네.* 그렇지, 믿음에 의해서지. 그리스도에 기초를 둔 영혼이 가진 믿음은 전능하신 그

분의 막강한 능력에 의해서만 일어날 수 있네. 그 믿음의 작용에 대해 자네는 무지한 것 같군, 불쌍한 너 무지여. 그러니 깨어서 너 자신의 비천함을 깨닫고 우리 주 예수께로 빨리 가거라. 그분의 의로움에 의해, (그분은 하나님이기에) 그것은 또한 하나님의 의로움이니, 너는 멸망에서 구원을 받게 될 거야.

무지: 당신들이 너무 빨리 가서 보조를 맞출 수 없네요. 먼저 가세요. 나는 뒤에 남아 있겠소.

그러자 그들은 이렇게 말했다.

무지여, 너는 아직도 어리석구나.
열 번이나 말해도 선한 조언을 무시하다니.
만약 네가 계속 거부하면 오래지 않아
네가 한 짓의 사악함을 알게 될 것이다.
늦기 전에 기억하라. 자신을 낮추고 두려워 말라.
선한 조언 받아들이면 구원받으니 들으라.
그러나 만약 그것을 무시하면 너는
반드시 패배자 무지가 되리라.

크리스천은 동료에게 말을 건넸다.

크리스천: 자, 갑시다. 선한 희망찬이여. 다시 한번 우리 둘이 길을 가야 할 것 같소.

그리고 나는 꿈속에서 보았다. 그들이 앞서 나아가고 무지는 뒤에서 터벅터벅 걸었다. 그 모습을 본 크리스천이 동료에게 말했다. "이 불쌍한 사람에 대해 안된 생각이 많이 드네요. 틀림없이 끝이 안 좋을 텐데……."

희망찬: 아아, 우리 도시에 저런 사람이 흘러넘쳐요. 온 가족이, 그래요, 온 거리가, 그리고 순례자들까지도요. 우리 쪽에도 그런 사람이 많으니 그가 태어난 곳에는 얼마나 더 많은 사람이 그렇겠어요?

크리스천: 성서에 쓰인, "그들이 눈으로 보지 못하게 하려고…… 그들의 눈을 멀게 하시고"*란 말씀이 사실이군. 이제 우리끼리 있으니 하는 말인데 저런 사람을 어떻게 생각하오? 그들이 자신의 죄를 깨닫고 그 결과 자신의 상태가 위험하다고 두려워하는 일이 한 번도 없을까요?

희망찬: 글쎄요, 당신이 연장자이니 그 질문에 당신이 대답하시죠.

크리스천: 내 생각에 때론 그럴 수 있지만 그들은 태생적으로 무지해서 그런 죄에 대한 확신이 자신에게 유익하다는 것을 이해하지 못해요. 그래서 그 확신들을 누르려고 애를 쓰면서 주제넘게 자기 마음으로 스스로를 치켜세우지요.

희망찬: 당신이 말한 대로 나도 두려움이 유익하다고 믿어요. 처음 순례 길을 나설 때 인간을 올바르게 인도하는 데 좋다고 생각해요.

크리스천: 올바른 두려움이라면 두말할 나위도 없지요. 이런 말씀이 있잖소. "여호와를 경외하는 것이 지식의 근본이라."*

희망찬: 올바른 두려움을 어떻게 설명하시겠어요?

크리스천: 진실한 또한 올바른 두려움은 세 가지 경우에서 찾을 수 있어요.

1. 그것이 일어날 때, 즉 그것은 구원받기 위해 죄를 자각하는 데서 시작됩니다.

2. 그것은 구원받기 위해 영혼으로 하여금 그리스도에게 의지하게 합니다.

3. 그것은 영혼 안에 하나님과 그의 말씀과 방식들에 대해 존중하는 마음을 낳고 지속하게 하여 영혼을 온유케 합니다. 또한 그것은 영혼이 오른쪽이나 왼쪽으로 너무 치우치거나, 하나님을 불경케 하는 쪽으로 간다거나, 그 평화를 깨거나, 성령을 슬프게 하거나, 적이 비난하는 빌미를 주는 것을 두려워하게 만듭니다.

희망찬: 잘 말씀하셨어요. 당신이 진리를 말했다고 나는 믿어요. 이제 우리 매혹의 땅을 거의 다 지나오지 않았나요?

크리스천: 왜 그래요? 이 대화가 싫증 났어요?

희망찬: 아니요, 그렇지 않아요. 단지 우리가 어디 있는지 알고 싶어서요.

크리스천: 앞으로 갈 길이 2마일 정도밖에 남아 있지 않아요. 하지만 우리 문제를 계속 이야기해 봅시다. 우리를 두려움으로 몰아넣는 그러한 확신이 사실은 우리를 위한 것인 줄 모르니까 무지는 그저 억누르는 방법을 찾지요.

희망찬: 어떤 방법으로 억누르려 합니까?

크리스천: 1. 그들은 이런 두려움이 사실 하나님으로부터 나

온 것임에도 마귀가 만들었다고 생각하죠. 그렇게 생각하니 그들을 멸망으로 바로 이끈다 생각하고 그것에 저항하죠.

2. 그들은 이런 두려움이 자신의 믿음을 망친다고 생각해요. 안됐지요, 불쌍한 사람들! 자기들에게 믿음이라곤 전혀 없으면서 말이죠. 그래서 오히려 두려움에 저항하려고 마음을 단단하게 만들어요.

3. 그들은 겁을 내면 안 된다고 생각하기 때문에 두려움에도 불구하고 억지로 자신 있는 척하지요.

4. 그들이 가진 하찮고 낡은 자신의 거룩함을 이런 두려움이 잃게 한다고 여겨 온 힘을 다해 저항하고 있지요.

희망찬: 나도 이런 일에 관해 약간 알고 있어요. 나 자신에 대해 알기 전에 나 역시 이랬지요.

크리스천: 우리 이웃 무지에 대해서는 이 정도로 하고, 다른 유익한 문제로 갑시다.

희망찬: 전적으로 찬성입니다. 하지만 먼저 시작하시죠.

크리스천: 그렇다면 당신은 10년 전쯤 그 동네에 살던 일시적이라는 사람을 알지 못했소? 당시에는 종교에 대해 꽤 선봉적이었죠.

희망찬: 알다마다요! 그 사람은 정직이란 마을에서 2마일 정도 떨어진 무례함이란 곳에서 살았죠. 돌아섬이라는 사람 옆집에 살았어요.

크리스천: 맞아요. 일시적은 돌아섬과 한 지붕 아래 살았죠. 그런데 그는 한때 크게 깨친 적이 있어요. 그때 아마 자기 죄와

그에 뒤따를 죗값에 대해 어떤 자각이 있었던 것 같아요.

희망찬: 나도 같은 생각이에요. 왜냐하면 우리 집이 그 사람 사는 데서 3마일도 채 안 되는 곳이어서 그는 자주 나한테 와서 눈물을 쏟곤 했으니까요. 진정으로 나는 그 사람을 불쌍히 여겼고 그에 대한 희망이 없진 않았죠. 하지만 아시다시피 '주여, 주여'라고 부르짖는 모든 사람이 다 희망 있는 건 아니죠.

크리스천: 한 번인가 그 사람이 나에게 우리가 지금 하듯이 순례 길에 나설 결심이라고 말하더군요. 그러다 갑자기 셀프 구원이란 자와 어울리면서 나를 멀리하기 시작했어요.

희망찬: 그에 대한 이야기가 나왔으니 그 사람이나 비슷한 유형의 사람들이 무슨 이유로 갑자기 다시 뒷걸음치는지 좀 더 알아봅시다.

크리스천: 매우 유익한 주제군요. 당신이 먼저 말해 보시오.

희망찬: 글쎄요, 제 생각에는 네 가지 이유가 있을 것 같네요.

1. 그런 사람들의 양심이 깨어나긴 했어도 그들의 사고는 아직 바뀌지 않았죠. 그래서 죄의식이 서서히 옅어지면 그들을 종교적이 되도록 자극했던 힘도 멈추지요. 결국 그들은 자연스럽게 자신만의 길로 다시 돌아가죠. 이는 마치 먹은 것 때문에 탈이 난 개의 경우와 같죠. 개는 토하고 먹은 것을 모두 게우는데 이는 (개가 생각이 있다 하더라도) 개가 스스로 생각해서가 아니라 단순히 배에 탈이 났기 때문이죠. 그렇게 해서 배가 나으면 개의 식탐이 토했다고 없어지지 않아 개는 되돌아가 토한 것을 모두 핥지요. "개가 그 토하였던 것에 돌아가고"*란 성서 말

씀이 옳지요. 그러니 단지 지옥의 고통에 대한 생각과 두려움 때문에 천국을 열망하다가 지옥에 대한 생각과 저주에 대한 두려움이 식으면 천국과 구원에 대한 그들의 열망도 식고 말죠. 따라서 그들의 죄의식과 두려움이 사라지면 천국과 행복에 대한 열망이 없어지고 그들은 자신의 길로 다시 돌아가지요.

2. 또 다른 이유는, 그들은 노예 같은 두려움에 압도당하고 있습니다. 그들이 사람에 대해 두려움을 갖고 있다는 말입니다. "사람을 두려워하면 올무에 걸리게 되거니와"*라는 말씀이 있지요. 지옥의 불길이 귓가에 일렁일 때는 천국을 뜨겁게 열망하지만 공포가 살짝 가시면 그들은 다른 생각을 하게 되지요. 다시 말하면 영리한 것이 좋다라든가, 뭔지 모르지만 모든 것을 잃는 위험을 감수하지 말하야겠다라든가, 아니면 적어도 불가피하고 불필요한 고난을 자초하지 말아야겠다고 생각하지요. 그래서 그들은 다시 세속적이 되지요.

3. 종교를 창피로 여기는 마음이 그들 길에 장애물로 놓여 있습니다. 그들은 오만하고 잘난 척하는데 그들의 눈에 종교는 저속하고 비천해 보입니다. 그래서 지옥과 앞으로 올 분노에 대한 생각을 잊어버릴 때 그들은 다시 예전 길로 돌아갑니다.

4. 죄와 공포에 대한 명상은 괴로운 까닭에 그들은 불행이 닥치기 전까지는 자신의 불행을 보려 하지 않아요. 만약 처음 그 광경을 꺼리지 않고 보았다면 그들은 의인들이 피한 곳으로 피하여 안전할 수 있겠지요. 하지만 아까 내가 말한 것처럼 그들은 죄와 공포에 대한 생각을 회피하지요. 그러므로 그들은 하나

님의 분노와 공포에 대한 자각을 없애고 자신의 마음을 딱딱하게 만들어 그들을 더욱더 완고하게 만드는 길을 선택하지요.

크리스천: 당신은 문제에 아주 근접했군요. 문제의 핵심은 결국 마음과 의지에서 변화가 결여된 것이죠. 그들은 심판관 앞에서 있는 중죄인처럼 부들부들 떨면서 마음 깊이 뉘우치는 것 같죠. 하지만 그 밑바닥에는 자신의 죄에 대한 혐오는 전혀 없고 교수대 올가미에 대한 두려움뿐이죠. 이 사람을 풀어 주면 여전히 도둑이 되고 악당이 되는 데서 분명히 드러나죠. 만약 그의 마음이 바뀌었다면 그는 다른 사람이 되었겠죠.

희망찬: 이제 그들이 되돌아가는 이유를 설명했으니, 당신이 내게 그 방식에 대해 말씀해 주세요.

크리스천: 기꺼이 그러지요.

1. 그들은 될 수 있는 한, 하나님과 죽음과 앞으로 올 심판에 대한 기억을 생각에서 지워 버리지요.

2. 그다음 사적 의무, 예를 들어 혼자 기도하기, 육욕 삼가기, 근신, 죄를 슬퍼하기 같은 것을 차츰 버리지요.

3. 그다음 활발하고 열심인 신도들을 멀리하지요.

4. 그다음 공적 의무, 예를 들어 설교 듣기와 성서 읽기, 신앙적 집회 같은 것에 냉담해지지요.

5. 그다음 흔한 표현을 빌리자면 거룩한 분의 겉옷에서 구멍난 곳을 지적하기 시작하죠. 그리고 그렇게 찾아낸 약점을 들어 사악하게도 그들 등 뒤로 종교를 버릴 그럴듯한 구실을 찾지요.

6. 그다음 육감적이고 방탕하고 음탕한 자들과 붙어 다니며

친하게 지내지요.

7. 그다음 비밀리에 육감적이고 음탕한 담화에 빠지고 그들이 정직하다고 여겼던 사람에게서 그런 것을 발견하면 기뻐하죠. 그러곤 그런 사람들을 빌미로 더 대담한 짓거리를 하죠.

8. 그 후 그들은 드러내 놓고 작은 죄들을 저지르기 시작하죠.

9. 그리고 마음이 굳어지면서 그들 본연의 모습을 드러내기 시작하죠. 그래서 불행의 구렁텅이에 다시 빠져 은총의 기적이 막아 주지 않으면 스스로의 속임수 때문에 영원히 멸망할 것입니다.

이제 나는 꿈속에서 순례자들이 매혹의 땅을 지나 뿔라의 땅으로 들어서는 것을 보았다.* 그곳의 공기는 감미롭고 쾌적했으며 길은 똑바로 뻗어 있어 그들은 한동안 그곳에서 위로를 받았다. 그랬다. 이곳에는 끊임없이 새들이 노래하고 지면에는 꽃들이 매일 피었고 땅에는 비둘기의 소리가 들렸다.* 태양이 밤낮으로 빛나니 이 땅은 사망의 음침한 골짜기 너머에 있고 또한 거인 절망의 손이 미치지 못하는 곳이었다. 또한 이곳에서는 의심의 성도 보이지 않았다. 이곳에선 그들이 가고자 하는 도시의 광경이 눈에 들어왔고 그곳 주민들도 몇 명 만났다. 왜냐하면 이곳은 천국의 가장자리에 있어 빛나는 천사들이 늘 이 땅을 걷고 있었기 때문이다. 이곳에서 또한 신랑과 신부의 언약이 새롭게 맺어졌다. 그렇다, 여기서 "신랑이 신부를 기뻐함같이 네 하나님이 너를 기뻐하시리라".* 여기서는 곡식과 포도주가 모자라지 않으리니 이곳에서 그들은 순례 길 내내 구하던 것을 풍성하게 얻었다. 또한 여기서 그들은 천성(天城)에서 나오는 목소리를 들었으니 커다란 목소리가 "너희는 딸 시온에게 이르라. 보라, 네 구원이 이르렀느니라. 보라, 상급이 그에게 있고 보응이 그 앞에 있느니라"*고 말했다. 여기서 이 땅의 모든 백성들이 그들을 "거룩한 백성이라 여호와께서 구속하신 자라 하겠고 찾은 바 된 자"*라고 불렀다.

이 땅으로 걸어 들어갈 때 그들은 목표로 했던 이 왕국에서 멀리 떨어진 곳에 있을 때보다 훨씬 더한 기쁨을 느꼈다. 그리고 그 도시로 가까이 가면서 훨씬 더 완벽한 그곳의 광경을 보게 되었다. 그곳은 진주와 보석으로 만들어졌고 거리도 황금으로 포장되었다. 도시의 찬란한 영광과 그 위에 반사되는 햇빛 때문에 크리스천은 가고자 하는 열망으로 병이 났고, 희망찬 역시 같은 증세로 두서너 번 발작을 일으켰다. 둘은 잠시 그 옆에 누워 고통 때문에 울부짖었다. "너희가 내 사랑하는 자를 만나거든 내가 사랑하므로 병이 났다고 하려무나."*

약간 기운을 찾고 자신들의 병세를 이길 만하자 그들은 일어나 길을 계속해서 더 가까이, 더 가까이 다가갔다. 그곳에는 과수원과 포도밭과 정원이 있었고 큰길로 열린 문이 있었다. 그들이 이 장소에 왔을 때 가는 길에 정원사가 서 있는 것을 보았다. 순례자들은 그에게 "이 훌륭한 포도밭과 정원은 누구의 것입니까?"라고 물었다. 그는 이것이 왕의 것이며, 그를 기쁘게 하고 순례자를 위안하기 위한 것이라고 대답했다. 그러면서 정원사는 그들을 포도밭으로 인도하여 맛있는 열매로 기운을 차리도록 했다.* 그는 또한 그곳에서 왕이 즐겨 찾는 정자와 산책 길을 보여 주었다. 그들은 이곳에 머물면서 잠을 잤다.

이제 내가 꿈속에서 보니, 그들은 여행 중에 나누었던 것보다 더 많은 이야기를 자면서 하는 것이었다. 내가 이상하게 생각하자 정원사가 말했다. "왜 너는 이 일에 놀라는가? 이 과수원 포도의 특징은 너무도 감미롭게 목으로 내려가기 때문에 자는 사람의 입술을 움직여 말할 수 있게 하지."

나는 그들이 잠을 깨자 천성으로 올라가겠다고 서로 이야기하는 것을 보았다. 하지만 내가 말했듯이 그 도시는 순금으로 되어 있기에 반사되는 햇빛이 너무도 찬란하여 그들은 그곳을 향해 아직 얼굴을 바로 들지 못하고 특별히 제작된 기구를 통해서만 볼 수 있었다. 내가 보니 그들은 계속 나아가 두 사람을 만났는데 그들의 옷은 황금처럼 빛나고 얼굴은 광채로 빛났다.*

두 사람은 순례자들에게 어디서 왔는지 물었고 그들은 대답했다. 그들은 또한 어디서 묵고 있는지, 오는 길에 어려움과 위험은 무엇이었고 어떤 위안과 기쁨을 얻었는지 물었다. 그러고 나서 두 사람은 "당신들은 이제 두 가지 어려움만 더 이겨 내면 천성 안으로 들어갈 수 있소"라고 말했다.

크리스천과 그의 친구는 그들에게 동행해 달라 부탁했고 그들은 그러겠다고 대답했다. 하지만 "당신들은 자신의 믿음으로만 얻을 수 있소"라고 그들은 말했다. 그리고 나는 꿈속에서 그들이 성문이 보이는 곳에 이를 때까지 같이 가는 것을 보았다.

이제 내가 계속 보니 그들과 성문 사이에 강이 있고 건널 다리가 없었다. 강은 매우 깊었는데 이 강을 보자 순례자들은 크게 놀랐다. 하지만 그들과 함께 간 사람들은 "당신들은 이 강을 반드시 건너가야 해요. 안 그러면 성문에 도달할 수 없소"라고 말했다.

순례자들이 성문에 도달하는 다른 길이 있는지 묻자 그들은 이렇게 대답했다. "있소. 하지만 그 길을 밟도록 허락된 사람은 이 세상이 시작된 이후 에녹과 엘리야 두 사람 외에는 아무도 없고 최후의 심판 날에 나팔 소리가 날 때까지 그럴 것이오."* 순례자들은, 특히 크리스천은 낙담하여 이쪽저쪽 둘러보았으나 강을 피할 수 있는 길이 어디에도 없었다. 그러자 그들은 강물의 깊이가 모두 같은지 물었다. 두 사람은 아니라고 하면서, 하지만 그 문제에 관해서, 순례자들을 도와줄 수 없다고 대답했다. 그들은 이렇게 말했다. "당신들이 이곳의 왕을 얼마나 믿느냐에 따라 강이 더 깊기도 하고 얕기도 할 것이오."

그들은 준비를 마치고 물로 들어갔다. 들어가자마자 크리스천은 가라앉기 시작했고 친구 희망찬에게 울부짖었다. "나는 깊은 물에 빠지네, 물결이 내 머리를 덮고 파도가 나를 삼키네, 셀라."*

희망찬이 말했다. "형제여, 기운을 내세요. 나는 바닥이 느껴져요. 괜찮아요." 그러자 크리스천이 말했다. "아, 친구여, 사망의 공포가 나를 얽어매니 나는 젖과 꿀이 흐르는 땅을 보지 못할 것이오." 그 말과 함께 거대한 어둠과 공포가 크리스천을 덮쳐 그는 앞을 볼 수 없었다. 게다가 그는 정신을 거의 잃어 그가 순례 길에서 접했던 감미로운 위안을 기억할 수도 없고 질서 정연하게 말할 수도 없었다. 그가 내뱉은 모든 단어는 자신이 결코 성문에 들어가지 못하고 그 강에서 죽을 것이란 가슴속 불안과 공포를 보여 주었다. 그리고 순례자가 되기 전과 되고 난 이후 저질렀던 죄에 대한 생각에 그가 매우 괴로워하고 있음을 옆에 있던 사람들은 알아볼 수 있었다. 또한 그가 악귀들과 도깨비들의 환영에 괴로워하는 모습도 볼 수 있었다. 그의 말은 계속해서 이런 상황을 암시했다. 그래서 희망찬은 자기 형제의 머리를 물 위로 끌어 올리기 위해 애를 썼다. 때론 자신이 물속에 잠기기도 하고 또 얼마 동안 반죽음이 되어 위로 떠오르기도 했다. 그럼에도 희망찬은 "형제여, 성문이 보여요, 우리를 맞기 위해 서 있는 사람들이 보여요"라고 말하면서 그를 위로하려고 애를 썼다. 그러나 크리스천은 "그들이 기다리는 사람은 당신이오. 처음 만날 때부터 당신은 항상 희망에 차 있었소"라고 대답했다. "당신도 그랬어요"라고 희망찬은 크리스천에게 말했다. 크리스천은 "아, 형제여, 만약 내가 옳다면 나를 돕기 위해 그분이 일어나실 거요. 하지만 내 죄 때문에 그는 나를 함정으로 끌고 가 버려두었소"라고 말했다. 그러자 희망찬이 말했다. "형제여, 당신은 악한 자를 언급한 성서의 말씀을 잊어버렸나 봅니다. '그들은 죽을 때에도 고통이 없고 그 힘이 강건하며 사람들이 당하는 고난이 그들에게는 없고 사람들이 당하는 재앙도 그들에게는 없나니.'* 당신이 이 물속에서 겪는 고난과 고통은 하나님이 당신을 버렸다는 표시가 아니라 이제까지 그분의 선함을 받은 사실을 당신이 기억하는지, 그리하여 고난 중에도 그에게 의지하는지 시험하기 위한 것이오."

그때 나는 꿈속에서 크리스천이 잠시 생각에 잠긴 것을 보았다. 그에게 희망찬은 이 말을 덧붙였다. "기운을 내시오. 예수 그리스도가 당신을 온전하게 할 것이오." 그 말을 듣자 크리스천은 큰 소리로 외쳤다. "오, 나는 그분을 다시 보네. 그분이 내게 말씀하시네. '네가 물 가운데로 지날 때에 내가 너와 함께할 것이라. 강을 건널 때에 물이 너를 침몰하지 못할 것이라.'"* 그리고 두 사람 다 용기를 냈고 그 후 적은 그들이 통과하기까지 돌같이 침묵했다.* 마침내 크리스천은 곧 발 디딜 땅을 발견했고 나머지 부분의 강물은 얕았다. 그리하여 그들은 건너갔다. 이제 다른 쪽 강둑에서 빛나는 두 사람이 그들을 다시 기다리고 있는 것을 보았다. 그들은 강물에서 나오는 순례자들에게 인사했다. "우리는 섬기는 영으로서 구원받을 상속자들을 위하여 섬기라고 보내심을 받았소."* 그리고 그들은 성문으로 함께 갔다. 도시는 높은 산 위에 있었지만 순례자들은 두 팔로 그들을 이끌어 주는 두 천사가 있어 쉽게 언덕을 올라갈 수 있었다. 또한 그들은 육신이란 옷을 강에 남겨 놓고 왔다. 왜냐하면 그들이 강에 들어갈 때는 육신의 옷을 입었지만 나올 때는 그것을 버리고 왔기 때문이다. 구름보다 높이 터를 잡은 도시였지만 그들은 이제 훨씬 날렵하고 빠르게 언덕을 올라갔다. 그들은 대기층을 통과했고, 자신들이 안전하게 강을 건넜다는 사실과 영광스러운 천사들이 동행한다는 사실에 위안을 받아 즐겁게 이야기하며 갔다.

빛나는 이들과 순례자들이 나눈 대화는 이곳의 영광에 관한 것이었다. 천사들이 이곳의 아름다움과 영광은 말로 표현할 수 없다고 일러 주었다. "저기 시온산과 천상의 예루살렘이 있고 천만 천사와 온전하게 된 의인의 영들이 있소"* 라고 그들이 말했다. "이제 당신들은 하나님의 낙원으로 가니 그곳에서 생명나무를 보고 결코 시들지 않는 열매를 먹을 것이오. 그곳에 당도하면 당신들은 흰옷을 받을 것이니 영원토록 당신들은 매일 왕과 함께 걷고 이야기를 나눌 것이오.* 거기서 당신들은 지상의 낮은 지역에 있을 때 보았던 것, 즉 슬픔과 질병과 고통과 죽음을 다시는 볼 수 없을 것이니, '처음 것들이 다 지나갔음이러라'.* 이제 당신들은 아브라함과 이삭과 야곱과 선지자들에게 갈 것이오. 장차 닥칠 악으로부터 하나님이 구해 내시어 이제 자신의 침상에서 편히 쉬면서 자신의 의로움 속에 걷고 있는 사람들에게 갈 것이오."* 그러자 두 사람은 "신성한 장소에서 우리가 무엇을 해야 합니까?" 하고 물었다. 빛나는 사람들이 대답했다. "거기서 당신들은 모든 노고에 대해 위로를 받을 것이며, 당신들이 받은 모든 슬픔에 대해 기쁨을 받을 것이오. 당신들은 심은 대로 거둘 것이니* 모든 기도와 눈물과 왕을 위해 겪었던 고통의 열매를 거둘 것이오. 그곳에서 당신은 황금 관을 쓰고 거룩하신 그분을 영원히 보면서 광경을 즐기리니 '그의 참모습 그대로 볼 것이기 때문이니라'.* 거기서 당신은 칭송과 환성과 감사로 항상 그분을 섬기리니 당신은 이 세상에서 섬기기를 원했으나 육신의 허약함 때문에 많은 어려움이 있었소. 그곳에서 당신의 귀는 전능하신 그분의 즐거운 목소리를 들으면서 또한 눈은 그분을 봄으로써 기뻐할 것이오. 거기서 당신들보다 먼저 그곳에 간 친구들을 만나 기뻐할 것이며 후에 이 거룩한 곳으로 당신들을 따라온 모든 사람들을 기쁨으로 맞이할 것입니다. 거기서 또한 당신은 영광과 존귀의 옷을 입고 영광의 왕과 같이 타기에 합당한 병거에 앉을 것입니다. 구름 속에서 나팔 소리와 함께 바람의 날개를 타고 그분이 오실 때 당신은 그분과 함께 올 것이오. 그분이 심판의 보좌에 앉을 때 당신은 그분 옆에 앉을 것이오. 그렇소, 그분이 천사든 사람이든 모든 사악한 자에게 선고를 내릴 때 당신은 그 심판에 참여할 것이니 사악한 자들은 그분과 당신의 원수이기 때문이오. 또한 그분이 도시로 되돌아갈 때 당신도 나팔 소리와 함께 같이 갈 것이며 영원히 그분과 함께할 것이오."*

이제 그들이 성문을 향해 가까이 가자 그들을 맞이하러 천군의 무리가 나오는 것을 보았다. 그들에게 빛나는 두 천사가 말했다. "이들은 이 세상에 있을 때 우리 주를 사랑했고 그의 거룩한 이름을 위해 모든 것을 버린 사람들이오. 그분이 이들을 데려오도록 우리를 보냈고, 우리는 그들이 목표한 여정에서 여기까지 동반했습니다. 이제 그들은 들어가 구세주의 얼굴을 기쁨으로 볼 수 있습니다." 그러자 천군들이 크게 외쳤다. "어린 양의 혼인 잔치에 청함을 받은 자들은 복이 있도다."*

그 순간, 빛나는 흰옷을 입은 왕의 나팔수들이 그들을 맞으러 나왔고 크고 아름다운 곡조가 하늘나라에 울려 퍼졌다. 나팔수들은 크리스천과 동료에게 이 세상을 떠나온 것에 대해 크게 소리치고 나팔 소리로 수없이 인사를 했다.

그러고 나서 그들은 순례자들을 사방으로 에워쌌다. 마치 하늘 영역에서 그들을 보호하는 것처럼 어떤 이들은 앞에서 어떤 이는 뒤에서 또 어떤 이는 오른쪽에서 그리고 어떤 이들은 왼쪽에서 가며 듣기 좋은 곡조와 높은 음으로 끊임없이 노래했다. 그 광경을 볼 수 있는 사람에게는 마치 천국 자체가 그들을 맞이하러 내려온 듯한 광경이었다. 그렇게 그들은 함께 걸었고, 나팔수들이 즐거운 음악에 표정과 몸짓을 더하니 크리스천과 그 형제는 자신들이 얼마나 그 무리에서 환영을 받는지, 그리고 그들이 얼마나 기쁘게 자신들을 맞이하는지 알 수 있었다. 그들은 천사들에 둘러싸인 채 아름다운 곡조를 들으면서 아직 천국에 도착하지 않았지만 마치 천국에 있는 것과 같았다. 여기서 그들은 그 도시를 직접 볼 수 있었고, 그들을 환영하기 위해 울리는 종소리를 들을 수 있었다. 무엇보다도 그곳에서 그런 친구들과 함께 영원 또 영원토록 살 수 있다는 따뜻하고 기쁨 넘치는 생각. 오! 어떤 말과 펜으로 그 영광스러운 기쁨을 표현할 수 있으리. 그렇게 그들은 성문으로 다가갔다.

그들이 성문에 이르자 그곳에는 황금으로 새긴 글귀가 있었다. "그의 계명을 행하는 자 복이 있으니 이는 그들이 생명나무에 나아가며 문들을 통하여 성에 들어갈 권세를 받으려 함이로다."*

그때 나는 꿈속에서 빛나는 사람들이 그들에게 문에서 소리치라고 일러 주는 것을 보았다. 그들이 그렇게 하자 문 위로 어떤 이들이 내다보았다. 그 사람들은 에녹과 모세와 엘리야 등이었고, 그들은 이 순례자들이 이곳의 왕에게 품고 있던 사랑으로 멸망의 도시를 떠나왔다는 말을 들었다. 순례자들은 그들에게 여정을 시작할 때 받은 각자의 증서를 주었고 그것은 왕에게 전해졌다. 왕이 그것을 읽고 "이들이 어디 있느냐?"라고 물었다. "그들은 성문 밖에 있습니다"라는 답을 듣고 왕은 성문을 열라고 명령했다. "신의를 지키는 의로운 나라가 들어오게 할지어다."*

이제 나는 꿈속에서 두 사람이 문 안으로 들어오는 것을 보았다. 보라, 문으로 들어올 때 그들은 변모하여 황금처럼 빛나는 의복을 입게 되었다. 또한 하프와 면류관을 들고 맞이하러 나온 사람들이 그들에게 그것을 주었다. 하프는 칭송하기 위해서였고, 면류관은 명예의 표상이었다. 나는 꿈속에서 도시의 모든 종들이 다시 기쁨으로 울리는 소리를 들었다. 그들은 "네 주인의 즐거움에 참여할지어다"*라는 말을 들었다. 또한 나는 사람들이 커다란 목소리로 "보좌에 앉으신 이와 어린 양에게 찬송과 존귀와 영광과 권능을 세세토록 돌릴지어다"*라고 노래하는 소리를 들었다.

그들을 들이기 위해 문이 열렸을 때 나는 그들 뒤로 안을 들여다보았다. 보아라, 그 도시는 태양처럼 빛나고 황금으로 포장된 길에는 많은 이들이 머리에 면류관을 쓰고 종려나무 가지를 손에 들고 황금 하프로 찬송가를 부르며 거닐고 있었다.

모든 사람들이 날개가 있었고 서로에게 끊임없이 "거룩, 거

룩, 거룩 주님이여"라고 화답했다. 이후 그들은 문을 닫았다. 그곳을 보며 나도 그들과 함께 있었으면 하고 간절히 소망했다.

이제 이 모든 일을 본 뒤 머리를 돌리자 강가로 무지가 오는 것을 나는 보았다. 그는 이 두 사람이 겪었던 어려움의 반도 겪지 않고 재빨리 강을 건넜다. 왜냐하면 그곳에 뱃사공인 헛된 희망이 있어서 그의 나룻배로 건넜기 때문이다. 그래서 내가 본 다른 사람들처럼 성문에 이르기 위해 언덕을 올라갔지만 그는 혼자였다. 그를 조금이라도 격려하기 위해 나온 사람은 아무도 없었다. 문에 이른 그는 그 위에 쓰여 있는 글귀를 보았다. 그리고 그는 쉽게 들어갈 수 있으리라 여기고 문을 두드리기 시작했다. 성문 위에서 내다보는 사람들이 그에게 "너는 어디서 왔으며 무엇을 가지고 있냐?"고 물었다. 그는 "나는 주 앞에서 먹고 마셨으며 주는 또한 우리의 길거리에서 가르치셨나이다"*라고 대답했다. 그러자 그들은 왕에게 보여 줄 증서를 요구했다. 그는 가슴을 더듬어 찾았지만 아무것도 없었다. 그들은 "아무 증서도 없느냐?"고 물었고 그는 한마디도 대답할 수 없었다. 그들은 왕에게 아뢰었지만 왕은 그를 보러 내려오지 않았다. 왕은 크리스천과 희망찬을 인도한 빛나는 두 사람에게 가서 무지를 잡아 손발을 묶은 뒤 내쫓으라고 명령했다. 그들은 그를 잡아 대기를 뚫고 언덕 옆에서 내가 본 문으로 데려가 그 안에 버렸다. 그리고 나는 그곳에서 멸망의 도시처럼 천국의 문에서도 지옥으로 가는 길이 있는 것을 보았다. 순간, 나는 잠에서 깨어났고 이 모든 것이 꿈인 것을 알게 되었다.

맺는 시

자, 독자들이여, 내 꿈 이야기를 해 주었으니
당신이 나에게 또는 자신이나 이웃에게
이 꿈을 해석할 수 있는지 보여 주오. 하지만 잘못
해석하지 않도록 조심하시오. 그렇게 하면
선을 행하는 대신 당신 스스로를 그릇되게 할 뿐이오
잘못 해석하면 악이 따를 것이오.

또한 당신이 너무 지나치게 내 꿈의
겉모습만 가지고 놀지 않도록 조심하시오.
내 비유와 유사점이 당신을
웃게 만들거나 싸움에 들지 않게 하시오.
이런 것은 아이들과 바보에게 주고 대신 당신은
내 주제의 내용을 보시오.

커튼을 열어 내 베일의 안쪽을 보시오.
내 은유들을 들추어내되 실패하지 마시오.
거기서 만약 찾고자 한다면 정직한 마음에
도움이 되는 그런 것을 발견하시오

거기서 찌꺼기를 발견하면 대담하게
던져 버리고 오직 황금만 간직하시오.
내 황금이 광석으로 둘러싸여 있은들 어떠리오.
아무도 심이 있다고 사과를 버리지는 않지요.
하지만 당신이 헛되다고 모두를 버리면
나는 다시 꿈을 꿀 수밖에 없으리.

작가가 『천로 역정』 제2부를 내보내는 방식

가거라, 나의 작은 책이여. 이제 내 첫 번째 순례자가
모습을 보여 준 모든 장소로 가서 문을 두드리라.
만약 누가 '거기 누구요?'라고 물으면 너는 대답하라.
'크리스티애나가 여기 있어요.'
그들이 들어오라고 하면 아이들을 모두 데리고
함께 들어가라. 그리고 네가 아는 방식대로
그들이 누구이고 어디서 왔는지 이야기하라.
그들의 모습이나 이름만으로 그 사람들은 알 수 있겠지만
만약 그 사람들이 모른다면,
이전에 그들이 크리스천이라는 순례자를
접대하지 않았는지 다시 물어보라. 그 사람들이 그를 만났고
그의 방식이 즐거웠다고 대답하면
그들이 그와 관련 있음을
알려 주어라. 그렇다. 그의 부인과 자식들임을.

그들이 집과 가정을 떠나 순례자가 되어서
앞으로 올 세상을 찾고 있다 말하라.
그들이 가는 길에 어려움을 만났으며
밤낮으로 고난을 당하고
독사를 밟고 마귀와 싸웠으며
수많은 악행을 극복했다 말하라.
또한 나머지 일행에 대해서도 말하라.
그들은 순례 길을 사랑하여 강인하고 용감하게
그 길을 옹호했고 아버지의 뜻을 받들기 위해
어떻게 이 세상을 여전히 거부하고 있는지를.

가서 또 순례자들이 순례 길로 가져오는
진귀한 것들에 대해 이야기하라.
그들이 얼마나 왕의 사랑을 받고
그의 보호를 받는지 알게 하라. 그들을 위해
그가 얼마나 훌륭한 저택을 준비했는지도.
거친 바람과 험한 파도를 만날지라도
주님과 그의 방식을 굳건히 믿는 그들은
마지막에는 찬란한 고요함을 즐길 것이라.
아마도 사람들은 내 첫 번째 책에 그랬듯이
온 마음과 두 손으로 너를 껴안으며
너에게 영광을 돌릴 것이다. 그들이 순례자를 사랑하므로
너의 인물들에게도 아름다운 격려를 보내 줄 것이다.

1. 반론

하지만 내가 진실로 당신 작품인 줄
사람들이 믿지 못하면 어쩌나요?*
순례자와 그의 이름을 위조하는 자들이 있어
바로 그 작품인 척 속임수를 쓰기 때문입니다.
그런 방법을 써서 그들은 나도 모르는
사람들의 집안과 손으로 들어갔지요.

답변:

최근 들어 어떤 이들이 내 제목을 자기 것에다 붙여
내 순례자를 모방하는 것이 사실이다.
그렇다. 또 어떤 이들은 내 이름과 제목을 반쯤
자기 책에다 오려 붙이기도 한다.
하지만 그런 양상은 그것들 이전에 내 책이 존재했고
그것들이 내 책이 아님을 스스로 선언하는 격이다.

만약 그런 책을 본다면 그 모두 앞에서
내 책이여, 네가 할 유일한 방법은
아무도 이제 사용하지 않고 쉽게 가장할 수 없는
자신의 고유한 언어로 분명하게 자기주장을 하는 것이다.

그래도 그들이 네 인물들에 대해 여전히 의심한다면,
너희가 집시처럼 여기저기 다니면서

버릇없이 이 나라를 더럽힌다고 생각한다면,
또는 너희가 선한 사람들을 찾아 보장할 수 없는 일로
속이고 있다고 생각하면, 나에게 보내라.
그럼 나는 증언하리라, 너희가 순례자인 것을.
그렇다. 나는 오직 너희들만이 내 순례자임을
증언하겠다. 그것만이 소용될 것이다.

2. 반론
하지만 아마도 나는 그의 영혼과 육체가 저주받기를
원하는 사람들에게 그에 대해 알아볼 것입니다.
그런 사람들 대문에서 내가 순례자에 대해 물을 때
그들이 더 미쳐 날뛰면 나는 어떻게 해야 하나요?

답변:
내 책아, 두려워 말아라. 그런 골칫거리는
근거 없는 두려움을 낳는 허깨비일 뿐이야.
내 순례자의 책은 바다와 육지를 여행했지.*
어떤 나라에서도 부자나 가난한 자나 그 책을
무시하거나 박대했다는 소리를 들은 적이 없다.

사람들이 서로를 죽이는 프랑스와 플랑드르에서도
나의 순례자는 친구로, 형제로 여겨졌다.
네덜란드에서도 역시 내가 듣기에

어떤 이들은 나의 순례자가 황금보다 귀하다고 여긴다.
스코틀랜드와 아일랜드 미개인들도 나의 순례자가
그들에게 친숙하다고 동의할 것이다.

뉴잉글랜드에서는 너무나 인기가 있고
사랑을 받아서 그 책의 특징과 주요 부분과
그리고 더 많은 것들이 잘 보이게끔
새 천과 아름다운 장식으로 새롭게 꾸며졌지.
그렇게 나의 순례자는 아름답게 걸었고
수천 명이 매일 그에 대해 노래하고 말한다네.

네가 고향에 가까이 오면 나의 순례자가
부끄럽거나 두려워할 이유가 없음을 알 것이다.
도시와 시골 모두 그를 환대하고
순례자를 환영할 것이다. 그렇다, 만약 나의 순례자가
근처에 있거나 어떤 무리들 사이에서 머리를 보이기만 해도
그들은 저절로 미소를 짓지 않을 수 없을 거야.

멋진 신사들이 나의 순례자를 껴안고 사랑하며
엄청난 물건보다 더 소중히 여기며
존중할 것이다. 그래요, 즐거워하면서 그들은
내 작은 종달새가 송골매보다 낫다고 말할 것이다.

젊은 숙녀들과 고상한 아가씨들 역시
내 순례자에게 매우 친절할 것이다.
내 순례자는 그들의 은밀한 내면을, 가슴을, 마음을
사로잡았지. 왜냐하면 그의 작은 수수께끼를
너무나 유익한 문체로 전해서 그들의 읽는 수고에
두 배의 이익을 거둬 주니까. 그래요, 감히 말하건대
어떤 이들은 자신의 황금보다 그를 훨씬 높이 평가하지.

길을 걷던 아이들은 나의 거룩한 순례자를
만나기만 해도 그에게 인사하고 그의 안녕을 바라면서
그는 시대의 젊은이라고 말할 것이다.

그를 한 번도 보지 못한 사람들도
말로만 들은 그를 존경하며 그와 동행하기를
간절히 원하고, 그가 너무나 잘 아는
그 순례자의 이야기를 듣기 원하지.

그래요, 처음에 그를 사랑하지 않았던 사람들,
그를 바보라고, 보잘것없는 사람이라 불렀던 사람들은
이제 그들이 보고 들은 뒤 그를 추천한다 말하고
자신들이 사랑하는 사람들에게 그를 보내지.

그러므로 나의 제2부여, 너의 모습을 보여 주는 것을

겁낼 필요가 없단다. 이전에 갔던 그를
축원했던 사람은 아무도 너에게 상처 줄 수 없다.
왜냐하면 너는 젊거나 늙었거나 비틀거리거나 안정된
모든 사람을 위해 선하고 풍부하고 유익한 것들로
가득한 두 번째 뭉치를 갖고 뒤따르기 때문이다.

3. 반론

하지만 그가 너무 크게 웃는다고 말하는 이들이 있습니다.
그의 머리가 구름 속에 있다고 어떤 이는 말해요.
그의 말과 이야기가 너무 어둡다고, 그래서 그것을 통해
어떻게 그의 의미를 찾아야 할지 모르겠다는 이도 있어요.

답변:

그의 눈물 어린 눈에 웃음과 울음이
동시에 담겨 있다고 말할 수 있겠지.
자기 마음은 아픈데 방긋 웃고 싶게
만드는 그런 성질의 일들이 있어요.
야곱이 양 떼를 모는 라헬을 보았을 때
그는 키스하고 우는 일을 동시에 했지.*
어떤 이들이 그의 머리가 구름에 덮인 듯 흐리다고
말하지만 그건 구하는 의미를 찾도록
자극하기 위해 지혜가 어떻게 자신의 외투로
감싸고 있는지를 보여 주지.

모호한 단어들 속에 감추어진 것들이
믿음 깊은 마음에 더 매력적이고
그러한 희미한 문체로 우리에게 말하는 것이
무엇을 담고 있는지 공부하도록 이끌지.

나는 또 모호한 비교가
상상력에 더욱더 파고들어
비교를 쓰지 않은 것들보다 머리와 가슴에
더 빨리 꽂히는 것을 알아요.

그러므로 나의 책이여, 아무리 기를 죽여도
네 여행을 늦추지 말라. 보라, 너는
적이 아니라 친구에게 간 것이다. 너와 네 순례자에게
자리를 내주고 네 말을 받아들일 친구들에게.

게다가 내 첫 번째 순례자가 감춘 채 남겨 놓은 것을
나의 용맹한 두 번째 순례자인 네가 계시할 것이다.
크리스천이 자물쇠를 잠근 채 그의 길을 떠난 곳에
사랑스러운 크리스티애나가 그녀의 열쇠로 열 것이다.

4. 반론

하지만 어떤 이들은 당신의 첫 번째 방법을 좋아하지 않죠.
그것을 로망스라 여기며 먼지처럼 던져 버리죠.

만약 그런 사람을 만나면 내가 무엇이라 말해야 하나요?
그들이 나를 무시하듯 나도 그들을 무시할까요, 말까요?

답변:

나의 크리스티애나여, 네가 그런 사람을 만난다면
사랑하는 온갖 방식으로 그들을 맞이하라.
욕을 당하되 맞대어 욕하지 말라.*
그들이 찡그리면 미소로 응대하라.
아마도 본성이 그렇거나 아니면 좋지 않은 소리를 듣고
그들이 너를 그렇게 멸시하고 그렇게 응대하겠지.

어떤 이는 치즈를 싫어하고, 어떤 이는 생선을 싫어해.
어떤 이는 친구를 사랑하지 않고, 자기 가족도 사랑하지 않아.
어떤 이는 돼지고기를 펄쩍 뛸 듯 싫어하고
뻐꾸기나 올빼미만큼도 닭을 좋아하지 않아.
그런 것은 그들의 선택에 맡겨라, 나의 크리스티애나여.
너를 만나는 것이 기쁜 사람들을 찾아라.
결코 애쓰지 말고 대신 한껏 몸을 낮추어
순례자 복장으로 그들에게 네 모습을 보여라.

가거라, 나의 작은 책이여, 너를 즐기고
너를 환영하는 모두에게 네가 다른 사람들에게는
감추고 있는 속에 담고 있는 것을 보여 주어라.

네가 보여 줄 것이 그들에게는 영원한
축복이 될 것임을 기원하고 그들이 너와 나보다
훨씬 더 나은 순례자가 되도록 선택하게 만들라.

그러니 가서 모든 사람에게 네가 누군지 말하라.
이렇게 말하라. 나는 크리스티애나입니다. 내 역할은
이제 네 명의 아들과 함께 순례자의 운명을 짊어지는 것이
인간에게 어떤 것인지 당신들에게 말해 주는 것입니다.

또한 그들에게 이제 너와 같이 순례 길을 떠나는
사람이 누구이고 어떤 존재인지 말하라.
이렇게 말하라. 이 사람은 내 이웃인 자비인데
그녀는 나랑 오랫동안 순례 길을 갔지요.
와서 이 처녀의 얼굴을 보시고 게으른 사람과
순례자를 구별하는 법을 배우시오.
그래요, 젊은 아가씨들은 무엇보다 앞으로 올 세상을
더 소중히 여기는 그녀를 보고 배우시오.
작은 소녀들이 경쾌한 발걸음으로 하나님을 따르고
늙고 노망한 죄인들은 하나님의 지팡이에 맡겨질 때,
이는 마치 어린아이들이 호산나라고 소리치며
노인들이 그들에게 노하던 옛날과 같도다.*

다음으로 그들에게 노인 정직함에 대해 이야기하라.

백발을 한 채 순례자의 땅을 걷고 있는 그를 네가 발견했지.
그래, 이 사람이 얼마나 꾸밈없는 마음을 가졌는지
그가 어떻게 선한 주님처럼 그의 십자가를 졌는지 이야기하라.
아마도 이는 백발의 어떤 사람을 설득하여
예수님을 사랑하고, 죄에 대해 후회하게 할 것이다.

그들에게 또한 두려움 선생님이 어떻게 순례 길을
갔는지, 어떻게 그가 고독 속에서 두려움과 울음으로
시간을 보냈는지, 그리고 마침내 어떻게 그가
기쁨의 상을 얻었는지 이야기하라.
그의 영혼은 여러 번 낙담했지만 선한 사람이었고
이제 그는 선한 사람으로 영생을 상속했다.*

또한 약한 마음 선생님에 대해서도 이야기하라.
이전뿐만 아니라 아직도 여전히 뒤처져 가고 있네.
그가 어떻게 죽을 뻔했는지, 어떻게 담대한 마음이
그의 생명을 되찾아 주었는지 이야기하라.
진실된 마음을 가진 이 사람은 비록 은총은 약했지만
그의 얼굴에서 진정한 거룩함을 읽을 수 있네.

또한 넘어질 뻔 선생님에 대해서도 이야기하라.
목발을 짚은 이 사람은 그렇게 많은 잘못은 없다.
그들에게 약한 마음 선생님과 그가 얼마나

뜻이 맞고 좋아했는지 말하라.
모든 사람이 알게 하라. 비록 그들에게는 약점이 있었지만
때로 한 사람은 노래하고 또 다른 사람은 춤을 출 수 있었네.

진리의 용사 선생님도 잊지 말아라.
그분은 아주 젊지만 용기 있는 사람이다.
모두에게 이야기하라. 그의 정신이 너무나 강건하여
어떤 사람도 그의 목표를 돌릴 수 없었다고.
담대한 마음과 그가 의심의 성을 물리치고
절망을 죽일 때까지 멈출 수 없었다.

낙담 선생님과 그의 딸 겁 많은 양은
비록 (어떤 이에게는) 마치 그들의 하나님이
그들을 저버린 것처럼 보이는 망투로 감싸고 있지만
그들을 무시하지 마라.
그들은 조용히 갔지만 확실히 마지막에는
순례자의 주님이 그들의 친구인 것을 발견했다.
네가 이 모든 일들을 세상에 이야기했을 때
나의 책이여, 돌아서서 이 줄을 연주하라.
이 줄을 만지기만 해도 절름발이가 춤추고 거인을 떨게 만드는
그런 음악이 연주될 것이다.
너의 가슴 안에 웅크리고 있는 수수께끼들이
자유롭게 제출되고 설명될 것이다. 그리고 나머지 신비한

글귀들은 재치 있는 상상력을 가진 사람이 챙길 수 있도록
신비한 채 남아 있게 하라.

이 작은 책과 나를 사랑하는 사람들에게
이 작은 책자가 축복이 되게 하라.
그리고 이 책을 산 사람이 돈을 버렸다거나 잃었다고
말할 어떤 이유도 없게 하라.
그렇다, 이 두 번째 순례자가 선한 순례자들이
각각 맞는다고 생각하는 그런 과일을 수확하길 바란다.
또한 길을 벗어난 사람들이 발걸음과 마음을
올바른 길로 돌리도록 설득하기 바란다.

이것이 작가의
진정한 기도입니다.

존 번연

꿈의 비유로 보여 주는, 이 세상에서 앞으로 올 세상으로 가는 순례자의 여정 제2부

친애하는 독자 여러분. 얼마 전 나는 순례자 크리스천이 천상의 나라를 향해 가던 위험한 여정에 대해 내가 꾼 꿈 이야기를 여러분께 들려주었는데, 이는 나에게는 기쁜 일이었고 여러분에게는 유익했다고 생각한다. 그때 또한 그의 부인과 아이들에 관해 내가 본 것을, 그들이 크리스천과 함께 순례 길에 나서는 것을 얼마나 내켜 하지 않았는지 이야기했다. 그들이 너무나 싫어해서 그는 혼자 여정을 떠날 수밖에 없었는데, 그들과 함께 멸망의 도시에 머물 때 앞으로 닥쳐올 멸망의 위험을 감히 겪을 수 없었기 때문이다. 그래서 내가 보여 주었듯이 크리스천은 그들을 남겨 두고 떠났다.

여러 가지 일로 인해 이제까지 경황이 없어서 나는 그가 갔던 그 지역으로 늘 가던 여행을 갈 수 없었다. 그래서 그가 남겨 놓은 가족이 이후 어떻게 되었는지 더 알아볼 기회가 없어 여러분께 알릴 수가 없었다. 하지만 얼마 전 그쪽에 일이 생겨 다시 갔다. 그 장소에서 1마일 정도 떨어진 숲속에 거처를 정한 뒤 잠이 들었고 나는 다시 꿈을 꾸었다.

꿈속에서 내가 누워 있는 쪽으로 나이 든 신사가 오는 것을 보았다. 내가 여행하는 쪽으로 간다기에 나는 자리에서 일어나 그와 같이 가야겠다고 생각했다. 우리는 여행자들이 그러듯 걸으면서 대화를 나누게 되었고 마침 크리스천과 그의 여행에 관해 이야기하게 되었다. 나는 이렇게 노인과 대화를 시작했다.

"어르신, 우리 가는 길 왼쪽 저기 아래 마을이 어디입니까?" 라고 나는 물었다.

그러자 현명이라고 불리는 그는 "그곳은 멸망의 도시로, 인구가 많지만 상태가 매우 안 좋은 게으른 족속들이 가득한 곳이오"라고 말했다.

나는 대답했다. "그 도시라고 생각했었죠. 예전에 그곳의 시내를 한 번 지나가 보아서 당신이 말한 평판이 사실인 줄 압니다."

현명: 분명한 사실이지. 그곳에 살고 있는 사람들에 대해 더 좋게 이야기할 수 있었으면 나도 좋을 텐데.

나는 말했다. "어르신, 당신은 선하신 분 같군요. 선한 일에 대해 듣고 말하기를 좋아하시는 분이오. 혹시 이 마을에 얼마 전까지 살다가 저 높은 지역으로 순례를 떠난 크리스천이란 사람에 대해 들은 적 없습니까?"

현명: 듣다마다요! 물론이죠. 또한 그가 여행하면서 만난 박해와 곤란과 전투와 구금과 울음과 신음과 두려움과 공포에 대

해 들었소. 그의 이야기가 우리 나라 전체에 울려 퍼져 그와 그의 행위에 대해 듣고 순례 기록을 구해 읽지 않은 집이 거의 없다오. 그래요, 그의 위험한 여정을 좋게 생각하는 많은 사람들이 그의 방식에 끌리고 있어요. 왜냐하면 그가 여기 살 때는 모두들 바보라고 했는데 이제 떠나고 나니 모두 그를 존경해요. 그가 지금 있는 곳에서 찬란하게 살고 있다고들 하니까 말이죠. 그래요, 많은 사람들이 그가 겪은 위험은 결코 가려 하지 않으면서 그가 얻은 것에 대해서는 군침을 흘린다니까요.

내가 말했다. "그가 지금 있는 곳에서 잘 살고 있다고 그들이 믿는다면 그에 대해 그렇게 생각할 수밖에 없지요. 사실 그는 생명의 샘에 살면서 수고와 슬픔 없이 그가 가진 것을 누릴 수 있죠.* 왜냐하면 그곳에는 어떤 고통도 섞일 수 없기 때문입니다."

현명: 사람들이 놀랄 만큼 그에 대한 이야기를 하지요. 어떤 이는 그가 흰옷을 입고 목에 금목걸이를 하고 진주 장식을 한 금면류관을 머리에 쓰고 있다고 말하더군요.* 다른 이들은 그가 여행길에서 간혹 모습을 보았던 빛나는 이들이 그의 친구가 되어 마치 여기서 이웃 사람 대하듯이 그곳에서 그들과 친하게 지낸다고 하오. 게다가 그곳의 왕이 그에게 이미 궁전 안에 엄청나게 비싸고 좋은 집을 하사했다는 것이 확실하죠.* 그가 매일 그분과 먹고 마시고 걷고 이야기하며 그곳의 심판관인 그분의 미소와 총애를 받고 있다고요. 게다가 그 나라의 주인인 왕이 곧 이곳으로 와서 왜 그의 이웃들이 그를 하찮게 여겼는지, 그가 순례자가 되려는 것을 얼마나 비웃었는지 그 이유를 알려 한

답니다.* 사람들 이야기가, 이제 그가 왕의 사랑을 받으니 왕은 크리스천이 순례자가 되면서 당했던 치욕에 관심을 갖고 마치 자신에게 행한 치욕이라 여겨서 조사한답니다.* 놀랄 일도 아니지요. 왕에 대한 그의 사랑 때문에 그가 그렇게 모험을 한 것이니까요.

"그것은 정말 반가운 일입니다"라고 내가 말했다. "그가 이제 수고에서 쉴 수 있고 그의 눈물의 대가로 기쁨을 수확하니 그 불쌍한 사람을 위해 기쁜 일입니다.* 이제 그는 적들의 사정권 밖에 있고 그를 증오하는 사람들의 힘이 미치지 못하는 곳에 있어요. 나는 또한 이런 소문들이 이 나라에 널리 퍼졌다는 것도 기쁩니다. 남아 있는 몇몇에게 이것이 좋은 쪽으로 작용할지 누가 알겠어요? 하지만 어르신, 제 기억이 생생할 때 여쭐게요. 혹시 그의 부인과 아이들에 관해 들은 것이 있습니까? 불쌍한 사람들, 그들이 어찌 지내는지 궁금하네요."

현명: 그 사람들! 크리스티애나와 그 아들들 말이죠! 그들도 크리스천이 했던 대로 했어요. 처음에 그들은 바보짓을 해서 크리스천의 눈물과 애원에도 절대로 설득당하지 않았지요. 하지만 다시 생각하더니 놀라운 변화가 일어나 그들은 짐을 싸서 그의 뒤를 따랐어요.

"잘됐군요. 잘됐어요"라고 내가 말했다. "부인과 아이들 모두 말입니까?"

현명: 사실이오, 내가 그 당시 그곳에 있었고, 그 일을 온전히 알고 있으니 자세히 설명해 줄 수 있소.

“그렇다면 그것이 사실이라고 전달해도 될까요?”라고 내가 물었다.

현명: 걱정 말게. 그들 모두, 그 부인과 아들 넷 모두 순례를 떠났다는 건 사실이니까. 우리가 당분간 길을 함께 갈 테니 내가 그 일 전체에 대해 지금부터 이야기해 주겠소.

크리스티애나(그것이 그녀와 아이들이 순례자의 삶을 택한 후 그녀의 이름이었다)는 자기 남편이 강을 건너간 이후* 남편 소식을 더 이상 듣지 못하자 마음속에 여러 생각이 들었다. 첫째, 이제 남편을 잃고 둘 사이에 사랑하던 관계가 완전히 깨졌구나 생각했다. 아시다시피 사랑하는 사람을 잃었을 때 자연은 살아 있는 사람에게 그를 기억하는 슬픈 생각을 안겨 줄 수밖에 없다. 남편에 대한 추억으로 그녀는 많은 눈물을 흘렸다. 그뿐 아니라 크리스티애나는 자신에 대해 숙고하기 시작했다. 남편에 대해 부적절한 그녀의 처사가 그를 더 이상 보지 못하는 하나의 이유가 아닐까, 그래서 남편이 그녀에게서 떠난 것은 아닌가 생각했다. 그런 생각이 들자 다정한 사람에게 불친절하고 어색하게, 또한 반신앙적으로 굴었던 자신의 행동이 그녀의 마음속에 들끓기 시작했다. 그것은 그녀의 양심을 괴롭혔고 죄의식이 되어 짓눌렀다. 그녀는 남편이 끊임없이 신음하고 짜디짠 눈물을 흘리며 탄식하던 기억, 그가 자신과 아이들에게 같이 가자고 사랑으로 설득해도 그녀가 냉정하게 거절한 기억이 떠오르자 마음이 산산조각 났다. 그렇다, 크리스천이 등에 무거운 짐을 지고 있는 동안 그녀에게 한 말과 행동이 모두 그녀에게 번갯

불처럼 되돌아와 그녀의 염통 꺼풀을 찢는 것 같았다.* 특히 "어떻게 해야 내가 구원을 받을까?"라는 그의 애타는 절규가 그녀 귀에 너무나 슬프게 울렸다.

그래서 그녀는 아이들에게 말했다. "얘들아, 우리는 끝났다. 너희 아버지에게 내가 죄를 지었고 아버지는 떠났다. 아버지는 우릴 데려가고 싶어 했는데 내가 가려 하지 않았어. 또한 나는 너희들의 생명을 막은 셈이야." 그 말에 아이들은 모두 눈물을 흘리며 아버지 뒤를 따르자고 통곡했다. "오! 그와 함께 갔더라면 우리는 지금의 고통을 덜 수 있었을 텐데. 이전에 네 아버지의 고통에 관해 어리석은 상상을 했지. 그것이 그의 우울증 때문이거나 어리석은 공상에서 나온다고 생각했어. 하지만 이제 그것이 다른 이유에서 나왔다는 것을 알겠어.* 즉 빛 중의 빛이 그에게 내려와 덕분에 그가 사망의 올무를 피할 수 있었던 것을 이제 내가 깨달았어." 그리고 그들은 모두 통곡하며 "슬프다 이 날이여"*라고 울부짖었다.

다음 날 밤 크리스티애나는 널따란 두루마리가 그녀 앞에 펼쳐지는 꿈을 꾸었다. 그 안에는 그녀 행실의 목록이 적혀 있었는데 그녀 생각에 주로 매우 부정적인 것이었다. 잠 속에서 그녀는 아이들도 들을 만큼 크게 부르짖었다. "하나님이여 불쌍히 여기소서. 나는 죄인이로소이다."*

그 후 그녀는 두 명의 험상궂은 사람이 자기 침대 옆에 서 있는 것을 본 듯했다. 그들은 이렇게 말하는 것 같았다. "이 여인을 어떻게 할까? 그녀는 자나 깨나 자비를 구하며 울부짖는다. 이 대로 계속 고통을 받으면 우리는 그녀의 남편을 잃은 것처럼 그녀도 잃을 것이다. 그러니 무슨 방법을 써서라도 앞으로 올 일에 대해 그녀가 생각하지 못하도록 해야 해. 안 그러면 우리가 무슨 수를 써도 그녀는 순례자가 될 거야."

그녀는 땀에 흠뻑 젖어 깨어났다. 온몸이 떨렸지만 잠시 후 다시 잠이 들었다. 그녀는 남편 크리스천이 축복의 땅에서 영생을 얻은 수많은 이들과 함께 손에 하프를 들고 머리에 무지개를 두르고 보좌에 앉은 분 앞에서 연주하는 것을 보았다고 생각했다. 그는 왕의 발아래 매끈한 바닥에 머리를 숙이고 절하며 "저를 이 장소로 데려오신 나의 주님이자 왕께 진심으로 감사드립니다"라고 말하는 것을 그녀는 보았다. 그러자 그 옆에 서 있던 일행들이 모두 환호하며 하프를 연주했다.* 하지만 그들이 하는 말을 크리스천과 그 친구들을 제외하고 이 세상 사람은 알 수 없었다.

다음 날 아침 그녀는 일어나 하나님께 기도하고 아이들과 잠시 이야기하고 있는데 누군가 문을 요란하게 두드렸다. 그녀는 "당신이 하나님의 이름으로 왔다면 들어오시오"라고 말했다. 그러자 그는 "아멘!"이라 답하며 문을 열고 들어와 그녀에게 "이 집에 평화가 있기를!" 하고 인사했다. 인사를 마치자 그는 "크리스티애나, 내가 왜 왔는지 당신은 아는가?"라고 말했다. 그녀는 얼굴을 붉히며 떨었고 그녀의 마음은 그가 왜 왔는지, 그녀에게 온 용무가 무엇인지 알고 싶은 욕망으로 달아올랐다. 그가 그녀에게 말했다. "내 이름은 비밀이라 하오. 나는 높이 계신 분들과 같이 살지. 내가 사는 곳에서 네가 그곳으로 가기를 희망한다는 말이 돌았지. 또 이전에 남편의 방식에 모질게 마음먹고, 아이들을 무지 속에 놓아두는 등, 네 남편에게 행한 나쁜 짓을 네가 뉘우친다는 소문이 있었지. 크리스티애나여, 자비로우신 분이 나를 네게 보내어 자신은 용서하시는 하나님이며 죄에 대해 용서를 늘리는 일에 기쁨을 찾는다고 네게 말하라 하셨다. 또한 그가 계신 곳으로 너를 불러 그의 식탁에 초대해 그 집의 기름진 음식과 네 조상 야곱의 유산을 주겠다고 네게 알리라 하셨지.

거기서 네 남편 크리스천은 그의 친구인 일행들과 함께 우러러보는 자들에게 생명을 제공하시는 하나님 얼굴을 영원히 보고 있다. 그들은 네 아버지의 문지방을 넘는 너의 발걸음 소리를 들으면 모두 기뻐할 것이다."

이 말에 크리스티애나는 머리를 땅에 숙이고 무척 부끄러워했다. 방문객은 계속해서 말했다. "크리스티애나! 네 남편의 왕께서 네게 주는 편지를 여기 가져왔다." 그녀가 편지를 받아 열자 최상급 향료와 같은 고귀한 향기가 났고* 글은 황금으로 쓰여 있었다. 편지의 내용은 '왕께서 그녀 남편 크리스천과 같은 일을 그녀가 하기를 원한다. 그것만이 그의 도시로 오는 길이며, 영원한 기쁨으로 그의 면전에서 살 수 있는 길이다'라는 것이었다. 이 말에 선한 여인은 크게 감동했다. 그래서 방문객에게 그녀는 부르짖었다. "선생님, 저와 제 아이들을 당신과 같이 데려가 주시겠어요? 우리 역시 왕께 가서 경배할 수 있도록요."

그러자 방문객이 말했다. "크리스티애나! 달콤함보다 쓴 것이 먼저요. 너보다 먼저 갔던 그가 그랬듯이 너도 역경을 헤치고 이 천상의 도시로 들어가야 한다. 그래서 충고하는데 너도 네 남편 크리스천이 한 대로 행하라. 저기 들판 너머 좁은 문으로 가라. 그 문은 네가 가야만 하는 길 어귀에 서 있다. 행운을 빌겠다. 이 편지를 네 가슴에 간직하고 아이들과 자신에게 항상 낭송하여 암기할 수 있게 하라. 왜냐하면 그것은 네가 순례자의 집에서 반드시 불러야 할 노래 중 하나요.* 또한 이 편지는 마지막 성문에서 보여 주어야 한다."

이제 내가 꿈속에서 보니 노인 현명은 이 이야기를 들려 주면서 스스로 매우 심취한 듯 보였다. 그는 계속해서 이야기했다. 그래서 크리스티애나는 아들들을 불러 이렇게 말했지. "얘들아, 너희들도 알다시피 아버지의 죽음 때문에 내 영혼이 최근에 심히 괴로웠다. 아버지의 행복을 내가 의심해서가 아니라 그가 잘 있어서 이제 나도 만족하고 있다. 또한 나와 너희들 처지를 생각하면서 고민이 많았지. 정말이지, 우리 처지가 본질적으로 비참하기 때문이야. 고통받던 너희 아버지에 대한 나의 처신이 내 양심에 또 무거운 짐이 되었지. 왜냐하면 난 나와 너희들 마음을 모질게 만들어 아버지에 반대하고 순례 길에 함께 나서기를 거절했으니까.

어젯밤 꾼 꿈과 오늘 아침 방문한 손님이 준 격려가 없었더라면 이런 괴로운 생각으로 나는 죽었을 거야. 얘들아, 이제 짐을 싸서 천상의 나라로 인도하는 문을 향해 가자꾸나. 거기서 우리는 너희 아버지를 만나 그의 친구들과 함께 그 땅의 율법에 따라 평화 속에 살 수 있을 거야.”

어머니의 결심을 듣고 아이들은 기쁨으로 눈물을 터뜨렸다. 그렇게 방문객은 그들에게 작별을 고했고 그들은 여정을 떠날 준비를 했다.

그들이 떠나려고 할 때 크리스티애나의 이웃 여인 두 사람이 문을 두드렸다. 그들에게 그녀는 이전처럼 말했다. “하나님의 이름으로 왔다면 들어오시오.” 이 말에 여인들은 어리둥절해했다. 이런 종류의 언어를 크리스티애나에게서 들은 적도 없고 그 입술에서 나올 것이라고는 생각도 하지 않았기 때문이었다. 그래도 그들은 들어왔고 그 여인이 집에서 떠날 준비를 하는 것을 발견했다.

그들은 물었다. “여보게, 이 모든 게 무슨 일인가?”

크리스티애나는 그들 중 연장자인 소심 부인에게 말했다. 소심 부인은 역경의 산에서 크리스천에게 사자가 무서우니 되돌아가라고 종용했던 그 사람의 딸이다. “나는 여행 갈 준비를 하고 있어요.”

소심 부인: 무슨 여행 말이오?

크리스티애나: 선한 남편을 뒤쫓아 가려고요.

그러면서 그녀는 흐느껴 울었다.

소심 부인: 선한 이웃이여, 그러지 않았으면 좋겠어. 불쌍한 아이들을 위해서도 여자답지 않게 자신을 던지는 일을 삼가요.

크리스티애나: 아니요, 아이들도 같이 가요. 남아 있겠다는 애가 하나도 없어요.

소심 부인: 도대체 누구 때문에, 아니 무엇 때문에 당신이 이런 생각을 했는지 정말 궁금하네요.

크리스티애나: 이웃이여, 만약 당신이 내가 아는 만큼 아신다면 나와 함께 가고 싶어 할 거예요.

소심 부인: 어떤 새로운 지식을 알았기에 당신 친구들을 버리면서까지 아무도 모르는 곳으로 가려고 한단 말이오?

크리스티애나: 남편이 나를 떠난 이후 너무 괴로웠어요. 특히 그가 강을 건넌 이후에는요. 하지만 나를 가장 괴롭힌 것은 그가 고민하고 있을 때 심술궂게 대했던 나의 처사예요. 게다가 그가 겪었던 상태를 지금 내가 겪고 있지요. 순례를 떠나는 것 외에는 아무것도 내게 소용없어요. 어젯밤 꿈을 꾸었는데 남편을 보았죠. 오, 나의 영혼이 그와 함께 있었으면 좋겠어요. 그는 그 나라 왕과 같이 살면서 그의 식탁에서 먹고 마시고 영생하는 분들의 친구가 되어 하사받은 집에서 살고 있더군요.* 만약 그 집에다 이 세상에서 가장 좋은 궁전을 비교하면 궁전은 똥 더미처럼 보일 겁니다. 그곳의 왕께서 사람을 보내 내가 온다면 맞아 주리라 약속하셨죠. 그분의 심부름꾼이 바로 조금 전에 여기 있었어요. 나를 초청하는 편지를 가져다주었죠. 그러고는 편지를 꺼내 읽으면서 그들에게 물었다. "당신들은 이것을 어떻게 생각하세요?"

소심 부인: 그런 어려움을 스스로 겪으려 하다니, 당신 남편을 사로잡았던 광기에 잡혔구먼. 당신 남편이 길을 떠나 처음 단계에서 어떤 일을 만났는지 분명히 들었을 거요. 우리 이웃인 완

고 씨가 증명할 수 있죠. 그 사람과 우유부단 씨 둘이 그를 따라 갔다가 현명한 사람답게 더 이상 갈 수 없는 무서운 곳에서 돌아 왔죠. 우린 또 그가 사자와 아볼루온과 사망의 음침한 골짜기와 그 외 온갖 일들을 만났다고 수없이 들었죠. 또한 허영의 시장에서 그가 겪은 위험을 당신은 잊으면 안 돼요. 그 사람은 남자임에도 그처럼 힘들게 겪었는데 불쌍한 여자인 당신은 어떻겠어요? 또한 이 네 명의 아이들이 당신의 살과 뼈를 나눈 자식이란 점을 생각하세요. 그러니 자신을 성급하게 내던지고 싶을지라도 당신 육신에서 나온 아이들을 생각해서 당신은 집에 머물러야 해요.

하지만 크리스티애나가 그녀에게 말했다. "나를 유혹하지 마시오, 이웃이여. 지금 내 손에는 이익을 얻을 보상이 주어졌는데 이 기회를 잡을 마음이 없다면 가장 멍청한 바보가 될 거예요. 내가 가는 길에 만날 수 있는 온갖 환란에 대해 당신이 말하는데 그런 것은 나를 좌절시키기는커녕 오히려 내가 옳다는 것을 보여 주어요. 쓴 것은 반드시 달콤한 것 이전에 와야 하니 그래야 달콤함을 더욱 달콤하게 만들지요. 당신은 내 집에 하나님의 이름으로 오지 않았군요. 이젠 제발 돌아가시고 더 이상 나를 혼란케 말아 주세요."

그러자 소심 부인은 그녀에게 욕하면서 함께 온 이웃에게 말했다. "이봐 자비, 이 여자가 우리의 권고와 동행을 무시하니 멋대로 하라고 두고 갑시다." 하지만 자비는 자기 이웃에 즉각 동의하지 않고 머뭇거렸다. 그것은 두 가지 이유에서였다. 첫째,

그녀는 크리스티애나를 동정했다. 그래서 혼자 이렇게 말했다. "만약 내 이웃이 떠나야 한다면 나도 그녀를 얼마간 따라가며 도와주어야지." 둘째로, 크리스티애나가 한 말이 어느 정도 그녀의 마음을 잡았기 때문에 그녀도 자신의 영혼에 대한 갈망이 있었다. 그래서 마음속으로 다시 이렇게 말했다. '크리스티애나와 좀 더 이야기를 해야겠어. 그녀가 하는 말에서 진리와 생명을 발견한다면 진심으로 그녀와 함께 가야겠어.' 그러고는 이웃인 소심 부인에게 대답했다.

자비: 이웃이여, 오늘 아침 크리스티애나를 보러 당신과 함께 왔지요. 당신도 보다시피 그녀는 이제 고향에 마지막 작별을 고하려 하지요. 오늘 아침 햇볕도 좋고 하니 그녀가 가는 길을 도와주러 잠시 나도 같이 걸어갈까 싶어요.

하지만 그녀는 자신의 두 번째 이유는 말하지 않고 속으로만 간직했다.

소심 부인: 흠, 당신도 어리석은 짓을 하고 싶은 마음이군요. 하지만 빨리 정신 차리고 현명하게 구세요. 우리가 위험 밖에 있으면 위험하지 않지만 위험 안에 있으면 위험하지요.

소심 부인은 그렇게 자기 집으로 돌아가고 크리스티애나는 여행을 시작했다. 집으로 돌아온 소심 부인은 이웃인 박쥐눈 부인, 무분별 부인, 경박 부인, 무식 부인을 불렀다. 그들이 집에 도착하자 그녀는 크리스티애나가 여행 간다는 이야기를 꺼냈다.

소심 부인: 여보게들, 오늘 아침 할 일이 별로 없어 크리스티애나를 보러 갔지요. 내가 그 집에 가서 늘 하듯이 문을 두드렸

지. 그녀가 "하나님의 이름으로 왔다면 들어오시오"라고 말하더군. 그래서 나는 아무 일 없구나 하고 들어갔지. 그런데 들어가 보니 그녀가 아이들까지 데리고 우리 마을을 떠날 준비를 하고 있더라고. 그래서 이게 무슨 일이냐고 그녀에게 물었지. 그녀는 이제 자기 남편이 했듯이 순례 길을 떠날 마음이라고 짧게 대답하더군. 자기가 꾼 꿈 이야기도 했는데 그녀 남편이 있는 나라의 왕이 자기를 초대하는 편지를 보냈다나.

무식 부인: 뭐라고요! 그녀가 정말 떠날까요?

소심 부인: 그럼, 무슨 일이 있어도 가고말고. 그 점은 이렇게 알 수 있어요. 나는 그녀를 붙잡으려고 가는 길에 부닥칠 온갖 고난을 생각하라고 설득했죠. 그런데 그 주장이 오히려 그녀의 여정을 재촉하는 큰 이유가 되더라니까요. 그녀는 씁쓸함이 달콤함 전에 오니 씁쓸함을 더 많이 겪을수록 달콤함이 더 달콤해진다는 말을 했어요.

박쥐눈 부인: 오, 어리석고 눈먼 여인. 자기 남편의 고통을 보고도 경계를 삼지 않는단 말이오? 내 생각에는 만약 그 남편이 여기 다시 온다면 아무 소득도 없이 그렇게 많은 위험을 결코 무릅쓰지 않고 그냥 편안히 쉴 것 같아요.

무분별 부인도 끼어들었다. "그런 허황된 바보는 우리 마을에서 꺼지는 게 나아요. 나는 그 여자가 떠나는 것이 더 좋아요. 그녀가 우리 마을에 남아서 이런 생각을 갖고 있다면 누가 그녀 옆에서 조용히 살 수 있겠어요? 그녀는 이웃과 사귀지도 않고 침울하게 굴든가, 현명한 사람이라면 결코 참을 수 없는 그런 문제를 갖고 떠들어 댈 테니까요. 그러니 내 쪽에서는 그녀가 떠나도 전혀 섭섭지 않네요. 가라고 하세요. 그녀 자리에 더 좋은 사람이 오겠죠. 이런 변덕쟁이 바보들이 그 집에서 산 이후 결코 편안치가 않았어요."

그러자 경박 부인이 거들었다. "그런 이야기는 이제 그만합시다. 어제 내가 음탕 부인네 집에 놀러 가서 젊은 여자들처럼 즐겁게 놀았죠. 글쎄, 거기 나 말고 또 누가 왔을 것 같아요? 육체파 부인과 서너 명의 여자들과 호색 씨와 음담패설 부인 등등이었죠. 거기서 우리는 노래도 하고 춤도 추고 별짓 다 하며 놀았죠. 단언컨대 그 집 마님 음탕 부인은 정말로 교양 있는 숙녀였고 호색 씨 역시 아주 멋쟁이였어요."

이즈음 크리스티애나는 길을 떠났고 자비가 같이 따라갔다. 길을 가면서 아이들도 함께 있어 크리스티애나는 대화를 시작했다. 크리스티애나는 말했다. "자비 양, 당신이 얼마 동안 나와 동행하려고 이렇게 따라나서다니 나로선 정말 기대하지 않았던 호의네요."

젊은 자비(그녀는 아직 젊었다)가 대답했다. "당신과 같이 갈 결심을 한 이상 이제 마을 근처는 결코 가지 않겠어요."

크리스티애나: 그래요, 자비 양. 당신의 운명을 내게 던져요. 우리 순례 길의 마지막이 무엇인지 나는 잘 알고 있어요. 내 남편은 스페인의 광산에 있는 모든 황금을 다 주어도 못 있을 그런 곳에 있어요. 비록 나를 따라 당신이 가지만 그곳에서 당신을 거절하진 않을 거예요. 나와 아이들을 초대하신 왕께서는 자비

를 베푸는 것을 기뻐하시는 분이에요. 만약 당신이 원하면 내가 삯을 줄 테니 내 하녀로 같이 갑시다. 하지만 당신과 나는 모든 것을 동등하게 나눌 거예요. 그러니 나와 같이만 갑시다.

자비: 하지만 내가 환영받을 것이라고 어떻게 확신할 수 있겠어요? 그걸 말해 줄 수 있는 사람이 나에게 희망을 준다면 아무리 길이 험난해도 그분의 인도를 받아 나는 망설임 없이 가겠어요.

크리스티애나: 사랑하는 자비 양, 당신이 할 일을 내가 말해 주겠어요. 나와 함께 좁은 문으로 갑시다. 거기서 당신에 대해 더 물어보겠어요. 만약 거기서 당신에게 용기를 주는 답이 나오지 않으면 집으로 돌아가도 좋아요. 당신이 우리와 함께 이렇게 오면서 나와 아이들에게 보여 준 친절함에 대해서는 내가 값을 치러 주겠어요.

자비: 그렇다면 그곳으로 가서 무슨 일이 생기든 따르도록 하지요. 하늘의 왕께서 나를 불쌍히 여겨 원하시는 대로 그곳에서 나의 운명이 결정되기를 바라요.

크리스티애나는 마음으로 기뻐했다. 동행이 생겨서뿐만 아니라 이 불쌍한 처녀가 구원을 갈구하게끔 자신이 설득한 것이 너무 기뻤다. 그래서 그들은 함께 갔는데 갑자기 자비가 울기 시작했다. 크리스티애나는 "자매여, 왜 울어요?" 하고 물었다.

자비: 오오, 슬퍼요! 죄 많은 도시에 아직 남아 있는 불쌍한 친지들이 어떤 상태인지를 제대로 아는 사람이라면 어찌 통탄하지 않을 수 있겠어요. 그들에게 어떤 일이 닥칠지 말해 줄 이도 없고 가르칠 이도 없다는 것이 나는 더 슬퍼요.

크리스티애나: 동정심은 순례자에게 어울리는 마음이지요. 선한 크리스천이 나를 떠날 때 그랬듯이 당신도 친지들을 위하는군요. 내가 그의 말을 듣지도 않고 그를 존경하지도 않는 것을 그는 슬퍼했죠. 하지만 그와 우리의 주님께서 그의 눈물을 병에 담아 두어 이제 나와 당신과 우리 아이들이 그 눈물의 열매와 이익을 거두고 있어요. 자비여, 당신의 눈물이 헛되지 않기를 바라요. 왜냐하면 진리가 이렇게 말씀하셨죠. "눈물을 흘리며 씨를 뿌리는 자는 기쁨으로 거두리로다. 울며 씨를 뿌리러 나가는 자는 반드시 기쁨으로 그 곡식 단을 가지고 돌아오리로다."*

그러자 자비가 말했다.

가장 복되신 분이 나의 안내자가 되소서.
이것이 그분의 뜻이면
그의 문으로, 그의 우리 안으로
그의 거룩한 산 위로 인도하소서.

어떤 일이 내게 일어나도
그의 무한한 은총과 거룩한 길에서
절대로 벗어나거나 돌아가지 않게
나를 보살펴 주시옵소서.

내가 뒤에 남겨 놓은

친지들을 모으사
그들의 마음과 생각을 다하여
당신의 것이 되도록 기도하게 합소서.

늙은 내 친구 현명은 계속해서 이야기했다. 크리스티애나는 낙담의 수렁에 이르자 걸음을 멈추었다. "내 남편이 진흙탕에 빠져 거의 죽을 뻔한 곳이 바로 이곳이구나"라고 그녀가 말했다. 또한 왕이 순례자를 위해 이 장소를 고치라고 명령했음에도 이전보다 더 나빠진 것을 그녀는 보았다. 그래서 나는 그 말이 사실이냐고 노인에게 물었다. 노인은 "정말이고말고"라고 대답했다. 왕의 일꾼입네 하고 나서는 자들이 엄청나게 많았지만 그들은 왕의 길을 고치겠다면서 돌 대신 먼지와 똥을 쏟아부으니, 고치는 대신 더 망치기 때문이라고 했다. 여기서 크리스티애나는 아이들과 멈춰 섰지만, 자비가 "우리 모험을 해 봅시다. 대신 조심해야 해요"라고 말했다. 그들은 발걸음을 살피면서 임시로 만든 길을 비틀거리며 건넜다. 하지만 크리스티애나는 여러 번 빠질 뻔했다. 그곳을 건너자마자 그들은 자신들에게 다음과 같은 말씀이 들렸다고 생각했다. "주께서 하신 말씀이 반드시 이루어지리라고 믿은 그 여자에게 복이 있도다."*

그들은 다시 길을 갔고 자비가 크리스티애나에게 말했다. "좁은 문에서 당신처럼 나도 사랑으로 환영받을 확실한 근거가 있다면 아무리 낙담의 수렁이 닥쳐도 용기를 잃지 않을 겁니다."

크리스티애나가 말했다. "글쎄요, 당신은 당신의 아픔이 있고 나는 내 아픔이 있어요. 친구여, 여정을 마칠 때까지 우린 많은 고난을 겪을 거예요.

우리처럼 드높은 영광을 얻고자, 모두 부러워하는 행복을 얻고자 계획하는 사람들은 우리를 증오하는 이들이 어떤 공포나 상처, 어떤 고난이나 재앙을 가할지 상상할 수 있겠죠."

이제 노인 현명이 떠나고 나는 혼자 계속 꿈을 꾸었다. 나는 크리스티애나와 자비와 아이들이 모두 문 쪽으로 올라가는 것을 보았다고 생각했다. 문에 이르자 그들은 문을 어떻게 두드릴지, 그리고 문을 열어 주는 사람에게 무엇이라 말해야 할지 잠시 의논했다. 크리스티애나가 연장자이므로 문을 두드리고 문을 열어 주는 사람에게 나머지 사람을 대신하여 말을 하기로 결정했다. 그래서 크리스티애나는 문을 두드렸고, 불쌍한 남편이 한 것처럼 두드리고 또 두드렸다. 하지만 대답하는 사람 대신 자신들을 향해 개가 달려오며 짖는 소리를 들은 것 같았다.* 개, 그것도 큰 개여서 여자들과 아이들 모두 겁에 질렸다. 그들은 맹견이 자신들을 덮칠까 겁이 나서 더 이상 문을 두드릴 수도 없었다. 그들의 마음은 너무나 혼란스러워 무엇을 해야 할지 알 수 없었다. 문을 두드리자니 개가 무서웠다. 돌아가자니 문지기가 지켜보고 있다가 그들이 가면 기분 나빠 할까 봐 두려웠다. 마침내 그들은 다시 문을 두드리기로 작정하고 처음에 했던 것보다 더 세게 두드렸다. 그러자 문지기가 "거기 누구요?"라고 말했다. 그리고 개는 짖기를 멈추었고, 그가 문을 열었다.

크리스티애나는 몸을 낮추어 절을 하며 말했다. "내 주께서 왕궁 문을 함부로 두드린 그분의 여종들 때문에 기분이 상하지 않으셨으면 합니다." 그러자 문지기가 "당신들은 어디서 왔으며, 무엇을 원하오?"라고 물었다.

크리스티애나가 대답했다. "우리는 크리스천이 온 마을에서 그와 같은 용건으로 왔어요. 우리가 이 문으로 들어가 천상의 도시로 가는 길을 가도록 부디 허락해 주십시오. 또 하나 드릴 말씀은, 주여, 저는 이제 높은 곳에 있는 크리스천의 부인이었던 크리스티애나입니다."

그 말에 문지기가 놀라면서 말했다. "뭐라고! 얼마 전까지만 해도 순례자의 삶을 그토록 싫어하던 여자가 이제 순례자가 되었다고?" 그러자 그녀는 머리를 숙이며 "그렇습니다. 애들은 제 아이들이에요"라고 답했다.

그는 그녀의 손을 잡고 안으로 인도하면서 "어린아이들이 내게 오는 것을 용납하고 금하지 말라"*라고 말하고 문을 닫았다. 그러고는 문 위에 있던 나팔수에게 환희의 나팔 소리와 함성으로 크리스티애나를 접대하라고 했다.* 나팔수는 연주를 하여 공중을 아름다운 가락으로 채웠다.

한편 그동안 불쌍한 자비는 내내 밖에 서서 자신이 거절당할까 두려워하며 울고 떨었다. 하지만 크리스티애나는 자신과 아이들이 입장을 허락받자 자비를 위해 간청했다.

크리스티애나: 내 주여, 밖에 저와 같은 이유로 여기까지 함께 온 제 친구가 서 있습니다. 저는 남편의 왕으로부터 초대를 받았지만 그녀는 아무런 초대 없이 왔다고 생각하여 매우 낙담하

고 있습니다.

이제 자비는 매우 초조해졌다. 1분이 그녀에게는 한 시간만큼 길었다. 크리스티애나가 그녀를 위해 더 중재하려는데 그녀는 참지 못하고 문을 두드렸다.* 문을 너무 크게 두드려 크리스티애나도 깜짝 놀랐다. 문지기는 "거기 누군가?"라고 물었고, 크리스티애나는 "제 친구입니다"라고 답했다.

그는 문을 열고 내다보았다. 밖에 자비가 정신을 잃고 쓰러져 있었다. 그녀는 자신을 위해 문이 열리지 않자 겁이 나서 기절했던 것이다.

문지기가 그녀의 손을 잡고 "아가씨, 일어나오"라고 말했다.

그녀는 말했다. "오, 선생님, 저는 기운이 없어요. 생명이 거의 남아 있지 않아요." 하지만 그가 대답했다. "예전에 이렇게 말한 사람이 있었다. '내 영혼이 내 속에서 피곤할 때에 내가 여호와를 생각하였더니 내 기도가 주께 이르렀사오며 주의 성전에 미쳤나이다.'* 두려워 말고 일어서서 네가 어떻게 왔는지 이야기하라."

자비: 저는 친구 크리스티애나와 같은 이유로 왔지만 초대는 받지 못했어요. 그녀는 왕으로부터 초대받았지만 저는 그녀로부터 초대받았죠. 그래서 분수에 넘친 짓을 했나 두렵습니다.

"크리스티애나가 당신이 이 장소로 함께 오기를 원했나?"

자비: 네. 우리 주께서 보시듯이 제가 여기 왔지요. 만약 은총과 죄 사함이 남아 있다면 당신의 불쌍한 여종에게도 조금 나누어 주시기를 간청합니다.

그러자 그는 다시 그녀의 손을 잡고 다정하게 안으로 이끌면서 말했다. "나를 믿는 모든 사람들이 어떤 방식으로 나에게 오든 나는 그들을 위해 기도하도다."* 그가 둘러선 사람들에게 말했다. "뭔가를 가져와 자비로 하여금 냄새를 맡게 하여 원기를 회복시켜라." 그들은 몰약 뭉치를 주었고, 그녀는 얼마 후 원기를 찾았다.

이렇게 크리스티애나와 아이들과 자비는 길 초입에서 주를 영접하고 그의 친절한 말씀을 들었다.

그들은 계속해서 그에게 말했다. "저희는 죄 때문에 괴로워 우리 주께 용서를 구하니 우리가 무엇을 더 해야 할지 알려 주십시오."

"나는 말로써, 행함으로써 죄를 용서한다. 말로써 용서의 약속을 하고 내가 용서를 얻은 방식은 행함을 통해서라. 내 입술에 입맞춤하여 말의 용서를 받되,* 행함의 용서는 곧 너희에게 보일 것이다."*

그분이 좋은 말씀을 많이 하시고 그들이 매우 기뻐하는 모습을 나는 꿈속에서 보았다. 그는 또한 그들을 성문 꼭대기로 데려가 어떤 행위로 그들이 구원을 받는지 보여 주었다.* 그들은 가는 길에 위안을 받기 위해 그 광경을 다시 보게 될 것이라고 알려 주었다.

그는 그들을 아래 있는 여름 별장에 잠시 남겨 두었고 그들은 자신들끼리 이야기를 나누었다. 크리스티애나가 먼저 시작했다. "오, 주여, 우리가 여기까지 온 것이 얼마나 기쁜지요!"

자비: 당신은 그럴 수 있죠. 하지만 어느 누구보다도 제가 기쁨으로 뛰어오를 것 같아요.

크리스티애나: 문가에 서 있을 때 두드려도 대답이 없어 한때 우리의 노력이 수포로 돌아갔구나 생각했죠. 특히 무시무시한 개가 우리를 향해 맹렬히 짖을 때는요.

자비: 하지만 내게 최악의 공포는 그가 당신을 받아들이고 나는 밖에 남겨졌을 때예요. 그때 나는 "두 여자가 맷돌질을 하고 있으매 한 사람은 데려가고 한 사람은 버려둠을 당할 것이니라"*라는 성서의 말씀이 맞는구나, 라고 생각했죠. 나는 '망했구나, 망했구나' 하고 울부짖고 싶은 걸 참느라 애를 먹었어요.

그리고 계속해서 문을 두드리는 것이 겁이 났어요. 하지만 나는 위를 올려다보고 성문 위에 쓰인 글에 용기를 얻어 다시 두드리든지 아니면 죽든지 해야겠다고 생각했죠. 그래서 나는 다시 문을 두드렸죠. 내 정신이 생사의 기로에서 몸부림치고 있어 어떻게 두드렸는지 기억도 나지 않아요.

크리스티애나: 어떻게 두드렸는지 기억이 나지 않는다고요? 당신이 하도 열심히 두드려서 나도 놀랐지요. 내 생애에 그런 두드림은 들어 본 적이 없어요. 나는 당신이 폭력을 써서 들어오든가 아님 천국을 침노하려나 생각했죠.*

자비: 아아, 제 경우가 되어 보면 그럴 수밖에 없을 거예요. 보시다시피 문은 닫혔고 사나운 개는 서성거렸죠. 저처럼 마음 약한 사람이라면 온 힘을 다해 문을 두드리지 않을 사람이 어디 있겠어요? 하지만 우리 주께서 저의 무례함에 뭐라 하셨는지 말

해 주세요. 제게 화를 내시진 않으셨나요?

크리스티애나: 당신이 쾅쾅대며 문 두드리는 소리를 듣자 그 분은 놀랍게도 순수한 미소를 지으셨죠. 당신이 한 일이 그분을 기쁘게 했다고 나는 믿어요. 왜냐하면 기분 나쁜 표정은 전혀 없었거든요. 하지만 그분이 왜 그런 사나운 개를 데리고 있는지 속으로 놀랐어요. 미리 알았더라면 내가 이런 식으로 위험을 무릅쓸 용기가 있을지 의문이에요. 하지만 이제 우리는 들어왔고, 들어왔으니 정말 기뻐요.

자비: 다음번에 그분이 내려오시면 왜 그런 사나운 개를 마당에서 키우는지 물어보고 싶어요. 잘못된 질문이라고 그분이 생각지 않으시겠죠.

"그래요, 물어보세요"라고 아이들이 말했다. "우리가 갈 때 개가 물까 겁이 나니 목을 묶어 달라고 그분께 부탁해 주세요."

마침내 그가 그들에게 다시 오자 자비는 그 앞에서 얼굴을 땅에 대고 경배하며 말했다. "수송아지를 대신하여 내 입술의 열매로 바치는 찬송의 제사를, 주여, 받아 주소서."*

그러자 그가 말했다. "평화가 네게 있으라. 일어서거라."

그녀는 계속 얼굴을 대고 말했다. "오, 주여, 제가 주께 탄원할 때 주께서 의로우시니이다. 그러나 주의 심판에 대해 제가 질문하옵니다.* 왜 그렇게 사나운 개를 키우는지요? 그 모습에 우리 같은 여자와 아이들은 당신 성문에서 두려움으로 도망칩니다."

그는 이렇게 대답했다. "그 개 주인은 다른 사람이고* 그 사람의 땅에서 살고 있다. 순례자들만이 개 짖는 소리를 들을 수 있지. 그 개는 저 멀리 보이는 성에 있는데 이곳 성벽으로 달려올 수 있지. 그 개는 엄청난 소리로 짖어 정직한 순례자들을 많이 겁주었어. 사실 그 개 주인은 내 집이나 나에 대한 선의로 개를 키우는 것이 아니라 순례자들이 내게 오는 것을 막을 심사인 거야. 그들이 겁먹고 이 문을 두드리지 못하게 하기 위함이지. 때로 그 개가 풀려나 내가 사랑하는 사람들을 괴롭히기도 하지만 나는 아직 모든 일을 참을성 있게 받아들이지. 또한 그 개의 본성이 시키는 대로 내 순례자들에게 위력을 가할 때 나는 그들이 해를 입지 않도록 적당한 때에 돕지. 하지만 '내가 피로 산 사람아'*, 네가 미리 개에 대해 몰랐다면 너는 조금도 두려워하지 말아야지.

이 집 저 집 구걸 다니는 거지는 기대했던 보시를 잃기보다는 개가 짖고 물고 덤비는 위험을 감수하겠지. 개의 짖는 소리도 순례자들에게 이롭게 만드는 내가 하물며 다른 집 마당에 있는 개가 나에게 오는 사람을 막게 하겠는가? 나는 그들을 사자로부터 해방시키고 '내 유일한 것을 개의 세력에서 구하는'* 자이라."

자비: 제 무지를 고백하나이다. 제가 알지도 못한 것을 말했나이다. 당신은 모든 일을 좋게 행하시는 분임을 이제 알게 되었습니다.

그때 크리스티애나가 자신들의 여정에 관해 이야기하면서 길을 물었다. 그는 이전에 그녀의 남편에게 했듯이 그들을 먹이고 발을 씻어 주며 주의 길로 그들을 안내했다.

이제 내가 꿈속에서 보니, 그들은 쾌적한 날씨를 즐기면서 길을 떠났다.

크리스티애나가 노래를 시작했다.

내가 순례자가 되고자 한
그날을 축복하라
또한 내 마음을 움직인
그 사람을 축복하라.

내가 영생을 구한 것은
오래전부터였네.
이제 나는 최대한 빨리 달리니
늦는 것이 안 하는 것보다 낫네.*

눈물이 기쁨으로
두려움이 믿음으로 변했네.
그렇게 우리의 시작은 (어떤 분이 말씀하셨듯이)
우리의 끝이 어떨지 보여 주네.

크리스티애나와 동행들이 가는 길의 담 너머에는 정원이 있었다. 그 정원은 앞서 말한 개 주인의 소유였다. 그 정원의 과일나무 일부가 담 너머로 가지를 뻗치고 있었는데 잘 익은 과일을 본 사람들은 그것을 따서 먹고 병이 났었다. 크리스티애나의 아이들도 그 또래처럼 과일 달린 나무를 보고 좋아서 가지를 흔들며 과일을 따 먹었다. 아이들의 어머니는 그런 짓을 꾸짖었지만 아이들은 계속 따 먹었다.

"얘들아, 저 과일은 우리 것이 아니니 너희들은 법을 어긴 거야"라고 그녀는 말했다. 하지만 그 과일이 원수의 소유란 사실은 그녀도 몰랐다. 만약 알았더라면 그녀는 무서워서 죽을 지경이었을 것이다. 그렇게 모른 채 그들은 계속 길을 갔다. 그들이 떠난 곳으로부터 화살이 닿을 거리 두 배쯤 왔을 때 그들을 마주 보고 험상궂은 남자 둘이 오는 것을 보았다. 크리스티애나와 친구 자비는 베일로 머리를 가린 채 여행을 계속했고 아이들이 앞서갔다. 마침내 그들은 남자들과 마주쳤다. 그러자 남자들이 여자들에게 마치 껴안을 듯이 바짝 다가왔다. 크리스티애나는 "물러서요, 가던 길을 그냥 가세요"라고 말했다. 하지만 둘은 귀가 먼 사람처럼 크리스티애나의 말에 들은 척도 하지 않고 그들에게 손을 대기 시작했다. 그러자 크리스티애나는 화가 머리끝까지 나서 그들에게 발길질을 했다. 자비도 있는 힘껏 그들을 떨치려고 했다. 크리스티애나가 다시 말했다. "물러서서 그냥 가세요. 보시다시피 우리는 순례자라 쓸 돈도 없고 친구들의 도움으로 살고 있어요."

그중 한 남자가 말했다. "우린 돈 때문에 이러는 게 아니야. 우리가 원하는 작은 요구만 들어주면 당신들을 영원히 여자로 만들어 주겠다고 얘기하러 왔지."

크리스티애나는 그 말이 무슨 뜻인지 짐작하고 이렇게 대답했다. "우린 당신이 요구하는 것을 듣지도, 생각하지도, 허락하지도 않을 거예요. 우린 바빠서 머물 수가 없어요. 우리 일은 생사가 달린 일입니다." 그러면서 그녀와 일행은 그들을 지나가려 했다. 하지만 그들이 길을 다시 가로막았다.

험상궂은 자가 말했다. "우리는 당신 목숨을 해치려는 게 아니야. 우리가 원하는 것은 다른 거야."

크리스티애나: 그래요, 당신은 우리의 몸과 영혼을 원하겠죠. 그래서 여기 온 것을 나는 알아요. 하지만 우리는 앞으로 올 우리의 평안을 위태롭게 하는 그런 함정에 빠지느니 차라리 이 자리에서 죽고 말겠어요.

그 말과 동시에 그들은 모두 소리 지르며 "사람 살려요, 사람 살려요"라고 외쳤다. 그렇게 그들은 여성을 보호하기 위해 만든 율법에 호소했다.* 하지만 그들을 욕보일 심산으로 남자들은 계속 다가왔고, 그들은 다시 소리 질렀다.

그들은 내가 말했듯이 앞서 출발했던 문에서 멀지 않은 곳에 있어 그들의 목소리가 예전에 있던 곳에도 들렸다. 그 집 사람 몇몇이 크리스티애나의 목소리를 알아듣고 밖으로 나왔다. 그들은 그녀를 구하려고 서둘렀다. 그들의 모습이 보이는 곳에 도달했을 때 여인들은 힘겹게 몸싸움을 하고 있었고 아이들은 울고 서 있었다. 그들을 구하러 온 사람이 악당들에게 소리쳤다. "도대체 무슨 짓이냐? 너는 내 주님의 백성을 범죄하게 할 요량이냐?"* 그러고는 악당들을 잡으려 했지만 그들은 담을 넘어 큰 개 주인의 정원으로 도망갔고 개가 그들을 보호했다. 구조자가 여인들에게 다가와 어떠냐고 물었다. 그들은 "당신의 왕께 감사드려요. 우리는 약간 놀랐지만 괜찮아요. 우리를 구하러 온 당신에게도 감사드려요. 당신이 아니었으면 그들에게 당했을 거예요."

몇 마디 더 하고 나서 구조자는 다음과 같이 말했다. "저 위의 문에서 접대받을 때 당신들이 연약한 여인이면서도 안내자를 달라고 주께 청원하지 않아 내 이상하게 생각했소. 그랬다면 이런 위험과 고통을 피할 수 있었을 텐데요. 그분이 분명히 당신의 청을 들어주었을 테니까요."

크리스티애나: 어머나, 우린 당시 축복에 너무 정신이 팔려서 앞으로 올 위험은 잊어버렸어요. 게다가 왕의 궁중 가까이에 그런 못된 자들이 있으리라고 누가 생각이나 했겠어요? 사실 우리가 주께 안내자를 청했다면 좋았겠지요. 하지만 우리에게 무엇이 이익인지 아시는 주께서 안내자를 붙이지 않은 것이 좀 이상하군요.

구조자: 구하지도 않는데 줄 필요는 없지요. 그럴 경우 너무 하찮게 여기니까요. 하지만 어떤 일이 필요하다 생각하는 사람의 눈에 비로소 제값이 되어 그 가치대로 나중에 쓰이게 되지요. 만약 우리 주께서 당신의 사정을 헤아려 안내자를 주었다면 안내자를 구하지 않았던 당신의 부주의에 대해 지금처럼 그렇게 애통해하지 않았을 거예요. 이렇게 모든 것이 합력하여 선을 이루게 되고* 당신은 좀 더 조심하게 되지요.

크리스티애나: 우리가 주께 다시 가서 어리석음을 고백하고 안내자를 청할까요?

구조자: 당신이 어리석음을 고백했다고 내가 주께 말씀드리

지요. 다시 돌아갈 필요는 없습니다. 앞으로 갈 모든 장소에서 당신은 부족함이 없을 것입니다. 우리 주께서 순례자를 영접하기 위해 준비한 숙소에는 어떤 공격도 막을 수 있게 충분히 준비되어 있어요. 하지만 내가 말했듯이 "자기들에게 이루어 주기를 내게 구하여야 할지라"*라고 그분은 말씀하셨죠. 물론 하찮은 것은 구할 가치가 없지요.

이렇게 말한 뒤 그는 되돌아갔고 순례자들은 갈 길을 갔다.

자비: 갑자기 멍해지네요. 나는 우리가 모든 위험을 다 지나 더 이상 슬픈 일은 없을 거라고 생각했어요.

크리스티애나: 자매여, 당신은 순진해서 용서받을 겁니다. 하지만 나로 말하자면 내 실수가 더 커요. 왜냐하면 문을 나서기 전에 이런 위험을 알았음에도 준비해야 할 곳에서 적절히 준비하지 못했으니까요. 그러니 내 잘못이 더 큽니다.

자비: 어떻게 집을 떠나기 전에 알았단 말입니까? 그 이유를 내게도 알려 주세요.

크리스티애나: 물론 말해 줄게요. 내가 집을 떠나기 전 어느 날 밤 침대에 누웠는데 이런 꿈을 꾸었어요. 아까 만난 자들과 비슷하게 생긴 두 남자가 침대 옆에 서서 내가 구원받는 것을 어떻게 방해할까 모의하는 것을 본 것 같아요. 그들은 이렇게 말했죠. 그때는 내가 고통받고 있을 때였어요. "이 여자가 자나 깨나 울면서 용서를 구하니 어찌했으면 좋겠나? 이 여자가 하는 대로 계속 내버려 두면 우린 그녀 남편을 잃은 것처럼 이 여자도 잃게 될 거야." 이때 나는 주의를 기울이고 이런 때에 대비하여

준비했어야 했는데 말이죠.

자비: 그래요, 이런 소홀함 때문에 우리는 자신의 부족함을 볼 수 있는 기회를 갖게 되었고, 우리 주는 이 일로 그분의 풍성한 은총을 보여 줄 기회가 되었네요. 왜냐면 그분은 청하지 않아도 친절하게 우리와 동행하시며 우리보다 더 강한 자의 손아귀에서 기꺼이 우리를 구출하시니까요.

이렇게 이야기를 좀 더 나누던 그들은 길가에 있는 집 근처에 다다랐다. 그 집은 순례자의 안식을 위해 지은 집으로, 여러분은 『천로 역정』 제1부에서 더 자세한 설명을 읽을 수 있다. 그들이 그 집(해석자의 집) 가까이 가서 문 앞에 이르자 안에서 커다랗게 이야기하는 소리가 들렸다. 그들이 귀를 기울였을 때 크리스티애나라는 이름이 언급되는 것을 들은 듯했다. 여기서 독자 여러분이 알아야 될 점은 그녀와 아이들이 순례 길을 떠났다는 소문이 그녀보다 앞서 퍼졌던 것이다. 이 일이 그 집 사람들에게는 특히 더 즐거웠으니 그녀가 크리스천의 부인, 즉 얼마 전까지도 순례 길 가는 것을 듣기조차 싫어했던 여인이라고 들었기 때문이다. 그렇게 집 안의 선한 사람들이 그녀가 문밖에 있는 것을 모르고 칭송하는 소리를 그들은 조용히 서서 들었다. 마침내 크리스티애나는 이전 성문에서 그랬듯이 문을 두드렸다. 그러자 젊은 아가씨가 와서 문을 열고 두 여인이 서 있는 것을 보았다.

아가씨: 누굴 찾아오셨나요?

크리스티애나: 우리는 이곳이 순례자가 되려는 사람에게 특

별히 허락된 장소라고 들었어요. 문 앞에 있는 우리가 순례자입니다. 우리가 쉬어 갈 수 있을까 해서 왔으니 허락해 주십시오. 보시다시피 날이 이미 저물었고 밤에 더 가기가 겁이 납니다.

아가씨: 이름이 무엇인지 알려 주세요. 안에 계신 주인님께 말씀드릴게요.

크리스티애나: 내 이름은 크리스티애나이고 몇 년 전 이곳으로 여행했던 순례자의 아내예요. 얘들은 그의 아이들이랍니다. 이 처녀는 내 동행이고 역시 순례를 가고 있어요.

그러자 순결(그것이 그녀 이름이었다)은 안으로 뛰어가 사람들에게 "문에 누가 와 있는 줄 아세요? 크리스티애나와 아이들과 그녀 친구가 여기서 대접받고자 기다리고 있어요"라고 말했다. 그러자 그들은 기쁨에 펄쩍 뛰면서 주인에게 이야기하러 갔다. 그리고 주인이 문으로 와서 그녀를 바라보며 말했다. "당신이 선한 크리스천이 순례자의 삶을 택할 때 남겨 놓은 크리스티애나인가?"

크리스티애나: 제가 바로 남편의 고통을 무시하고 홀로 여행을 떠나게 한 그 무정한 여인입니다. 얘들은 그의 아이들입니다. 하지만 이제 저도 이 길만이 유일한 올바른 길이라 확신하고 여기 왔습니다.

해석자: 성서에 나오는 아버지가 자기 아들에게 오늘 내 포도밭에 가서 일하라고 하니 아들이 싫소이다 했다가 그 후에 뉘우치고 갔다는 말씀이 성취되었도다.*

크리스티애나: 그렇게 되오소서, 아멘. 그 말씀이 저로 인해

진실이 되도록 해 주소서, 하나님. 제가 주 앞에서 점도 없고 흠도 없이 평강 가운데서 나타나기를* 허락해 주소서.

해석자: 그런데 왜 너는 문가에 서 있는가, 아브라함의 딸이여, 들어오라. 우리는 여태까지 네 이야기를 하고 있었다. 네가 어떻게 순례자가 되었는지 소식이 이미 왔지. 얘들아, 들어오라. 아가씨, 들어오시오.

그렇게 그는 크리스티애나 일행을 집 안으로 이끌었다.

안으로 들어가자 그는 그들에게 앉아서 쉴 것을 권했고 순례자의 시중을 드는 사람들이 방으로 와서 그들을 돌보았다. 순례자가 된 크리스티애나를 보고 한 사람이 기뻐하며 미소 짓자 다른 사람도, 그리고 모두 기뻐하며 미소 지었다. 그들은 또한 아이들을 보살피며 환영의 표시로 아이들의 얼굴을 두 손으로 쓰다듬었다. 또한 자비에게도 다정하게 대하면서 모두 주인의 집에 온 것을 환영했다.

저녁 식사가 아직 준비되지 않아 해석자는 그들을 중요한 방들로 인도하여 크리스티애나의 남편 크리스천이 얼마 전에 본 것을 보여 주었다. 여기서 그들은 감옥에 갇힌 남자를 보았고, 꿈꾸는 사람, 적들을 뚫고 가는 사람, 모든 사람 중 가장 위대한 사람의 초상화와 그리고 크리스천에게 유익했던 나머지 것들을 보았다.

크리스티애나와 일행이 이 모든 것을 어느 정도 이해하자 해석자는 또 다른 방으로 데려갔다. 첫 번째 방에서는 한 남자가 쇠스랑을 손에 쥐고 아래만 쳐다보고 있었다. 그의 머리 위에는 천상의 면류관을 손에 든 사람이 서 있었는데 그에게 쇠스랑 대신 면류관을 주겠노라 제안하고 있었다. 하지만 그 남자는 쳐다보지도 않고 관심도 없었다. 그저 혼자 지푸라기와 나무토막과 마루의 먼지를 긁고 있었다.

그러자 크리스티애나는 말했다. "이것이 무슨 의미인지 알 것 같네요. 이것은 이 세상에 사는 사람에 대한 비유가 아닙니까? 선생님, 그렇지 않습니까?"

해석자: 네 말이 맞다. 저 사람의 쇠스랑은 그의 육체적 마음을 보여 준다. 그는 지푸라기와 나무토막과 마룻바닥의 먼지를 긁는데 관심이 있지, 천상의 면류관을 들고 위에서 그를 부르는 분이 하는 말씀에는 관심이 없다. 이는 어떤 사람에게는 천국이 그저 비유일 뿐, 이 세상에 있는 물건들만 유일한 실체라고 여기는 것을 보여 주지. 또 이 사람은 아래쪽 외에는 아무것도 보지 못해. 이는 지상의 물건들이 인간의 마음에 작용하면 그들의 마음을 하나님에게서 떼어 낸다는 것을 네가 알게 함이다.

크리스티애나: 오, 저를 이 쇠스랑으로부터 구원해 주소서.

해석자: 그 기도는 아무도 하지 않아 거의 녹슬 지경이지. "나를 부하게도 마옵시고"*라는 기도는 만 번에 한 번 할까 말까라네. 지푸라기와 나무토막과 먼지는 이제 대부분의 사람들이 찾는 위대한 물건이 되었어.

그 말에 자비와 크리스티애나는 울면서 말했다. "오호! 슬프게도 그 말이 너무나 사실입니다."

해석자가 그들에게 이것을 보여 주고 나서 집 안의 가장 좋은 방(그곳은 찬란한 방이었다)으로 그들을 데려가 뭔가 유용한 것을 발견할 수 있는지 둘러보라고 했다. 그들은 둘러보고 또 둘러보았다. 왜냐하면 그곳에는 아무것도 없었고 단지 아주 큰 거미 한 마리만 벽에 붙어 있었다. 그들은 그것을 지나쳤다.

자비는 "선생님, 저는 아무것도 보이지 않는데요"라고 말했다. 그러나 크리스티애나는 조용히 있었다.

해석자: 하지만 다시 한번 보거라.

그녀가 다시 둘러보고 나선 말했다. "여기엔 아무것도 없고 단지 흉측하게 생긴 거미 한 마리가 벽에 매달려 있네요." 그러자 그는 "이 넓은 방에 거미 한 마리밖에 없느냐?"라고 물었다. 그때 크리스티애나의 눈에 눈물이 고였다. 왜냐하면 그녀는 이해력이 빠른 여인이었기 때문이다. 그녀가 말했다. "예, 주여, 여기에 거미 한 마리보다 더 많은 것이 있습니다. 그래요, 저 안에 있는 독보다 훨씬 더 파괴적인 독을 가진 거미들이 있습니다." 그러자 해석자는 그녀를 기분 좋게 쳐다보며 말했다. "네가 진실을 말했다." 이 말에 자비는 얼굴을 붉혔고 아이들도 부끄러워 얼굴을 가렸다. 이제야 그들은 수수께끼를 이해했던 것이다.

해석자가 다시 말했다. "너희도 보다시피 저 거미는 벽에 매달려 있지만 왕궁에 살고 있는 거미다.* 이것이 기록된 이유는 너희가 죄의 독이 가득 차 있다 하여도 믿음의 손으로 잡고 있으면 하늘나라 왕궁 안 가장 좋은 방에서 살 수 있다는 것을 너희들에게 보여 주기 위함이라."

크리스티애나: 저도 비슷하게 생각하고 있었지만 전체 의미

를 깨닫지는 못했어요. 저는 우리가 거미와 같다고, 우리가 아무리 훌륭한 방에 있어도 거미같이 흉측한 존재처럼 보일 것이라 생각했지요. 하지만 이 못생긴 독거미에게서 우리가 믿음으로 행동하는 법을 배우게 되리라고는 상상하지 못했어요. 제가 보니 거미는 흉측하게 생겨도 손으로 벽을 꽉 잡고 이 집 안의 가장 좋은 방에서 살고 있어요. 하나님께서 헛되이 만드시는 것은 하나도 없어요.

그들 모두 기뻐했지만 눈에는 눈물이 고였다. 그들은 서로를 쳐다보다 해석자에게 머리 숙여 인사했다.

그는 다시 그들을 암탉과 병아리가 있는 방으로 데려가더니 잠시 지켜보라고 했다. 병아리 하나가 모이통으로 가서 물을 마시는데 마실 때마다 고개를 들어 눈을 하늘로 향하고 있었다. 그가 말했다. "이 작은 병아리가 하는 짓을 잘 보고 너에게 오는 자비를 하늘을 쳐다보고 감사하게 받는 것을 배우라. 다시 한번 잘 살펴보라." 그들이 주의해서 보니 암탉이 네 가지 방법으로 병아리를 대하는 것을 볼 수 있었다. 1. 하루 종일 내는 보통 부르는 소리. 2. 때때로 내는 특별히 부르는 소리. 3. 새끼를 날개 아래에 품을 때 내는 소리. 4. 크게 꽥꽥대는 절규.

그는 "이 암탉을 너희 왕에, 그리고 병아리를 그의 충성스러운 백성에 비교해 보라"고 말했다. "암탉이 하는 것처럼 왕도 자신의 방법을 가지고 백성들을 대한다. 그가 보통 부르는 소리로는 아무것도 주지 않고, 특별한 부름에는 항상 무엇인가를 주며, 그의 날개 아래 있는 사람들에게는 품는 듯한 목소리를 내신다.* 또한 적이 오는 것을 보면 큰 소리를 쳐서 경고한다. 사랑하는 여러분을 이 방으로 인도한 것은 여러분이 여성이라 이런 일들이 더 쉽게 이해되리라 생각했기 때문이다."

크리스티애나: 선생님, 다른 것도 더 보여 주시기 바랍니다.

해석자는 그들을 도살장으로 데려갔는데 거기서 도살자가 양을 잡고 있었다. 양이 자신의 죽음을 참을성 있게 조용히 받아들이는 것을 그들은 보았다. 그러자 해석자가 말했다. "이 양에게서 고통을 견디는 법을 배우라. 부당한 일을 불평하거나 중얼거리지 않고 참는 법을 배우라. 양이 죽음을 얼마나 조용히 받아들이는지, 자신의 가죽이 귀 위로 벗겨지는 고통을 가만히 참는지 보라. 너희들 왕은 너희를 그의 양이라고 부른다."

이후 그는 다양한 꽃들이 핀 정원으로 그들을 인도했다. 그러고는 "이 모든 꽃들이 보이지?"라고 물었다. 크리스티애나는 "네"라고 답했다. 그러자 그는 다시 말했다. "이 꽃들의 생김새와 길이와 색깔과 향기와 덕목이 다양한 것을 보라. 어떤 꽃은 다른 것보다 더 낫지. 하지만 정원사가 심어 놓은 곳에 그대로 서 있으면서 서로 싸우지 않지."

다시 그는 자신이 밀과 옥수수를 심어 놓은 밭으로 그들을 인도했다. 그들이 보았을 때 작물 윗부분은 모두 잘리고 짚대만 남아 있었다. 그가 말했다. "이 땅에 거름도 주고, 갈고, 씨를 뿌렸지. 하지만 이렇게 짚대만 남은 작물을 어떻게 해야 할까?" 그러자 크리스티애나가 말했다. "일부는 태워 버리고 나머지는 퇴비로 만드세요." 그러자 해석자가 다시 말했다. "너희가 찾는 것은 열매라, 그것이 없다고 불에 던져 버리고 사람 발에 짓밟히라고 너는 저주하지. 이처럼 너희도 자신들을 저주하지 않도록 조심하라."

그리고 그들은 돌아오면서 작은 울새가 커다란 거미를 입에 물고 있는 것을 보았다. 해석자가 "여기를 보라"라고 말했다. 그것을 보고 자비는 의아하게 생각했다. 그러나 크리스티애나가 말했다. "이렇게 작고 예쁜 붉은가슴울새에게는 어울리지 않군요. 수많은 새들 중에서 특히 사람과 친밀하게 지내는 것을 좋아하는 새가 말이죠. 나는 저 새들이 빵 조각이나 깨끗한 것을 먹고 사는 줄 알았어요. 이제 갑자기 저 새가 싫어지네요."

해석자가 대답했다. "이 울새는 어떤 신자들을 보여 주는 적절한 상징이지. 그들은 겉보기에는 이 울새처럼 외양과 색깔과 노래가 아름답지. 또 진지한 신도들을 무척 사랑하는 듯이 보이지. 무엇보다 선한 사람이 주는 빵 조각을 먹고 살 것처럼 그들과 교제하기를 원하지. 그래서 그들은 성도의 집과 주님이 임명한 곳을 자주 다니지. 하지만 그들은 홀로 있을 때 이 울새처럼 거미를 잡아 삼키고 식단을 바꿔서 사악함을 포도주처럼 마시며 죄를 물처럼 들이켜지."

그들이 집 안으로 들어왔을 때 저녁 식사가 아직 채 준비되지 않아서 크리스티애나는 해석자가 다른 유익한 것들을 보여 주거나 이야기해 주기를 원했다.

해석자는 이렇게 말을 꺼냈다. "암퇘지가 살이 찔수록 진탕을 더 좋아하지. 수소가 살이 찔수록 도살장에 가기 더 좋지. 정욕이 많은 남자가 건강할수록 죄악으로 가기가 더 쉽지. 여인들은 곱게 단장하고 싶어 하지만 하나님 앞에 값진 모습으로 단장하는 것이 알맞은 것이다.*

하루나 이틀 밤을 새우는 것이 1년 내내 새우는 것보다 쉽다. 마찬가지로 처음 신앙을 고백하기는 쉽지만 자신의 최후까지 신앙을 지키기란 쉽지 않다.

선장은 폭풍우를 만나면 배 안의 값싼 물건부터 먼저 바다로 던진다. 누가 가장 좋은 것을 먼저 버리겠는가? 하나님을 두려워하지 않는 사람 외에는 아무도 그렇게 하지 않는다.

아주 작은 구멍 하나가 배를 침몰시키고 죄 하나가 죄인을 멸망시킨다.

자기 친구를 잊어버리는 자는 친구에게 배은망덕하지만 자신의 구세주를 잊어버리는 자는 스스로에게 무자비한 것이다.

죄 안에서 살며 행복을 바라는 사람은 깜부기를 심고 헛간을 보리나 밀로 채우리라 생각하는 사람과 같다.

만약 어떤 사람이 잘 살고 싶으면 자신의 마지막 날을 옆에 두고 항상 지켜보며 살아야 한다.

귓속말과 생각의 변화는 이 세상에 죄가 존재함을 증명한다.

하나님이 하찮다고 제쳐 놓는 이 세상이 인간들에게 그토록 가치 있는 것으로 여겨진다면 하나님이 찬양하시는 천국은 과연 어떻겠는가?

모든 사람이 인간의 선함을 소리쳐 칭송한다. 하지만 당연히 감동받아야 할 하나님의 선함에 감동받은 사람이 누구인가?

우리는 음식을 먹으려고 식탁에 앉는다. 마찬가지로 예수 그리스도 안에는 온 세상이 필요한 것보다 더 많은 정의와 공적이 있다."

말을 마친 해석자는 그들을 다시 정원으로 이끌어 나무 앞으로 데려갔는데 그 나무는 속은 썩어 텅 비었지만 잎이 무성하게 자라 있었다. 그러자 자비가 "이것이 무슨 뜻입니까?"라고 물었다. 그가 말했다. "이 나무는 겉은 아름답지만 속은 썩었다. 이는 하나님의 정원에 있는 많은 자들에게 비교될 수 있다. 입으로는 하나님을 높이 칭송하지만 그를 위해 실제로는 아무 일도 안 하는 자들 말이다. 그들의 이파리는 멀쩡하지만 그들의 가슴은 아무짝에도 쓸모없으니 악마의 부싯깃 통에서 부싯깃 노릇만 할 뿐이지."

이제 저녁이 준비되어 음식이 식탁 위에 차려졌다. 그들은 모두 앉아서 감사 기도를 드린 후 먹기 시작했다. 해석자는 자기 집에 묵어 가는 사람들에게 식사 때 음악으로 접대했고, 그래서 악사들이 연주를 했다. 또한 노래를 부르는 사람도 있었는데 목소리가 매우 고왔다.

그의 노래는 이랬다.

주님은 나의 유일한 지지자,
나를 먹여 주시는 분일세.
그러니 내가 필요하거나
부족할 게 뭣이 있으랴?

음악과 노래가 끝났을 때 해석자는 크리스티애나에게 맨 처음 순례자의 삶을 택하기로 마음먹은 이유가 무엇이냐고 물었다.

크리스티애나는 대답했다. "첫째, 남편을 잃은 생각에 저는 마음으로 슬퍼했습니다. 하지만 그것은 인간으로서의 자연스러운 감정이었죠. 그 뒤 남편이 겪은 고난과 순례가 제 마음에 떠올랐고 또한 그 일로 그에게 얼마나 못되게 굴었는지 생각났지요. 저는 죄의식에 사로잡혀 연못에 빠져 죽었으면 했지요. 하지만 적절한 때에 나는 남편이 행복하게 지내는 꿈을 꾸었고 그가 살고 있는 나라의 왕으로부터 오라는 편지를 받았지요. 꿈과 편지가 함께 내 마음에 작용해서 이 길을 택하게 되었답니다."

해석자: 출발하기 전에 반대하는 사람은 없었나?

크리스티애나: 네, 제 이웃인 소심 부인이 있었어요. 그녀는 내 남편에게 사자가 무서워 돌아가자고 설득한 사람의 딸입니다. 그녀는 제가 절망적인 모험을 하려 한다면서 완전히 바보 취급을 했죠. 또한 남편이 가는 길에 만난 어려움과 고난을 들먹이며 저를 낙담시켜 붙잡아 두려고 애를 썼지요. 하지만 이 모든 것을 저는 잘 극복했어요. 그러나 꿈속에서 두 명의 험상궂은 남자가 내 여정을 무산시키려 모의하고 있는 듯한 모습을 보았고, 저는 무척 괴로웠어요. 그래요, 그 모습은 아직도 제 마음속에 남아서 길에서 만나는 모든 사람이 무서워져요. 그들이 나에게 못된 짓을 하여 가는 길을 저버리게 만들지 않을까 하고

요. 그래요, 모두에게 알리고 싶지는 않지만 우리 주께는 말씀드릴 수 있는 사건이 있죠. 우리가 처음 들어온 문과 이곳 사이에서 우리 둘 다 심한 공격을 받아 "사람 살려" 하고 소리 질렀죠. 우리를 공격한 두 사람은 제가 꿈속에서 본 두 남자와 비슷했어요.

그러자 해석자가 말했다. "너의 시작은 선하였으니 네 나중은 심히 창대하리라." 그는 이번에는 자비에게 물었다. "아가씨, 무엇이 너를 여기까지 오게끔 했나?"

자비는 얼굴을 붉히며 몸을 떨면서 잠시 동안 말이 없었다.

해석자: 겁내지 말고 오직 믿음으로 네 마음을 이야기해 보라.

자비: 선생님, 사실은 제가 경험이 부족해서 조용히 있는 것을 더 좋아합니다. 또한 경험 부족으로 마지막 목표를 이루지 못할까 두려움에 차 있습니다. 저는 친구 크리스티애나가 한 것처럼 비전이나 꿈에 대해 할 말이 없습니다. 또한 좋은 친지들의 조언을 듣지 않아 슬펐다는 말도 잘 이해할 수 없습니다.

해석자: 그렇다면 아가씨, 네가 지금까지 한 일을 하도록 설득한 것은 무엇인가?

자비: 그것은 여기 제 친구가 마을을 떠나려 짐을 싸고 있을 때 저와 다른 친구가 우연히 그녀를 보러 갔죠. 우리는 문을 두드리고 들어갔어요. 집 안에서 그녀가 하는 일을 보고 우리는 왜 그러는지 물었죠. 그녀는 자기 남편에게 오라는 초대를 받았다면서 흥분하여 꿈 이야기를 했어요. 꿈속에서 그녀의 남편이 면류관을 쓰고 영생을 얻은 이들과 함께 살면서 하프를 연주하

고 왕의 식탁에서 먹고 마시며 그를 그곳으로 데려온 그분을 칭송하는 노래를 불렀답니다. 그녀가 이런 이야기를 하는 동안 제 가슴은 타오르는 것 같았어요. 저는 가슴속으로 말했죠. 만약 이것이 사실이라면 저의 아버지와 어머니와 제가 태어난 땅을 떠나 크리스티애나와 같이 가겠다고요.

그래서 저는 그녀에게 이 일이 진실이냐고, 그리고 그녀가 저를 데리고 갈 수 있는지 물었죠. 왜냐하면 이제 파멸의 위험 없이 살 곳이 우리 마을에는 더 이상 없다는 것을 제가 알았기 때문이죠. 그래도 저는 무거운 마음으로 떠났죠. 떠나는 것이 싫어서가 아니라 너무 많은 친지를 남겨 놓았기 때문이죠. 저는 제 마음이 간절히 원해서 여기까지 왔고, 할 수만 있으면 크리스티애나와 함께 그녀 남편과 그의 왕에게 가고 싶습니다.

해석자: 네가 떠나온 것은 정말 잘한 일이다. 이는 네가 진리를 믿었기 때문이라. 너는 나오미에 대한 사랑과 자신의 하나님이신 여호와에 대한 사랑으로 아버지와 어머니와 자신이 태어난 땅을 떠나 이제까지 모르던 사람들과 같이 가기로 결심한 룻과 같은 여인이다. "여호와께서 네가 행한 일에 보답하시기를 원하며 이스라엘의 하나님 여호와께서 그의 날개 아래에 보호를 받으러 온 네게 온전한 상 주시기를 원하노라."*

이제 저녁 식사가 끝나고 잠자리가 준비되어 여인들은 각자, 그리고 아이들은 자기들끼리 누웠다. 자비가 자리에 누웠을 때 그녀는 너무 기뻐서 잠을 잘 수 없었다. 자신이 제외되었다는 의심이 그 어느 때보다 멀리 사라졌기 때문이다. 그녀는 누워서 자신에게 그러한 은총을 주신 하나님을 칭송하고 축복했다.

아침 해가 뜰 무렵 그들은 일어나 떠날 준비를 했다. 하지만 해석자가 좀 더 머물라고 말했다. "이제부터 당신들은 품행을 단정하게 해야 한다." 그러면서 맨 처음 문을 열어 준 아가씨에게 말했다. "이들을 정원으로 데려가 목욕탕에서 여행 중에 쌓인 먼지들을 깨끗이 씻기라." 그러자 순결이란 아가씨가 그들을 정원으로 인도해 목욕탕으로 데려갔다. 그녀는 그들에게 몸을 씻고 깨끗이 하라고 말하면서 자신의 주인은 순례 길을 가면서 자기 집에 들렀던 여인들이 이러기를 원한다고 덧붙였다. 그들은 안으로 들어가 몸을 씻었다. 그들과 아이들 모두 목욕탕을 나설 때는 깨끗하고 상쾌할 뿐만 아니라 마디마디 생기가 돌고 힘이 생겼다. 그래서 씻으러 나갈 때보다 돌아올 때 그들은 훨씬 더 아름다워 보였다.

그들이 정원에서 돌아오자 해석자는 그들을 보고 "달같이 아름답구나"*라고 말했다. 그러고는 자기 목욕탕에서 씻은 사람들에게 봉인해 주던 인장을 가져오라 했다. 인장을 가져오자 그는 그들이 앞으로 어디를 가든 그곳에서 알아볼 수 있도록 자신의 표시를 그들에게 찍어 주었다. 인장은 바로 이스라엘 자손이 애굽에서 나올 때 먹었던 유월절 무교병의 의미와 요지가 같은 것으로 이 표시는 그들 양미간에 찍혔다.* 인장은 그들 얼굴에 장식이 되어 그들의 미모를 더욱 아름답게 해 주었다. 또한 그들을 더욱 진중하게 만들어 그들의 용모를 천사처럼 만들었다.

해석자가 여인들의 시중을 드는 아가씨에게 다시 말했다. "옷장에 가서 이 사람들을 위한 옷들을 가져오너라." 그녀는 하얀 옷을 가져와 그 앞에 펼쳐 놓았다. 그는 그들에게 그 옷을 입으라고 했다. 그것은 빛나고 깨끗한 세마포 옷이었다.* 그렇게 치장한 여인들은 서로를 보고 두려움을 느꼈다. 왜냐하면 각자 자신들에게 있는 영광을 볼 수 없고 다른 사람의 것만 볼 수 있었기 때문이다. 그래서 자신보다 서로를 더 높이 평가했다. "당신이 나보다 더 아름답습니다"라고 한 사람이 말하자 "나보다 당신이 더 예쁜데요"라고 다른 사람이 말했다. 아이들도 그들의 변화된 모습을 보고 놀란 얼굴로 서 있었다.

이제 해석자는 담대한 마음이라 불리는 하인을 불러 칼과 방패와 투구로 무장하라고 명령했다. "여기 내 딸들을 데리고 그들이 다음번에 쉴 장소인 아름다움이란 집으로 인도하여라"라고 그가 말했다. 그래서 그는 무기를 챙겨 그들 앞에 서서 갔고 해석자는 "평안히 가시오"라고 인사했다. 그 집안에 속한 사람들 역시 축복의 인사로 환송했다. 그들은 길을 가면서 노래했다.

이곳이 우리의 두 번째 단계이네.
여기서 우리는 다른 사람에게 감춰졌던
한 시대에서 다음 시대로 내려오는
좋은 것들을 보고 들었네.

쇠스랑과 거미와 암탉과
병아리 역시 나에게

교훈을 가르쳐 주었으니
나는 이를 따를 것이네.

도살자와 정원과 들판과
울새와 그 먹이와
썩은 나무 역시 나에게
중요한 주제를 보여 주어

나로 하여금 깨어 기도하고
성실하려 노력하고
내 십자가를 날마다 지고
주님을 경외하며 섬기도록 하네.

이제 내가 꿈속에서 보니, 담대한 마음이 앞에 서고 뒤따라 그들이 가는 것을 보았다. 그들은 크리스천의 짐이 등에서 떨어져 무덤 속으로 굴러 들어간 지점에 도달했다. 여기서 그들은 잠시 멈추어 하나님을 찬양했다. 이제 크리스티애나가 말했다. "문에서 들은 말, 즉 우리가 말과 행함으로 용서받을 것이란 말이 생각나네요. 말이란 약속으로라는 의미지요. 행함이란 용서를 얻는 방식을 의미하겠죠. 약속이 무엇인지는 이제 나도 어느 정도 알겠어요. 하지만 행함으로 용서를 받는 것이 무엇인지 또는 어떤 방식으로 얻을 수 있는지는 담대한 마음께서 아실 것 같네요. 당신이 괜찮으시다면 우리에게 그것에 대해 말씀해 주시겠어요?"

담대한 마음: 행함으로 받은 용서란 용서가 필요한 다른 사람을 위해 어떤 사람이 얻은 용서이지요. 용서받을 사람에 의한 행함이 아니라 "내가 용서를 얻은 방식에 의해서다"라고 그분이 말씀하셨습니다.* 그 문제를 좀 더 확대해서 이야기해 보죠. 당신과 자비와 이 아이들이 얻은 용서는 다른 분에 의해 얻은 것이지요. 당신들을 문으로 들어오게 한 그분 말입니다. 그분은 이렇게 이중으로 용서를 얻었죠. 그분은 당신을 감싸기 위해 의를 행하셨고, 당신을 씻겨 의로움 안으로 보내기 위해 피를 흘리셨습니다.

크리스티애나: 만약 그분이 우리 때문에 그의 의를 버리셨다면 자신을 위해서 그는 무엇을 얻게 되나요?

담대한 마음: 그분은 당신이 필요한 것보다, 아니 그 자신이 필요한 것보다 더 많은 의를 갖고 계시죠.

크리스티애나: 그 점이 분명하도록 얘기해 주세요.

담대한 마음: 정성을 다해 설명해 보죠. 하지만 먼저 우리가 이야기하려는 그분과 같은 사람은 세상 어디에도 없다는 점을 전제해야 할 것입니다. 그분은 분명히 구분은 되지만 나누기는 불가능한 두 가지 본성을 한 인물 안에 갖고 있습니다. 이 각각의 본성에 의가 속해 있고 각 의로움은 그 본성에 필수적입니다. 그 때문에 본성에서 정의나 의를 분리하면 그 본성은 쉽게 소멸될 수 있지요. 그러므로 이 두 의로움이 또는 그중 하나라도 우리에게 덧씌워져 그것에 의해 우리가 올바르게 산다 하더라도 우리가 이 의로움의 참여자가 되는 것이 아닙니다. 게다가

이 의로움 외에 마치 이 두 본성이 하나로 합쳐진 것처럼 이 인물이 갖고 있는 의로움이 있지요. 그것은 인성과 구별되는 신성의 의가 아닙니다. 또는 신성과 구별되는 인성의 의로움도 아닙니다. 이 두 본성의 합일에 바탕을 둔 의입니다. 이는 스스로 그에게 맡기신 중재자로서의 자격을 지니도록 그가 하나님으로서 준비하기 위한 필수적인 의라고 부르는 것이 적절할 것입니다. 만약 그가 자신의 첫 번째 의를 내놓으면 그는 신성을 내놓은 거지요. 두 번째 의를 내놓으면 그는 인성의 순수함을 내놓은 겁니다. 세 번째를 내놓으면 그에게 중재 역할을 가능케 한 완전함을 그는 내놓은 것입니다. 따라서 그는 또 다른 의를 갖고 있으니 그것은 계시된 의지에 복종하는 것 또는 실행 중에도 변치 않는 의를 말하지요. 그것을 그분이 죄인에게 씌워 주고 그것에 의해 그들의 죄가 덮입니다. 그래서 그분은 말씀하시죠. "한 사람이 순종하지 아니함으로 많은 사람이 죄인 된 것같이 한 사람이 순종하심으로 많은 사람이 의인이 되리라."*

크리스티애나: 그럼 다른 의들은 우리에게 아무 소용이 없습니까?

담대한 마음: 아니요. 소용이 되지요. 물론 그것들이 그의 본성과 직책에 필수적이어서 다른 사람에게 전달될 수는 없지요. 하지만 그 의들 덕분에 사람을 의롭게 하는 의가 목적을 달성하는 것입니다. 그분의 신성의 의는 그의 복종에 덕을 줍니다. 그의 인성의 의는 그의 복종을 정당화하는 능력을 부여합니다. 이 두 본성의 합일에서 세워진 그의 직무의 의는 하나님으로부터

명령받은 일을 행하는 의에 권위를 부여하지요.

그래서 하나님으로서의 그리스도께 필요하지 않은 의가 있지요. 왜냐하면 그분은 그것 없이도 하나님이기 때문입니다. 사람으로서의 그리스도께 그를 사람으로 만들어 주는 데 필요 없는 의가 있지요. 그것 없이도 그는 완전한 인간이기 때문입니다. 그리고 하나님인 동시에 인간으로서의 그리스도가 필요 없는 의가 있지요. 왜냐하면 그것 없이도 그는 완전하기 때문입니다. 하나님으로서, 인간으로서, 그리고 하나님인 동시에 인간으로서 그리스도는 자기 자신에 관한 한 의가 필요 없지요. 그래서 그는 그 여분을 갖고 있다가, 즉 의롭게 하는 의는 자신이 필요하지 않으므로 남에게 줄 수 있는 것이죠. 그래서 이것을 "의의 선물"*이라 부릅니다. 우리 주 예수 그리스도께서는 스스로 율법 아래 두셨으므로 이 의로움은 반드시 내주어야 합니다. 왜냐하면 율법은 그 아래 있는 사람에게 정당하게 행할 뿐만 아니라 자비를 베풀 의무를 주었습니다. 그러므로 만약 그가 옷이 두 벌이라면 옷 없는 자에게 율법에 따라 반드시 한 벌을 주어야 합니다. 이제 우리 주께서 한 벌은 자신을 위해, 또 한 벌은 나누어 주려고 옷 두 벌을 갖고 계십니다. 그래서 옷이 없는 자에게 아낌없이 하나를 내줍니다. 덕분에 크리스티애나와 자비와 여기 있는 나머지 모두는 다른 사람의 행위 또는 행함에 의해 용서를 받는 것입니다. 여러분의 주님 그리스도께서 일을 하시고 자신이 번 것을 그가 만나는 불쌍한 거지를 위해 나누어 주시는 것입니다.

그러나 다시 한번 행함으로 용서받기 위해 우리를 감쌀 뭔가를 준비해야 하는 동시에 하나님께 뭔가 대가를 치러야 합니다. 우리는 죄로 인해 정당한 율법의 저주 앞에 놓이게 됩니다. 이 저주로부터 우리는 구원이란 방법을 통해 의로워져야 합니다. 이는 우리가 행한 해악에 대해 치를 대가인데, 이 일은 당신 주님의 피로 치러집니다. 그분은 당신들의 죄 때문에 당신들 자리에 서서 대신 죽으셨습니다.* 그러므로 그분은 당신들의 죗값을 피로 지불하셨고, 당신들의 더럽고 비뚤어진 영혼을 의로써 감싸 주셨죠. 덕분에 하나님이 세상을 심판하러 오실 때 당신들을 온전하게 넘어가며 해치지 아니할 것입니다.

크리스티애나: 정말 훌륭하군요. 이제 저는 우리가 말씀과 행함으로 용서받는다는 말이 어떤 의미인지 알 것 같습니다. 굉장하군요. 선한 자비 양, 이 점을 우리가 마음 깊이 간직하도록 노력해요. 그리고 애들아, 너희들도 그 사실을 기억하렴. 하지만 선생님, 이 사실이 내 선한 남편의 어깨에서 짐이 떨어지고 그가 기쁨으로 세 번이나 뛰게 만든 일이 아닌가요?

담대한 마음: 그렇습니다. 이 일에 대한 믿음이 다른 방법으로는 잘릴 수 없었던 끈을 끊은 것이지요. 십자가에 이를 때까지 자기 짐을 지고 가면서 고통을 당한 것은 크리스천에게 이 사실을 증명해 보이기 위해서였죠.

크리스티애나: 저도 그렇게 생각했어요. 제 가슴이 이전에도 가볍고 즐거웠지만 이제 열 배는 더 가볍고 즐겁네요. 아직까지 조금밖에는 알지 못하지만 이미 저는 알 수 있어요. 이 세상에

서 가장 무거운 짐을 진 사람이 여기 있다면, 그리고 지금 저처럼 보고 믿을 수 있다면 그의 마음은 더 즐겁고 활기에 넘칠 것이라는 확신이 듭니다.

담대한 마음: 이 일을 보고 생각함으로써 우리의 짐이 덜어지고 위안을 받을 뿐만 아니라 우리 마음 안에 다정한 애정이 생기지요. 용서가 약속에 의해서뿐만 아니라 이런 과정을 거쳐 오는 것을 한 번이라도 생각한 사람은 누군들 그분의 대속(代贖)하는 방식과 수단에 감동받지 않겠습니까? 그것을 위해 이런 일을 하신 그분께 감동받지 않겠습니까?

크리스티애나: 맞습니다. 그분이 저를 위해 피를 흘렸다고 생각하니 제 가슴이 피를 흘리는 듯합니다. 오 사랑의 주님, 오 거룩하신 주님, 당신은 저를 소유할 권리가 있으세요. 당신은 저를 사셨어요. 당신은 제 가치보다 1만 배나 더 지불하셨으니 제 전부를 가질 권리가 있으세요. 이 점이 제 남편의 눈에 눈물을 흐르게 하고, 그토록 재빨리 발걸음을 딛게 만들었으니 전혀 놀라운 일이 아니죠. 남편은 저도 같이 가기를 원했다고 확신해요. 하지만 저는 그때 불쌍할 정도로 미련해서 그를 혼자 가게 했죠. 오 자비여, 너의 아버지와 어머니가 여기 함께 있으면 좋을 것을, 그래요, 소심 부인도 같이. 아니, 이제 온 마음으로 원하건대 음탕 부인도 여기 있으면 좋겠어요. 분명히, 분명히 그들도 감동을 받을 거예요. 소심 부인의 겁이나 음탕 부인의 강한 음욕도 그들을 다시 집으로 가게 하거나 선한 순례자가 되는 것을 꺾지 못할 거예요.

담대한 마음: 당신은 지금 감동의 열기 속에 이야기하고 있네요. 앞으로도 항상 그러리라고 당신은 생각하십니까? 게다가 이런 일은 모든 사람에게 전달되지 않아요. 예수께서 피 흘리는 모습을 본 사람 모두에게도요. 십자가 옆에 서서 그분의 가슴에서 피가 떨어져 땅으로 흐르는 것을 본 사람도 이런 일에서 너무나 멀지요. 그들은 슬퍼하는 대신 그분을 조롱하고, 그의 제자가 되는 대신 그에 대해 냉혹한 마음을 먹었죠. 당신이 느낀 모든 것은 내가 해 준 말을 당신들이 특별한 인상을 받도록 하나님의 섭리가 인도하신 것이지요. 암탉이 보통 부르는 소리로는 병아리에게 먹이를 주지 않는다고 당신한테 한 말을 기억하세요. 그러므로 당신이 받은 것은 특별한 은총에 의해서입니다.

내가 여전히 꿈속에서 보니, 그들은 계속 가다가 크리스천이 순례 길을 가면서 보았던 단순, 나태, 뻔뻔이 누워 자던 곳에 도착했다. 그런데 그들은 길에서 약간 떨어진 쇠기둥에 목이 매달려 있었다.

자비가 그들의 안내자이며 인도자에게 물었다.

자비: 이 세 사람은 누구죠? 왜 여기 목이 매달려 있습니까?

담대한 마음: 이 셋은 아주 질 나쁜 사람들이죠. 스스로는 순례자가 될 마음이 전혀 없으면서 할 수 있는 한 순례자가 될 사람을 방해했지요. 그들 자신이 게으르고 어리석었죠. 게다가 다른 사람들을 설득하여 그렇게 만들고 그것이 결국 잘되는 것이라고 가르쳤지요. 크리스천이 지나갈 때 그들은 자고 있었는데 이제 당신들이 지나갈 때는 목이 매달려 있군요.

자비: 하지만 그들이 자신들처럼 만드는 데 한 사람이라도 설득할 수 있었나요?

담대한 마음: 그럼요, 여러 명이 길을 벗어났죠. 느림보라는 사람을 자기들처럼 만들려고 설득했죠. 그들이 성공한 사람은 짧은 숨, 무정함, 욕정 좇기, 졸린 머리 그리고 멍청이란 이름의 젊은 여자가 있었죠. 그들을 길에서 벗어나게 하여 자기들처럼 만들었어요. 게다가 그들은 주님에 대해 나쁜 소문을 퍼뜨려 그분이 악덕 주인이라고 사람들을 설득했죠. 또 선한 나라에 대해서도 알려진 것보다 반에도 못 미치는 곳이라고 사악한 소문을 냈죠.* 그들은 그의 종들을 비난했고, 그들 중 가장 훌륭한 분을 성가시고 수다스럽게 참견하는 오지랖이라 여겼죠. 그들은 하나님의 빵을 껍질이라 부르고 그 자녀들이 누리는 안락은 환상이며, 순례자들의 여정과 노고는 아무짝에도 쓸데없는 일이라고 비웃었죠.

크리스티애나: 그들이 정말 그렇다면 그들에 대해 저는 결코 슬퍼하지 않겠어요. 그들은 받아야 할 것을 받은 거죠. 사람들이 바라보고 경고를 받을 수 있는 큰길가에 달려 있는 것이 잘된 일이라 생각해요. 하지만 그들의 죄를 쇠나 구리 동판에 새겨서 여기 붙이거나 아니면 그들이 악행을 저지른 곳에 붙이는 것이 더 낫지 않을까요? 다른 사악한 인간들이 조심할 수 있도록 말예요.

담대한 마음: 이미 그렇게 되어 있소. 당신이 벽 가까이 가 보면 볼 수 있을 것이오.

자비: 아니지요. 그대로 매달려 그들 이름이 썩게 두고 그들 죄가 영원히 살아 그들에게 치욕을 주면 좋겠어요. 우리가 여기 오기 전에 그들 목이 달린 것이 정말 다행이네요. 우리 같은 불쌍한 여인네들에게 그들이 무슨 짓을 했을지 누가 알겠어요?

그러고는 그 일을 노래로 만들었다.

이제 거기 달려 있는 너희 셋은
진리에 대항하는 모든 자들에게 경고가 되어라.
이후에 오는 자는 이런 종말을 두려워하라,
만약 순례자들에게 그가 친구가 되지 않는다면.
내 영혼아, 너는 저런 사람들을 조심하라,
거룩함에 대항하는 자들을.

그들은 계속 가다가 역경이란 산 아래 기슭에 도달했다. 다시 한번 좋은 친구인 담대한 마음이 크리스천이 그곳을 지나갈 때 무슨 일이 있었는지 그들에게 말해 주었다. 먼저 그는 그들을 샘물로 데려갔다. "보세요, 이것이 산 위로 올라가기 전에 크리스천이 마셨던 샘물이죠. 그때는 맑고 좋았지만 순례자들이 여기서 마른 목을 축이길 원치 않는 자들이 발로 짓밟아 이제는 더러워졌어요."* 그러자 자비가 말했다. "아니, 왜 그런 심술을 부리지요?" 그들의 안내자가 대답했다. "물을 떠서 깨끗한 그릇에 담아 두면 괜찮아요. 그러면 흙이 밑으로 가라앉고 물이 저절로 더 맑아지죠." 그래서 크리스티애나와 일행은 그렇게 했다. 그들은 물을 떠서 질그릇에 담아 가만히 두었다가 흙이 밑에 가라앉자 그 위의 물을 마셨다.

그다음 그는 산기슭에 있는 두 갈래 길을 보여 주었다. 그곳은 격식과 위선이 길을 잃은 곳이었다. "이곳은 위험한 길이오. 크리스천이 여길 지나갈 때 격식과 위선 두 사람이 여기서 이 길로 갔다가 완전히 망했지요. 당신도 보다시피 이 길은 쇠사슬과 기둥과 도랑으로 막혀 있어요. 하지만 산으로 오르는 고생을 피하려고 이 길을 선택하는 자들이 있지요."

크리스티애나: "사악한 자의 길은 험하니라."* 그들이 저런 길을 택하고도 목이 부러지지 않는다면 그게 더 놀라운 일이지요.

담대한 마음: 네, 그들이 모험을 택할 순 있지요. 하지만 왕의 종들이 언제나 지켜보다가 그들을 불러 잘못된 길을 가고 있다고 말하면서 위험을 조심하라고 일러 주지요. 하지만 그들은 되레 비웃으며 이렇게 대답합니다. "네가 여호와의 이름으로 우리에게 하는 말을 우리가 듣지 아니하고 우리 입에서 낸 모든 말을 반드시 실행하여"* 등등. 아니, 조금 더 멀리 보면 이 길이 충분히 조심하도록 만들어진 것을 볼 수 있습니다. 이 기둥과 도랑과 쇠사슬뿐만 아니라 울타리까지 쳐 있어요. 그래도 그들은 이 길을 선택해요.

크리스티애나: 그들은 게으른 자들이어서 고생하는 것이 싫고 오르막길이 즐겁지 않은 거죠. 말씀이 그들에게 적중된 거죠. "게으른 자의 길은 가시울타리 같다."* 그래요, 그들은 힘들게 산을 올라 천상의 도시로 가는 길을 가느니 차라리 덫이 쳐진

길을 선택할 것입니다.

그들은 출발하여 산을 오르기 시작했다. 산 정상에 도달하기 전, 크리스티애나가 헐떡이며 말했다. "이곳은 숨찬 언덕이 맞군요. 자신의 영혼보다 안락을 더 좋아하는 사람들이 더 편한 길을 선택한 것이 놀랍지가 않군요." 그러자 자비가 "나는 앉아야겠어요"라고 말했다. 작은 아이도 울기 시작했다. 담대한 마음이 말했다. "자, 자, 여기 앉지 말고 좀 더 위로 가면 왕의 정자가 있소." 그는 작은 아이의 손을 잡고 그곳으로 이끌었다.

그들은 정자에 이르자마자 모두 극심한 더위에 지쳐 부리나케 앉았다. "수고한 후 쉬는 것이 얼마나 감미로운지요"*라고 자비가 말했다. "순례자들을 위해 이런 쉴 곳을 마련해 주신 순례자의 왕은 얼마나 선한 분인지요! 이 정자에 관해 저는 많이 들었지요. 하지만 이곳을 이전에 본 적이 없어요. 어쨌거나 여기서 우리 잠드는 것을 조심합시다. 불쌍한 크리스천이 여기서 잠들었다가 값비싼 대가를 치렀다고 들었어요."

그러자 담대한 마음이 아이들에게 말했다. "귀여운 아이들아, 어찌하고 있냐? 순례 길을 가는 것에 대해 어떻게 생각하니?" 막내가 말했다. "선생님, 저는 심장이 뛰어 터질 것 같아요. 하지만 필요할 때 제 손을 잡아 주셔서 감사드려요. 우리 어머니가 '하늘로 가는 길은 사다리 위로 올라가는 것 같고 지옥으로 가는 길은 언덕을 내려가는 길 같다'라고 제게 말씀하신 것이 기억나네요. 저는 언덕을 내려가 사망으로 가느니 힘들어도 사다리를 타고 생명으로 가고 싶어요."

"하지만 격언은 '언덕을 내려가는 것이 쉽다'란다"라고 자비가 말했다. 그러나 제임스(이것이 그 애의 이름이다)는 "제 생각에는 언덕을 내려가는 것이 무엇보다 어려운 일이 될 날이 올 거예요"라고 대답했다. "훌륭한 소년이구나"라고 담대한 마음이 말했다. "네가 자비에게 바른 대답을 해 주었구나." 그러자 자비는 미소 지었고 어린 소년은 얼굴이 발개졌다.

크리스티애나: 여기 앉아 다리를 쉬는 동안 뭘 좀 먹어서 입을 즐겁게 할까요? 내가 문밖으로 나올 때 해석자님이 내 손에 쥐여 준 석류가 한 조각 있어요. 또 그는 꿀벌집 한 조각과 감주 한 병을 주셨어요.

"그분이 당신을 한옆으로 부르기에 뭔가 주는구나 생각했죠"라고 자비가 말했다. "그래요"라고 크리스티애나가 말했다. "그러나 자비여, 우리가 처음 집에서 떠날 때 내가 한 말은 여전히 유효해요. 당신은 내가 가진 모든 물건을 공유할 거예요. 왜냐면 당신은 자의로 내 동행이 되었으니까요." 그러면서 그녀는 자비와 아이들 모두에게 나누어 준 뒤 함께 먹었다. 크리스티애나는 담대한 마음에게 말했다. "선생님도 우리와 같이 드시겠어요?" 그러나 그는 말했다. "당신들은 순례 길을 갈 것이고 나는 곧 돌아갈 것이니 당신들은 먹어 두는 만큼 도움이 될 것입니다. 나는 집에 가면 같은 것을 매일 먹는답니다." 그들이 먹고 마시고 약간 떠들고 난 다음 안내자가 그들에게 말했다. "날이 저물어 가니 괜찮을 때 떠날 준비를 하시오." 그래서 그들은 일어났고 어린아이들이 앞장섰다. 하지만 크리스티애나는 감주 병을 갖고 오는 것을 잊어버려 작은 아이에게 그것을 가져오라 보냈다. 그러자 자비가 말했다. "이곳은 잃어버리는 장소입니다. 여기서 크리스천이 두루마리를 잃어버렸고 크리스티애나가 병을 놓고 왔지요. 선생님, 이 모든 일의 이유가 무엇인가요?" 그러자 안내자가 대답했다. "이유는 잠 또는 건망증 때문이지요. 어떤 이들은 반드시 깨어 있어야 할 때 잠을 잡니다. 어떤 이들은 반드시 기억해야 할 때 잊어버립니다. 이것이 왜 어떤 순례자들은 쉼터에서 뭔가 잃어버리고 패배자가 되는 이유입니다. 순례자들은 그들이 가장 커다란 기쁨으로 받았던 것들을 늘 깨어서 기억해야 합니다. 하지만 그렇게 하지 않아서 그들의 기쁨은 눈물로, 그들의 햇볕은 구름으로 끝나지요. 이 장소에서 크리스천이 겪은 일이 그 증거이지요."

불신과 소심이 크리스천을 만나 사자가 무서우니 돌아가라고 설득한 곳에 이르렀을 때 그들은 그곳에 무대처럼 단(壇)이 세워진 것을 보았다. 그리고 그 앞길 쪽으로 넓은 게시판에 시 구절이 쓰여 있고 그 아래에는 단이 세워진 이유를 써 놓았다. 시 구절은 이랬다.

이 단을 본 사람은
그의 마음과 혀를 조심하시오.
그렇게 하지 않으면 그는
오래전 간 사람을 따라갈 것이오.

그 시 아래 쓰인 글귀는 이랬다. "이 단은 소심과 불신처럼 순례 길을 계속 가기를 두려워한 사람들을 벌주기 위해 세워졌다. 이 단 위에서 불신과 소심은 크리스천의 여정을 방해하려 했기에 뜨거운 쇠로 혀를 지지는 화형을 당했다."

그러자 자비가 말했다. "이것은 성서의 말씀과 흡사하군요. '너 속이는 혀여 무엇을 네게 주며 무엇을 네게 더할꼬. 장사의 날카로운 화살과 로뎀 나무 숯불이리로다.'"*

그들은 계속 길을 나아가 사자가 보이는 곳까지 왔다. 담대한 마음은 건장한 남자여서 사자를 두려워하지 않았다. 하지만 사자들이 있는 곳에 왔을 때 앞서가던 아이들이 사자가 무서워 뒤에 숨는 것이 낫다고 생각했다. 그래서 그들은 뒷걸음질해서 맨 뒤에 따라왔다. 이를 본 안내자가 웃으며 말했다. "얘들아, 너희들은 위험이 없을 때는 앞장서는 것을 좋아하더니 사자가 나타나자마자 뒤에서 오는 것을 좋아한단 말이냐?"

담대한 마음은 칼을 뽑아 사자들이 있음에도 순례자들이 갈 길을 만들어 주었다. 그때 누군가 나타나 사자 편을 들었다. 그가 순례자들의 안내자에게 말했다. "당신이 무슨 연유로 여기까지 왔단 말이오?" 남자의 이름은 험상궂음인데, 거인족 사람으로 순례자들을 죽여 왔기 때문에 피투성이라고도 불렸다.

담대한 마음: 이 여인들과 아이들은 순례 길을 가고 있는데 이 길로 반드시 지나가야 한다. 너와 사자가 있어도 지나갈 것이다.

험상궂음: 이 길은 그들이 갈 길이 아니다. 또 그들은 이 길로 지나가지 못할 것이다. 그들을 막기 위해 내가 왔고, 그 일을 위해 나는 사자들을 도울 것이다.

여기서 사실을 말하자면 사나운 사자들과 사자들을 지원하는 사람의 험상궂은 외모 때문에 이 길은 최근까지 지나가는 사람이 거의 없어 풀로 무성하게 덮여 있었다.

크리스티애나: 비록 이제까지 큰길로 다니는 사람이 없고 여행자들이 오솔길로 다닐 수밖에 없었을지라도 이제 내가 일어선 이상 더는 그렇지 않을 것이다. "나는 일어나 이스라엘의 어머니가 되도다."*

험상궂음은 오솔길로 가라며 사자를 걸고 맹세했다. 그들이 그곳을 통과하지 못할 것이니 돌아가라고 명령했다.

그러나 담대한 마음이 먼저 험상궂음에게 다가가 칼로 내려쳐 그로 하여금 물러서게 만들었다.

사자를 도우러 왔던 그가 말했다.

험상궂음: 당신은 내 땅에서 나를 죽이려는 겁니까?

담대한 마음: 우리가 있는 곳은 왕의 대로인데 네가 사자들을 이 길에 풀어놓았지. 이 여인들과 아이들은 비록 약하지만 사자가 있더라도 그들의 길을 갈 것이다.

이 말과 함께 그는 다시 거인을 곧바로 내려쳐서 무릎을 꿇게 만들었다. 그 일격에 거인은 투구가 깨지고, 다음 일격에 팔 하나가 잘렸다. 거인은 너무나 끔찍하게 울부짖어 그 소리에 여인들이 두려워했다. 하지만 여인들은 그가 땅바닥에 뒹군 것을 보고 기뻐했다. 이제 사자들은 목줄에 매여 아무 짓도 할 수 없었다. 사자들을 도와주려던 늙은 험상궂음이 죽자 담대한 마음은 순례자들에게 말했다. "이제 나를 따르라. 더 이상 사자들이 너희를 해치지 못할 것이다." 그 말에 그들은 계속 나아갔다. 사자 옆을 지날 때 여인들은 몸을 떨었고 아이들은 죽을상이 되었다. 하지만 모두 아무 해도 입지 않고 지나갔다.

이제 문지기 집이 시야에 보이기 시작했고 그들은 곧 집 근처에 도달했다. 밤에 그곳을 여행하는 것은 위험한 까닭에 그들은 더 걸음을 재촉했다. 그래서 문에 도착하자 안내자가 문을 두드렸고 문지기는 "거기 누구요?"라고 소리쳤다. 안내자가 "나요"라고 말하자 문지기는 그의 목소리를 알아듣고 나왔다. 이전에도 안내자가 순례자를 이끌고 자주 왔기 때문이다. 문지기는 내려와 문을 열고 안내자가 바로 앞에 서 있는 것을 보더니 (안내자 뒤에 서 있던 여인들을 그는 보지 못했다) 이렇게 말했다. "안녕하시오, 담대한 마음이여, 밤늦게 여긴 어쩐 일이십니까?" 안내자는 말했다. "여기 순례자들을 데려왔으니 우리 주님의 명령으로 그들은 이곳에 묵어야 하오. 사자를 도우려던 거인이 나를 막지 않았다면 훨씬 전에 도착했을 것이오. 하지만 길고 지겨운 전투 끝에 내가 그를 베고 순례자들을 여기까지 안전하게 데려왔소."

문지기: 당신도 들어가서 내일 아침까지 묵을 거죠?

담대한 마음: 아니, 나는 우리 주께 오늘 밤 돌아가야 하오.

크리스티애나: 오, 선생님, 어떻게 우리끼리 순례 길을 가라

고 버리시는지 모르겠어요. 당신은 너무도 충실하게 우리를 사랑해 주셨고, 우리를 위해 너무나 강건하게 싸우셨고, 우리에게 너무나 헌신적으로 충고해 주셔서 당신의 호의를 결코 잊지 못할 거예요.

자비: 오, 우리의 여행이 끝날 때까지 당신과 동행할 수 있다면 얼마나 좋을까요! 우리처럼 불쌍한 여인네들이 친구나 보호자 없이 이렇듯 역경이 가득한 길을 어떻게 끝까지 갈 수 있을까요?

그러자 가장 막내인 제임스가 말했다.

제임스: 선생님, 제발 부탁하오니 우리와 함께 가면서 도와주세요. 우리는 너무나 약하고, 길은 너무나 위험하니까요.

담대한 마음: 나는 우리 주님의 명령을 따릅니다. 만약 그분이 나를 당신들의 안내자로 쭉 가라고 분부하셨다면 나는 기꺼이 당신들을 보살필 거요. 하지만 이 점에서 당신들은 처음부터 잘못한 거요. 왜냐하면 그분이 내게 여기까지 당신들과 동행하라고 명령했을 때 당신들은 그분께 끝까지 함께 가게 해 달라고 빌어야 했어요. 그럼 그분은 당신들의 요청을 허락했을 겁니다. 하지만 지금은 나는 가야 해요. 그러니 선한 크리스티애나와 자비와 용감한 아이들이여, 잘 가시오.

그리고 문지기 깨어 있음이 크리스티애나에게 고향과 친척에 관해 물었다. 그녀는 대답했다. "나는 멸망의 도시에서 온 과부입니다. 제 남편은 죽었고 그의 이름은 순례자 크리스천입니다." 문지기는 "아니, 그 사람이 당신 남편이라고요?"라고 말했다. 그녀는 "네, 애들이 그의 아이들이에요"라고 말했다. 또 자비를 가리키며 "이 사람은 우리 마을 여인입니다"라고 말했다. 그러자 문지기는 늘 하듯이 종을 쳤고 문가로 처녀들 중 한 사람이 나왔다. 그녀의 이름은 겸손한 마음이었다. 그녀에게 문지기는 안에 가서 크리스천의 부인인 크리스티애나와 아이들이 여기까지 순례 길을 왔다고 알리라고 말했다. 그녀는 들어가 그렇게 말했다. 오, 그녀의 입에서 말이 떨어지자마자 안에서 얼마나 기쁨의 소리가 넘쳤는지!

그들은 문지기에게 서둘러 왔다. 크리스티애나는 아직 문에서 있었다. 가장 위엄 있어 보이는 몇 사람이 그녀에게 말했다. "크리스티애나여, 들어오시오, 선한 사람의 부인인 당신은 들어오시오, 복된 여인이여, 들어오시오, 당신과 함께 있는 사람들도 모두 들어오시오." 그래서 그녀는 들어갔고 아이들과 일행이 그녀의 뒤를 따랐다. 안으로 들어간 그들은 매우 커다란 방으로 인도되었다. 그들이 자리에 앉자 사람들은 손님을 환영하기 위해 그 집안의 어른을 불렀다. 그리고 그들은 이들이 누구인지 알자 거룩한 입맞춤으로 인사하면서 "하나님의 은총을 받은 사람들이여, 환영하오, 친구인 당신들이 우리에게 온 것을 환영하오"라고 말했다.

그러나 시간이 늦었고 순례자들은 여행하느라 지친 데다 싸움과 무서운 사자를 보고 심약해져 있어 빨리 쉬러 가고 싶어 했다. "아니요"라고 그들이 말했다. "먼저 고기 한 점 먹고 기운을 차리시죠." 그들은 순례자들을 위해 양고기와 그에 맞는 소스를 준비해 놓았다.* 문지기가 그들이 오기 전에 미리 듣고 그 소식을 집 안에 있는 가족들에게 알려 주었기 때문이다. 그들은 저녁을 먹고 찬송과 기도를 마친 다음 쉬러 가고 싶어 했다. 하지만 크리스티애나가 말했다. "만약 우리가 감히 선택할 수 있다면 내 남편이 여기 있을 때 머무르던 그 방에 있고 싶어요." 그래서 그들은 그 방으로 인도되어 모두 그 방에 누웠다. 휴식하는 동안 크리스티애나와 자비는 생각나는 대로 이런저런 이야기를 나누었다.

크리스티애나: 남편이 순례 길을 갔을 때 내가 그 뒤를 따르리라고는 생각지도 못했어요.

자비: 지금 당신이 하듯, 그가 머문 방에서 쉬면서 그의 침대에 누우리라고 당신은 전혀 생각지 못했지요.

크리스티애나: 그의 얼굴을 평안하게 보고 주님이신 왕에게 그와 함께 경배드릴 것이라고는 더더욱 생각지 못했어요. 하지만 이제 나는 그렇게 될 것을 믿어요.

자비: 가만, 무슨 소리가 들리지 않아요?

크리스티애나: 그래요, 저건 여기 우리가 있어 기뻐하는 음악 소리네요.

자비: 놀라워요! 우리가 여기 있어 기뻐하는 집 안의 음악 소리, 마음의 음악 소리, 천국의 음악 소리라니.

그들은 잠시 이야기를 나눈 뒤 잠이 들었다. 아침에 깨었을 때 크리스티애나가 자비에게 말했다.

크리스티애나: 어젯밤 자면서 당신이 웃던데 무슨 일이지요? 꿈을 꾸었나 보죠.

자비: 그랬어요, 정말 감미로운 꿈이었죠. 하지만 내가 웃은 게 확실한가요?

크리스티애나: 그래요, 정말 활기차게 웃더군요. 자비 양, 당신 꿈 이야기를 내게 해 주겠어요?

자비: 꿈속에서 나는 외딴곳에 홀로 앉아 내 마음의 완고함을 슬퍼했죠. 그곳에 앉아 있은 지 얼마 되지 않아 많은 사람들이 주위에 몰려들어 나를 보고 내가 하는 말을 들으려는 것 같았죠. 나는 계속 내 마음의 완고함을 슬퍼했고 그들이 귀를 기울였어요. 그중 어떤 이들은 나를 비웃고, 어떤 이들은 나를 바보라고 불렀고, 어떤 이들은 나를 밀치기 시작했어요. 그 순간 나는 하늘을 쳐다보았고 날개가 달린 어떤 분이 나를 향해 오는 것을 보았어요. 그는 나에게 곧장 와서 "자비야, 무엇이 너를 괴롭게 하느냐?" 하고 물었지요. 내가 괴로움을 호소하자 다 들으시고는 이렇게 말했어요. "네게 평화가 있으라." 그는 또 자기 수건으로 내 눈물을 닦아 주고 금과 은으로 된 옷을 입혔죠. 내 목에는 목걸이를, 내 귀에는 귀걸이를 걸어 주고 내 머리에는 아름다운 면류관을 씌워 주었어요.* 그리고 그는 위로 올라갔고 나도 따라가서 우리는 황금 문에 도달했죠. 그가 두드리자 안에 있던 사람들이 문을 열었고 그를 따라 나도 안으로 들어가 함께 보좌 앞으로 갔지요. 보좌 위에 앉은 분이 내게 "어서 오느라, 딸아"라고 말씀하셨죠. 그곳은 무척 빛났어요. 별처럼, 아니 태양처럼 반짝였어요. 거기서 당신 남편을 본 것 같아요. 그리고 꿈에서 깼죠. 하지만 내가 웃었어요?

크리스티애나: 웃었냐고요! 물론이지요, 자신이 그렇게 잘된 모습을 보았으니 웃을 만도 하지요. 그건 정말 좋은 꿈이었고 첫 번째 부분이 사실인 것을 당신이 깨달았으니 두 번째 부분도 결국엔 사실로 판명될 거예요. "하나님은 한 번 말씀하시고 다시 말씀하시되 사람은 관심이 없도다. 사람이 침상에서 졸며 깊이 잠들 때에나 꿈에나 밤에 환상을 볼 때에"* 말이죠. 우리는 침상에 누워 있을 때 하나님과 말하기 위해 완전히 깨어 있을 필요가 없어요. 하나님은 우리가 잠들어도 방문하실 수 있고, 우리로 하여금 그의 목소리를 듣게 하시죠. 우리는 자지만 우리 가슴은 때로 깨어 있지요. 그리고 하나님은 그 가슴에다 깨어 있을 때처럼 말로, 속담으로, 표시로, 또는 비유로 말씀하시지요.

자비: 그래요, 그런 꿈을 꾼 것이 기뻐요. 그 꿈이 머지않아 이루어져서 내가 다시 웃기를 소망해요.

크리스티애나: 이제 일어나 우리가 무엇을 할지 알아봐야 할 시간이군요.

자비: 만약 그들이 우리에게 좀 더 머물라고 하면 그 제안을 기꺼이 받아들입시다. 나는 여기 아가씨들과도 좀 더 사귈 수 있게 좀 더 머물고 싶어요. 신중, 경건, 자선은 모두 아름다운 외모에 진지해 보이더군요.

크리스티애나: 그들이 어떻게 할지 보고 결정하죠.

그들은 일어나 준비를 마치고 내려갔다. 모두 서로에게 편히 쉬었는지를 물었다.

자비: 매우 좋았어요. 내 일생에서 가장 최고의 밤이었어요.

그러자 신중과 경건이 말했다. "만약 당신이 여기에 좀 더 머물겠다면 이 집의 것을 마음대로 쓰세요." 자선도 "그래요, 그러면 정말 기쁘겠어요"라고 말했다.

그래서 그들은 한두 달 더 그곳에 머물기로 했다. 그리고 서로에게 매우 도움이 되는 사이가 되었다. 신중은 크리스티애나가 아이들을 어떻게 키웠는지 보고 싶어서 자신이 아이들에게 교리 문답을 하면 어떻겠냐고 물었다. 크리스티애나는 쾌히 승낙했다. 그녀는 가장 어린 제임스부터 시작했다.

신중: 이리 와, 제임스. 너를 누가 만들었는지 말할 수 있니?

제임스: 성부, 성자, 성신입니다.

신중: 잘했어. 그럼 누가 너를 구원했는지 말할 수 있니?

제임스: 그분의 은총이오.

신중: 성자께서 어떻게 너를 구원하니?

제임스: 그의 의로움과 죽음과 피와 생명으로요.

신중: 성령은 어떻게 너를 구원하니?

제임스: 빛을 비추심과 새롭게 하심과 보존하심으로요.

교리 문답을 마친 신중이 크리스티애나에게 말했다. "당신은 아이들을 이렇게 잘 키운 것에 칭찬을 받으셔야겠어요. 가장 어린 애가 이렇게 대답을 잘할 수 있으니 이 질문들을 나머지 아이들에게 물어볼 필요가 없군요. 그럼 이제 다음 아이에게 물어볼게요."

신중: 이리 와, 조지프. (그의 이름은 조지프였다.) 내가 너에게 물어봐도 되겠지?

조지프: 물론이죠.

신중: 인간은 무엇이냐?

조지프: 이성을 가진 존재로, 하나님이 창조하셨죠, 좀 전에 동생이 말한 대로요.

신중: 구원받았다는 단어에는 어떤 의미가 있지?

조지프: 죄로 인해 인간은 노예가 되어 불행에 빠진 상태가 되었지요.

신중: 그가 삼위일체에 의해 구원받았다는 건 무슨 뜻이지?

조지프: 죄는 너무나 강력하고 거대한 폭군이어서 하나님 외에 누구도 우리를 그 손아귀에서 끌어낼 수 없지요. 하나님은 너무나 선하시고 인간을 사랑하사 고난의 상태에서 그를 끌어내 주시죠.

신중: 불쌍한 인간을 구원하시는 하나님의 목적은 무엇인가?

조지프: 그의 이름과 그의 은혜와 정의를 영광되게 하기 위해서죠. 그리고 당신 피조물의 영원한 행복을 위해서입니다.

신중: 반드시 구원받아야 하는 사람은 누구인가?

조지프: 하나님의 구원을 받아들이는 사람입니다.

신중: 참 잘했다, 조지프야, 네 어머니가 너를 잘 가르쳤고 너도 어머니의 말씀을 잘 들었구나.

그다음 신중은 둘째 아들인 새뮤얼에게 말했다.

신중: 얘, 새뮤얼. 이번엔 너한테 내가 물어보아도 괜찮겠지?

새뮤얼: 물론이죠. 무엇이든지요.

신중: 천국은 무엇이니?

새뮤얼: 가장 복된 장소요, 복된 상태지요. 하나님이 거기 사시니까요.

신중: 지옥은 무엇이니?

새뮤얼: 가장 슬픈 장소요, 슬픈 상태지요. 그곳은 죄와 악마와 죽음이 사는 곳이니까요.

신중: 왜 너는 천국으로 가고 싶어 하니?

새뮤얼: 내가 하나님을 뵐 수 있고 끊임없이 그분을 섬길 수 있으니까요. 그리스도를 뵐 수 있고 영원히 그분을 사랑할 수 있으니까요. 여기서는 결코 누릴 수 없는 성령을 내 안에 충만히 받을 수 있으니까요.

신중: 정말 훌륭한 답이야, 잘 배운 아이로구나.

그러고 나서 그녀는 큰아들 매슈에게 말했다. "이리 와 매슈, 내가 너에게도 교리를 물어봐도 되겠지?"

매슈: 좋습니다.

신중: 그럼 물어볼게. 하나님에 앞서 또는 하나님 이전에 어떤 사물이 존재한 적이 있니?

매슈: 아니요. 하나님은 영원하십니다. 태초에 첫날이 시작할 때까지 하나님 외에는 어떤 것도 존재할 수 없지요. 주는 엿새 동안 하늘과 땅과 바다와 그 가운데 모든 것을 만드셨으니까요.*

신중: 성서에 대해 너는 어떻게 생각하니?

매슈: 그것은 하나님의 거룩한 말씀입니다.

신중: 그 안에 네가 이해하지 못하는 것도 있니?

매슈: 네, 매우 많아요.

신중: 성서 안에서 네가 이해하지 못하는 구절이 나오면 어떻게 하니?

매슈: 저는 하나님이 저보다 현명하시다고 생각해요. 저에게 유용한 구절이라면 하나님께서 저에게 알려 주시기를 기도하지요.

신중: 죽은 자의 부활을 너는 믿니?

매슈: 저는 그들이 부활한다는 것을 믿어요. 땅속에 묻힌 바로 그 모습으로요. 부패한 점은 다르지만 본질은 같아요. 저는 두 가지 점에서 이를 믿어요. 첫째 하나님께서 부활을 약속하셨기 때문에요. 둘째, 하나님께서는 그 일을 행할 수 있기 때문이죠.

그러자 신중이 아이들에게 말했다. "너희들은 그래도 어머니에게 배울 점이 더 있으므로 어머니 말씀에 귀 기울여야 한다. 또한 다른 사람들에게서 들을 수 있는 좋은 말씀에도 열심히 귀를 기울여라. 왜냐하면 그들은 너희들을 위해 좋은 말씀을 하는 것이니까. 하늘과 땅이 네게 가르치는 것을 조심스레 관찰하여라. 특히 성서를 열심히 묵상해야 한다. 그것이 네 아버지가 순례자가 된 이유란다. 얘들아, 나 역시 너희들이 여기 있는 동안 할 수 있는 한 너희들을 가르치마. 신앙을 북돋는 일에 관해 너희들이 질문하면 내가 기꺼이 답해 줄게."

순례자들이 이 집에 일주일 정도 머물렀을 때 자비에게 호감을 품은 한 방문객이 있었는데 그의 이름은 쾌활이었다. 어느 정도 교양도 있고 종교에도 뜻이 있어 보였지만 세속에 매우 물든 사람이었다. 그는 자비에게 한두 번 또는 그 이상 방문하여 그녀에게 사랑 고백을 했다. 자비는 아름다운 용모를 가져서 더욱 매력적이었다.

마음도 아름다워 그녀는 항상 무엇인가 부지런히 일했다. 자신을 위해 할 일이 없을 때는 바지나 윗도리를 만들어 필요한 사람들에게 나누어 주었다. 쾌활은 그녀가 만든 것을 어디에 어떻게 쓰는 줄도 모르고 그냥 크게 감동을 받은 것 같았다. 왜냐하면 그녀가 게으른 적이 없어서였다. "좋은 신붓감이야"라고 그는 혼잣말을 했다.

자비는 집 안의 아가씨들에게 구혼 사실을 알리면서 그 사람에 대해 더 잘 알고 있는 그들에게 그에 관해 물어보았다. 그들은 그가 분주한 사람으로, 종교적인 척하지만 선한 능력과는 거리가 먼 것 같다고 말했다.

"그럼 안 되겠네요." 자비가 말했다. "더 이상 그를 만나지 않겠어요. 내 영혼에 방해되는 것은 결코 가질 생각이 없어요."

신중이 답했다. "그에게 일부러 단념시킬 말을 할 필요는 없어요. 가난한 사람을 위한 일을 계속하는 모습을 보면 그의 열정이 곧 식을 거예요."

그다음 방문했을 때 그는 그녀가 여전히 가난한 사람을 위해 옷 만드는 일을 하고 있는 것을 보았다. 그가 말했다. "아니, 항상 이 일을 합니까?" "그래요, 저 자신을 위해서나 다른 사람을 위해서죠"라고 그녀가 답했다. "그럼 하루에 얼마나 법니까?" 그가 물었다. 그녀는 "나는 '선한 사업을 많이 하니 이것이 장래에 자기를 위하여 좋은 터를 쌓아 참된 생명을 취하기 위해'* 이 일을 합니다"라고 말했다. "아니, 이것들을 가지고 뭘 한단 말이오?" 그가 물었다. "벌거벗은 자를 입히지요"라고 그녀가 답했다. 그 말에 그는 낙담한 표정을 지었다. 그리고 다시는 그녀를 방문하지 않았다. 그에게 이유를 묻자 "자비는 예쁜 처녀지만 상태가 이상해"라고 그는 답했다.

그가 자비에게서 멀어지자 신중이 말했다. "쾌활이 곧 당신을 떠날 거라고 내가 이야기하지 않았어요? 그래요, 이제 당신에 관해 나쁜 소문을 내고 다닐 거예요. 그가 종교적인 척하고 다니면서 당신에게 관심을 보였지만 두 사람은 너무 다른 성격이라 도저히 함께할 수 없을 거예요."

자비: 내가 아무에게도 말을 안 했지만 이전에도 남편 될 뻔한 사람들이 있었어요. 그들도 내 사람됨에 대해서는 아무 잘못도 찾지 못했지만 내 일을 좋아하지 않는 사람들이었죠. 그래서 그들과 나는 결코 합칠 수 없었었죠.

신중: 자비란 우리 시대에는 이름만 있는, 제쳐 둔 덕목이죠. 당신의 상태가 보여 주는 실천을 따라 할 수 있는 사람은 거의 없어요.

자비: 글쎄요, 아무도 날 원치 않으면 죽을 때까지 처녀로 살지요. 그 상태가 나에게는 남편이 있는 것과 마찬가지입니다. 왜냐하면 나는 본성을 바꿀 수 없고 이 점에 관해 나와 반대되는 사람을 맞이하는 것은 살아 있는 한 받아들일 수 없으니까요. 나에겐 아낌없음이란 이름의 언니가 있었는데 이런 부류의 비열한 남자와 결혼했었죠. 그와 언니는 결코 맞지 않았어요. 하

지만 언니가 자신이 시작한 일, 즉 가난한 사람에게 친절을 베풀기로 결심했기 때문에 그 남자는 시장 네거리에서 언니한테 욕설을 퍼부은 다음 집 밖으로 쫓아냈죠.

신중: 그러고도 그 사람은 신앙 고백자였죠? 내가 맞죠?

자비: 그래요, 이 세상은 그와 같은 자들로 가득 차 있어요. 하지만 그런 사람은 누구라도 나는 싫어요.

그때 크리스티애나의 큰아들 매슈가 병이 났는데, 배가 몹시 아파서 때로 창자가 꼬이는 듯이 고통스러워했다. 거기서 멀지 않은 곳에 나이 지긋하고 숙련된 의사인 노련이 살고 있었다. 그래서 크리스티애나의 부탁으로 그들은 의사를 모셔 왔다. 그가 방으로 들어와 아이를 얼마 동안 진찰한 다음 그 애가 복통을 일으켰다고 결론지었다. 그는 아이 어머니에게 물었다. "최근에 매슈가 무슨 음식을 먹었지요?" "음식이라곤 건강에 좋은 것 외에는 없어요"라고 크리스티애나가 대답했다. 의사는 대답했다. "이 아이 위 속에 소화되지 않고 뭔가 남아 있는데 어떤 방법으로도 뺄 수가 없어요. 장을 비우지 않으면 이 아이는 죽을 겁니다."

새뮤얼: 어머니, 우리가 이 길 처음에 있던 문을 나서자마자 형이 주워 먹은 게 뭐지요? 왼쪽 담 너머에 정원이 있었고 나뭇가지들이 담 위에 걸쳐 있어 형이 흔들어 열매를 따 먹었죠.

크리스티애나: 맞아, 얘야. 네 형이 거기서 열매를 따 먹었지. 못된 놈 같으니, 내가 꾸짖어도 그 앤 그걸 먹었어.

노련: 아이가 건강에 좋지 않은 음식을 먹었다고 확신했어요.

그 음식 중에서 특히 그 열매가 가장 해로워요. 그건 바알세불의 정원에 있는 나무 열매지요. 아무도 당신에게 그걸 경고해주지 않았다니 놀랍군요. 그것 때문에 여러 명이 죽었는데요.

그러자 크리스티애나는 울면서 말했다.

크리스티애나: 오, 못된 놈. 오, 엄마가 부주의하다니. 아들을 살리려면 내가 무얼 해야 합니까?

노련: 너무 상심 마시오. 아이는 다시 괜찮아질 거요. 하지만 장을 청소하고 토해야 해요.

크리스티애나: 선생님, 돈은 얼마가 들어도 좋으니 애한테 최선의 능력으로 고쳐 주세요.

노련: 아니, 나는 적당히 받을 만큼 받겠소.

그가 장을 씻어 내는 약을 만들었지만 그것은 너무 약했다. 그것은 "염소와 황소의 피"*와 암송아지의 재와 우슬초 즙 등으로 만들었다. 약효가 너무 약한 것을 보고 노련은 아이에게 맞는 약을 다시 만들었다. 그것은 예수의 살과 피였다.* (아시다시피 의사들은 환자에게 이상한 약을 주기도 하죠.) 예수의 살과 피에 언약 한두 가지를 섞고 적당량의 소금을 섞어 알약으로 만들었다.* 그 아이는 금식하면서 알약 세 개를 회개의 눈물 4분의 1컵에 타서 먹어야 했다. 이 처방이 준비되어 아이에게 가져가자 복통으로 온몸이 산산조각 나듯이 뒤틀면서도 약 먹기를 거부했다.* "자, 이 약을 먹어야 한다"라고 의사가 말했다. "속에서 받지 않는걸요"라고 아이가 말했다. "이 약을 네게 먹여야겠어"라고 그 애 엄마가 말했다. "그럼 다시 다 토해 낼 거예요"라고 아이가 말했다. 크리스티애나가 의사에게 물었다. "선생님, 이 약 맛이 어떻습니까?" "나쁜 맛은 아니오"라고 의사가 말했고 그녀는 알약 하나를 혀끝에 대 보았다. "오, 매슈, 이 약은 꿀보다 더 달구나. 네가 이 엄마를 사랑한다면, 네가 네 동생들을 사랑한다면, 네가 자비를 사랑한다면, 네가 네 생명을 사랑한다면 이 약을 먹어라." 그렇게 한바탕 소동 후에, 또 그 약에 대해 하나님의 축복을 기원하는 짧은 기도 후에 매슈는 약을 먹었다. 약은 아이한테 잘 맞았다. 아이는 장을 깨끗이 비웠고 잠이 들어 조용히 쉬었다. 그 약은 아이에게 적당한 열을 내고 땀을 배출하게 하여 복통을 완전히 제거했다.

얼마 후 그 애는 일어나 지팡이를 짚고 이 방 저 방으로 다니며 자신이 어떻게 아팠고 어떻게 나았는지를 신중과 경건과 자선과 함께 이야기했다.

아들이 낫자 크리스티애나는 노련에게 물었다. "선생님, 제 아이를 보살펴 준 당신의 노고에 어떻게 보답을 해 드려야 할까요?" "이 경우 적용되는 규정에 따라 지불하시면 됩니다"*라고 그가 말했다.

크리스티애나: 선생님, 이 약이 다른 경우에도 효험이 있나요?

노련: 이건 보편적인 약이라 순례자들이 우연히 걸리는 모든 질병에 효험이 있지요. 잘 조제되었다면 오랫동안 약효가 보존되지요.

크리스티애나: 선생님, 이 약 열두 갑을 만들어 주세요. 이 약만 있으면 다른 약이 필요 없겠어요.

노련: 이 약은 아픈 사람을 낫게도 할뿐더러 병을 예방하는 데도 좋아요. 이 약을 제대로만 사용한다면 영원히 살 수도 있을 거라고 내 장담해요. 하지만 이 약을 내가 처방해 준 방식 외에 다른 방식으로 주면 안 돼요. 만약 그렇게 하면 약은 아무 효험이 없어요.

그러면서 그는 크리스티애나와 아이들과 자비를 위해 약을 주었다. 그리고 매슈에게 설익은 열매를 먹지 않도록 조심하라고 이른 뒤 그들에게 입 맞추고 떠났다.

이전에 여러분도 들었던 것처럼 신중은 아이들에게 언제든 유익한 질문을 하면 도움 되는 말을 해 주겠다고 약속했었다. 병이 났던 매슈가 그녀에게 물었다.

매슈: 왜 대부분의 약이 우리 입에 쓰나요?

신중: 인간의 마음이 하나님의 말씀과 그 효능을 얼마나 받기 싫어하는지 보여 주기 위해서지.

매슈: 왜 좋은 약은 우리를 토하게 하고 설사하게 하나요?

신중: 말씀이 효과를 발휘할 때 마음과 생각을 정화한다는 것을 보여 주기 위해서지. 약이 육체에 하는 일을 말씀이 영혼에 하는 것이란다.

매슈: 불길이 위로 올라가는 것을 보고 우리는 무엇을 배워야 하나요? 또 태양의 햇살과 따뜻한 기운이 아래로 내려오는 것을 보고 무엇을 배워야 하나요?

신중: 불이 위로 올라가는 것을 보면서 천국에 오르려는 열렬하고 뜨거운 욕망을 배우게 되지. 태양이 열기와 햇살과 따뜻한

기운을 밑으로 보내는 것을 보면서 이 세상의 구세주가 비록 높이 있지만 아래 있는 우리에게 은총과 사랑으로 내려오시는 것을 배우지.

매슈: 구름은 물을 어디서 가져오죠?

신중: 바다에서.

매슈: 거기서는 무얼 배울 수 있나요?

신중: 성직자들은 그들의 교리를 하나님으로부터 가져와야 한다는 것을 배우지.

매슈: 구름은 왜 자신을 지상에 다 쏟아붓나요?

신중: 성직자들이 하나님에 대해 아는 것을 이 세상에 다 주라는 것을 보여 주기 위해서다.

매슈: 태양이 왜 무지개를 만들지요?

신중: 하나님의 언약이 그리스도 안에서 우리에게 확실하다는 것을 보여 주기 위해서지.

매슈: 왜 바다에서 땅을 통해 샘물이 우리에게 오나요?

신중: 하나님의 은총이 그리스도의 몸을 통해 우리에게 온다는 것을 보여 주기 위해서다.

매슈: 어떤 샘물은 왜 높은 산꼭대기에서 솟아나죠?

신중: 은총의 영이 가난하고 낮은 수많은 사람들뿐만 아니라 몇몇 위대하고 강한 사람에게도 솟아날 수 있다는 것을 보여 주지.

매슈: 불은 왜 초의 심지에 붙어서 타나요?

신중: 은총이 마음에 타오르지 않으면 우리에게 진정한 생명의 빛이 없음을 보여 주기 위해서지.

매슈: 왜 촛불을 유지하기 위해 심지와 초의 모든 것이 타 버려야 하나요?

신중: 우리 안에 있는 하나님의 은총이 좋은 상태를 유지하기 위해서는 육체와 영혼과 모든 것이 최선을 다해 은총에 봉사하고 써야 하는 것을 보여 주기 위해서지.

매슈: 펠리컨은 왜 자기 부리로 가슴을 쪼나요?

신중: 자기 피로 어린 새끼들을 먹이기 위해서지. 그것은 복된 그리스도께서 어린 자식인 그의 백성을 사랑하사 자신의 피로 죽음에서 그들을 구하신 것을 보여 주기 위해서지.

매슈: 수탉이 우는 소리를 듣고 우리는 무엇을 배우나요?

신중: 베드로의 죄와 그의 회개를 기억하라는 거지. 수탉이 우는 것은 날이 밝는다는 것이니 수탉의 울음을 듣고 너는 마음으로 무시무시한 최후의 심판일을 생각해야 해.

그들이 머문 지 한 달이 지나자 그들은 이제 떠나는 것이 좋겠다고 그 집 사람들에게 알렸다. 그러자 조지프가 어머니에게 말했다. "어머니, 해석자님의 집으로 사람 보내는 걸 잊지 마세요. 그분께 담대한 마음님을 보내 주어 우리의 남은 길을 인도하게 해 달라고 간청해 주세요." "정말 잘 말했다. 난 거의 잊어버렸지"라고 그녀가 말했다. 그녀는 청원서를 써서 문지기 깨어 있음에게 사람을 시켜 좋은 친구인 해석자에게 그것을 보내 달라고 요청했다. 청원서가 당도하자 해석자는 그 내용을 보고 심부름꾼에게 "가서 내가 그를 보낸다고 말하라"고 일렀다.

크리스티애나가 있던 집 안의 식구들은 떠나려는 크리스티애나 일행의 뜻을 알고 사람들을 다 불러 모은 뒤 그들에게 이렇게 유익한 손님을 보낸 왕께 감사 기도를 드렸다. 그 일이 끝나자 그들은 크리스티애나에게 말했다. "순례자들에 대한 우리 관습대로 가는 길에 명상할 수 있도록 몇 가지 보여 드릴까 합니다." 그들은 크리스티애나와 아이들과 자비를 작은 방으로 인도해 하와가 먹고 자기 남편에게 주었던 사과 하나를 보여 주었다. 그것을 먹고 둘 다 낙원에서 쫓겨났었다. 그들은 크리스티애나에게 그것이 무엇이라 생각하냐고 물었다. 크리스티애나는 "그것이 음식인지 독인지 나는 모르겠어요"라고 답했다. 그러자 그들은 그 문제에 관해 이야기해 주었고, 그녀는 두 손을 들고 놀라워했다.*

그들은 다른 장소로 그녀를 데리고 가서 야곱의 사다리를 보여 주었다. 이때 그곳에는 몇몇 천사들이 올라가고 있었다. 크리스티애나는 천사들이 올라가는 것을 쳐다보고 또 보았고 나머지 일행도 그랬다.* 그들은 다른 것을 보여 주기 위해 다음 장소로 가려 했다. 그러나 제임스가 어머니에게 "이건 신기한 광경이니 그들에게 부탁해서 여기 좀 더 머물러 있게 해 주세요"라고 말했다. 그래서 그들은 다시 돌아가 너무나 즐거운 광경을 두 눈으로 실컷 보면서 서 있었다.* 이후 그들은 황금 닻이 걸려 있는 곳으로 이들을 데려가서 크리스티애나에게 그것을 내려 보라고 했다. "당신이 그걸 가져가요. 험한 풍랑을 만났을 때 그것을 휘장 안에 간직하면서 굳건히 서서 견뎌야 하는 것이 절대적으로 필요합니다."* 크리스티애나는 그것을 기쁘게 받았다.

그다음엔 우리 조상 아브라함이 아들 이삭을 제물로 바친 산 위로 데리고 가서 바로 이날까지도 그대로 보존되어 있던 제단과 나무와 불과 칼을 보여 주었다.* 그것을 보자 그들은 두 손을 들고 스스로를 축복하며 말했다. "오! 아브라함은 주님에 대한 사랑으로 스스로를 버렸으니 얼마나 위대한 사람인가." 이 모든 것을 보여 준 다음 신중은 일행을 식당으로 데려갔는데 그곳에는 훌륭한 풍금 한 쌍이 있었다. 그녀는 그것을 연주하면서 그들에게 보여 주었던 것을 다음과 같이 훌륭한 노래로 만들었다.

하와의 사과를 네게 보여 주었으니
그런 것을 너는 조심하여라.
천사들이 올라가는
야곱의 사다리도 보여 주었다.

너는 닻도 받았지만
이런 것들로 만족하지 말라.
아브라함처럼 네가 가진 최고를
제물로 바치기 전까지는.

그때 누군가 문을 두드렸고 문지기가 문을 열자 담대한 마음이 거기 있었다. 그가 집 안으로 들어오자 그들은 기뻐서 어쩔 줄 몰랐다. 왜냐하면 얼마 전 그가 거인인 피투성이 험상궂음을 죽이고 그들을 사자로부터 해방시킨 일이 새삼스레 떠올랐기 때문이다.

담대한 마음이 크리스티애나와 자비에게 말했다. "우리 주인께서 여러분 각자에게 포도주 한 병씩 보냈고 또한 볶은 곡식과 석류를 보내셨어요.* 아이들에게도 가는 길에 기운을 잃지 말라고 무화과와 건포도를 보내셨죠."

얼마 뒤에 그들은 출발했고 신중과 경건이 그들을 따랐다. 성문에 도달하자 크리스티애나는 문지기에게 최근에 누가 지나갔는지를 물었다. 그가 말했다. "없었어요. 얼마 전에 한 사람만 지나갔지요. 그는 최근에 왕의 대로에서 큰 강도 사건이 있었다고 말해 주었어요. 하지만 도둑들은 잡혀서 곧 사형을 당할 거라고 그가 말해 주었죠." 그러자 크리스티애나와 자비는 두려워했다. 하지만 매슈가 "어머니, 담대한 마음님이 안내자가 되어 같이 가는 한 아무것도 두려워 마세요"라고 말했다.

크리스티애나는 문지기에게 말했다. "여기 도착한 뒤에 당신이 보여 준 모든 친절에 감사드려요. 또한 우리 아이들에게 사랑과 친절로 대해 주셔서 고맙게 생각합니다. 당신의 친절에 어떻게 감사드려야 할지 모르겠어요. 당신에 대한 내 존경의 표시로 이 작은 물건을 받아 주세요." 그녀는 그의 손에 천사가 새겨진 금화 한 닢을 쥐여 주었다. 그는 몸을 숙여 절하며 말했다. "당신의 의복은 항상 희고 당신의 머리에 향 기름이 그치지 아니하기를 빕니다.* 자비 양은 죽지 않고 살게 하시고 당신의 일이 적지 않기를 기원합니다."* 그리고 아이들에게 말했다. "너희는 청년의 정욕을 피하고* 진중하고 현명한 사람들과 함께 거룩함을 따르라. 그리하면 너희 어머니 마음에 즐거움을 줄 것이고 모든 진실한 사람의 칭송을 얻으리라." 그들은 문지기에게 감사의 인사를 하고 출발했다.

이제 내가 꿈속에서 보니, 그들은 계속 나아가 산비탈에 도달했다. 그곳에서 경건이 무언가 생각하다 갑자기 소리를 질렀다. "어머나! 내가 크리스티애나와 일행에게 주려던 것을 깜빡 잊었군요. 돌아가서 가져올게요." 그러고는 그것을 가지러 달려갔다. 그녀가 간 사이 크리스티애나는 약간 떨어진 오른쪽 덤불 속에서 아주 신기한 음악 소리를 들었는데, 가사는 다음과 같았다.

> 내 일생 동안 당신의 은혜를
> 너무나 숨김없이 보여 주셨으니
> 내가 영원히 살 곳은
> 당신의 집일세.

그녀가 귀를 기울이자 또 다른 목소리가 답하는 노랫소리를 들은 것 같았다.

> 여호와는 선하시니
> 그의 인자하심이 영원하고
> 그의 성실하심이
> 대대에 이르리로다.*

크리스티애나는 신중에게 "저 진기한 노래를 하는 것은 무엇이죠?"라고 물었다. "우리 지방의 새들이에요"라고 그녀가 답했다. "저 새들은 봄철이 아니면 이 노래를 거의 부르지 않아요. 하지만 봄이 되어 꽃들이 피고 태양이 따뜻하게 비칠 때 우리는 하루 종일 이 노래를 들을 수 있어요. 나도 때때로 이 노래를 들으러 밖으로 나가기도 하고 때론 새들을 길들여 집 안에 두기도 하죠. 저 새들은 우리가 우울할 때 좋은 친구가 돼 주어요. 또한 숲과 덤불과 외로운 장소들을 살고 싶은 곳으로 만들어 주기도 하죠."

이때 경건이 돌아왔다. 그녀가 크리스티애나에게 말했다. "여길 보세요. 당신이 우리 집에서 본 모든 물건들에 대한 도표를 가져왔어요. 당신이 잊어버릴 만하면 이것을 보시고 다시 기억하면 당신은 깨닫고 위로받을 것입니다."

이제 그들은 산 아래로 내려가 겸손의 골짜기로 들어섰다. 그곳은 가파른 언덕이었고 길은 미끄러웠다. 하지만 그들은 조심하면서 모두 잘 내려갔다. 그들이 골짜기로 내려가자 경건이 크리스티애나에게 말했다. "이곳이 당신 남편 크리스천이 사악한 마귀 아볼루온을 만나 무시무시한 전투를 벌인 곳이에요. 그 일에 대해 당신도 모를 수 없겠지요. 하지만 용기를 가지세요. 여기 담대한 마음님이 안내자로 있으니 당신들은 더 잘해 낼 거예요." 그렇게 두 아가씨는 순례자들을 그들의 안내자의 손에 맡겼다. 이제 담대한 마음이 앞장서고 그들은 뒤를 따랐다.

담대한 마음: 이 골짜기를 그렇게 무서워할 필요는 없어요. 우

리 스스로 해칠 일을 일으키지 않으면 여기에 우리를 해칠 것은 아무것도 없어요. 여기서 크리스천이 아볼루온을 만나 힘든 전투를 벌인 것은 사실이지요. 하지만 그 싸움은 그가 산을 내려올 때 미끄러졌기 때문입니다. 왜냐하면 거기서 미끄러진 사람은 여기서 전투를 해야 합니다. 그래서 이 골짜기에 그런 심한 이름이 붙은 거예요. 보통 사람은 그러한 장소에서 어떤 무서운 일이 일어났다는 말을 들으면 그곳에 무시무시한 마귀나 악령이 나타난다고 생각하죠. 사실 그곳에서 일어나는 일은 그들이 행한 일의 결과인데도 말이죠.

겸손의 골짜기는 까마귀들이 날아다니는 여느 골짜기와 마찬가지로 비옥한 곳이죠. 우리가 거기 도달하면 왜 크리스천이 여기서 그토록 힘든 일을 당했는지 설명해 주는 무언가를 발견할 수 있을 겁니다.

그러자 제임스가 어머니에게 말했다. "보세요, 저기 기둥이 서 있네요. 글이 새겨진 것 같은데 가서 무엇인지 보죠." 그 기둥에는 이렇게 쓰여 있었다. "크리스천이 이곳에 오기 전에 미끄러진 일과 여기서 벌인 전투가 앞으로 올 사람들에게 경고가 되게 하라." 그들의 안내자가 말했다. "오호, 내가 말하지 않았나요? 크리스천이 왜 여기서 그토록 어려운 일을 당했는지 암시하는 뭔가가 있을 거라고." 그러고선 크리스티애나에게 말했다. "나는 크리스천이 당한 일과 그런 일을 당한 많은 사람을 경멸하지 않아요. 왜냐하면 이 골짜기는 내려오는 것보다 올라가는 것이 더 쉬워요. 온 세상에 있는 골짜기 중에서 그런 곳이 몇 개

없어요. 우리, 이 선한 사람 이야기는 그만합시다. 그는 안식을 찾았고, 또 자신의 적에 대항해서 용감하게 승리했지요. 하늘에 계신 분께서 우리도 시험을 당할 때 그보다 더 못하지 않도록 허락해 주시기를 바랍시다.

우리는 다시 겸손의 골짜기로 올 겁니다. 이곳은 근처에서 가장 좋고 비옥한 땅입니다. 이곳은 보시다시피 평원으로 구성되어 있지요. 예전에 이곳에 대해 아무것도 몰랐던 사람이 지금 우리처럼 여름에 이곳의 경치를 본다면 그는 엄청난 기쁨을 느낄 것입니다. 이 골짜기가 얼마나 푸른지, 백합꽃이 피어 얼마나 아름다운지 보세요.* 나는 이 겸손의 골짜기에 좋은 땅을 소유한 많은 이들을 알고 있소. '하나님은 교만한 자를 대적하시되 겸손한 자들에게는 더 많은 은혜를 주시지요.'* 이곳은 정말 비옥한 땅이라 많은 양을 수확하지요. 어떤 이들은 아버지의 집으로 가는 지름길이 여기 있었으면 산이나 언덕을 넘어야 하는 고통이 없지 않을까 희망하지요. 하지만 길은 길이니 가야만 끝이 있지요."

그들은 이렇게 이야기하면서 가다가 아버지의 양 떼를 먹이는 소년을 보았다. 그 소년은 매우 허름한 옷을 입었지만 청순하고 잘생긴 용모를 갖고 있었다. 그 애는 혼자 앉아 노래를 불렀다. 담대한 마음이 "양치기 소년이 부르는 노래를 들어 봐요"라고 말했다. 그들은 귀를 기울였고, 그 애는 이렇게 노래했다.

밑에 있는 사람은 떨어질 걱정이 없네.

낮은 곳에 있는 자는 교만하지 않네.
겸손한 자는 항상 하나님이
자신의 안내자가 될 것이네.*

내가 가진 것에 만족하네.
많든 적든 간에.
주님, 그래도 만족을 추구하오니
그런 자를 당신은 버리지 않기 때문입니다.*

순례 길을 가는 사람에게
많은 소유는 엄청난 짐일세.
여기서 적게 갖고 나중에
축복받는 것이 영원히 최상이라네.

그들의 안내자가 말했다. "저 노래가 들리나요? 저 아이는 가슴에 안심초라는 풀을 달고 있어 비단과 벨벳을 입은 사람보다 더 행복한 삶을 살고 있다고 나는 단언합니다. 어쨌건 우리 이야기를 계속합시다.

우리 주께서 예전에 이 골짜기에 집을 짓고 이곳에 계시는 것을 좋아했죠. 이곳 공기가 좋아 그분은 초원을 산책하는 것을 좋아했어요. 여기서는 소음으로부터 또 이생의 분주함으로부터 해방되거든요. 모든 나라는 소음과 혼돈으로 가득 차 있지만 겸손의 골짜기만은 비어 있고 한적한 장소지요. 여기서 사람은 다른 곳에서처럼 명상을 방해받는 일이 없습니다. 이곳은 순례자의 삶을 사랑하는 사람 외에는 아무도 거닐지 않는 골짜기입니다. 비록 크리스천이 아볼루온을 만나 격렬한 싸움을 치르는 어려운 일을 당했지만 여러분께 말씀드리건대, 예전에는 사람들이 여기서 천사들을 만나고 진주를 발견하며 이곳에서 생명의 말씀을 찾았답니다.*

우리 주께서 예전에 이곳에서 거닐기를 좋아하셨다고 내가 말했죠? 거기에 덧붙여 말씀드리자면, 이 장소에서, 그리고 이 땅에서 살고 이 땅을 밟는 사람들에게 그들이 생활하고 순례 길을 가도록 장려하기 위해 주님은 1년의 수익을 특정한 시기에 성실하게 지불하라고 남기셨지요."*

새뮤얼: 선생님, 이 골짜기에서 우리 아버지와 아볼루온이 싸웠다고 알고 있어요. 그런데 이렇게 넓은데 어디서 싸웠는지 알 수 있나요?

담대한 마음: 네 아버지는 저 멀리 우리 앞에 있는 망각의 초원 너머 좁은 통로에서 아볼루온과 전투를 벌였지. 사실 저곳이야말로 이 지역에서 가장 위험한 곳이지. 순례자들이 공격을 당하는 때는 바로 그들이 어떤 은혜를 받았는지 잊어버리는 순간이야. 자신이 그 은혜를 받기에 얼마나 부족한 존재인지 잊어버릴 때지. 이곳은 다른 사람들도 숱하게 수난을 당한 곳이야. 우리가 그 장소에 도달하면 더 이야기하자꾸나. 내 생각엔 거기에는 전투에 대한 표시나 거기서 그런 전투가 있었다는 것을 증명하는 기념비가 있을 것 같다.

자비: 나도 여행 중에 가 본 다른 어떤 장소보다 이 골짜기가 좋군요. 여기가 제 기분에 잘 맞는 것 같아요. 덜컹거리는 마차 소리나 바퀴 굴러가는 소리가 없는 그런 곳이 나는 좋아요. 여기서 우리는 누구의 방해도 받지 않고 자기가 누구며, 어디서 왔으며, 무슨 일을 했는지, 무엇 때문에 왕께서 그를 부르셨는지 생각할 수 있을 것 같아요. 여기서 우리는 생각하고 가슴이 깨지고 정신이 녹으면서 두 눈이 헤스본의 연못처럼 되지요.* "그들이 눈물 골짜기로 지나갈 때에 그곳에 많은 샘이 있을 것이며" 하나님께서 여기 있는 사람들 위에 내려 주시는 빗물로 연못을 채울 것입니다.* 이 골짜기는 왕께서 자기 백성에게 포도밭을 주겠다고 하신 곳이며,* 아볼루온을 만났지만 크리스천도 여기서 노래했듯이 이곳을 지나는 사람은 모두 노래할 것입니다.

담대한 마음: 그래요, 나는 이 골짜기를 여러 번 지나갔지만 여기 있을 때보다 더 좋은 적은 없었어요.

나는 여러 명의 순례자를 안내했는데 그들도 똑같이 고백했어요. 왕께서 "무릇 마음이 가난하고 심령에 통회하며 내 말을 듣고 떠는 자 그 사람은 내가 돌보려니와"*라고 말씀하셨죠.

어느덧 그들은 앞서 언급한 전투가 벌어진 곳에 도달했다. 안내자가 크리스티애나와 아이들과 자비에게 말했다. "여기가 바로 그곳이오. 이 땅 위에서 크리스천이 서 있었고 저기서 아볼루온이 대적하러 왔지요. 보세요, 내가 당신한테 말했죠. 당신 남편이 흘린 피의 흔적이 오늘까지 돌 위에 있네요. 또 아직도 여기저기 흩어져 있는 아볼루온의 부러진 창 조각들을 보세요. 그들이 싸우면서 서로 유리한 고지를 차지하기 위해 발로 땅을 다진 흔적과 그들이 날린 일격으로 돌들이 부스러기가 되어 흩어진 것을 보세요. 정말로 크리스천은 여기서 남자답게 싸워서 그가 강인한 사람임을 보여 주었죠. 아마도 헤라클레스가 여기 있었다면 그와 같았을 겁니다. 아볼루온은 싸움에 지자 사망의 음침한 골짜기라고 불리는 그 옆 골짜기로 도망갔지요. 그곳에 우리가 곧 당도할 것입니다."

그 순간, 저 앞에 이 전투와 영원히 빛나는 크리스천의 승리를 새긴 기념비가 보였다. 그 비가 그들 가는 길가에 바로 서 있어서 그들은 그곳으로 가서 비문을 읽었다. 내용은 다음과 같았다.

> 바로 가까운 곳에서 전투가 있었다.
> 크리스천과 아볼루온이
> 서로를 정복하려고 싸웠다.
> 너무나 이상한 싸움, 그러나 모든 게 사실이네.
>
> 그 사람은 용감하게 남자답게 싸워
> 마귀를 도망가게 했으니
> 그 일을 증명하기 위해
> 나는 여기 비를 세운다.

이곳을 건너 그들은 사망의 음침한 골짜기 경계에 이르렀다.

이 골짜기는 다른 골짜기보다 더 길었고 많은 사람들이 증언하듯, 사악한 것들이 이상하게 출몰하는 곳이었다. 하지만 여인들과 아이들은 대낮인 데다 담대한 마음이 안내자여서 더 안전하게 갈 수 있었다.

골짜기에 들어섰을 때 그들은 죽은 사람의 신음 같은 것을 들었다. 매우 큰 신음 소리였다. 그들은 또한 극심한 고통을 겪는 사람이 내는 탄식 소리를 들은 것 같았다. 그 소리에 아이들은 떨었고 여인들도 창백해졌다. 하지만 안내자가 그들에게 안심하라고 일렀다.

그들이 조금 더 나아가자 마치 땅속이 비어 있는 것처럼 그들의 발아래 땅이 흔들리기 시작했다. 또한 뱀들이 내는 것 같은 쉿쉿 소리가 들렸다. 하지만 아직 아무것도 보이지 않았다. 그러자 아이들이 물었다. "이 음침한 골짜기 끝이 아직 멀었나요?" 하지만 안내자는 그들에게 용기를 가지고 혹시라도 함정에 빠지지 않도록 발밑을 잘 보라고 일렀다.

그때 갑자기 제임스가 아프기 시작했다. 아마 두려움 때문인 듯했다. 그 애 어머니는 해석자의 집에서 받은 술 약간과 의사 노련이 챙겨 준 알약 세 알을 주었고 아이는 생기를 되찾았다. 그렇게 그들이 골짜기 가운데까지 나아갔을 때 크리스티애나가 말했다. "우리 앞 저기 길가에 뭔가 보이는데 내가 한 번도 본 적이 없는 형태군요." 조지프가 "어머니, 저건 뭐죠?"라고 물었다. "흉측한 물건이야, 얘야, 흉측한 거야"라고 그녀가 말했다. "어머니, 무엇처럼 생겼어요?"라고 그 애가 물었다. "뭐라고 말할 수 없구나"라고 그녀가 대답했다. 이제 그것은 약간 떨어진 곳에 있었다. 그러자 그녀가 "아주 가까이 왔어"라고 말했다.

담대한 마음이 "자, 자, 가장 무서워하는 사람이 내 곁에 바짝 붙으시오"라고 말했다. 마침내 괴물이 다가와 안내자와 마주쳤다. 하지만 그와 딱 마주칠 무렵 그것은 모든 사람의 눈에서 사라졌다. 순간, 그들은 얼마 전에 들은 말이 기억났다. "마귀를 대적하라. 그리하면 너희를 피하리라."*

그리하여 그들은 원기를 되찾고 길을 갔다. 하지만 얼마 가지 않아 자비가 뒤를 돌아보았다가 사자같이 생긴 것이 맹렬한 속도로 쫓아오는 것을 발견했다. 그것은 동굴 안에서 울리는 듯한 울부짖는 소리를 냈고 괴성을 낼 때마다 골짜기가 메아리쳤다. 그들의 안내자만 제외하고 모든 사람의 가슴이 섬뜩해졌다. 그것이 다가오자 담대한 마음이 맨 뒤에 서서 순례자들을 자기 앞으로 가게 했다. 사자가 맹렬히 다가왔고 담대한 마음은 대결하기로 결심했다. 하지만 사자는 자신에 대적할 것이 분명해 보이자 뒤로 물러나며 더 이상 가까이 오지 않았다.*

그들은 다시 길을 갔다. 안내자를 앞장세워 가다가 길 전체를 파헤친 구덩이가 있는 곳에 도달했다. 그곳을 건너갈 준비도 하기 전에 짙은 안개와 어둠이 내려와 그들은 볼 수가 없었다. 그러자 순례자들이 말했다. "아! 이제 우리가 무엇을 해야 하나요!" 그러나 그들의 안내자는 대답했다. "두려워 말고, 조용히 서서 그분이 이곳에 어떤 결과를 가져올지 봅시다." 갈 길이 막혔으므로 그들은 그곳에 계속 있을 수밖에 없었다. 또한 적들이 몰려오는 소리를 더 분명히 들은 것 같았고 구덩이의 불과 연기를 더 쉽게 볼 수 있었다. 크리스티애나가 자비에게 말했다. "이제야 내 불쌍한 남편이 어떤 일을 겪었는지 알겠어요. 이 장소에 대해선 많이 들었지만 지금처럼 와 보지는 못했지요. 불쌍한 사람, 그는 밤중에 홀로 이곳을 지났어요. 가는 길 내내 밤이었고 마귀들이 마치 그를 갈가리 찢어 놓을 듯이 덤볐지요. 많은 사람들이 이곳에 대해 이야기는 했지만 사망의 음침한 골짜기가 어떤지는 그들 자신이 여기 와 보기 전까지는 아무도 말할 수 없어요. '마음의 고통은 자기가 알고 마음의 즐거움은 타인이 참여하지 못하느니라.'* 이곳에 있는 것은 두려운 일입니다."

담대한 마음: 이것은 배들을 바다에 띄우며 큰물에서 일하는 것과 같습니다.* 또는 심연으로 빠지는 것과 같죠. 마치 바다 한가운데 있거나 산의 뿌리까지 내려가는 것 같지요. 땅이 그 빗장으로 우리를 오래도록 막는 것 같지요.* "흑암 중에 행하여 빛이 없는 자라도 여호와의 이름을 의뢰하며 자기 하나님께 의지할지어다."* 내 경우 당신들에게 이미 말한 대로 이 골짜기를 자주 지났죠. 이전에는 지금보다 더 심한 일을 당했지만 보시다시피 나는 이렇게 살아 있어요. 나를 구원해 주는 사람이 내가 아니므로 잘난 척하지는 않겠어요. 하지만 우리가 온전히 구원을 받으리라 믿습니다. 이것들뿐만 아니라 지옥에 있는 모든 사탄들까지 꾸짖을 수 있고 우리의 어둠을 밝혀 줄 수 있는 그분께 빛을 달라고 기도합시다.

그래서 그들은 울부짖으며 기도했고 하나님은 빛과 구원을 보내 주셨다. 이제 그들 가는 길에 장애가 없어져 버렸다. 그들이 구덩이 때문에 멈춰 있던 곳에 더 이상 구덩이는 없었다.

하지만 그들은 골짜기를 다 통과한 것이 아니었다. 그들이 계속 나아가는데 기분 나쁜 냄새와 지독한 악취가 그들을 괴롭혔다. 자비가 크리스티애나에게 말했다. "우리가 좁은 문이나 해석자의 집에서 또는 지난번에 묵었던 집에서 만난 기분 좋은 존재는 여기에 없어요."

한 아이가 대답했다. "오, 하지만 이곳을 지나가는 것이 항상 여기서 사는 것만큼 나쁘지는 않아요. 우리를 위해 준비된 집에 도착하기 위해 반드시 이 길로 가야 하는 이유는 그래야 우리 집이 더 감미롭게 여겨지기 때문이죠."

안내자가 말했다. "잘 말했다, 새뮤얼. 이제 어른처럼 이야기하는구나." 그 애가 대답했다. "당연하죠, 만약 제가 이곳을 다시 벗어난다면 빛과 선한 길을 제 일생 그랬던 것보다 더 소중히 여기겠어요." 안내자가 말했다. "머지않아 우린 이곳을 벗어날 거야."

그들은 계속 나아갔고 조지프가 말했다. "아직 이 골짜기 끝이 안 보이나요?" 안내자가 대답했다. "네 발밑을 보아라. 곧 올무 밭으로 간다."* 그들은 발아래를 살피며 갔다. 그러나 올무들 때문에 무척 힘들었다. 그들은 올무들 사이를 지나며 왼쪽에서 살이 모두 찢긴 채 도랑에 던져진 한 남자를 보았다. 안내자가 말했다. "저 사람은 이 길로 가던 부주의라는 남자인데 저기에 놓여 있은 지 오래되었죠. 그가 잡혀서 살해당할 때 함께 가던 주의하라란 남자가 있었는데 그자는 간신히 벗어났지요. 이 근처에서 얼마나 많은 사람들이 죽임을 당했는지 상상도 못할 겁니다. 하지만 사람들은 어리석을 정도로 무모하지요. 순례길을 가볍게 생각하고 안내자도 없이 출발하니까요. 불쌍한 크리스천. 그가 여기서 빠져나간 것은 놀라운 일이에요. 하지만 그는 하나님의 사랑을 받았으며 또한 자기 자신도 선한 마음을 갖고 있었죠. 안 그랬으면 그 일을 결코 완수할 수 없었을 겁니다." 이제 길 끝에서 그들은 크리스천이 가면서 보았던 동굴에 다다랐다. 그곳에서 거인인 큰 망치가 나왔다. 이 큰 망치는 궤변으로 젊은 순례자들을 주로 해쳤다. 그가 담대한 마음의 이름을 부르면서 말했다. "이런 일을 하지 말라고 내 몇 번이나 당신에게 말했소?" 담대한 마음은 "무슨 일 말이오?"라고 되물었다. 거인이말했다. "무슨 일이냐고, 당신은 무슨 일인지 알잖소. 어쨌든 오늘 당신을 끝장내 주겠소." 담대한 마음은 "하지만 싸움을 시작하기 전에 왜 싸워야 하는지 알기나 합시다"라고 말했다.

여인들과 아이들은 서서 떨면서 어찌해야 할지 몰라 했다. 거인은 "당신이 이 땅을 훔쳤어, 그것도 가장 나쁜 종류의 도둑질로 말이야"라고 말했다. 담대한 마음은 "이봐, 그건 일반적인 말이고 구체적으로 말해 봐"라고 답했다.

거인: 너는 사람을 꾀어내는 기술꾼이야. 여인들과 아이들을 모아 이상한 나라로 데려가 우리 주인의 왕국을 약화시키지.

담대한 마음: 나는 하늘나라 하나님의 종일세. 내 일은 죄인들

에게 회개하라고 설득하는 것이야. 내가 받은 명령은 남자와 여자와 아이들을 어둠에서 빛으로, 사탄의 권세에서 하나님께로 돌아서게 하는 것일세. 만약 이것이 네가 싸움을 건 이유라면 네가 원하는 대로 당장 싸움을 시작하지.

그러자 거인이 다가왔고 담대한 마음도 대적하러 가면서 칼을 뽑았다. 거인은 방망이를 들고 있었다. 더 이상의 입씨름 없이 둘은 서로에게 달려들었고, 거인이 일격을 내리쳐 담대한 마음은 한쪽 무릎을 꿇었다. 여인들과 아이들이 울음을 터뜨렸다. 담대한 마음은 이내 회복하여 거인을 향해 거칠게 달려들어 그 팔에 상처를 입혔다. 그들은 한 시간 동안 열띤 싸움을 벌였고 거인의 콧구멍에서 나온 숨은 마치 끓는 가마솥에서 나오는 열기 같았다.

그들은 잠시 쉬기 위해 떨어져 앉았다. 하지만 담대한 마음은 그동안 기도를 드렸다. 여인들과 아이들은 싸움 내내 울며 한숨을 쉬었다.

잠시 쉬며 숨을 고른 뒤 둘은 다시 싸우기 시작했다. 담대한 마음이 있는 힘을 다해 내려쳐 거인을 땅에 눕혔다. "아니, 잠시 멈춰 내가 일어나게 해 줘"라고 거인이 말했다. 그러자 담대한 마음은 공평하게 그가 일어나도록 해 주었다. 둘은 다시 싸우기 시작했다. 거인은 방망이로 담대한 마음의 두개골을 완전히 부수려고 내려쳤지만 약간 빗나갔다.

담대한 마음은 있는 힘을 다해 그에게 덤벼들어 다섯 번째 늑골 아래를 찔렀다. 거인은 정신을 잃고 더 이상 방망이를 잡을 수 없었다. 이제 담대한 마음은 두 번째 일격을 가하여 거인의 머리를 어깨에서 잘라 버렸다. 여인들과 아이들은 기뻐했고 담대한 마음 역시 하나님이 구원해 주신 것을 찬양했다.

찬양을 마친 그들은 기둥을 세우고 거인의 머리를 매달았다. 그 아래에는 지나가는 사람이 볼 수 있도록 글을 적었다.

이 머리를 달고 있던 자는
순례자들을 괴롭히는 자였다.
그들의 길을 막고 아무도 살려 두지 않으며
모두를 해쳤다.
순례자들의 안내자인
나, 담대한 마음이 일어나
그들의 적인 그에게
맞서 싸울 때까지.

이제 나는 그들이 약간 비탈진 언덕으로 올라가는 것을 보았다. 그곳에는 순례자들을 위한 전망대가 세워져 있었다. 또한 크리스천이 형제인 믿는 자를 처음 본 곳이기도 하다. 너무나 위험한 적에서 해방되었기 때문에 그들은 그곳에서 앉아 쉬며 음식을 먹고 마시며 즐겁게 보냈다. 그들이 그렇게 앉아서 먹을 때 크리스티애나가 안내자에게 싸우다 다친 곳이 없냐고 물었다. 담대한 마음이 말했다. "괜찮아요, 몸에 약간 상처가 있지만 그 정도로 내가 방해받지는 않아요. 오히려 내 주인과 당신들을 내가 사랑한다는 증거이고, 마지막 날에 내가 받을 상을 더 크게 해 주기 위해 내려보낸 은총이지요."*

크리스티애나: 하지만 적이 커다란 방망이를 들고 오는 것을 보고 무섭지 않으셨나요?

담대한 마음: 나의 의무는 나 자신의 능력을 믿지 않는 것입니다. 그래야 모든 것보다 더 강한 그분께 의지할 수 있으니까요.

크리스티애나: 거인이 처음 당신을 내리쳐 땅바닥에 쓰러뜨릴 때 무슨 생각을 했나요?

담대한 마음: 당연히 이렇게 생각했죠. 우리 주님도 당하셨지만 마침내 모든 것 위에 승리하셨다.

매슈: 여러분은 모두 좋을 대로 생각하시겠지만 저는 하나님께서 우리에게 놀라운 은혜를 베푸셨다고 생각해요. 우리를 이 골짜기에서 나오게 하시고 적의 손아귀에서 해방시켜 주셨으니까요. 저로서는 더 이상 우리 하나님을 믿지 않을 이유가 없어요. 그분은 이런 장소에서 이번처럼 그분의 사랑에 대한 증거를 보여 주셨으니까요.

그들은 일어나 앞으로 나아갔다. 앞쪽으로 조금 떨어진 곳에 참나무가 한 그루 서 있었는데 그 아래서 늙은 순례자가 깊은 잠에 빠진 것을 그들은 발견했다. 옷과 지팡이 그리고 허리띠를 보니 순례자인 것을 알 수 있었다.

그래서 안내자인 담대한 마음이 그를 깨웠고 노인은 눈을 뜨면서 소리쳤다. "무슨 일이오? 당신들은 누구요? 여기서 뭘 하고 있소?"

담대한 마음: 이보슈, 그리 화내지 마세요. 우린 모두 친구입니다.

하지만 노인은 일어나 경계심을 드러내며 그들이 누군지 알아야겠다고 따졌다. 그러자 안내자가 말했다. "내 이름은 담대한 마음이고, 천상의 나라로 가는 이 순례자들의 안내자입니다."

정직한: 용서하시오. 나는 당신들이 얼마 전에 작은 믿음 씨의 돈을 강탈해 간 무리 중 한패로 오해했소. 하지만 자세히 보니 당신들은 정직한 사람들임을 알겠소.

담대한 마음: 만약 우리가 그 무리였다면 당신은 자신을 방어하기 위해 무엇을 하려고, 아니면 무엇을 했을 것 같습니까?

정직한: 무엇을 하다니! 내 숨이 남아 있는 한 싸웠겠지. 만약 내가 그랬다면 당신네들도 나를 꺾지는 못했을 걸세. 왜냐하면 그리스도인은 그 스스로 포기하지 않는 한 절대로 정복할 수 없으니까.

담대한 마음: 옳은 말씀입니다, 어르신. 말씀을 듣고 보니 당신은 올바른 어른이시군요. 진리를 말씀하셨어요.

정직한: 당신은 진정한 순례가 무엇인지 아는 사람이군요. 다른 사람들은 우리를 쉽게 정복할 수 있는 사람이라고 생각하지.

담대한 마음: 이제 우리가 만난 것이 정말 즐거우니 어르신 존함과 고향이 어디신지 알고 싶습니다.

정직한: 내 이름은 말할 수 없지만, 나는 우둔이란 마을에서 왔어요. 멸망의 도시에서 약간 떨어진 곳이오.

담대한 마음: 아! 거기 사시는 분이시라고요? 당신이 누구신

지 반쯤 짐작이 갑니다. 어르신 이름이 정직이시죠, 그렇지 않습니까?

그러자 노인이 얼굴을 붉히며 말했다.

정직한: 추상적 개념으로 정직이 아니라 정직한이 내 이름이오. 내 이름에 내 본성이 맞기를 바라지요. 하지만 내가 그곳에서 왔다는 소리만 듣고 이 사람인 줄 어떻게 짐작하셨소?

담대한 마음: 저는 주인님으로부터 당신에 대해 들은 적이 있지요. 그분은 지상에서 이루어지는 모든 일을 알고 계십니다. 저는 당신네 동네에서 어떻게 순례자가 나올 수 있는지 종종 의아해하곤 했죠. 당신 마을은 멸망의 도시 그 자체보다 더 나쁘니까요.

정직한: 맞습니다. 우린 태양에서 가장 먼 곳에 있어 더 차갑고 더 무감각한 존재지요. 하지만 얼음산에 사는 사람일지라도 공의로운 태양이 떠오르면* 얼어붙은 마음이 녹는 것을 느낍니다. 그런 일이 내게 일어났죠.

담대한 마음: 어르신, 그 말을 저는 믿습니다. 그 일이 사실이란 것을 아니까요.

그러자 노인은 순례자 모두에게 거룩한 입맞춤으로 인사하고 나서* 그들의 이름을 묻고 순례 길을 떠난 이후 어떻게 지냈는지 물었다.

크리스티애나: 제 이름을 들어 보셨을 거예요. 선한 크리스천이 제 남편이고 얘들이 그의 네 아들이랍니다.

그녀가 자기소개를 하자 그 노인이 얼마나 감동했는지 여러분은 상상할 수 있겠는가! 그는 깡충깡충 뛰고 미소 지으며 수천 번의 축복을 그들에게 내리면서 말했다.

정직한: 당신 남편에 대해 그가 살아서 겪었던 여정과 전투에 대해 많이 들었소. 당신을 위로하기 위해 말하자면, 당신 남편의 이름이 온 세계에 울려 퍼졌소. 그의 믿음, 그의 용기, 그의 인내 그리고 무엇보다 그의 성실함이 그 이름을 유명하게 만들었소.

그러고 나서 그는 아이들을 향해 그들의 이름을 물었고 아이들은 대답했다. 그러자 그는 그들에게 말했다. "매슈, 너는 세리 마태같이 되어라.* 악이 아니라 덕에 있어서. 새뮤얼, 너는 믿음과 기도의 사람인 선지자 사무엘처럼 되어라.* 조지프, 너는 보디발 집안의 요셉같이 되어 결백하고 유혹을 피하라.* 그리고 제임스, 너는 의로운 야곱이 되어라. 우리 주님의 동생 야곱처럼."*

그들은 자비가 어떻게 자기 마을과 친지를 떠나 크리스티애나와 아이들을 따라왔는지 그에게 이야기했다. 그러자 노인 정직한은 이렇게 말했다. "자비가 네 이름이냐? 너는 가는 길에 너를 공격하는 모든 어려움을 자비심으로 견디면서 이겨 낼 것이다. 그리하여 너는 그곳에 도달하여 위안을 주시는 그분의 얼굴에서 자비의 샘을 보게 될 것이야."

그동안 안내자인 담대한 마음은 매우 기뻐하며 일행에게 내내 미소 지었다.

이제 그들이 함께 걸어가는 동안 안내자는 노인에게 그의 동네에서 순례 길을 온 두려움이란 사람을 아느냐고 물었다.

정직한: 알다마다요. 그 사람은 일의 뿌리가 있지요.* 하지만 살아생전 내가 만난 순례자 중에 가장 귀찮은 사람이었소.

담대한 마음: 그 사람의 성격을 정확히 묘사하는 걸 보니 그 사람에 대해 잘 알고 있군요.

정직한: 알다 뿐이겠소! 나는 그 사람의 친한 동행이었죠. 그와 거의 끝까지 함께했었소. 그 사람이 앞으로 우리에게 닥칠 일에 대해 처음 생각하기 시작했을 때부터 같이 있었소.

담대한 마음: 나는 우리 주인의 집에서부터 천상 도시의 성문 앞까지 그를 인도한 사람입니다.

정직한: 그럼 당신은 그가 귀찮은 사람이란 걸 알았소?

담대한 마음: 알았지만 나는 견딜 수 있었어요. 나와 같은 소명을 가진 사람에게는 그 사람처럼 처신하는 순례자도 만나곤 하죠.

정직한: 그럼 그에 대해 좀 이야기해 보시오. 그가 어떻게 당신의 안내를 받아 처신했는지.

담대한 마음: 글쎄요, 그는 자기가 목표로 한 곳까지 가지 못할까 봐 항상 걱정했어요. 사람들이 하는 이야기만 듣고도 약간의 어려움이 있어 보이면 그는 모든 것에 겁을 냈죠. 그는 낙담의 수렁에서 한 달 이상 울부짖으며 누워 있었어요. 자기 앞으로 지나가던 많은 이들이 그에게 손을 내밀었지만 그는 감히 용기를 내지 못했지요. 또한 다시 돌아가는 것도 원치 않았어요. 천상의 도시에 이르지 못하면 자기는 죽을 거라고 말은 하면서

도 어려움이 닥칠 때마다 낙담하고, 가는 길에 누가 지푸라기라도 던지면 걸려 넘어졌죠. 그렇게 낙담의 수렁에서 한참 누워 있다가, 어떻게 된 일인지 나는 모르겠지만, 어느 빛나는 아침에 그가 위험을 무릅쓰고 그곳을 나왔죠. 하지만 그곳을 나오자 자신도 그것을 믿을 수가 없었답니다. 그는 자기 마음속에 낙담의 수렁을 지니고 있어 어딜 가든 수렁과 같이 가는 거죠. 안 그러면 그처럼 될 수가 없어요. 그렇게 그는 이 길 맨 앞에 놓인 문에 도달했죠. 그곳이 어딘지 여러분은 아시죠. 그 문 앞에서 그는 한참을 서서 감히 두드리지 못했어요. 문이 열리면 그는 뒤로 물러나면서 다른 사람에게 자리를 양보하고 자신은 그럴 자격이 없다고 말했지요. 그는 다른 사람보다 먼저 문에 도착했지만 많은 사람들이 그보다 먼저 들어갔지요. 거기서 그 불쌍한 사람은 떨며 쪼그려 있곤 했어요. 누구라도 그를 보았으면 불쌍한 마음이 들었을 겁니다. 게다가 그는 되돌아가기를 원치 않았어요. 마침내 그는 문에 걸려 있던 망치를 손으로 잡고 약하게 한두 번 두드렸죠. 그러자 누군가 문을 열어 주었지만 그는 이전처럼 물러났지요. 문을 연 사람이 그를 따라 나와 물었죠. "이봐요, 떨고 있는 사람아, 너는 무얼 원하나?" 그 말에 그는 쓰러지고 말았죠. 그에게 말을 건 사람은 그가 왜 그렇게 기운이 없는지 궁금해하며 그에게 말했어요. "너에게 평안이 있을지니 너를 위해 내가 문을 열어 놓았다. 너는 축복받은 자이니 들어오라." 그 말에 그는 일어나 떨면서 들어갔어요. 안으로 들어간 그는 창피해서 얼굴을 들 수 없었죠. 그곳에서 얼마 동안 대접을 받은 후에, 여러분도 어떤 대접인지 잘 아시죠, 그는 계속 자기 길을 가도록 허락받고 또한 어떤 길을 택해야 한다는 설명을 들었죠. 그리고 그는 우리 집에 도달할 때까지 계속 왔죠. 하지만 문 앞에서 그가 행동했던 식으로 우리 주인인 해석자의 문에서도 똑같이 행동했어요. 사람을 부르려고 용기를 내기 전까지 그는 추운 바깥에서 한참을 서성였죠. 하지만 그는 돌아가기를 원하지 않았어요. 밤은 춥고 길었어요. 그는 마음속에 우리 주인님께 드리는 필요한 목록을 지니고 있었죠. 자신을 영접하고 그 집의 안락함을 허락해 주고 자신이 간이 콩알만 한 사람이라 그에게 건장하고 담대한 안내자를 달라는 내용이었죠. 하지만 그 모든 것에도 불구하고 그는 문을 두드리는 것조차 두려워했어요. 그 때문에 그는 밖에서 서성대며 거의 굶어 죽을 지경이 되었죠. 불쌍한 사람. 하지만 그는 너무 낙담하여 여러 사람이 문을 두드리고 들어가는 것을 보고도 감히 그렇게 하는 게 겁이 났어요. 때마침 내가 창문 밖을 내다보다 어떤 남자가 문가에서 서성대는 것을 보게 되었죠. 나는 그에게 가서 누구냐고 물었어요. 하지만 불쌍한 사람은 눈에 눈물만 맺혀 있었죠. 그래서 나는 그가 원하는 것이 무엇인지 알아차렸죠. 나는 집 안으로 들어가 사람들에게 그 사실을 알렸고 우리는 우리 주께 사실을 말씀드렸죠. 주인님은 그에게 들어오기를 청하라면서 나를 다시 밖으로 보냈지요. 하지만 그를 들어오게 하는 것은 정말 어려운 일이었죠. 마침내 그는 들어왔고 우리 주는 놀라울 정도로 그를 사랑으로 대하셨죠. 식탁 위에 좋은 음식이 약간 있었는데 그것을 그의 접시에 덜어 주셨어요. 그리고 그가 목록을 드리자 우리 주께서 그것을 보시고 그의 희망대로 허락하라고 말씀하셨죠. 덕분에 그는 그곳에서 한참을 머문 다음 마음도 더 평안해지고 약간의 용기도 얻었죠. 여러분도 알다시피 우리 주인님은 특별히 두려워하는 사람들에게 매우 다정하시죠. 그래서 그에게도 다정하게 대하며 용기를 북돋아 주셨지요. 이제 그곳에 있는 것들을 다 돌아본 뒤 천상의 도시를 향해 여정에 오를 준비가 되자 우리 주는 이전에 크리스천에게 했듯이 술 한 병과 먹을 것들을 약간 주셨죠. 그렇게 우리는 출발했는데 나는 그보다 앞장서서 갔지요. 하지만 그 사람은 말도 안 하면서 크게 한숨만 쉬었답니다.

세 명이 교수형을 당한 곳에 이르자 그는 그것이 자신의 최후가 아닐까 의심했지요. 십자가와 무덤을 보았을 때만 기뻐하더군요. 그는 그곳에 좀 더 머물면서 둘러보기를 원했어요. 얼마 동안 약간 기분이 좋아 보였어요. 우리가 역경의 산에 도달하자 그는 그곳을 어려워하지도 않고 사자들을 크게 무서워하지도 않았어요. 왜냐하면 그의 고통은 이런 사물이 아닌 것을 여러분은 알아야 합니다. 그의 두려움은 최후에 자신이 영접을 받아들어갈 수 있느냐에 관해서였죠.

나는 그를 아름다운 집으로 데리고 갔죠. 미처 그가 머뭇거릴 틈도 주지 않고요. 집 안에 들어갔을 때 나는 그곳에 있던 아가씨들을 소개해 주었는데 그는 매우 부끄러워하며 친하게 지내기보다는 혼자 있고 싶어 했죠. 하지만 유익한 대화를 좋아해서 주로 병풍 뒤에 숨어서 대화를 엿듣곤 했죠. 그는 또한 옛날 물건을 보는 것을 좋아해서 그것을 보며 생각에 잠기곤 했죠. 나중에 그가 나에게 말하기를, 마지막으로 들어간 그 집과 해석자의 집, 두 집에 있는 것이 좋았지만 용기가 없어 감히 더 있겠다는 청을 할 수 없었다고 했죠.

아름다운 집에서 언덕을 내려와 겸손의 골짜기로 갔을 때 그는 내가 본 사람 중에 누구보다 언덕을 잘 내려갔죠. 왜냐하면 그는 마지막에 행복할 수만 있다면 자신이 비루해도 개의치 않았기 때문입니다. 그래요, 그 골짜기와 그 사람 사이에는 일종의 교감이 있는 것 같았어요. 순례 길을 통틀어 그 골짜기에 있을 때보다 그의 기분이 더 좋은 적을 본 적이 없어요.

그는 누워서 땅을 껴안고 그곳에서 자라는 꽃들에 입을 맞추었죠.* 매일 아침 그는 새벽에 일어나 이 골짜기를 이리저리 거닐었어요.

하지만 사망의 음침한 골짜기 초입에 다다랐을 때 나는 내 사람을 잃어버리는구나 생각했어요. 그가 다시 돌아가겠다는 의향을 보여서가 아니죠. 그는 항상 그러기를 싫어했어요. 오히려 그는 두려움으로 죽을 것 같아 보였기 때문입니다. "오, 괴물들이 날 잡으려 해, 괴물들이 날 잡으려 해"라고 그는 울부짖었죠. 나는 그를 진정시킬 수가 없었어요. 그는 엄청난 괴성을 지르고 너무 울부짖어 만약 괴물들이 그 소리를 들었다면 우리에게 달려와 덮쳤을 것입니다.

하지만 나는 이 점을 분명히 깨달았는데요, 그가 이 골짜기를 지나갈 때 내가 이전이나 그 이후에도 이 골짜기에서 본 적이 없을 정도로 조용했죠. 내 생각엔 여기 있던 적들이 우리 주님으로부터 특별히 제지를 받아 두려움 씨가 그곳을 지날 때까지 건드리지 말라는 명령을 받은 것 같아요.

이 모든 것을 여러분께 다 들려 드리기에는 너무 지루하니 한두 가지만 더 이야기하지요. 그가 허영의 시장에 도달했을 때 그는 시장에 있는 모든 사람들과 싸울 것 같았어요. 그 시장의 어리석은 짓거리에 그가 너무나 열을 내며 반대하는 바람에 나는 우리 둘 다 그곳에서 몰매를 맞지 않을까 걱정되었죠. 매혹의 땅에서는 매우 조심했어요. 하지만 다리가 없는 강에 도달하자 다시 그는 침울해졌어요. 그는 "이제 물에 빠져 영원히 죽겠군. 그분의 얼굴을 안심하고 볼 수 있는 거리가 불과 몇 마일밖에 안 남았는데 이제 그 얼굴을 영원히 못 보겠군"이라고 말했어요.

여기서 나는 놀라운 일을 목격했어요. 강물이 내가 평생 본 어느 때보다 더 줄어 있었죠. 덕분에 그는 신발을 다 적시지도 않고 그 강을 건넜어요. 그가 성문을 향해 올라갈 때 담대한 마음은 그에게 작별 인사를 하며 위에 가서 좋은 영접을 받기를 기원한다고 했지요.* 그러자 그는 "난 그럴 걸세, 그래야지"라고 말했지요. 그렇게 우리는 헤어졌고 그 이후 나는 그를 보지 못했어요.

정직한: 그럼 그 사람이 마침내 잘됐나 보군요.

담대한 마음: 네, 그 사람에 대해 나는 전혀 의심이 없어요. 그는 순수한 영혼의 소유자이죠. 다만 항상 저자세여서 자신의 인생을 너무 힘들게 만들고 다른 사람에게도 귀찮은 존재가 되었

죠.* 무엇보다도 그는 죄에 대해 민감했어요. 다른 사람에게 해를 가하는 일을 너무나 두려워해서 때로는 합법적인 것도 혹시나 죄가 될까 봐 스스로 거부했죠.*

정직한: 하지만 그런 좋은 사람이 평생을 어둠 속에 있는 이유가 무엇인가요?

담대한 마음: 두 가지 종류의 이유가 있지요. 하나는 현명한 하나님께서 그것을 원하시기 때문이죠. 어떤 이는 피리를 불고 어떤 이는 울어야 합니다. 두려움 씨는 이런 베이스 음을 연주하는 사람이죠. 그와 그의 친구들은 다른 어떤 음악보다 더 구슬픈 소리를 내는 색벗*을 연주하죠. 하지만 어떤 사람들은 베이스가 음악의 기초라고 말하지요. 나 역시 무거운 마음으로 시작하지 않는 신앙 고백은 전혀 가치가 없다고 생각해요. 악사가 모든 음을 맞추려고 처음 튕기는 줄이 베이스지요. 하나님께서도 영혼을 당신의 음조에 맞추려 하실 때 처음 연주하시는 줄이 베이스입니다. 다만 두려움 씨의 결점은 그가 마지막까지 다른 음악은 거들떠보지도 않고 이 음만 연주했다는 것이지요.

제가 감히 이렇게 은유적으로 말하는 이유는 어린 독자들의 이성을 성숙하게 만들기 위해서입니다. 그리고 「요한 계시록」에도 구원받은 자들은 보좌 앞에서 나팔을 불고 거문고를 타며 노래하는 악사들에 비교되지요.*

정직한: 당신의 이야기를 듣고 보니 그는 매우 열정적인 사람이었네요. 그는 역경, 사자, 허영의 시장 같은 것은 전혀 두려워하지 않았어요. 오로지 죄, 죽음과 지옥이 그에게는 공포였군

요. 왜냐하면 천상의 나라에서 자신이 받아들여질지 확신이 없었기 때문이죠.

담대한 마음: 당신 말이 맞아요. 그것들이 그를 괴롭히는 것들이었죠. 당신이 잘 지적했어요. 그것들은 그의 마음이 약해서 그런 것이지, 실질적으로 순례자의 삶을 살면서 정신이 약해서 나온 것은 아니지요. 속담에도 있듯이, 만약 횃불이 길을 막는다면 그는 그것을 물어뜯었을 것입니다. 하지만 그를 억누르던 것들은 누구도 쉽게 떨쳐 버리지 못할 것들이었죠.

크리스티애나: 두려움 씨에 대한 이야기가 제게 많은 도움이 되었어요. 나 같은 사람은 아무도 없을 거라 생각했는데 이 선한 사람과 나 사이에 어떤 유사점이 있는 것을 알겠어요. 우리는 다만 두 가지 일에서 차이가 있네요. 그의 고통은 너무나 커서 밖으로 터져 나왔지만 난 고통을 내 안에 담고 있었죠. 그는 고통 때문에 너무나 힘들어 그를 영접하려는 집 앞에서 문을 두드릴 수가 없었죠. 하지만 나는 고통 때문에 문을 크게 두드렸죠.

자비: 제 마음에 있는 말을 하게 해 주신다면, 그 사람의 어떤 면이 제 안에도 있다고 말씀드려야겠어요. 저도 다른 무엇을 잃는 것보다 불 못에 던져지고 천국에 제 자리가 없을 거라는 두려움이 더 컸어요.* 저는 생각했죠. 오, 천국에서 살 수 있는 행복을 가질 수만 있다면 그것으로 충분해. 그것을 얻기 위해 이 세상 모든 것과 작별하더라도.

매슈: 저도 두려움 때문에 제가 구원받기 위해 필요한 무엇이 부족하다고 생각했지요. 그렇게 선한 사람도 그랬다면 저한테

도 두려움이 유용하지 않을까요?

제임스: 두려움이 없다면 은총도 없지요. 지옥에 대한 두려움이 있는 곳에 언제나 은총이 있을 수는 없지만 하나님에 대한 두려움이 없는 곳에는 확실히 은총이 없답니다.

담대한 마음: 제임스, 잘 말했다. 정곡을 찔렀구나. 여호와를 경외하는 것이 지식의 근본이거늘* 시작이 없는 사람은 중간도 끝도 없다. 여기서 우리는 두려움 씨에게 작별 인사를 보내고 그에 대한 이야기를 끝내자꾸나.

두려움 씨여, 당신은
하나님을 두려워하고
여기 있는 동안 당신을 속이는
어떤 일도 하기를 꺼려 했죠.
당신은 불 못과 구덩이를 두려워했죠.
다른 사람들도 다 그렇게 하길 원해요.
당신의 지혜를 갖지 못한 자들은
스스로 멸망의 길을 가기 때문이죠.

이제 내가 보니, 그들은 여전히 이야기를 하면서 길을 갔다. 담대한 마음이 두려움에 대한 이야기를 끝내자 정직한이 또 다른 사람 이야기를 시작했다. 그 사람의 이름은 자기주장이었다. "그는 순례자인 척하고 있어요"라고 정직한이 말했다. "하지만 그는 길 어귀에 서 있던 좁은 문으로 들어오지 않은 것이 확실합니다."

담대한 마음: 그 점에 관해 그 사람과 이야기를 나눈 적이 있습니까?

정직한: 네, 여러 번 했죠. 하지만 그는 항상 이름처럼 자기주장만 했어요. 그는 사람도, 논제도 상관없고 게다가 예시도 무시했죠. 자기 마음이 내키는 대로 할 뿐, 무엇으로도 그를 설득할 수 없었어요.

담대한 마음: 그 사람이 주장하는 원칙들이 뭔지 말해 줄 수 있나요?

정직한: 인간은 순례자가 가진 덕목뿐 아니라 그의 죄악도 따라야 한다고 주장해요. 그 두 가지를 다 하면 인간은 확실히 구원을 받는다고 그는 믿고 있어요.

담대한 마음: 저런! 아무리 선한 사람이라도 순례자의 덕목을 따르면서 죄악도 저지를 수 있다고 그가 말했다면 크게 잘못된 말은 아닐 것입니다. 사실 우리가 조심하고 노력한다 해도 완전히 악에서 면제되는 것은 아니지요. 그런데 이것이 문제가 아니라 만약 당신의 말을 내가 올바로 이해했다면, 그 사람은 죄악도 허용되어야 한다는 의견을 갖고 있단 말이죠.

정직한: 맞아요, 맞아요. 내 말이 바로 그겁니다. 그자는 그렇게 믿고 실천하고 있어요.

담대한 마음: 그자는 도대체 무슨 근거로 그렇게 말하는 것입니까?

정직한: 물론 성서가 자신의 근거라고 말하지요.

담대한 마음: 정직한, 몇 가지만 구체적으로 말씀해 주세요.

정직한: 그러지요. 다른 남자의 부인과 관계하는 일은 하나님이 사랑하시던 다윗이 한 일이니 자기도 그러겠다고 그는 말해요. 솔로몬은 한 여자보다 더 많은 여자를 거느렸으니 자기도 그렇게 하겠답니다. 사래*와 이집트의 거룩한 산파들이 거짓말을 했고* 라합도 거짓말하고 구원을 받았으니* 자기도 그렇게 할 수 있다고 말했죠. 주님의 명령으로 제자들이 가서 나귀를 주인에게서 빼앗았으니 자기도 그렇게 하겠다나요. 야곱이 속임수와 야비한 방법으로 아버지에게서 상속을 받았으니* 자신도 그렇게 하겠다고 말해요.

담대한 마음: 참으로 비열하네! 정말 그 사람이 이런 생각을 하는 게 확실한가요?

정직한: 그 사람이 성서까지 갖고 와서 논거를 대며 그런 주장하는 것을 내가 들었어요.

담대한 마음: 이 세상에서 절대로 용납될 수 없는 의견이군요.

정직한: 제 말을 올바로 이해하셔야 합니다. 그가 누구나 이렇게 해야 된다고 말한 것은 아닙니다. 그런 짓을 한 사람들이 지녔던 덕목을 가진 사람들은 같은 짓을 해도 된다고 말한 겁니다.

담대한 마음: 하지만 그런 결론만큼 틀린 말이 어디 있겠소? 왜냐하면 그 말은 이렇게 이야기하는 것과 같지요. 선한 사람들이 여태까지 의지가 약해 죄를 지었으니 자기도 건방진 마음이 시키는 대로 해도 된다는 소리잖소. 만약 어린아이가 바람이 불어 아니면 돌멩이에 걸려 넘어져 진흙탕에서 더러워졌으면 자

신도 일부러 거기 누워서 돼지처럼 흙투성이가 되어야 한다는 것과 같지요. 누구든 음욕에 눈이 멀어 그 정도까지 될 줄 상상이나 했겠어요? 하지만 성서의 말씀이 옳지요. "그들이 말씀을 순종하지 아니하므로 넘어지나니 이는 그들을 이렇게 정하신 것이라."*

죄악에 몰두하는 자가 거룩한 사람의 덕목을 가질 수 있다는 그의 가정 역시 다른 망상과 같이 헛된 생각이지요. 그것은 개가 "나는 어린아이의 배설물을 핥았으니 아이의 자질을 가졌거나 가질 수 있다"라고 말하는 것과 같아요. 하나님 백성의 죄악을 먹는다고 해서 그들의 덕목을 소유하고 있다는 말은 아니죠.* 이런 견해를 가진 사람의 마음에 믿음이나 사랑이 있다고 나는 믿을 수 없어요. 당신이 그에게 강하게 반박한 걸로 아는데 그는 자신을 어떻게 옹호합디까?

정직한: 그는 소신에 따라 행동하는 것이 속마음을 숨기고 반대되게 행동하는 것보다 훨씬 더 정직하다고 말하지요.

담대한 마음: 정말 사악한 대답이군요. 음욕이 나쁜 줄 알면서도 음욕에 대한 고삐를 느슨하게 하는 것은 나쁜 일이지요. 하지만 죄를 짓고 이를 용인해 달라고 간청하는 것은 더 나쁜 일입니다. 전자는 구경꾼이 실수로 넘어진 경우를 보여 주지만, 후자의 경우는 그들을 함정에 빠지도록 이끄는 것입니다.

정직한: 이 사람과 같은 생각을 하면서 입 밖으로 내지 않는 사람이 수없이 많을 것입니다. 그런 사람들 때문에 순례 길 가는 것이 하찮게 보이지요.

담대한 마음: 진실을 말씀하셨네요. 그건 정말 애석한 일이죠. 하지만 천국의 왕을 두려워하는 사람은 그 모두를 극복할 것입니다.

크리스티애나: 이 세상에는 별 이상한 생각도 많아요. 죽을 때 회개해도 늦지 않다고 말하는 사람을 알고 있어요.

담대한 마음: 그런 사람은 현명하지 않지요. 어떤 사람이 목숨을 위해 일주일 동안 20마일을 뛰어야 하는데 그것이 싫어서 죽기 한 시간 전까지 미루는 것과 같지요.

정직한: 옳은 얘기요. 스스로를 순례자라고 여기는 대부분의 사람이 사실 그렇게 행동하지요. 보시다시피 나는 늙은이고 이 순례 길에서 오랫동안 여행하며 많은 것들을 보았지요.

마치 온 세상을 휩쓸 것처럼 시작했다가 며칠도 못 가서 광야에 있던 사람들처럼 죽어 버려 약속된 땅을 쳐다보지도 못하는 사람들을 보았지요.

그런가 하면 처음 순례자로 출발할 때 전혀 유망해 보이지 않고 하루도 더 살지 못할 것 같던 사람이 아주 훌륭한 순례자가 된 것을 보았지요.

급하게 앞으로 달려갔다가 얼마 지나지 않아 갈 때만큼 서둘러 되돌아오는 사람도 보았어요.

처음에는 순례자의 삶에 대해 매우 좋게 이야기하다가 조금 후에 반대하는 사람도 보았어요.

처음 천국을 향해 출발할 때는 그런 장소가 있다고 긍정적으로 이야기하던 사람이 거의 다 갔다가 다시 돌아와 그런 곳이 없다고 말하는 것도 들었어요.

적을 만나면 무엇을 하리라고 뽐내는 사람이 거짓 경보에 놀라 믿음을 버리고 순례자의 길에서 도망갔다는 말도 들었어요.

이렇게 대화하며 그들이 길을 가고 있는데 어떤 사람이 뛰어오더니 "여러분 그리고 여인분들, 목숨이 아까우면 어서 도망가시오. 강도들이 바로 앞에 있어요"라고 말했다.

담대한 마음: 얼마 전에 작은 믿음을 습격했던 세 놈이군요. 우린 그놈들과 싸울 준비가 되어 있죠.

그리고 그들은 계속 나아갔다. 그들은 모퉁이를 돌 때마다 악당들을 만날까 조심스레 살폈다. 하지만 그들이 담대한 마음에 대해 들었는지 아니면 다른 먹잇감을 발견했는지 순례자들에게는 오지 않았다.

긴장이 풀린 듯 크리스티애나가 몹시 지친 아이들과 자신이 쉴 만한 여관이 있었으면 했다. 정직한이 말했다. "조금만 가면 여관이 하나 있어요. 그곳은 존경받는 주님의 제자 가이오가 사는 곳이지요."* 그래서 모두 그곳에 들기로 결정했다. 노인 정직한이 그에 대해 극찬했기 때문이었다. 그들은 문 앞에서 두드리지 않고 바로 들어갔으니 여관 문은 두드리지 않는 것이 관습이었다. 그들은 주인을 불렀고 그가 그들에게 왔다. 그날 밤 그곳에서 묵을 수 있는지 그들은 물었다.

가이오: 여러분이 진실된 분들이면 그렇게 하시죠. 내 집은 순례자들만을 위한 집입니다.

크리스티애나와 자비 그리고 아이들은 여관 주인이 순례자를 좋아한다는 것을 알고 더욱 기뻤다. 그들은 방을 보여 달라고 했고 그는 크리스티애나와 아이들 그리고 자비를 위해 방 하나를, 담대한 마음과 노인이 묵을 또 다른 방을 보여 주었다.

담대한 마음: 선한 가이오 씨, 저녁으로 무엇이 있습니까? 이 순례자들은 오늘 먼 길을 와서 많이 지쳐 있어요.

가이오: 시간이 늦어서 음식을 구하러 우리가 밖으로 나갈 수는 없어요. 그러나 우리가 가진 것에 만족하신다면 얼마든지 드시지요.

담대한 마음: 이 집에 준비된 것으로도 우리는 만족합니다. 당신네 집에서는 편하게 먹을 수 있는 음식이 떨어질 날이 없다는 것을 내가 경험으로 잘 알지요.

그러자 가이오는 아래층으로 가서 요리사에게 순례자들이 먹을 저녁을 준비하라고 일렀다. 요리사의 이름은 좋은 음식 맛보기였다. 그다음 그는 다시 올라와 말했다. "자, 나의 친구들이여, 모두 환영합니다. 우리 집에서 당신들을 영접할 수 있어 기쁩니다. 저녁이 준비되는 동안 원하시면 서로 좋은 대화로 시간을 즐기면 좋겠어요." 그들 모두 좋다고 말했다.

가이오: 이 나이 든 부인은 어떤 분의 부인이신지요? 이 젊은 아가씨는 누구의 따님이신가요?

담대한 마음: 이분은 예전에 순례자였던 크리스천의 부인이고 애들은 그의 네 아이입니다. 아가씨는 저분의 지인이지요. 저분이 함께 순례 길에 가자고 설득하셨답니다. 아이들은 모두 아버지를 닮아 아버지의 발자국을 따르려고 열심입니다. 그래

요, 저 아이들은 아버지가 누운 곳이나 그의 발자국이 찍힌 곳을 보기만 해도 가슴속에 기쁨이 차오르면서 자기들도 거기에 누워 보거나 밟아 보려고 열심이죠.

가이오: 이분이 크리스천의 부인이고 애들이 크리스천의 아이들입니까? 나는 당신 남편의 아버지도 알고 그 아버지의 아버지도 잘 알죠. 이 가문에서 선한 사람들이 많이 나왔죠. 그 조상은 처음에 안디옥에서 살았지요.* 크리스천의 선조들은 매우 훌륭한 사람들이었어요. 당신도 남편에게서 들어 알고 있겠지요. 그들은 내가 아는 어떤 사람들보다 훌륭하죠. 순례자의 주님과 그의 길 그리고 그를 사랑한 모두를 위해 위대한 덕목과 용기를 보여 주신 분들이죠. 당신 남편의 친척 중에는 진리를 위해 모든 시련을 견뎌 낸 사람들이 많다고 들었어요. 당신 남편 집안에서 처음 그런 시련을 당한 이가 돌로 머리를 맞은 스데반이죠.* 또 다른 조상인 야고보는 칼에 찔려 살해되었죠. 당신 남편 집안의 오래전 선조인 바울과 베드로에 대해서는 말할 것도 없고요. 사자에게 던져진 이그나시우스, 뼈에서 살을 도려내는 형벌을 받은 로마누스도 있었고 불 속에서도 남자다웠던 폴리캅이 있지요. 태양 아래 바구니 속에 갇혀 말벌의 먹이가 된 분도 있었고 자루에 담긴 채 바다에 던져져 익사한 사람도 있었죠.* 순례자의 삶을 사랑해서 상해와 죽음의 고통을 당한 이 가문 사람들은 셀 수가 없어요. 나는 당신 남편이 이런 네 아들을 남겨 놓은 것을 보니 기쁘기 그지없어요. 애들이 아버지의 이름을 떠받들고 아버지의 발자국을 그대로 밟으면서 아버지와 같

은 목표에 도달하기를 바랍니다.

담대한 마음: 그렇지요, 선생님. 애들은 믿음직한 젊은이들이죠. 자기 아버지의 길을 진심으로 택한 것 같습니다.

가이오: 내 말이 바로 그겁니다. 크리스천의 가족이 이 땅에서 퍼져 나가 지상에서 수없이 번성할 것입니다. 그러니 크리스티애나는 아들들을 위해 결혼할 아가씨들을 찾아야지요. 그들 아버지의 이름과 그들 조상의 집안이 이 세상에서 결코 잊히지 않도록 말예요.

정직한: 이 가족이 몰락해서 대가 끊기면 안 되지요.

가이오: 몰락하진 않아도 가세가 줄어들 수는 있지요. 하지만 크리스티애나가 내 조언을 받아들이면 가문을 유지할 수 있어요. 크리스티애나여, 당신과 친구 자비 양이 여기 함께 있는 것을 보니 아름다운 두 분이구나 하고 나는 기뻤어요. 조언을 드리자면 자비를 당신의 친척이 되게 하시죠. 그녀가 원한다면 당신 큰아들 매슈와 맺으면 좋겠어요. 이것이 지상에서 당신의 후손을 남기는 길입니다.

그래서 혼사를 치르기로 하고 얼마 후 그들은 결혼했다. 하지만 그 일에 대해서는 나중에 다시 이야기하기로 하자.

가이오: 이제부터 나는 여인들을 옹호하는 이야기를 하여 그들에 대한 비난을 없앨까 합니다. 왜냐하면 사망과 저주가 한 여인에 의해 이 세상에 들어온 것같이* 생명과 건강도 한 여인에 의해서입니다. "하나님이 그 아들을 보내사 여자에게서 나게 하셨다."* 그래요, 후세 사람들은 구약에 나오는 그들 어

머니의 행위를 얼마나 혐오하는지 보여 주기 위해 아이 낳기를 갈구했지요. 혹시나 세상을 구원할 구세주의 어머니가 될까 하고요. 내가 다시 말하겠지만, 구세주가 오셨을 때 남자나 천사에 앞서 여인들이 그를 보고 기뻐했지요. 나는 어떤 남자도 그리스도께 한 닢이라도 드렸다고 읽은 적이 없어요. 하지만 여인들은 그를 따르고 그들이 가진 것을 바쳐 섬겼지요.* 눈물로 그의 발을 씻긴 것도 여인이요, 향유를 그의 사체에 발라 장사 지낸 것도 여인입니다.* 그가 십자가를 지고 갈 때 통곡한 것도 여인들이고. 그가 진 십자가 뒤를 따른 것도 여인들이요, 그가 매장되었을 때 무덤가에 앉아 있던 사람도 여인들입니다. 부활의 아침 그와 처음 있었던 사람도 여인들이고 죽은 자 가운데 부활하셨다는 소식을 제자들에게 처음 전한 것도 여인들입니다.* 그러므로 여인들은 많은 총애를 받았고 이런 일들은 그들이 우리 남자들과 함께 삶의 은총을 나눌 사람인 것을 보여 줍니다.

그때 요리사가 저녁이 거의 준비되었다면서 사람을 보내 식탁보를 깔고 나무 쟁반과 소금과 빵을 순서대로 놓았다.

그러자 매슈가 말했다. "이 식탁보와 식전 음식을 보니 이전에 맛본 어느 음식보다 더 많은 식욕을 느낍니다."

가이오: 이생에서 너에게 제공되는 모든 교리가 하늘나라 위대한 왕의 식사에 앉고자 하는 더 큰 욕망을 네게 심어 주길 바란다. 왜냐하면 이 땅의 모든 설교와 책들과 법령은 우리 주님께서 그의 집에 갔을 때 우리를 위해 베푸실 연회에 비교하면

식탁 위에 나무 쟁반을 놓고 소금 병을 준비하는 것과 같다.

이제 음식이 들어왔다. 먼저 화목 제물의 들어 올린 뒷다리 살과 흔든 가슴살이 그들 앞 식탁에 차려져서 그들이 기도와 하나님에 대한 칭송으로 식사를 시작해야 한다는 것을 보여 주었다.* 뒷다리 살로 다윗은 자신의 마음을 하나님께 드렸고 마음을 담은 가슴살을 바치며 자신이 하프를 가슴에 기대어 연주하던 것을 기렸다. 이 두 음식은 매우 신선하고 좋아서 그들 모두 만족스럽게 먹었다.

그다음 피처럼 붉은 포도주가 담긴 병이 나왔다. 가이오가 그들에게 말했다. "마음껏 드시오. 이것은 하나님과 사람의 마음을 기쁘게 한 참포도나무의 즙입니다."* 그들은 함께 마시고 흥겨워했다.

그다음 빵가루를 넣은 우유 음식이 나왔다. 가이오는 "애들이 잘 자라도록 이것을 먹이시죠"*라고 말했다.

그다음 버터와 꿀이 담긴 요리가 나왔다. 가이오는 말했다. "이것을 마음껏 드세요. 기분을 북돋고 여러분의 판단력과 이해력을 강화시키는 데 좋아요. 이것은 우리 주님께서 아이였을 때 먹은 음식입니다. '그가 악을 버리며 선을 택할 줄 알 때가 되면 엉긴 젖과 꿀을 먹을 것이라.'"*

그다음 사과가 담긴 접시가 나왔고 그들은 과일을 맛있게 먹었다. 그러자 매슈가 말했다. "우리가 사과를 먹어도 되나요? 이 과일로 인해 뱀이 태초의 우리 어머니를 속였잖아요."

가이오: 사과로 인해 우리가 속임을 당했지.
하지만 우리 영혼을 더럽힌 것은 죄이지, 사과가 아니야.
금지된 사과는 먹으면 피를 더럽히지만
허락받았을 때 먹으면 우리에게 유익하지.
하나님의 비둘기인 너 교회여, 그의 병에서 마셔라.
그리고 그의 사과를 먹으라, 사랑에 병든 자여.*

매슈: 얼마 전에 제가 과일을 먹고 아픈 적이 있어서 잠깐 망설인 거예요.

가이오: 금지된 과일은 너를 병들게 하지만 우리 주께서 허락하신 것은 그렇지 않아.

이렇게 그들이 이야기하고 있는 동안 또 다른 접시가 나왔는데 호두였다.* 식탁에 앉은 누군가가 호두는 연한 치아를, 특히 어린애의 치아를 상하게 한다고 말했다. 가이오가 그 말에 이렇게 답했다.

어려운 글귀는 호두 같지. (그걸 속임수라고 하지 않겠네.)
먹으려는 자로부터 알맹이를 지키려 껍질이 있지.
껍질을 깨라. 그럼 살이 있을 것이다.
여기서 당신들이 깨어 먹으라고 호두를 내왔네.

그들 모두 즐겁게 식탁에 마주 앉아 오랫동안 이야기를 나누었다. 대화 중에 노인이 말했다. "선한 주인장, 당신의 호두를 깨는 동안 이 수수께끼를 풀어 보시겠소?"

어떤 이들이 미쳤다고 여기는 사람이 있었소.
그가 더 많이 버리면 더 많이 갖게 되었소.

그들은 모두 선한 가이오가 뭐라 말할까 궁금해하며 주의를 기울였다. 그는 잠시 조용히 있더니 이렇게 대답했다.

자기 물건을 가난한 이에게 주는 사람은
그 열 배나 많이 다시 가질 것이오.

그러자 조지프가 말했다. "어르신이 그걸 알아내실 줄 저는 생각지 못했어요."

가이오: 오! 나는 이런 식으로 오랫동안 훈련받았지. 경험만큼 잘 가르치는 것도 없지. 나는 우리 주님으로부터 친절을 배웠고, 그러면 얻는 것이 있다는 것을 경험으로 발견했지. "흩어 구제하여도 더욱 부하게 되는 일이 있나니 과도히 아껴도 가난하게 될 뿐이니라. 스스로 부한 체하여도 아무것도 없는 자가 있고 스스로 가난한 체하여도 재물이 많은 자가 있느니라."*

그러자 새뮤얼이 어머니의 귀에 대고 속삭였다. "어머니, 이곳은 정말 훌륭한 사람의 집이군요. 우리 여기서 오래 있어요. 그리고 형 매슈가 여기서 자비와 결혼하면 좋겠어요."

주인 가이오가 그 말을 듣고 말했다. "애야, 정말 좋은 생각이구나."

그래서 그들은 그곳에서 한 달 이상 머물렀고, 자비는 매슈와 결혼했다.

그곳에 머무는 동안 자비는 자기 습관대로 가난한 이들에게 주기 위해 여러 종류의 옷을 만들었고, 그 일로 순례자들 사이에 좋은 평판을 얻었다.

다시 우리 이야기로 돌아가자. 저녁을 먹은 아이들은 여행하느라 지쳐서 잠자리에 들기를 원했다. 가이오가 사람을 불러 그들을 방으로 안내하라고 했다. 그러나 자비가 "제가 애들을 침대로 데려갈게요"라고 말했다. 그녀는 아이들을 재웠고 아이들은 깊은 잠이 들었다. 나머지 사람들은 모두 밤을 새웠다. 왜냐하면 가이오와 그들은 서로 마음이 통해 헤어지는 것을 아쉬워했기 때문이다. 주님과 그들 자신과 그들의 여정에 관해 오래 이야기를 나눈 후에 가이오에게 수수께끼를 냈던 늙은 정직한이 졸기 시작했다. 그러자 담대한 마음이 말했다. "아니, 어르신. 졸기 시작하시네요. 정신 차리시고 여기 수수께끼를 풀어 보세요." 그러자 정직한이 "그럼 들어 보세"라고 말했다.

담대한 마음: 죽이려는 사람은 먼저 져야 하고
밖에서 살고자 하는 자는 먼저 집에서 죽어야 한다.

정직한: 허! 이건 어려운 수수께끼군. 풀기도 어렵고 실천하

기는 더 어려운걸. 이봐요, 주인장. 원하시면 당신에게 넘겨 드리겠소. 이 문제를 푸시오. 나는 당신이 말하는 것을 듣겠소.

가이오: 아니요, 이 문제는 당신께 주어진 것이니 당신 대답을 고대하고 있습니다.

그러자 노인이 말했다.

은총으로 먼저 정복당하는 자만이
죄를 죽일 수 있다.
영원히 살고자 인정받으려면
그 스스로 먼저 죽어야 한다.

가이오: 옳습니다. 훌륭한 교리와 경험이 이 점을 가르쳐 줍니다. 첫째, 은총이 스스로 드러나 그 영광으로 우리 영혼을 굴복시키지 않으면 죄에 대항하려는 마음이 전혀 없을 것입니다. 게다가 만약 죄가 우리 영혼을 묶어 놓은 악마의 밧줄이라면 그 속박에서 풀려나지 않고 어떻게 저항할 수 있단 말입니까?

둘째, 이성이나 은총을 아는 사람이라면 자신의 타락에 노예가 된 사람이 은총의 살아 있는 기념비라고 믿을 사람은 없을 것입니다.

문득 생각나서 이야기를 하나 해 드리죠. 들을 가치가 있을 거요. 순례 길을 떠난 두 남자가 있었소. 한 사람은 젊을 때, 또 한 사람은 늙어서 시작했지요. 젊은이는 막강한 타락과 싸워야 했고 늙은이의 타락은 자연의 퇴락과 함께 시들었지요. 젊은이는 늙은이와 같이 일정한 보폭으로 걸었고 모든 길을 그처럼 가볍게 길을 갔지요. 이 둘이 똑같아 보이는데 누구에게 은총이 가장 빛나게 비추고 있을까요?

정직한: 두말할 나위 없이 젊은이죠. 가장 큰 반대에 저항할 때 은총이 가장 강력함을 제일 잘 보여 주지요. 특히 절반도 안 되는 저항을 만난 사람과 보조를 같이할 때 말이죠. 하지만 노인은 그렇지 않지요.

게다가 노인들은 이런 오류로 스스로를 축복하고 있어요. 즉 자연의 쇠퇴를 부패에 대한 은혜로운 극복이라 생각하며 스스로를 속이고 있죠. 사실 은혜로운 노인들은 젊은이들에게 충고해 주기 가장 좋아요. 왜냐하면 그들은 사물의 헛됨을 보았기 때문이죠. 하지만 늙은이와 젊은이가 함께 출발하면 젊은이는 자기 안에서 가장 확실하게 은총의 역사를 발견하는 이점이 있지요. 물론 늙은이의 타락은 자연히 가장 약할 수밖에 없고요.

그런 식으로 그들은 새벽이 될 때까지 이야기를 나누었다. 이제 모두 일어날 시간이 되자 크리스티애나가 아들 제임스에게 성서 한 장을 읽으라고 했다. 제임스는 「이사야서」 53장을 읽었다. 그가 읽고 나자 정직한이 왜 구세주가 마른땅에서 나왔고 고운 모양도 없고 풍채도 없다고 쓰여 있는지 물었다.

담대한 마음: 첫 번째 물음에 답하자면 그리스도가 살아 계신 당시 유대인의 교회는 종교의 정신과 생기를 거의 잃어버렸기 때문입니다. 두 번째 물음에 답하자면 그 구절은 믿지 않는 자가 한 말입니다. 그들은 왕의 마음을 뚫어 볼 눈이 없으므로 그

저 그분의 수수한 외양을 보고 판단하기 때문이죠.

귀중한 보석이 평범한 돌에 싸여 있는 것을 모르는 사람들은 그걸 발견하고도 자기가 무엇을 발견했는지 모르기 때문에 보통 돌을 버리듯이 던져 버리는 것과 같아요.

가이오: 당신들이 마침 여기 묵고 있는 데다 담대한 마음 씨가 무기를 잘 다룬다고 하니 우리 식사를 마친 뒤 들판으로 가서 뭔가 좋은 일을 할 수 있는지 살펴봅시다. 여기서 1마일 정도 떨어진 곳에 선함-살해라는 거인이 살고 있는데 이 근처 왕의 큰길에서 해를 가하고 있답니다. 그놈의 소굴을 내가 알고 있소. 그놈은 도둑 떼의 우두머리이니 우리가 그놈을 제거하면 좋겠습니다.

그들 모두 동의하면서 나갔다. 담대한 마음은 칼과 방패와 투구로 무장하고 나머지 사람은 창과 방망이를 들었다.

거인이 있는 곳에 다다랐을 때 거인은 하인들이 길에서 잡아다 바친 약한 마음이란 자를 손에 쥐고 있었다. 이제 거인은 그가 가진 것을 약탈한 후에 뼈까지 물어뜯을 참이었다. 거인은 인육을 먹는 본성이 있었다.

그는 무기를 든 담대한 마음과 친구들을 동굴 어귀에서 보자마자 그들이 원하는 게 뭐냐고 물었다.

담대한 마음: 바로 네놈이다. 우리는 네가 왕의 큰길에서 잡아와 살해한 수많은 순례자의 복수를 하러 왔다. 그러니 동굴에서 나와라.

그러자 거인은 무장을 하고 밖으로 나왔다. 그들은 전투를 벌였고 한 시간 이상 싸우다가 잠시 숨을 고르기 위해 멈춰 섰다.

선함-살해: 당신은 왜 내 땅에 들어왔소?

담대한 마음: 아까 너한테 말했듯이, 순례자의 피에 대한 복수를 위해서다.

둘은 다시 싸움을 시작하여 거인은 담대한 마음을 뒤로 물러나게 했다. 하지만 그는 담대하게 다시 반격하여 거인의 머리와 옆구리를 힘껏 내리쳐 거인은 손에서 무기를 떨어뜨렸다. 그는 거인을 내리쳐 죽인 뒤 그의 머리를 잘라 여관으로 가지고 갔다. 이때 순례자 약한 마음도 구출하여 함께 데려갔다. 그들은 집으로 돌아와 식구들에게 거인의 머리를 보여 주었다. 그리고 이전에 그렇게 했듯이 그것을 매달아 놓았다. 그 같은 일을 시도하려는 자들에게 겁을 주기 위해서였다.

그러고 나서 그들은 약한 마음에게 어쩌다 거인에게 잡혔는지 물어보았다.

약한 마음: 보시다시피 나는 병든 사람입니다. 죽음이 하루 한 번 정도 내 문을 두드려서 나는 집에 있으면 결코 나을 수 없겠다 생각했죠. 그래서 순례자의 삶을 택했지요. 나와 우리 아버지가 태어난 불확실이란 마을에서 여기까지 왔습니다. 나는 육체적으로나 정신적으로 기운이라곤 전혀 없지만 할 수 있다면 기어서라도 내 생애를 순례자의 길에서 보내고 싶었어요. 이 길 초입에 있던 문에 도달했을 때 그곳 주인은 나를 너그럽게 대접해 주었어요. 나의 허약한 모습이나 나의 연약한 마음에 대해 그분은 전혀 싫어하지 않으셨어요. 오히려 내 여정에 필요한 물건들을 주시고 나에게 끝까지 희망을 잃지 말라고 하셨죠. 해석

자의 집에 도달했을 때 나는 그곳에서 엄청나게 친절한 대접을 받았죠. 그리고 역경이란 산이 나에게는 너무 힘들 것이라 판단하여 그분의 하인이 나를 업고 갔어요. 사실 나는 다른 순례자들로부터 많은 위안을 얻었죠. 하지만 내가 천천히 갈 수밖에 없었으므로 아무도 나와 보조를 맞추지는 않았죠. 그래도 그들은 나를 지나갈 때 기분을 북돋아 주며 마음이 약한 자들을 격려하는 것은* 주님의 뜻이라고 말하면서 그들 속도대로 갔지요. 내가 습격이란 길에 이르렀을 때 이 거인이 나를 막고서는 한판 붙을 준비를 하라고 했지요. 하지만 슬프게도 나는 이처럼 약한 사람이니 오히려 강장제가 더 필요했겠죠. 거인에게 잡혀갈 때 나는 그가 나를 죽이지 않을 것이라 생각했어요. 또한 그가 동굴 속에 나를 집어넣을 때 내 의지로 그를 따른 것이 아니어서 나는 반드시 살아 나올 것이라 믿었죠. 왜냐하면 사나운 손에 사로잡힌 순례자도 온 마음으로 그의 주인을 믿으면 적의 손에 죽지 않는다는 것이 하나님의 섭리라고 나는 들었어요. 나는 강도당한 것처럼 보이고 실제로 강도당했지요. 하지만 당신들도 보시다시피 나는 목숨을 구했어요. 그렇게 만드신 나의 왕께, 그리고 그 일의 수단이 되신 여러분께 감사드려요. 앞으로 다른 공격들이 있겠지요. 하지만 나는 결심했습니다. 즉 내가 할 수 있을 때 달리고, 내가 달릴 수 없을 때 걸어가고, 내가 걸어갈 수 없을 때 기어간다. 중요한 점은 나를 사랑하시는 그분께 감사드리며 내 마음은 굳건합니다. 보시다시피 약한 마음을 갖고 있지만 내 갈 길은 앞에 놓여 있고 내 마음은 다리가 없는 그 강 너머에 있습니다.

정직한: 순례자 두려움 씨와 알고 지내지 않았습니까?

약한 마음: 알고 지냈냐고요? 물론이죠. 그는 멸망의 도시에서 북쪽으로 약간 떨어진 우둔이란 마을에서 왔어요. 그곳은 내 고향에서도 그 정도 떨어져 있죠. 사실 우리는 서로 잘 알아요. 그는 우리 아버지의 동생으로 나의 삼촌이죠. 그와 나는 성격이 비슷해요. 키는 나보다 약간 작지만 우리는 얼굴이 매우 닮았죠.

정직한: 당신이 그를 알 거라 생각했죠. 당신은 그의 창백한 안색과 눈매를 닮은 데다 말투가 아주 비슷한 것을 보고 두 사람이 친척 간이라 짐작하고 있었죠.

약한 마음: 우리 두 사람을 아는 대부분의 사람들이 그렇게 말하죠. 게다가 내가 그에게서 발견하는 많은 것들을 나 자신에게서도 발견한답니다.

가이오: 어르신, 기운을 내세요. 우리 집과 나는 당신을 환영합니다. 원하시는 것이 있으면 언제든 요구하세요. 하인들에게 무슨 일이든 말하면 그들이 기꺼이 할 것입니다.

약한 마음: 어두운 구름을 뚫고 태양이 빛나듯이, 이것은 기대하지 않았던 호의입니다. 선함-살해라는 거인이 나를 멈춰 세우고 더 이상 가지 못하게 할 때 이런 호의를 의도한 것일까요? 그가 내 주머니를 다 강탈해서 나로 하여금 가이오 주인장에게 가게 할 의도였을까요? 어쨌든 그렇게 되었네요.

약한 마음와 가이오가 이렇게 대화하고 있을 때 한 사람이 달려와 문을 두드리며 말했다. "1마일 반쯤 떨어진 곳에서 순례자

옳지 않음 씨가 벼락에 맞아 그 자리에서 죽었습니다."

약한 마음: 오호! 그가 죽었다고? 며칠 전에 그가 나를 따라잡으면서 내 동행 겸 보호자가 되겠다고 했어요. 거인 선함-살해가 나를 잡았을 때 그도 같이 있었지만 그는 발이 빨라 도망쳤지요. 하지만 그는 죽으러 도망간 것 같고 나는 살려고 잡힌 것 같네요.

바로 죽임을 당할 것 같은 사람도
가장 슬픈 고난에서 때론 해방되기도 한다.
그 섭리의 얼굴은 죽음이지만
때론 낮은 자에게 생명을 부여한다.
나는 잡히고 그는 도망쳐 달아났지만
패가 바뀌어 그에게는 죽음을 나에게는 생명을 주네.

이즈음 해서 매슈와 자비는 결혼했다. 또한 가이오는 자기 딸 피비를 매슈의 동생 제임스에게 출가시켰다. 이후 그들은 다른 순례자들처럼 시간을 보내면서 가이오의 집에 열흘 정도 더 머물렀다.

그들이 떠날 때가 되었을 때 가이오가 연회를 베풀어 그들은 먹고 마시며 즐거운 시간을 보냈다. 출발 시간이 다가오자 담대한 마음은 숙박비 계산서를 가져오라고 했다. 그러나 가이오는 그의 집에서 순례자들에게 돈을 받는 것은 관습이 아니라고 그에게 말했다. 그는 순례자들을 1년씩 묵게 하지만 비용은 선한 사마리아인으로부터 받을 예정이라고 했다. 그분은 그 비용이 얼마든 간에 자신이 돌아올 때 그에게 갚겠다고 약속했었다.*

담대한 마음이 가이오에게 말했다. "사랑하는 자여, 네가 무엇이든지 형제 곧 나그네 된 자들에게 행하는 것은 신실한 일이니 그들이 교회 앞에서 너의 사랑을 증언하였느니라. 네가 하나님께 합당하게 그들을 전송하면 좋으리로다."*

가이오는 모두에게 그리고 아이들에게 작별 인사를 했다. 특히 약한 마음에게 인사하면서 그에게 마실 것도 주었다.

모두 문을 나설 때 약한 마음은 마치 더 있으려는 듯 머뭇거렸다. 담대한 마음이 그것을 보고 말했다. "약한 마음 씨, 우리와 같이 갑시다. 내가 당신의 안내자가 될 테니 다른 사람처럼 당신은 가기만 하면 됩니다."

약한 마음: 아아, 나한테 맞는 동행을 원하는데 당신들은 모두 건장하고 씩씩하지만 나는 보다시피 약해요. 나의 허약함 때문에 나 자신뿐만 아니라 당신들에게 짐이 되지 않도록 맨 뒤에서 갔으면 해요. 나는 허약하고 미덥지 못한 마음을 지닌 까닭에 다른 사람들이 견뎌 낼 만한 일에도 기분이 상하고 약해집니다. 나는 웃는 것도 좋아하지 않아요. 화려한 옷차림도 좋아하지 않지요. 쓸데없는 질문도 싫어해요. 아니, 나는 너무 약해서 다른 사람들이 얼마든지 하는 일에도 마음이 상해요. 나는 아직 모든 진리를 알지 못합니다. 나는 매우 무지한 기독교인이죠. 때때로 어떤 이들이 주님 안에서 기뻐하는 소리를 들을 때 나는 그렇게 할 수 없어서 괴로워하죠. 내 처지는 건강한 사람들 사이에 있는 병

든 사람, 또는 건장한 사람들 사이에 있는 허약한 사람, 또는 멸시받는 등불과 같지요. "실족하는 자는 평안한 자가 멸시하는 등불과 같나니."* 그래서 나는 어떻게 해야 할지 모르겠습니다.

담대한 마음: 하지만 형제여, 나는 마음이 약한 자들을 격려하고 힘이 없는 자들을 붙들어 주라는 소명을 받았지요.* 당신은 반드시 우리와 같이 가야 합니다. 우리가 당신을 기다려 주고, 당신에게 도움을 주고, 당신을 위하여 의견이든 실제 행동이든 우리의 주장을 포기하겠어요. 당신 앞에서 불확실한 논쟁을 벌이지도 않겠어요. 당신이 뒤로 처지느니 모든 것을 당신에게 맞추겠어요.*

그들이 가이오의 문 앞에서 한참 동안 대화하고 있을 때 넘어질 뻔이 목발을 짚고 다가왔다. 그 역시 순례 길을 가는 중이었다.*

약한 마음: 이보슈, 어떻게 여기까지 왔소? 방금 나한테 알맞은 동행이 없다고 불평하던 참이었는데 당신이 나에게 딱 맞는구먼. 환영하오. 넘어질 뻔 씨, 당신과 내가 서로 도우면 좋겠소.

넘어질 뻔: 당신과 동행해서 나도 좋아요. 약한 마음 씨, 헤어지지 맙시다. 다행히도 우리가 이렇게 만났으니 내 목발 하나를 당신에게 빌려 주겠소.

약한 마음: 당신의 선의는 고맙지만 괜찮소. 절름발이가 되기 전에는 절뚝거리지 않을 작정입니다. 어쨌거나 개가 덤빌 때 그게 도움은 되겠소.

넘어질 뻔: 나 자신이나 내 목발이 마음에 든다면 언제나 쓰시죠, 약한 마음 씨.

그리고 그들은 나아갔다. 담대한 마음과 정직한이 앞장서고 크리스티애나와 아이들이 그다음에, 그리고 약한 마음과 넘어질 뻔이 목발을 짚고 뒤에 왔다. 그러자 정직한이 말했다.

정직한: 우리가 이제 한참 길을 가야 하니 이전에 순례 길을 갔던 사람들에 관해 유익한 이야기가 있으면 말씀해 주시죠.

담대한 마음: 좋습니다. 당신들은 예전에 크리스천이 겸손의 골짜기에서 어떻게 아볼루온을 만났으며 사망의 음침한 골짜기를 얼마나 힘들게 애쓰면서 지나갔는지 들었을 것이오. 또한 믿는 자가 음탕 부인과 아담 1세 그리고 불만과 수치란 자들을 만나 어떻게 했는지 이야기도 들었을 겁니다. 그 넷은 이 길을 가면서 우리가 만날 수 있는 간교한 악당이죠.

정직한: 네. 모두 들었어요. 정말이지, 선한 믿는 자는 수치에게 가장 큰 어려움을 당했죠. 그는 정말 끈질긴 놈이죠.

담대한 마음: 그래요. 순례자들이 말한 것처럼 가장 잘못된 이름을 갖고 있는 자가 그 사람이지요.

정직한: 하지만 크리스천과 믿는 자가 떠버리를 만난 곳은 어디지요? 그 역시 대단한 놈이지요.

담대한 마음: 그는 독단적인 바보지요. 그래도 많은 사람이 그의 방식을 따르고 있어요.

정직한: 그가 믿는 자를 유혹하려고 했지요?

담대한 마음: 네, 하지만 크리스천이 그의 본색을 빨리 알아채도록 도와주었지요.

이윽고 그들은 복음 전도사가 크리스천과 믿는 자를 만나 허영의 시장에서 그들에게 일어날 일에 대해 예언한 곳에 도달했다.

담대한 마음: 이 근처에서 크리스천과 믿는 자가 복음 전도사를 만났지요. 그는 허영의 시장에서 그들에게 닥칠 환란에 대해 예언을 해 주었죠.

정직한: 정말이군요! 그분은 정말 힘든 이야기를 그들에게 알려 주었다고 감히 말씀드리고 싶네요.

담대한 마음: 그랬어요. 하지만 그는 그들에게 용기도 북돋아 주었죠. 우리가 뭐라 하든 그들은 한 쌍의 사자와 같은 사람들이었고 얼굴을 부싯돌같이 굳게 하였죠.* 그들이 재판장 앞에 섰을 때 얼마나 당당했는지 기억하지 않습니까?

정직한: 믿는 자도 용감하게 고통을 받아들였죠.

담대한 마음: 그랬죠. 그 후 훌륭한 일들이 뒤따랐죠. 희망찬과 그 외 다른 사람들이 그의 죽음으로 새사람이 되었다고 합니다.

정직한: 그래요, 계속하시죠. 당신은 이 일들을 잘 알고 계시네요.

담대한 마음: 크리스천이 허영의 시장을 지난 뒤에 만난 사람 중에서 기회주의가 가장 못된 자였죠.

정직한: 기회주의라, 그 사람은 누굽니까?

담대한 마음: 정말 못된 놈이고, 진짜 위선자예요. 이 세상이 돌아가는 방향에 맞추어 신앙생활을 하면서 신앙을 위해 아무것도 잃지 않고 어떤 고통도 받지 않는 간교함을 갖고 있죠.

그는 매번 상황에 따라 신앙의 방식을 맞추고 그의 부인도 똑같이 행동하죠. 그는 돌아서자마자 한 의견에서 다른 의견으로 바꿉니다. 심지어 그러는 것에 대해 옹호하기까지 했죠. 하지만 내가 들은 바에 따르면, 그자는 그런 이기적 목적 때문에 나쁜 종말을 맞았다고 하네요. 게다가 그의 자식들 중 어느 누구도 진정으로 하나님을 두려워하는 사람들에게서 존경받은 적이 없다고 들었어요.

이제 그들은 허영의 시장이 열리는 허영이란 도시가 보이는 곳까지 이르렀다. 그 도시가 가까운 것을 보고 그들은 어떻게 그 도시를 지나갈지 의논했는데 의견이 분분했다. 마침내 담대한 마음이 말했다. 당신들도 아시다시피 나는 순례자의 안내자로서 이 도시를 자주 통과했었소. 나는 오랜 제자인 구브로 사람 나손을 알고 있으니 그의 집에 우리가 머물 것이오.* 당신들이 괜찮다면 그곳으로 갑시다.

"좋습니다." 정직한이 동의했다. "좋아요." 크리스티애나가 말했다. 약한 마음도 좋다고 말했다. 그리고 모두 좋다고 했다. 그들이 도시 외곽에 도달했을 때는 이미 어두워질 무렵이었지만 담대한 마음은 그 노인네 집으로 가는 길을 알았다. 그곳으로 간 담대한 마음이 문에서 부르자 노인은 단번에 그의 목소리를 알아들었다. 그래서 문을 열어 주고 그들 모두 들어갔다. 주인 나손이 "오늘 얼마나 멀리서 걸어왔소?"라고 물었다. 그들은 "친구 가이오의 집에서부터입니다"라고 대답했다. 노인은 "당신들은 아주 먼 거리를 왔구려. 많이 피곤하겠소. 앉으시죠"라고 말했다. 그래서 그들은 앉았다.

담대한 마음: 여러분, 얼마나 좋습니까. 내 친구는 여러분 모

두를 환영합니다.

나손: 당신들을 환영합니다. 원하시는 게 무엇이든 말씀만 하십시오. 할 수 있는 한 구해 드리지요.

정직한: 얼마 전까지 우리에게 가장 필요한 것이 잠잘 곳과 좋은 친구였는데 이제 두 가지 다 가진 것 같소이다.

나손: 잠잘 곳은 보시다시피 이렇게 있지만 좋은 친구는 겪어 봐야 알 수 있지요.

담대한 마음: 자, 순례자들을 방으로 인도해 주시겠소?

나손: 그러지요.

그는 그들을 각자 방으로 인도하고 또한 매우 아름다운 식당을 보여 주었다. 잠자리에 들기 전까지 함께 모여 식사할 곳이었다.

그들이 각자 방에서 여독을 약간 풀고 나자 정직한이 주인에게 이 마을에 선한 사람들이 얼마나 있는지 물었다.

나손: 몇 명 있지요. 반대편 사람들과 비교하면 정말 얼마 안 되지만요.

정직한: 그중 몇 사람을 만나려면 어떻게 해야 하나요? 순례길을 가는 사람이 선한 사람들을 만나는 것은 바다 위를 항해하는 선원에게 달과 별이 나타나는 것과 같지요.

그 말을 들은 나손이 발로 신호하자 그의 딸 은혜가 나왔다. 그는 딸에게 "은혜야, 가서 내 친구인 회개, 거룩한 사람, 성자 사랑, 거짓말 않기에게 말하렴. 우리 집에 친구 몇이 와서 오늘 저녁 그들을 만나고 싶어 한다고."

은혜는 그들을 부르러 갔고, 그들은 와서 인사한 뒤 식탁에 함께 앉았다.

주인 나손이 말했다. "이웃들이여, 보시다시피 내 집에 낯선 이들이 있는데 바로 순례자들이오. 이들은 멀리서 와서 시온산으로 가고 있습니다." 그러고는 손가락으로 크리스티애나를 가리키며 "이분이 누군지 아시오?"라고 물었다. "형제인 믿는 자와 함께 우리 마을에서 험한 꼴을 당했던 그 유명한 순례자 크리스천의 부인 크리스티애나요." 그 말에 그들은 깜짝 놀라 일어나며 말했다. "은혜가 우리를 부르러 왔을 때 크리스티애나를 만날 생각은 조금도 못했지요. 우리를 기분 좋게 하는 놀라운 일이군요." 그들은 그녀의 안부를 묻고 젊은이들이 아들들이냐고 물었다. 그녀가 그렇다고 대답하자 그들은 "너희들이 사랑하고 섬기는 왕께서 너희를 너희 아버지처럼 만들어 그분이 평화롭게 있는 그곳으로 데려다주실 것이네"라고 말했다.

그들이 모두 자리에 앉자 정직한이 회개와 나머지 사람들에게 현재 그들 마을의 형편이 어떤지를 물었다.

회개: 장이 설 때에는 엄청나게 바쁘지요. 이렇게 시달리는 상태에 있을 때 우리 마음과 정신을 선한 상태로 유지하기란 어려운 일이지요. 우리와 같은 곳에서 살고, 우리와 같은 일을 해야 하는 사람은 매 순간마다 그에게 매사에 조심하라고 경고해 줄 것이 필요하죠.

정직한: 당신 이웃들은 어떻소, 조용합니까?

회개: 이전에 비해 지금은 훨씬 온건합니다. 크리스천과 믿는

자가 우리 마을에서 어떤 일을 당했는지 아시죠. 하지만 최근에는 그때보다 많이 온건해졌어요. 내 생각에 믿는 자의 피가 지금까지 그들에게 짐이 되어 누르고 있는 것 같아요. 그를 화형한 뒤로 더 이상 화형하는 것을 그들은 부끄러워해요. 그 당시에 우리는 거리를 다니는 것이 무서웠죠. 하지만 지금은 얼굴을 보일 수 있습니다. 당시에는 신자라는 이름을 혐오했지만 지금은 특히 마을의 어떤 지역에서는 (아시다시피 우리 마을이 큽니다) 종교를 명예롭게 여기지요.

그러고 나서 회개는 그들에게 물었다. "당신들의 순례 길은 어땠소? 사람들이 당신들을 어떻게 대하던가요?"

정직한: 길 가는 나그네에게 일어나는 일이 우리에게도 일어나죠. 우리가 가는 길이 때로는 깨끗하고 때론 더럽죠. 때론 오르막이었다가 때로는 내리막이죠. 우리는 확실한 적이 거의 없어요. 바람이 항상 뒤에서만 불지 않고, 가는 길에 만난 사람들이 모두 다 친구는 아니죠. 우린 이미 어려운 장애들을 만났어요. 앞으로 남은 것이 무엇인지 모릅니다. 하지만 '선한 사람은 반드시 고난을 당한다'는 옛말이 대체로 맞는다는 것을 발견했어요.

회개: 장애를 말씀하셨는데 어떤 장애물을 만나셨나요?

정직한: 그건 우리 안내자인 담대한 마음 씨에게 물어보세요. 그분이 가장 잘 설명해 줄 수 있지요.

담대한 마음: 이미 우리는 서너 차례 공격을 당했어요. 먼저 크리스티애나와 아이들이 두 악당에게 공격을 받아 거의 목숨

을 잃을 뻔했죠. 우리는 험상궂음 거인, 큰 망치 거인, 선함-살해 거인한테 공격을 받았죠. 사실 마지막 경우에는 공격을 받았다기보다는 우리가 그를 공격했죠. 그 일은 이렇습니다. 나를 초대한 주인이자 온 교회를 돌보아 주는 가이오의* 집에 머무는 동안 무기를 가지고 가서 순례자의 적들을 찾아내야겠다는 생각이 들었죠. 왜냐하면 그 근처에 악명 높은 놈이 있다고 들었거든요. 가이오가 근처에 살아서 그놈의 소굴이 어딘지 나보다 더 잘 알았죠. 우리는 찾고 또 찾아서 마침내 그놈의 동굴 입구를 발견했어요. 우리는 기뻐하며 용기를 내어 그 굴에 접근했죠. 그곳에 갔을 때 그놈은 그물에 여기 있는 불쌍한 사람, 약한 마음 씨를 강제로 끌고가 막 죽이려는 순간이었습니다. 그놈이 우리를 보자 아마 또 다른 먹잇감으로 생각했는지 불쌍한 사람을 굴 안에 남겨 놓고 밖으로 나왔죠. 그래서 우리는 맹렬하게 공격했고 그놈도 맹렬하게 덤볐죠. 하지만 결국 그놈은 땅바닥에 쓰러지고 그 목은 베여 길가에 매달렸죠. 앞으로 그런 악행을 저지르는 자에게 공포를 주기 위해서요. 내 말이 진실이라는 것을 증명할 분이 바로 여기 있어요. 사자 입에서 구원받은 양 같은 사람이지요.

약한 마음: 그 말은 사실입니다. 내가 치른 고통과 내가 받은 위안에 관해서요. 내가 치른 고통은 그놈이 내 뼈를 뜯어 먹으려고 매 순간 위협할 때죠. 내가 받은 위안은 담대한 마음 씨와 그 친구들이 무기를 들고 나를 구하려 접근하는 것을 내가 보았을 때입니다.

거룩한 사람: 순례 길을 가는 사람이 반드시 지녀야 할 것이

두 가지인데 용기와 깨끗한 삶입니다. 만약 용기가 없다면 결코 그 길을 계속해서 갈 수가 없어요. 만약 삶이 깨끗하지 못하면 그들은 순례자라는 이름을 더럽히는 것이지요.

성자 사랑: 이 경고가 여러분들에게는 필요 없길 바랍니다. 하지만 정말 이 길로 들어선 사람 중에는 땅 위의 순례자나 이방인이라기보다는 자신이 순례 길에 대한 이방인이라고 선언해야 할 사람이 많이 있어요.*

거짓말 않기: 맞습니다. 그들은 순례자의 옷도, 순례자의 용기도 없어요. 그들은 똑바로 걷지 못하고 발이 뒤틀려 구두 한 짝은 안쪽으로 또 다른 짝은 바깥으로 돌고 양말은 뒤가 떨어졌지요. 이쪽은 누더기요 저쪽은 터져 있어 우리 주님을 욕되게 합니다.

회개: 이런 일들에 대해 그들은 걱정해야 합니다. 또한 순례자들은 그런 오점과 흠이 깨끗해지기 전에는 자신들은 물론 순례의 진행 과정에서 원하는 은총을 받을 수 없지요.

이렇게 그들은 앉아서 대화를 나누며 저녁 식탁이 준비될 때까지 시간을 보냈다. 식탁에서 그들은 지친 몸을 회복하고 잠자리에 들었다. 그들은 이곳 허영의 시장에서 나손의 집에 한동안 머물렀는데 이때 나손은 딸 은혜를 크리스티애나의 아들인 새뮤얼에게 그리고 딸 마르다를 조지프에게 출가시켰다.

지금은 그곳이 이전과 달라졌기 때문에 그들은 꽤 오래 머물렀는데 순례자들은 그 마을의 선한 사람들과 많이 사귀었고 그들에게 자신들이 할 수 있는 봉사를 했다. 자비는 늘 그랬듯이 가난한 사람들이 배부르고 등 따스하도록 애를 썼고 그들은 그녀를 축복하여 신자의 빛이 되었다. 또한 은혜와 피비와 마르다 역시 모두 선한 성격을 지녀 자신의 자리에서 좋은 일을 많이 했다. 그 여인들은 자식을 많이 낳아 크리스천의 이름이 앞서 말했듯이 이 세상에 오래 지속되었다.

그들이 그곳에 머무는 동안 숲속에서 괴물이 나타나 마을 사람 여럿을 죽였다. 또 아이들을 납치해서 자기 젖을 빠는 법을 가르쳤다. 마을의 누구도 괴물에 맞서지 못했고 그가 다가오는 소리에 모든 남자들은 도망갔다.

그 괴물은 지상에 있는 어떤 짐승과도 비슷하지 않았다. 몸통은 용 같았고 일곱 개의 머리와 열 개의 뿔이 있었다.* 그놈은 아이들을 난폭하게 해쳤는데 정작 한 여인의 조종을 받았다. 괴물은 사람들에게 조건을 제시했다. 영혼보다 목숨을 더 사랑하는 사람들은 그 조건을 받아들여 그의 지배를 받았다.

담대한 마음은 나손의 집으로 순례자들을 만나러 온 사람들과 함께 이 괴물에 맞서 싸우기로 약속했다. 모든 것을 집어삼키는 뱀의 입과 손아귀에서 마을 사람들을 해방시킬 수 있다고 생각한 것이다.

그래서 담대한 마음과 회개, 거룩한 사람, 성자 사랑과 거짓말 않기는 각자 무기를 가지고 괴물과 싸우러 갔다. 처음에 괴물은 거세게 날뛰면서 자신의 적들을 멸시하며 쳐다보았다. 하지만 그들은 무장한 억센 남자들이어서 괴물을 거세게 몰아붙여 후퇴하게 만들었다. 그리고 나손의 집으로 다시 돌아왔다.

여러분이 알아야 할 점은, 이 괴물이 특정 기간에만 나와서 마을 사람의 아이들을 잡아가려 한다는 것이다. 또 이 기간 동안 용감한 전사들이 그를 끊임없이 공격하여 결국 그놈은 상처를 입었을 뿐만 아니라 다리를 절게 되었다. 그 결과, 괴물은 마을 아이들에게 예전처럼 더 이상 해를 가하지 못했다. 그리고 사람들은 괴물이 상처 때문에 결국은 죽을 것이라고 믿었다.

이 일로 담대한 마음과 그의 동료들은 마을에서 엄청나게 유명해졌다. 사물에 대한 판단력이 없는 사람들조차 그들에게 거룩한 존경과 경의를 표했다. 덕분에 이 순례자들은 여기서 크게 박해받는 일이 없었다. 물론 주민 중에는 두더지만큼도 못 보는, 또는 짐승만큼도 이해력이 없는 천박한 부류가 있다. 이들은 순례자들을 존경도 하지 않았고 그들의 용기나 모험에 관심도 갖지 않았다.

어느덧 순례자들이 길을 떠나야 할 시간이 다가왔고, 그들은 여정을 준비했다. 그들은 친구들을 불러 의논하는 한편, 그들 왕께서 서로를 보호해 달라고 시간을 따로 내어 기도했다. 사람들은 자신이 가지고 있는 것 중에서 약한 사람, 강한 사람, 여인들과 남자들에게 적합한 것을 가져왔다. 그렇게 필요한 것들을 그들은 실었다.*

그들은 순례 길을 나섰고 친구들이 적당한 곳까지 전송을 나왔다. 다시 한번 서로에게 왕의 보호를 기원한 다음 헤어졌다.

순례자 일행이 길을 갈 때 담대한 마음이 맨 앞에 섰다. 약한 여인들과 아이들은 자신들에 맞는 속도로 갈 수밖에 없었고, 이 때문에 넘어질 뻔과 약한 마음도 그들 상태에 더 맞게 갈 수 있었다.

마을 사람들과 헤어지고 친구들의 작별 인사를 받은 뒤 순례자들은 얼마 지나지 않아 믿는 자가 죽음을 맞은 장소에 도달했다. 그들은 그곳에 서서 믿는 자가 자기 십자가를 훌륭히 감당하도록 해 주신 그분께 감사를 드렸다. 그가 겪은 남자다운 고난으로 인해 그들이 이익을 얻었음을 이제 알았기 때문에 더욱 고마워했다.

이후 크리스천과 믿는 자에 대해, 그리고 믿는 자가 죽은 후 희망찬이 크리스천과 함께 가게 된 일을 이야기하면서 그들은 한참을 갔다.

이제 그들은 은광이 있는 돈더미산에 도달했다. 그곳에서 데마가 순례 길을 버렸고, 기회주의가 그곳에서 떨어져 죽었다는 소문이 있었다. 하지만 그들이 그 산을 배경으로 서 있는 오래된 기념비에 도달했을 때 그것이 소돔과 악취 나는 호수가 보이는 곳에 서 있던 소금 기둥임을 알고 이전에 크리스천이 그랬던 것처럼 놀랐다. 지식과 성숙한 이성을 갖춘 사람들이 어쩌다 여기서 길을 벗어날 만큼 눈이 멀었는지 그들은 이상하게 생각했다. 다만 다른 사람들이 만난 재앙을 보며 인간의 본성이 다 배우는 것은 아니구나 하고 생각했다. 특히 쳐다본 대상이 그들의 어리석은 눈에 매력적인 미덕으로 보인다면 더욱 그랬다.

이제 나는 그들이 계속 나아가 기쁨의 산 이쪽에 있는 강에 다다른 것을 보았다. 강가에는 아름다운 나무들이 양쪽에 서 있었는데 그 잎을 먹으면 과식에 좋았다. 그곳의 초원은 1년 내내 푸르렀으며 그들은 안전하게 그곳에 누울 수 있었다.*

이 강가의 초원에는 양 치는 우리와 외양간이 몇 개 있었고, 또 다른 양 떼와 순례 길을 가는 여인들의 아기들을 먹이고 양육하기 위해 지은 집이 있었다. 여기에 책임을 맡은 사람이 있어* 그는 연민의 정으로 그 양 떼를 두 팔로 모아 품에 안으시며 젖 먹이는 여인들을 온순히 인도했다.* 크리스티애나는 네 며느리들에게 아기들을 이분께 맡기라고 권고했다. 이 강가에서 거처하며 젖을 먹이고 양육하니 어느 누구도 부족함이 없을 것이었다. 이분은 만약 한 사람이라도 옆길로 가거나 길을 잃으면 찾아오고 상한 자를 싸매 주며 병든 자를 강하게 했다.* 여기서 그들은 먹고 마시고 입을 것이 결코 부족하지 않을 것이며 도둑과 강도로부터 안전할 것이다. 왜냐하면 이 사람은 목숨을 버려서라도 자기가 책임 맡은 사람 하나도 잃지 않을 것이기 때문이었다.* 게다가 여기서 그들은 좋은 양육과 훈육을 받을 것이고, 올바른 길로만 걷도록 가르침을 받을 것이다. 그것은 여러분도 알다시피 아주 큰 은혜였다. 또한 여기는 보다시피 부드러운 강물과 기분 좋은 초원, 아름다운 꽃들과 맛있는 과일이 달린 여러 종류의 나무가 있다. 매슈가 먹었던 바알세불의 정원 담 밖으로 뻗쳐 나온 과일이 아니라 아픈 사람에겐 건강을 가져다주고 건강한 사람은 계속 건강을 증진시켜 주는 과일이었다.

그래서 그들은 기쁜 마음으로 아기들을 맡겼다. 그들이 그렇게 하도록 용기를 준 것은 이곳이 왕께서 주관하시는 어린아이들과 고아를 위한 탁아소였기 때문이다.

그들은 계속 길을 나아갔고, 지름길 평원에 이르러 크리스천과 동료 희망찬이 넘어간 계단에 도착했다. 그곳에서 두 사람은 거인 절망에게 잡혀 의심의 성에 갇혔었다. 그들은 앉아서 이제 담대한 마음과 같은 안내자가 있고 그들도 힘이 있으니 무슨 일을 해야 가장 좋을지 의논했다. 거인에게 도전하여 성을 부수고 만약 그 안에 순례자가 있으면 그들을 모두 구해 길을 가게 해야 하지 않나 의논했다. 한 사람이 이 말을 하면 다른 사람이 반대 의견을 냈다. 한 사람은 부정한 땅에 들어가는 것이 합법적인지 물었고, 다른 사람은 목적이 선하다면 그럴 수 있다고 말했다. 하지만 담대한 마음은 이렇게 말했다. "마지막에 나온 주장이 보편적으로 진리라 할 수는 없지만 나는 죄에 맞서고 사악함을 이기고 믿음의 선한 싸움을 싸우라*는 명령을 받았지요. 만약 거인 절망과 싸우지 않는다면 누구와 선한 싸움을 하겠습니까? 그러므로 나는 거인의 목숨을 끊고 의심의 성을 부수겠습니다. 누가 나와 같이 가겠습니까?" 그러자 늙은 정직한이 말했다. "내가 가겠소." 크리스천의 네 아들인 매슈, 새뮤얼, 제임스와 조지프도 "우리도 가겠습니다"라고 말했다. 그들은 모두 건장한 청년들이었다.*

그들은 여인들을 길에 남겨 두고 약한 마음과 목발을 짚은 넘어질 뻔에게 그들이 돌아올 때까지 보호하고 있으라 했다. 그곳에서 거인 절망이 사는 곳은 가까웠지만 길에만 있으면 "어린아이라도 그들을 이끌 수 있기" 때문이었다.*

담대한 마음과 늙은 정직한 그리고 네 명의 젊은이는 의심의 성으로 올라가 거인 절망을 찾았다. 그들은 성문에 도달하자 요란하게 문을 두드렸다. 그 소리에 늙은 거인이 문으로 왔고 그의 부인 자신 없음도 따라 나왔다. 거인이 말했다. "누구냐? 어떤 무모한 놈이 거인 절망을 귀찮게 하는가?" 담대한 마음이 대답했다. "나, 담대한 마음이다. 순례자들을 목적지까지 인도하는 하늘나라 왕의 안내자 중 한 사람이다. 내가 들어갈 수 있게 당장 성문을 열어라. 그리고 싸울 준비를 해라. 내가 네 목을 따고 의심의 성을 부수러 왔다."

거인 절망은 커다란 몸집 때문에 누구도 자기를 이길 수 없다고 생각했다. 게다가 '천사도 정복했는데 내가 담대한 마음 저 놈을 겁내겠어'라고 생각했다. 그래서 그는 무장을 하고 밖으로 나갔다. 머리에는 강철로 된 투구를 쓰고, 불로 된 가슴 판을 두르고, 무쇠로 된 구두를 신고, 손에는 거대한 몽둥이를 들었다. 그러자 여섯 사람은 그에게 달려들어 앞뒤로 에워쌌다. 거인의 부인인 자신 없음이 남편을 도우러 나오자 늙은 정직한이 한번에 그녀를 베어 버렸다. 그들이 목숨을 걸고 싸운 끝에 거인 절망은 땅에 쓰러졌으나 죽지 않으려 몸부림쳤다. 사람들이 말하듯이 마치 아홉 개의 목숨을 가진 고양이처럼 그는 심히 반항했지만 담대한 마음이 그의 종말이었다. 왜냐하면 그가 그대로 내버려 두지 않고 목을 잘랐기 때문이다.

그다음 그들은 의심의 성을 부수기 시작했다. 거인 절망이 죽은 터라 그 일을 쉽게 할 수 있었다. 성을 부수는 데 7일이 걸렸다. 그들은 그 안에 있던 순례자 중 거의 굶어 죽어 가던 낙담과 그의 딸 겁 많은을 발견했다. 그들은 이 둘을 구출했다. 하지만 성 안뜰 여기저기 놓여 있는 시체와 지하실에 가득한 죽은 사람의 뼈를 보았다면 여러분도 경악했을 것이다.

담대한 마음과 동료들은 이런 공적을 세운 다음 낙담과 딸 겁 많은을 그들의 보호 아래 데려왔다. 의심의 성에 거인 절망의 포로로 잡혀 있었지만 그들은 정직한 사람들이었기 때문이다. 그들은 거인의 몸을 돌무더기 아래 묻고 잘라 낸 머리를 들고서 길 아래 있던 동료들에게 가서 그들이 한 일을 보여 주었다. 약한 마음과 넘어질 뻔은 거인의 머리를 보자 매우 기뻐했다. 크리스티애나는 바이올린을, 며느리 자비는 칠현금을 탈 줄 알았다. 그들이 그렇게 즐거워하는 것을 본 그녀는 한 곡 연주했고 넘어질 뻔은 춤추고 싶어졌다. 그는 낙담의 딸 겁 많은의 손을 잡고 길 가운데서 춤을 추었다. 사실 그는 한 손에 목발을 짚지 않고는 춤을 출 수 없었지만 리듬에 맞춰 스텝을 잘 밟았다. 또한 겁 많은도 칭찬해 줘야 되는 것이 음악에 걸맞게 반응했기 때문이다.

낙담은 음악에는 별 흥미가 없었다. 거의 굶어 죽을 지경이라 춤보다는 먹는 것이 좋았다. 그래서 크리스티애나는 당장 기운을 차리게 병에서 술을 조금 따르고 먹을 것을 준비해 주었다. 얼마 있지 않아 노인은 정신을 차리고 기운을 거의 회복했다.

이제 내가 꿈속에서 보니, 이 모든 일을 마친 후 담대한 마음이 큰길가에 기둥을 세우고 거인 절망의 머리를 걸었다. 그곳은 크리스천이 앞으로 올 순례자들에게 거인의 땅에 들어가지 말라고 경고하기 위해 세운 기둥 맞은편이었다.

그다음 그는 대리석 기단에 다음과 같은 시를 새겼다.

이것은 과거에 그 이름만 들어도
순례자들이 두려워하던 자의 머리다.
그의 성은 무너지고 그 부인 자신 없음의
목숨도 용맹한 담대한 마음이 끊었네.
낙담과 그의 딸 겁 많은을 위해
담대한 마음은 남자답게 싸웠지.
이를 의심하는 자는 눈을 들어
위를 보면 그의 의심이 사라질 것이다.
의심하던 절름발이들이 춤을 출 때
이 머리는 그들이 공포에서 해방되었음을 보여 준다.

이처럼 용맹하게 의심의 성을 공격하여 거인 절망을 죽인 후 그들은 계속 나아가 기쁨의 산에 도달했다. 크리스천과 희망찬이 거기서 나는 여러 진미로 기운을 되찾은 그곳에서 일행은 그곳의 목자들과 인사를 나누었고 목자들은 예전에 크리스천에게 했듯이 그들을 환영했다.

목자들이 담대한 마음을 따르는 많은 사람들을 보고 (그들은 이미 그를 알고 있었다) 그에게 물었다. "선생님, 동행하는 친구들이 많군요. 이 모든 사람을 어디서 만나셨어요?"

그러자 담대한 마음이 대답했다.

먼저 크리스티애나와 그녀의 일행,
아들과 며느리들은 북극을 가리키는 북두칠성처럼
죄로부터 은총으로 나침판을 인도하니
그렇지 않았다면 여기 오지 못했지요.
그다음 늙은 정직한이 순례 길을 왔고
넘어질 뻔 씨 역시 내가 보장하건대
진실된 마음으로 왔고, 약한 마음 씨도 그랬죠
그는 뒤처지지 않으려고 노력했죠.
낙담 씨와 그의 딸 겁 많은 양은
그 뒤에 왔지요.
이곳에서 우리가 대접을 받을 수 있나요?
아니면 더 갈까요? 어디를 믿을지 알고 싶어요.

목자들이 대답했다. "편안한 분들이군요. 어서 오세요. 우리는 강한 사람이나 약한 사람 모두 환영합니다. 우리 왕께서는 지극히 작은 자에게 어떻게 하는지 지켜보시죠.* 그러므로 병들었다고 우리가 대접을 절대로 소홀히 할 순 없지요." 그들은 순례자들을 궁전 문으로 데려가며 말했다. "들어오시오, 약한 마음 씨. 들어오시오 넘어질 뻔 씨, 들어오시오 낙담 씨와 딸 겁 많은 양." 그리고 목자는 담대한 마음에게 말했다. "우리가 이름을 부르며 들어오라 한 것은 이들이 가장 되돌아가기 쉬운 사람들이기 때문입니다. 당신과 나머지 강한 사람들에 대해선 우리가 늘 하듯이 자유롭게 두지요." 그러자 담대한 마음이 말했다. "오늘 나는 당신들 얼굴에서 은총이 빛나는 것을 봅니다. 당신들은 우리 주님의 목자들이 분명하군요. 왜냐하면 병든 자의 옆구리나 어깨를 밀어 버리지 아니하고 오히려 궁전으로 가는 길에 꽃을 뿌려 주기 때문입니다.* 주님의 목자는 그래야죠."

그래서 심약한 자와 허약한 자가 먼저 들어가고 담대한 마음과 나머지 사람들이 뒤를 따랐다. 그들이 모두 자리를 잡자 목자들은 가장 약한 사람들에게 무엇을 먹겠냐고 물었다. "여기 있는 모든 것은 무절제한 사람을 제어도 하지만 약한 사람을 보양하기 위해 운영됩니다."

목자들은 소화가 잘되고 맛있으면서 영양 많은 음식으로 연회를 베풀었다. 음식을 먹고 그들은 자기 방으로 쉬러 갔다. 아침이 오자 산이 높고 날씨가 청명했다. 순례자들이 떠나기 전에 진귀한 것을 보여 주는 것이 목자들의 관습이었기에 그들이 아침에 준비를 마치고 식사를 한 뒤 목자들은 들판으로 그들을 데려가 이전에 크리스천에게 보여 주었던 것을 보여 주었다.

그다음 목자들은 그들을 새로운 장소들로 데리고 갔다. 첫 번째는 경이의 산이었다. 그곳에서 멀리 한 남자가 말씀으로 언덕을 뒤집는 것을 보았다.* 그들은 목자에게 이것이 무슨 뜻이냐고 물었다. 그들은 "저 사람은 큰 은혜란 사람의 아들인데 『천로 역정』 제1부에서 여러분이 읽었을 것이오. 그는 순례자들에게 어떤 어려움을 만나든 믿음으로 어려움을 무너뜨리고 뒤집어서 벗어나는 법을 가르쳐 주기 위해 저기 있어요." 그러자 담대한 마음이 말했다. "저 사람을 알아요. 어느 누구보다 더 훌륭한 사람이지요."

그다음 목자들은 순결의 산이라고 불리는 장소로 그들을 데려갔다. 그곳에서 그들은 온몸에 흰옷을 입은 남자와 그에게 끊임없이 흙을 던지고 있는 편견과 악의라는 두 남자를 보았다. 그들이 아무리 그 남자에게 흙을 던져도 흙은 이내 미끄러지고 그의 옷은 마치 전혀 흙이 묻지 않은 것처럼 깨끗했다.

순례자들은 이것이 무슨 뜻이냐고 물었다. 목자들이 대답했다. "그의 이름은 경건한 사람이고 이 옷은 그의 인생이 순결함을 보여 주죠. 그에게 흙을 던지는 사람들은 그의 선행을 증오하는 자들인데, 보시다시피 흙이 그의 옷에 달라붙지 않지요. 현세에서 진정으로 순결하게 산 사람은 이와 같습니다. 이런 사람을 더럽히는 자들은 누구든 헛된 수고를 하는 거죠. 왜냐하면 하나님은 곧바로 이들의 순결을 빛처럼 퍼져 나오게 하시고, 이들의 의로움을 대낮처럼 밝게 해 주시니까요."

그다음 목자들은 그들을 자선의 산으로 데려갔다. 그곳에는 어떤 남자가 포목을 펼쳐 놓고 주위에 서 있는 가난한 이들을 위해 옷감을 잘라 옷가지들을 만들고 있었다. 하지만 옷감은 조금도 줄어들지 않았다.

그러자 그들이 이것은 무슨 뜻이냐고 물었다. 목자가 말했다. "이것은 가난한 사람을 위해 수고하려는 마음을 가진 사람은 결코 부족함이 없음을 보여 주는 거죠. 물을 준 사람은 자신도 물을 얻을 것입니다. 과부가 선지자에게 떡을 주었지만 그녀의 통에서 밀가루가 떨어지지 않았지요."*

그들은 또한 바보와 지능 부족이란 두 사람이 흑인을 희게 만들려고 씻기는 것을 보았다. 하지만 그들이 씻기면 씻길수록 그는 더 까매졌다. 그들은 목자에게 이것이 무슨 뜻이냐고 물었다. 목자들이 대답했다. "죄 있는 사람은 이와 같을 것입니다. 선한 이름을 갖고자 온갖 방법을 다 쓰지만 결국에는 그를 더욱 추악하게 만들 것입니다. 바리새인들도 이랬고, 모든 위선자들도 앞으로 이럴 것입니다."

그러자 매슈의 아내 자비가 시어머니 크리스티애나에게 말했다. "어머니, 가능하다면 이 산에 있는 구멍을 보고 싶어요. 흔히 지옥으로 가는 샛길이라고 부르죠." 크리스티애나가 그녀의 생각을 목자들에게 알렸다. 그들은 산 중턱에 있는 문으로 갔다. 목자들이 문을 열고 자비에게 잠시 들어 보라고 했다. 그녀가 귀를 기울이자 한 사람이 이렇게 말하는 것을 들었다. "평화와 생명으로 가는 길에서 내 다리를 잡은 아버지가 저주스럽다." 다른 이가 말했다. "오, 내가 영혼을 이렇게 잃어버리고 목숨을 부지하느니 차라리 갈기갈기 찢어져 버렸다면 좋았을 텐데." 또 다른 이는 말했다. "다시 살 수 있다면 이곳으로 오기보다는 나 자신을 부인하고 싶어." 그러자 젊은 여인의 발아래 땅이 마치 두려움에 떨듯이 신음하는 것 같았다. 그녀는 얼굴이 하얘지며 "이곳을 피할 수 있는 남녀는 모두 축복받은 거예요"라고 말하면서 몸을 떨며 그곳을 떠났다.

목자들은 이 모든 것들을 보여 준 뒤 다시 궁전으로 돌아와 집에서 낼 수 있는 모든 것으로 그들을 대접했다. 하지만 자비는 젊고 임신한 여인이라 거기서 본 무언가를 원했지만 부끄러워

요구하지 못했다. 그녀의 시어머니는 그녀가 편치 않은 것을 보고 왜 그러는지 물었다. 자비가 말했다. "식당에 거울이 달려 있는데 제 마음이 그것에 꽂혔네요. 만약 그걸 갖지 못한다면 유산할 것 같아요." 그러자 시어머니는 말했다. "목자들에게 네가 원하는 것을 말해 보자. 너의 부탁을 거절하지는 않을 거야." 그녀는 말했다. "이 사람들이 내가 원하는 것을 아는 것이 부끄러워요." "아니야, 얘야. 그런 물건을 원하는 것은 수치가 아니라 미덕이란다." 그러자 자비가 말했다. "그렇다면 어머니, 목자들에게 그것을 내게 팔 수 있는지 물어봐 주시겠어요?"

그 거울은 정말 희귀한 것이었다. 한쪽에서는 보는 사람의 모습이 정확하게 보였고 뒤로 돌려 다른 쪽으로 보면 순례자의 왕이신 그분의 얼굴과 모습이 보였다. 그랬다.* 그 거울을 본 사람한테 들었는데, 그들은 머리에 쓴 가시관과 손과 발과 옆구리에 있는 구멍을 분명히 보았다고 말했다.* 그렇다. 그 거울에는 그런 탁월함이 있어 그분을 뵙고자 생각하는 대로 그 모습을 보여주었다.* 즉 그분의 생전 모습이나 돌아가신 모습, 이 땅에 계실 때나 천국에 계실 때, 낮은 모습이나 높이 들리신 모습, 고난을 받으러 오시는 모습이나 재림하시는 모습을 볼 수 있었다.

크리스티애나는 따로 목자들에게 갔다. 그들의 이름은 지식, 경험, 조심 그리고 성실이었다. 그녀는 그들에게 "제 며느리가 임신을 했는데 이 집에서 본 어떤 것을 갖고 싶어 해요. 만약 당신들이 거절하신다면 유산할 것 같다고 생각해요"라고 말했다.

경험: 그녀를 부르세요. 오라고 해요. 그녀가 원하는 것을 반

드시 갖도록 우리가 도와 드릴게요.

그들이 그녀에게 말했다. "자비, 당신이 갖고 싶어 하는 게 무엇이오?" 그녀는 얼굴을 붉히며 말했다. "식당에 걸려 있는 큰 거울입니다." 그러자 성실이 달려가 그것을 가져와 기쁜 마음으로 주었다. 그녀가 머리를 숙여 감사하며 말했다. "이걸 주시다니, 여러분이 저를 은혜로운 눈으로 보시는 것을 알겠습니다."

그들은 또한 다른 여인들에게도 원하는 것을 주었고 그들의 남편들에게도 담대한 마음과 함께 거인 절망을 죽이고 의심의 성을 부순 것에 대해 크게 칭찬했다.

목자들은 크리스티애나의 목에 목걸이를 걸어 주었고 그녀의 네 며느리에게도 목걸이를 걸어 주었다. 또한 그들의 귀에는 귀걸이를, 그리고 이마에는 보석을 달아 주었다.

그들이 길을 떠나기로 결정하자 목자들은 평안히 가게 했다. 하지만 이전에 크리스천과 그 동료에게 해 준 주의 사항을 그들에게는 일러 주지 않았다. 왜냐하면 이들에게는 담대한 마음이 안내자로 있기 때문이었다. 그는 모든 일을 잘 알고 있고 위험이 다가오면 그들보다 더 적절히 주의를 줄 수 있었다.

크리스천과 동료들은 목자들에게 받은 주의 사항을 실천해야 할 때가 오자 그것을 잊어버리고 말았다. 따라서 그 사람들보다 이 일행이 더 유리한 것이 사실이다.

이제 그들은 노래를 부르며 계속 나아갔다.

보아라, 순례자들의 안식을 위해

얼마나 적합한 장소들이 세워져 있는지!
그들은 우리를 아무 거리낌 없이 영접하여
하늘나라 삶을 우리의 목표이자 본향으로 삼게 하였네.
우리 같은 순례자가 기쁜 삶을 살도록
그들이 갖고 있던 진귀한 것을 주었다네.
그들은 우리가 어디를 가나 순례자임을 보여 주는
그런 물건들을 우리에게 주었네.

그들은 목자들과 헤어진 후 크리스천이 배교라는 도시에 살던 변절을 만난 장소에 도달했다. 안내자 담대한 마음이 사람들에게 그에 대해 알려 주었다. "이곳에서 크리스천이 반역의 문자가 등에 새겨진 변절이라는 사람을 만났지요. 이 사람에 관해 나는 이렇게 말하겠소. 그는 누구의 조언도 듣지 않는 사람이라서 일단 타락하기 시작하면 어떤 설득으로도 멈추게 할 수 없었죠. 그가 십자가와 무덤이 있는 곳에 도착했을 때 만난 사람이 그곳을 둘러보라고 일러 주었죠. 하지만 그는 이를 갈고 발을 구르면서 자기 마을로 돌아갈 결심이라고 말했죠.* 그는 좁은 문에 도달하기 전, 복음 전도사를 만났어요. 그분은 두 손으로 그를 잡고 다시 순례 길로 돌아가도록 설득했죠. 하지만 변절은 그에게 저항하면서 온갖 욕을 해 대고는 담을 넘어 그의 손에서 도망갔지요."

그들은 계속 나아가 작은 믿음이 이전에 강도를 당한 곳에 왔다. 그곳에는 얼굴이 피투성이가 된 채 칼을 빼 들고 있는 남자가 서 있었다. 담대한 마음이 "당신은 뭐 하는 사람이오?"라고 물었다. 남자가 대답했다. "내 이름은 진리의 용사이고 천상의 도시로 가는 순례자입니다. 내가 길을 가는데 세 명의 남자가 나를 에워싸고 세 가지 제안을 했죠. 첫째, 내가 그들의 동료가 될 것인가? 둘째, 아니면 내가 왔던 곳으로 되돌아갈 것인가? 셋째, 아니면 이 자리에서 죽을 것인가?' 첫째에 대해 나는 이렇게 답했죠. 나는 오랫동안 진실한 사람으로 살아왔다. 그러므로 이제 와서 내가 도둑과 한패가 된다는 것은 있을 수 없는 일이다. 그러자 그들은 두 번째 대답은 무엇이냐고 물었죠. 그래서 말했죠. 내가 떠나온 곳이 나쁘지 않았다면 처음부터 그곳을 버리지 않았을 것이다. 하지만 그곳이 나에게 맞지도 않을뿐더러 전혀 이롭지 않아 그곳을 버리고 이 길을 택했다. 그러자 그들은 세 번째 질문의 답을 물었죠. 나는 내 생명은 그처럼 가볍게 버리기에는 훨씬 소중한 것이라고 답했죠. 게다가 당신들은 나에게 선택하라 말라 할 권리가 없으며, 만약 당신들이 간섭한다면 위험을 자초하는 것이라고 말했어요. 그러자 이 셋은 이름이 난폭 대가리, 무분별, 참견인데 나에게 칼을 뽑았고 나도 칼을 뽑았지요.

우리는 1 대 3으로 세 시간 이상 싸웠습니다. 그들은 보시다시피 나에게 약간의 상처를 입혔고 나도 그들에게 상처를 입혔죠. 그들은 방금 도망갔어요. 아마도 당신의 말이 달려오는 소리를 듣고 도망친 모양입니다."

담대한 마음: 한 사람이 셋을 상대했다니 정말 불공평한 싸움

이었군요.

진리의 용사: 그렇지요. 하지만 진리가 자기편인 사람에게는 수의 많고 적음은 문제가 되지 않습니다. 이렇게 노래한 사람이 있지요. "군대가 나를 대적하여 진 칠지라도 내 마음이 두렵지 아니하며 전쟁이 일어나 나를 치려 할지라도 나는 여전히 태연하리로다."* 게다가 나는 한 사람이 군대에 맞서 싸웠다는 기록을 읽었어요. 삼손이 나귀의 턱뼈로 몇 명을 죽였습니까?*

담대한 마음: 당신은 왜 소리치지 않았나요? 그랬다면 누군가 도와주러 왔을 텐데요.

진리의 용사: 나의 왕에게 소리쳤죠. 왕께서 들으시고 보이지 않는 도움을 내게 주실 줄 알았어요. 그것만으로도 나에게는 충분합니다.

담대한 마음: 당신은 훌륭하게 행동했습니다. 당신의 칼을 보여 주세요.

그는 담대한 마음에게 칼을 보여 주었다.

담대한 마음은 칼을 손에 쥐고 잠시 쳐다보다가 말했다. "아! 이것이 바로 예루살렘의 칼이군요."*

진리의 용사: 그렇습니다. 이런 칼 하나를 휘두를 손과 사용할 기술이 있다면 그는 감히 천사와 대적할 수 있지요.* 어떻게 사용해야 하는지만 안다면 그것을 갖고 있음을 두려워할 필요가 없지요. 그 날은 결코 무뎌지지 않습니다. 그것은 살과 뼈와 영혼과 정신과 모든 것을 벨 수 있어요.*

담대한 마음: 당신은 오랫동안 싸웠는데 지치지 않습니까?

진리의 용사: 나는 내 칼이 손에 붙어 있는 동안 싸웁니다.* 그렇게 둘이 하나로 붙어 있으면 마치 칼이 내 팔에서 자라난 것 같고, 피가 내 손가락 안을 흐르면 나는 용기백배하여 싸우지요.

담대한 마음: 당신은 죄와 싸우면서 피 흘리기까지 저항하셨으니 정말 훌륭합니다.* 이제 우리와 같이합시다. 함께 오고 함께 갑시다. 우리는 당신의 동료입니다.

그들은 그의 상처를 씻기고 기운을 북돋기 위해 가진 것을 준 뒤 함께 떠났다. 담대한 마음은 어려운 일을 해내는 사람을 특히 좋아했기에 그에게 관심이 많았다. 또한 그의 일행 중에는 심약하고 허약한 사람들이 있어 그에 관해 여러 질문을 했다. 먼저 그가 어느 지역에서 왔는지 물었다.

진리의 용사: 나는 어둠의 나라에서 왔어요. 거기서 태어났고, 어머니 아버지께서 아직 거기 계시죠.

담대한 마음: 어둠의 나라요. 그곳은 멸망의 도시와 같은 해안가에 있지 않습니까?

진리의 용사: 그렇습니다. 내가 순례 길을 떠나게 된 이유는 이렇습니다. 우리 동네에 진실 말하기라는 분이 와서 멸망의 도시를 떠난 크리스천이 행한 일에 관해 말해 주었죠. 그가 어떻게 부인과 아이들을 버리고 스스로 순례자의 삶에 전념하게 되었는지를요. 또한 그의 여정을 방해하러 나온 뱀을 어떻게 죽였는지* 그리하여 그가 목표했던 곳에 어떻게 도착했는지에 대해 확실히 전해 주셨어요. 또한 주님의 집들에서 환영받고, 특히 천상 도시의 문에 이르렀을 때 그가 어떤 환영을 받았는지 말해

주었죠. 천상의 도시에서 빛나는 이들이 무리 지어 그를 나팔 소리로 환영했다고 그 사람은 말해 주었어요. 또한 그를 영접할 때 도시의 모든 종들이 기쁨의 종소리를 울렸고 그가 어떤 황금 옷으로 갈아입었는지 그 외 수많은 이야기를 들려주었지만 지금 다 이야기하지는 않겠습니다. 한마디로 그분은 크리스천과 그의 여정에 관해 너무 감동적으로 이야기해서 나의 마음은 크리스천의 뒤를 따르고자 하는 열정으로 타올랐죠. 내 아버지와 어머니도 나를 잡아 둘 수 없었고, 나는 그분들을 떠나 여기까지 온 겁니다.

담대한 마음: 당신은 좁은 문으로 들어왔죠, 안 그렇습니까?

진리의 용사: 네, 맞아요. 왜냐하면 그분이 우리가 이 길을 시작할 때 문으로 들어가지 않으면 아무 소용이 없다고 말해 주었거든요.

안내자가 크리스티애나에게 말했다.

담대한 마음: 보세요, 당신 남편의 순례 길과 그 여정을 통해 그가 얻은 것이 온 천하에 널리 퍼졌어요.

진리의 용사: 아니, 이분이 크리스천의 부인이십니까?

담대한 마음: 그렇소. 또한 애들은 이분의 네 아들이오.

진리의 용사: 아니! 역시 순례 길을 떠나신 겁니까?

담대한 마음: 그렇소. 그의 뒤를 따라가고 있지요.

진리의 용사: 진심으로 기쁩니다. 훌륭하신 분이죠! 함께 가려 하지 않던 이들이 그분의 뒤를 쫓아 천상의 도시 문으로 들어오는 것을 보면 그분은 얼마나 기뻐하시겠어요!

담대한 마음: 의심할 여지가 없지요. 그분께 큰 위로가 될 것입니다. 그곳에 자신이 있는 기쁨 다음으로 큰 것이 자기 부인과 아이들을 그곳에서 만나는 기쁨이 될 것입니다.

진리의 용사: 당신이 그것에 관해 말씀하시니 의견을 묻고 싶군요. 어떤 이들은 우리가 그곳에 도착하면 서로를 알아볼 수 있는지 의문을 제기하지요.

담대한 마음: 그때 그들이 스스로를 알아볼 수 있다고 생각하십니까? 그들이 기쁨 속에 있는 자신을 보고 기뻐하리라 생각하지요? 만약 그들이 스스로 알면서 기쁨을 누린다고 생각한다면 왜 다른 사람들을 알아보지 못하겠어요? 왜 그들의 행복을 기뻐하지 않겠습니까?

친지는 우리의 또 다른 자아인데, 비록 그 상태가 그곳에서 사라진다 해도 그들이 그곳에 없는 것보다 있는 것이 우리에게 더 반가운 것이 이성적인 결론 아니겠어요?

진리의 용사: 당신이 이 점에 관해 어떤 입장인지 알겠습니다. 내 시작부터 순례 길에 온 것까지 더 물으실 게 없으신지요?

담대한 마음: 있습니다. 당신 부모님은 당신이 순례자가 되는 것에 찬성하셨소?

진리의 용사: 오, 아니요. 그들은 상상할 수 있는 모든 방법으로 나를 집에 붙잡아 두려고 설득했죠.

담대한 마음: 그들이 무슨 말로 반대했나요?

진리의 용사: 그분들은 그것이 게으른 생활이며 만약 내가 나태와 태만으로 빠질 생각이 없다면 순례자란 지위를 찬성할 리

없었을 것이라고 말씀하셨죠.

담대한 마음: 그 외 또 무슨 말을 했습니까?

진리의 용사: 글쎄, 그분들은 그것이 위험한 길이라고 말씀하셨죠. 그래요, 순례자들이 가는 길이 이 세상에서 가장 위험하다고 하셨죠.

담대한 마음: 이 길이 왜 그렇게 위험한지 그들이 알려 주었습니까?

진리의 용사: 네, 여러 구체적인 상황들을요.

담대한 마음: 몇 가지만 말해 보세요.

진리의 용사: 그들은 크리스천이 거의 질식할 뻔한 낙담의 수렁에 대해 이야기했어요. 바알세불의 성에는 궁수들이 준비하고 있다가 나무 문을 두드리는 사람을 즉시 쏜다고도 말씀하셨죠. 또한 숲과 어두운 산들과 역경이란 산, 사자들 그리고 험상궂음, 큰 망치, 선함-살해라는 세 명의 거인에 대해서도 말했죠. 게다가 겸손의 골짜기를 서성대는 더러운 마귀와 그놈의 손에 크리스천이 거의 목숨을 잃을 뻔한 이야기도 하셨죠. 그분들은 "너는 사망의 음침한 골짜기를 건너가야만 하는데 거기에는 괴물들이 있고 빛은 곧 어둠이요, 길에는 올무와 구덩이와 함정과 덫으로 가득 차 있다"라고 하셨죠. 또한 절망이란 이름의 거인과 의심의 성 그리고 거기서 순례자들이 맞게 되는 파멸에 대해서도 말씀하셨어요. 더 나아가 내가 위험한 매혹의 땅을 지나야 한다고 말씀하셨죠. 이 모두를 지나면 강이 나오는데 그곳을 건너는 다리가 없고 그 강이 나와 천상의 나라 사이에 놓여 있다고

말씀하셨죠.

담대한 마음: 이것이 모두입니까?

진리의 용사: 아니요, 그분들은 이 길에는 선한 사람들을 길 밖으로 몰아내려고 숨어서 기다리는 사람들과 사기꾼이 가득 하다고 말씀하셨죠.

담대한 마음: 그분들은 그 사실을 어떻게 알고 말씀하셨나요?

진리의 용사: 그분들은 속세의 현자가 나를 속이려고 기다린다고 말씀하셨죠. 또한 격식과 위선이 끊임없이 길로 나오고 기회주의, 떠버리 또는 데마 등이 나를 잡으러 온다든가, 아첨꾼이 그물로 나를 잡으려 한다고 했지요. 또한 풋내기 무지가 나와 하늘 문으로 같이 가는 듯하다가 산 중턱에 있는 구멍으로 떨어져 샛길로 지옥으로 가게 된다고 하셨죠.

담대한 마음: 이건 정말 의지를 꺾기에 충분하군요. 그분들의 말씀이 거기서 끝났나요?

진리의 용사: 아니요. 더 있죠. 그분들은 순례 길을 시도했던 수많은 사람들이 예로부터 전해 내려오는 영광 같은 것을 발견할까 싶어 엄청나게 오랜 길을 갔다고 했어요. 하지만 그들이 어떻게 다시 돌아왔는지, 집을 떠나 그 길로 발을 들여놓았다가 얼마나 온 나라의 웃음거리가 되었는지 이야기했죠. 그분들은 그런 사람의 예를 들어 완고, 우유부단, 불신, 소심, 변절과 늙은 무신론자 외에 여러 명의 이름을 댔죠. 그중 몇몇은 뭔가 찾을까 하고 아주 멀리까지 갔지만 그렇게 멀리 간 수고의 대가를 눈곱만치 얻은 사람은 아무도 없다고 했어요.

담대한 마음: 당신을 낙담시키는 말을 그분들이 더 한 것이 있습니까?

진리의 용사: 있지요. 그분들은 저에게 순례자였던 두려움 씨에 대해 말씀하셨죠. 그 사람은 이 길이 너무 적막하여 그곳에서 한 번도 편안한 적이 없었다고 해요. 또한 낙담 씨가 거기서 거의 굶어 죽을 뻔했다는 말씀도 했죠. 그래요, 내가 깜빡 잊어버렸는데 이런 말씀도 하셨죠. 소문이 자자했던 크리스천도 천상의 면류관을 얻기 위해 온갖 모험을 한 후 검은 강물에 빠져 더 이상 한 발짝도 못 가고 죽은 게 틀림없는데 그 사실이 은폐되었다고 하셨죠.

담대한 마음: 이런 것 중 어느 하나라도 당신의 의지를 꺾지 않았나요?

진리의 용사: 아니요. 나에겐 그냥 헛된 이야기로 들렸어요.

담대한 마음: 왜 그랬을까요?

진리의 용사: 나는 진실 말하기 씨가 말한 것을 여전히 믿었고 그것이 나로 하여금 이 모든 것을 극복하도록 해 주었죠.

담대한 마음: 그것이야말로 당신의 승리요, 당신 믿음의 승리겠지요?

진리의 용사: 그렇습니다. 나는 믿었고 그래서 집을 떠나 이 길로 들어섰고 나를 막는 모든 것들과 싸우며 믿음으로 이곳까지 왔습니다.

진정한 용기를 보려는 사람

여기로 오시오
바람이 불거나 날씨가 거칠어도
변치 않는 사람이 여기 있네.
순례자가 되기로 한
그의 첫 맹세를
그 어떤 실망이 닥쳐도
한 번도 굽히지 않네.

무시무시한 이야기로
그를 공격하던 주위 사람들은
자신들만 혼란스러울 뿐
그의 힘은 더욱 강해진다.
사자도 그를 겁줄 수 없고
그는 거인과도 싸우네.
순례자가 되고자 하는
권리를 그가 가질 수 있다면.

도깨비도, 더러운 마귀도
그의 정신을 꺾을 수 없네.
그는 마지막에 영원한 생명을
상속받으리라는 것을 아네.
그러니 헛된 생각이여, 가거라.
사람들의 말을 두려워 말라.

그는 밤낮으로 노력하여
순례자가 될 것이다.

이제 그들은 매혹의 땅에 도달했고 그곳의 공기는 사람들을 자연히 졸리게 만들었다. 그곳은 매혹의 정자가 있는 곳을 제외하면 찔레와 가시가 덮여 있었다. 만약 그 정자에 앉거나 그 안에서 잠이 들면 이 세상에서 다시 깨어날 수 있을지는 의문이라고 사람들이 말했다. 이 숲속으로 그들은 짝을 지어 지나갔다. 안내자인 담대한 마음이 앞장서고 진리의 용사가 맨 뒤에서 순례자들을 지키며 따라왔다. 혹시라도 괴물이나 용, 또는 거인이나 도둑이 그들 뒤를 덮쳐 해를 끼칠까 염려해서였다. 이곳은 위험한 곳인 줄 알기 때문에 그들은 모두 손에 칼을 쥐고 갔다. 또 할 수 있는 한 서로의 기운을 북돋았다. 담대한 마음은 약한 마음을 바로 뒤에 오게 했고 낙담은 진리의 용사가 지켰다.

얼마 가지 않아 짙은 안개와 어둠이 내려앉기 시작했다. 그래서 한동안 서로를 볼 수 없었다. 그리하여 그들은 한동안 말로 서로를 느끼면서 갈 수밖에 없었다. 그들은 눈에 의지하여 걸어가는 것이 아니었기 때문이다.*

건장한 사람도 가는 것이 어려운데 발과 가슴이 연약한 여인들과 아이들은 얼마나 더 힘들었을지 누구라도 상상할 수 있을 것이다. 하지만 앞에서 인도하고 뒤에서 보호하는 두 사람이 용기를 북돋는 말을 해 준 덕분에 그들은 쉴 새 없이 움직여 상당한 거리를 이동했다.

이곳의 길은 질퍽거리는 진흙투성이라 걷기가 매우 힘들었다. 게다가 이 지역에는 지친 사람의 기력을 회복시켜 줄 여관이나 음식점도 없었다. 그래서 툴툴거리고, 헐떡거리고, 한숨짓는 소리밖에는 들리지 않았다. 한 사람이 덤불에 걸려 넘어지면 다른 사람의 지팡이는 진흙 속에 박히고 아이들 중에는 진창 속에서 구두를 잃기까지 했다. 한 사람이 "나 넘어졌어"라고 소리치면 다른 사람이 "이봐, 어디 있어"라며 소리치고 세 번째 사람은 "덤불 속에 갇혀 나갈 수가 없어"라고 소리쳤다.

그러다가 그들은 어떤 정자에 도착했다. 그곳은 따뜻해서 순례자들의 기운을 크게 북돋아 줄 것 같았다. 천장은 정교하게 만들어졌고 초록 잎으로 장식되어 벤치와 등 높은 의자가 놓여 있었다. 또 지친 사람이 기댈 수 있게 푹신한 소파도 있었다. 모든 것을 고려해 볼 때 이것은 정말 유혹적이라고 여러분도 생각할 것이다. 왜냐하면 순례자들은 이미 험한 길을 오느라 지쳐 있었기 때문이다. 하지만 여기서 멈추려는 사람은 하나도 없었다. 그랬다. 내가 보니, 그들은 안내자의 조언을 너무나 성실히 따랐고 안내자는 그들에게 위험에 관해, 그리고 위험이 가까이 오면 위험의 성격에 관해 자세히 알려 주었다. 그래서 위험에 다가갔을 때 그들은 정신을 차리고 육체를 제어하며 서로에게 기운을 북돋았다. 이 정자는 '게으른 자의 친구'라고 불렸는데 순례 길을 오느라 지쳐 휴식하고자 하는 사람을 유혹하기 위해 일부러 만든 것이었다.

나는 꿈속에서 그들이 이 외로운 땅으로 들어가 길을 잃기 쉬운 곳까지 가는 것을 보았다. 대낮이었으면 그들의 안내자는 어디서 길을 잃고 잘못된 곳으로 가는지 잘 알았겠지만 지금은 어두워서 그는 제자리에 멈추어 섰다. 하지만 그의 주머니에는 천상의 도시로 오가는 모든 길을 보여 주는 지도가 있었다. 그래서 그는 불을 켜고 (그는 부싯돌 상자 없이 결코 다니지 않기 때문이다) 지도책을 보았다. 그 책은 그 장소에서 오른쪽으로 도는 것을 주의하라고 알려 주었다. 만약 그가 그곳에서 지도를 보지 않았더라면 그들은 모두 진흙에 빠져 질식했을 것이었다. 왜냐면 바로 앞에, 그것도 가장 깨끗한 길 끝에 진흙으로만 채워진 채 얼마나 깊은지는 아무도 모르는 구덩이가 있었기 때문이다. 그곳은 순례자들을 빠뜨려 죽이려고 일부러 만든 곳이었다.

이때 나는 생각했다. 순례 길을 가는 사람이 중간에 어떤 길을 가야 하는지 서서 살필 때 이런 지도 하나 있었으면 하고 바라지 않는 사람이 있을까?

그들은 매혹의 땅을 계속 나가 큰길가에 서 있는 또 다른 정자에 도달했다. 정자 안에는 두 남자가 누워 있었는데 그들의 이름은 경솔함과 지나치게 대담함이었다. 이 두 사람은 여기까지 먼 순례 길을 오느라 여정에 지쳐 앉아 쉬다가 곯아떨어진 것이었다. 순례자들은 그 둘을 보자 조용히 서서 머리를 저었다. 왜냐하면 잠든 사람들이 곤경에 처한 것임을 알았기 때문이다. 그들은 어떻게 할까 의논했다. 그 둘을 그냥 두고 계속 갈 것인가 아니면 그들의 잠을 깨울 것인가. 그들은 만약 할 수 있다면 가서 잠을 깨우기로 결론을 냈다. 하지만 그들 스스로 정자에 앉거나 좋은 시설을 덥석 이용하지 않도록 조심하자고 했다.

그들은 정자 안으로 들어가 그 남자들에게 말을 하고 각각 이름을 불렀다. 안내자가 그 사람들을 아는 것 같았다. 하지만 어떤 소리도 들리지 않았다. 그러자 안내자는 그들을 흔들면서 그들을 귀찮게 했다. 그때 그중 한 사람이 "내가 돈을 받으면 당신한테 갚겠소"라고 말했다. 그 말에 안내자는 머리를 저었다. 또 다른 사람은 "내 손에 칼을 쥘 수 있는 한 나는 싸우겠소"라고 말했다. 그 말을 듣고 한 아이가 웃음을 터뜨렸다.

크리스티애나가 물었다. "무슨 말입니까?" 안내자가 말했다. "그들은 잠꼬대를 하고 있는 거예요. 그들을 깨우기 위해 때리고 치고 무슨 짓을 하든 간에 그들은 이런 식으로 대답합니다. 옛날 어떤 사람이 바다의 파도가 내리쳐도 자기는 배의 돛대 위에 누운 사람처럼 잠을 잘 것이며 '내가 깨어도 다시 술을 찾겠다 하리라'*라고 말했답니다. 아시다시피 사람들이 잠꼬대를 하면 아무 말이나 내뱉지요. 하지만 그 말은 믿음이나 이성과는 아무 상관이 없지요. 그들이 순례를 떠날 때와 여기 앉아 있는 것이 맞지 않듯, 지금 저들의 말들은 서로 맞지 않지요. 조심성 없는 사람들이 순례 길을 떠나면 십중팔구 이렇게 되는 것이 불행한 일이지요. 이 매혹의 땅은 순례자들의 원수가 갖고 있는 마지막 도피처죠. 그래서 여러분이 보시다시피 순례 길의 거의 마지막에 놓여 있어 우리들을 노리기에 훨씬 더 유리해요. 원수는 이렇게 생각하죠. '이 바보들이 지쳤을 때 너무나 앉고 싶어 한다. 여정이 거의 끝나 갈 때 그들이 가장 지치지 않겠는가?'

그러므로 이 매혹의 땅은 쁠라에 가깝게 그리고 그들 여정의 마지막에 위치한 것입니다. 그러므로 순례자들은 곯아떨어져 아무도 깨울 수 없게 된 이 두 사람에게 일어난 일이 자신들에게 일어나지 않도록 스스로 조심해야 합니다."

그러자 순례자들은 두려워 떨며 서둘러 떠나기를 원했다. 다만 그들은 나머지 길을 갈 수 있도록 안내자에게 불을 밝혀 달라고 간청했다.* 그래서 그는 부싯돌로 불을 켰고 비록 어둠이 매우 짙었지만 그들은 나머지 길을 등불의 도움을 받으며 계속 나아갔다.

하지만 아이들은 너무 지쳐서 순례자를 사랑하는 그분께 가는 길을 좀 더 편안하게 해 달라고 울며 기도했다. 그렇게 그들이 조금 더 갔을 때 바람이 일어 안개가 걷히고 공기가 맑아지기 시작했다.

하지만 그들이 매혹의 땅을 완전히 벗어난 것은 아니었다. 다만 이제 자신들이 걷는 길과 서로의 얼굴을 볼 수 있었다.

매혹의 땅이 끝나는 지점에 이르렀을 때 조금 앞에서 근심에 찬 사람이 내는 듯한 침통한 소리가 들렸다. 그들이 나아가 앞을 살피니 무릎을 꿇고 앉은 남자가 보이는 것 같았다. 그는 두 눈을 위로 뜨고 손을 올린 채 마치 위에 있는 누군가에게 진심으로 말하고 있는 듯 보였다. 그들은 가까이 갔지만 그가 무엇이라 말하는지 알아들을 수 없었다. 그래서 그가 말을 끝낼 때까지 조용히 있었다. 그는 하던 일을 마치고 일어나 천상의 도시 쪽으로 뛰기 시작했다. 담대한 마음이 그를 불렀다. "여보시오, 친구. 보아하니 천상의 도시로 가는 듯 보이는데 만약 그렇다면 우리와 동행합시다." 그 말에 그 남자가 멈추었고 그들이 다가갔다. 하지만 정직한이 그를 보자마자 말했다. "난 이 사람을 알아요." 그러자 진리의 용사가 물었다. "이 사람이 누구지요?" "이 사람은 내가 살던 근처에서 왔는데 이름이 굳게 서다이지요. 그는 좋은 순례자가 맞소."

그들은 서로에게 다가갔고 굳게 서다가 늙은 정직한에게 말했다. "오, 정직한 어르신, 당신이 맞습니까?" 그가 대답했다. "그래, 날세, 거기 있는 게 자네가 맞듯이." 굳게 서다가 말했다. "이 길에서 어르신을 만나 정말 기뻐요." "나도 자네가 무릎을 꿇고 있는 걸 보니 기쁘네"라고 정직한이 말했다. 그러자 굳게 서다는 얼굴을 붉히며 "아니, 보셨어요?"라고 물었다. "그럼, 보았지. 그 광경을 보고 진심으로 기뻤지"라고 정직한이 말했다. "아니, 무슨 생각을 하셨는데요?"라고 굳게 서다가 물었다. "생각이라니, 내가 무슨 생각을 했겠어? 우리가 정직한 사람을 길에서 만났으니 동행해야겠다고 생각했지." "나쁘게 생각하지 않으셨다면 저는 정말 기쁩니다. 만약 제가 그런 사람이 아니라면 저 혼자 이 길을 감당해야겠지요." 정직한이 대답했다. "그 말이 맞네. 하지만 자네가 두려워한다는 것은 순례자의 왕과 자네 영혼의 관계가 올바르다는 것을 내게 확신시키네. '항상 경외하는 자는 복되도다'*라고 그분이 늘 말씀하시지 않았나."

진리의 용사: 그런데 형제여, 무슨 이유로 방금까지 무릎을 꿇고 있었는지 말해 주겠소? 당신에게 어떤 특별한 은혜가 내려

서 감사하는 의미로 그런 건가요, 아니면 무슨 일이오?

굳게 서다: 보시다시피 우리는 매혹의 땅에 있지 않습니까. 여기를 가면서 나는 이 땅에 있는 길이 얼마나 위험한지, 순례 길에서 얼마나 많은 사람들이 이 멀리까지 왔다가 여기서 제지당하고 파멸당하는지 혼자 생각했죠. 또 이 장소가 사람을 죽여 파멸시키는 방식에 대해서도 생각했어요. 여기서 죽는 사람은 격렬한 병 때문이 아니에요. 여기서 죽는 것은 그들에게 비통하지는 않지요. 왜냐하면 자면서 죽은 사람은 욕망과 쾌락으로 그 여정을 시작하니까요. 그래요, 그 죽음의 뜻에 스스로를 맡기는 거죠.

이때 정직한이 그의 말을 끊고 말했다. "자네 정자에서 자던 두 사람을 보았나?"

굳게 서다: 그럼요, 저는 경솔함과 지나치게 대담함을 거기서 보았지요. 제가 보기에 그들은 거기서 썩을 때까지 누워 있을 겁니다.* 하지만 제 이야기를 계속하겠습니다. 앞서 말했듯이 제가 그런 생각을 하고 있는데 멋있게 차려입은 늙은 여인이 다가와 세 가지 물건을 제시했어요. 그녀의 몸, 그녀의 지갑 그리고 그녀의 침대였죠. 사실은 저도 매우 지치고 졸린 데다 올빼미만큼 돈이 없었는데 마녀가 그 사실을 안 것이었죠. 저는 그녀의 제안을 한두 번 거절했지요. 하지만 그녀는 내 거절을 모른 척하면서 미소 지었죠. 그래서 내가 화를 냈는데도 그녀는 아무렇지 않게 여겼어요. 그리고 다시 그녀가 시키는 대로 하면 나를 위대하고 행복하게 만들어 줄 수 있다고 제안했죠. "나는

이 세상의 안주인이야. 내가 남자들을 행복하게 만들어 주지"라고 그녀가 말했어요. 내가 그녀의 이름을 묻자 거품 부인이라고 말하더군요. 이 말을 듣고 나는 그녀에게서 더욱 떨어졌죠. 하지만 그녀는 나를 유혹하며 계속 쫓아왔어요. 그래서 보셨다시피 저는 무릎을 꿇고 두 손을 위로 들고 울부짖었죠. "저를 도와주시겠다고 말씀하신 그분께 기도합니다." 당신들이 도착한 바로 그때 여자는 가 버렸지요. 그래서 이 위대한 해방에 대해 저는 감사드리고 있었어요. 정말이지, 그녀는 선한 의도는 하나도 없고 저의 여정을 멈추게 하려고 시도한 것이 틀림없어요.

정직한: 두말할 나위 없이 그녀의 계획은 사악했네. 그러나 잠깐만. 자네가 그 여자 이야기를 하니까 말인데, 그 여자를 내가 예전에 보았거나 아니면 그 여자 이야기를 들은 것 같네.

굳게 서다: 아마 양쪽 다일 겁니다.

정직한: 거품 부인이라! 키가 크고 잘생긴 부인이 아닌가? 안색은 약간 거무스름하고.

굳게 서다: 맞습니다. 바로 그렇게 생긴 여자예요.

정직한: 그 여자가 매우 매끄럽게 말하면서 말끝마다 눈웃음을 치지 않나?

굳게 서다: 이번에도 바로 맞혔네요. 바로 그런 행동을 그녀가 했어요.

정직한: 그녀는 옆구리에 커다란 지갑을 차고 손을 그 안에 넣어 돈을 세지 않나? 마치 그것이 진정한 기쁨인 것처럼.

굳게 서다: 정확합니다. 그녀가 여기 내내 서 있었더라도 어르

신처럼 그렇게 자세히 그녀의 면모를 더 잘 묘사할 수는 없을 것입니다.

정직한: 그렇다면 그녀의 초상을 그린 사람은 훌륭한 화가이고, 그녀에 대해 쓴 사람은 사실대로 쓴 셈이군.

담대한 마음: 그 여자는 마녀입니다. 이 땅이 마술에 걸린 것은 그녀의 마법 때문이죠. 그녀의 무릎에 머리를 대고 눕는 사람은 도끼날이 달린 단두대에 눕는 것과 같지요. 그녀의 미모에 눈길을 두는 사람은 하나님과 원수 되는 것입니다.* 순례자의 원수들을 빛나게 해 주는 것도 이 여자입니다. 그래요, 많은 사람들이 순례자의 삶을 포기하도록 만든 것도 그녀입니다. 그녀는 속닥거림의 대가지요. 그녀는 딸들과 함께 순례자 이 사람, 저 사람의 발꿈치를 좇아다니면서 속세의 화려함이 낫다고 유혹하고 다니죠. 그녀는 대담하고 뻔뻔한 창녀예요. 아무 남자하고 말을 섞어요. 그녀는 항상 가난한 순례자를 멸시하고 부자를 높이 찬양하지요. 만약 어떤 이가 교활하게 돈을 모았다면 그녀는 이 집 저 집 다니면서 그에 대해 좋게 이야기하죠. 그녀는 잔치와 향연을 좋아하고 잘 차려진 식탁에는 언제나 가죠. 어떤 곳에서는 자신이 여신이라고 소문을 내어 어떤 이들은 그녀를 경배하기도 하지요. 그녀가 즐기는 향연은 개방되어 있고, 그녀는 자신의 성찬에 비길 음식을 아무도 내놓지 못할 것이라며 공공연히 자랑하고 다니죠. 그녀는 누구든 그녀를 사랑하고 높이 여기면 자손 대대로 함께 살겠다고 약속하죠. 어떤 곳에서는 사람들에게 지갑에서 금을 흙처럼 내던져 주기도 해요. 그녀는 사

람들이 자신을 찾고 칭송하는 것을 좋아하고 남자들의 가슴에 눕기를 좋아하죠. 지치지도 않고 자신의 물건을 자랑하고 그녀를 최고라 생각하는 사람들을 무엇보다 사랑하죠. 어떤 이들에게는 자신의 조언을 받아들인다면 왕관과 왕국을 약속하죠. 하지만 그녀는 많은 이들을 교수대로 이끌었고, 수만 번 더 많은 사람을 지옥으로 인도했죠.

굳게 서다: 오! 내가 그녀를 거부한 것이 얼마나 큰 은혜인지 모르겠네요. 나를 어디로 끌어가려 했을까요?

담대한 마음: 어디로요! 아니, 하나님 말고는 누구도 그곳이 어디인지 알 수 없죠. 하지만 대개는 남자들을 파멸과 멸망에 빠지게 하는 어리석고 해로운 정욕으로 당신을 끌어가려 했겠죠.*

압살롬을 아버지에 대항케 하고 여로보암이 자기 주인을 배신케 한 것도 그녀지요. 유다로 하여금 그의 주를 팔게 설득하고 데마가 순례자의 신성한 삶을 버리게 만든 것도 그녀입니다.* 그녀는 왕과 신하들 사이에, 부모와 자식 사이에, 이웃과 이웃 사이에, 남편과 부인 사이에, 한 사람과 자아 사이에, 육체와 마음 사이에 불화를 일으키지요.

그러니 선한 굳게 서다 씨, 당신의 이름대로 되시오. 그리고 모든 것을 이룬 다음 일어서시오.*

두 사람의 대화를 들으며 순례자들은 기쁨과 전율이 교차했으니 마침내 그들은 두려움을 떨치고 이렇게 노래했다.

순례자가 어떤 위험에 처했는지,

그의 적이 얼마나 많은지,
죄로 가는 길이 얼마나 많은지,
살아 있는 인간은 알 수 없네.
어떤 이들은 도랑은 피하지만
수렁에 빠져 뒹굴 수 있네.
어떤 이들은 기름 끓는 솥을 피하려다
불로 뛰어들기도 하네.

이 일 이후 나는 태양이 밤낮으로 비추는 뿔라 땅에 그들이 도착할 때까지 지켜보았다. 여기서 그들은 지친 몸을 잠시 쉬기로 했다. 이 땅은 순례자들이 공유하는 땅이고 이곳의 과수원과 포도밭은 천상의 왕의 소유였기 때문에 그들은 그의 물건을 마음대로 사용할 수 있었다.

그들은 이곳에서 짧은 시간에 기운을 되찾았다. 종이 울리고 나팔이 쉴 새 없이 아름다운 곡조를 연주하고 있어 잘 수는 없었지만 이전에 없던 단잠을 잔 듯 그들은 기운을 되찾았다. 또한 길에는 사람들이 "더 많은 순례자가 마을에 왔다"라고 외치며 걸어 다녔다. 그러면 다른 사람이 "수많은 사람들이 물을 건넜고 오늘 황금 문으로 들어갔어요"라고 말했다. 그들은 다시 소리쳤다. "저기 빛나는 이들의 무리가 방금 마을에 도착했어요. 우리는 더 많은 순례자들이 오고 있다는 걸 알 수 있죠. 왜냐하면 그들이 겪은 모든 슬픔을 위로하고 그들을 맞기 위해 빛나는 천사들이 이곳으로 왔으니까요." 그러자 순례자들이 일어나 이리저리 걷기 시작했다. 천국의 소리가 그들 귀를 채웠고, 천상의 광경이 그들 눈을 기쁘게 했다. 이 땅에서 그들은 마음이나 육체에 거슬리는 그 어떤 것도 보지 못했고, 느끼지 못했고, 냄새도 맡지 않았고, 맛보지 않았다. 그들이 건너갈 강의 물을 맛보았을 때 입맛에 약간 쓰긴 했지만 삼키고 나니 달콤하게 느껴졌다.

이곳에는 예전에 순례자였던 사람들의 이름과 그들이 행한 모든 역사를 적은 기록이 있었다. 여기에는 또한 어떤 사람에게는 그 강물이 만조처럼 흐르고 다른 사람들이 건널 때는 어떻게 줄어들었는지에 대한 이야기가 많았다. 어떤 이에게는 강이 말라 있었고 다른 이들에게는 강둑까지 강물이 넘쳤던 것이다.

이곳에는 마을 아이들이 왕의 정원으로 가서 순례자를 위한 꽃다발을 만들어 순례자들에게 사랑으로 전해 주었다. 여기에는 또한 고벨화와 나도풀, 번홍화와 창포와 계수나무, 유향나무와 몰약과 침향 같은 모든 향료가 자라고 있었다.* 순례자들은 여기 머물 때 이것들로 그들의 방을 향기롭게 했다. 또한 정해진 시간이 와서 강을 건너갈 준비를 할 때 그들의 몸에 이것으로 만든 기름을 부었다.

그들이 그곳에 머무르며 복된 시간을 기다리는 동안 마을에 소문이 돌았다. 천상 도시에서 매우 중요한 일로 순례자 크리스천의 부인인 크리스티애나란 사람에게 전령이 왔다는 것이다. 수소문 끝에 그녀의 거처를 찾은 전령이 편지를 전달했는데, 그 내용은 다음과 같았다. "환영하오, 선한 여인이여. 나는 주인님이 당신을 부르며, 당신은 열흘 이내에 그의 존재 앞에서 불멸의 옷을 입고 설 것이란 소식을 전합니다."

그녀 앞에서 편지를 읽은 뒤 그는 자신이 진짜 전령이며 그녀가 서둘러 떠날 것을 재촉하기 위해 왔음을 보여 주는 확실한 징표를 주었다. 그 징표는 '사랑으로 끝을 뾰족하게 간 화살'로서 그것은 그녀 가슴을 쉽게 파고들어 정해진 시간에 그녀가 반드시 떠날 수 있도록 서서히 효과를 냈다.

크리스티애나는 자신의 때가 왔으며 자신이 무리 중에서 제일 먼저 건너갈 것임을 알았다. 그녀는 안내자 담대한 마음을 불러 일이 어떻게 되었는지 말해 주었다. 그 소식을 듣고 그는 진심으로 기뻐며 자신에게도 전령이 왔으면 정말 기쁠 것이라고 말했다. 그러자 그녀는 여정을 어떻게 준비해야 하는지 조언을 구했다.

그는 "이러저러하게 준비하시고 남은 일행들이 강가까지 당신과 함께 가겠어요"라고 말했다. 그다음 그녀는 아이들을 불러 축복하면서 그들의 이마에 찍힌 표시가 그대로 있어 안심이라고 말했다. 그리고 그들이 그녀와 함께 여기까지 왔고 그들의 의복이 여전히 깨끗하여 기쁘다고 말했다. 마지막으로 그녀는 가난한 자에게 얼마 안 되는 소유물을 나누어 주고 아들과 며느리들에게 전령이 올 때를 대비하라고 일렀다.

안내자와 아이들에게 이 말을 마치고 그녀는 진리의 용사를 불러 말했다. "당신은 여러 곳에서 스스로 진실된 마음을 보여 주었어요. 죽을 때까지 믿음을 지키시면 나의 왕께서 당신에게 생명의 면류관을 내리실 것입니다. 또한 당신에게 우리 아이들을 지켜봐 달라고 부탁드리겠어요. 언제라도 아이들이 약해지면 그들에게 편안하게 말해 주세요. 우리 며느리들에 관해서 그들도 신실하게 믿음을 지켰으니 그들에게 약속된 것이 마지막에 모두 성취될 것입니다." 그녀는 굳게 서다에겐 반지를 주었다.

그녀는 노인 정직한을 불러 말했다. "보라 이는 참으로 이스라엘 사람이라 그 속에 간사한 것이 없도다."* 그러자 그는 "시온산으로 당신이 출발하실 때 날이 좋기를 바랍니다. 당신이 강을 건널 때 발도 적시지 않고 건너가면 좋겠어요"라고 말했다. 하지만 그녀는 이렇게 대답했다. "젖든 마르든 나는 떠나기를 고대합니다. 제 여행 중 날씨가 어떠하든 그곳에 도착하면 앉아 쉬면서 제 몸을 말릴 시간이 충분할 테니까요."

그리고 선량한 사람 넘어질 뻔이 그녀를 보러 왔다. 그녀는 그에게 말했다. "당신이 여기까지 온 여정은 어려움이 많았지만 오히려 그 점이 당신의 휴식을 더 감미롭게 하지요. 하지만 늘 깨어 준비하세요. 왜냐하면 당신이 전혀 생각하지 못할 시간에 전령이 올 수 있으니까요."*

그다음 낙담과 그의 딸 겁 많은이 들어왔다. 그들에게 그녀는 말했다. "당신들은 항상 감사하며 거인 절망의 손에서 그리고 의심의 성에서 풀려난 것을 기억해야 합니다. 그 은혜의 결과로 당신들은 여기까지 안전하게 온 것입니다. 항상 깨어 경계하고 두려움을 던져 버리세요. 근신하고 마지막까지 소망을 간직하세요."

그다음 그녀는 약한 마음에게 말했다. "당신이 선함-살해 거인으로부터 해방된 것은 영원히 생명의 빛 속에 살면서 당신의 왕을 평안하게 뵐 수 있도록 하기 위함입니다. 다만 당신은 그분이 당신을 데리러 오기 전, 그분의 선함을 의심하고 두려움에 빠지기 쉬운 점을 회개하라고 조언하겠어요. 그렇지 않으면 그분이 오실 때 당신은 그런 잘못 때문에 그분 앞에서 얼굴을 붉히고 설 수밖에 없지요."

이제 크리스티애나가 떠나야 할 날이 다가왔다. 그녀가 떠나는 것을 보기 위해 사람들이 길에 가득 서 있었다. 보라, 강 너머 둑에는 그녀를 하늘 성문까지 호위하러 위에서 내려온 말들과 마차가 즐비했다. 그녀는 강가까지 그녀를 따라온 사람들에게 작별의 손짓을 하며 강으로 들어갔다. 여기서 그녀가 마지막으로 "주여, 당신과 함께하며 찬양하기 위해 나 이제 옵니다"라고 말하는 소리가 들렸다.

그녀를 기다리던 천상의 무리들이 그녀를 데리고 시야에서 사라지자 그녀의 자식들과 친구들은 처소로 돌아왔다. 그녀는 그곳을 떠나 이전에 남편 크리스천이 받은 것과 같은 기쁨의 의식을 성문에서 받으며 들어갔다.

그녀가 떠나자 자식들은 눈물을 흘렸으나 담대한 마음과 진리의 용사는 기뻐하며 하프와 심벌을 아름답게 연주했다.

시간이 지나자 마을에 다시 전령이 왔다. 그는 넘어질 뻔에게 용무가 있었고 그를 수소문하여 찾은 뒤 이렇게 말했다. "지팡이를 짚으면서도 당신이 사랑하고 따랐던 그분의 이름으로 내가 왔습니다. 그분은 부활절 다음 날 그의 왕국에서 당신과 같이 그의 식탁에서 식사하기를 고대하고 있음을 전하러 왔습니다. 그러므로 당신은 이 여행을 준비하십시오."

그는 자신이 진짜 전령임을 증명하는 징표로 이렇게 말했다. "나는 너의 금그릇을 깨고 너의 은줄을 풀었도다."*

그러자 넘어질 뻔이 동료 순례자들을 불러 말했다. "내가 부름을 받았으니 하나님께서 당신들도 찾아오실 것입니다." 그는 진리의 용사에게 자기 유언장을 작성해 달라고 부탁했다. 자기 목발과 축복의 말 외에는 그들에게 남길 물건이 아무것도 없었으므로 그는 이렇게 말했다. "내 발자취를 따른 내 아들에게 이 목발을 물려주겠소. 그 애는 내가 했던 것보다 훨씬 더 훌륭하기를 바라는 따뜻한 기원과 함께요."

그리고 그는 담대한 마음에게 그의 친절과 인도에 감사한 뒤 자기 여정을 준비했다. 강가에 도착하자 그가 말했다. "이제 나는 더 이상 목발이 필요 없어요. 저 너머에 내가 탈 말과 마차가 기다리고 있지요." 그가 남긴 마지막 말은 "환영한다, 생명이여!"였다. 그렇게 그는 자기 길로 갔다.

그 후 약한 마음에게 소식이 왔다. 전령이 그의 방문 앞에서 나팔을 불었다. 그리고 들어와 이렇게 말했다. "주께서 당신이 필요하다고 전하라 해서 왔습니다. 곧 당신은 빛 가운데서 그의 얼굴을 볼 것입니다. 내 소식이 진짜라는 징표로 이 말을 받으시오. '창들로 내다보는 자가 어두워질 것이다.'"*

그러자 약한 마음은 친구들을 불러 자신에게 전달된 내용과 그 진위로 어떤 징표를 받았는지 들려주고 이어 말했다. "내가 누구에게 남길 것이 아무것도 없으니 유언장을 만들 필요가 무엇 있겠소? 나의 심약한 마음을 난 버리고 가겠소. 왜냐하면 내가 가는 곳에서는 그것이 필요 없을 것이기 때문이오. 그것은 가장 가난한 순례자에게도 남겨 줄 가치가 없지요. 그러니 내가 떠나고 나면 진리의 용사 씨 당신이 그걸 거름 밭에 묻어 주시오." 그는 다른 사람들처럼 강으로 들어갔다. 그의 마지막 말은 "믿음과 인내를 지키라"였다. 그렇게 그는 강 건너편으로 갔다.

여러 날이 지나고 이번에는 낙담이 연락을 받았다. 전령이 그에게 이 소식을 전달했다. "두려워 떠는 사람이여, 다음 주일에 당신의 왕과 함께 있도록 준비하시오. 당신이 모든 의심에서 풀려난 것을 기뻐하며 소리치도록 데리러 왔소."

"내 소식이 진실임을 이것이 증명할 것이오"라고 전령이 말했다. 그러면서 그에게 "메뚜기도 그에게 짐이 될 것이다"*라고 말했다. 낙담의 딸 겁 많은이 자기도 아버지와 함께 가겠다고 말했다. 그러자 낙담이 친구들에게 말했다. "나와 내 딸이 어땠는지, 우리가 동행에게 매번 얼마나 귀찮은 존재였는지 여러분이 잘 아시죠. 나와 내 딸의 유언은 낙담과 노예근성인 공포심을 우리가 떠난 날 이후 영원히 누구도 물려받지 말았으면 합니다. 왜냐하면 나의 죽음 이후 그것들이 다른 사람에게 들어가려 할 것이기 때문입니다. 분명히 말씀드리건대 그것들은 유령입니다. 우리가 처음 순례자가 되었을 때 맞이한 유령들은 그 후 결코 떨쳐 버릴 수가 없었어요. 그것들은 돌아다니면서 다른 순례자들의 환대를 구할 것이지만 제발 우리 생각을 하시고 그것들이 들어오지 못하도록 문을 잠그세요."

떠날 시간이 되자 그들은 강가로 갔다. 낙담의 마지막 말은 "잘 가거라, 밤이여. 어서 오라, 낮이여"였다. 그의 딸은 노래를 부르며 강을 건넜는데 무슨 말인지 알아들은 사람이 아무도 없었다.

얼마 후 마을에 전령이 와서 정직한을 수소문했다. 전령은 그가 있는 집으로 와서 그의 손에 이 글귀를 전해 주었다. "너는 오늘부터 7일 후, 주 아버지의 집에서 너의 주를 알현하라. 내 전갈이 진실이라는 징표는 이것이라. 음악하는 여자들은 다 쇠하여질 것이다."* 그러자 정직한은 친구들을 불러 이렇게 말했다. "나는 죽지만 유언은 하지 않겠네. 나의 정직함은 나와 함께 갈 것이라. 후에 오는 사람들에게 이 말을 해 주시게." 떠나야 할 날이 오자 그는 강을 건너갈 준비를 했다. 이 계절에 강물은 어떤 곳에서는 둑 위로 흘러넘치고 있었다. 그러나 정직한은 생전에 선한 양심이라는 사람에게 여기서 만나자고 약속한 적이 있었다. 선한 양심이 약속한 대로 나와서 그가 강 건너는 것을 도와주었다. 정직한의 마지막 말은 "은총이 다스린다"였다. 그렇게 그는 이 세상을 떠났다.

그다음 진리의 용사에게 다른 사람처럼 전령이 와서 부름을 받았다는 소문이 퍼졌다. 이 소환이 진실이라는 징표는 "항아리가 샘 곁에서 깨지고"*였다. 그가 이 사실을 깨닫고 친구들을 불러 이야기했다. "나는 아버지에게 갑니다. 비록 여기까지 오는데 매우 힘들었지만 여기 도착하기 위해 내가 겪었던 모든 고난에 대해선 전혀 후회가 없습니다. 나의 순례 길을 계승하는 사람에게 내 칼을 주겠소. 내 용기와 무술은 그것을 가질 만한 사람에게 주시오. 내 상처와 흉터는 이제 나에게 상 주실 분을 위하여 내가 싸운 모든 전투의 증거가 될 터이니 내가 갖고 가겠소." 떠나야 할 날이 오자 많은 사람들이 강가로 함께 나갔다. 강으로 들어가면서 그는 이렇게 말했다. "사망아, 네가 쏘는 것이 어디 있느냐?" 더 깊이 들어가면서 그는 말했다. "사망아, 너의 승리가 어디 있느냐?"* 이렇게 그는 강을 건넜고, 강 건너편에서는 그를 위한 나팔 소리가 울려 퍼졌다.

이제 굳게 서다를 부르는 연락이 왔다. 굳게 서다는 매혹의 땅에서 무릎을 꿇고 있는 것을 순례자들이 발견한 바로 그 사람이다. 전령이 편지를 펼쳐 그의 손에 주었다. 그 내용은 이랬다. "그의 주인은 그가 더 이상 멀리 떨어져 있기를 원하지 않으니 이제 그는 삶을 바꿀 준비를 해야 한다." 이에 굳게 서다는 생각에 잠겼다. 전령이 말했다. "아니, 당신은 내 전갈의 진위를 의심할 필요가 없어요. 이것이 진실의 징표입니다. '바퀴가 우물 위에서 깨졌다.'"* 그러자 그는 안내자였던 담대한 마음을 불러 말했다. "선생님, 나의 순례 길 대부분을 당신 같은 선한 동행과 함께 보내지 못한 것이 제 불운입니다. 하지만 당신을 만난 이후 당신은 제게 큰 도움을 주셨지요. 제가 집을 떠날 때 아내와 어린아이 다섯을 남겨 놓았어요. 앞으로 더 많은 순례자들을 안내하기 위해 당신은 주인집으로 되돌아가실 것으로 압니다. 당신께 부탁드리건대 돌아가시면 우리 가족을 찾아 저에게 일어났던 일과 일어날 일에 대해 알려 주십시오. 그들에게 특히 제가 이곳에 행복하게 도착했고 현재 제가 누리고 있는 축복받은 상태에 대해서도 말해 주세요. 그들에게 크리스천과 크리스티애나에 대해, 어떻게 그녀가 아이들을 데리고 남편 뒤를 찾아왔는지 이야기해 주세요. 또한 그녀가 어떤 행복한 결말을 맞았는지, 그리고 그녀가 어디로 갔는지 말해 주세요. 제가 가족들을 위한 기도와 눈물 외에는 그들에게 보낼 것이 거의 없네요. 만약 당신이 그들에게 알려 주고 그들이 만약 그것을 받아들인다면 그것으로 충분합니다." 굳게 서다가 모든 일을 정리하자 서둘러 떠나야 할 시간이 다가왔다. 그 역시 강가로 내려갔다. 그때 강은 거대한 고요함이 깃들어 있었고 굳게 서다는 반쯤 건너갔을 때 잠시 서서 그곳으로 전송 나온 동료들에게 말했다.

"이 강은 수많은 사람들에게 공포였죠. 그래요, 이 강을 생각하며 나도 여러 번 겁에 질렸지요. 하지만 이제 나는 편하게 서 있어요. 이스라엘 사람들이 요단강을 건너갈 때 언약궤를 멘 제사장이 발바닥으로 서 있던 그곳을 내 발이 굳건히 밟고 있습니다.* 이 강물은 입에는 쓰고 위장에는 차갑습니다. 하지만 강 건너에서 나를 기다리고 있는 안내자와 내가 갈 곳을 생각하면 내 심장은 시뻘건 숯불처럼 타오릅니다.

이제 나는 여정의 끝에 있다는 것을 압니다. 고생스러운 나날들이 끝납니다. 나는 이제 가시 면류관을 쓴 그 머리와 나 대신 침 뱉음을 맞은 그 얼굴을 뵈러 갑니다.

이전까지 나는 남들이 전하는 말과 믿음으로 살아왔지만 이제는 직접 볼 수 있는 곳으로 갑니다. 앞으로 그곳에서 그분과 기쁨으로 함께할 것입니다.

나는 우리 주님에 대한 말을 듣기 좋아했지요. 지상에서 그의 발자취가 있는 곳이면 내 발도 뒤따르기를 갈구했어요.

그의 이름은 내게 향료처럼 향기로웠죠, 그래요, 어떤 향수보다 더 달콤했어요. 그의 목소리는 너무도 감미로웠고 태양 빛을 갈구하던 사람들보다 더 그의 얼굴을 보기 원했어요. 그의 말씀을 모아 나의 양식으로 삼았고 나의 허약함을 막는 강장제로 삼았죠. 그는 나를 붙들으사 내가 죄악을 피하였지요.* 그래요, 그의 길을 가고자 하는 내 발걸음을 그는 강하게 만드셨죠."

말하는 동안 그의 안색은 변했고 그의 강한 남자다운 면모는 구부러졌으며* 그가 "나는 주께로 가오니 나를 받아 주소서"라고 말한 다음 시야에서 사라졌다.

그러나 건너편 넓은 지역에 말과 마차가 즐비했고 나팔수와 피리 부는 사람, 칠현금 타는 사람과 노래하는 사람들이 가득 서서 아름다운 천국 문으로 줄지어 들어가는 순례자들을 환영하는 광경은 그야말로 영광스러웠다.

크리스천의 아이들, 즉 크리스티애나가 데려온 네 명의 아들과 그들의 처자들이 강을 건널 때까지 나는 그곳에 머물지 않았다. 또한 내가 떠나온 이후 그들이 살아 있었고 그들이 있는 곳에서 교회를 성장시킬 때까지 있을 것이란 말을 들었다.

그 길로 다시 갈 기회가 있다면 원하는 사람에게 여기서 못한 말을 해 줄 수 있을 것이다. 그동안 내 독자들에게 작별을 고한다. 안녕.*

주

7 **달음질에 대해 쓰고 있었는데** 고전 9:24. 그리스도인의 삶을 구원받기 위한 달음질로 보는 사도 바울의 비유에서 나온 말.

8 **실톳 대를 당기니 글이 술술 나왔습니다** 베 짤 때 손가락으로 톳대에서 재료를 잡아당겨 실을 꼬는 행위에 글쓰기를 비유함.

11 **끈끈이 가지와 등불과 종** 자고나 도요새 같은 것을 밤에 잡기 위해 밝은 빛을 비추고 종을 쳐 놀라게 한 다음 뒤집어진 새를 그물로 잡는다는 17세기 기록이 있음.

13 **하나님이 말뚝과 고리로** 출 26:4~6, 27:17. 번연은 구약을 예표론(豫表論)으로 해석한 예들을 쓰고 있다. 예를 들어 「출애굽기」에 나오는 성막의 말뚝은 그리스도 교회의 굳건함을, 고리는 그리스도에 대한 믿음과 사랑으로 성도들을 묶어 준다는 비유로 해석한다.

14 **은빛 신전** 에베소에 있는 디아나 여신의 신전. 행 19 : 24.

15 **망령되고 허탄한 신화를 그는 거부했습니다** 딤전 4:6~7.

하나님의 사람이여 '하나님의 사람'은 원래 성서에 나오는 존경받는 선지자나 성직자를 가리키는 말이다.

16 **대화체로 씁디다** 17세기의 많은 청교도 작가들이 대화체로 글을 썼다.

16 **그분보다 방법을 더 잘 아는 사람이 어디 있겠습니까** 사 28:24~26.

17 **한 사람을 당신 눈앞에 그려 놓았습니다** 고전 9:24~25.

이 책은 당신을 고생하는 여행자로 만들 것이오 원문은 Travailer. 프랑스어 travaille(일하다)가 13세기 영어로 도입되면서 일하다, 애쓰다(travail)와 여행하다(travel) 두 단어의 어원이 되었다. 간혹 이 두 뜻을 합친 의미로 표현하기 위해 예전 스펠링을 일부러 쓴다.

21 **작은 굴이 있는 어떤 장소에 이르렀다** 번연은 1679년 제3판부터 여백에 동굴을 감옥이라고 각주를 붙였다. 그는 『천로역정』 제1부 대부분을 베드퍼드 감옥 수감 중(1660~1672)에 집필했다.

꿈속에서 나는 더러운 옷을 입은 한 남자가~서 있는 모습을 보았다 사 64:6, 눅 14: 33, 시 38:4, 합 2:2, 행 16:31.

23 **그 후에 심판이 오는데** 히 9:27.

제가 기꺼이 죽을 수도 없고 욥 16:21~22.

심판을 견뎌 낼 수도 없어서입니다 겔 22:14.

'불타는 곳'으로 떨어지게 할까 두렵기 때문입니다 사 30:33에 나오는 도벳.

'임박한 진노를 피하라'라고 쓰여 있었다 마 3:7.

좁은 문 마 7 :13.

반짝이는 빛이 보이는가 시 119:105, 벧후 1:19.

24 **무엇을 해야 할지 일러 줄 것이오** 그리스도에 이르는 길은 말씀 없이는 찾을 수 없다.(번연)

그 남자는 손가락으로 귀를 막고~부르짖으며 뛰어갔다 눅 14:26.

들판 한가운데를 향해 달려갔다 창 19:17.

이웃들도 나와~돌아오라고 소리쳤다 렘 20:10.

25 **당신이 버릴 것 모두 합쳐도 내가 찾아 누릴 것의 한 조각 가치에도 못 미치지요** 고후 4:18.

그곳에는 모든 것이 풍족하고 예비되어 있어요 눅 15 :17.

나는 '썩지 않고 더럽지 않고 쇠하지 아니하는 유업을' 찾고 있소 벧전 1:4.

그것은 하늘에 있는 것이라~안전하게 놓여 있소 히 11:16.

난 이미 이 손으로 쟁기를 잡았어요 눅 9:62.

자신이 더 지혜롭다고 착각하지요 잠 26:16.

26 **언약의 피에 의해 모두 진실로 확인되었소** 히 13:20~21.

27 **그분이 만들었기 때문이지요** 딛 1:2.

우리는 영원한 생명을 얻어 그 왕국에서 영원히 살 것이라고 적혀 있어요 사 45:17, 요 10:27~29.

우리에게는 영광의 면류관이 주어질 것이요, 의복은 우리를 천궁의 태양처럼 빛나게 할 것이라 딤후 4:8, 계 3 : 4, 마 13:43.

그분이 우리 눈에서 모든 눈물을 씻어 주기 때문이죠 사 25:8, 계 7:16~17, 21:4.

그곳에서 우리는 ~ 스랍들과 천사장들과 함께할 것입니다 사 6:2.

28 **하나님과 함께 거닐고 그 앞에서 영원히 있도록 허락받았죠** 살전 4:16~17, 계 5:11.

금관을 쓴 장로들을 볼 것이요 계 4:4.

황금 거문고를 연주하는 거룩한 처녀들을 볼 것입니다 계 14:1~5.

모두 다 온전해져서 영생을 의복처럼 입고 있을 것입니다 요 12 : 25, 고후 5:2~3, 5.

주님께서 그 점에 관해 이 책에 기록해 놓았어요 사 55:1~2, 요 7:37, 6:35. 계 21:6, 22:17.

29 **왜 계단을 찾지 않았소** 이 구절은 약속을 의미한다고 번연이 주석을 달았다. 성서에서 믿음으로 구원받을 수 있다는 확신을 약속으로 쓴다.

가던 길을 계속 가라고 말했다 시 40:2.

30 **왕께서도 이곳이 이렇게 나쁜 상태로 있는 것을 좋아하시지 않았죠** 사 35:3~4.

이 수렁 가운데에 놓인 게 사실입니다 용서의 약속과 그리스도에 대한 믿음으로 생명을 얻음.(번연)

31 **좁은 문 안으로 들어가야 땅이 좋아집니다** 삼상 12 : 23.

32 저는 아무도 없는 것과 같아요 고전 7:29.

35 크리스천은 불에 탈까 두려웠다 출 19:16, 18.

그는 진땀을 흘리며 두려움에 떨었다 히 12:21.

37 하늘로부터 경고하신 이를 배반하는 우리일까 보냐 히 12:25.

또한 뒤로 물러가면 내 마음이 그를 기뻐하지 아니하리라 히 10:38.

네 발길을 평강의 길에서 돌려 파멸의 위험에 자신을 던지는구나 눅 1:79.

38 믿음을 잃지 말고 믿으라 마 12 : 31, 막 3 : 28.

항상 교회 대신 도덕의 도시에 가지 요일 4:5.

이 속세의 교리가 십자가를 면하게 해 주니 그 교리를 가장 사랑하지 갈 6:12.

네 발길을 사망의 율법으로 가는 길로 인도한 점 고후 3:6.

좁은 문으로 들어가기를 힘쓰라 눅 13:24.

39 생명으로 인도하는 문은 좁고 길이 협착하여 찾는 자가 적음이라 마 7:14.

애굽의 모든 보화보다 십자가를 더 귀하게 여겨야 해 히 11:25~26.

누구든지 자기 목숨을 구원하고자 하면 잃을 것이요 막 8:35, 요 12:25, 마 10:39.

'무릇 내게 오는 자가 ~ 자기 목숨까지 미워하지 아니하면 능히 내 제자가 되지 못한다'고 하셨지 눅 14:26.

이곳이 성서에 나오는 시내산이야 갈 4:21~27.

40 누구든지 율법책에 기록된 대로 ~ 저주 아래에 있는 자라 하였음이라 갈 3:10.

41 그가 약간만 진노해도 길에서 자네는 망할 것이니 시 2:12.

"두드리라 그러면 열릴 것이오"라고 쓰여 있었다 마 7:8.

42 열린 문이 당신 앞에 있으니 능히 닫을 사람이 없으리라 계 3:8.

44 사람들이 무슨 일을 했든 간에 무조건 내쫓지 않아요 요 6:37.

45 곧고 좁은 길만이 바른길이지요 마 7:14.

46 그리스도 안에서 일만 스승이 있으되 아버지는 많지 아니하니 고전 4.:15.

그들이 태어났을 때 그 자신이 양육하는 분이지 갈 4:19.

그는 눈을 들어 하늘을 보고 있고 살전 2:7.

48 **영혼 속에서 죄를 되살리고 힘을 불어넣고 더하게 함을 네게 보여 주기 위함이다** 롬 7:6, 고전 15:56, 롬 5:20.

영광의 왕께서 거하기에 합당한 곳이 됨을 네게 보여 주기 위함이다 요 15:3, 엡 5:26, 행 15:9, 롬 16:25~26, 요 15 : 13.

50 **그는 여기서 위로를 받고 너는 괴로움을 받느니라** 눅 16장.

눈에 보이는 것은 잠깐이요 보이지 않는 것은 영원함이라 고후 4:18.

51 **그분의 백성은 여전히 영혼에 은혜가 족하다** 고후 12 : 9.

52 **수많은 상처를 주고받은 후에 ~ 궁전 안으로 밀고 들어갔다** 행 14:22.

안에 있는 사람들과 특히 궁전 꼭대기를 거닐던 세 사람이 217쪽에 보면 순례자들이 천상의 도시에 도착할 때 에녹과 모세와 엘리야 세 사람이 맞이한다.

53 **기뻐하기까지 했지요** 눅 8:13.

54 **내 스스로 그를 십자가에 다시 못 박았어요** 히 6:6.

그분을 멸시했고 눅 19:14.

은혜의 성령을 욕되게 했지요 히 10:28~29.

55 **자신을 숨기려 했지요** 고전 15 : 52, 살전 4 : 16, 유 15절(1 : 15), 요 5:28~29, 살후 1:7~8, , 계 20:11~14, 사 26:21, 미 7:16~17, 시 95:1~3, 단 7:10.

법정의 재판장과 죄인처럼 거리를 두고 섰죠 말 3:2~3, 단 7:9~10.

가라지와 쭉정이와 덤불을 거두어 불타는 못에 던져라 마 3:12, 13:30, 말 4:1.

56 **'내 알곡을 모아 곳간에 들이라'라는 말씀도 하셨죠** 눅 3:17.

구름 위로 들려 올라가는 것을 보았어요 살전 4:16~17.

내 양심이 사방에서 나의 잘못을 비난했지요 롬 2:14~15.

57 **벽의 이름은 구원이었다** 사 26:1.

58 **눈물이 솟아 두 뺨을 적실 때까지 그는 보고 또 쳐다보았다** 슥 12:10.

네 죄 사함을 받았느니라 막 2 : 5.

58 새 옷으로 갈아입혔다 슥 3 : 4.

이마에 표시를 하고 엡 1 : 13.

59 죽음의 바다가 발아래 있는데 돛대 위에 누워 잠자는 자들과 같구려 잠 23:34.

울부짖는 사자같이 배회하는 그를 만난다면 ~ 먹이가 될 것이오 벧전 5:8.

60 문으로 들어오지 않고 다른 데로 넘어가는 자는 도둑이며 강도요 요 10:1.

61 율법의 행위로 당신들은 구원받을 수 없소 갈 2:16.

62 물을 마시고 사 49:10.

63 개미에게 가서 그가 하는 것을 보고 지혜를 얻으라 잠 6:6.

65 자신의 사악함이 다시 마음속에 살아나면서 그는 더욱 슬펐다 계 2:5.

역경 가운데서 잠을 자다니 얼마나 한심한 인간인가 살전 5:7~8.

67 문지기가 크리스천이 돌아갈 듯 멈추자 소리 지르며 말했다 막 13:34~37.

하나님이 셈의 장막에 거하게 하신 야벳의 종족이지요 창 9:27.

72 이제는 더 나은 본향을 사모하니 곧 하늘에 있는 것이지요 히 11:15~16.

선을 행하기 원할 때조차 악한 것이 내 속에 거하고 있음을 알지요 롬 7:15~19.

73 거기는 사망도 없고 ~ 일행과 함께 살 수 있다고 합니다 사 25:8, 계 21:4.

74 그들은 농담으로 듣고 나를 믿지 않았어요 창 19:14.

75 가인이 동생을 미워한 것은 ~ 아우의 행위는 의롭기 때문입니다 요일 3:12.

그들의 피로부터 자신의 영혼을 해방시킨 것이에요 겔 3:19.

그를 더 사랑하게 되었다 히 2:14~15.

76 그분이 순례자들을 왕으로 만드셨다고 그들은 말했다 삼상 2:8, 시 113:7.

77 어떻게 그들이 ~ 군대를 물리치기도 했는지를 읽어 주었다 히 11:33 ~34.

78 칼, 방패, 투구, 가슴판, 기도문과 닳지 않는 신발을 보여 주었다 엡 6:13~18.

불법한 자를 죽일 때 사용할 칼도 보여 주었다 출 4:2~5, 사 4:21, 7:16 ~24, 3:31, 15:14~17, 삼상 17:38~51, 삼후 2:3~8.

79 보기만 해도 기분 좋은 곳이었다 사 33:16~17.

80 마귀의 이름은 아볼루온이었다 계 9:11.

81 죄의 삯은 사망이기 때문이죠 롬 6:23.

84 왕의 대로인 거룩한 길에 서 있소 사 35:8.

85 나는 엎드러질지라도 일어날 것이요 미 7:8.

이 모든 일에 우리를 사랑하시는 이로 ~ 넉넉히 이기느니라 롬 8:37.

더 이상 그를 볼 수 없었다 약 4:7.

87 광야 곧 사막과 구덩이 땅 ~ 사람이 거주하지 아니하는 땅 렘 2:6.

나쁜 이야기를 퍼뜨리는 사람들의 자손으로 민 13장.

운 좋게도 앞에 놓인 위험을 보게 되었죠 시 44:19, 시 107:14.

88 죽음이 항상 그 위에 날개를 펴고 있어요 욥 3:5, 10:22.

이곳은 원하는 천국으로 가기 위해 내가 통과할 길이오 렘 2:6.

골짜기 끝까지 오른쪽에 매우 깊은 구덩이가 있었다 시 69:14.

맹인이 맹인을 인도하여 ~ 비참하게 멸망한 곳이었다 마 15:14, 눅 6:39.

그분이 끌어내 주지 않았다면 틀림없이 그 안에서 질식했을 것이었다 삼하 11~12장.

89 기도문이라는 또 다른 무기를 꺼낼 수밖에 없었다 엡 6:18.

여호와여 주께 구하오니 내 영혼을 건지소서 시 116:4.

90 나는 주 여호와의 능력으로 걸어가리라 시 71:16.

내가 사망의 음침한 골짜기로 다닐지라도 ~ 주께서 나와 함께하심이라 시 23:4.

91 하나님이 나와 함께 계시지 않겠는가 욥 9:11.

"그분이 사망의 그늘을 아침으로 바꾸셨다"라고 말했다 암 5:8.

그것들은 그에게 모습을 드러냈다 욥 12:22.

92 그의 등불이 내 머리에 비치었고 ~ 암흑에서도 걸어 다녔느니라 욥 29:3.

93 "안 돼 ~ 피의 보복자가 내 뒤를 쫓고 있어"라고 말했다 신 19:6, 여 20:5.

94 먼저 된 자가 나중 된 셈이다 마 19:30.

95 그가 길을 저버렸기 때문에 ~ 본보기로 삼으신 것 같아 잠 15:10.

96 참된 말씀이 그에게 일어나는구먼 벧후 2:22.

요셉도 그 여자에게 단단히 걸렸다가 ~ 목숨을 잃을 뻔했지 창 39:11~13.

97 여호와의 노를 당한 자는 거기 빠지리라 잠 22:14.

그의 걸음은 스올로 나아가나니 잠 5:5.

두 눈을 감았지 욥 31:1.

내 이름은 아담 1세이고 롬 5:12~14, 고전 15:21~22.

"기만의 도시에 살고 있다"고 말했어 엡 4:22.

육신의 정욕, 안목의 정욕, 이생의 자랑 요일 2:16.

98 "옛사람과 그 행위를 벗어 버리라"고 쓰여 있지 않겠나 골 3:9.

오호라 나는 곤고한 사람이로다 롬 7:24.

100 거만한 마음은 넘어짐의 앞잡이라고 했지 잠 16:18.

101 내게 반대했어 고전 3:18, 빌 3:7~8, 요 7:48.

모든 것을 잃고자 하는 사람은 없다고 했지 요 7:48.

102 사람 중에 높임을 받는 그것은 하나님 앞에 미움을 받는 것이니라 눅 16:15.

어떻게 축복을 기대하겠는가 막 8:38.

104 지혜로운 자는 영광을 ~ 미련한 자의 영달함은 수치가 되느니라 잠 3:35.

그분이 들으시고 나를 모든 환난에서 구해 내셨네 시 34:6.

109 그들은 말만 하고 행하지 아니하며 마 23:3.

하나님의 나라는 ~ 오직 능력에 있음이라 고전 4:20.

그는 종교에 대한 모독이고, 불명예요, 수치야 롬 2:24~25.

111 하나님 아버지 앞에서 정결하고 더러움이 없는 경건은 ~ 세속에 물들지 아니하는 그것이니라 약 1:27. (22~26장을 보라.)

이것으로 그들은 심판받을 거야 마 13장, 25장.

모세가 깨끗한 짐승을 설명한 말이 떠오르네 레 11장, 신 14장.

112 소리 나는 구리와 울리는 꽹과리 고전 13:1~3, 14:7.

생명 없는 것이 소리를 낼 때 고전 14 : 7.
113 요셉과 기꺼이 불결한 관계를 맺고 싶어 했죠 창 39:15.
114 하나님의 자식이 아닙니다 고전 13장.
115 내가 주의 법을 준행하며 전심으로 지키리이다 시 119:34
그는 저주받을 수밖에 없지요 요 16 : 8, 롬 7 : 24, 요 16 : 9, 막 16 : 16.
116 약속이 이루어지죠 시 38 : 18, 렘 31 : 19, 갈 2 : 16, 행 4 : 12, 마 5 : 6, 계 21 : 6.
믿음을 경험으로 고백함으로써 롬 10:10, 빌 1:27. 마 5:9.
복종함을 통해서죠 요 14:15, 시 50:23, 욥 42:5~6, 겔 20:43.
117 옳다 인정함을 받는 자는 ~ 오직 주께서 칭찬하시는 자니라 고후 10:18.
118 이 같은 자들에게서 네가 돌아서라 딤전 6:5.
그의 피 값을 내 손에서 찾을 수 없겠지 겔 3:18~21.
120 당신을 돕는 자에게도 평안이 있기를 대상 12:18.
씨 뿌린 자와 추수한 자 함께 기뻐할 날이 다가오고 있으니 말일세 요 4:36, 갈 6:9.
121 면류관이 자네들 앞에 있고 그것은 절대 썩지 않는 것이네 고전 9:24~27, 계 3:11.
누구도 뺏지 못하도록 꽉 잡아야 하네 계 3 : 11.
아직 피 흘릴 때까지 죄에 대항해 싸우지는 않았어 히 12:4.
천국과 지상의 모든 힘이 자네 편이 될 것이야 사 50:7.
122 순례 길을 오랫동안 가기는 어렵다네 행 14:22, 20:23.
갖고 있는 증거에 피로써 봉인해야 한다 계 6:9.
왕께서 자네에게 생명의 면류관을 주실 것이다 계 2:10.
도시가 허영보다 가볍기 때문이었다 사 40:17, 전 1장, 2:11, 17.
다가올 일은 다 헛되도다 전 11:8.
123 군대 막 5:9.
124 "세상 밖으로 나가야 할" 판이었다 고전 5:10.
그분을 시장의 주인으로 만들겠다고 유혹했다 마 4:8, 눅 4:5~7.

125 순례자들의 말을 이해하는 사람이 거의 없었다 고전 2:7~8.

그들은 서로에게 이방인처럼 보였다 고전 14:11.

그들의 교역과 거래는 하늘나라에 있음을 의미했다 시 119:37, 빌 3 : 19~20.

"우리는 진리를 삽니다"라고 대답했다 잠 23:23.

126 천상의 예루살렘을 향해 가고 있다고 대답했다 히 11:13~16.

128 가장 위험한 의견들에 동조자를 만들어 우리 왕의 법률을 멸시했다 요 12:31, 14:30, 16:11.

132 그들의 아들들을 강에 던지라고 했습니다 출 1장.

황금 상에 엎드려 절하지 않는 자는 모두 맹렬히 타는 풀무 불에 던진다는 것입니다 단 3장.

왕 외의 어떤 신에게나 무엇을 구하면 사자 굴에 던져 넣기로 했습니다 단 6장.

134 감언이설에서 오셨다고요 잠 26:25.

139 선한 사람은 '보화를 티끌처럼 쌓으리라'라고 말했죠 욥 22:23~24. 욥이 아니라 엘리바스의 말을 잘못 인용함.

143 그는 내쳐지고 파멸당해 영원히 지옥의 아들이 되었어요 마 26:14~16.

144 당신들은 행한 대로 받을 것입니다 마 16:27.

맹렬히 삼키는 불길에 의해 책망받을 때 그들은 무엇을 할 수 있겠는가 사 29:6, 30:30.

146 너 자신이 곁길로 가서 이미 ~ 저주를 받았다 딤후 4:10.

당신은 그들이 밟던 길을 가고 있소 왕하 5:20, 마 26:14~15, 27 : 1~6.

당신도 그와 흡사한 대가를 받을 거요 마 27:1~6.

148 롯의 아내가 ~ 변한 소금 기둥이라고 결론을 내렸다 창 19:26.

149 다른 사람들에게 조심하라는 표시 내지는 본보기가 되었죠 민 26:9~10.

소돔 사람은 여호와 앞에 악하며 큰 죄인이었더라 창 13:13.

소돔 땅은 에덴동산같이 풍요로웠는데 창 13:10.

150 **요한이 생명수의 강이라 부른 곳이었다** 시 65:9, 계 22장, 겔 47장.

나무의 열매를 먹고 강물을 마셨다 시 23 : 2, 사 14 : 30.

151 **순례자들의 마음은 길로 말미암아 상했다** 민 21:4.

152 **깊은 수렁으로 떨어졌는데** 사 9 : 16.

153 **큰길 곧 네가 전에 가던 길을 마음에 두라. 돌아오라** 렘 31:21.

154 **친구나 지인으로부터 멀리 떨어진 불행한 상황이었다** 시 88 : 18.

155 **스스로 끝장내는 길밖에는 없다고 그들에게 말했다** 목요일에 거인은 이들을 때리고 금요일에 이들에게 자살하라고 권한다.(번연)

156 **차라리 숨이 막히는 것을 택하리이다** 욥 7:15.

161 **그는 양 떼를 위해 그의 생명을 버렸습니다** 요 10:11.

죄인은 그 길에 걸려 넘어지리라 호 14:9.

손님 대접하기를 잊지 말라고 하셨죠 히 13:2.

162 **후메내오와 빌레도의 말을 ~ 당신들은 듣지 못했습니까** 딤후 2:17~18.

163 **명철의 길을 떠난 사람은 사망의 회중에 거하리라** 잠 21:16.

164 **에서처럼 자신의 장자 명분을 팔거나 ~ 거짓말하고 속이는 사람들이 가는 길이죠** 창 25:29, 마 26:14~16, 26:21~25, 26:47~50, 딤후 4:14~15, 행 5:1~10.

165 **나는 꿈에서 깨었다** 여기서 화자가 이상하게 꿈을 깨어 중단하는 것은 번연이 처음 옥에 갇혔다가 1672년 풀려난 것을 의미한다는 해석이 있다.

166 **당신은 절도며 강도라는 죄목으로 문책받을 것이오** 요 10:1.

167 **그보다 미련한 자에게 오히려 희망이 있느니라** 잠 26:12.

우매한 자는 길을 갈 때에도 ~ 자기가 우매함을 말하느니라 전 10:3.

그가 감당할 수 있을 때 이야기하시죠 고전 3:2.

일곱 마귀가 ~ 끌고 가는 중이었다 마 12:45, 잠 5:22.

170 **하나님의 섭리에 의해 그들이 그 좋은 것을 놓친 거죠** 딤후 1:14.

남은 여정 내내 그것을 사용하지 않았다고 하오 벧후 1:19.

171 **한 그릇 죽을 위해** 히 12:16.

171 내가 죽게 되었으니 이 장자의 명분이 내게 무엇이 유익하리요 창 25:32.

172 발정기에 누가 그것을 막으리요 렘 2:24.

173 그의 목소리는 우는 사자와 같소 벧전 5:8.

남자답게 싸우는 일은 어려웠소 고전 16:13.

174 우리는 살 소망까지 끊어졌다 고후 1:8.

175 다윗도 억센 악당들과 ~ 보잘것없는 한 여종을 겁내게 만들었죠 시 38편, 88편, 왕하 19장, 마 26:33~35, 26: 69~75.

칼이 그에게 꽂혀도 ~ 창이 날아오는 소리를 우습게 여기도다 욥 41:26~29.

176 그 말은 목에는 천등 갈기를 입고 ~ 외치는 소리를 듣느니라 욥 39:19~25.

그를 항복시킬 수 없던 이유는 방패가 없어서죠 욥 41장.

모든 것 위에 믿음의 방패를 가지고 ~ 악한 자의 모든 불화살을 소멸하라 엡 6:16.

하나님 없이 한 발자국을 더 나가기보다 서 있는 곳에서 죽겠다고 했죠 출 33:15.

177 우리가 두려워할 필요가 무엇이겠어요 시 3 : 5~8, 27 : 1~3.

죽임을 당한 자 아래에 엎드러질 따름이니라 사 10:4.

178 이웃에게 아첨하는 것은 그의 발 앞에 그물을 치는 것이니라 잠 29:5.

사람의 행사로 논하면 ~ 길을 가지 아니하였사오며 시 17:4.

179 "그 사람은 아첨꾼으로 ~ 거짓 사도요"라고 말했다 잠 29:5, 단 11:32, 고후 11:13~14.

이렇게 훌륭하게 말하는 사람이 아첨꾼인 줄 상상도 못했어요 롬 16:18.

세차게 매질했다 신 25 : 2.

무릇 내가 사랑하는 자를 책망하여 징계하노니 ~ 회개하라 대하 6:26, 계 3:19.

181 내가 떠난 첫날 그랬듯이 아무 곳도 찾지 못했어요 전 10:15, 렘 22:12.

182 이제 우리는 믿음으로 나아가고 있지 않나요 고후 5:7.

내 아들아, 지식의 말씀에서 떠나게 하는 교훈을 듣지 말지니라 잠 19:27.

영혼의 구원을 믿읍시다 히 10 : 39.

진리에서는 어떤 거짓도 나오지 않는다는 사실을 계속 알고 갑시다 요일 2:21.

183 **잠들지 말고 깨어서 정신을 차리고 있어야 합니다** 살전 5 : 6.

두 사람이 한 사람보다 나음이라 전 4:9.

지옥이 있다 해도 그들을 깨어 있게 할 것이오 이 노래에는 꿈꾸던 화자의 말이라는 작가의 주석이 여백에 붙어 있다.

184 **지금 당신이 하고 있는 일을 ~ 생각한 계기가 무엇입니까** 이들의 대화는 개심을 시작한 첫 순간에 관해서이다. 당시 베드퍼드의 비국교도 회중들은 자신의 개종을 구술했고 이런 고백은 때로 영적 자서전으로 출판되기도 했다. 희망찬의 말은 번연의 영적 자서전 『죄인의 우두머리에게 넘치는 은총』에 나오는 부분과 흡사하다.

마지막이 사망임이라 롬 6:21~23.

하나님의 진노가 불순종의 아들들에게 임하지요 엡 5:6.

186 **"무릇 우리는 다 부정한 자 같아서 ~ 무익한 종이라" 같은 말씀들 때문에요** 사 64:6, 갈 2:16, 눅 17:10.

189 **그를 믿으면 그의 행한 일과 그 공로가 내게 귀속된다고 말입니다** 히 10장, 롬 4장, 골 1장, 벧전 1장.

나도 오라고 초대받았소 마 11 : 28.

책 안의 한 자나 한 점이 하늘과 땅보다 더 굳건히 서 있다고 말했어요 마 24 : 35.

간구해야 한다고 말했어요 시 95 : 6, 단 6 : 10, 렘 29 : 12~13.

용서와 죄 사함을 해 줍니다 출 2 : 22, 레 16 : 2, 민 7 : 89, 히 9 : 16.

191 **비록 더딜지라도 기다리라. 지체되지 않고 반드시 응하리라** 합 2:3.

육신의 눈이 아니라 마음의 눈을 통해 그를 보았습니다 엡 1:18~19.

주 예수를 믿으라. 그리하면 네가 구원을 받으리라 행 16:30~31.

내 은혜가 네게 족하도다 고후 12:9.

191 내게 오는 자는 결코 주리지 아니할 터이요 나를 믿는 자는 영원히 목마르지 아니하리라 요 6:35.

내게 오는 자는 내가 결코 내쫓지 아니하리라 요 6:37.

192 그리스도 예수께서~그들을 위하여 간구하심이라 딤전 1:15, 롬 10:4, 롬 4:25, 계 1:5, 딤전 2:5, 히 7:25.

194 게으른 자는 마음으로 원하여도 얻지 못한다 잠 13:4.

자기의 마음을 믿는 자는 미련한 자요 잠 28:29.

196 의인도 없고 선한 일을 하는 사람도 없다 롬 3:10~12.

그의 마음으로 생각하는 모든 계획이 항상 악할 뿐이다 창 6:5.

사람의 마음이 계획하는 바가 어려서부터 악함이라 창 8:21.

인간의 길이 구부러지고 선하지 아니하며 패역하다 시 125:5, 잠 2:15, 롬 3장.

200 나 또한 단호하게 주장하겠네 마 11 : 27, 고전 12 : 3, 엡 1 : 18~19.

202 그들이 눈으로 보지 못하게 하려고…… 그들의 눈을 멀게 하시고 요 12:40.

여호와를 경외하는 것이 지식의 근본이라 잠 1:7, 시 111:10, 욥 28:28.

205 개가 그 토하였던 것에 돌아가고 벧후 2:22.

206 사람을 두려워하면 올무에 걸리게 되거니와 잠 29:25.

208 뿔라의 땅으로 들어서는 것을 보았다 사 62:4.

끊임없이 새들이 노래하고~땅에는 비둘기의 소리가 들렸다 아 2:10~12.

신랑이 신부를 기뻐함같이 네 하나님이 너를 기뻐하시리라 사 62:5.

209 너희는 딸 시온에게 이르라 ~ 보응이 그 앞에 있느니라 사 62:11.

거룩한 백성이라 ~ 찾은 바 된 자 사 62:12.

너희가 내 사랑하는 자를 만나거든 ~ 병이 났다고 하려무나 아 5:8.

210 열매로 기운을 차리도록 했다 신 23 : 24.

옷은 황금처럼 빛나고 얼굴은 광채로 빛났다 계 21:18, 고후 3:18.

211 그 길을 밟도록 허락된 사람은~나팔 소리가 날 때까지 그럴 것이오 고전 15:51~52.

셀라 selah. 구약 성서 「시편」에 71번, 「하박국」에 3번 등장하는 감탄사로 '멈추고 생각하라'라는 의미를 비롯해 여러 가지 해석이 있다.

212 **그들은 죽을 때에도 고통이 없고 ~ 사람들이 당하는 재앙도 그들에게는 없나니** 시 73:4~5.

213 **네가 물 가운데로 지날 때에 ~ 물이 너를 침몰하지 못할 것이라** 사 43:2.

적은 그들이 통과하기까지 돌같이 침묵했다 출 15:16.

우리는 섬기는 영으로서 ~ 보내심을 받았소 히 1:14.

214 **저기 시온산과 천상의 예루살렘이 있고 ~ 의인의 영들이 있소** 히 12:22~23.

매일 왕과 함께 걷고 이야기를 나눌 것이오 계 2 : 7, 3 : 4.

처음 것들이 다 지나갔음이러라 계 21:4.

자신의 의로움 속에 걷고 있는 사람들에게 갈 것이오 사 57 : 1~2, 65 : 14.

심은 대로 거둘 것이니 갈 6:7.

그의 참모습 그대로 볼 것이기 때문이니라 요일 3:2.

215 **당신도 나팔 소리와 함께 같이 갈 것이며 영원히 그분과 함께할 것이오** 살전 4:13~16, 유 1 : 14, 단 7:9~10, 고전 6:2~3.

어린 양의 혼인 잔치에 청함을 받은 자들은 복이 있도다 계 19:9.

216 **그의 계명을 행하는 자 복이 있으니 ~ 권세를 받으려 함이로다** 계 22:14.

217 **신의를 지키는 의로운 나라가 들어오게 할지어다** 사 26:2.

네 주인의 즐거움에 참여할지어다 마 25:21.

보좌에 앉으신 이와 ~ 권능을 세세토록 돌릴지어다 계 5:13.

218 **나는 주 앞에서 먹고 마셨으며 주는 또한 우리의 길거리에서 가르치셨나이다** 눅 13:26.

223 **하지만 내가 진실로 당신 작품인 줄 사람들이 믿지 못하면 어쩌나요?** 번연은 여기서 1682년 '천로역정 2부(The Second Part of The Pilgrims's Progress)'라는 제목의 책을 출판한 침례교 설교자인 토마스 셔먼에 대해 언급하고 있다. 『천로역정』이 엄청난 인기를 끌어 수많은

모작 내지는 모방 작품이 후속작이라는 이름으로 출판되었다.

224 **내 순례자의 책은 바다와 육지를 여행했지** 첫 번째 미국판 『천로역정』이 1681년 보스턴에서 출판되었다. 1682년에는 네덜란드어로, 1685년에는 프랑스어로 번역되었다.

227 **야곱이 양 떼를 모는 라헬을 보았을 때 그는 키스하고 우는 일을 동시에 했지** 창 29 : 9~11.

229 **욕을 당하되 맞대어 욕하지 말라** 벧전 2:23.

230 **노인들이 그들에게 노하던 옛날과 같도다** 마 21:15.

231 **이제 그는 선한 사람으로 영생을 상속했다** 마 19:29.

237 **생명의 샘에서 살면서 ~ 그가 가진 것을 누릴 수 있죠** 시 36:9.

그가 흰옷을 입고 ~ 금면류관을 머리에 쓰고 있다고 말하더군요 계 3:4, 6:11.

엄청나게 비싸고 좋은 집을 하사했다는 것이 확실하죠 슥 3:7, 눅 14:15.

238 **그 이유를 알려 한답니다** 유 14장, 15장.

자신에게 행한 치욕이라 여기고 조사한답니다 눅 10:16.

그가 이제 수고에서 쉴 수 있고 ~ 기쁜 일입니다 계 14:13, 시 126:5~6.

239 **남편이 강을 건너간 이후** 1부에서 크리스천이 강을 건넌다.

240 **번갯불처럼 되돌아와 그녀의 염통 꺼풀을 찢는 것 같았다** 호 13 : 8.

다른 이유에서 나왔다는 것을 알겠어 약 1:23~25.

슬프다 이날이여 겔 30 : 2.

하나님이여 불쌍히 여기소서. 나는 죄인이로소이다 눅 18:13.

241 **일행들이 모두 환호하며 하프를 연주했다** 계 14:2~3.

242 **고귀한 향기가 났고** 아 1:3.

243 **순례자의 집에서 반드시 불러야 할 노래 중 하나요** 시 119:54.

245 **영생하는 분들의 친구가 되어 하사받은 집에서 살고 있더군요** 고후 5 : 1~4.

251 **눈물을 흘리며 씨를 뿌리는 자는 ~ 곡식 단을 가지고 돌아오리로다** 시 126:5~6.

252 **주께서 하신 말씀이 ~ 여자에게 복이 있도다** 눅 1:45.

253 **개가 달려오며 짖는 소리를 들은 것 같았다** 시 22:20.

254 **어린아이들이 내게 오는 것을 용납하고 금하지 말라** 막 10:14, 눅 18:16.

환희의 나팔 소리와 함성으로 ~ 접대하라고 했다 눅 15 : 7.

255 **참지 못하고 문을 두드렸다** 시간이 지체되자 갈망하던 영혼은 더욱 열렬히 갈망하게 된다.(번연)

내 영혼이 내 속에서 피곤할 때에 ~ 주의 성전에 미쳤나이다 욘 2:7.

256 **나는 그들을 위해 기도하도다** 요 17:20.

내 입술에 입맞춤하여 말의 용서를 받되 아 1 : 2.

행함의 용서는 곧 너희에게 보일 것이다 요 20:20.

어떤 행위로 그들이 구원을 받는지 보여 주었다 십자가 달린 예수의 모습을 저 멀리서도 볼 수 있다.(번연)

257 **두 여자가 맷돌질을 하고 있으매 ~ 버려둠을 당할 것이니라** 마 24:41.

천국을 침노하려나 생각했죠 마 11:12.

258 **수송아지를 대신하여 ~ 찬송의 제사를 주여 받아 주소서** 히 13:15, 호 14:2.

주의 심판에 대해 제가 질문하옵니다 렘 12:1~2.

개 주인은 다른 사람이고 마귀.(번연)

259 **내가 피로 산 사람아** 행 20:28. (하나님이 자기 피로 산 교회를 보살피게 하셨느니라.)

유일한 것을 개의 세력에서 구하는 시 22:20~21.

260 **늦는 것이 안 하는 것보다 낫네** 마 20 : 6.

262 **여성을 보호하기 위해 만든 율법에 호소했다** 신 22:25~27.

너는 내 주님의 백성을 범죄하게 할 요량이냐 삼상 2:24.

263 **모든 것이 합력하여 선을 이루게 되고** 롬 8:28.

264 **자기들에게 이루어 주기를 내게 구하여야 할지라** 에 36:37.

266 **그 후에 뉘우치고 갔다는 말씀이 성취되었도다** 마 21:29.

267 **평강 가운데서 나타나기를** 벧후 3:14.

268 나를 부하게도 마옵시고 잠 30:8.

269 왕궁에 살고 있는 거미다 잠 30:28.

271 품는 듯한 목소리를 내신다 마 23 : 37.

273 하나님 앞에 값진 모습으로 단장하는 것이 알맞은 것이다 벧전 3:1~4.

277 여호와께서 네가 행한 일에 ~ 상 주시기를 원하노라 룻 2:12.

278 달같이 아름답구나 아 6:10.

이 표시는 그들 양미간에 찍혔다 출 13:8~10.

279 빛나고 깨끗한 세마포 옷이었다 계 19:8.

281 "내가 용서를 얻은 방식에 의해서다"라고 그분이 말씀하셨습니다 앞서 좁은 문에서 언급된 내용에 관한 대화 또는 우리가 주에 의해 의인화되는 것에 관한 담화이다.(번연)

282 한 사람이 순종하심으로 많은 사람이 의인이 되리라 롬 5:19.

283 의의 선물 롬 5:17.

284 그분은 당신들의 죄 때문에 ~ 대신 죽으셨습니다 롬 4:24.

287 선한 나라에 대해서도 ~ 사악한 소문을 냈죠 민 14:36~37.

288 발로 짓밟아 이제는 더러워졌어요 겔 34:18.

289 사악한 자의 길은 험하니라 잠 13:15.

네가 여호와의 이름으로 ~ 모든 말을 반드시 실행하여 렘 44:16~17.

게으른 자의 길은 가시울타리 같다 잠 15:19.

290 수고한 후 쉬는 것이 얼마나 감미로운지요 마 11:28.

293 너 속이는 혀여 무엇을 네게 주며 ~ 로뎀 나무 숯불이리로다 시 120:3~4.

294 나는 일어나 이스라엘의 어머니가 되도다 삿 5:6~7.

297 순례자들을 위해 양고기와 ~ 준비해 놓았다 출 12 : 3, 8, 요 1 : 29.

299 면류관을 씌워 주었어요 겔 16 : 8~12.

300 사람이 침상에서 졸며 ~ 밤에 환상을 볼 때에 욥 33:14~15.

303 주는 엿새 동안 ~ 모든 것을 만드셨으니까요 출 20:11.

305 선한 사업을 많이 하니 ~ 참된 생명을 취하기 위해 딤전 6:17~19.

308 염소와 황소의 피 히 9:13~19.

예수의 살과 피였다 요 6:54~57. 원문에는 라틴어로 'ex Carne & Sanguine Christi'라고 쓰여 있다.

언약 한두 가지를 섞고 적당량의 소금을 섞어 알약으로 만들었다 막 9 :49.

약 먹기를 거부했다 슥 12 : 10.

309 **이 경우 적용되는 규정에 따라 지불하시면 됩니다** 히 13 : 11~16.

313 **두 손을 들고 놀라워했다** 창 3:6, 롬 7 : 24.

천사들이 올라가는 것을 쳐다보고 ~ 나머지 일행도 그랬다 창 28:12.

즐거운 광경을 두 눈으로 실컷 보면서 서 있었다 요 1:51.

견뎌야 하는 것이 절대적으로 필요합니다 히 6:19.

314 **제단과 나무와 불과 칼을 보여 주었다** 창 22장.

315 **볶은 곡식과 석류를 보내셨어요** 삼상 17:17.

당신의 머리에 향 기름이 그치지 아니하기를 빕니다 전 9:8.

당신의 일이 적지 않기를 기원합니다 신 33:6.

너희는 청년의 정욕을 피하고 딤후 2:22.

316 **여호와는 선하시니 ~ 대대에 이르리로다** 시 100 : 5.

319 **이 골짜기가 얼마나 ~ 아름다운지 보세요** 아 2:1.

하나님은 ~ 겸손한 자들에게는 더 많은 은혜를 주시지요 약 4:6, 벧전 5:5.

320 **자신의 안내자가 될 것이네** 빌 4:12~13.

그런 자를 당신은 버리지 않기 때문입니다 히 13:5.

321 **생명의 말씀을 찾았답니다** 호 12 : 4~5.

주님은 1년의 수익을 ~ 지불하라고 남기셨지요 마 11:29.

322 **두 눈이 헤스본의 연못처럼 되지요** 아 7:4.

빗물로 연못을 채울 것입니다 시 84:6~7.

포도밭을 주겠다고 하신 곳이며 호 2 : 15.

무릇 마음이 가난하고 ~ 내가 돌보려니와 사 66:2.

325 **마귀를 대적하라. 그리하면 너희를 피하리라** 약 4:7.

더 이상 가까이 오지 않았다 벧전 5:8~9.

326 **마음의 즐거움은 타인이 참여하지 못하느니라** 잠 14:10.

326 **배들을 바다에 띄우며 큰물에서 일하는 것과 같습니다** 시 107:23.

빗장으로 우리를 오래도록 막는 것 같지요 욘 2:6.

흑암 중에 행하여 빛이 없는 자라도 ~ 하나님께 의지할지어다 사 50:10.

327 **네 발밑을 보아라. 곧 올무 밭으로 간다** 시 141:9.

331 **내려보낸 은총이지요** 고후 4장.

333 **공의로운 태양이 떠오르면** 말 4:2.

거룩한 입맞춤으로 인사하고 나서 벧전 5:14, 롬 16:16.

334 **세리 마태같이 되어라** 마 10:3. 영어 이름 매슈는 성서의 마태, 새뮤얼은 사무엘, 조지프는 요셉, 제임스는 야곱에서 왔다.

선지자 사무엘처럼 되어라 시 99:6.

요셉같이 되어 결백하고 유혹을 피하라 창 39장.

우리 주님의 동생 야곱처럼 행 1:14.

335 **일의 뿌리가 있지요** 욥 19:28.

339 **꽃들에 입을 맞추었죠** 애 3 : 27~29.

340 **좋은 영접을 받기를 기원한다고 했지요** 번연은 이 문장에서 담대한 마음이 화자인 것을 잊은 듯하다.

341 **다른 사람에게도 귀찮은 존재가 되었죠** 시 88편.

합법적인 것도 혹시나 죄가 될까 봐 스스로 거부했죠 롬 14:21, 고전 8:13.

색벗 sackbut. 트롬본과 비슷한 중세 관악기.

구원받은 자들은 ~ 노래를 하는 악사들에 비교되지요 계 8:2, 14:2.

342 **천국에 제 자리가 없을 거라는 두려움이 더 컸어요** 계 20:14.

343 **여호와를 경외하는 것이 지식의 근본이거늘** 잠 1:7.

345 **사래** 창 12:11~20.

이집트의 거룩한 산파들이 거짓말을 했고 출 1:15~22.

라합도 거짓말하고 구원을 받았으니 수 2장.

아버지에게서 상속을 받았으니 창 27장.

346 **그들이 말씀을 순종하지 아니하므로 ~ 이렇게 정하신 것이라** 벧전 2:8.

덕목을 소유하고 있다는 말은 아니죠 호 4:8.

348 **가이오가 사는 곳이지요** 롬 16:23.

350 **안디옥에서 살았지요** 행 11 : 26.

돌로 머리를 맞은 스데반이죠 행 7:59~60, 12 : 2.

사자에게 던져진 이그나시우스~바다에 던져져 익사한 사람도 있었죠 초기 기독교인의 순교에 관한 번연의 지식은 1570년 출판된 '순교자의 책'이란 제목으로 잘 알려진 존 폭스(John Foxe)의 『기념비적 행적(*Acts and Monuments*)』에서 왔다.

351 **한 여인에 의해 이 세상에 들어온 것같이** 창3장.

하나님이 그 아들을 보내사 여자에게서 나게 하셨다 갈 4:4.

352 **그들이 가진 것을 바쳐 섬겼지요** 눅 8 : 2~3, 7 : 37, 50.

눈물로 그의 발을 씻긴 것도~장사를 지낸 것도 여인입니다 요 11:2, 12:3.

그가 십자가를 지고 갈 때 ~ 제자들에게 전한 것도 여인들입니다 눅 23: 27, 마 27:55~61, 눅 24:22~23.

353 **화목 제물의 들어 올린 뒷다리 살과 ~ 보여 주었다** 레 7:32~34, 10: 14~15, 시 25:1, 히 13:15.

하나님과 사람의 마음을 기쁘게 한 참포도나무의 즙입니다 신 32:14, 삿 9:13, 요 15:1.

얘들이 잘 자라도록 이것을 먹이시죠 벧전 2 : 1~2.

그가 악을 버리며 ~ 엉긴 젖과 꿀을 먹을 것이라 사 7:15.

354 **그의 사과를 먹으라, 사랑에 병든 자여** 아 2:5.

또 다른 접시가 나왔는데 호두였다 아 6 : 11.

355 **흩어 구제하여도 ~ 재물이 많은 자가 있느니라** 잠 11:24, 잠 13:7.

361 **마음이 약한 자들을 격려하는 것은** 살전 5:14.

364 **자신이 돌아올 때 그에게 갚겠다고 약속했었다** 눅 10:33~35.

사랑하는 자여 ~ 그들을 전송하면 좋으리로다 요삼 1 : 5~6.

365 **실족하는 자는 평안한 자가 멸시하는 등불과 같나니** 욥 12:5.

365 힘이 없는 자들을 붙들어 주라는 소명을 받았지요 살전 5:14.

모든 것을 당신에게 맞추겠어요 롬 14장, 고전 8장, 9:22.

순례 길을 가는 중이었다 시 38 : 17.

367 얼굴을 부싯돌같이 굳게 하였죠 사 50:7.

368 구브로 사람 나손을 알고 있으니 ~ 우리가 머물 것이오 행 21:16.

372 나를 초대한 주인이자 온 교회를 돌보아 주는 가이오의 롬 16:23.

373 이방인이라고 선언해야 할 사람이 많이 있어요 히 11:13~16.

374 몸통은 용 같았고 일곱 개의 머리와 열 개의 뿔이 있었다 계 17:3.

375 필요한 것들을 그들은 실었다 행 28:10.

377 안전하게 그곳에 누울 수 있었다 시 23편.

여기에 책임을 맡은 사람이 있어 히 5:2.

젖 먹이는 여인들을 온순히 인도했다 사 40:11.

병든 자를 강하게 했다 렘 23 : 4, 겔 34:11~16.

자기가 책임 맡은 사람 하나도 잃지 않을 것이기 때문이었다 요 10:16.

378 믿음의 선한 싸움을 싸우라 딤전 6:12.

모두 건장한 청년들이었다 요일 2 : 13~14.

"어린아이라도 그들을 이끌 수 있기" 때문이었다 사 11:6.

382 우리 왕께서는 ~ 어떻게 하는지 지켜보시죠 마 25:40.

383 꽃을 뿌려 주기 때문입니다 겔 34 : 21

말씀으로 언덕을 뒤집는 것을 보았다 막 11:23~24.

384 통에서 밀가루가 떨어지지 않았지요 왕상 17:8~16.

386 그분의 얼굴과 모습이 보였다. 그랬다 약 1 : 23.

가시관과 손과 발과 옆구리에 있는 구멍을 분명히 보았다고 말했다 고전 13 : 12.

모습을 보여 주었다 고후 3 : 18.

388 돌아갈 결심이라고 말했죠 히 10 : 26~29.

389 그 자리에서 죽을 것인가 잠 1:10~14.

390 군대가 나를 대적하여 진 칠지라도 ~ 나는 여전히 태연하리로다 시 27:3.

삼손이 나귀의 턱뼈로 몇 명을 죽였습니까 삿 15:15.
예루살렘의 칼이군요 사 2:3.
천사와 감히 대적할 수 있지요 엡 6:12~17.
살과 뼈와 영혼과 정신과 모든 것을 벨 수 있어요 히 4:12.
391 칼이 손에 붙어 있는 동안 싸웁니다 삼하 23:10.
죄와 싸우면서 피 흘리기까지 저항하셨으니 정말 훌륭합니다 히 12:4
뱀을 어떻게 죽였는지 이는 아볼루온에 대한 언급인 듯하나 실제로 크리스천은 아볼루온을 물리쳤지, 죽이지는 않았다.
398 그들은 눈에 의지하여 걸어가는 것이 아니었기 때문이다 고후 5:7.
401 내가 깨어도 다시 술을 찾겠다 하리라 잠 23:34~5.
402 안내자에게 불을 밝혀 달라고 간청했다 벧후 1:19.
403 항상 경외하는 자는 복되도다 잠 28:14.
404 썩을 때까지 누워 있을 겁니다 잠 10 : 7.
406 그녀의 미모에 눈길을 두는 사람은 하나님과 원수 되는 것입니다 약 4:4, 요일 2:15.
407 해로운 정욕으로 당신을 끌어가려고 했겠죠 딤전 6:9.
압살롬을 아버지에 대항케 하고 ~ 데마가 순례자의 신성한 삶을 버리게 만든 것도 그녀입니다 삼하 15장, 왕상 12:25~33, 대하 13:1~20, 마 26:14~16, 딤후 4:10.
모든 것을 이룬 다음 일어서시오 엡 6:13.
409 고벨화와 나도풀 ~ 모든 향료가 자라고 있었다 아 4:13~14.
411 보라 이는 참으로 이스라엘 사람이라 그 속에 간사한 것이 없도다 요 1:47.
당신이 전혀 생각하지 못할 시간에 전령이 올 수 있으니까요 마 24:42.
413 나는 너의 금그릇을 깨고 너의 은줄을 풀었도다 전 12:6.
창들로 내다보는 자가 어두워질 것이다 전 12:3.
414 메뚜기도 그에게 짐이 될 것이다 전 12:5.
415 음악하는 여자들은 다 쇠하여질 것이다 전 12:4.
항아리가 샘 곁에서 깨지고 전 12:6.

416 **사망아, 너의 승리가 어디 있느냐** 고전 15:55.

바퀴가 우물 위에서 깨졌다 전 12:6.

417 **내 발이 굳건히 밟고 있습니다** 수 4:17~8.

418 **나를 붙들으사 내가 죄악을 피하였지요** 삼하 22:24.

강한 남자다운 면모는 구부러졌으며 전 12:3.

안녕 마지막 인사는 원어로 Adieu이며, 어원은 '하나님에게로'라는 의미이다.

『천로 역정』의 문학성: 모험담과 꿈 이야기로 보여 주는 구원의 과정

정덕애(이화여자대학교 영어영문학과 명예교수)

1. 번연의 생애와 시대적 배경

존 번연이 살았던 시대는 영국 역사에서 가장 격동적인 시기였다. 우리가 영국 역사를 공부할 때 나오는 청교도 혁명, 왕정복고, 명예혁명 같은 굵직한 사건들이 모두 번연이 살았던 시대에 일어났다. 그가 태어나기 3년 전인 1625년에 찰스 1세가 즉위하여 의회와 여러 면에서 갈등하다가 결국 1642년부터 1645년까지 왕당파와 의회파 사이에 피비린내 나는 내전이 발발하고 이 전쟁에서 패한 찰스 1세는 1649년 단두대에서 참수된다. 이후 청교도인 올리버 크롬웰이 이끄는 공화정이 1653년부터 1658년까지 지속되었으나 크롬웰이 죽자 영국은 찰스 1세의 아들 찰스 2세를 망명지 프랑스에서 데려와 1660년 왕정을 복구한다. 아버지의 비극적 죽음을 기억하는 찰스 2세는 위태로운 균형을 유지하며 통치하다 동생 제임스 2세를 후계자로 임명하고 1685년 사망한다. 하지만 제임스 2세의 공공연한 가톨릭적 성향을 두려워한 의회는 신교도인 네덜란드의 오렌지 공 윌리엄을 왕으로 임명하는 협상을 하게 된다. 1688년 8월 31일에 번연이 죽고 두 달 후 제임스 2세가 프랑스로 망명하고 윌리엄 공이 왕으로 즉위하는 명예혁명이 일어난다. 역사가들조차 정확히 무엇이 이 시기에 영국의 혁명 내지는 내전을 유발했는지 저마다 의견이 다르다. 영국 사회와 경제에서 오랜 기간 일어난 변화가 사회적 갈등을 유발했다고 보는 쪽이 있는 반면에 단기간 일어난 이유들, 예를 들어 위정자들의 개인적 실수와 불행한 결정들을 꼽는 사람도 있다. 그러나 전쟁의 발발이 무슨 이유였든 간에 현대 사회에서 기본이 되는 중요한 논제들, 가령 타 종교에 대한 관용, 종교와 정치의 분리, 검열로부터의 언론 자유, 국민 주권설 등이 모두 이 시기에 대두하여 국가적 갈등의 원인이 되었고 그 결과, 영국은 오늘날 같은 형태의 민주주의 국가로 발전했다고 해도 과언이 아니다.

이 모든 문제에서 당시 영국의 정치적 상황은 종교적 갈등과 밀접하게 맞물려 있었다. 헨리 8세가 국교를 개신교로 바꾸고 영국 국교회의 수장이 된 이후 피비린내 나는 혼란을 겪으면서 엘리자베스 1세 여왕에 이르기까지 영국은 개신교 국가로 변모한다. 그러나 중세 이래 수백 년 동안 지켜 왔던 종교적 관습을 폐지하기란 쉽지 않았고 여왕과 그 후계자인 제임스 1세(찰스 1세의 아버지)는 전통적 풍습과 개혁 사이에서 중도를 택함으로써 정치적 안정을 꾀한다. 이러한 절충은 종교 개혁의 극렬한 열망을 갖고 있는 열혈 개신교에는 불만의 요인이 된다. 특히 개신교 중에서도 급진파에 속하는 청교도들은 교회의 행정이나 예배 의식과 교리에 있어 완전한 개혁을 주장한다. 이들은 개신교인 영국 국교회에서 가톨릭적 요소를 완전히 제거하기를 주장하여 박해를 당할 정도로 국교회와 마찰한다. 청교도들은 1620년 메이플라워호를 타고 죽음을 무릅쓴 항해를 하는데 가톨릭이 아니라 개신교인 영국 국교회에 반대해서였다. 이러한 마찰은 찰스 1세가 1633년 영국 국교회의 최고 책임자인 캔터베리 대주교로 윌리엄 로드를 임명하면서 절정으로 치닫는다. 로드 대주교는 교회 내부를 성화나 조각으로 장식하고 성체를 받는 교회 제단을 설치하는 등 신성한 의식들을 부활시킨다. 청교도들은 이러한 행위가 그들이 우상 숭배로 여기는 가톨릭 교회의 의식 절차를 부활시킨다고 보았다. 또한 로드는 선행에 의해 인간은 구원을 받을 수 있다는 교리를 신봉했으나 이 교리를 청교도들은 받아들일 수 없었다. 16세기 개혁 신학자인 장 칼뱅을 신봉하는 청교도들은 구원은 선행이 아니라 믿음에 의해서만 가능하며, 이러한 구원은 하나님의 의지대로 살려고 예정된 사람들에게만 가능하다는 예정론을 믿었다. 이러한 갈등 속에서 1630년대에 수천 명의 청교도들이 신대륙으로 이주했고 떠나지 못한 많은 청교도들이 왕에 반대하는 불만 세력으로 남는다. 물론 이 시기의 청교도가 동질의 집단을 의미하지는 않는다. 당시 의회파 주류인 장로교에서조차 싫어할 정도로 개신교에는 청교도 외에도 회중교, 침례교, 머글턴교(Muggleton), 제5군주교(The Fifth Monarchist), 퀘이커교(Quakers), 랜터교(Ranters) 등 국교를 따르지 않는 비순응파 종파들이 다양하게 존재했다.

1649년 찰스 1세가 처형된 이후 의회파 군대를 이끌던 올리버 크롬웰은 1653년 공화정의 수장이 되면서 영국 국교회의 모든 구조들을 해체한다. 교회 행정의 수반인 주교 제도가 폐지되고 영국 국교회의 성공회 기도서와 교회 법정이 모두 없어진다. 그 외에도 일반인의 생활에서 중요한 일부인 달력상의 교회 축제들, 즉 크리스마스나 부활절 같은 절기들이 교회 오르간 연주나 세례 수반 같은 것과 함께 금지된다. 이런 과격하고 급진적인 변화에 대부분의 전통적 국교도는 치를 떨었지만 청교도들과 장로교도는 주교 대신 장로로 운영되는 교회 형태를 찬성했다. 영국 국교회의 공식적인 해체는 기존의 교회와 분리된 독립적 교단의 성장을 가져오며 급진적인 종교적·정치적 집단을 낳는다. 앞서 언급한 비순응파 종파 외에도 존 릴번이 이끄는 평등파(Levellers)들은 사회적 계급뿐만 아니라 군대에서조차 계급이 없는 공동체를 주장하는 일종의 기독교적 공산주의를 주장하기도 했다. 번연의 가장 중요한 지적 발전은 영국 청교도 혁명기에 일어난 이러한 종교적 변화와 이데올로기적 투쟁을 배경으로 삼고 있다.

존 번연은 1628년에 베드퍼드 근처 엘스토 마을에서 땜장이의 아들로 태어났다. 땜장이란 세일즈맨처럼 이 마을 저 마을로

다니면서 농기구나 여러 물건들을 수리해 주는 정비공으로, 번연의 할아버지가 1641년 죽을 때 아들에게 오두막을 남긴다는 유언을 작성할 정도는 되니 아주 빈민층은 아니었다. 하층과 중산층 사이에 속하는 가난한 집안 출신이지만 번연은 동네 학교에 다니면서 기본적인 교육을 받았다. 1644년 열여섯 살을 갓 넘긴 번연은 의회파 군대에 보병으로 참전했다. 이른 나이에 군대에 간 것은 아마도 어머니의 죽음과 아버지의 빠른 재혼이 영향을 미쳤을 것으로 짐작된다. 군대 생활에 대한 것은 알려지지 않았지만 1644년 이 지역에 전투가 별로 없어서 그가 실제 전투에 참여했는지는 의문이다. 이 시기에 평등파 같은 집단은 급진적인 정치적·헌법적 개혁을 세밀하게 제시하였고, 침례파와 퀘이커교도 같은 급진 종파들은 자유롭게 믿을 권리를 요구했다. 의회파 군대에는 새로운 종교적·정치적 생각을 가진 다양한 부류가 있었고 젊은 번연은 이러한 급진적 토론에 노출되었을 것이다.

1647년 제대하여 엘스토의 아버지 집으로 돌아온 번연은 땜장이 일을 하면서 결혼한다. 첫 번째 부인에 대한 기록은 없지만 첫딸 세례가 1650년 7월 20일이므로 적어도 1649년에 결혼했을 것이다. 그런데 첫딸이 눈이 먼 채 태어났고 번연은 자신에게 내린 벌이 아닌가 고민하는데, 그는 1647년 이후 몇 년간 극도의 영적 위기를 맞는다. 이 시기에 관한 기록은 1666년 출판된 영적 자서전 『죄인의 우두머리에게 넘치는 은총(*Grace Abounding to the Chief of Sinners*)』에 잘 드러나 있다. 어린 시절부터 그는 악마가 자신을 지옥으로 끌고 들어가는 악몽에 시달리곤 했으며, 청년기에는 자신이 사악한 무리의 우두머리 노릇을 했다고 스스로 생각한다. 어느 주일에 놀이를 즐기던 그는 하늘에서 안식일을 어긴 데 대한 꾸짖음이 내려왔다고 할 만큼 죄의식에 시달렸다. 자신의 삶에 희망이 없다고 여기던 중 베드퍼드에서 가난한 여인들이 이야기하는 하나님이 그들 영혼을 예수님의 사랑으로 방문하셨다는 종교 체험을 듣고 계시의 순간을 맞는다. 개심의 가장 중요한 단계는 1650년 이전 왕당파였던 존 기퍼드가 이끄는 베드퍼드의 독립 교회에 연결되고 나서이다. 기퍼드는 『천로 역정』에 나오는 복음 전도사의 모델로 여겨진다. 1653년 이 회중에 합류한 번연은 몇 년 후 공개적으로 설교를 시작했다. 배우지 못하고 안수받지 않은 사람들이 설교할 권리가 있는가에 대해서는 17세기 극렬한 논쟁거리였다. 영국 국교회와 장로교는 이런 급진적 종파가 종교적·사회적 질서에 위협이 된다고 여겼지만 크롬웰은 양심의 자유는 자연적 권리라면서 법을 지키는 종파는 자신들의 목회자 아래 자유롭게 예배를 드릴 수 있다고 믿었다. 이 기간 동안 급진적 설교와 소책자 출간이 활발해지면서 번연 같은 소위 '직공 설교자'의 등장이 가능해졌다.

1658년 크롬웰이 죽고 1660년 찰스 2세의 왕정이 복구되었다. 이는 왕정뿐만 아니라 전통적 지배층도 복구됨을 의미한다. 영국 국교회는 주교단과 함께 다시 세워지고 국교도가 쓰는 성공회 기도서를 법으로 강요했다. 순응하기를 거부하는 1천7백

명이 넘는 청교도 성직자들이 교회에서 추출되었다. 또한 영국 국교회를 거부하는 사람들은 벌금형이나 감옥형을 받았고 이후 약 30년간 국교 반대자들은 여러 형태의 박해를 받아 수백 명이 죽고 많은 사람들이 감옥에 갔다. 이때 번연은 비교적 젊었고 아직 주요 작품을 쓰기 전이었다. 1660년 그는 불법적인 설교를 했다는 죄목으로 체포 영장을 받았는데, 원하면 피할 수도 있었다. 재판장은 그가 땜장이 일을 하고 정식 교회에 다니면서 설교를 그만두면 추방하지 않겠다면서 3개월 형을 선고한다. 하지만 그는 자신이 믿음 때문에 박해받도록 하나님이 택하신 사람이라는 신념으로 스스로를 예로 삼기로 했다. 그는 설교를 그만두라는 권고를 거부하고 이후 12년간 베드퍼드 감옥에서 옥살이를 한다. 그는 비순응파 중에서 가장 오랜 기간 감옥살이를 한 사람이다. 투옥 중 그는 동료 죄수들에게 설교하면서 설교문과 교리 문답서, 그리스도 교인의 행실에 관한 책자들 그리고 앞서 언급된 자서전을 출판한다. 그는 1672년 출옥하여 설교할 수 있는 허가를 받고 베드퍼드의 회중들이 마련한 헛간에서 설교한다. 그러나 1677년 두 번째 투옥되어 6개월간 감옥 생활을 한다. 『천로 역정』은 1678년 처음 출판되는데, 아마도 초고는 오랜 감옥 생활 중에 쓰였을 것이다. 번연은 1688년 8월 런던으로 가는 길에 폭우를 만나 열병으로 사망했고, 런던 번힐의 비순응파 묘지에 묻혔다.

2. 작품 해설

『천로 역정』은 제1부 초판이 1678년에 출판되었다. 이 책은 그해가 가기 전 2판이 출판되었고 1688년 번연이 죽을 때까지 11판을 찍을 정도로 인기를 끌었다. 2판을 인쇄하면서 번연은 크리스천이 부인과 아이들을 두고 온 사연을 설명하는 부분과 허영의 시장에 가기 전 복음 전도사를 만나 예언을 듣는 부분 등을 새로 첨가했다. 한편 『천로 역정』 제2부는 1684년에 1판이 처음 출판되고 1686년에 2판이 인쇄되었으니 지금의 1·2부 형태는 1684년 이후에 완성된 셈이다. 번연 생전에 『천로 역정』 제1부는 12판이, 제2부는 2판이 모두 출판되었다. 작품 첫 줄에 나오는 '동굴'에 번연이 '감옥'이라고 주석을 달았듯이 『천로 역정』 제1부는 그가 1660년 투옥되어 12년간 옥살이를 하면서 쓴 것이 분명하다. 그러나 이렇게 출판이 늦은 이유는 작자의 변론 시에서 밝혔듯이, 번연은 종교적으로 심오한 주제를 픽션으로 쓰는 것에 대해 망설임이 있었다. 또한 1672년 감옥에서 풀려난 후 얼마 지나지 않아 두 번째로 투옥되어 출판이 늦어졌을 수도 있다. 한편 1678년 무렵에는 종교적 논쟁에 관한 출판이 비교적 더 쉬워진 이유도 있을 것이다.

앞서 말한 대로 구원의 문제는 이 시대 종교의 첨예한 논쟁거리였다. 16~17세기 개신교 신학자들은 타락 이후 인간은 죄에 구속당해 있는데 구원은 선행 여부와 관계없이 하나님의 자유로운 베푸심에 의해서만 가능하다고 본다. 그러므로 구원은 모든 사람에게 열려 있는 것이 아니라 구원받도록 선택받은 자에게만 예정되어 있다. 선택에서부터 구원까지의 과정을 개신교 신앙은 단계별로 제시한다. 예정된 자들은 하나님의 은총으로 지상에서 거룩한 삶을 살면서 하나님의 의지대로 행동한다. 이러한 소명 의식은 실제로 부름받음을 가져오며, 이때 성령은 죄인으로 하여금 회개하도록 인도하여 그것이 개심 내지는 새로운 탄생으로 이끈다. 이후 개심한 죄인이 하나님 앞에서 그리스도의 덕으로 용서받는 의인화(justification), 그다음 하나님의 은총이 넘쳐 개심자로 하여금 믿음을 지속하고 죄에 대항해 싸우며 하나님이 받아들일 수 있는 신성한 삶을 이어 가는 정화 과정(sanctification), 그리고 마침내 천국에서 영원한 삶으로 보상받는 영광화(glorification)로 이어진다. 이 과정이 『천로역정』에서 크리스천의 여정을 이끄는 중요한 설계도이다. 물론 대부분의 이야기가 우화적으로 표현되어 있지만 어떤 부분에서는, 예를 들어 희망찬이 자신의 죄에 대해 눈뜬 후 어떻게 개심하는지, 또는 믿는 자가 어떻게 십자가에 달린 예수를 보고 그리스도를 통한 구원을 믿게 되는지는 말로 설명되고 있다. 번연은 선행을 통해 구원을 얻고자 하는 사람 또는 도덕적으로 훌륭한 삶을 살면서 구원받고자 하는 사람들을 철저히 배제한다. 주인공이 만나는 인물들은 저주받을 만큼 사악한 사람이라기보다는 자신들이 천국을 향해 가고 있다고 생각하는 사람들이 대부분이다. 번연은 천국으로 가는 길은 단 하나이며, 그것은 믿음에 의해서임을 분명히 한다. 종교에 대한 지식이 많은 사람, 진리에 무지한 사람, 현세에서 현명한 사람, 시류에 따라 바뀌는 사람 그 누구도 천국에 이를 수 없다.

만약 번연이 이러한 신학적 교리를 작품에서 직접 설파했다면 다양한 계층의 독자들에게 감흥을 주지 못했을 것이다. 『천로 역정』이 영어로 된 작품 중 성서 다음으로 전 세계에서 많이 출판되고 널리 읽힌 이유는 많은 독자층에 어필할 수 있는 이 작품의 문학적 장점 때문이다. 번연의 문학적 상상력은 죄의식에 시달리는 한 평범한 인간의 내면을 생생한 비유와 특징적 문장으로 제시한다. 이 작품의 장르는 크게 알레고리라고 할 수 있다. 알레고리는 중세 영국에서 인기 있던 장르였고 17세기까지 널리 읽혔다. 알레고리에 대해선 다양한 이론이 있겠지만, 우선 알레고리의 가장 단순한 정의는 그리스어 어원이 암시하듯 '하나를 말하면서 다른 것을 의미한다'일 것이다. 등장인물이나 장소에 붙인 이름은 그 인물이 실제 인물이 아니라 추상적 자질이나 생각을 의인화한 것임을 보여 준다. 가장 단순한 형태의 알레고리는 우화로서, 대개 쓰인 것이 한 가지 분명한 의미로 병치되는 경우이다. 예를 들어 이솝 우화에서 여우의 아첨에 속아 치즈를 떨어뜨린 까마귀는 아첨에 약한 어리석은 여자이고 여우는 간사한 남자로 분명하게 해석된다. 그러나 중세 이후 알레고리는 여러 장르와 합쳐지면서 그 구조와 의미에 있어 매우 복합적이고 상징적인 대작들이 나온다. 단테의 『신곡』이 그 대표적인 예로, 단테 스스로 자신의 작품이 성서와 마찬가지로 적어도 네 가지 이상의 의미로 해석될 수 있다고 말한다. 작품에서 먼저 접하는 문자적 의미에 독자는 역사적 의미, 도덕적 의미, 종말론적 의미가 점층된 것을 읽도록 단테는 요구한다. 『신곡』에 비하면 『천로 역정』은 대중적인 알레고리로서 그 서사 구조는 중세부터 인기 있던 기사도 이야기(romance)와 꿈 이야기가 합쳐진 구조이다. 중세 기사도 이야기는 주로 기사의 모험을 여정 형태로 서술한다. 기사는 반복적으로 적과 싸우는데 이 중에는 용이나 거인 같은 괴물 또는 초자연적 악이 적으로 등장하기도 한다. 아름다운 여성이든 성물(聖物)이든 자신이 추구하던 대상을 얻기 위해 주인공은 이런 시련을 이겨 내야 하고 그 목적을 이룰 때까지 끝없는 여정을 되풀이한다. 한편 중세의 알레고리는 주로 꿈을 서사의 구조로 활용하며, 13세기 유럽에서 가장 인기 있던 『장미 이야기(*Roman de la Rose*)』와 14세기 윌리엄 랭글런드의 『농부 피어스의 환상』은 모두 꿈 이야기이다. 『천로 역정』도 화자가 꿈속에서 어떤 남자가 멸망의 도시를 떠나 순례 길을 가는 과정을 지켜보는 형태로 되어 있다. 나중에 크리스천이란 이름이 밝혀지는 이 남자는 복음 전도사의 조언에 따라 좁은 문을 향하다가 낙담의 수렁에 빠지기도 하고 속세의 현자에게 속기도 한다. 그가 사망의 음침한 골짜기, 의심의 성, 허영의 시장에서 시련을 겪고 거짓된 인간들, 아볼루온과 같은 괴물, 절망이란 이름의 거인 등과 대적한 후 천상의 도시에 도착하는 과정이 모두 화자가 꾸는 꿈속에서 이루어진다. 이 작품은 그리스도인이 구원에 도달하는 과정을 기사도 이야기처럼 재미난 모험담과 꿈 이야기로 보여 주는 전형적 알레고리이다.

알레고리는 전통적으로 교훈적 성격을 띠고 있다. 알레고리는 독자들이 이해하기 쉬운 우화로 사회적·종교적 모범을 가르치는 역할을 했다. 작가의 변론에서 밝혔듯이 번연은 성경의 비유처럼 자신의 알레고리가 구원으로 가는 그리스도인의 여정을 더 잘 가르칠 수 있다고 생각한다. 그러나 알레고리는 죄와 타락을 가르치면서 동시에 그러한 타락이 사회 지배층에 팽배해 있음을 풍자적으로 보여 주기도 한다. 즉 권력을 가진 계층을 그대로 비판할 수 없기에 우화적으로 빗대어 비판하는 사회적 풍자가 알레고리의 한 단면이기도 하다. 그러므로 『천로역정』에서 또 다른 층위의 의미는 국가의 압제와 지배 계층에 대한 비판이다. 이 작품에는 당시 가난한 사람들이 느끼는 고충과 부자에 대한 도덕적 멸시가 깔려 있다. 순례자들은 하층민이나 가난한 계층이다. 순례자가 누더기를 입고 떠나는 것이 죄를 상징하는 성서적 표현이기도 하지만 실제로 그가 가난함을 의미한다. 번연이 노동자였듯이 순례를 떠나는 이들은 재산 없이 떠도는 천한 계급으로 지배 계층의 멸시를 받았다. 크리스천이 제일 먼저 만나는 속세의 현자는 자신이 권하는 도시에 가면 빈 집이 많아 임대료가 싸다고 크리스천을 유혹한다. 또한 축복받은 땅에서는 집세가 면제되고 모든 순례자에게 각자의 집이 있다는 구절은 당시 집 없이 떠도는 빈민층이 느끼는 고충과 세습적으로 물려받은 땅 주인들에 대한 반감을 사실적으로 보여 준다. 이 작품에서 바람직하지 못한 인물은 거의 모두 경(卿), 귀부인, 신사 등의 칭호를 갖고 있다. 또 허영의 시장에서 배심원으로 나온 사람들의 리스트는 모두 귀족이나 준귀족, 지주 계급이다. 순례자의 사회적 하층성은 다른 사람들이 크리스천에게 하는 말투와 그가 대답하는 양식에서도 드러난다. 처음부터 신사처럼 보이는 속세의 현자는 크리스천에게 너(thou)라고 지칭하며 크리스천은 그에게 당신(you) 또는 선생님(Sir)이라고 공손히 대답한다. 힘센 아볼루온과 거인도 순례자를 깔보며 너(thou)라고 순례자를 부른다. 흥미로운 점은 크리스천이 처음에는 모두에게 존대를 쓰지만 순례가 진행되고 점차 믿음이 굳어질수록 그의 말투는 확신에 차 보인다.

이 작품은 그리스도인이 온갖 시험을 겪으며 구원으로 가는 과정을 단순하게 반복하고 있지만 동시에 크리스천이란 한 인간이 비순응파로서 당면하는 내적·외적 어려움과 스스로 느끼는 의문, 공포, 유혹을 묘사하고 있다. 번연은 단순히 신앙적 갈등뿐만 아니라 크리스천이 겪고 있는 심리적 갈등을 알레고리로 보여 준다. 번연 자신도 겪었던 의문과 절망을 크리스천도 그대로 겪으면서 이런 내면의 감정이 크리스천에게 외부의 적이 되어 나타날 때 번연의 알레고리는 심리적 사실성으로 독자들에게 더욱 친밀하게 다가온다. 처음 길을 나선 크리스천이 빠지는 낙담의 수렁은 "죄인이 자신의 가망 없는 상황에 대해 자각할 때"(30쪽) 제일 먼저 용기를 잃고 낙담하는 것을 보여 주며, 구원에 대한 의문은 크리스천으로 하여금 거인 절망이 다스리는 의심의 성에 갇히게 한다. 거인 절망이 실제 거인일 수도 있지만 동시에 진실된 길에서 벗어난 순례자 자신이 느끼는 죄의식과 두려움이 거인의 형태로 만들어진 것일 수도 있다. 이런 심리적 깊이 때문에 작품의 주인공은 단순한 알레고리적 인물임에도 불구하고 때때로 자기 의지를 가진 인물처럼 보인다. 즉 크리스천이 좁은 문으로 들어선 순간, 그는 예정된 자로 선택받음이 분명해 보인다. (왜냐하면 다른 방법으로 들어온 자들은 작품에서 끝까지 살아남지 못하기 때문이다.) 그럼에도 불구하고 이 작품의 패러독스는 오히려 크리스천이 처음부터 자신의 구원에 확신을 갖지 못하면서 매 순간마다 어떻게 행동해야 하는지 고민하는 점이다. 위기의 순간마다 그는 인간적인 덕목뿐만 아니라 약점을 고스란히 보여 준다. 궁극적으로는 섭리에 의해서지만 아볼루온에 대한 승리는 크리스천이 자신의 의지로 전투를 벌인 것처럼 보이며, 의심의 성에서 크리스천은 결국 자기가 도망갈 열쇠를 갖고 있었다는 사실을 기억해 냄으로써 구출된다. 크리스천은 단순화된 우화적 인물이 아니라 인간적 용기와 우정, 그릇된 가정이나 두려움이 점철된 인간으로 보인다. 처음 크리스천은 순전히 이기적이고 자기중심적으로 모든 인간관계를 희생하고라도 자신의 구원을 추구하는 듯 보이지만 크리스천이 발견하는 것은 순례자들이 서로를 도와야 하고 서로가 필요하다는 것이다.

특히 제2부는 크리스천이 제1부에서 가족을 버린 것에 대한 다른 생각을 보여 주려는 번연의 시도로 읽힌다. 실제 번연은 자신의 오랜 투옥 생활이 가족들에게 주는 고통에 대해 자서전에서 괴로움을 토로한 바 있다. 제2부에서 크리스티애나는 가는 내내 작은 믿음이나 약한 마음을 지닌 사람들을 순례자로 받아들이며 결국 최후에 모두를 이끌고 하늘나라에 들어간다. 서로를 돕고 지지하는 순례자의 삶은 현실에서 번연이 꿈꾸던 그리스도인의 삶이자 베드퍼드 신앙 공동체의 모습이다. 관습이나 강제가 아니라 자유 선택에 의해 하나가 된 가족 같은 모습이 번연이 생각하는 이상적 교회의 모습일 것이다. 그러므로 크리스천의 순례 길은 지리적인 것이 아니라 심리적인 것이며 작품 안의 사건들은 반드시 순차적인 것도 아니고 수평적으로 나아가는 것도 아니다. 그런 의미에서 이 책을 처음 번역한 역자가 '순례자의 여정'으로 직역하지 않고 '천로 역정'이라고 번역한 것은 적절했다고 생각된다. 영어 'Progress'는 왕이 왕궁 식솔과 대신을 이끌고 귀족들의 영지를 순환적으로 방문하면서 영토를 확인하는 왕실 행렬을 의미한다. 1535년 헨리 8세는 세 달 동안 1천 명 이상의 수행원을 거느리고 25개 이상의 장원을 방문했는데 그 여정은 우회적이고 순환적이었다. 크리스천의 순례 길도 마음이라는 나라를 순환적으로 들여다보며 하늘나라로 가기 위해 완벽하게 자신을 준비하는 과정을 의미한다.

『천로 역정』은 성서를 이야기의 주소재로 삼았을 뿐 아니라 문체 역시 성서와 흡사하다. 번연은 본문에서 성서 구절을 직접 인용하거나 자신의 문장에 녹여서 쓰기도 한다. 현대 독자들에게 가장 신기한 점은 책 양쪽 여백에 쓰인 각주와 참조문이다.

대부분 본문에서 인용된 성서의 출처를 표시한 것이지만 때로는 작가가 친절히 그 문단에서 무슨 일이 일어났는지 요약하고 그 일의 의미가 무엇인지 설명해 준다. 이 책은 편집상 여백을 쓸 수 없어 인용된 성서 구절을 모두 미주로 처리했다. 그리고 번연의 해설은 내용상 중복적이어서 한두 군데를 제외하고는 생략했다. 성서 인용은 대한성서공회의 개역 개정판을 사용했다. 이번 번역에서 가장 어려우리라 예상했고, 실제로 가장 고심한 부분은 의인화된 수백 개의 추상 명사들을 어떻게 번역하는가였다. 알레고리의 정수는 의인화로서 그 의미가 분명한 형상으로 한눈에 들어오는 단어여야 성공적이다. 번연은 쉽고 분명한 형상이 떠오르도록 하이픈으로 명사를 연결시킨 이름을 많이 사용했다. 가령 선한 가이오의 집에 나오는 요리사의 이름은 좋은 요리 맛보기(Taste-that-which-is-good)이고, 자기 멋대로 위험한 곳에서 자고 있는 사람은 지나치게 대담함(Too-bold)이다. 이 책에서는 몇 군데만 제외하고 한글에서 하이픈을 쓰지 않았고, 간략한 한자 이름을 쓰기보다는 직역에 가깝게 풀어서 번역했다. 대부분의 형용사 이름은 읽기 편하게 단순함(Simple) 씨 대신 단순 씨처럼 ~함을 생략했다. 이렇게 엄청나게 복잡한 번역 원고를 세밀히 읽어 주신 을유문화사 편집진에게 감사를 드린다. 『천로 역정』을 번역한다고 하니 믿는 자만큼 신실한 친구 주혜근이 가죽으로 장정된 『큰글씨 영어 성서』를 사 주었다. 덕분에 희미하게 알았던 성서 구절들이 확연히 눈에 들어왔다.

판본 소개

이 번역은 오언스(W. R. Owens)가 2003년 옥스퍼드 세계 명작 시리즈로 출판한 『천로 역정』을 저본으로 삼았다. 이 텍스트는 로저 샤록(Roger Sharrock)이 옥스퍼드 대학 출판부에서 1960년에 처음 출판하고 1967년과 1975년에 개정판을 낸 『천로 역정』을 바탕으로 하고 있다. 오언스는 샤록판에 짧은 시가 첨가된 15개의 판화를 삽입했다. 1678년 처음 출판된 판본에는 없는 이 그림들은 당대의 독자들을 위한 교육적 목적으로 1680년 5판부터 첨가되었다. 이 번역은 1678년 초판을 참조하여 오언스판에 나오는 그림들은 생략했다. 성서 인용 목록은 번연이 여백에서 준 목록은 모두 포함했고, 번연이 주지 않은 인용문은 오언스와 여러 출처에서 찾아 보충했다.

존 번연 연보

1628 토머스 번연과 그의 두 번째 부인인 마가렛 벤틀리 사이에 첫아이로 베드퍼드 지역의 엘스토 마을에서 출생. 11월 30일 유아 세례 받음.

1630년대 잠시 시골 학교를 다니다 곧 아버지를 따라 땜장이 일을 시작함.

1644 어머니와 누이 마가렛이 각각 6월과 7월에 사망. 아버지가 두 달 후 재혼. 11월에 버킹엄 지역의 뉴포드 파그넬에 주둔한 의회파 군대에 합류.

1647 군에서 제대하여 엘스토로 돌아옴.

1648 이름이 알려지지 않은 첫째 부인과 결혼하여 엘스토에서 살림을 차림. 번연에 의하면, 장인은 신앙심이 깊었고 그녀는 지참금으로 아서 덴트의 『천국으로 가는 보통 사람의 길』(1601)과 루이스 베일리가 쓴 『경건의 실천』(1612)이란 두 권의 종교서를 가져옴.

1650 장녀 매리가 눈이 먼 채 태어남. 이후 세 명의 아이를 더 둠. 거의 3년간 지속된 영적 위기를 겪고 베드퍼드 독립 교회 목사인 존 기퍼드(John Gifford)의 조언을 들음.

1653 존 기퍼드 회중의 일원이 되고, 1655년 세례를 받으면서 정식 회원이 됨.

1655 베드퍼드로 이사하여 그곳에서 설교하기 시작함.

1656 퀘이커 교도들과 논쟁을 벌이고, 그 결과 첫 작품 『열린 복음의 진리』 출판.

1657 『열린 복음의 진리에 대한 옹호』 출판.

1658 첫째 부인 사망. 첫 설교집인 『지옥으로부터의 한숨』 출판.

1659 두 번째 부인 엘리자벳과 결혼. 이후 두 사람 사이에 세 명의 아이가 태어남. 신학서 『율법의 교리와 드러난 은총』 출판

1660 불법적으로 설교했다는 죄목으로 체포당함. 부인이 첫아이를 사산함.

1661 베드퍼드에서 재판을 받고 3개월 형을 선고받음. 그러나 그 후 12년간 감옥에 투옥됨. 감옥에서 구두끈 만드는 일로 생계를 유지하며 시집 『유익한 명상』 출판.

1662 국교도 공동 기도문 사용에 반대하는 『나는 성령과 기도한다』 출판.

1663 『그리스도인의 행실』이란 행동서를 출판.

1665 두 편의 시와 설교집 『사자의 부활』 등 출판.

1666 『죄인의 우두머리에게 넘치는 은총』 출판.

1671 『천국의 보병』을 집필했으나 이 책은 1698년 그의 사후에 출판됨.

1672 1월에 베드퍼드 회중의 목사로 선출됨. 3월에 감옥에서 풀려나고 5월에 설교 허가를 받음. 『믿음에 의한 의인화 교리에 대한 옹호』 출판.

1673 설교문 「불모의 무화과 나무」와 런던 침례파와 논쟁하면서 쓴 『물 세례에 관한 판단의 차이점』 출판.

1674 침례파 지도자 토머스 폴과 헨리 댄버스의 공격에 답하는 『화평하고 진실한 원칙』 출판.

1675 『무지한 자를 위한 교훈』과 설교문 「어둠에 앉은 자를 위한 빛」 출판.

1676 아버지 토머스 번연 사망. 설교집 『은총에 의한 구원』과 『곧은 문』 출판.

1677 다시 6개월간 수감됨.

1678 『예수 그리스도에게 오라』와 『천로 역정』 출판.

1679 『하나님에 대한 두려움』 출판.

1680 『악인의 삶과 죽음』 출판.

1682 『신성한 전쟁』, 『영혼의 위대함』 출판.

1683 여성들만 모이는 모임에 반대하는 『양심의 경우』 출판.

1684 『고통받는 자에게 주는 시의적절한 조언』 출판. 『천로 역정』 제2부 출판.

1685 또다시 처형받을 것이 두려워 자신의 재산을 모두 아내에게 남김. 『바리새인과 세리에 관한 담론』, 『제7안식일의 특성에 관한 질문』 출판.

1686 『소년 소녀를 위한 책』 출판.

1688 종교서 5편을 출판. 8월 31일 런던에서 사망. 9월 3일 번힐 묘지에 매장.

1689 『희생』과 『마지막 설교』가 사후에 출판.

1692 미출판 12편을 포함한 번연의 작품집이 이절판으로 출판됨.

새롭게 을유세계문학전집을 펴내며

을유문화사는 이미 지난 1959년부터 국내 최초로 세계문학전집을 출간한 바 있습니다. 이번에 을유세계문학전집을 완전히 새롭게 마련하게 된 것은 우리가 직면한 문화적 상황에 적극적으로 대응하기 위해서입니다. 새로운 을유세계문학전집은 세계문학의 역할이 그 어느 때보다 중요해졌다는 인식에서 출발했습니다. 오늘날 세계에서 타자에 대한 이해는 우리의 안전과 행복에 직결되고 있습니다. 세계문학은 지구상의 다양한 문화들이 평등하게 소통하고, 이질적인 구성원들이 평화롭게 공존할 수 있는 문화적인 힘을 길러 줍니다.

을유세계문학전집은 세계문학을 통해 우리가 이런 힘을 길러 나가야 한다는 믿음으로 만들어졌습니다. 지난 5년간 이를 준비하기 위해 많은 노력을 기울였습니다. 세계 각국의 다양한 삶의 방식과 문화적 성취가 살아 있는 작품들, 새로운 번역이 필요한 고전들과 새롭게 소개해야 할 우리 시대의 작품들을 선정했습니다. 우리나라 최고의 역자들이 이들 작품 속 한 문장 한 문장의 숨결을 생생히 전하기 위해 심혈을 기울였습니다. 또한 역자들은 단순히 번역만 한 것이 아니라 다른 작품의 번역을 꼼꼼히 검토해 주었습니다. 을유세계문학전집은 번역된 작품 하나하나가 정본(定本)으로 인정받고 대우받을 수 있도록 최선을 다했습니다. 세계문학이 여러 경계를 넘어 우리 사회 안에서 주어진 소임을 하게 되기를 바라며 을유세계문학전집을 내놓습니다.

을유세계문학전집

1. 마의 산(상) 토마스 만 | 홍성광 옮김
2. 마의 산(하) 토마스 만 | 홍성광 옮김
3. 리어 왕 · 맥베스 윌리엄 셰익스피어 | 이미영 옮김
4. 골짜기의 백합 오노레 드 발자크 | 정예영 옮김
5. 로빈슨 크루소 대니얼 디포 | 윤혜준 옮김
6. 시인의 죽음 다이허우잉 | 임우경 옮김
7. 커플들, 행인들 보토 슈트라우스 | 정항균 옮김
8. 천사의 음부 마누엘 푸익 | 송병선 옮김
9. 어둠의 심연 조지프 콘래드 | 이석구 옮김
10. 도화선 공상임 | 이정재 옮김
11. 휘페리온 프리드리히 횔덜린 | 장영태 옮김
12. 루쉰 소설 전집 루쉰 | 김시준 옮김
13. 꿈 에밀 졸라 | 최애영 옮김
14. 라이겐 아르투어 슈니츨러 | 홍진호 옮김
15. 로르카 시 선집 페데리코 가르시아 로르카 | 민용태 옮김
16. 소송 프란츠 카프카 | 이재황 옮김
17. 아메리카의 나치 문학 로베르토 볼라뇨 | 김현균 옮김
18. 빌헬름 텔 프리드리히 폰 쉴러 | 이재영 옮김
19. 아우스터리츠 W. G. 제발트 | 안미현 옮김
20. 요양객 헤르만 헤세 | 김현진 옮김
21. 워싱턴 스퀘어 헨리 제임스 | 유명숙 옮김
22. 개인적인 체험 오에 겐자부로 | 서은혜 옮김
23. 사형장으로의 초대 블라디미르 나보코프 | 박혜경 옮김
24. 좁은 문 · 전원 교향곡 앙드레 지드 | 이동렬 옮김
25. 예브게니 오네긴 알렉산드르 푸슈킨 | 김진영 옮김
26. 그라알 이야기 크레티앵 드 트루아 | 최애리 옮김
27. 유림외사(상) 오경재 | 홍상훈 외 옮김
28. 유림외사(하) 오경재 | 홍상훈 외 옮김
29. 폴란드 기병(상) 안토니오 무뇨스 몰리나 | 권미선 옮김
30. 폴란드 기병(하) 안토니오 무뇨스 몰리나 | 권미선 옮김
31. 라 셀레스티나 페르난도 데 로하스 | 안영옥 옮김

32. 고리오 영감 오노레 드 발자크 | 이동렬 옮김
33. 키 재기 외 히구치 이치요 | 임경화 옮김
34. 돈 후안 외 티르소 데 몰리나 | 전기순 옮김
35. 젊은 베르터의 고통 요한 볼프강 폰 괴테 | 정현규 옮김
36. 모스크바발 페투슈키행 열차 베네딕트 예로페예프 | 박종소 옮김
37. 죽은 혼 니콜라이 고골 | 이경완 옮김
38. 워더링 하이츠 에밀리 브론테 | 유명숙 옮김
39. 이즈의 무희 · 천 마리 학 · 호수 가와바타 야스나리 | 신인섭 옮김
40. 주홍 글자 너새니얼 호손 | 양석원 옮김
41. 젊은 의사의 수기 · 모르핀 미하일 불가코프 | 이병훈 옮김
42. 오이디푸스 왕 외 소포클레스 | 김기영 옮김
43. 야쿠비얀 빌딩 알라 알아스와니 | 김능우 옮김
44. 식(蝕) 3부작 마오둔 | 심혜영 옮김
45. 엿보는 자 알랭 로브그리예 | 최애영 옮김
46. 무사시노 외 구니키다 돗포 | 김영식 옮김
47. 위대한 개츠비 프랜시스 스콧 피츠제럴드 | 김태우 옮김
48. 1984년 조지 오웰 | 권진아 옮김
49. 저주받은 안뜰 외 이보 안드리치 | 김지향 옮김
50. 대통령 각하 미겔 앙헬 아스투리아스 | 송상기 옮김
51. 신사 트리스트럼 섄디의 인생과 생각 이야기 로렌스 스턴 | 김정희 옮김
52. 베를린 알렉산더 광장 알프레트 되블린 | 권혁준 옮김
53. 체호프 희곡선 안톤 파블로비치 체호프 | 박현섭 옮김
54. 서푼짜리 오페라 · 남자는 남자다 베르톨트 브레히트 | 김길웅 옮김
55. 죄와 벌(상) 표도르 도스토예프스키 | 김희숙 옮김
56. 죄와 벌(하) 표도르 도스토예프스키 | 김희숙 옮김
57. 체벤구르 안드레이 플라토노프 | 윤영순 옮김
58. 이력서들 알렉산더 클루게 | 이호성 옮김
59. 플라테로와 나 후안 라몬 히메네스 | 박채연 옮김
60. 오만과 편견 제인 오스틴 | 조선정 옮김
61. 브루노 슐츠 작품집 브루노 슐츠 | 정보라 옮김
62. 송사삼백수 주조모 엮음 | 김지현 옮김
63. 팡세 블레즈 파스칼 | 현미애 옮김
64. 제인 에어 샬럿 브론테 | 조애리 옮김
65. 데미안 헤르만 헤세 | 이영임 옮김

66. 에다 이야기　스노리 스툴루손 | 이민용 옮김
67. 프랑켄슈타인　메리 셸리 | 한애경 옮김
68. 문명소사　이보가 | 백승도 옮김
69. 우리 짜르의 사람들　류드밀라 울리츠카야 | 박종소 옮김
70. 사랑에 빠진 여인들　데이비드 허버트 로렌스 | 손영주 옮김
71. 시카고　알라 알아스와니 | 김능우 옮김
72. 변신 · 선고 외　프란츠 카프카 | 김태환 옮김
73. 노생거 사원　제인 오스틴 | 조선정 옮김
74. 파우스트　요한 볼프강 폰 괴테 | 장희창 옮김
75. 러시아의 밤　블라지미르 오도예프스키 | 김희숙 옮김
76. 콜리마 이야기　바를람 샬라모프 | 이종진 옮김
77. 오레스테이아 3부작　아이스퀼로스 | 김기영 옮김
78. 원잡극선　관한경 외 | 김우석 · 홍영림 옮김
79. 안전 통행증 · 사람들과 상황　보리스 파스테르나크 | 임혜영 옮김
80. 쾌락　가브리엘레 단눈치오 | 이현경 옮김
81. 지킬 박사와 하이드 씨 · 존 니컬슨　로버트 루이스 스티븐슨 | 윤혜준 옮김
82. 로미오와 줄리엣　윌리엄 셰익스피어 | 서경희 옮김
83. 마쿠나이마　마리우 지 안드라지 | 임호준 옮김
84. 재능　블라디미르 나보코프 | 박소연 옮김
85. 인형(상)　볼레스와프 프루스 | 정병권 옮김
86. 인형(하)　볼레스와프 프루스 | 정병권 옮김
87. 첫 번째 주머니 속 이야기　카렐 차페크 | 김규진 옮김
88. 페테르부르크에서 모스크바로의 여행　알렉산드르 라디셰프 | 서광진 옮김
89. 노인　유리 트리포노프 | 서선정 옮김
90. 돈키호테 성찰　호세 오르테가 이 가세트 | 신정환 옮김
91. 조플로야　샬럿 대커 | 박재영 옮김
92. 이상한 물질　테레지아 모라 | 최윤영 옮김
93. 사촌 퐁스　오노레 드 발자크 | 정예영 옮김
94. 걸리버 여행기　조너선 스위프트 | 이혜수 옮김
95. 프랑스어의 실종　아시아 제바르 | 장진영 옮김
96. 현란한 세상　레이날도 아레나스 | 변선희 옮김
97. 작품　에밀 졸라 | 권유현 옮김
98. 전쟁과 평화(상)　레프 톨스토이 | 박종소 · 최종술 옮김
99. 전쟁과 평화(중)　레프 톨스토이 | 박종소 · 최종술 옮김

100. 전쟁과 평화(하)　레프 톨스토이 | 박종소·최종술 옮김
101. 망자들　크리스티안 크라흐트 | 김태환 옮김
102. 맥티그　프랭크 노리스 | 김욱동·홍정아 옮김
103. 천로 역정　존 번연 | 정덕애 옮김
104. 황야의 이리　헤르만 헤세 | 권혁준 옮김
105. 이방인　알베르 카뮈 | 김진하 옮김
106. 아메리카의 비극(상)　시어도어 드라이저 | 김욱동 옮김
107. 아메리카의 비극(하)　시어도어 드라이저 | 김욱동 옮김
108. 갈라테아 2.2　리처드 파워스 | 이동신 옮김
109. 마담 보바리　귀스타브 플로베르 | 진인혜 옮김
110. 한눈팔기　나쓰메 소세키 | 서은혜 옮김
111. 아주 편안한 죽음　시몬 드 보부아르 | 강초롱 옮김
112. 물망초　요시야 노부코 | 정수윤 옮김
113. 호모 파버　막스 프리쉬 | 정미경 옮김
114. 버너 자매　이디스 워튼 | 홍정아·김욱동 옮김
115. 감찰관　니콜라이 고골 | 이경완 옮김
116. 디칸카 근교 마을의 야회　니콜라이 고골 | 이경완 옮김
117. 청춘은 아름다워　헤르만 헤세 | 홍성광 옮김
118. 메데이아　에우리피데스 | 김기영 옮김
119. 캔터베리 이야기(상)　제프리 초서 | 최예정 옮김
120. 캔터베리 이야기(하)　제프리 초서 | 최예정 옮김
121. 엘뤼아르 시 선집　폴 엘뤼아르 | 조윤경 옮김
122. 그림의 이면　씨부라파 | 신근혜 옮김
123. 어머니　막심 고리키 | 정보라 옮김
124. 파도　에두아르트 폰 카이절링 | 홍진호 옮김
125. 점원　버나드 맬러머드 | 이동신 옮김
126. 에밀리 디킨슨 시 선집　에밀리 디킨슨 | 조애리 옮김
127. 선택적 친화력　요한 볼프강 폰 괴테 | 장희창 옮김
128. 격정과 신비　르네 샤르 | 심재중 옮김
129. 하이네 여행기　하인리히 하이네 | 황승환 옮김

을유세계문학전집은 계속 출간됩니다.

을유세계문학전집 연표

BC 458 **오레스테이아 3부작**
아이스퀼로스 | 김기영 옮김 | 77 |
수록 작품 : 아가멤논, 제주를 바치는 여인들, 자비로운 여신들
그리스어 원전 번역
서울대 선정 동서고전 200선
시카고 대학 선정 그레이트 북스

BC 434/432 **오이디푸스 왕 외**
소포클레스 | 김기영 옮김 | 42 |
수록 작품 : 안티고네, 오이디푸스 왕, 콜로노스의 오이디푸스
그리스어 원전 번역
「동아일보」 선정 '세계를 움직인 100권의 책'
서울대 권장 도서 200선
고려대 선정 교양 명저 60선
시카고 대학 선정 그레이트 북스

BC 431 **메데이아**
에우리피데스 | 김기영 옮김 | 118 |

1191 **그라알 이야기**
크레티앵 드 트루아 | 최애리 옮김 | 26 |
국내 초역

1225 **에다 이야기**
스노리 스툴루손 | 이민용 옮김 | 66 |

1241 **원잡극선**
관한경 외 | 김우석·홍영림 옮김 | 78 |

1400 **캔터베리 이야기**
제프리 초서 | 최예정 옮김 | 119, 120 |

1496 **라 셀레스티나**
페르난도 데 로하스 | 안영옥 옮김 | 31 |

1595 **로미오와 줄리엣**
윌리엄 셰익스피어 | 서경희 옮김 | 82 |
미국대학위원회 선정 SAT 추천 도서

1608 **리어 왕·맥베스**
윌리엄 셰익스피어 | 이미영 옮김 | 3 |

1630 **돈 후안 외**
티르소 데 몰리나 | 전기순 옮김 | 34 |
국내 초역 「불신자로 징계받은 자」 수록

1670 **팡세**
블레즈 파스칼 | 현미애 옮김 | 63 |

1678 **천로 역정**
존 번연 | 정덕애 옮김 | 103 |

1699 **도화선**
공상임 | 이정재 옮김 | 10 |
국내 초역

1719 **로빈슨 크루소**
대니얼 디포 | 윤혜준 옮김 | 5 |

1726 **걸리버 여행기**
조너선 스위프트 | 이혜수 옮김 | 94 |
미국대학위원회가 선정한 고교 추천 도서 101권
서울대학교 선정 동서양 고전 200선

1749 **유림외사**
오경재 | 홍상훈 외 옮김 | 27, 28 |

1759 **신사 트리스트럼 섄디의 인생과 생각 이야기**
로렌스 스턴 | 김정희 옮김 | 51 |
노벨연구소 선정 100대 세계 문학

1774 **젊은 베르터의 고통**
요한 볼프강 폰 괴테 | 정현규 옮김 | 35 |

1790 **페테르부르크에서 모스크바로의 여행**
A. N. 라디셰프 | 서광진 옮김 | 88 |

1799 **휘페리온**
프리드리히 횔덜린 | 장영태 옮김 | 11 |

1804 **빌헬름 텔**
프리드리히 폰 쉴러 | 이재영 옮김 | 18 |

1806 **조플로야**
샬럿 대커 | 박재영 옮김 | 91 |
국내 초역

1813 **오만과 편견**
제인 오스틴 | 조선정 옮김 | 60 |

1817 **노생거 사원**
제인 오스틴 | 조선정 옮김 | 73 |

1818 **프랑켄슈타인**
메리 셸리 | 한애경 옮김 | 67 |
뉴스위크 선정 세계 명저 10
옵서버 선정 최고의 소설 100
미국대학위원회 선정 SAT 추천 도서

1831 **예브게니 오네긴**
알렉산드르 푸슈킨 | 김진영 옮김 | 25 |

1831 **파우스트**
요한 볼프강 폰 괴테 | 장희창 옮김 | 74 |
서울대 권장 도서 100선
미국대학위원회 SAT 권장 도서

디칸카 근교 마을의 야회
니콜라이 고골 | 이경완 옮김 | 116 |

1835 **고리오 영감**
오노레 드 발자크 | 이동렬 옮김 | 32 |
서머싯 몸 선정 세계 10대 소설
연세 필독 도서 200선

1836 **골짜기의 백합**
오노레 드 발자크 | 정예영 옮김 | 4 |

감찰관
니콜라이 고골 | 이경완 옮김 | 115 |

1844 **러시아의 밤**
블라지미르 오도예프스키 | 김희숙 옮김 | 75 |

1847 **워더링 하이츠**
에밀리 브론테 | 유명숙 옮김 | 38 |
서머싯 몸 선정 세계 10대 소설
서울대 선정 동서 고전 200선
미국대학위원회 SAT 권장 도서

제인 에어
샬럿 브론테 | 조애리 옮김 | 64 |
연세 필독 도서 200선
미국대학위원회 SAT 권장 도서
BBC 선정 영국인들이 가장 사랑하는 소설 100선
「가디언」 선정 가장 위대한 소설 100선

사촌 퐁스
오노레 드 발자크 | 정예영 옮김 | 93
국내 초역

1850 **주홍 글자**
너새니얼 호손 | 양석원 옮김 | 40 |

1855 **죽은 혼**
니콜라이 고골 | 이경완 옮김 | 37 |
국내 최초 원전 완역

1856 **마담 보바리**
귀스타브 플로베르 | 진인혜 옮김 | 109 |

1866 **죄와 벌**
표도르 도스토예프스키 | 김희숙 옮김 | 55, 56 |
미국대학위원회 SAT 권장 도서
하버드 대학교 권장 도서

1869 **전쟁과 평화**
레프 톨스토이 | 박종소·최종술 옮김 | 98, 99, 100 |
뉴스위크, 가디언, 노벨연구소 선정
세계 100대 도서

1880 **워싱턴 스퀘어**
헨리 제임스 | 유명숙 옮김 | 21 |

1886 **지킬 박사와 하이드 씨 · 존 니컬슨**
로버트 루이스 스티븐슨 | 윤혜준 옮김 | 81 |

작품
에밀 졸라 | 권유현 옮김 | 97 |

1888 **꿈**
에밀 졸라 | 최애영 옮김 | 13 |
국내 초역

1889 **쾌락**
가브리엘레 단눈치오 | 이현경 옮김 | 80 |
국내 초역

1890 **인형**
볼레스와프 프루스 | 정병권 옮김 | 85, 86 |
국내 초역

1896 **키 재기 외**
히구치 이치요 | 임경화 옮김 | 33 |
수록 작품 : 섣달그믐, 키 재기, 탁류, 십삼야, 갈림길, 나 때문에

체호프 희곡선
안톤 파블로비치 체호프 | 박현섭 옮김 | 53 |
수록 작품 : 갈매기, 바냐 삼촌, 세 자매, 벚나무 동산

1899 **어둠의 심연**
조지프 콘래드 | 이석구 옮김 | 9 |
수록 작품 : 어둠의 심연, 진보의 전초기지, 『청춘과 다른 두 이야기』 작가 노트, 『나르시서스호의 검둥이』 서문
미국대학위원회 SAT 권장 도서
연세 필독 도서 200선

맥티그
프랭크 노리스 | 김욱동·홍정아 옮김 | 102 |

1900 **라이겐**
아르투어 슈니츨러 | 홍진호 옮김 | 14 |
수록 작품 : 라이겐, 아나톨, 구스틀 소위

1903 **문명소사**
이보가 | 백승도 옮김 | 68 |

1907 **어머니**
막심 고리키 | 정보라 옮김 | 123 |

1908 **무사시노 외**
구니키다 돗포 | 김영식 옮김 | 46 |
수록 작품 : 겐 노인, 무사시노, 잊을 수 없는 사람들, 쇠고기와 감자, 소년의 비애, 그림의 슬픔, 가마쿠라 부인, 비범한 범인, 운명론자, 정직자, 여난, 봄 새, 궁사, 대나무 쪽문, 거짓 없는 기록
국내 초역 다수

1909 **좁은 문 · 전원 교향곡**
앙드레 지드 | 이동렬 옮김 | 24 |
1947년 노벨 문학상 수상 작가

1911 **파도**
에두아르트 폰 카이절링 | 홍진호 옮김 | 124 |

1914 **플라테로와 나**
후안 라몬 히메네스 | 박채연 옮김 | 59 |
1956년 노벨 문학상 수상 작가

돈키호테 성찰
호세 오르테가 이 가세트 | 신정환 옮김 | 90 |

1915 **변신 · 선고 외**
프란츠 카프카 | 김태환 옮김 | 72 |
수록 작품 : 선고, 변신, 유형지에서, 신임 변호사, 시골 의사, 관람석에서, 낡은 책장, 법 앞에서, 자칼과 아랍인, 광산의 방문, 이웃 마을, 황제의 전갈, 가장의 근심, 열한 명의 아들, 형제 살해, 어떤 꿈, 학술원 보고, 최초의 고뇌, 단식술사
서울대 권장 도서 100선
연세 필독 도서 200선
미국대학위원회 SAT 권장 도서

한눈팔기
나쓰메 소세키 | 서은혜 옮김 | 110 |

1916 **청춘은 아름다워**
헤르만 헤세 | 홍성광 옮김 | 117 |
1946년 노벨 문학상 및 괴테 문학상 수상 작가

1919 **데미안**
헤르만 헤세 | 이영임 옮김 | 65 |
1946년 노벨 문학상 및 괴테 문학상 수상 작가

1920 **사랑에 빠진 여인들**
데이비드 허버트 로렌스 | 손영주 옮김 | 70 |

1924 **마의 산**
토마스 만 | 홍성광 옮김 | 1, 2 |
1929년 노벨 문학상 수상 작가
서울대 권장 도서 100선
연세 필독 도서 200선
「뉴욕타임스」 선정 '20세기 최고의 책 100선'
미국대학위원회 SAT 권장 도서

송사삼백수
주조모 엮음 | 김지현 옮김 | 62 |

1925 **소송**
프란츠 카프카 | 이재황 옮김 | 16 |

요양객
헤르만 헤세 | 김현진 옮김 | 20 |
수록 작품 : 방랑, 요양객, 뉘른베르크 여행
1946년 노벨 문학상 수상 작가
국내 초역 「뉘른베르크 여행」 수록

위대한 개츠비
프랜시스 스콧 피츠제럴드 | 김태우 옮김 | 47 |
미 대학생 선정 '20세기 100대 영문 소설' 1위
모던 라이브러리 선정 '20세기 100대 영문학' 중 2위
미국대학위원회 추천 '서양 고전 100
「르몽드」 선정 '20세기의 책 100선'
「타임」 선정 '20세기 100대 영문 소설'

아메리카의 비극
시어도어 드라이저 | 김욱동 옮김 | 106, 107 |

서푼짜리 오페라 · 남자는 남자다
베르톨트 브레히트 | 김길웅 옮김 | 54 |

1927 **젊은 의사의 수기 · 모르핀**
미하일 불가코프 | 이병훈 옮김 | 41 |
국내 초역

황야의 이리
헤르만 헤세 | 권혁준 옮김 | 104 |
1946년 노벨 문학상 수상 작가
1946년 괴테상 수상 작가

1928 **체벤구르**
안드레이 플라토노프 | 윤영순 옮김 | 57 |
국내 초역

마쿠나이마
마리우 지 안드라지 | 임호준 옮김 | 83 |
국내 초역

1929 **첫 번째 주머니 속 이야기**
카렐 차페크 | 김규진 옮김 | 87 |

베를린 알렉산더 광장
알프레트 되블린 | 권혁준 옮김 | 52 |

1930 **식(蝕) 3부작**
마오둔 | 심혜영 옮김 | 44 |
국내 초역

안전 통행증·사람들과 상황
보리스 파스테르나크 | 임혜영 옮김 | 79 |
원전 국내 초역

1934 **브루노 슐츠 작품집**
브루노 슐츠 | 정보라 옮김 | 61 |

1935 **루쉰 소설 전집**
루쉰 | 김시준 옮김 | 12 |
서울대 권장 도서 100선
연세 필독 도서 200선

물망초
요시야 노부코 | 정수윤 옮김 | 112

1936 **로르카 시 선집**
페데리코 가르시아 로르카 | 민용태 옮김 | 15 |
국내 초역 시 다수 수록

1937 **재능**
블라디미르 나보코프 | 박소연 옮김 | 84 |
국내 초역

그림의 이면
씨부라파 | 신근혜 옮김 | 122 |
국내 초역

1938 **사형장으로의 초대**
블라디미르 나보코프 | 박혜경 옮김 | 23 |
국내 초역

1942 **이방인**
알베르 카뮈 지음 | 김진하 옮김 | 105 |
1957년 노벨 문학상 수상 작가

1946 **대통령 각하**
미겔 앙헬 아스투리아스 | 송상기 옮김 | 50 |
1967년 노벨 문학상 수상 작가

1949 **1984년**
조지 오웰 | 권진아 옮김 | 48 |
1999년 모던 라이브러리 선정 '20세기 100대 영문학'
2005년 「타임」 선정 '20세기 100대 영문 소설'
2009년 「뉴스위크」 선정 '역대 세계 최고의 명저' 2위

1953 **엘뤼아르 시 선집**
폴 엘뤼아르 | 조윤경 옮김 | 121 |
국내 초역 시 다수 수록

1954 **이즈의 무희·천 마리 학·호수**
가와바타 야스나리 | 신인섭 옮김 | 39 |
1952년 일본 예술원상 수상
1968년 노벨 문학상 수상 작가

1955 **엿보는 자**
알랭 로브그리예 | 최애영 옮김 | 45 |1955년 비평가상 수상

저주받은 안뜰 외
이보 안드리치 | 김지향 옮김 | 49 |
수록 작품 : 저주받은 안뜰, 몸통, 술잔, 물방앗간에서, 올루야크 마을, 삼사라 여인숙에서 일어난 우스운 이야기
세르비아어 원전 번역
1961년 노벨 문학상 수상 작가

1957 **호모 파버**
막스 프리쉬 | 정미경 옮김 | 113 |

점원
버나드 맬러머드 | 이동신 옮김 | 125 |

1962 **이력서들**
알렉산더 클루게 | 이호성 옮김 | 58 |

1964 **개인적인 체험**
오에 겐자부로 | 서은혜 옮김 | 22 |
1994년 노벨 문학상 수상 작가

아주 편안한 죽음
시몬 드 보부아르 | 강초롱 옮김 | 111 |

1967 **콜리마 이야기**
바를람 샬라모프 | 이종진 옮김 | 76 |
국내 초역

1968 **현란한 세상**
레이날도 아레나스 | 변선희 옮김 | 96 |
국내 초역

1970 **모스크바발 페투슈키행 열차**
베네딕트 예로페예프 | 박종소 옮김 | 36 |
국내 초역

1978 **노인**
유리 트리포노프 | 서선정 옮김 | 89 |
국내 초역

1979 **천사의 음부**
마누엘 푸익 | 송병선 옮김 | 8 |

1981 **커플들, 행인들**
보토 슈트라우스 | 정항균 옮김 | 7 |
국내 초역

1982 **시인의 죽음**
다이허우잉 | 임우경 옮김 | 6 |

1991 **폴란드 기병**
안토니오 무뇨스 몰리나 | 권미선 옮김
| 29, 30 |
국내 초역
1991년 플라네타상 수상
1992년 스페인 국민상 소설 부문 수상

1995 **갈라테아 2.2**
리처드 파워스 | 이동신 옮김 | 108 |
국내 초역

1996 **아메리카의 나치 문학**
로베르토 볼라뇨 | 김현균 옮김 | 17 |
국내 초역

1999 **이상한 물질**
테라지아 모라 | 최윤영 옮김 | 92 |
국내 초역

2001 **아우스터리츠**
W. G. 제발트 | 안미현 옮김 | 19 |
국내 초역
전미 비평가 협회상 브레멘상
「인디펜던트」 외국 소설상 수상
「LA타임스」 「뉴욕」 「엔터테인먼트 위클리」 선정
2001년 최고의 책

2002 **야쿠비얀 빌딩**
알라 알아스와니 | 김능우 옮김 | 43 |
국내 초역
바쉬라힐 아랍 소설상
프랑스 툴롱 축전 소설 대상
이탈리아 토리노 그린차네 카부르 번역 문학상
그리스 카바피스상

2003 **프랑스어의 실종**
아시아 제바르 | 장진영 옮김 | 95 |
국내 초역

2005 **우리 짜르의 사람들**
류드밀라 울리츠카야 | 박종소 옮김 | 69 |
국내 초역

2016 **망자들**
크리스티안 크라흐트 | 김태환 옮김 | 101 |
국내 초역